RELLTESTRA

© 2014 do texto por Tiago P. Zanetic
Todos os direitos reservados.
Callis Editora Ltda.
1ª edição, 2015

Texto adequado às regras do novo acordo ortográfico da língua portuguesa

Coordenação editorial: Miriam Gabbai
Editora assistente: Áine Menassi
Preparação de texto: Maria Christina Azevedo
Revisão: Ricardo N. Barreiros
Ilustração de capa e vinhetas: Sam Hart
Diagramação: Ivan Coluchi e Thiago Nieri

CIP-BRASIL. CATALOGAÇÃO-NA-FONTE
SINDICATO NACIONAL DOS EDITORES DE LIVROS, RJ.

Z32p

Zanetic, Tiago P.
  Onze reis : Principia / Tiago P. Zanetic ; ilustração Sam Hart. - 1. ed. - São Paulo : Callis, 2015.
  488 p. : il. ; 24 cm.   (Onze reis)

  ISBN 978-85-7416-969-9

  1. Romance infantojuvenil brasileiro. I. Hart, Sam. II. Título. III. Série.

15-23884   CDD: 028.5
                                                             CDU: 087.5

19/06/2015   23/06/2015

ISBN 978-85-7416-969-9

Impresso no Brasil

2015
Callis Editora Ltda.
Rua Oscar Freire, 379, 6º andar • 01426-001 • São Paulo • SP
Tel.: (11) 3068-5600 • Fax: (11) 3088-3133
www.callis.com.br • vendas@callis.com.br

Tiago P. Zanetic

Onze Reis
Principia

callis

Sumário

Capítulo 1   Acreditar ou morrer.. 9

Capítulo 2   Despedida sangrenta 17

Capítulo 3   Nunca olhe para trás 25

Capítulo 4   Nem tudo é o que parece 33

Capítulo 5   ... antes da tempestade 45

Capítulo 6   A dor da insignificância 53

Capítulo 7   Desabrochar completo..61

Capítulo 8   Caldeirão dos deuses 71

Capítulo 9   Do outro lado da porta.. 83

Capítulo 10   A Guerra dos Quatro Reinos 89

Capítulo 11   Do gelo ao fogo 101

Capítulo 12   O rastro 107

Capítulo 13   A sombra do Mal 115

Capítulo 14   Hora errada, lugar errado 119

Capítulo 15   Reencontro... 127

Capítulo 16   A derradeira canção 137

Capítulo 17   Três almas, um corpo 145

Capítulo 18   Terra em chamas 151

Capítulo 19	Um novo olhar	159
Capítulo 20	Monstros	165
Capítulo 21	Não lutar em vão	171
Capítulo 22	Conhecendo os temores	177
Capítulo 23	O sacrifício da coragem	183
Capítulo 24	Idjarni	189
Capítulo 25	Um mal desconhecido	193
Capítulo 26	A forja	201
Capítulo 27	Um balde no caminho	207
Capítulo 28	Sob um céu de pedra	213
Capítulo 29	O lar dos peculiares	219
Capítulo 30	E, finalmente, a coragem...	227
Capítulo 31	O preço de ser diferente	233
Capítulo 32	Um novo rumo	241
Capítulo 33	Inimigo meu	251
Capítulo 34	Antes do desafio	257
Capítulo 35	A divisão que um dia somou	265
Capítulo 36	Prisioneiro	275
Capítulo 37	Como peixes em uma rede	285
Capítulo 38	A hora da verdade	293
Capítulo 39	A promessa	301

Capítulo 40	O inimigo do meu suposto amigo	311
Capítulo 41	Aliança maldita	319
Capítulo 42	Ouro de tolo	327
Capítulo 43	Pais e filhos	333
Capítulo 44	A nação dos cinco e a dama	341
Capítulo 45	O peixe maior	349
Capítulo 46	O nobre e os bandidos	357
Capítulo 47	Em nome do pai	365
Capítulo 48	Ao toque dos tambores	373
Capítulo 49	A hora do adeus	381
Capítulo 50	O lado negro de cada um	387
Capítulo 51	O peso do sangue	395
Capítulo 52	Traições	405
Capítulo 53	Dor	413
Capítulo 54	Ódio e piedade	421
Capítulo 55	Horizonte vermelho	427
Capítulo 56	Primeiro sangue	437
Capítulo 57	Encontrando forças na humilhação	443
Capítulo 58	Vingança	451
Capítulo 59	A batalha de Idjarni	463
Capítulo 60	Amargo sabor da derrota	477

Capítulo 1
Acreditar ou morrer

"Acorda!"

Em meio a uma alta camada de cinzas que lhe chegava aos tornozelos, Sttanlik sentia seus pés enraizados no duro chão de pedra da praça central de sua cidade. Sëngesi queimava. Sob total impotência, tudo que podia fazer era sentir o calor agonizante das labaredas lambendo seu rosto. O céu ardia vermelho como um braseiro, o ar o abafava com a inconfundível fragrância da morte, gritos desesperados atravessavam seus ouvidos como as mais afiadas lâminas. Ao redor, pessoas tentavam sem sucesso fugir, hordas de soldados tomavam as ruas armadas com machados de batalha maiores do que um homem adulto; carniceiros com feições animalescas, desejosos de sangue. Mais adiante, podia ver famílias inteiras sendo acorrentadas, suas lágrimas encharcavam o chão com poças rasas de seu desalento profundo. Telhados incendiados desmoronavam, espalhando pelo ar rodopiantes centelhas douradas, paredes de alvenaria misturavam o som de seus desabamentos com o dos trovões que nunca cessavam. No centro de todo esse caos, Sttanlik tentava desesperadamente se mover, mas nada acontecia. Seus braços pareciam colados ao corpo. Esforçava-se para gritar, porém, nenhum som saía de sua boca. Não conseguia rezar, pois as palavras se dissolviam em sua mente. Poucos segundos foram o suficiente para transformar tudo em um borrão sem sentido, cores fundiam-se em uma paleta demoníaca. Confuso, sentiu enormes mãos vindas de lugar nenhum envolvendo seu rosto, com tanta força que pensou ser um urso a abraçá-lo.

"Acorda, Sttanlik, ou esse sofrimento tornar-se-á real!"

Sttanlik ergueu o corpo bruscamente. Seus cabelos castanho-acobreados estavam molhados de suor e colavam-se aos delicados traços de seu rosto. Seus olhos castanhos arregalaram-se. Levou as mãos à cabeça e afastou as longas madeixas onduladas para desobstruir sua visão. Analisou o ambiente. Estava sozinho em seu quarto, as sombras que enxergava não denunciavam nada além do normal: uma pequena mesa de mogno à esquerda de sua cama e sobre ela uma bacia de barro e uma jarra com água para lavar o rosto. Em um dos cantos, seu antigo baú, onde ainda repousavam com displicência as roupas que usara no dia anterior, da mesma forma que havia deixado antes de se deitar. De resto, apenas a escuridão e o lúgubre silêncio noturno. Mostrava-se ofegante e lutou por alguns segundos para recompor-se, cada pelo de seu corpo estava arrepiado. Esfregou as mãos nos antebraços para aquietar-se um pouco, à espera de que a realidade trouxesse lentamente de volta a costumeira calmaria de sua vida. Checou novamente o quarto, uma vez que seus olhos já tinham se acostumado à escuridão. "Foi só um pesadelo!", ele pensou, sentindo-se aliviado. Esboçou deitar-se de novo, mas um grito explodiu em seu cérebro:

"Levanta-te agora!"

Acompanhando o grito, uma cortante dor transpassou sua cabeça, com força suficiente para fazê-lo rolar e cair da cama. Aterrissou de joelhos no gelado chão de madeira, por muito pouco não perdendo os sentidos.

— Por todos os anjos, o que está acontecendo? — disse com a voz confusa e rouca, pois sua boca estava completamente seca.

"Ah, agora sim, tenho tua atenção. Escuta-me bem e sê rápido. O tempo é escasso, tens de percorrer um longo caminho. Eu sou Aggel e estou aqui para salvar tua vida, muitos dependem dela..."

— Quem está aí? — gritou Sttanlik, interrompendo a misteriosa voz.

"Ninguém está aí, eu estou a quilômetros de distância de Sëngesi e falo contigo por meio de tua mente. Não tenho muito tempo, portanto veste-te logo e vem encontrar-me."

— Devo estar ficando louco! — concluiu, balançando a cabeça em negação. Levantou-se lentamente do chão e se sentou na cama, passou a mão na nuca empapada de suor e respirou fundo. — Deve ter sido a porcaria do cordeiro apimentado que comi ontem antes de dormir, sabia que era má ideia...

"Não, eu não sou nenhum cordeiro assado te causando alucinações. Sou Aggel, já disse, e tens de me escutar! Principalmente, porque preciso de tua total confiança", esbravejou a voz.

— Confiar? Quer que eu acredite numa voz sem corpo? Somente se os feiticeiros ainda caminhassem por Relltestra, mas todos morreram, levando a magia para o túmulo com eles, e isso já faz muito tempo! Não sei o que é você, mas me deixe em paz! Só quero dormir, pois amanhã tenho um dia cheio e preciso descansar — respondeu Sttanlik, com a voz oscilante de uma criança assustada.

"Não haverá amanhã, se não me escutares e seguires minhas orientações."

— Saia da minha cabeça agora! — Sttanlik tentou, sem sucesso, encobrir o pavor que sentia, engrossando a voz.

De súbito, sua cabeça foi inundada por uma poderosa força, algo como se uma grande lâmina abrisse caminho para que milhares de agulhas quentes atravessassem seu cérebro, com vagar e dolorosamente. Seus pensamentos se partiram em pequenos cacos, como uma vidraça estilhaçando-se. Tudo o que o pobre rapaz pôde fazer foi agarrar sua cabeça e gritar de dor.

"Quando tua mente estiver mais acessível, liberto-te do flagelo. Basta pedires!"

Aggel pareceu ter cuidado para que cada palavra soasse fria, como o vento invernal.

— Tudo bem, tudo bem! Eu faço o que você quiser. Pelos anjos, faça isso parar!

Capítulo 1 – Acreditar ou morrer

Tão rápido quanto começou, a dor se foi e a mente de Sttanlik estava livre. Com certo conforto, mas ainda apavorado, sussurrou:

– Fale logo o que quer de mim e me deixe em paz – com isso se levantou da cama, acendeu uma vela de cera de abelha e pela terceira vez analisou o quarto. Nada. Olhou embaixo da cama, obviamente não achou coisa alguma, era baixa demais para conter algo além do costumeiro pó. – Aposto que é uma brincadeira de Jubil, ele deve ter voltado mais cedo do que o planejado – disse a si mesmo, cada vez mais confuso.

"Sttanlik, adoraria brincar a noite toda contigo. Não sou uma alucinação devido a um cordeiro apimentado, sequer um sonho ruim que estás tendo, e muito menos teu irmão que, por sinal, ainda se encontra em Hazul. Eu sou aquele que vai salvar tua vida e te guiar para a verdade..."

– Salvar minha vida? Você quase me matou! – retrucou, engolindo com dificuldade a saliva que se acumulava em sua boca. – Estou tonto até agora! E como sabe tanto sobre mim? Que tipo de poder maléfico é esse?

"Peço desculpas pelos meus métodos, mas o tempo urge. Temos de nos entender o mais rápido possível, prometo não causar a ti mais desconforto algum. Tenho uma explicação plausível para o que sei e meus poderes, mas isso terá de ficar para outra hora. Tenho um pedido simples: abre a janela e olha para o norte, verás que o que eu fiz contigo não é nada perto do futuro que está sendo tecido para todos vós."

– Tudo bem, sei que não vou encontrar nada, assim, posso acabar com essa loucura e voltar a dormir – abruptamente, Sttanlik se levantou da cama e se dirigiu à janela, com passos rápidos e impacientes.

Ao serem abertas, as dobradiças das velhas persianas de cerejeira soltaram um rangido lamentoso, como se o prevenissem da sinistra visão que teria. Sua casa ficava na parte mais alta de Sëngesi, quase no extremo sul da cidade, desse modo pôde contemplar assombrado o que Aggel queria dizer. Ao norte, além dos limites da cidade, milhares de pequenas luzes dançavam ao ritmo do vento da madrugada, um mar dourado, calmo e assustador, banhando o horizonte.

– P-por todos os anjos, o-o que é isso? – o queixo de Sttanlik caiu a ponto de quase lhe tocar o peito.

"Parte do exército de Tinop'gtins, reforçado por algumas centenas de bárbaros de Zivar, estará aqui ao amanhecer. Tomará tua cidade, na busca de escravos, suprimentos e um novo ponto estratégico, mas tudo com um objetivo primordial: a tua pessoa!"

– EU? Por que eu? Deve haver algum engano, não cometi crime algum – desesperou-se. – Sou somente um ajudante do meu irmão, e olhe que nem tão bom como deveria ser... Muito menos domino uma espada o bastante para que alguém preste atenção em mim. Às vezes, até fujo do trabalho para dormir sob o pessegueiro da lagoa Naiil... Espere aí, isso tem alguma coisa a ver com o sonho que tive? – sobressaltou-se.

"Muito bem! Estás começando a entender, sabia que tu eras um rapaz esperto. Agora que consegui tua total atenção, ouve-me. Tu és mais importante do que pensas, por isso tive de te localizar e juntar forças para me comunicar contigo. Por meio de tua mente, criei aquele sonho para que te desses conta do que poderia acontecer caso não me ouvisses. Não me restam muitas forças, então terei de ser o mais breve possível. O mundo que conheces, vai mudar... mudar muito! Um a um, os reis que atualmente dominam Relltestra se levantaram em armas, uma nova ordem se aproxima e, com ela, morte e destruição. Não haverá para onde correr, tu és uma peça essencial nesse jogo todo, por isso não posso permitir que caias nas mãos deles. O mundo vai sangrar, Sttanlik, e tu podes ser a adaga do golpe final ou o torniquete que evita a hemorragia. Tua escolha depende de confiares em mim ou não."

Um turbilhão de pensamentos e perguntas tomava a cabeça de Sttanlik. Essa era de longe a conversa mais estranha que já tivera em sua vida, além de se sentir bobo e louco. De repente, algo lhe ocorreu.

– Tudo bem, tudo bem... mesmo que eu acredite em você Adel, ou Aggel, seja lá qual for seu nome, como sei que não está do lado das pessoas dessa nova ordem?

"Acreditar ou morrer, simples assim. Estou oferecendo-te a chance de descobrires tua verdadeira história e ainda ajudares Relltestra a derrotar esse novo mal. Só posso oferecer a ti minha palavra e a garantia de que sou a única pessoa em quem podes confiar. Tiveste sempre muita fé, pensa em mim como um dos anjos a quem envias tuas orações."

– Ah, essa é muito boa! Você, um anjo? Não existem mais anjos em Relltestra, eles e os feiticeiros destruíram-se, todos sabem disso! Além do mais, se você fosse um anjo, não me causaria aquela dor infernal...

"Será que não?..."

Um som trêmulo, que lembrava um riso desdenhoso, impediu Aggel de terminar sua frase.

"Queres descobrir a verdade? Será revelada pessoalmente, se fores bem-sucedido em encontrar-me. Estou à tua espera na floresta de Idjarni, contarei tudo que sei a teu respeito e serei o guia para teu destino verdadeiro. Que achas?"

– É claro, é claro... Vou abandonar minha vida, todos meus amigos, minha plantação...

"Pensa que ainda tens algo para abandonar, em breve não haverá vida! Se tu fores encontrado, serás um instrumento do mal, destruindo não apenas teus amigos, mas milhares de vidas inocentes. Pela manhã, tua plantação arderá, não importa o que faças para evitar."

As palavras secas de Aggel pareciam ser pronunciadas a muito custo.

"Acredita em mim, é tua única saída!"

Sttanlik nada respondeu, engoliu em seco e abriu a janela novamente. Olhou para a imensidão de luzes que se destacavam no negrume da noite. Imaginou o que seria de Sëngesi assim que esses bárbaros chegassem por lá e como reagiriam seus conterrâneos ao acordarem com um selvagem armado até os dentes em sua porta, pronto para tirar-lhes a vida em troca de algumas moedas. Mães tentariam ser escudos para evitar que seus filhos fossem transpassados por lâminas frias.

De súbito, um pensamento o fez se sentir aliviado e, ao mesmo tempo, causou uma risada nervosa em sua mente.

Provavelmente, Aggel sabia o que Sttanlik pensava e logo se adiantou para que não criasse falsas expectativas.

"Não, o governante, ou melhor, o responsável pela segurança de tua cidade não vai apresentar resistência. Pelo menos, não muito expressiva."

– Mas Gedrat possui uma ferocidade que você não faz ideia, ele vai...

"É fácil ser feroz contra pessoas honestas ou trabalhadores comuns, mas basta o brilho de um gume bem afiado para fazê-lo balançar-se todo, como um animal doméstico a recepcionar seu dono."

– Mas...

"Não há mais nenhum 'mas', o destino de Sëngesi está talhado em pedra. Se achas necessário, juro em nome do que tu quiseres. O que está traçado é imutável!"

Após respirar fundo, Sttanlik respondeu:

– Mas eu não posso, tenho medo. E mesmo assim, antes de fazer o que está me pedindo, teria de avisar as pessoas da cidade para que fujam...

"Não há tempo! Sei que estou pedindo muito a ti, que jogo com tua sanidade, porém, não existe outra maneira. É triste pensar no que vai acontecer com elas, mas garanto que tua presença só pioraria a situação toda. Vais ter de confiar em minhas palavras e deixar que cada uma delas tenha o destino que as espera. Em breve, quem sabe tu possas ajudá-las. Entretanto, não hoje. Deves te arrumar para uma longa jornada. Certifica-te de trazer provisões, roupas e, principalmente, as duas espadas que estão penduradas na sala de tua casa."

– Está louco? É mais fácil que eu morra pelas mãos de Jubil por isso do que enfrentando todo aquele exército! Somente uma delas é minha. Ele é o espadachim aqui, não eu! Aquela espada vale mais para meu irmão do que qualquer coisa neste mundo!

"Mesmo que milagrosamente essas espadas não acabem nas mãos de um bárbaro, teu irmão não vai utilizá-las por um bom tempo, posso te garantir. Já no teu caso, vais precisar e muito de quantas espadas puderes empunhar. Seria conveniente também se trouxesses mais lâminas..."

– Por acaso estou indo confrontar algum exército? Não sou um guerreiro, e sim um mero ajudante de colheita! Apenas pratico com a espada por diversão! – gritou Sttanlik, sentindo o desespero crescer em seu peito. – No máximo, uso uma faca para limpar peixes – completou ele, dirigindo-se à mesa e despejando a água da jarra na bacia. Em seguida, mergulhou as mãos, estava mais gelada do que esperava. Um calafrio percorreu seu corpo. Então, enxaguou o rosto e a nuca, retirando todo o suor que já começava a secar.

"Todo homem pode ser um guerreiro, basta ter uma luta pela frente. E tu tens uma guerra! Portanto, se queres sobreviver, estejas preparado para derramar o sangue de teus inimigos, pois eles não hesitarão em fazer o teu jorrar."

O fato de já não se incomodar em falar com uma voz em sua mente, deixou Sttanlik abismado. Pensou que talvez fosse pela doçura da voz de Aggel, pois tinha um tom melancólico, suave como uma melodia de harpas. Poderia ser também porque se encontrava numa situação absurda, digna das canções de menestréis ou das palavras de um bardo, em que, por mais incoerente que fosse, algo providencial surgia no último momento e salvava alguém do perigo.

Tentando se focar nas palavras de Aggel, Sttanlik parou de divagar. Pegou o lençol de algodão cru da cama e secou o rosto.

– Gosto dos antigos contos da *era dos feiticeiros*, da *era do primeiro aço* e assim por diante. Empolgo-me com os relatos de guerreiros que libertavam povos com espadas em punho, mas não nasci para ser herói. Jamais tiraria a vida de alguém! – Sttanlik já sentia o pânico tomar conta de seu ser. Tudo acontecia tão rápido, que pensar com clareza era uma tarefa quase impossível.

"Na necessidade, todos os animais obedecem aos seus instintos, sobreviver é mais importante do que os conceitos de certo e errado. Irás descobrir isso cedo ou tarde. E não te enganes, não disse nada sobre heroísmos. És mais do que pensas, mas não um predestinado a ser herói. És como um rato com diamante na boca em fuga de um navio naufragando. Deves ser invisível, sumir sem deixar rastros."

Um certo desconforto impediu que Aggel continuasse. Ele respirou profundamente por alguns instantes, para enfim prosseguir:

"Olha, Sttanlik, devo me despedir logo, pois minhas forças estão se esvaindo. E tens pouco tempo antes do sol nascer. A escuridão será tua única aliada, até que consigas sair dos limites da cidade. Abraça-a como a uma amante. Apressa-te!"

A rispidez na voz de Aggel provocou um tremor em Sttanlik, tão forte que foi capaz de fazer suas pernas bambearem.

– Desculpe-me pela indelicadeza, é que eu não costumo ser acordado no meio da noite por uma voz misteriosa em minha cabeça, me dizendo que tenho de abandonar minha cidade e meus amigos para que selvagens os façam de escravos ou os matem – os olhos de Sttanlik começaram a marejar, e ele sentiu que o peso da situação, apesar de absurda, era real.

"Tenho certeza de que o que peço é difícil, compartilho de tua dor e de tua extrema aflição, mas essa é a única saída. Tempos difíceis, soluções desesperadas."

– Mas não posso evitar de pensar em tudo que tenho de deixar para trás, por causa de algo que parece um sonho!

"Eu diria... um pesadelo."

Aggel pareceu demonstrar uma genuína tristeza, o que contribuiu para que Sttanlik se decidisse.

– Creio não ter muita escolha, certo? – bufou, sentindo-se esgotado.

"Acreditar ou morrer."

Sttanlik se levantou apressadamente, temia que, se hesitasse um pouco, desistiria de tudo e voltaria para a cama, esperando no conforto morno de seu colchão o já traçado destino de Sëngesi. Abriu seu baú, sem muito pensar, e optou por vestir sua pesada roupa de inverno, feita de lã cinza-escuro. Mesmo estando ainda no final do verão, o vento frio do outono já começava a soprar. Por cima, pôs um colete de couro fervido, usado para treinar a arte da espada com Jubil. Calçou suas luvas de pelica gastas e um pouco apertadas, afinal já as tinha há alguns anos, mas serviriam. Completou a vestimenta com uma capa verde-musgo e suas botas forradas com pele de urso – presente que o irmão lhe dera em seu último aniversário, quando completou 19 verões. Ao se lembrar desse dia, um

Capítulo 1 – Acreditar ou morrer

inevitável sorriso surgiu em seu rosto sério. Na época, Jubil havia lhe dito que compraria um pônei para ajudar no arado, pois vinha economizando algumas moedas fazia meses. Sttanlik o viu retornar a pé e já se preparava para lhe dar uma reprimenda, imaginando que o irmão tinha gastado todo o dinheiro na taberna. Foi então que reparou no embrulho sob seu braço.

Uma lágrima brotou por conta da lembrança, que Sttanlik afastou dando um tapa no próprio joelho, e censurando a si mesmo, uma vez que não podia perder tempo com memórias.

Desceu as escadas aos trambolhões, pulando os degraus de dois em dois, e foi direto ao encontro das espadas, que permaneciam cruzadas, suspensas por dois ganchos, como enfeites na parede. Iluminaram-se com o reflexo da vela que ele carregava. Eram quase idênticas, ambas possuíam desenhos ondulados que pontuavam as lâminas. Em uma delas, as ondas tinham a forma sutil de uma chama, enquanto que na outra as linhas sinuosas terminavam sempre em uma espiral, remetendo ao movimento do vento. Os desenhos deram a impressão de ganhar vida sob a luz bruxuleante da vela.

Com elas em mãos, Sttanlik testou o peso. Sempre foram balanceadas, leves... porém, hoje, pareciam pesar toneladas. Ao ver o reflexo distorcido de seu rosto nas lâminas, não pôde pensar em nada além de que aquilo tudo não poderia ser real, tanta coisa acontecendo e mudando em tão pouco tempo. Estava prestes a embarcar em uma jornada que o levaria ao encontro do dono de uma voz que o acordou durante a noite. Em que loucura ele estaria se metendo? Sua natureza sempre fora pacífica, uma espada não passava de um mero divertimento, de uma distração nas horas vagas. Tampouco saberia como usá-la em uma batalha. Não só a imagem de seu rosto estava distorcida, a realidade também, alterando totalmente sua forma.

Entretanto, algo em seu coração lhe dizia que era a escolha certa, e confiou em seu instinto. As palavras de Aggel não importavam, pois, no fundo, sabia que essa seria sua única chance de sobreviver. E ainda, a tal voz afirmou conhecer sua verdadeira história. Sttanlik sempre soube que era órfão e que fora adotado por Amella, a mãe de Jubil, a quem sempre considerou como sua mãe. Não se sabia nada sobre seus pais legítimos.

Como não tinha bainhas para as espadas, improvisou, arrancando com a ajuda das lâminas uma faixa de couro do revestimento de uma poltrona. Ele a amarrou em formato de xis pelo peito e pelas costas, assim poderia ter as espadas ao alcance das mãos, caso fosse realmente necessário usá-las para se proteger.

A concentração de Sttanlik foi cortada, a bela voz de Aggel voltou a se pronunciar:

"Tenho poucas forças para continuar me comunicando, portanto escuta-me. Terás de sumir sem deixar vestígios, ou recado algum para Jubil. Abandona o resto como está! Deves desaparecer e, um dia, quem sabe, poderás comunicar-te com ele! Garanto a ti que, no momento, ele está dormindo em segurança em uma hospedaria à beira-mar..."

Uma onda de alívio e estranheza banhou o corpo de Sttanlik. Alívio, pois sabia que Jubil sempre se alojava em uma hospedaria chamada Cinco Patas do Camelo Sem Corcova, na parte leste do porto de Hazul – a única que ficava de frente para o mar. Estranheza, pelo fato de Aggel saber tanta coisa a respeito dele e de seu irmão. Era assustador, mas não conseguiu ponderar mais, porque a voz ainda falava com ele.

"... tenho de ir, sinto-me fraco. Necessito repousar o máximo que puder. Assim que recobrar as minhas forças, entrarei em contato. Que tu tenhas uma boa jornada. E que todo o mal que cruzar teu caminho pereça sob os gumes de tuas lâminas. Boa sorte, vais precisar!"

– Muito tranquilizador de sua parte... – disse Sttanlik.

No entanto, inconscientemente ele sabia que Aggel já não o ouvia mais, e um peso pareceu ser retirado de sua cabeça. Não havia notado o desconforto antes, porém, agora podia pensar com clareza. Sentiu-se relaxado, mas por pouco tempo.

Bem ao longe, escutou trompas serem tocadas, o que significava que seu tempo estava esgotando-se, teria de se apressar. Rumou à cozinha e pegou uma trouxa que encheu com tiras de carne de cordeiro salgada e algumas tâmaras e damascos secos. O máximo que era possível carregar. Com um pedaço de barbante, que amarrava um presunto defumado, prendeu uma faca de limpar carne em seu tornozelo. Dirigiu-se a uma tábua do assoalho, bateu o calcanhar na extremidade e a levantou. Sob ela havia um pote de pedra-sabão, onde Jubil guardava suas ervas de fumo e economias. Pegou um pouco mais que a metade: cinco asas de prata e uma de ouro. Não era muito, mas preferiu deixar o resto para o caso de seu irmão retornar. Foi em direção à porta, hesitando por um momento, e pensou em escrever uma mensagem para Jubil, porém, não conseguiu imaginar nada que pudesse dizer sem entregar seu destino aos soldados. Seria melhor obedecer a Aggel e partir incógnito, com sorte poderiam pensar que já estava morto.

Agora sim, estava pronto! Parou junto à porta, voltou-se e encostou o ombro no batente, olhando pela última vez ao redor. Era uma casa simples, com pouca mobília e nenhum luxo... Seu lar, por quase toda a vida. Tantas lembranças boas ele deixava para trás. Por fim, agradeceu mentalmente a casa por dar-lhe abrigo durante tanto tempo, aquecer seu corpo no mais rigoroso inverno, mantê-lo seco nas noites de fortes tormentas. Lágrimas brotaram de seus olhos e inundaram seu rosto. Respirou fundo, limpou a face como pôde com as costas da mão, abriu a porta e partiu.

Capítulo 2
Despedida sangrenta

Ao sair de sua casa, a aragem noturna gelou o rastro das lágrimas no rosto de Sttanlik. O clima estava pesado, contrastando com a leve garoa que fazia com que as gotas dançassem pelo ar. Ele imaginou que era o choro dos céus pelo futuro de Sëngesi. Correu para trás da casa vizinha, de lá teria de se embrenhar pelas ruas estreitas e escuras da cidade, o que seria perfeito para uma fuga durante a noite. Como um rato faria, seguiu de sombra em sombra, parando a cada dez ou vinte passos. Queria checar se não estava sendo seguido, mas dessa forma demoraria muito para chegar aos limites da cidade.

Ouviu batidas distantes e isso significava que devia se apressar. O exército possivelmente havia começado a derrubar os portões a oeste da cidade, que costumeiramente ficavam fechados à noite.

A única forma de escapar sem ser visto, ele concluiu, era por um bosque longo e de mata densa que ficava ao norte da cidade, o Bosque das Almas. Sttanlik tinha quase certeza de que os soldados não viriam por lá, seria improvável atravessarem com armaduras, armas e cavalos um local de chão pantanoso. Além disso, o bosque não apresentava nenhum atrativo, era apenas um caminho de acesso à Planície Fim do Verde e, depois, a Andóice, um árido e extenso deserto.

Rua após rua, com extrema velocidade, Sttanlik percorreu boa parte da cidade em pouco menos de uma hora, muito mais do que se podia dispor. Logo o sol nasceria e tornaria sua fuga impossível. Ele teria de ser ainda mais rápido e não se esconder tanto em cada sombra que visse. As batidas a oeste se intensificaram, ditando o ritmo de sua evasão. Respirou fundo e saiu em disparada pelas ruas, que para sua sorte ainda estavam vazias. Correu até não aguentar mais o ardor em seus pulmões, só então parou para recobrar o fôlego. Mas não teve muito tempo para recompor-se, pois ouviu pesados passos aproximando-se rapidamente. Esforçou-se para alcançar um monte de feno, amarrado à parede de uma sólida casa de choupo. Seus pés afundaram ao subir, mas teve a altura necessária para agarrar a beira do telhado firmemente. Puxou com toda sua força, seus músculos queimaram com tamanho empenho, mas conseguiu. Deitou-se esgotado por um segundo e, em seguida, se aproximou da beirada para observar. Apesar de ofegante, procurou prender a respiração, com medo de ser ouvido.

Dois soldados correndo com machados em punho seguiam rumo ao sul da cidade, suas pesadas botas com solado de metal trovejavam contra o chão de pedra, como uma tempestade aproximando-se. Não faziam questão de serem silenciosos e riam como dois bufões.

"Devem ser batedores, estão indo na direção de onde vim, um segundo a mais e teriam me visto! Aggel estava certo, a única forma de sobreviver era fugindo", pensou ele.

Assim que não pôde mais ver os soldados, Sttanlik desceu do telhado e seguiu seu tortuoso caminho.

Mais ruas vazias e sombras para ele embrenhar-se, ao contrário do que acontecia no outro extremo da cidade, em que gritos desesperados já tomavam o lugar. Sentiu um nó na garganta. O silêncio no lado leste da cidade era ensurdecedor! Ficava claro que as pessoas deviam estar escondendo-se, apavoradas demais para sair de suas casas, talvez até mesmo para olharem pelas janelas. Onde estariam os homens de Gedrat? Eles deveriam estar defendendo os cidadãos de Sëngesi a todo custo! Não havia resposta para seus questionamentos, seus pensamentos eram ofuscados pelo pavor crescente que engalfinhava sua mente. Com o máximo de cuidado, evitou cruzar archotes que iluminavam o exterior de algumas casas, sua sombra poderia facilmente traí-lo, caso alguém estivesse observando. A alguns metros, ele viu um grupo de quatro soldados fumando cachimbos calmamente ao redor de uma enorme fonte de mármore. A cena era surpreendentemente peculiar, mas era apenas mais uma pergunta que deveria ficar sem resposta por enquanto. Pôde perceber que caçoavam da estátua no seu centro: um imenso cavaleiro erguendo orgulhosamente a espada, ao mesmo tempo em que segurava uma criança ao colo. Era Dermubh, o Libertador. Aquele que derrotou Madfar, o facínora que tomara centenas de pessoas como escravas, durante a primeira invasão de Sëngesi. Segundo a lenda, Dermubh foi sozinho atrás do tirano e derrotou todo seu exército, homem por homem, trazendo na volta a cabeça de Madfar para pendurar no portão da cidade. Desde então, só houve mais uma tentativa de tomada por inimigos, mas sem sucesso. O estômago de Sttanlik se embrulhou ao pensar em como a história estava se repetindo.

Sttanlik balançou levemente a cabeça para voltar à realidade, tinha seus próprios problemas para preocupar-se agora. Pensava em como faria para passar pelos quatro homens. Eles estavam bem no seu caminho rumo à saída da cidade. Teria de chamar a atenção deles para o outro lado e correr mais rápido que o vento. O grande muro que cercava a cidade estava tão perto e, ao mesmo tempo, tão distante. Olhou para o chão e logo à frente achou uma pedra do tamanho de um punho. Então, pegou-a rapidamente e a arremessou com toda a sua força, na rua seguinte. Fez mais barulho do que poderia imaginar. A pedra atingiu algum animal, talvez um pobre bode ou um porco, que deveria estar amarrado do lado de fora de alguma casa. O som chamou a atenção dos soldados que não tardaram em ver o que estava acontecendo.

Esperou o momento certo e apressou-se. Contornou a fonte e estava quase chegando ao muro quando um grito por pouco não o fez desmaiar de susto.

– Olhem, um rato querendo abandonar o barco!

Capítulo 2 – Despedida sangrenta

Fora descoberto! Sttanlik não olhou para trás, continuou a correr e, ao virar a rua, viu a uma certa distância a saída da cidade. Sabia que estaria a salvo se alcançasse o pequeno bosque, lá teria bastante lugar para esconder-se.

Sttanlik correu como nunca imaginou ser capaz. Suas pernas doíam, mas teve de ignorar a dor. Como um animal sendo caçado, tudo em que pensava era em sobreviver.

– Pare aí, moleque! Volte aqui, não queremos te fazer mal – disse em tom de graça um dos soldados, e todos caíram na gargalhada.

Conseguiu chegar ao muro onde havia um portão antigo que ligava a cidade ao bosque que há muito não era usado e estava trancado por dentro. Uma pesada tora, visivelmente gasta pelo tempo e coberta de musgo, prendia as portas de madeira com rebites de ferro esverdeado, tomados pela ferrugem.

Sem tempo para pensar, deu um pulo e, usando a tora como apoio, conseguiu agarrar-se no topo do muro. Atrás dele, o som de passos soavam cada vez mais perto. Com um esforço sobre-humano, deitou seu corpo sobre o muro, deu uma rápida olhada para trás, vendo apenas quatro borrões aproximando-se e saltou. Ao aterrissar do outro lado, sentiu como se suas pernas rachassem. Um fosso rodeava este lado da cidade, havia sido feito décadas antes para acumular a água da chuva que escoava pelo bosque.

"O fosso! Como sou burro", pensou.

Não havia tempo para preocupar-se com a dor, então levantou e, mesmo mancando, continuou a correr. No entanto, os soldados já estavam pulando o muro e também gemiam e xingavam ao sentir a dor do impacto por conta da queda mais alta que o esperado. Isso deu vantagem a Sttanlik, que disparou e escondeu-se atrás de uma esguia faia-branca. Não o viram, mas era questão de tempo até o acharem. Correr em meio a tantas folhas secas e num mato tão alto não era prudente, sabia que teria de lutar. Sua cabeça começou a latejar e seu corpo todo tremia, nunca sentira tanto medo em sua existência. De todo modo, agarrou os punhos das espadas, respirou fundo e as empunhou. Um fogo começou a arder dentro de seu corpo, sua alma pareceu se inflamar numa sensação diferente de tudo que já havia experimentado em sua existência. As espadas pareciam sedentas por sangue, duas feras que acabaram de despertar de sua hibernação, famintas, precisando alimentar-se.

– Vejam, rapazes, o garoto quer dançar! – zombou um dos homens.

Três dos soldados se aproximaram. Um empunhava um machado de lâmina dupla e os outros, espadas curtas. Posicionaram-se de modo a cercar Sttanlik. O quarto homem parou e cruzou os braços sob um pesado manto carmesim.

– Último aviso, garoto! Entregue-se, você não terá chance contra nós três. Poupe-nos de uma luta desnecessária – tentou negociar um deles, numa péssima tentativa de soar amistoso.

Sttanlik os analisou. O soldado que acabara de falar era corpulento, tinha quase dois metros de altura e ombros largos como o tronco de uma árvore. A cabeça completamente careca, semelhante a um ovo, e com veias tão saltadas na testa que pareciam prestes a explodir, tal qual sua avantajada barriga redonda. O segundo era atarracado, e aparentava ter a metade do tamanho do primeiro, e tinha um nariz em forma de meia-lua tão enfiado no rosto que não surpreenderia que o achasse saindo pela nuca. Seus cabelos, um emaranhado que dava a impressão de que uma pomba construíra um ninho em sua cabeça. O terceiro era magro como uma vara de marmelo e tinha uma tentativa cômica de barba a crescer no rosto, que mais pareciam tufos de lã grudados com melado. Todos vestiam couro desgastado e peles grossas.

— Se não quiserem lutar comigo, vão embora. Deixem-me em paz! — Sttanlik ainda ofegava, sua voz trêmula denunciava o quanto estava apavorado.

— Paz? — o homem cuspiu a palavra como se lhe amargasse a boca. — Não haverá paz a partir de agora! Hoje começa a grande invasão! — mal terminou a frase e já avançou sobre Sttanlik, mais rápido do que se podia imaginar de alguém de tamanho tão avantajado. Desferiu um golpe com seu machado e Sttanlik quase não teve tempo de girar para o lado. A lâmina passou silvando perto do ouvido do rapaz, mas não o atingiu. O machado cravou-se no chão, o que deu a Sttanlik oportunidade de acertá-lo com a espada no braço. Sangue escuro espirrou pelo ar, o soldado deu um grito de ódio e ergueu novamente sua arma. Com isso, os outros soldados avançaram, cada um postando-se em um flanco de Sttanlik.

— Você vai morrer, garoto! — ameaçou o soldado entre dentes trincados, com uma das mãos apertando a ferida aberta no braço. — Só me arranhou, mas eu vou cortá-lo em pedaços e dar para os cães comerem!

— Ataquem! — gritou o único que ficara para trás.

"Deve ser o líder!", raciocinou Sttanlik.

O mais magro veio pela esquerda empunhando sua espada curta, forjada tão porcamente que mais parecia que carregava uma faca de peixe. Sttanlik levava vantagem, suas bem-forjadas espadas eram longas e formidáveis. Aparou o golpe com uma e cravou a lâmina da outra na fina coxa do homem. Sentiu um tremor no braço quando o metal beijou o osso. O soldado soltou um grito agudo, como se fosse uma menina assustada, e caiu no chão. Os outros dois hesitaram por um breve momento, o suficiente para Sttanlik enterrar a espada no peito de um deles, que arregalou os olhos enquanto o aço inundava seu corpo por entre as costelas. Ao retirar a espada, o sangue jorrou pelo ar e respingou no rosto de Sttanlik. Agora com mais confiança em lutar e com um semblante ameaçador, ele se ergueu em desafio:

— Quem é o próximo?

Apesar de parecer seguro de si, por dentro estava desesperadamente assustado.

"Quem é o próximo? Você está louco? Acabou de matar um soldado e ferir outro", Sttanlik questionou a si próprio.

"Por todos os anjos, eu vou morrer!", concluiu o jovem.

Os homens olharam um para o outro e rosnaram:

— Você é o próximo! — assim, partiram de novo para cima dele, um de cada lado.

Rodeavam Sttanlik como dois predadores cercando uma presa e começaram a golpeá-lo sem piedade. O rapaz tinha certa agilidade, treinava sempre com Jubil, usando espadas de madeira, é claro. Mas, estranhamente, sua habilidade mostrava-se fora do normal, sentia como se seu corpo não mais lhe pertencesse, era como se fosse um espectador de suas próprias ações.

Capítulo 2 – Despedida sangrenta

O grandalhão ergueu o machado acima da cabeça com as duas mãos e desferiu um golpe. Sttanlik o desviou e conseguiu cravar a ponta da espada no ombro dele. Seu outro oponente tentou acertá-lo com a espada e o rapaz aparou o choque de forma desajeitada, não evitando levar um chute na altura da coxa.

"Quase quebrou minha perna! Maldito!", Sttanlik se ajoelhou, apalpando o local machucado.

– Você sabe defender-se, garoto! Respeito isso! Mas a brincadeira acabou! – bradou o mais alto, apontando o machado para o jovem. Então, avançou com os olhos flamejantes.

Levando a mão ao tornozelo, Sttanlik pegou a faca de cozinha e atirou-a com toda a sua força. A lâmina reta e afiada cravou-se na garganta do soldado, que deixou cair o machado pesadamente na grama e se ajoelhou, tentando estancar o sangramento com as mãos.

Dessa forma, Sttanlik teve tempo de se levantar mesmo que dolorosamente, pois sua perna urrava de dor. O atarracado, mesmo assustado e hesitante, ficou em posição de ataque.

– Mate logo esse imbecil, K'jin! – tentou gritar o grandalhão, mas sua voz saiu rouca, num gorgolejar, com sua garganta repleta de sangue.

K'jin avançou com sua arma curta e golpeou a espada na mão esquerda de Sttanlik com tanta força que o rapaz a deixou cair. Não havia tempo de se inclinar para pegá-la, preferiu desferir um golpe semicircular com a outra espada. Só conseguiu rasgar a roupa do soldado na altura das costelas, deixando exposta a cota de malha rústica cheia de pontos de ferrugem.

"Preciso acertar o pescoço dele, é minha única chance!", concluiu Sttanlik já cansado.

Os dois avançaram brutalmente e começaram a duelar, ambos procurando uma brecha para desferir o golpe final.

Um barulho seco, de algo caindo, chamou a atenção de K'jin, que instintivamente desviou o olhar por um instante para ver o que aconteceu. Seu companheiro, com a faca no pescoço, acabara de morrer. Era a distração de que Sttanlik precisava. Sem hesitar, descreveu um giro com a espada, usando toda a sua força, e acertou em cheio o pescoço do soldado. A impiedosa lâmina abriu caminho de lado a lado, fazendo a cabeça de K'jin pender para trás, presa apenas por uma curta faixa de pele.

O último soldado avançou lentamente. Enquanto batia palmas, pôs o pé sobre o corpo do grandalhão e arrancou a faca de seu pescoço. Analisou a lâmina e deu um sorriso de escárnio.

– Faca de cozinha? – disse, atirando-a no chão à frente de Sttanlik. – Por favor, não me mate com ela, garoto, eu não sou um pão.

Em seguida, retirou da bainha presa a seu cinto uma enorme espada de duas mãos. Gravações em ouro espalhavam-se por toda a extensão da lâmina.

– Apresento-lhe Aurum, a Dourada. Comigo ela já matou 79 pessoas em combate singular, ou melhor, daqui a pouco arredondarei para oitenta – sorriu sinistramente e piscou.

– Só se eu matar você com ela, seu desgraçado – Sttanlik ameaçou o soldado sem acreditar em suas próprias palavras.

O rapaz não parava de pensar: "O que está acontecendo comigo? De onde vem tanta confiança?".

De maneira calma, indo em direção a Sttanlik, o bárbaro beijou a lâmina religiosamente e fez uma carranca. Próximos o bastante para cada um sentir o hálito do outro, circulavam esperando o momento certo de atacar.

Sttanlik tomou a iniciativa e desferiu um golpe com toda a sua força, mas o soldado aparou o ataque sem sequer mover o braço.

"Ele é muito forte", murmurou Sttanlik para si, concluindo o óbvio.

— Com essa força, você não vai muito longe, garoto! Diga-me, como se chama? Não gosto de matar um homem sem nome. Pelo menos, não em um duelo – gargalhou sem abrir a boca, tomando a aparência de um cão que rosna.

— Não vou lhe dizer nada! Você não precisa saber o nome daquele que vai matá-lo.

— Gosto do seu jeito, garoto. Acho que vejo o reflexo de alguns de meus primeiros adversários em você. Pode me chamar de nostálgico, se quiser – deu de ombros sorrindo. – Meu juramento como cavaleiro me obriga a lhe dizer quem sou – declarou, apresentando sua espada cerimoniosamente. – Eu me chamo Seallson, tenente da Guarda Escarlate de Tinop'gtins. Luto em nome do rei Bryccen, o segundo de seu nome, governante das terras do oeste e sul de Relltestra, assim como das ilhas de Nevermurr. Pronto, quando Pallacko chegar para levar você ao mundo dos mortos, pode dizer a ele quem o enviou.

Nunca em sua existência Sttanlik achou que seria levado para o mundo dos mortos pelos braços do próprio Pallacko, o guardião do além-túmulo que favorece os espíritos dos guerreiros, vindo pessoalmente buscá-los quando se separam de seus corpos. Obviamente, hoje isso mudou.

"Pelos anjos! Tenente da Guarda Escarlate! Não tenho chance contra ele!", pensava Sttanlik, sem conseguir disfarçar sua surpresa.

— Vejo que se impressionou com a minha patente. Bem, normalmente não agimos em ações comuns como esta, mas neste lugar há algo, ou melhor, alguém que nosso rei acha que vale mais do que qualquer tesouro – disse Seallson, com o dedo em riste. – Palavras dele, garanto! Por isso, estamos aqui – abriu os braços e fez uma reverência zombeteira.

— E quem seria esse "alguém"? – perguntou Sttanlik, já imaginando a resposta. Aggel estava certo, de novo!

— Não sabemos ainda. Assim sendo, temos ordens de não matar qualquer um por aí. Mas quem vai sentir falta de um garoto insolente? Portanto, posso matar você à vontade, e da forma que eu desejar – Seallson avançou e golpeou com toda a força o peito de Sttanlik, usando o lado sem fio da espada, apenas para jogá-lo longe e fazê-lo perder o fôlego. – Você tem sorte, gosto de brincar com a comida antes de devorá-la! – disse o tenente mostrando um sorriso que revelava dentes de ouro alternados por dentes escuros como carvão. Abriu a presilha de bronze em forma de flecha e deixou cair seu pesado manto de pele tingido de vermelho, espalhando uma nuvem de folhas secas por todos os lados. Lambeu as duas mãos e passou pelos cabelos caprichosamente cortados rentes à cabeça. Vestia uma placa de peito prateada, com curtos arabescos pintados na base dos ombros, mas, de resto, não trajava maiores proteções, somente peças de metal batido amarradas nos antebraços e um par de grevas.

Capítulo 2 – Despedida sangrenta

Caído no chão, Sttanlik lutava contra uma dor horrível em suas costelas. No entanto, seu colete de couro absorvera parte do golpe, evitando que tivesse fraturas. Arfava em busca de ar, que parecia ter escapado para sempre de seus pulmões. Para sua sorte, foi jogado perto de onde estava a outra espada. Após conseguir respirar fundo, reuniu as duas armas e se ergueu. – Você não devia brincar com alguém... que acabou de matar... três de seus melhores homens! – ainda ofegante, apontou com as espadas para os corpos ao redor.

Seallson explodiu em gargalhadas. Uma lágrima escorreu pelo seu rosto, que ele limpou com o antebraço, e ao se recobrar falou:

– Esses três aí? – chutou o corpo do homem maior. – Não servem nem para limpar minhas botas com a língua. São bárbaros contratados, não são de exército algum, muito menos da Guarda Escarlate. Por isso, somente assisti enquanto você matava cada um deles. Acha que derrotou os campeões do rei? Matou bêbados sem habilidade alguma, vermes sem importância. Você fedia a lâmina virgem até há alguns momentos, garoto. Agora vai ver como é lutar com um homem treinado.

Os dois correram, um de encontro ao outro, e aço choveu sobre Sttanlik, que tentava se defender como podia dos poderosos ataques de Seallson, mas a diferença de habilidade era gritante. Parecia que o duelo duraria horas, faíscas voavam pelo ar como pequenas estrelas cadentes, até que algo impensável aconteceu. Uma maça atingiu o rosto de Seallson fortemente, fazendo com que ele parasse surpreso levando a mão ao local atingido. Sttanlik aproveitou a brecha e desferiu um golpe que atravessou, além da mão, o pescoço do tenente, e ambos caíram rolando no chão. Não contente com isso, o garoto cravou suas espadas repetidas vezes no corpo sem vida de Seallson, somente para arrancar mais sangue, que já não corria do cadáver de seu adversário.

Quando se deu por satisfeito e menos sedento de sangue, Sttanlik se ajoelhou ofegante. "Como uma maça pode ter caído com tanta força de uma árvore?", indagou-se ele.

Uma misteriosa voz cortou o ar, vinda de cima de uma macieira.

– Pode relaxar, rapaz! Mais morto que está, ele não vai ficar – e ao ver a surpresa que causou em Sttanlik, o dono da voz deu uma risada pelo nariz. – Recupere seu fôlego e me agradeça depois!

O rapaz olhou para cima e viu uma figura nas sombras, sentada em um galho com uma das pernas balançando lentamente para fora. Apenas sua boca estava visível, o capuz cobria-lhe o resto do rosto.

Exausto, Sttanlik fincou as espadas no chão e as usou como apoio para se levantar. Coxeou lentamente até o pé da árvore.

– Mais um soldado? Pode vir, estou pronto para você.

– Não sou soldado. Pode-se dizer que luto, mas em meu nome, não por ninguém. E não, você não está pronto para lutar comigo – respondeu a enigmática figura antes de dar uma mordida em uma maçã. – Olhe, se eu fosse você, comeria uma dessas, estão docinhas, docinhas! – disse com a boca cheia.

– Então foi você que jogou a maçã no rosto dele? – Sttanlik indicou com a espada o corpo de Seallson, decapitado no chão.

— Sim. Quando vi que você não teria chance, resolvi ajudar, mas só após ele anunciar ser da Guarda Escarlate, pois odeio aqueles insetos traiçoeiros. Aliás, obrigado por me entreter, estava entediado aqui e você me forneceu um bom divertimento gratuito nesse belo amanhecer.

Sttanlik não tinha reparado, porém o sol já brilhava timidamente, coroando as nuvens com um dourado incandescente. Apressou-se em arrumar as suas coisas que estavam caídas pelo chão.

— Para onde vai, amigo? — perguntou o jovem misterioso, pulando do galho onde estava, caindo bem em frente a Sttanlik.

— Tenho de fugir logo daqui, um exército vai tomar a cidade e está atrás de escravos. Preciso partir o mais rápido possível! Agradeço a sua ajuda, mas devo ir embora.

— Ainda não respondeu a minha pergunta. Para onde vai?

— Não posso dizer, sobretudo para alguém que não conheço. Não me leve a mal, agradeço sua ajuda, contudo tenho de partir em segredo.

Estendendo a mão, o desconhecido disse:

— Não seja por isso, meu nome é Paptur, mas pode me chamar de Aljava Sangrenta.

Capítulo 3
Nunca olhe para trás

Ainda lutando para recobrar o fôlego, Sttanlik retribuiu o aperto de mão de Paptur e meio desconfiado perguntou:

— Por que tanto interesse em para onde vou?

— Posso ajudá-lo a traçar um plano. Veja, eu sei o que está prestes a acontecer à sua cidade. Estava em uma taberna nas proximidades de Hazul e ouvi a conversa de uns bêbados. Diziam que um enorme exército marchava de Tinop'gtins rumo a Sëngesi. Todos ao redor do porto estavam assustados, muitos elaboravam planos para se esconder, outros planejavam fugir para o norte. Fui curioso o suficiente para segui-los até aqui. Tinha de ver o que ocorreria, pois não é todo dia que Relltestra foge de seu habitual tédio — sorriu, mas tratou de recolher sua satisfação, não queria ser desrespeitoso com Sttanlik. — Quem sabe até poderia ficar com um pós-saque, desculpe-me por dizer isso, mas o que posso fazer, vivemos tempos difíceis!

— Eles não vieram saquear, e sim escravizar todos aqui. E estão em busca de alguém...

— Alguém? E quem seria esse alguém? Pelo seu tom, é você, imagino, ou talvez algum conhecido seu... — interrompeu-se Paptur, com um sorriso sarcástico.

Sttanlik sentiu que estava falando demais. Sem dúvida, Paptur era muito perspicaz e isso o assustou um pouco, deveria segurar a língua.

— Assassino misterioso, se não quer me falar por que eles querem capturar um rapaz pouco habilidoso com a espada, meu mundo não vai mudar por isso, mas acho que deve algo àquele que salvou sua vida. E por favor, limpe o sangue de seu rosto, tem uma aparência repugnante.

Sentindo-se enojado, Sttanlik limpou o rosto com a base de sua capa.

— Salvou minha vida? Você fugiu da luta, apenas jogou uma maçã no rosto daquele louco. Se ao menos tivesse usado uma de suas flechas... — apontou para a aljava presa às costas de Paptur.

— O covarde foge, o esperto evita. Atrairia a atenção dele para mim! — assim, Paptur puxou seu capuz para trás revelando seu rosto.

Sttanlik surpreendeu-se ao ver que o rapaz era quase tão jovem quanto ele, alguns anos mais velho com certeza. Tinha uma leve barba avermelhada por fazer, que ajudava a destacar a pequena cicatriz do lado direito do rosto. Em sua testa estava amarrada uma faixa preta de um fino tecido, parecendo seda, e os cabelos ruivos cor de fogo lhe caíam lisos, cortados de forma irregular, na altura dos ombros. Suas feições eram delicadas e bem definidas. Seus olhos eram verdes como esmeraldas, espertos e curiosos, iguais aos de uma raposa. Estava todo trajado de preto, salvo uma faixa cor de sangue que lhe ia do ombro direito até o cinto. As roupas aparentavam ser feitas de algum tipo de lã grosseira, mas maleável. No ombro direito havia uma ombreira de couro cinza e em seu antebraço, também direito, estava amarrada firmemente uma faixa de couro duro, que era lisa como um espelho, a não ser por alguns arranhões. Sua aljava ficava visível atrás do ombro direito, e do lado esquerdo estava preso o seu longo arco de teixo, com uma cabeça de águia talhada na extremidade. Era uma figura imponente, cercada por uma aura de guerreiro.

— Além do mais, aquela não era minha luta, e sim sua. Fiz o que achei ser mais justo — Paptur apontou para o corpo de Seallson. — Matar alguém da Guarda Escarlate é pedir para ser seguido por todos os outros membros. E mesmo que eu recolhesse as flechas, eles veriam os orifícios e eliminariam todos os arqueiros, que achassem pelo caminho, que não lutam sob o estandarte de Tinop'gtins.

Aljava Sangrenta estava certo, as histórias sobre as caçadas de vingança da Guarda Escarlate eram bem claras: matar um deles, significava a morte, pois empregavam todas as suas forças para achar o responsável, mesmo que para isso precisassem deixar por Relltestra uma trilha de cadáveres.

Sttanlik não tinha muita escolha, a não ser confiar no rapaz. Afinal, à maneira dele, Paptur salvou sua vida. Além disso, sentia uma estranha necessidade de compartilhar sua história com alguém, precisava achar uma constatação de que não estava enlouquecendo. Levantou-se, amarrou firmemente a sua trouxa com provisões às costas e resolveu conversar abertamente:

— Bem, está certo, fico feliz por ter me ajudado, mas agora vou seguir meu rumo. Meu nome é Sttanlik. E preciso chegar a Idjarni, para encontrar alguém que falou comigo em minha mente.

Quando viu que Paptur estava prestes a gargalhar, Sttanlik o interrompeu com um gesto brusco.

— Sabia que era uma má ideia contar essa parte da história, parece loucura, mas alguma coisa me diz que tenho de ir. Segundo o dono da voz, muito depende de mim.

— Desculpe, Sttanlik, mas alguém falar pela mente do outro é algo bastante engraçado. Mas, sabe, já vi muitas coisas estranhas por aí, para duvidar de você. Continue.

Paptur resolveu ouvir mais da história, sem dúvida queria ver aonde isso ia dar.

— Bom, é isso. Ele me acordou à noite e me disse para ir encontrá-lo. Mandou-me abrir a janela, foi quando vi o exército e percebi que, pelo menos, mentindo ele não estava. Porém, na verdade, algo dentro de mim sabia que eu tinha de fazer isso. Não sei explicar muito bem.

— Tem certeza de que não era alguém gritando por fora da janela? — caçoou Paptur.

Sttanlik bufou e deu as costas para o arqueiro, que impediu seu progresso pondo a mão em seu ombro.

Capítulo 3 – Nunca olhe para trás

– Desculpe, só estava brincando. Não se ofenda – disse em tom afável.

– Estou sendo sincero e não sou louco. Não precisa acreditar em mim, se não quiser – os olhos de Sttanlik se fixaram nos de Paptur, firmes como duas rochas.

Para Paptur, a demonstração de certeza indicava duas coisas: ou que era verdade, ou que ele era um rapaz insano. De qualquer forma, não havia razão para desconfiar dele.

– Está bem, já sei o suficiente. Mas como pretende chegar a Idjarni? Pelo deserto? A pé? Isso daria uns 12, 15 dias de caminhada, e olhe que estou sendo otimista – Paptur coçava o queixo levemente, como quem está perdido em pensamentos.

– Sei que será difícil, mas tenho de conseguir, é o único jeito. O exército tomou tudo a oeste do deserto, e contorná-lo pelo leste me obrigaria a passar pela Fronteira das Cinco Forcas – Sttanlik acabou fazendo uma careta enquanto terminava a frase, deixando claro o risco que correria ao escolher esse caminho.

– Realmente, não seria uma boa ideia, ver as árvores de "pedra'ço" não vale o risco. Capturariam você para dar explicações, na melhor das hipóteses. Aquele lugar é terra de ninguém.

Todos em Relltestra evitavam a qualquer custo essa fronteira. A região recebia esse nome porque era formada por um grupo de quatro países: Murbab, Chev, Priör e Ythep, que brigavam entre si pelo quinto território, com o qual todos faziam fronteira. Era considerada a parte mais violenta de Relltestra, com uma guerra que aparentemente nunca iria chegar ao fim. Séculos atrás, os quatro países eram apenas um, mas com a morte do antigo rei Meggabo, o Sereno, seus cinco filhos, que, ao contrário do pai, eram gananciosos, resolveram dividir as terras que herdaram em cinco partes. Isso para evitar uma linha natural de sucessão ao trono, podendo, assim, cada um se declarar rei em seu próprio torrão. Murbab, o único que nomeou as suas terras com o próprio nome, levantou-se em armas e invadiu as de seu irmão, Razc, assassinando o recém-coroado rei. Tomou o seu povo, mas teve dificuldades em assumir o território, pois os outros reis também resolveram brigar por essas terras. A guerra perdura até hoje, o ódio é uma herança de pai para filho, geração após geração. Nenhum dos reis coroados quer dialogar com os outros, e o conflito pelos domínios de Razc segue sem solução. E provavelmente continuará até que ninguém mais tenha forças para empunhar uma espada.

– Podemos comprar cavalos de um grupo de nômades que eu vi acampados a noroeste daqui, não é uma caminhada muito longa – sugeriu Paptur.

– Seria uma ótima ideia, se eu tivesse dinheiro suficiente... Ei, espere aí! "Podemos"? – perguntou Sttanlik franzindo a testa.

– Sim, eu vou com você. Acha que não quero ver como isso tudo vai acabar? E também, não tenho como sair daqui, a não ser pelo mesmo caminho que você. Não quero virar escravo de ninguém e sou jovem e bonito demais para morrer – Paptur estava pronto para começar a rir, mas Sttanlik o interrompeu.

– Impossível, eu tenho de ir sozinho... – sua voz foi sumindo aos poucos e abaixou a cabeça como uma criança que aprontou alguma.

– Esperava ao menos uma breve risada. Bem, pode ir sozinho, ou pode ter ao seu lado o maior arqueiro que Relltestra já viu – Paptur colocou as mãos na cintura e ergueu o rosto.

— E quem lhe deu esse título? Você mesmo? — a voz de Sttanlik demonstrava total desdém.

— Se necessário, em algum momento, provarei isso a você. Apesar de não precisar da opinião de ninguém! Não me leve a mal.

— Não, não. Acredito em você! — e ergueu as mãos como se estivesse se rendendo.

Sttanlik resolveu não caçoar daquele que o socorreu sem ao menos o conhecer. Além disso, estava oferecendo ajuda e seria conveniente ter ao seu lado um arqueiro, sendo ou não o melhor de Relltestra. E se fosse o caso, não teria de lutar sozinho por um tempo.

— Empreste-me a sua faca — pediu Paptur, estendendo a mão.

Sttanlik tirou a faca do tornozelo e a entregou ao arqueiro. Ele se dirigiu à cabeça decapitada de Seallson e a pegou com uma das mãos.

Os olhos pálidos e sem vida do tenente da Guarda Escarlate se encontraram com os de Sttanlik e pareciam encará-lo, julgando e amaldiçoando. A realidade recaiu sobre o jovem como um manto negro. Ele se sentiu enjoado, pois acabara de matar quatro homens. Nunca em sua existência havia imaginado tirar uma vida. Na verdade, nunca tinha imaginado lutar com alguém. O enjoo piorou ao ver Paptur arrancando os dentes de ouro da cabeça que ainda pingava muito sangue. Então, por não conseguir se conter, começou a vomitar.

— Esse Seallson comia o que para que seus dentes ficassem assim? — disse Paptur, batendo com a ponta da faca nos dentes escuros. — Pelo cheiro horrível desta boca, devia ser estrume — jogou a cabeça de lado.

Voltou para falar com Sttanlik. Trazia também Aurum, a belíssima espada do tenente. Ao vê-lo vomitando, perguntou:

— Você está bem? Sei que não é agradável o que fiz, mas isto deve bastar para comprar um cavalo. Há muito ouro aqui, e os nômades amam ouro.

— Estou bem, sim, só não pude evitar de pensar que acabei de assassinar pessoas. Não sou um guerreiro, sabe... — Sttanlik fez uma pausa, respirou fundo e limpou a boca com a manga. — Mas estou impressionado, nem em uma centena de anos eu pensaria em arrancar os dentes de ouro de alguém e usá-los como moeda de troca. Apesar de achar que ninguém vai comprá-los, por mais valioso que seja o ouro de que foram feitos, podem desconfiar...

— Nômades não fazem perguntas, eles vivem se deslocando de um lugar para outro. Não querem saber de onde vem o ouro. Se lhes interessar, eles negociam. E não se preocupe pelas mortes, você não os assassinou. Simplesmente, os matou em legítima defesa. Ou preferia que fosse você caído na grama agora? — Paptur esperou a negação de Sttanlik. — Se não os tivesse impedido, eles o cortariam aos pedaços. Piedade é uma palavra que poucos conhecem.

O rosto do arqueiro tomou feições tão amigáveis que Sttanlik se sentiu um pouco melhor. Parecia que ele entendia tudo o que estava passando, e realmente não havia muito o que fazer.

— E alegre-se, pelo que indica esta espada, você matou um vitorioso e tanto. Conhece a tradição da Guarda Escarlate, não é? Pense assim: já que matou alguém em legítima defesa, pelo menos o fez com estilo — ao dizer isso, Paptur caiu na gargalhada.

Sttanlik se permitiu dar uma leve risada. Tudo o que Paptur dissera, era verdade. A sensação ruim pelas mortes abrandou um pouco. Sabia que nunca mais seria o mesmo, mas, de qualquer forma, lutou por sua vida, e não matou em vão.

Ao voltar à realidade, após alguns momentos de boas risadas, Sttanlik passou a pensar no plano de Paptur. Ele se forçou a perguntar:

— Acha que isso seria o suficiente para um cavalo... digo, alguns dentes de ouro e uma espada?

— Não com um mercador normal. Por mais que esta espada valha muito, vendê-la seria quase impossível, dada sua origem. Mas nômades roubam cavalos quando precisam de um, portanto, para eles, o valor de um animal é muito baixo. O único problema é conseguir fazer com que eles negociem conosco.

Paptur prendeu Aurum a seu cinto e caminhou até os outros soldados para ver se tinham algo de valor. Ao se abaixar, Sttanlik viu por que ele disse para ser chamado de Aljava Sangrenta. Sua aljava era branca como leite, contudo algumas nódoas vermelhas riscavam toda a sua extensão, enquanto que o fundo estava tão manchado, que era praticamente marrom. O jovem tentou não se perturbar com isso. Não agora, que já tinha problemas demais em sua cabeça.

Paptur se levantou balançando um pequeno saco de couro, que, pelo barulho, deveria ter moedas dentro. Porém, ao abri-lo, a surpresa foi enorme.

— Creio que, por conta disto, conseguiríamos com que os nômades nos levassem no colo até o topo de As Três Moradas! — Paptur estendeu a mão, revelando a Sttanlik o conteúdo do saco: quatro reluzentes pedras vermelhas, cada uma do tamanho de um ovo de galinha.

— Por todos os anjos! Que belos! — os olhos de Sttanlik brilharam. Ficou encantado com a imponência das pedras. — O que são?

— Rubis de Magnarcyn, ou Terra dos Lagartos como é conhecida. É uma ilha quase inexplorada e lá habitam apenas os marminks ou, como dizem por aí, lagartos do fim do mundo. Feras destruidoras, os maiores predadores já vistos. Bom, eu nunca os vi, mas dizem que seus corpos são praticamente cobertos de espinhos venenosos. Podem matar um homem num piscar de olhos — Paptur cortou o ar com a mão livre. — Alguns xamãs viajam até Magnarcyn para conseguir algumas gotas de seu poderoso veneno, o que só é possível com o marmink morto, óbvio. Eles aproveitam para pegar também os olhos do lagarto e os mergulham em seu próprio sangue. Os olhos aos poucos absorvem o sangue e após alguns meses endurecem, tornando-se rubis, as pedras mais valiosas de Relltestra! — enquanto falava, passava os dedos pelas joias e testava seu peso. — Antes que me pergunte, sei tudo isso porque um mercador de joias em Hazul tentou me vender uma recentemente, mas eu jamais teria como pagar. E aqui, Sttan, temos quatro rubis de Magnarcyn. Nunca achei que conseguiria ao menos um! Podemos prosseguir agora sem problemas. Posso chamá-lo de Sttan, certo?

— Então, poderíamos comprar um país com isso! — o olhar de Sttanlik não se desgrudava das reluzentes joias.

— Não seja ganancioso, Sttan! Vamos comprar dois cavalos e, quem sabe, mais algumas provisões — disse o arqueiro guardando as joias no saco de couro e depois em um bolso oculto costurado no interior do forro de sua capa.

— Desculpe, você está certo. Não quis ser ganancioso, é que nunca tinha visto algo tão valioso de perto. Bem, vamos, logo os soldados virão para esse lado da cidade e pode ser que alguém suba no muro e nos veja — Sttanlik limpou o sangue das espadas na grama aos seus pés e as arrumou de novo nas costas. Virou-se para prosseguir, mas Paptur pôs a mão em seu ombro.

— Espere um instante, tenho que fazer uma coisa — de dentro de sua bota, tirou um objeto comprido e bege, algo parecido com um apito esculpido a partir de um osso. Colocou-o na boca e assoprou levemente. Um som quase inaudível e agudo saiu da peça, mas nada aconteceu. Ele guardou o objeto de volta em sua bota e soltou um estalo com os lábios.

— O que foi isso? — perguntou Sttanlik confuso, coçando a parte de trás da cabeça.

— Você já vai descobrir! Bom, rumo a noroeste. Os nômades já devem estar cientes do que está acontecendo aqui em Sëngesi e logo irão embora. Tenho certeza disso.

E concluiu falando mais para si próprio do que para Sttanlik:

— Uma pena, seria mais prudente enterrar esses corpos.

Com isso, Paptur tomou o caminho. Sttanlik o seguiu, mas ainda intrigado, e não pôde deixar de perguntar de novo:

— Mas o que foi aquilo? Que objeto é aquele que você assoprou?

— Ao assoprá-lo, imaginei que ficasse claro que era um apito. Eu fiz de uma costela de um cervo. Acho que ficou muito bonito, não concorda? — um sorriso quase imperceptível apareceu no canto de sua boca.

— Para que você precisa de um apito? E por que você o usou?

— Em alguns segundos, você vai descobrir.

A resposta não tardou a chegar. Um vulto passou em grande velocidade por entre os galhos de um ulmeiro-branco e pousou na ombreira de couro cinza de Paptur. Era uma imensa águia negra com algumas manchas brancas na cauda e no peito. Seu bico curvo era enorme, de um laranja-avermelhado. Em uma de suas pernas estavam amarradas duas tiras de pano, uma preta e uma vermelha, com não mais de um centímetro cada, do mesmo tecido da faixa que Paptur tinha em sua testa.

— Sttan, quero que conheça Ren, minha grande amiga e aliada.

Sttanlik não conseguiu esconder sua surpresa, nunca havia visto uma águia de verdade em sua vida, apenas em ilustrações de um livro de contos antigos. Mas essa era totalmente diferente, pois nos desenhos só existiam águias marrons.

— Mas ela é tão diferente, nunca vi uma águia como essa!

— É de um tipo raro, que só vive perto do mar do norte. Eu a achei ainda filhote, caída no chão coberto de gelo, próximo a Cystufor. Procurei o seu ninho, porém, não encontrei. Creio que alguém matou sua família. Resolvi criá-la, e hoje ela é minha melhor amiga — enquanto falava, Paptur passava levemente a mão esquerda na cabeça de Ren, que aparentava retribuir o carinho inclinando-se para o lado e fechando os olhos.

Sttanlik se encantou com a bela cena e queria saber mais:

– Ela obedece você, Aljava? Como se comunicam?

– Não diria que me obedece, somos amigos e nos ajudamos quando é preciso. Divido minha comida com ela, que faz o mesmo quando eu não consigo caçar ou comprar algo. Tomamos conta um do outro e... – ao falar de Ren, Paptur parecia um pai orgulhoso das proezas do filho.

Sem poder acreditar no que ouvia, Sttanlik arregalava os olhos. Sabia que muitos caçadores usam aves de rapina. Mas daí a serem amigos delas... E ainda, um ajudava o outro! Isso era espetacular!

– O que mais ela faz? – perguntou boquiaberto.

– Sabe por que gosto de ser chamado de Aljava Sangrenta?

– Eu me perguntava isso agora há pouco. Por quê?

– Prefiro que descubra na hora certa, a surpresa será maior – Paptur desatou a rir e seguiu, deixando Sttanlik para trás, decepcionado e curioso.

Caminharam apressadamente por quase duas horas, muitas vezes dando voltas para despistar qualquer um que pudesse vir a tentar seguir seus rastros. O bosque era mais fechado do que Sttanlik se lembrava. Sorveiras, espinheiros e sabugueiros criavam um labirinto natural, suas raízes se espalhavam pelo chão deixando pouco espaço para clareiras. A distância, ouviram trompas de guerra e gritos, a certeza veio como um golpe dolorido nas entranhas de Sttanlik: Sëngesi estava completamente tomada.

Um desejo de voltar e ajudar o resto da cidade tomou conta do rapaz, de lutar até a morte se preciso, mas algo dentro dele o impediu. Uma sensação... não, uma convicção de que seria um erro lutar agora, que de nada adiantaria sua presença para defender sua cidade. Além disso, Seallson havia dito que ninguém seria morto, isso já era alívio o bastante para prosseguir. Fez um esforço para tirar aquilo da cabeça e jurou a si mesmo que, assim que possível, ele voltaria para ajudar a todos da cidade. Voltou à realidade bruscamente, com Paptur lhe cutucando com o cotovelo.

– Tem alguém lá na frente, parado entre aqueles dois troncos caídos. Espero que seja um dos nômades, senão suas lâminas terão de provar mais sangue hoje – falou Paptur, virando-se rapidamente para seu companheiro de viagem. – E, Sttan, nunca olhe para trás, nosso caminho é para frente.

O sol já brilhava forte no céu e cobria de sombras a estranha figura, imóvel como uma estátua, estrategicamente postada na contraluz para examinar os desconhecidos antes de ser analisada.

Os dois rapazes não hesitaram e foram na direção do homem que estava à sua espera.

Capítulo 4

Nem tudo é o que parece

— Quem vem lá? – disse o estranho com uma voz extremamente grave, como o ronco de uma fera no interior de uma caverna.

Paptur, ou Aljava Sangrenta, pôs a mão no ombro de Sttanlik e sussurrou:

— Deixe que eu lido com ele. Se for mesmo um nômade, quanto menos falarmos melhor. Estamos cercados, sinto pelo menos umas cinco pessoas escondidas ao nosso redor.

Então, virou-se para o homem à sua frente e falou:

— Viemos negociar alguns cavalos com o senhor. Podemos nos aproximar? – e levantou as mãos para mostrar que não empunhava armas.

Sttanlik repetiu o movimento, mas sentiu que tremia um pouco. Obviamente que ficara assustado com o que Paptur lhe dissera.

— Não temos cavalos aqui, vá embora cabelo de fogo, leve sua pomba preta e o menino "tremelicão" com você.

O homem passou as mãos pelo cabelo ensebado, cuspiu no chão e um filete de saliva escura escorreu por sua enorme e densa barba. Não se incomodando com isso, começou a rir. Em seguida, gargalhadas ecoaram por todos os lados e não pareciam distantes, o que só fez aumentar a apreensão de Sttanlik.

— Não temos para onde ir, somos dois viajantes e precisamos de cavalos. Sei que os possui, na parte de trás de seu cinto está preso um açoite. Não quero me intrometer com o senhor, mas trazemos conosco alguns itens de valor considerável. Não nos apetece lutar, estamos em desvantagem, cercados por seus homens. Seríamos alvejados por flechas antes mesmo de conseguirmos nos armar.

O homem pegou o chicote e olhou como se estivesse analisando-o. Depois, desencostou do tronco e foi na direção de Paptur. Estava nu da cintura para cima, revelando sua pele de tom acobreado. Trajava apenas uma calça marrom, que parecia muito curta para ele, deixando suas canelas peludas de fora, e calçava botas de couro de lontra, que, ao contrário de suas calças, estavam em ótimo estado. Quando o nômade se aproximou, Sttanlik sentiu como se seu corpo estivesse sendo banhado por água gelada.

— Esperto, muito esperto! Gosto do seu jeito, "cabeça de fogueira"! Atento a todos os detalhes. Vamos fazer uma brincadeira: se me disser quantos de meus homens têm vocês na mira, poderemos conversar. Que tal? – deu uma piscada ao terminar a frase e ergueu a mão esquerda. Nesse instante, sons quase inaudíveis de cordas sendo retesadas soaram pelo ar.

Sttanlik ouviu ruídos tão sutis que achou se tratar de zumbidos de insetos. Já Paptur e Ren giraram suas cabeças para os lados, acompanhando os baixos sons que vinham de várias direções.

— Seis homens, mas creio que apenas cinco conseguiriam nos acertar. O homem ali, em cima daquele majestoso carvalho... Sim, à esquerda. Ele não nos representa ameaça, pois você está barrando seu campo de visão – Paptur apontou por cima do ombro do grotesco homem.

O nômade olhou para trás e gritou:

— Cabott, seu imbecil! – cuspiu de lado. – Não sabe nem se posicionar? Seu inútil.

Mais risos tomaram o ambiente, o ar abafado parecia amplificar o som das gargalhadas.

— Desculpe, senhor, mudarei meu posicionamento agora mesmo! – gritou o tal Cabott de cima da árvore. O som de algo caindo e, em seguida, de passos apressados foi ouvido.

— Tudo bem, dessa vez passa. Venha recepcionar nossos clientes comigo, eles já se provaram astutos o suficiente para negociar com os yuquis.

O homem barbudo se virou para Paptur e ergueu a mão em cumprimento, como dita o costume das tribos nômades: nunca se aperta a mão de estranhos.

— Meu nome é Yuquitarr, e sou o líder desse grupamento. Cavalos... é o que disse?

Sttanlik não conseguiu segurar um suspiro de alívio, mas Yuquitarr pareceu não notar. Paptur, por sua vez, deu uma leve cotovelada em suas costelas.

— Sim, dois cavalos bons de estrada e algumas provisões. Temos a oferecer belas pepitas de ouro e uma espada muito bem forjada – com isso, Paptur retirou a espada do cinto e os dentes do bolso de sua capa e mostrou a Yuquitarr.

Mantendo-se impassível, Yuquitarr analisou os itens e, nesse instante, Cabott chegou ao seu lado. Era bastante magro, mas seus músculos definidos denunciavam sua força. A pele bronzeada de seu rosto era colada em seus ossos e tinha um longo nariz fino, que se destacava ainda mais por causa do bigode fino que usava. Estava sem camisa, mas trazia às costas uma bela capa malhada de pele de gato-do-mato.

— Isso não compra nem uma porca manca – disse Cabott, largando seu arco no chão e pondo as mãos na cintura. Mesmo assim, inclinou-se para ver melhor.

Yuquitarr deu um tapa em sua cabeça e falou algo em uma língua desconhecida para Sttanlik e Paptur. Então, se virou para Sttanlik:

— Desculpe os modos desse imbecil, ele é bom de briga, mas ruim de cabeça. Você, "senhor caladinho", acha justa a troca de alguns dentes de ouro e essa espada por dois cavalos?

Sttanlik ficou sem ação, não imaginava que teria de abrir a boca durante as negociações. Olhou para Paptur, que estava com o rosto tranquilo, e se ficara surpreso com a atitude de Yuquitarr, não demonstrou.

— Eu... eu acho que sim. Essa é... é uma bela espada e os den... digo, as pepitas são feitas do ouro mais puro.

Capítulo 4 – Nem tudo é o que parece

Apesar de gaguejar um pouco, Sttanlik pareceu confiável, o que, aparentemente, agradou ao nômade.

– Ótimo, ele não é mudo! E parem de dizer que são pepitas. Está claro que são dentes de ouro. Não me importa de onde vieram, ou de quem foram, mas não tentem me fazer de idiota. Bom, creio que posso lhes fornecer um cavalo por esses dois itens. Isso porque eu gostei bastante da espada, realmente é muito bem forjada – Yuquitarr abaixou a cabeça ao terminar a frase, como é o costume de seu povo ao se dar um lance em uma negociação, com o intuito de propiciar tempo e privacidade para a outra pessoa pensar.

Paptur respondeu à oferta secamente:

– Nós dois não podemos montar em apenas um cavalo, não chegaríamos muito longe...

– E acho que teríamos de ver os cavalos que estamos negociando, Yuquitarr. Acredito que seria mais justo. Não queremos ser enganados por vocês – falou Sttanlik interrompendo Paptur, que por sua vez arregalou os olhos incrédulo. Imediatamente, o jovem se arrependeu de ter tomado a palavra.

Yuquitarr não pôde evitar o sorriso que apareceu por entre sua enorme barba, que mais parecia uma floresta negra.

– Ah, muito bem, pequenino! Venha comigo e considere-se sortudo, pois poucos recebem a permissão de entrar em um acampamento yuqui.

O nômade se virou e disse algumas palavras em sua língua estranha. Das árvores que os cercavam, saíram cinco homens, todos com grandes barbas e cabeças raspadas, também não vestiam camisas. Quando se aproximaram, o cheiro de cerveja tomou conta do ar. Cambaleavam ao se juntar a Yuquitarr.

– Venham! Sigam o nosso mestre – ordenou um deles, que pela barba mais curta e rala parecia ser o mais novo do grupo.

Quando deram as costas e se dirigiram rumo à clareira que ficava após os dois troncos, Paptur pôs a mão no peito de Sttanlik, impedindo que ele prosseguisse o caminho, e o alertou:

– Acabamos de nos conhecer e você já quer me matar? Sttan, uma palavra errada e eles nos destroçam, não são meros vendedores de enguias defumadas! A razão pela qual os nômades sobrevivem tão bem, até em tempos de guerra, é porque não aceitam nada que os contrarie, de quem quer que seja. Ainda bem que esse Yuquitarr parece gostar de joguinhos, ou nem vivos estaríamos agora. Tenha certeza de que eles sabem que temos mais a oferecer do que a espada e os dentes de ouro. Vamos segui-los, mas a uma distância segura, porque talvez tenhamos que nos defender. Meu arco já está a postos, fique atento caso precise usar suas armas! Dizem até que alguns nômades comem carne humana.

– É verdade? – perguntou Sttanlik, beirando o pânico.

– Creio que não, mas não quero descobrir isso hoje.

Os dois começaram a acompanhar os yuquis ao seu acampamento, em passos mais lentos, mantendo alguns metros de distância para poderem conversar e também agir caso fosse necessário.

– Pode deixar, vou controlar-me, Aljava. Não sei por que fiz aquilo. Foi impulso, acho. Não consigo explicar, mas desde que saí de minha casa sinto como se eu fosse uma pessoa diferente. Lutei, matei e agora negocio cavalos com estrangeiros loucos. Pareço estar me tornando uma outra criatura.

– Você está conhecendo o mundo real somente. Até há pouco, teve uma existência mais simples, porém, ao sair de casa, abriu não só a porta, mas os olhos também, para um universo completamente novo. Mais duro e complicado de viver. No entanto, verdadeiro. Isso é o que importa – disse Paptur. – Bem-vindo... Eu acho – completou, entortando a boca.

Por essas palavras, Sttanlik percebeu que Paptur sabia o que ele estava passando. Era exatamente assim que se sentia e perguntou-se se ele teria passado pelo mesmo em sua vida.

– Obrigado, Aljava. Acabei de conhecê-lo, mas sei que você é uma pessoa de bom coração – e sorriu jovialmente.

Paptur continuou a olhar para frente, atento aos movimentos dos yuquis. Por bom senso, Sttanlik achou melhor mudar de assunto, para não constranger Paptur. Afinal, não o conhecia a fundo.

– Aljava, como você sabia que estávamos na mira de exatamente seis homens?

– Eu tinha notado pelo menos cinco, lembra-se? Então resolvi aumentar um pouco, imaginando que pelo menos um deles seria bom em se esconder.

Nisso, Paptur apontou para frente.

– Olhe, estamos chegando. Aquelas são as iurtas que eu vi armadas quando passei aqui ontem à tarde. Avistei-as a distância e não tinha ninguém no entorno, provavelmente estavam caçando. Bem diferente de agora.

Logo adiante existia um grande acampamento, com uma dúzia de iurtas de feltro e peles, algumas ainda com o pelo de diversos animais. Havia sessenta homens e umas poucas crianças ao redor de uma fogueira, onde um enorme javali-cinzento pendia preso a uma longa estaca, provavelmente para o almoço. Dez homens montavam guarda na entrada improvisada do acampamento, todos com barbas longas. Os mais jovens se destacavam por sua tentativa de deixar o rosto mais "farto", mas, às vezes, o resultado era desastroso, com barbas falhadas que cresciam sem forma. Sem dúvida, almejavam um dia poder chegar a possuir uma "densa floresta" como a de Yuquitarr. Vinte cavalos e dez bois magrelos estavam amarrados a troncos de freixo cravados no chão, tão raquíticos que, de longe, mais pareciam pôneis. Apenas cinco dos cavalos tinham a aparência de saudáveis e fortes, o necessário para uma longa viagem. Não havia nenhuma mulher fora das iurtas, mas vozes femininas podiam ser ouvidas.

Cabott parou em frente de um sentinela e disse algumas palavras. Então, os guardas abaixaram as lanças curtas que empunhavam e fizeram um gesto liberando a passagem dos dois possíveis negociantes.

Sttanlik e Paptur apertaram o passo para alcançar os yuquis e adentraram o acampamento. O silêncio que se fez foi assustador, todas as atenções automaticamente se voltaram para eles. Sttanlik sentiu os cabelos de sua nuca arrepiarem, temia cada um dos homens, e até as crianças tinham aspecto hostil. Yuquitarr era o único que sorria e acenou para que eles se aproximassem.

– Muito cuidado agora, devemos sair daqui o mais rápido possível, há algo de muito estranho com esse Yuquitarr, tenho a sensação de que ele está escondendo alguma coisa.

Capítulo 4 – Nem tudo é o que parece

Precisamos dobrá-lo. Se ele liberar nossa passagem, estaremos a salvo. Do contrário... poderemos ocupar o lugar daquele javali – cochichou Paptur sem virar o rosto.

Sttanlik nada respondeu, mas notou que as penas de Ren estavam ouriçadas. Assim como seu amigo, ela pressentia o perigo.

Yuquitarr puxou o pano que servia de porta da iurta maior e fez um gesto para que entrassem, ao que os dois obedeceram. Já em seu interior, ficaram surpresos, pois o luxo lá presente era extraordinário. Tapeçarias enfeitavam as paredes, uma mesa de eucalipto polido estava no meio do ambiente e sobre ela havia um tabuleiro redondo de algum jogo estranho, cujas peças pareciam ser esculpidas em ossos. Também tinha alguns baús de angelim com desenhos de lobos gravados. Em cima de uma arca de ferro, um jogo de seis cálices de ouro cravejados de joias reluzia sob um candeeiro, que clareava o ambiente com uma líquida luz dourada.

Sttanlik estava admirado, nunca pensou achar tanto requinte em uma simples iurta armada por entre as árvores. Nesse momento, Yuquitarr retirou as botas e se sentou no chão, indicando para que os viajantes se aproximassem. Em seguida, fechou os olhos e começou a massagear as coxas.

Paptur tomou a dianteira e se sentou na frente do homem. Sttanlik, ainda boquiaberto, o seguiu e também se sentou no chão. Sem qualquer aviso, uma figura toda coberta com um pano preto, que lhe ia da cabeça até os pés, saiu de trás de uma das tapeçarias, aproximou-se, pegou três cálices de cima do baú e colocou-os na frente dos homens. Depois, virou-se e foi buscar uma garrafa transparente. Dentro dela, um líquido purpúreo escuro refletia a luz das velas que Yuquitarr acendia, ainda com os olhos fechados. Serviu a bebida, fez uma reverência e saiu, deixando no ambiente um agradável aroma de amêndoas torradas. Sttanlik achou esse detalhe inesquecível.

Yuquitarr finalmente abriu os olhos e ergueu seu cálice, tomou todo o conteúdo em um só gole. Fez uma careta de quem acaba de beber algo muito amargo e respirou fundo. Olhou lentamente para os dois à sua frente e começou a falar com um tom de voz muito baixo e aveludado, completamente diferente daquele que eles tinham ouvido até o momento.

– Vejam bem, rapazes, não sou tão mau quanto imaginam, senão estaria usando suas cabeças como penicos agora mesmo. Sou um homem justo, trouxe-os aqui porque queria falar abertamente, e minha iurta é o único lugar em que posso falar sem medo de ser escutado por pessoas intrometidas. Vocês têm algo que me chamou atenção desde o início... Desculpem-me por todo aquele teatro que tive de fazer ao nos conhecermos, mas não sabia quem eram e, ao se aproximarem, poderiam significar perigo para minha tribo. Medidas de precaução, se é que me entendem – Yuquitarr fez um gesto gracioso com a mão. – Após conversarmos brevemente e me mostrarem uma espada pertencente a algum membro da Guarda Escarlate, fiquei aliviado. Sem dúvida, eliminaram um dos idiotas e ainda lhe arrancaram os dentes. Tudo que posso dizer a vocês é: "Parabéns!" – abriu um grande sorriso e começou a dar uma gargalhada bastante sonora. Enquanto falava, seu semblante foi mudando e agora ele parecia um homem completamente diferente, mais imponente e, estranhamente, cheio de bondade.

Os dois rapazes se entreolharam e, ao esboçarem falar alguma coisa, Yuquitarr ergueu sua mão esquerda pedindo para que esperassem mais um momento.

— Pode parecer estranho, mas incontáveis anos de existência estão por trás desta enorme barba que cobre meu rosto, mais do que vocês podem sequer imaginar. Vi feiticeiros amaldiçoarem vilarejos inteiros, reis serem coroados e os mesmos perderem a cabeça pelas mãos de seus próprios carrascos, guerras destruírem famílias e unirem nações. E, inacreditavelmente, presenciei um mundo em paz. Conheci mais homens do que eu poderia numerar, já fui traído por irmãos de sangue e salvo por inimigos mortais. Posso garantir, cada uma dessas experiências me fez ser um novo homem – se inclinou para a frente, seus olhos refletiam o brilho dourado das tremeluzentes chamas. – Aprendi a ver a verdade de cada um através dos olhos. Vejam, quando nascemos somos uma peça bruta, com o passar do tempo a vida vai nos moldando, como um artesão modela um bloco de argila. Consigo enxergar as nuances que formam uma pessoa, por isso me interessei por vocês. Digamos que os dois possuem detalhes no mínimo intrigantes – o olhar de Yuquitarr parecia penetrar nos olhos dos rapazes, que sentiam uma estranha fraqueza, como se suas almas se desnudassem aos poucos por esse estranho "poder". – Não vou entrar em maiores detalhes sobre o que percebi em cada um, pois a verdade vocês devem descobrir por si mesmos, e, ainda assim, nada garante que não possam mudar o que eu vi, fazendo o exato oposto do que nasceram para fazer. Isso é normal, a vida segue rumos loucos.

A cada palavra, Yuquitarr surpreendia mais os dois rapazes, dava a impressão de ter deixado anos e anos de tensão do lado de fora da iurta, não só mudando o modo como falava, mas até sua postura. E de tudo que esperavam encontrar, jamais imaginariam isso: um nômade filósofo.

Pela primeira vez, Sttanlik notou uma expressão de surpresa no rosto de Paptur, por isso tomou a iniciativa.

— Não sei nem o que dizer, Yuquitarr. Falo por mim e por meu amigo quando digo que esperávamos uma negociação dura e até talvez violenta, mas você é completamente diferente do que poderíamos conceber. Por que então vive com os yuquis? Por que um homem com tanta experiência de vida não se torna conselheiro de algum rei? – curioso, Sttanlik se inclinou para frente, não queria perder uma só palavra.

Paptur fez um leve movimento com o ombro e Ren deu um pulo para o seu braço esquerdo. Ele começou a acariciar as costas da águia. Todos já davam mostras de estar bem à vontade na presença de Yuquitarr, mais relaxados. E, da maneira como se portavam, parecia mais uma conversa de grandes amigos, não uma negociação com um nômade.

Após uma longa pausa, Yuquitarr respirou fundo e respondeu a Sttanlik:

— A história da minha vida é muito longa, poderia ficar dias contando a vocês, entretanto nem arranharia a superfície. Mas todos aqui sabemos o que está acontecendo em Relltestra, e creio que vocês surgirem pelo bosque carregando uma espada da Guarda Escarlate só pode indicar que correm perigo, precisam apressar-se. Portanto, a minha história ficará para outra ocasião.

Sttanlik ficou decepcionado, estava curioso e sempre adorou uma boa história. Mas Yuquitarr tinha razão, não havia tempo, deviam apressar-se.

Paptur também não pôde esconder sua curiosidade, mas lutou contra ela e foi direto ao ponto nas negociações.

Capítulo 4 – Nem tudo é o que parece

— Muito bem! Temos isso a lhe oferecer, não é muito, sabemos, mas é tudo que podemos dispor – pôs a espada e os dentes de ouro na frente de Yuquitarr.

O homem se inclinou e pegou a espada, passou o dedo pelo corte da lâmina e um fino fio de sangue correu por seu polegar.

— Bela lâmina, forjada em Cystufor. Os ferreiros do gelo, Oports, constroem suas poderosas forjas no mais alto inverno. São conhecidas como estômago de dragão. Utilizam-se de grandes geleiras para resfriar as lâminas, uma combinação que as tornam conhecidas como as mais fortes. Podem ver que ela não possui mossas – Yuquitarr inclina a espada para que os dois possam ver – e, pelas gravações, muitos fios da vida foram partidos por esse gume. Vocês são loucos de andar por aí com uma espada dessas. Agora que seu dono pereceu, ela é sinônimo de morte – pôs Aurum no chão e pegou os dentes. Semicerrou os olhos e analisou um a um, emitindo sons de satisfação, e os colocou enfileirados ao lado da espada. A graciosidade com que manipulava os objetos não combinava com sua bruta aparência.

— Por mim, daria cavalos e provisões de graça aos dois – disse Yuquitarr, afagando lentamente sua enorme barba. – Mas sabem que sou líder de uma tribo, e aqui temos regras de sobrevivência. Além do que, não posso levantar suspeitas sobre vocês. Não me entendam mal, eu confio nos meus homens, mas apenas em assuntos ligados à tribo. Já o que pensam de vocês é para mim um mistério – balançou as mãos no ar para mudar de assunto. – Preciso saber... não há mais algum item a oferecer? Farei o possível para que saiam daqui com o que desejam – e estalou os dedos. O som produzido fez Ren dar um saltinho assustado. – Mas antes, quero saber seus nomes.

Sttanlik lembrou que Paptur lhe dissera que nômades não costumam fazer perguntas e estranhou o interesse.

— Chamam-me de Aljava Sangrenta e esse é Sttan. Fico lisonjeado por querer saber nossos nomes, Yuquitarr. Sei que somente pergunta porque tem confiança em nós. Sobre os itens, temos apenas quatro rubis de Magnarcyn, mas não acho justa a negociação de rubis por cavalos, sabe como são valiosos – Paptur pegou a pequena bolsa de couro e mostrou os rubis a Yuquitarr.

Estendendo a mão, o nômade fez um pequeno gesto, pedindo para que Paptur entregasse a ele as pedras. Estranhamente, não se encantou com as joias, observando-as com o mesmo interesse que demonstraria ao comprar carne em algum mercado a céu aberto. Mordeu o lábio inferior e as devolveu, sorrindo quase que imperceptivelmente.

— É um prazer saber seus nomes, Aljava Sangrenta e Sttan. Sim, perguntei como se chamam porque me importo com o destino de vocês. Basta uma olhada rápida para saber que são pessoas boas, por isso meu interesse. Quanto aos rubis, são muito bonitos e de grande valor sem dúvida. Não seria justo pedir-lhes quatro rubis, uma espada e alguns dentes de ouro por dois cavalos. Mas para que possamos acabar logo com isso, posso negociar o seguinte: dois ótimos cavalos e provisões pelos itens e um rubi. E ainda lhes darei dois grandes odres de couro de cabrito, pois vejo que isso vocês não possuem, e sei que o único lugar seguro para seguirem daqui é o deserto de Andóice.

Sttanlik estava pasmo! Quanta astúcia esse homem possuía. Ele certamente sabia do exército em Sëngesi e supunha que o plano de fuga seria pelo deserto.

Paptur, por sua vez, mostrava-se aliviado. Conseguira muito mais do que esperava e pareceu não se importar que Yuquitarr soubesse para onde iam.

— É muita generosidade sua, Yuquitarr. Estou até sem palavras. Ficaremos em débito pelo resto de nossas vidas. Mas seus homens não irão desconfiar?

— São homens simples, Aljava Sangrenta, nunca viram um rubi de Magnarcyn em suas vidas, apenas ouviram histórias. Ficarão mais do que satisfeitos com isso, posso lhe garantir.

Sttanlik não conseguiu se segurar e interrompeu:

— Como sabe para onde vamos? — seu tom afobado pareceu incomodar Paptur.

Porém, Yuquitarr não mostrou irritação.

— Olhe, Sttan, quando se tem experiência de vida, adivinha-se muito. Mesmo assim, obrigado por confirmar minhas suspeitas... — antes mesmo de terminar a frase, Yuquitarr começou a gargalhar, o que contagiou Paptur.

Sttanlik se sentiu um bobo e seu rosto ardeu, ficando vermelho como um tomate.

Yuquitarr continuou:

— Não se preocupe, seu destino não vai importar para meus homens e, obviamente, não vou contar nada a ninguém. Pode ficar tranquilo, amigo, eu dou minha palavra em nome de Merelor.

Há tempos que Sttanlik não ouvia esse nome; nos tempos atuais é difícil encontrar alguém que ainda cultue os deuses de outrora. Merelor era o primeiro deus dessa hierarquia esquecida. Segundo a lenda, somente os deuses primogênitos recebiam o dom da paternidade, e após o nascimento do filho de Merelor, seu irmão mais novo, Hartur, se indignou, pois não suportava a ideia de não poder dar um filho à sua amada Hadghy. Por isso, em um ataque de fúria enlouquecida, matou o sobrinho recém-nascido, Nayror, por pura inveja, atravessando-o com sua lança de ouro puro.

Ao final de um luto que durou trezentos dias e trezentas noites, Merelor tomou a decisão de não deixar que a prematura morte do filho fosse seu fim e, com seus poderes divinos, usou o corpo de Nayror para criar o mundo. A carne da criança seria a semente para que incontáveis existências brotassem e se multiplicassem, dando a uma morte o poder de criar a vida. Depois de um imensurável tempo de trabalho árduo, terminou seu novo mundo e, ao contemplar sua obra, Merelor chorou por sete dias e sete noites, inundando quase que completamente sua criação por conta das dolorosas lágrimas, fazendo, assim, surgirem os oceanos. Quando não teve mais lágrimas para verter, passou a criar os humanos, feitos à sua imagem e semelhança, para que nunca se esquecessem quem era seu criador e a quem deviam sua existência. Finalmente seu trabalho estava concluído, e pôde enfim se vingar de Hartur. Faria com que sentisse um sofrimento eterno e lhe tiraria tudo o que fosse mais caro na vida. Aprisionou-o em um globo de vidro inquebrável, que para sempre arderia com o mais poderoso e cruel calor, queimando sua carne em um sem-fim de agonia. E para que Hartur entendesse o que era a verdadeira dor da perda, aprisionou sua amante, Hadghy, em uma redoma semelhante, mas coberta por um frio tão forte que congelaria qualquer um que tivesse a audácia de se aproximar. Surgiram, assim, o sol, a prisão de Hartur, e a lua, a de Hadghy. Tomou o cuidado para que os dois girassem lentamente em volta de seu recém-criado mundo e contemplassem a evolução e o desenvolver dessa criação. Certificou-se de que o ciclo de um nunca encontrasse com o do outro, tornando impossível se avistarem. Dizem que, quando os amantes não podem mais suportar o sofrimento carnal e a dor de nunca mais poderem contemplar o amor de sua existência, choram entre gritos desesperados, o que faz com que chova e troveje sobre o mundo.

Após alguns segundos de descontração, Yuquitarr voltou a ficar sério. Levantou-se e mediu cada um dos dois a sua frente.

– Voltando à negociação... Chegamos a um acordo? Garanto-lhes que é o melhor que posso fazer.

Paptur ergueu-se primeiro e apertou a mão de Yuquitarr. Em seguida, colocou a mão no ombro de Sttanlik, que ainda estava levantando-se.

– Seremos eternamente gratos a você, Yuquitarr. Ficaremos em débito eterno e, no dia em que precisar, saiba que pode contar conosco.

Virou-se e olhou para Sttanlik.

– Concorda comigo, Sttan?

– Sem... sem dúvida, Yuquitarr. Pode contar com a gente para o que necessitar – Sttanlik ainda se sentia um pouco nervoso, não estava habituado a conversas assim, mas sua gratidão se mostrava mais clara em seu semblante do que em suas palavras, e ele sabia que Yuquitarr entenderia.

– Bem, então só o que nos resta é preparar seus cavalos e as provisões para a longa jornada. Mas antes, bebam um gole do vinho negro, é da melhor safra que pude arranjar em Sellpus. Vi que nenhum dos dois tocou na bebida, eu poderia considerar isso uma ofensa se quisesse – sorriu maliciosamente. – Não se preocupem, estou brincando. Ajudará vocês a recobrarem as energias – girou sobre os calcanhares e se dirigiu à saída da cabana.

Os dois fizeram como o "ordenado" e tomaram um gole cada. Sttanlik nunca gostou muito de bebidas alcoólicas, por isso temeu que fosse muito forte, mas admirou-se ao sentir um sabor leve e adocicado. Ao engolir, compreendeu por que Yuquitarr fez uma careta quando a tomou, possuía um sabor sutil como o de uma noz, mas após alguns momentos ela descia como fogo líquido, deixando uma sensação de ardor no estômago. Paptur também foi surpreendido pela força da bebida, porém tomou um segundo trago ainda maior que o primeiro. Os dois, pouco a pouco, acabaram com o conteúdo dos cálices e logo não sentiram mais nenhum dos efeitos da bebida, ficando apenas com uma sensação de bem-estar.

– Você já tinha tomado vinho negro, Aljava? Que bebida estranha, não acha? Agora sei por que é tão pedido nas tabernas.

– Nunca havia experimentado, mas sei que não é como hidromel. É apenas um suco feito com uvas negras e fermentado com raízes de algumas plantas. No entanto, gostei muito e me sinto revigorado agora – deu uma leve esticada no corpo e Ren pareceu imitá-lo.

Nesse instante, Cabott surgiu na porta e pediu para Sttanlik e Paptur o acompanharem. Ao sair da cabana, viram a aproximação de Yuquitarr, que puxava as rédeas de dois cavalos. Um deles, um garanhão grande e imponente, tinha o corpo quase todo branco, salvo duas pequenas manchas negras ovais nas costas. O outro era um pouco menor, mas parecia igualmente bom, todo cinza rajado de preto. Ambos já estavam selados.

— Estes são Hamma e Dehat, dois ótimos cavalos que podem levá-los aonde quiserem sem problemas, ambos saudáveis e alimentados — e levantou os cascos de cada um dos animais. — Vejam, sem rachaduras ou doenças — olhou para o lado e apontou. — E lá vem Pous trazendo algumas provisões para vocês — esperou para pegar as duas bolsas de couro envelhecido da mão de Pous. — Por fim, aqui estão os dois odres de couro de cabrito já cheios de água fresca — Yuquitarr voltara a seu semblante duro, não mais parecia ser aquele simpático homem que os recebera em sua iurta.

Aceitaram os odres da mão de Yuquitarr e ambos agradeceram com um meneio de cabeça. Ao redor, os nômades sorriam alegremente, estava claro que ficaram satisfeitos com a negociação. Sem dúvida, seu líder havia lhes mostrado o rubi de Magnarcyn.

Pous amarrou um alforje em cada cavalo e se aproximou.

— Colocamos carne salgada de javali-cinzento, algumas maçãs secas e pães chatos, feitos à moda yuqui, sem fermento. Vocês vão ser só ossos ressequidos quando eles começarem a estragar — sorriu e fez um aceno, indicando que já podiam pegar as rédeas. — Desejo-lhes boa sorte, viajantes.

Todos repetiram as últimas palavras em uníssono, a sincronia desse povo era incrível.

Os dois dirigiram-se aos cavalos. Paptur se adiantou para subir em Hamma, e Sttanlik ficou feliz em montar o menor, Dehat, pois não tinha muita experiência em montaria e temia não conseguir controlar o animal. Ren se empoleirou rapidamente ao lado da fivela do alforje de Hamma. Finalmente estavam prontos para seguir viagem.

— Agradecemos por tudo o que fizeram por nós — Sttanlik ergueu a voz para que o ouvissem. — Desejamos felicidade a todos vocês e nunca os esqueceremos — a pieguice pareceu agradar alguns e fez com que outros caíssem na gargalhada.

Yuquitarr se aproximou de Sttanlik e pôs a mão no dorso de Dehat.

— Àqueles que estão rindo, calem-se — gritou com sua poderosa voz. — A gratidão de um homem não deve ser motivo de risos. Envergonha-me ver esse tipo de atitude aqui.

Imediatamente todos se calaram. Alguns abaixaram a cabeça, para esconder a vergonha ou o medo. Yuquitarr era, no mínimo, uma cabeça mais alto que qualquer um dos presentes e, com sua imponência, a diferença saltava para metros.

— Vou acompanhá-los até o fim do acampamento. Todos fiquem aqui, quero falar com eles em particular — disse com um tom mais ameno, arrancando alguns suspiros aliviados, que, sem demonstrar, o divertiram.

— Sim, senhor! — responderam todos ao mesmo tempo.

Partiram. Yuquitarr caminhava entre os dois. Alguns dos nômades acenaram, despedindo-se. Atrás de um carvalho nodoso, Sttanlik viu a estranha pessoa coberta pelo manto observando-os. Mesmo a uma grande distância, ele pôde sentir o aroma de amêndoas torradas no ar. O rapaz acenou para se despedir, mas ela já havia sumido.

Ao chegar ao fim do acampamento, pararam um pouco e Yuquitarr passou carinhosamente a mão na cabeça de cada um dos cavalos e murmurou algumas palavras incompreensíveis no ouvido dos animais.

Capítulo 4 – Nem tudo é o que parece

— Pedi a Pous que selecionasse os melhores cavalos, mas só nós sabemos disso. Apesar de não ter a aparência bem tratada de um palafrém, os dois poderiam dar uma bela canseira em qualquer cavalo de rabo escovado. Hamma, em nossa língua, significa poder e Dehat, coração. O que eu acho muito conveniente! – sorriu, olhando o rosto de cada um, demorando um pouco mais ao encarar Sttanlik. – São bem treinados, no sentido de que aguentarão uma longa marcha. Podem ter certeza de que ganharão um bom terreno rapidamente. Os soldados não saberão que vocês, algum dia, passaram por essas bandas – abaixou-se para ver as pegadas dos cascos. – Falando nisso, mandarei que alguns de meus homens apaguem os rastros do caminho que os trouxe aqui, é o melhor que posso fazer para não serem seguidos – respirou fundo e curvou-se, como se um peso fosse colocado em seus ombros. – Agora, escutem uns conselhos de um homem de muitos outonos. Evitem cruzar o caminho de qualquer soldado, estou um pouco a par dos acontecimentos, e os sinais indicam que uma grande guerra se aproxima. Precisam de armas e, nesses tempos condenáveis, a busca por escravos é grande. Muitos recursos são usados para suprir a necessidade de aço e ferro, por isso uma mão de obra gratuita não é nada mal. Não sei exatamente as intenções dos reis, mas, em breve, a guerra vai bater em todas as portas dos habitantes de Relltestra.

Yuquitarr mantinha o olhar distante, como se vislumbrasse o futuro. Algo o tirou de seu devaneio, e ele continuou:

— Darei outra dica útil: tentem se unir aos Andarilhos das Trevas, pois creio que somente ao seu lado ficarão em segurança. Fafuhm, o líder deles, é um homem muito justo e um grande guerreiro, apesar do nome nada ameaçador! – sorriu brevemente. – Acho que ele poderá ajudá-los. Poucos sabem, mas a base da resistência fica em Idjarni. Sigam o rio Tríade e os encontrarão após uns dois ou três dias de viagem. Ao chegarem à floresta, estarão a salvo. Apenas peço-lhes, não comentem sobre a localização deles com ninguém em seu caminho, eles confiam nos yuquis e não quero trair essa confiança.

Sttanlik ficou tão surpreso que até perdeu o fôlego. Pensou que tinham muita sorte. Idjarni era exatamente para onde eles estavam indo, e lá era o lar dos rebeldes, o máximo de proteção que eles podiam esperar.

— Obrigado, Yuquitarr! Em minhas jornadas nunca conheci alguém como você, ajudando estranhos, e de boa vontade. Não o fez em troca de valores elevados ou para pedir algum favor ou benefício...

Yuquitarr ergueu a mão e interrompeu Paptur.

— Eu que agradeço, Aljava Sangrenta. Vivemos em tempos difíceis, e sei como é bom ter alguém com quem contar, para variar um pouco. As lutas pelo poder são cada vez mais brutais e envolvem todos. Poucos conseguem fugir disso. Nós, yuquis, tentamos viver à margem de tudo, mas, como podem ver, nem mesmo nesse bosque amaldiçoado teremos paz. Amanhã mesmo enrolaremos o feltro de nossas iurtas e partiremos também. Decidi rumar para a Praia do Desespero, somente pessoas endurecidas conseguem viver por lá. O ar é quase tão seco quanto o de Andóice – balançou a cabeça sorrindo. – Meu tipo de lugar! – bateu as mãos para encerrar o assunto. – Bom, é chegada a hora de nos despedirmos. Desejo a vocês toda a sorte do mundo. Espero que encontrem o que procuram e sigam seus caminhos em paz. E lembrem-se: ajudem um ao outro, não há som em palmas com uma mão só. Não sei o que os une, mas só terão a si próprios. E para superar Andóice, precisarão de muita ajuda mútua — então, virou as costas da mão para Ren, no intuito de que ela entendesse que ele não a ameaçava. — Sua bela águia pode ajudar, seus olhos no céu enxergarão mais longe — Ren pareceu entender o elogio e ergueu seu pescoço, prestando atenção em Yuquitarr.

— Mais uma vez, obrigado, Yuquitarr. Espero que nos encontremos de novo em circunstâncias melhores — Sttanlik apertou-lhe a mão.

Em seguida, Yuquitarr cumprimentou Paptur e passou a mão carinhosamente na cabeça de Ren.

— Boa sorte, aventureiros! Que Hamma e Dehat os guiem pelo caminho seguro! E que Merelor ilumine cada um de seus passos — Yuquitarr pôs as costas das mãos na testa e fechou os dedos, evocando um costume nômade cujo significado era: "Que nenhum mal o aflija". Após o gesto, Yuquitarr se virou e seguiu seu caminho de volta ao acampamento sem olhar para trás.

Sttanlik e Paptur se entreolharam, acenaram com a cabeça e seguiram rumo ao leste, preparando-se para adentrar os perigos de Andóice.

De volta à sua barraca, Yuquitarr se dirigiu a um baú de ferro. Abriu-o e começou a retirar alguns panos e dezenas de pergaminhos amarelados. Bem ao fundo, uma espada repousava em sua bainha de couro preto, repleta de runas da língua antiga. Abaixou-se e a pegou com uma misteriosa solenidade. Foi em direção de onde havia deixado Aurum e sentou-se. Desembainhou a outra espada. À primeira vista, aparentavam ser lâminas gêmeas, mas o que as diferenciava eram as gravações em ouro, mais de quinhentas a pontuavam.

Delicados dedos tocaram levemente o ombro do líder yuqui, só então notou que havia prendido a respiração. Sob o manto negro surgiu uma voz feminina, doce e musical, como o sensível sopro de uma flauta, que parecia alegrar o próprio ar.

— O primeiro caiu. Um bom começo — um som de satisfação surgiu por detrás do manto. — Desculpe-me, mas você tem certeza de que aquele rapaz é quem você pensa?

— Sim! Os olhos dele não mentem! — Yuquitarr respirou fundo e bufou pesadamente. — Que Merelor proteja o caminho dos dois.

— Mas devo perguntar, mesmo soando petulante. Não teria sido mais fácil tê-lo matado agora e acabar com essa história? Pelo que entendi, nós estávamos aqui para isso. Será que não vai se arrepender...

Yuquitarr a interrompeu.

— Você sabe muito bem que eu nunca ajo por impulso, o rapaz deve viver, isso ficou-me claro como as águas do mar do sul. Creio, minha querida, que cada homem deve seguir seu destino, e só podemos torcer para que, quando chegar a hora, ele siga o caminho oposto ao que lhe foi reservado. Caso contrário, que Merelor tenha piedade de nossas almas!

Capítulo 5

... ANTES DA TEMPESTADE

O sol já era um grande disco vermelho no céu quando os dois viajantes resolveram dar uma rápida parada. Forçaram os dois cavalos a cavalgar a toda velocidade por horas. O esforço que faziam para abrir distância de Sëngesi deixou seus corpos doloridos e enrijecidos, precisavam desesperadamente de um pouco de descanso. Estavam em uma larga clareira, às margens de um pequeno lago, cujas águas escuras dançavam com o movimento de um cardume que saltava alegremente em ritmo cadenciado, tal qual um balé. Ao redor, salgueiros maiores do que cabanas erguiam-se ocultando o céu, cobriam o pantanoso chão com folhas secas, criando um belo tapete natural.

Sttanlik apeou de Dehat e teve certa dificuldade em manter-se de pé. Sentia cada um de seus músculos tremendo, não tinha "pernas de cavaleiro", como se diz. Esticou as costas longamente, experimentando a exaustão tragar as suas forças. Com os braços doloridos, apontou preguiçosamente para o lago.

— Se tivéssemos mais tempo, poderíamos pescar e comer um peixe fresco. Estou morrendo de fome, não consigo me lembrar da última vez que ingeri alguma coisa — só o pensamento já fez seu estômago roncar.

Paptur se espreguiçava lentamente e concordou apenas com a cabeça. Olhou ao redor e estalou a língua contra os dentes. O barulho fez com que Ren levantasse voo das costas de Hamma e se dirigisse ao lago. Galeirões negros como uma noite sem lua e patos marrons fugiram assustados com a aproximação da enorme águia, apenas um casal de mergulhões não se mostrou incomodado.

— O problema seria assar o peixe, demoraria muito. Paramos apenas para descansar um pouco. Já Ren vai se banquetear, esse é seu verdadeiro hábito, afinal ela é uma águia pescadora — girou o pescoço e leves estalos fizeram com que Paptur desse um suspiro de satisfação. — Nós nos afastamos bastante, mas ainda acho que não é o suficiente para nos sentirmos seguros. Imagino que chegaremos a Andóice à luz da lua.

— Já esteve lá, Aljava? Eu nunca vim tão ao norte de minha cidade. Todas as vezes que deixei Sëngesi foi para ir ao sul ou aos vilarejos do oeste. Mesmo assim, jamais estive tão longe de casa. Quando eu era pequeno, fazia expedições ao bosque com meu irmão por consideração, Jubil, e com alguns amigos, mas tínhamos medo de nos afastar das muralhas. Como todos, acreditávamos que o lugar era amaldiçoado – os olhos de Sttanlik começaram a marejar, a lembrança antiga o fez voltar a pensar no que acontecia em sua cidade.

Paptur pôs a mão em seu ombro e falou com uma voz ao mesmo tempo afável e firme:

– Eu sei da dor que sente, não é egoísmo o que dita sua atitude, nem está fugindo como um covarde, fez a coisa certa ao seguir seus instintos. Além disso, Seallson disse que ninguém seria morto, lembra-se? Assim que chegarmos ao acampamento dos Andarilhos das Trevas, contaremos a eles o que está acontecendo. Tenho certeza de que farão algo para ajudar o seu povo. No final das contas, você está auxiliando mais do que imagina.

Mais uma vez, Paptur agiu como conselheiro. Sttanlik, inconscientemente, sentia um laço de amizade se formar entre os dois. O companheiro de viagem parecia entender completamente o que ele estava passando, sempre lhe dando um conselho que rapidamente o fazia sentir-se melhor. Estava grato por tê-lo ao seu lado nesse momento terrível de sua vida. Pensar que Jubil estava em segurança na cidade de Hazul também ajudava.

Suspirou longamente.

– Quando chegarmos a Idjarni, que rumo você vai tomar? Digo, vai se juntar aos rebeldes ou seguir outro caminho? – temia a resposta, mas precisava perguntar.

– Não gosto de planejar tão à frente assim. Antes de tudo, temos um deserto para atravessar. Se sobrevivermos, aí sim decidirei o que fazer – em seguida, Paptur se dirigiu ao alforje de Hamma. Pegou um pedaço de carne e deu uma mordida, oferecendo outro a Sttanlik. – Ainda bem que temos provisões, essa carne parece ótima.

Paptur quase não terminou a frase, pois atacou a carne vorazmente. Surpreendeu-se com o sabor dela, fortemente condimentada e com um leve toque de mel.

– Os yuquis sabem cozinhar bem, não? – disse Sttanlik com a boca cheia.

– Hum-hum! – foi tudo que conseguiu dizer enquanto devorava o alimento. Então, puxou as rédeas de Hamma, guiando-o até o lago.

Sttanlik fez o mesmo com Dehat, deixando o cavalo beber água à vontade.

Quando achou que era o suficiente, Paptur puxou Hamma e se apressou a retirar Dehat também.

– Ei, não se nega água a ninguém, ainda mais a um cavalo sedento! – indignou-se Sttanlik.

– Absolutamente! Mas se controla a água que um cavalo de fuga ingere – Paptur sorriu. – Deve ser difícil chegar a algum lugar montado num odre cheio até a boca.

Sttanlik reconheceu que a lógica de Paptur estava certa e concordou com a cabeça.

Nesse instante, Ren voltava de seu breve voo, trazendo um grande peixe rosado em seu bico. Vendo a cena, os dois caíram na gargalhada, pois o peixe era imenso! Muito maior do que ela poderia aguentar. Sem dúvida, não eram os únicos famintos por ali.

Quase uma hora se passou e todos já haviam acabado de comer, até os cavalos, que se banquetearam com as claras gramíneas ao redor, pareciam satisfeitos. Sttanlik estava mordiscando uma tâmara e sentiu uma enorme vontade de se recostar e dormir um pouco. Perguntou a Paptur se não seria uma boa ideia acamparem no local por aquela noite.

Capítulo 5 – ... antes da tempestade

– Adoraria, mas acho que aqui ainda estamos muito vulneráveis. Cavalgamos mais da metade de um dia, no entanto, não sabemos se há soldados pelo bosque – e suspirou. – Temos de chegar a Andóice. Aí sim, creio que lá poderemos repousar tranquilos – apesar de soar muito seguro do que estava falando, Paptur não conseguia esconder a decepção de não acampar naquela região. O lugar era muito agradável, e poderia ficar ali por dias.

– Então vamos seguir viagem logo, antes que eu adormeça aqui mesmo, e só eu sei que nem a fúria de todos os anjos é capaz de me acordar quando estou em sono alto – Sttanlik gargalhou já montando em Dehat, meio desajeitado, sentindo-se empanturrado de carne.

Paptur também subiu no cavalo sem muito jeito e ambos fizeram sons de desconforto ao iniciar o trote.

Os últimos raios de sol rasgavam o céu e a noite já despejava seu manto negro sobre Relltestra. A lua brilhava timidamente, iluminando muito pouco, o que tornava a cavalgada noturna assustadora.

Paptur se aproximou de Sttanlik e confessou:

– Não gosto de cavalgar às cegas, sei que os cavalos estão acostumados e enxergam melhor do que nós, mas daqui de cima parece que estamos à beira de um abismo. Além disso, os cavalos fazem barulho demais, e a noite está silenciosa como uma sepultura.

Sttanlik engoliu em seco e as palavras davam a impressão de se perderem, antes que pudesse abrir a boca.

Mas para tranquilidade dos dois, o bosque estava quase deserto, salvo uns guaxinins, uma coruja curiosa, que os seguiu por algum tempo, e alguns uivos distantes de coiotes, que gelavam o sangue. Mas nada aconteceu. Cavalgaram chapinhando por um bom tempo, em um caminho que serpenteava entre árvores e volumosas moitas. Tentavam, como podiam, desviar de galhos, mas vez ou outra o negrume da noite mascarava alguns deles muito finos que lhes chicoteavam os rostos.

Começaram a sentir o solo mais duro, menos atoladiço. A vegetação já começava a rarear. Uma pradaria se abria largamente, fazendo sumir a sensação claustrofóbica de cavalgar em um bosque. Sabiam que estavam bem próximos de Andóice. O vento gélido soprava em poderosas lufadas, as capas dos dois viajantes pareciam ganhar vida às suas costas. Entabulavam conversas para passar o tempo, mas o assovio do vento tornava quase impossível ouvirem um ao outro. Bateram os calcanhares com força nos cavalos, para apressar o passo, e logo puderam ver no horizonte o início das formações rochosas que circulavam o temível deserto.

– Parece que estamos chegando. Assustador, não acha, Sttan? – disse Paptur, soltando as rédeas para estalar os dedos.

– Não se assemelha a nada que eu já tenha visto. As colinas ao sul de minha cidade são enormes, mas não pontiagudas assim. Por isso que ninguém vem aqui, imagino que somente os campos de Pallanuckor sejam tão amedrontadores – Sttanlik se apoiou no arção da sela e deu um longo bocejo. – Onde acha que podemos acampar, Aljava?

Paptur apontou para as rochas e aceleraram em direção ao deserto. Mesmo parecendo próximo, tiveram de cavalgar mais de duas horas por uma pradaria ondulada como um mar revolto até chegar ao destino. As rochas espaçadas ainda não eram o deserto, mas sim um portal natural de acesso a Andóice.

— Creio que aquelas rochas servirão bem como esconderijo. E, pelo visto, terei de montar a primeira guarda, você já está quase caindo da sela — Paptur deu um sorriso sutil ao imitar as pálpebras pesadas de Sttanlik. Depois, olhou os arredores enquanto coçava o queixo. — O clima aqui é bastante pesado, muito estranho para um deserto, mas pelo menos não sinto ninguém nos observando — desviou seu olhar para Ren, que estava atenta, porém não dava sinais de que tivesse visto algo incomum.

Continuaram em frente. Um bom tempo se passou até que o solo se tornasse seco e, ao olhar para baixo, viram que não havia mais vestígios de verde. Finalmente tinham chegado. Analisaram o entorno, procurando o melhor lugar para acampar. À esquerda de onde cavalgavam, duas rochas lançavam-se imponentes aos céus, como braços de mais de uma dezena de metros erguidos em uma eterna oração.

— Ali atrás parece um bom lugar — apontou Sttanlik esticando o braço, o qual dava a impressão de pesar toneladas.

Paptur consentiu com a cabeça.

— Estava pensando o mesmo, ficaremos protegidos do vento noturno e, assim que amanhecer, do sol.

Sem demora, se dirigiram para o lugar escolhido, o vento era realmente mais brando ali atrás, e ficaram felizes por terem escolhido tão bem. Sttanlik quase caiu no chão ao desmontar, sentindo-se exausto. Paptur fez só um sinal para que ele se deitasse ao lado da rocha, sem usar nenhuma palavra. Sttanlik tirou sua capa e a jogou no chão, usando-a como um pobre leito. Não pareceu se incomodar com a nuvem de poeira que ergueu ao deitar-se. Sem precisar de estímulo algum, Ren alçou voo, acostumada a analisar o terreno antes de repousar.

Paptur pôs as mãos na cintura e semicerrou os olhos, na tentativa de enxergar algo no horizonte negro.

— Aproveite seu descanso, Sttan. Não podemos acender uma fogueira, seria muita idiotice após tanto esforço. Estaríamos mais seguros cavalgando com um alvo pintado na testa. Só espero que não congelemos com o frio. Bom, acordo você daqui a algumas horas — disse, por cima de seu ombro.

Sttanlik não respondeu, já havia caído no sono.

Apesar de muito cansado, Sttanlik logo acordou, praguejando. Pregou os olhos por poucos minutos, não conseguia dormir direito, sentindo-se atormentado. Sua cabeça explodia em pensamentos, despertando-o quando parecia que ia relaxar. Olhou ao redor e viu Paptur recostado em outra pedra. Ele brincava com uma flecha, girando-a de uma mão à outra, todavia seus olhos mantinham-se atentos à frente e seu arco repousava no colo, pronto para agir, caso fosse necessário.

— Está tudo deserto por aqui — fez uma careta. — Com o perdão da péssima piada. Pode voltar a dormir tranquilo, Sttan.

— Não consigo, muitas coisas aconteceram. Não dá para simplesmente repousar em paz. Se quiser, pode dormir que eu monto guarda — e, levantando-se, espreguiçou seus

Capítulo 5 – ... antes da tempestade

membros demoradamente. Ao sentir o vento gelado envolvendo seu corpo, cobriu-se com sua capa.

– Também não conseguiria dormir agora, estou com a cabeça repleta, sofremos do mesmo mal.

– E no que está pensando, Aljava? – perguntou o jovem, após um curto bocejo que contagiou Paptur.

Ele se virou para Sttanlik.

– Em tudo! Algo muito grande está ocorrendo para que Tinop'gtins arme um exército e marche até Sëngesi. Creio que não é só para sua cidade que eles têm planos. Três dos homens que você derrotou eram bárbaros contratados, e não juramentados. Isso significa que eles não partiram para o ataque com força total, devem estar marchando para mais algum lugar. E outra coisa me intriga... Por que pagaram tão bem àqueles homens? Rubis de Magnarcyn? Poderiam montar um pequeno exército com esse valor. Suponho que estejam desesperados.

Sttanlik se viu sem saída. Resolveu contar tudo a Paptur, cada palavra que Aggel lhe dissera. Sentiu-se no dever, afinal Paptur foi a única razão de ter chegado tão rápido a Andóice.

– Isso não me ajudou muito, Sttan. Se todo o seu relato não for um sonho, ainda não entendo por que sua cabeça vale tanto assim. Esse Aggel diz que você é fundamental nessa história, mas um exército inteiro só para capturar um rapaz comum? Com todo o respeito – adicionou Paptur –, tem algo que não me contou? – e franziu o cenho.

Sttanlik deu de ombros.

– Não sei, foi o que ele me disse. Para ser sincero, enquanto falava com Aggel não conseguia pensar com clareza, tinha a sensação de que minha mente estava coberta por uma névoa. E após sair de casa, não tive mais tempo de raciocinar. Apenas fugi como um louco.

– Bom, creio que descobriremos assim que acharmos esse tal de Aggel em Idjarni – Paptur opinou, passando as mãos nos cabelos e prendendo-os atrás das orelhas. – Um bom motivo para não nos deixarmos abater pelo deserto.

– Posso perguntar-lhe uma coisa, Paptur? – foi a primeira vez que Sttanlik não o chamou pelo apelido, pareceu-lhe que esse realmente era o momento apropriado. – Por que resolveu oferecer ajuda? E mais, por que decidiu me acompanhar? – temia a resposta, lembrou-se de que Aggel lhe dissera para não confiar em ninguém, mas precisava saber. Cerrou os punhos para esconder a apreensão.

– Não menti a você, Sttan. Para fugir do cerco a Sëngesi, tinha de seguir por este caminho. Mas, sendo sincero, nunca viajo acompanhado, com exceção de Ren, é claro. Resolvi ajudá-lo porque, apesar de aparentar ser um rapaz fraco e inocente, algo grandioso o rodeia. Isso me intrigou, e creio que o que sinto é o que Aggel tem a lhe dizer. Não sei, mas pareceu certo ajudar você – parou por um instante e estalou os dedos. – E também, o fato de não poder descrevê-lo em três palavras.

– Não entendo.

– É muito simples. Eu sou muito observador e, ao focar minha atenção em alguém, me desafio a descrever essa pessoa em apenas três palavras. Por exemplo: bêbado, insatisfeito e traído. Compreendeu?

— Para ser sincero, não muito — respondeu Sttanlik, com as sobrancelhas quase se unindo sobre seus olhos.

— Alguns homens nasceram para grandes feitos. Ainda não sei por que, mas sinto que você seja um deles, não sobreviveu àquele ataque à toa. A falta de palavras para descrevê-lo é algo inédito para mim. Ao ver sua luta, tentei achar características que o marcassem, mas vi um rapaz assustado, bradando com voz trêmula, lutar como uma pessoa oriunda da Era do Primeiro Aço e derrotar três oponentes, sem ao menos ter uma gota de sangue derramada. Por fim, não se intimidou nem fugiu desesperado pelo bosque. Quando o último de seus opositores anunciou ser um integrante da Guarda Escarlate, ao contrário do que eu havia suposto, naquele momento você reprimiu o medo que sentia e partiu para cima dele. As contradições em seu ser são fantásticas e resolvi que tinha de ajudar alguém tão peculiar. E posso adicionar que sou muito curioso, gosto de estar onde as coisas intrigantes acontecem, haja vista a besteira que cometi ao vir para onde o ataque de Tinop'gtins ocorreria. Bem dizem que a curiosidade matou o colibri. Oras, não vou deixar de ser intrometido por isso. E agora com tudo o que você me contou, a coisa ficou realmente interessante.

A resposta fez com que Sttanlik ficasse ainda mais confuso.

"O que poderia haver de grandioso em mim? Um mero ajudante de lavrador?", pensou em voz alta, sem perceber.

E Paptur replicou:

— Adoraria lhe dizer, mas é algo muito além de seu trabalho. Olhe, vamos esperar e ouvir o que Aggel tem a dizer. O que acha disso? — Paptur não sabia o que responder. — Eu estava no lugar certo, na hora certa. Quem sabe o que aquele Seallson iria fazer com você. Manto escarlate? Derrotou dezenas e se gabava pintando pontinhos dourados em sua espada, mas não foi capaz de derrotar uma mera maçã! — não aguentou e explodiu em gargalhadas.

Sttanlik não pôde evitar e caiu no riso também. Precisava disso, um pouco de descontração o ajudaria a limpar a cabeça. Paptur disse tudo, era melhor deixar as perguntas para depois. Estava satisfeito por saber por que Paptur o acompanhava. Mas outra questão o fez cortar o riso.

— Paptur, estava pensando...

— Péssimo hábito! — interrompeu Paptur, ainda gargalhando.

— Por que você optou por essa vida de andarilho? Um arqueiro, com o mínimo de habilidade, não encontraria dificuldades para se juntar a algum exército. E pelo que você me disse, sua pontaria é digna de contos da Era do Primeiro Aço! — sorriu brevemente. — Por que então andar por aí, sem rumo, com Ren? Recordo-me de você dizendo a Yuquitarr algo sobre suas jornadas... — não querendo soar repetitivo, Sttanlik entortou a boca, para reprimir mais perguntas.

O riso se foi do rosto de Paptur, seu semblante se transfigurou, deixando-o com uma aparência lúgubre.

— Sou um homem sem pátria, Sttan. Um filho bastardo que não conheceu o pai. Minha mãe era de Macoice, morreu antes de eu completar dez verões. Como não tinha mais

Capítulo 5 – ... antes da tempestade

ninguém, resolvi procurar um lugar seguro para morar, porém, o mundo não tem piedade com os órfãos – sombras encobriram seu rosto, ocultando os olhos. – Tive de viver de cidade em cidade, o céu foi meu teto, folhas secas foram minha cama. Já roubei para comer. Trabalhei como cavalariço, como ajudante de ferreiro, e nada me encantava, não conseguia achar satisfação em trabalho algum. A guinada em minha vida veio em Hazul. Eu estava no porto tentando arranjar um emprego temporário de carregador. Mas quem contrataria um garoto magrelo para um serviço tão pesado? Em uma noite chuvosa, eu estava tremendo de frio e faminto num beco escuro quando um homem se aproximou e se ofereceu para me pagar uma refeição quente. Obviamente que eu neguei de início, quem mora nas ruas tem grande dificuldade de confiar em alguém, mas a fome falou mais alto, e eu acabei aceitando. Não por conta de ele ter insistido, e sim porque me encantei com o arco que ele trazia preso às costas. Era, sem dúvida, a coisa mais linda que eu já tinha visto e queria saber tudo a respeito daquela maravilha – automaticamente passou a ponta dos dedos pela cabeça de águia entalhada em seu arco. – Eu o auxiliei em seus afazeres por alguns dias, e, por fim, ele me propôs um emprego na sua fazenda em Cystufor, como pastor de ovelhas. Aprendi com ele mais sobre arco e flechas do que pastorear. Chamava-se Lontis. Era muito velho, mas fez o possível para me criar como um filho. Foi a última pessoa em quem confiei verdadeiramente. Morreu me deixando na orfandade uma segunda vez. A partir daí, resolvi ser um lobo solitário. Com o objetivo de me tornar um grande guerreiro, sim, mas por meio do arco busco aprendizado sobre a vida. Bom, é tudo o que posso dizer sobre mim – contar brevemente sua história trouxe lágrimas aos olhos ocultos de Paptur.

Sttanlik sabia que havia mais ali, mas resolveu parar com as perguntas pessoais, não queria dar motivo para mais lágrimas.

– Desculpe-me por fazer você lembrar sua dura história, Paptur. Sou órfão também, sei como se sente. Fui adotado pela mãe de Jubil, Amella, quando eu devia ter quatro anos, no máximo. Ela precisava de alguém para ajudar na colheita, pois tinha dores constantes nas costas e todo trabalho recaía sobre o pequeno Jubil. Então, fui oferecido por um viajante, que nunca soube o nome e que tinha apenas três dedos em uma de suas mãos – e fez um gesto como se isso não importasse. – Ela morreu quando eu tinha seis anos. Engraçado que, por mais que tente, não consigo me recordar do rosto dela, somente me lembro do aroma das tortas de ameixas rosadas que ela fazia. Jubil tinha 11 anos na época e foi ele quem cuidou de mim, mas também não sabia muito sobre esse viajante. Por sorte, a mãe dele lhe deixou como herança a casa e a plantação. Mesmo tão novos, conseguimos sobreviver bem, graças aos anjos.

– Não se preocupe. Emocionei-me, só isso. Faz tempo que não penso em meu passado, achava que o tinha jogado num abismo profundo, mas não cheguei para ver se estava morto mesmo – a boca de Paptur se tornou um traço, difícil distinguir se esboçava um sorriso ou segurava o choro. – E obrigado por compartilhar sua história comigo. Cá estamos nós, dois órfãos vagando por Relltestra e indo encontrar Aggel, a misteriosa voz sem corpo. Os bardos adorariam contar nossa saga nas tabernas em troca de umas asinhas de bronze – por mais que tentasse soar brincalhão, Paptur não conseguiu evitar o tom tétrico de sua voz. – Pelo menos, Aggel disse ter respostas sobre sua vida. Acho que isso vale todo esse esforço, não? Quem sabe ele não lhe conta a razão do tal viajante ter apenas oito dedos. Aposto que foi você quem arrancou os outros a dentadas.

Os dois riram ao mesmo tempo em que bocejaram.

Paptur advertiu Sttanlik:

– Se quiser dormir, faça-o agora, não sei se consigo me manter acordado por muito tempo. A lua já está escalando rapidamente o céu, logo será sua vez de montar guarda.

– Não precisa dizer duas vezes. Então, vejo você em poucas horas.

Sttanlik voltou a se deitar e deu uma longa espreguiçada. Fechou os olhos e sentiu o clima frio do deserto abraçá-lo. Desejou uma fogueira, mas teve de se contentar em enrolar a capa em seu corpo. Assim, com a cabeça mais leve, não tardou a cair no sono.

Capítulo 6

A DOR DA INSIGNIFICÂNCIA

Sttanlik jazia em silêncio, envolto em um sono sem sonhos e embalado pelo lamurioso uivo do vento. Vez ou outra, era obrigado a bater as mãos no pescoço ou no rosto, para tentar, em vão, matar um mosquito impertinente.

Sentiu um leve cutucão, mas ignorou.

— Acorde, Sttan, seu dorminhoco. Você precisa ver uma coisa — enquanto falava, Paptur chacoalhava o pobre rapaz adormecido.

— O que está acontecendo? – disse Sttanlik assustado. – Quer me matar de susto? – e se levantou com os olhos arregalados.

Paptur pôs o dedo indicador sobre os lábios, pedindo silêncio, e fez sinal para Sttanlik o acompanhar.

— Fico pensando em quando vou poder ter uma noite de sono... – não chegou a terminar a frase.

Escondidos atrás das rochas que serviam de abrigo aos dois, Paptur apontou adiante. Muito, mas muito distante, uma caravana cruzava o deserto, rumo ao norte. Centenas de homens com armaduras escuras carregavam tochas, montados em enormes cavalos Ardennais. Havia sete carroças, cada uma puxada por uma dezena de pesados búfalos pretos, e quatro delas, em vez de vagões comuns, traziam jaulas. O que quer que fosse seu conteúdo, era impossível distinguir da distância em que estavam, mas podiam ver vultos que se assemelhavam a humanos. Atrás das carroças, dezenas de pessoas acorrentadas pelo pescoço arrastavam-se como podiam para acompanhar o ritmo da caravana, sendo chicoteadas impiedosamente caso diminuíssem o passo.

— O que é isso? Em pleno deserto? – sussurrou Sttanlik pasmo.

— Não faço ideia, Sttan. Obviamente são mercadores de escravos, não carregam bandeiras ou estandartes, e não acho que aqueles sejam prisioneiros de guerra.

— Mas eles estão cruzando o deserto, não vêm pelo caminho que trilhamos. De onde será que estão vindo?

Paptur deu de ombros.

— Pelo que vejo, estão atravessando o deserto a partir do oeste. Para onde levarão aquelas pessoas? — deu um leve soco na rocha para liberar um pouco de sua raiva, e uma chuva de cascalho caiu aos seus pés.

Na tentativa de ver com mais clareza, Sttanlik cerrou os olhos, mas a iluminação pálida da lua não ajudava muito. Somente alguns fachos de luz banhavam a terra e pesadas nuvens cruzavam o céu, lentas como vacas no pasto.

Observaram por longos minutos, ambos segurando a raiva, pois sabiam que não havia nada que pudessem fazer para ajudar. Nesse instante, uma comoção começou quando dois prisioneiros caíram no chão. Um enorme homem se dirigiu a eles e começou a gesticular e gritar, mas estando tão afastados era impossível ouvir o que dizia. O grandalhão parecia querer mostrar suas intenções, então passou a espancar os homens, tapas e chutes eram desferidos sem piedade. Nenhum dos outros presentes sequer movia o rosto para olhar, todos mantinham suas cabeças baixas.

— Adoraria cravar uma flecha bem no meio da testa daquele monstro! — disse Paptur antes de se virar e ir em direção aos cavalos, adormecidos tranquilamente.

Por um momento, Sttanlik achou que Paptur iria pegar seu arco e disparar uma flecha, mas ele apenas estava bebendo água de seu odre. O arqueiro limpou a boca com a manga da roupa e continuou:

— Não há nada pior que a dor da insignificância, em menos de dois dias fomos brindados com mais sofrimento do que um homem pode suportar uma vida inteira, Sttan — bufou pesadamente. — E não podemos fazer nada. Que monstruosidades estão planejando para fazer com que povos sofram assim? — seu rosto tomou feições de pura ira.

Sttanlik também estava sendo corroído pelo ódio. Ao ver aquilo, não pôde evitar a lembrança do pesadelo que teve na noite anterior.

— O que vamos fazer, Aljava?

— Não podemos fazer nada, Sttan. Teremos de aceitar nossa impotência e desejar que um dia façamos alguma diferença.

Ao olhar de novo para a caravana, viram que o homem já havia parado com o espancamento, provavelmente por ter se cansado ou entediado. Afinal, suas vítimas já tinham se levantado, não deviam querer dar o gosto ao agressor de vê-los caídos a seus pés. Outros dois homens se aproximaram e faziam algo impossível de decifrar. De repente, Sttanlik e Paptur ficaram pálidos, pensaram que os dois estavam sendo mortos a sangue-frio. No entanto, para surpresa de ambos, os prisioneiros foram libertados. Alguns instantes se passaram, o que pareceu uma eternidade, e a caravana voltou a se movimentar em passos lentos, largando os dois feridos à sua própria sorte.

— Pelos anjos! Eles os libertaram! E agora, vamos lá ajudá-los? — Sttanlik quase não se conteve, segurou-se para não sair correndo e prestar auxílio.

Paptur levantou a mão direita pedindo calma.

— Vamos esperar a caravana tomar uma distância segura, então iremos ver quem são aquelas pessoas. Quem sabe possam nos dizer o que está acontecendo.

Capítulo 6 – A dor da insignificância

Finalmente, a caravana diminuía à medida que ganhava estrada, e somente quando foi engolida pelo horizonte é que os homens se deixaram cair no chão. Sem dúvida eram orgulhosos, não queriam ser vistos como fracos por seus captores.

– Não aguento mais esperar, vamos ajudar, Aljava! – Sttanlik pôs as mãos nos ombros de Paptur e deu-lhe uma chacoalhada.

– Acalme-se! Vamos, sim, e pare de me balançar, isso é muito irritante – dizendo isso, libertou-se de Sttanlik. – Mas empunhe uma espada, também não sabemos quem são. E se forem eles, os homens maus? Não há como ter certeza.

Pensaram em ir a cavalo, mas os pobres animais estavam dormindo, então acharam melhor deixá-los repousar, teriam um deserto pela frente em poucas horas. Seguiram a pé mesmo. Paptur retesava o arco enquanto andava com uma habilidade inacreditável.

– Não hesite caso seja necessário se defender, use seu aço rapidamente – Paptur encaixou uma flecha no arco e passou a andar lentamente, atento a qualquer movimento.

Os homens notaram a presença deles e esboçaram se levantar, mas suas pernas falharam. Balançaram a cabeça em um desespero mudo, angustiados por serem traídos pela própria fraqueza. Um deles tentou falar grosso para não demonstrar medo:

– *Faz vocês o que quiser comigo, mas deixar ela em paz. Esperra pequeno* – sua voz saiu fraca como uma seda a rasgar.

Mas o que chamou atenção foi o sotaque deles, nunca tinham ouvido nada parecido.

– Não queremos fazer mal, estamos aqui para ajudar. Quem são vocês?

E virando-se para Sttanlik:

– Nunca imaginaria que um deles fosse mulher – sussurrou Paptur enquanto se aproximava.

Ao ver melhor os dois, tomaram um susto que quase os fez cair. Não eram humanos, sua pele tinha o aspecto de uma rocha, cinza como grafite. Afundados em seus rostos, os olhos amarelos ardiam como duas brasas. Não tinham sobrancelhas e suas testas se projetavam para baixo, quase tampando a visão. Seus corpos esqueléticos estavam cobertos de sangue, negro como ônix, assim como os lábios rachados da mulher, o que escurecia seus pontiagudos dentes. Nenhum dos dois tinha um pelo sequer no corpo, apenas eram diferenciados pelas orelhas pontiagudas da mulher, adornadas com argolas de cobre, e tantas, que seus lóbulos pendiam alongados. Seus braços eram longos e finos e os dedos, compridos como cenouras. Trajavam túnicas encardidas de lã puída, que mais se assemelhavam a sacos.

– *Nós ser dankkaz, tribo prresa, muitos morrtos. Ajuda moço. Ter sede.*

O homem se arrastou até a mulher e passou o braço por sobre seu ombro, levantando-a. Ela pareceu agradecer com um olhar, sem dúvida respirava melhor.

Paptur fez um sinal a Sttanlik e saiu em disparada para buscar água. Sttanlik jogou a espada de lado e se aproximou para ajudar o homem a erguer-se. Quase vomitou com o forte odor de enxofre que exalava de seus corpos, como ovos podres ao sol. Fazendo força para ignorar o fedor, passou o braço pelas costas do estranho ser. Sua pele se arrepiou ao ver que a área do pescoço dos dois tinha cortes profundos, deixando artérias pulsantes à mostra. Os pés estavam cobertos de pústulas e bolhas e suas costas haviam se tornado um emaranhado de feridas, uma teia tecida na ponta de um chicote.

— *Moço bom, obrrigado, esposa carrega filho* — o homem passou a mão na barriga da mulher, que fechou os olhos e consentiu pesadamente com a cabeça.

— Fiquem tranquilos, logo estarão bem. Meu amigo já vai voltar com a água. Levaremos vocês a nosso acampamento e lhes daremos algo para comer — Sttanlik tentou se postar a favor do vento, mas em vão, o mau cheiro provocava ardência em suas narinas.

Não tardou e Paptur retornava montado em Hamma, trazia os odres em uma das mãos. Não esperou nem o cavalo parar e de um pulo estava em frente aos feridos. Ofereceu os odres e ambos beberam longos goles avidamente. Assim que terminaram, ele ajudou o homem a se levantar e Sttanlik fez o mesmo com a mulher.

— Montem em meu cavalo, vamos levá-los ao nosso acampamento.

O homem tentou montar, porém sem sucesso, pois suas pernas estavam fracas demais. Paptur entrelaçou as mãos para servir de apoio, e, com certa dificuldade, ele conseguiu finalmente subir no cavalo. Repetiu o ato com a mulher e surpreendeu-se com o peso, leve como um saco de plumas. Sttanlik pegou sua espada do chão, e seguiram seu caminho.

— Que cheiro horrível, Sttan! Achei que fosse desmaiar — sussurrou entre dentes.

Sttanlik ergueu o polegar, discretamente, demonstrando concordar.

Permaneceram em silêncio, com o ar tomado pela apreensão dos dankkaz. Por mais que estivessem sendo ajudados, sofreram demais para confiar em estranhos.

Chegando ao destino, a mulher fraquejou e caiu. Sttanlik tentou pegá-la no ar, mas ela despencou sobre ele, que ficou grato pelo pouco peso dela. O homem desmontou de um pulo só, correndo em auxílio de sua esposa.

— Desculpe, tentei segurá-la. Mas pelo menos não caiu no chão — disse Sttanlik sem graça, ruborizando-se.

— *Obrigado, moço, nós ser grrato vocês, mas vida quase fim, sentir isso* — uma lágrima deslizou pela pele porosa do dankkaz, quase tão escura quanto seu sangue.

— Não diga isso, vocês vão recuperar suas forças e ficarão em segurança — Sttanlik esboçou um sorriso, tentando amenizar a tristeza dos dois.

— *Ter cerrteza! Eu ser Paldj e ela, Dandga. Nosso povo ter filho quando velho, entende? Dandga e eu terr de mais cem anos. Trribo prresa e forrçada andar pelo deserrto, nós muito velhos parra aguentar calor do olho de Saar* — apontou para o céu. — *Povo escurridão, vive embaixo chão.*

— Vocês vivem debaixo do deserto? Não aguentam a luz do sol? — perguntou Paptur, tentando ordenar as palavras do dankkaz.

Paldj anuiu com a cabeça e continuou:

— *Nós filho da terra, magia nós ter, ensinar parra humanos, tempos esquecidos. Homens aprender nossas arrtes, todas. Muitos anos, viver conosco. Nomes não prronunciar, trraidorres, prrimeirros feiticeirros. Tentar superar deuses deslembrados.*

Sttanlik e Paptur se olharam pasmos. Perguntavam-se se seriam eles realmente os responsáveis pela existência dos feiticeiros.

Capítulo 6 – A dor da insignificância

Paldj passou a contar como, em tempos longínquos, os dankkaz ensinaram suas artes místicas para os homens. Achavam, na época, que ajudariam os humanos a melhorar o mundo, trazendo a paz e o progresso para uma raça que, segundo a visão deles, era tão atrasada. Queriam ajudar os homens a usar a magia para aprimorar suas colheitas, dominar marés, explorar o resto do mundo. Mas não contavam com a ganância e a maldade que despertariam. Na verdade, geraram monstros. Cada vez mais, humanos procuravam os dankkaz para aprender a invocar os poderes mágicos. Tinham perdido o controle. Após muitas recusas, exércitos de todas as partes de Relltestra ameaçaram marchar sobre suas terras. Como medida para evitar o extermínio de sua raça, os dankkaz usaram sua força para tornar inférteis as terras, já não muito produtivas, de Andóice, expulsando dali toda vida. A estratégia funcionou, mas, ao criar um deserto como escudo, os dankkaz determinaram sua própria ruína, se tornando prisioneiros de uma cela que eles mesmos construíram. Como sabiam que o desequilíbrio fora causado por eles, aceitaram seu castigo e se isolaram cada vez mais no subsolo de Andóice, caindo no esquecimento da humanidade com o passar dos séculos.

– Não se culpe, vocês achavam que faziam o bem. Homens podem ser muito ruins. Seu povo não pode ser acusado, acredite! – disse Sttanlik, tentando diminuir o pesar de Paldj. – Se não fosse sua magia, utilizariam outra forma de quebrar a estabilidade, como você disse.

– Meu amigo tem razão. Caso não fosse pelos poderes mágicos, seria com espadas ou lanças. Vocês não alteraram em nada a natureza gananciosa dos homens – completou Paptur.

– *Obrigado, mas povo sem perrdão, pagar agorra por isso, mas medo, levar nós parra usar magia de novo. Feiticeirros voltar existir!*

O desalento tomou conta de Sttanlik e Paptur. A existência novamente dos feiticeiros significaria o retorno de um mal ancestral. Sem os anjos para se oporem a eles, ninguém mais seria capaz de detê-los.

– Como podemos evitar isso? Quem capturou vocês? – perguntou Paptur beirando o desespero. De tudo que podia esperar, isso nunca passaria por sua cabeça.

– *Não podem fazer nada vocês dois. Homens esperrtos, atacar de dia, nós dorrmir, Saar alto no céu, fracos, cegos. Tacar fogo nossa casa, ter de sair parra ser prreso por homens, levar nós parra norrte, cada vez mais norrte. Terra frria, dizer eles. Prometerr não Saar* – Paldj teve uma crise de tosse e cuspiu uma grande quantidade de sangue no chão.

Dandga, que até o momento não havia pronunciado uma palavra sequer, começou a falar com ele numa língua tão estranha que mais parecia o som de duas pedras em atrito.

– *Querrida Dandga falarr verrdade, vida no fim, minha e dela. Posso pedir uma coisa vocês?* – as forças de Paldj se esvaíam a cada palavra.

– O que quiser. Se pudermos, ajudaremos vocês. Nós prometemos! – respondeu Sttanlik prontamente.

– *Se possível, salvar dankkaz, povo bom, sem inimigos. Ajuda nós! Grratidão eterrna, prrometo por Hunj, prrimeirro dankkaz, Pai da Terra.*

Paptur fez sinal com a cabeça e depois chamou Sttanlik para conversar em particular. Paldj sabia o que ele queria dizer e concordou também com um carregado aceno de cabeça.

Após uma distância considerável, Paptur esbravejou:

— Sttan, temos muito a fazer e seu povo ainda por salvar! Somos apenas dois homens, não heróis de contos antigos cavalgando em alazões por campos floridos. Libertar povos exige, ao menos, um exército! Como vamos fazer isso? — gesticulava vividamente. — Pelo que ele disse sobre terra gélida, sem sol... só existe um lugar assim, o extremo norte de Relltestra! Não sei a intenção deles, mas o rei da Coroa de Crânio é conhecido por ser duro e frio, como as geleiras que cercam as terras que governa. Que diferença faríamos, você e eu? — pôs tanta ênfase em suas palavras que ficou ofegante.

— Eu sei que é difícil, mas podemos tentar. Vamos dizer que faremos o possível. Eles estão morrendo, Aljava! Ao menos partirão tranquilos se pensarem que há esperança para seu povo — Sttanlik se surpreendeu com a calma que demonstrava e pôde perceber pela expressão de Paptur, que o convencera.

— Ter um coração bom é uma faca de dois gumes, Sttan. Espero que não descubra isso da pior forma. Odeio admitir, mas, neste caso, você tem razão. Porém, que seja a última vez que toma uma decisão por nós dois sem me consultar antes. Pare de ser tão afobado, certo?

Sttanlik nada disse, mas ficou feliz por ter convencido o arqueiro. Foram em direção aos dankkaz e foi Paptur quem falou:

— Faremos o que estiver ao nosso alcance para ajudar, Paldj. Mas é tudo o que podemos prometer, pois teremos de juntar um exército para salvar seu povo. De qualquer maneira, tentaremos com todas as nossas forças. Você tem nossa palavra!

Um sorriso se abriu nos finos lábios de Paldj, e até Dandga, que não falava a língua deles, mostrou uma expressão de alívio.

— *Isso basta parra parrtir em paz. Se ajudar, heróis, parra semprre grratidão povo dankkaz. Dê-me o brraço, vocês dois.*

Os dois não entenderam e Paldj explicou:

— *Marrcarr com sinal de dankkaz, quando verr um de nós mostrrar, vai ter ajuda na horra, sinal aliança com povo da terra. Depois de feiticeiros, humano nenhum teve sinal dankkaz. Máximo de ajuda que Paldj e Dandga podem dar a vocês heróis do deserrto. Confiar Paldj, não doer.*

Paptur hesitou um momento, mas foi o primeiro a estender o braço para Paldj. Este puxou a manga do arqueiro para cima e passou os longos dedos em sentido horizontal. Paptur não conseguia esconder o medo, que logo se estampou em seu rosto, pois sempre odiara qualquer tipo de magia. Quando o dankkaz encostou a testa fria como granito em seu braço, a pele se arrepiou como nunca. Então, Paldj levou o antebraço de Paptur à boca e o mordeu, levemente e de maneira indolor. Murmurou algumas palavras, mas seus lábios pareceram não ter se mexido. Finalmente, libertou o braço do arqueiro. Paptur limpou prontamente o sangue de Paldj em sua capa e ao terminar quase caiu para trás. Um intenso brilho turquesa começou a brotar de seus poros. No meio do antebraço, um redemoinho de luz verde iluminou seu rosto e, tão rápido quanto começou, desapareceu. Sob sua pele, um círculo turquesa era cortado por três setas verdes-musgo.

Os olhos de Paldj tomaram um tom ambárico ao observar a marca. Ele sorriu para Paptur e explicou:

Capítulo 6 – A dor da insignificância

– *Alma do céu, prreso ao chão por não ter asas, corragem capaz mudar mundo. Mais forrte do que se considerra, menino do cabelo cor de Saar.*

Paptur quis perguntar o que isso significava, mas Paldj fez um gesto para impedi-lo.

– *Vai descobrrir, quando horra chegar.*

Dandga fez sinal para Sttanlik se aproximar e repetiu os gestos que Paldj fez com Paptur. De seu braço, a luz que brotou era imensamente mais forte, de um azul invernal e vermelho sangue. Hamma e Dehat relincharam assustados e tudo ao redor se iluminou. Paldj e Dandga se olhavam incrédulos. Poucos segundos depois, a luz foi absorvida pelo braço de Sttanlik. Sua marca era uma chama vermelha ardente, com três ondas azuis que se espalhavam de ponta a ponta.

Tentou dizer algo, mas Paldj o interrompeu, a exemplo do que fez com Paptur.

– *Magia corre sangue seu, frraca e forrte como forrmiga, depende jeito que olha. Fogo arrde, vento atiça. Um prrecisa outrro. Você vento, encontrrar fogo prrecisa.*

Enquanto falava, os olhos de Paldj ficaram pesados, fechando-se, como se ele estivesse caindo no sono, o mesmo acontecia com Dandga.

– Durmam, vocês parecem fracos, depois conversaremos – Paptur tentou soar tranquilo, mas sua voz estava ansiosa demais para esconder sua apreensão.

– *Tempo acabou parra nós, usar últimas forrças marrcar vocês. Voltar terra mãe, se torrnar parrte do chão, do arr. Obrrigado ajudar dankkaz. Trriste serr fim, mas fim é começo. Vocês bom corração, alma de herrói, cuidado caminho errado. Um dia vamos encontrrar vocês. Demorra, mas vamos.* – uma lágrima percorreu lentamente o rosto do dankkaz. O mau cheiro se foi, seu corpo começou a exalar um agradável aroma de terra molhada, e a pele, pouco a pouco, começou a se rachar. Seu interior agora emitia um incandescente brilho esverdeado.

Dandga estava aos prantos, soluçava ao olhar Paldj. Sua pele também trincava e o mesmo cheiro emanava de seu corpo, ainda mais forte que o de seu marido. Ela passou a mão na barriga e abaixou a cabeça. Murmurou como pôde:

– *Obrrigada, serr forrtes.*

O incansável vento do deserto começou a levar seus corpos como cinzas de uma fogueira agonizante, lentamente se tornavam pó e eram levados para o céu, se perdendo na escuridão negra da noite. Um triste ritual fúnebre, mas, ao mesmo tempo, natural, como cinzas se elevando de um vulcão em erupção. Logo, só o que restou foram as gastas roupas de lã e as argolas de Dandga caídas na areia.

Sttanlik e Paptur não conseguiam esconder as lágrimas que fugiam de seus olhos. Não conheciam a fundo os dois, mas pelo que puderam ver, tinham almas puras e boas e foram vítimas da maldade humana.

Os lábios de Sttanlik tremiam, mas mesmo assim disse:

– Coitados, esperavam um filho e ambos morreram sem ao menos o conhecer. Eu juro que vou vingá-los.

Paptur limpou suas lágrimas com a manga e por alguns instantes nada disse. Depois, se levantou e fitou o horizonte.

— Quando a hora chegar, Sttan, veremos o que dá para fazer, podemos jurar vingança, mas não sei se será possível. Porém, se tiver a chance, irei destruir um a um esses monstros que estão brincando com vidas como se fossem bonecos de palha. Agora irei dormir, monte guarda e me acorde daqui a pouco. O deserto nos espera – parecia bastante abalado.

Sttanlik não soube o que dizer, apenas ficou observando Paptur se enrolar em sua capa. Pegou as roupas dos dankkaz e as dobrou solenemente, colocando as argolas em uma dobra do tecido. Retirou as luvas e começou a cavar com as mãos nuas. Em seguida, enterrou as roupas, fez uma oração aos anjos e, pela primeira vez em sua vida, aos deuses de outrora, para que ajudassem as almas de Paldj e Dandga, que repousassem em paz. Viu Ren se empoleirar na sela de Hamma e a invejou, pensando no quanto seria bom ter asas, para voar e fugir de toda a loucura que se disseminava pelo mundo. Sentou-se encostado a uma das rochas e se pôs a desenhar ondas no chão com os dedos. Analisou a marca dos dankkaz em seu braço, agora não mais do que uma sutil sombra sob sua pele. Um calor ardeu em seu íntimo. Considerava essa marca muito mais do que apenas uma forma de pedir ajuda: ela selava um compromisso. Olhou para Paptur que aparentemente tinha um sono pesado e pensou: "Ele tinha razão, a dor da insignificância é horrível, mas eu juro que nunca mais vou senti-la. Farei a diferença, eu prometo! Dormi menino na noite passada, mas ao acordar me tornei homem feito e vou tomar as rédeas do meu destino. Essa loucura tem de acabar, nem que seja a última coisa que eu faça."

Capítulo 7
Desabrochar completo

Yuquitarr esbravejava com seus homens, pedindo para apressarem-se nos preparativos. Planejavam viajar ao cair da tarde, mas no passo em que tudo ia, não estavam nem perto disso. Muito tempo se passara desde a partida de Sttanlik e Paptur de seu acampamento. Sëngesi agora era uma cidade tomada pelas tropas de Tinop'gtins. Nada mais restava para eles ali, a não ser um risco desnecessário. Sua função nessa área foi cumprida, era hora de respirar novos ares. Irritou-se ao pensar que demoraram três dias para pôr tudo em ordem. Queria deixar o amaldiçoado Bosque das Almas para trás e nunca mais voltar. Odiou esse lugar desde que as iurtas começaram a erguer-se, e sua tribo era demorada demais para partir de uma locação à outra. "Carregamos tranqueiras demais", pensou.

— A grama cresce sob meus pés enquanto vocês ficam parados, vamos yuquis, suas mães devem ter os amamentado com leite de papoula.

Para piorar, Cabott tinha partido com um grupo para caçar cervos e javalis e também fazer um reconhecimento da região e não havia retornado até aquele momento. Ainda bem que possuíam reservas de suprimento, ou morreriam de fome logo. Mas a demora era preocupante, pois, imbecil como era, poderia facilmente ter sido capturado pela Guarda Escarlate. Gritou chamando Kirjh, um menino de não mais de dez anos, coberto de lama e com cabelos longos e desgrenhados.

— Alguma notícia do seu tio?

— Nada ainda, senhor! Dizem que eles rumaram para o sul. Devem voltar logo, esse bosque não é grande o suficiente para demorarem mais que um dia — respondeu com uma maturidade não condizente com sua idade, algo fácil de se ver entre os yuquis.

Mesmo assim, incomodava-se. Alguma coisa estava errada. Em sua longa vida, Yuquitarr aprendeu a não subestimar seu instinto, e a cultura yuqui tinha pelo menos uma dezena de ditados que salientavam isso. Algo fazia com que suas mãos não parassem de coçar, como sempre acontecia, desde sua tenra infância, ao se sentir ansioso. Gritou com seus homens por todo o trajeto de volta a sua iurta, a única ainda montada. Normalmente, era a última a ser retirada para que o líder encontrasse conforto quando quisesse.

Ao entrar, foi recepcionado por uma voz que sempre o acalmou.

— Venerável Yuquitarr, venha se refrescar com este chá de casca de tangerina – sob o manto negro, dois olhos brilharam como duas estrelas em uma clara noite de verão.

— Minha querida Vanza, só você para me alegrar – disse jovialmente, mas, ao olhar para o jogo de tabuleiro sobre a mesa, seu sorriso se foi. Estava jogando a mesma partida há quase um ano, o jogo peculiar tinha sido presente de um beduíno que conheceu por acaso, quando sua barba não passava de uma mera sombra cinzenta em seu rosto. Era conhecido como o caminho inevitável, onde cada jogador tinha para si 12 peças que representavam guerreiros e uma outra peça, a maior, que figurava o rei. O tabuleiro tinha formato circular, representando um vórtice e cada peça podia se movimentar uma casa por vez. Quando as peças "inimigas" se encontravam, ficando frente a frente, jogavam-se os dados e aquele com maior resultado sagrava-se o vencedor do duelo. Essa era a parte fácil do jogo, o problema era que Yuquitarr jogava contra si mesmo, e só haviam restado os reis, os quais podiam "fugir", pulando quatro casas para o lado oposto do adversário, escapando do ataque. Nos últimos meses, testou centenas, talvez milhares, de jogadas para destruir seu inimigo, mas sempre em vão. Segundo o beduíno, jogar sozinho trazia um ensinamento muito especial, mas nem isso Yuquitarr conseguira descobrir. Se não fosse um homem controlado, estaria à beira da loucura.

Balançou a cabeça, não era hora de se preocupar com joguinhos, havia questões mais urgentes com que se preocupar.

Virou-se para Vanza:

— Algo está errado, minhas mãos coçam – esticou o braço para mostrar a vermelhidão na pele.

— Mosquitos, quem sabe?

Uma sonora gargalhada rasgou o ar. Yuquitarr apoiou as mãos na barriga e curvou o corpo.

— Sabe o que quero dizer. Pressinto algo, temos de partir. O ar fede a morte, temo pela segurança da tribo.

Vanza respirou fundo e, num momento de pura coragem, ergueu o manto, como há quatro anos não fazia na presença de ninguém. Yuquitarr tomou um susto, como se uma fera o tivesse atacado. Fazia tempo que não via o rosto de sua filha. As belas feições da moça fizeram seus olhos brilharem. Seu rosto era fino, com maçãs da face pronunciadas e redondos olhos acinzentados, iguais a duas hematitas. Os lábios finos e delicados correspondiam ao formato do rosto, e possuía um sorriso com dentes tão bem alinhados, que nem o mais exímio dos artistas seria capaz de reproduzir com tanta perfeição. Um cacho de seu cabelo dourado caía-lhe graciosamente pela testa.

Após o choque inicial, Yuquitarr sentiu-se velho, a juventude que coloria tão graciosamente o rosto de sua filha fez com que sentisse o peso dos infinitos anos que vivera. Por um momento, desejou se lembrar de quando nascera. "Teria sido no ano de Manon?", ponderou. Não, não podia ser, pois lembrou rapidamente ter ouvido conversas sussurradas a respeito dos impressionantes feitos do audaz cavaleiro de belo canto. Então, não deveria ter nascido na Era do Primeiro Aço. Seria na Era dos Anjos, talvez. Tornara-se difícil numerar

Capítulo 7 – Desabrochar completo

sua própria idade, agora que os 418 dias de um ano não recebiam mais um título. Era como tentar perseguir uma caça que não deixava rastro, e um mero piscar de olhos, por mais breve que fosse, fazia com que a perdesse de vista. Não importava, estava feliz acima de tudo, o rosto de sua filha mais uma vez se apresentava a ele. Como desejou ter o poder de um feiticeiro para congelar essa imagem e nunca mais ser privado da sensação que aquecia seu coração naquele momento! Passou as costas da mão no rosto dela com extremo cuidado, parecia ter medo de feri-la com a força de seu amor paterno.

— Pai, sinto que vamos sofrer muito – disse Vanza em um sussurro. – Tentei lhe esconder isso, mas acho que você descobriu de qualquer modo.

— Como assim, filha? – sua voz era não mais que um murmúrio encantado.

— Desde que nós saímos de Sellpus, eu tenho sonhado com sangue chovendo do céu, e no meio da tempestade sempre está você, sozinho – a garota juntou as mãos sobre as pernas, sentindo-as trêmulas.

— Minha querida, sabe que tem o dom da premonição de sua mãe, a alma dela vive em você, mas não se assuste com cada sonho que tem... – parou por alguns segundos, para saborear uma palavra em especial. – E você me chamou de pai!

Quatro anos antes, os yuquis estavam se dirigindo a Por' para vender cavalos selvagens, que tinham capturado, aos guerreiros convocados por Murbad, na Fronteira das Cinco Forcas. Como é uma cidade colônia de Murbad, os soldados tinham de atender ao chamado de seu soberano, prestes a se levantar mais uma vez contra o país vizinho Priör. Os yuquis viram nisso uma ótima oportunidade de lucros altos.

Mas na calada da noite, em um vale estreito que os obrigava a avançar lentamente, sofreram uma emboscada de uma tribo rival, chamada saxz, os Amarelos, que obviamente teve a mesma ideia de negócio. Foram surpreendidos pelo ataque e muitos morreram, atravessados por flechas flamejantes que choviam do alto dos morros nus ao redor, sem que tivessem tempo de se defender. Montada às costas de seu pai em uma grande égua escura, Vanza foi atingida, a ponta farpada da flecha transpassou seu coração, e sua morte foi imediata. Yuquitarr a agarrou no colo, apertou seu corpo junto ao peito e partiu para o ataque agarrado à filha sem vida. Com apenas uma mão empunhando a espada, trucidou, junto com seus homens, cada um dos saxz. Escudos se partiram, espadas estilhaçavam-se ante a fúria bestial desse pai enlouquecido. Mataram todos brutalmente, inclusive as mulheres, crianças e velhos que haviam ficado afastados do ataque. Após a vitória, Yuquitarr, coberto de sangue, voltou para encontrar a sua mulher Danza e colocou sua filha aos seus pés. A mulher chorou serenamente em silêncio por um longo tempo e, por fim, pediu a seu marido que a matasse também. Yuquitarr não entendeu de início e seu choro tomou proporções absurdas, gritava como os céus evocando trovões e seu desespero o fez ficar sem voz.

Danza abraçou o marido e pediu que ele executasse a troca, conhecida como Arands, ritual antigo em que se permuta uma vida por outra. Yuquitarr recusou com veemência, mesmo que bem-sucedido, a dor de perder as duas em uma mesma noite seria demais para ele. Mas sua mulher não desistiu, conversando longamente com ele, na tentativa de convencê-lo a substituir sua vida pela da filha. Ela alegava que sem Vanza não teria mais motivos para viver e que se mataria de qualquer forma. "Não é certo uma mãe enterrar o corpo de um filho, não é natural, lembre-se de Merelor e seu primogênito", dizia com uma calma assustadora.

Muitas e muitas horas foram necessárias para convencer Yuquitarr, que relutante tomou a decisão mais difícil de sua vida. Não suportaria sofrer como o deus que cultuava, não era forte o suficiente. Abraçou a mulher demoradamente e lhe disse que só fazia isso porque ela jurou a Merelor, sobre o corpo de sua filha, que somente assim encontraria paz.

Acenderam-se duas fogueiras em formato circular. Então, sementes de amendoeira foram jogadas na maior e de orquídeas na menor, para fazer brotar uma vida. Yuquitarr se despediu da mulher com um dolorido último beijo, iluminado pelo fogo que ardia impiedosamente. As duas foram colocadas no centro da fogueira maior. Danza impávida postou-se ereta, não havia traço de medo ou de arrependimento em seu olhar, e abraçou o corpo de Vanza carinhosamente, como somente uma mãe seria capaz. Para realizar a troca, a pessoa devia morrer da mesma forma que a pessoa que ganharia a vida. Assim, Yuquitarr pegou seu longo arco de carvalho e acendeu a flecha na fogueira, gritou como se quisesse que o mundo todo ouvisse sua voz:

— Vou amá-la por toda a eternidade, Danza! Minha vida, hoje morro com você! — puxou a flecha até que lhe tocasse a orelha, a corda gemeu ao ser retesada, clamando para ser solta, e, por fim, sentindo uma dor cortando-o por dentro, obedeceu a seu pedido. Para Yuquitarr, um tempo imensurável havia se passado até que a seta atingisse o exato ponto nas costas do ferimento que havia matado Vanza. Exímio arqueiro, acertou em cheio, mesmo com os olhos toldados por volumosas lágrimas que jorravam em uma torrente de desespero.

Sua mulher se virou uma última vez e sorriu para Yuquitarr enquanto a vida lhe escapava.

Então, o silêncio. Nem o ar parecia se mover. Tudo ficou estagnado, ninguém da tribo, que assistia à cena com dor e choro, ousava sequer respirar, todos se questionando se havia funcionado. De súbito, um gemido leve, como o ronronar de um gato foi ouvido, baixo o bastante para quase ser abafado pelo crepitar das chamas. A alma de Danza adentrava o delicado corpo de Vanza. Ela permaneceu imóvel por um tempo e, depois, se ergueu com os olhos arregalados sem nada entender, fitando o corpo da mãe. Caiu de joelhos e abraçou a mãe morta. O fogo se erguia por mais de três metros de altura, ardendo com tons verde e violeta, e somente um pequeno vulto podia ser visto no interior da fogueira.

Sem pensar, Yuquitarr pulou pelas chamas, abraçou a filha e a falecida esposa. Ninguém da tribo falava. Finalmente, resolveram deixar esse íntimo e triste momento para a família e debandaram, cada um enviando suas orações, pedindo para que Danza encontrasse a paz nos braços de Merelor.

— Sua mãe se sacrificou para salvar você, minha filha. Agora, somos só você e eu nesse mundo — disse o líder yuqui com a voz embargada.

— Quem atirou a flecha na mamãe? — perguntou Vanza com um rosnado.

— Eu — respondeu dolorosamente o pai, passando a mão nos cabelos dourados, que brilhavam como ouro derretido à luz do fogo.

— Por que a matou? — perguntou a garota sobressaltada.

— Para salvar você. Sua mãe me pediu. Quando fomos atacados, você morreu, querida, e ela se sacrificou para que renascesse — puxou a filha para perto de si, envolvendo-a em um abraço firme. — Sua mãe lhe deu a vida pela segunda vez!

Com 13 anos na época, Vanza assentiu, pois era familiarizada com o ritual Arands. Viu ser realizado quando tinha apenas cinco anos e achava assustador. Mas, ao mesmo tempo, era um sacrifício repleto de beleza: uma pessoa aceitando morrer para que outra cumprisse o resto de sua missão neste mundo. E como sempre foi madura demais para sua idade, entendeu que não era culpa de seu pai. Imaginou a dor da mãe ao vê-la morta, e seus motivos lhe eram claros, no entanto não aceitou facilmente os fatos. Decidiu que a partir daquele dia ninguém mais veria seu rosto, tinha vergonha de ter sido ela a causa da morte de sua amada mãe. Sentia-se um monstro, e monstros devem ficar escondidos. Por isso, o manto negro que usou dali em diante.

— Sim, desculpe-me pelos anos em que o privei disso, pai — a última palavra foi dita com voz trêmula. — Desde aquele dia, não me achava digna de ser sua filha, sabia que o sacrifício que fez por mim foi tão grande quanto o de minha mãe! Por isso os venero! Ambos me deram a maior prova de amor que alguém poderia fazer neste mundo!

Yuquitarr estava cego de tanto chorar, perdeu o fôlego e por muito tempo não conseguiu dizer nada. Quando se recuperou, limpou as lágrimas e o nariz com o braço.

— E por que escolheu hoje para retirar o manto, filha?

— Algo nesse pesadelo que tive me fez tomar essa decisão. Poucas vezes tive sonhos tão reais, e esse foi o mais real de todos! Podia até sentir o cheiro do sangue e, apesar de não estar presente, eu sentia cada gota morna escorrendo por minha pele — balançou a cabeça para ordenar os pensamentos. — Não sei explicar direito, pai... Faz algum sentido para você?

Yuquitarr assentiu, sentindo os cabelos de sua nuca se eriçarem, suas preocupações deviam estar certas. Algo estava errado no mundo e ele sabia que o sonho de Vanza indicava que isso os atingiria em breve.

— Preciso que faça uma coisa por mim, minha querida — disse Yuquitarr decidido, trazendo à tona algo planejado há tempos. O sonho de Vanza era um sinal de que a hora tinha chegado.

— O que quiser, pai — respondeu Vanza, com o rosto quase encoberto pelo copo de boca larga que segurava e prestes a tomar um gole.

— Alguém precisa ser chamado, em uma terra distante. Somente você pode se aproximar dessa pessoa — Yuquitarr sentia sua pele gelar cada vez mais, como se os ventos do norte repentinamente invadissem sua iurta.

— Não entendo, diga logo quem é — e, finalmente, bebeu um pouco de chá.

— A Besta da Montanha, precisaremos dele.

— A Besta da Montanha? — cuspiu a bebida de lado. — Ele é real? Achei que era apenas um conto para assustar criancinhas.

— Não, não. Ele é bem real e um dia me chamou de amigo. Por conta disso, creio que você seja a única que poderia se aproximar dele. Caso contrário, eu jamais ousaria enviá-la. Ou pelo menos enviaria uma escolta para protegê-la, mas seria como mandar bezerros para o abate! Lembre-se do conto, ele não deixa ninguém ver seu rosto e, nessa situação, temo mandar outra pessoa para essa missão – a testa de Yuquitarr pingava, o medo que tentava controlar, o corroía. – Peço que acredite em mim, sabe que nunca mentiria para você.

– Eu acredito, de verdade! Mas por que quer convocá-lo?

– Algo de muito errado está acontecendo em Relltestra. Eu já sabia do levante dos reis de Tinop'gtins e Cystufor, mas tenho a impressão de que alguma coisa maior está por trás disso tudo. A vinda daqueles dois rapazes há alguns dias é uma prova. Você sabe, pelas memórias que recebeu de sua mãe, quem eu acho que ele é – Yuquitarr batia o indicador na coxa ao final de cada frase. – Imagino que ele tenha sido avisado por alguém para fugir de sua cidade, e penso... não, sei que ele é o motivo desse ataque a Sëngesi. Agora que escapou, irão buscá-lo onde quer que se esconda. Tive vontade de seguir o rumo por ele tomado e ajudá-lo. Disse que ia para Idjarni, então poderíamos unir nossas forças com as dos Andarilhos das Trevas. Precisamos defendê-lo! Mas mesmo com essa união, estaríamos em desvantagem. A Besta seria uma adição necessária, caso queiramos fazer frente aos grandes exércitos em marcha.

As velas nos candelabros iluminavam o rosto de Yuquitarr intensamente, marcando as rugas de sua testa de forma profunda. Sua expressão de medo era clara, o que assustou Vanza, pois nunca tinha visto seu pai assim.

– Mas o que querem com ele? Pelo que vi, não é mais do que um rapaz comum.

– Não posso contar-lhe essa parte, meu juramento me impede, terá de confiar em mim, minha filha.

– Eu confio, pai, e sim, farei o que me pede, irei ao encontro da Besta – em seguida, franziu o cenho. – Mas onde?

Yuquitarr mordeu o lábio inferior como se tivesse medo de anunciar para a filha o seu destino. Fechou os olhos e falou apressadamente, receando que as palavras não saíssem de sua boca. – Onde as nuvens estão abaixo do chão, onde a terra corta o céu.

Os olhos de Vanza arregalaram-se, pois sabia muito bem o que as palavras de seu pai significavam. A morada dos anjos! Um conjunto de três enormes montanhas, o ponto mais alto de Relltestra, e palco da última batalha dos anjos contra os feiticeiros. Dizem que foi lá que morreu o último anjo Xarzis, pelas mãos dos três feiticeiros: Nimalf e os gêmeos Ecas e Jo, conhecidos como Intrépidos.

– Mas, pai... tão longe assim? Como vou sobreviver à viagem? – Vanza sempre foi uma menina corajosa. A exemplo de seu pai, habitualmente evitou demonstrar medo, mantendo a "expressão fria" como ditam os costumes yuquis, porém agora não conseguia guardar para si o pavor que sentia.

– Garanto, minha filha, que estou mais assustado que você. Tenha certeza de que iria eu mesmo, caso pudesse, mas essa tribo não viveria um dia sem seu líder. Sabe como são essas pessoas... A dor que sinto, ao enviá-la em uma jornada tão perigosa, não poderia ser descrita em palavras. No entanto, envio você, pois sei que será bem-sucedida, porque tem a força da sua mãe. A Besta da Montanha me deve um favor, sempre pensei em guardá-lo para o momento mais oportuno e creio que a hora do pagamento chegou. Uma pena que não

Capítulo 7 – Desabrochar completo

possamos ir todos, viajaríamos muito lentamente, chegando lá tarde demais. Mas algo em meu íntimo me diz que você deve ir sozinha. Posso estar completamente errado, colocando-a em risco, mas duvido que qualquer mal que surja em seu caminho possa subjugá-la! E também, sem ninguém ao seu lado, retardando seu avanço, levará apenas metade do tempo que nossas carroças carregadas exigiriam.

Mais nenhuma palavra precisou ser dita, pai e filha se abraçaram e choraram, as lágrimas quentes de Vanza umedeciam a fina camisa de linho que Yuquitarr usava. Era a primeira vez que iriam se separar, e ambos pareciam não querer que esse abraço acabasse.

Yuquitarr afastou o corpo de Vanza e ergueu seu queixo com a ponta do dedo, com os olhos fixos nos dela.

– Minha filha, minha flor de desabrochar completo. O mundo foi privado de tamanha beleza por muito tempo, agora se apresse e espalhe seu pólen por onde quer que vá e volte em segurança para meu jardim.

Vanza nada respondeu, mas seus olhos disseram a Yuquitarr mais do que palavras. Em tempos distantes, Yuquitarr era conhecido como leitor de almas e ele conseguiu interpretar tudo que podia na alma dupla de sua filha.

Os preparativos para a viagem foram feitos rapidamente. Vanza vestiu uma grossa roupa preta de couro com forro de algodão, calçou botas de pele de lontra como as que o pai sempre usava. Uma leve cota de malha foi posta por baixo de um gibão de couro avermelhado, com um delicado bordado de flores, pois precisava dar a impressão de ser somente uma viajante e não uma guerreira. Yuquitarr ajudou-a a amarrar bem suas roupas às costas, para que a cota de malha não tilintasse muito enquanto caminhasse. Sentia-se pesada e desajeitada com todo esse peso extra, estava acostumada a trajar suas roupas de tecidos leves. Calçou luvas longas, que lhe iam até a metade do antebraço, e por cima de tudo vestiu uma capa preta com um grande capuz, para ocultar o rosto com mais facilidade.

Enquanto Vanza terminava de arrumar uma trouxa com suas coisas, Yuquitarr escrevia um recado para a Besta da Montanha. Derreteu cera e pôs seu selo com o emblema dos yuquis: duas lanças curtas à frente de um sol estilizado. Dirigiu-se ao baú de ferro e empunhou a sua espada dourada, que desembainhou e beijou a lâmina.

– Minha querida Plumbum, banhei você com sangue para torná-la dourada. Minha companheira de longa data, que protegeu-me por tanto tempo, agora resguarde minha Vanza, com a ferocidade e graça que sempre demonstrou – fez sua filha se ajoelhar e tocou com a ponta da espada em sua testa. O frio da lâmina lhe deu arrepios. – Doravante, Plumbum é sua, minha filha! Você pode se dizer uma guerreira yuqui completa – girou a espada e deu o punho para Vanza.

O pouco peso a surpreendeu, pelo tamanho da arma achava que não seria capaz de a empunhar. Mas sentiu-se confortável com a espada, como se ela fosse uma extensão de seu braço.

Yuquitarr bateu palmas de alegria ao ver a filha desferir um golpe circular no ar, o sibilo selvagem que produziu possivelmente faria os inimigos dos deuses de outrora estremecerem.

— Sabia que você, um dia, iria me substituir. Veja, uma guerreira completa!

Sorrindo, Vanza amarrou a bainha da espada ao seu cinto, e a ponta da arma quase tocava o chão, mas isso não incomodava sua determinação. Sentia-se emocionada pela confiança do pai e prometeu a si mesma que não o desapontaria.

Já fora da cabana, Vanza foi aplaudida por todos yuquis presentes. Muitos gritavam loucamente ao ver que ela não estava mais usando seu manto. Crianças pequenas escondiam-se atrás das pernas das mães, pois nunca tinham visto seu rosto; para eles, ela era uma estranha. Yuquitarr comunicou à tribo que sua filha ia embarcar em uma jornada, mas que logo retornaria. Ela acenava para todos, agradecia aos desejos de boa viagem, aceitava amuletos talhados em ossos, de arminho para ajudá-la a ser furtiva e de corvo para que as suas asas negras a envolvessem e nenhum mal pudesse avistá-la.

Ao pegar sua montaria, Vanza não pôde acreditar no que viu. Pous não estava selando um cavalo para ela.

— O que é isso? Um burro? — esbravejou com clara indignação.

Yuquitarr estava pronto para responder, mas Pous se adiantou:

— Você estará sozinha em uma estrada perigosa, em um mundo onde a guerra está prestes a acontecer a qualquer momento. Melhor não chamar atenção para si, montando um burro você será confundida com uma aldeã comum.

Vanza sorriu, mas sem nenhum traço de humor. Queria sentir o vento selvagem batendo em seu rosto. Porém, montada em um maldito burro, seus cabelos nem ao menos se despenteariam. Essa seria uma longa viagem.

— Bom, tudo pronto. Boa jornada, Vanza! Volte em segurança para nós — Pous levou as costas da mão à testa e fechou lentamente os dedos, desejando sorte a Vanza.

A garota agradeceu cordialmente o cavalariço, mas se corroía por dentro, queria um cavalo digno das princesas dos contos para sua primeira jornada. Sentia-se estúpida.

Agora a sós, Yuquitarr abraçou a filha por um bom tempo, ergueu-a com facilidade e a pôs na sela.

— Se me perguntar, você parece a deusa Nissa montada aí, pequena, pronta para acender as estrelas com o toque de suas mãos.

— A deusa Nissa monta um cavalo alado branco, de duas cabeças — respondeu Vanza secamente.

— Ora, com essas orelhas enormes parece que esse burro tem asas, só está faltando a outra cabeça — Yuquitarr sorriu por um breve momento, depois olhou para a filha com um ar sério, acariciando a volumosa barba.

— Cuide-se, minha querida. Evite estradas com soldados e, se lhe perguntarem, diga que vai visitar sua avó doente ou algo do tipo. Seguiremos para Idjarni hoje mesmo, sabe onde nos encontrar. Esperaremos por você lá — Yuquitarr ergueu uma pequena bolsa de couro que carregava. — Aqui tem moedas suficientes para você se virar em sua missão, estão embrulhadas em tiras de algodão para não tilintar, assim evitará chamar a atenção de ladrões. Use-as com sabedoria — retirou do bolso um pergaminho enrolado, de aspecto muito velho. — E, eis um mapa de Relltestra. Leia todas as anotações atentamente, como se fosse um pergaminho escrito pelas mãos dos deuses, os perigos estão todos destacados aí. E pelo amor à sua tribo, não vá se perder, Vanza. Que Merelor a proteja e que tenha uma viagem segura e sem imprevistos.

— Obrigada, meu querido pai, não vai se decepcionar por ter me escolhido — aceitou o mapa das mãos de Yuquitarr. — Mas como você vai achar seu caminho agora?

— Ha, ha! Vanza, Vanza! Eu conheço Relltestra melhor que ninguém, fique tranquila, esse mapa é apenas uma relíquia de minha juventude.

— Tudo bem então, se o senhor diz. Bom... — os olhos de Vanza encheram-se de lágrimas. — Eu amo você, pai. Nunca se esqueça! Até breve.

— Também amo você, minha filha — disse Yuquitarr com dificuldade, as palavras pareciam pregos em sua boca, doíam horrivelmente e eram difíceis de serem pronunciadas. — Até breve.

Yuquitarr ficou olhando a filha ganhar terreno por entre as árvores, o céu já tomava traços de violeta e laranja, e a noite não tardaria a chegar. Quando, por fim, Vanza sumiu de sua vista, ele caiu de joelhos e entregou-se aos prantos, rezando para que seus deuses a protegessem e o perdoassem por enviar sua própria filha em uma jornada tão perigosa.

Mais de uma hora depois, com o céu já completamente negro, Pous se aproximou correndo, sem fôlego, e apoiou-se nos joelhos usando o resto de ar que possuía.

— Senhor... Venha logo! — o cavalariço apontava freneticamente em direção ao acampamento.

— Não me encha, Pous! — gritou irritado, não queria que ninguém, até mesmo seu fiel amigo Pous, o visse daquele jeito. — Deixe um pai sofrer em paz ao ver a filha partindo.

— Senhor... temos p-problemas, e dos grandes!

Capítulo 8
Caldeirão dos deuses

Sttanlik dormia tranquilo, sonhando com seus dias de trabalho, colhendo repolhos roxos e beterrabas com Jubil, ambos contando piadas e rindo despreocupadamente. O céu não estava azul, um caleidoscópio de cores vivas e belas explodia sobre suas cabeças, com tantos tons que seria impossível identificar todos, nem mesmo em uma centena de existências. O clima agradável trazia uma brisa que refrescava seu corpo, por mais que trabalhasse não sentia cansaço algum, cada golpe de enxada o deixava mais e mais feliz.

Foi acordado pelo terrível beijo gelado de uma lâmina em seu pescoço. Abriu os olhos e demorou a ver algo, pois o sol forte o cegava. À sua frente, um vulto negro pressionava com força uma espada em sua pele, um movimento em falso e cederia. Tentou em vão mover o rosto para enxergar quem era.

— Poderia cortar a sua cabeça tão facilmente como a uma abóbora — a voz masculina era grossa e ameaçadora.

Os olhos de Sttanlik estavam esbugalhados. Quando finalmente se acostumaram com a luz, ele viu que quem empunhava a espada era Paptur.

— Você deveria ter me acordado! Você estava de guarda! Se eu fosse um integrante da Guarda Escarlate, você nunca mais ia poder usar um chapéu — Paptur já tinha voltado a falar com sua voz normal, mas não soou menos ameaçador. Afastou a lâmina e deu o punho da espada para o assustado Sttanlik.

— Desculpe, eu estava de guarda, mas acabei pegando no sono. Perdão!

— Sei que não fez por mal. Porém, se não estava aguentando, era só me chamar. Dormimos demais, Sttan! O sol já está quase a pino, perdemos quase metade do dia. Temos de nos apressar — ao mesmo tempo açodado e irritado, Paptur amedrontava o jovem.

— Mas você não precisava ter me ameaçado de morte, Aljava — Sttanlik tentou argumentar.

— Às vezes, só o medo educa. Como poderei confiar minha vida a você, se não consegue nem se manter acordado? Sei que agora vai montar guarda melhor que ninguém. Não estou certo?

Sttanlik nada disse, só concordou com a cabeça. Sabia que estava errado, então era melhor não discutir. Dirigiu-se a Dehat, que pastava tranquilamente afastando algumas moscas com o rabo. Apertou as fivelas da sela e tomou um gole de água do odre, o calor era intenso e sua boca estava seca como o chão que pisava.

Paptur teve de intervir.

— Beba somente um pouco, Sttan, temos de economizar água. Não sabemos em quanto tempo vamos atravessar o deserto, e demos de beber a Paldj e Dandga. Precisamos ser espertos ou morreremos de sede no meio do nada.

— Tem razão, Aljava. Mas será que não podemos encher nossos odres naquele lago pelo qual passamos ontem? Não é muito distante.

— Pensei nisso, contudo tenho medo de voltar e dar de cara com algum soldado. Acho melhor nos contentarmos com o que temos e seguirmos em frente. O meu odre está quase cheio, o seu tem mais da metade... creio que baste — Paptur segurou a rédea de Hamma e o guiou até algumas rhodiola rosea, que, apesar do clima árido, lograram crescer nas rachaduras das rochas. — Faça o mesmo com Dehat, ali no canto tem mais, isso vai ajudar os cavalos a se refrescarem.

Colheram o que restou e guardaram em seus alforjes, para alimentar os animais mais tarde.

Finalmente estavam prontos para seguir seu rumo. Tiraram o máximo de roupas que conseguiram, ficando nus da cintura para cima, pois ambos já estavam cobertos de suor. O solo de Andóice era claro, porque em sua maior parte era feito de sal, isso ajudava a intensificar o calor e, para piorar, refletia o sol, ofuscando a visão dos dois. Ren voava em círculos sobre eles, aproveitando as correntes quentes para planar sem esforço algum.

Paptur puxou a faixa amarrada à testa e a usou como tiara, para afastar os cabelos do rosto. Sttanlik não tinha tanta sorte, e seus cabelos grudavam em seu rosto e pescoço, um incômodo que teve de ignorar. Pela primeira vez na vida, desejou ter aceitado os conselhos de Jubil e adotado os cabelos curtos. E pensar que fez tanta graça com seu irmão, chamando-o de "ovo de pata" e "moranga", quando ele raspou suas madeixas completamente.

Viram o rastro da caravana se perder atrás deles. Não falaram nada, mas tinham vontade de segui-lo e salvar os dankkaz. A morte de Paldj e Dandga os tinha deixado mais calados, e ambos passavam mais tempo pensando em vingança do que conversando.

Cavalgaram por horas ininterruptas, e o calor parecia se intensificar a cada passo. Eram forçados a seguir rumo a oeste, ou seja, em direção ao sol e, por mais que tentassem fazer sombra com os braços, a luz continuava os cegando.

— Acho melhor pararmos um pouco e esperarmos escurecer, cavalgar com o sol em nossos olhos está se tornando impossível — já não aguentando mais, Paptur desceu de Hamma de um pulo só. O cavalo deu a impressão de agradecer a pausa e relinchou, provavelmente pelo prazer de não ter mais que carregar o peso de um homem naquele calor infernal.

— Quanto tempo acha que teremos de esperar? Será que aguentaremos ficar parados aqui? Não há sombra para nos protegermos — as calças de Sttanlik estavam grudadas às suas pernas, sentia-se num estado deplorável, e sua pele ardia, castigada pelo vento quente e pelo sol.

Paptur coçou seu queixo algumas vezes antes de falar:

Capítulo 8 – Caldeirão dos deuses

— Usaremos nossas capas para fazer uma cabana improvisada, vamos nos proteger, comer e descansar por um tempo. Os cavalos vão gostar disso e cavalgaremos com toda a força tão cedo o crepúsculo chegue — sua voz estava rouca devido à falta de água e ele logo tomou providências quanto a isso. Ofereceu o odre a Sttanlik, o alívio foi imediato.

Aproximaram-se de uma das milhares de rochas ao redor, então Paptur pegou duas flechas de sua aljava e cravou-as na pedra para prender sua capa. Depois, pegou mais duas e amarrou a outra borda no chão. Uma pequena cabana surgiu, e ele ofereceu flechas para Sttanlik, que fez o mesmo que o arqueiro, ficando mais uma vez espantado com sua sagacidade. Pegaram algo para comer e ambos se deitaram em seus palácios improvisados.

— Acho que nunca tive uma sensação tão confortável em minha vida, sinto-me mais rico que o rei de Muivil — brincou Paptur, enquanto mastigava um pedaço de pão yuqui.

— Eu também. Então é assim que vivem os reis? E eu achava que meu trabalho era ruim!

Começaram a gargalhar, e foi a primeira vez, desde a noite anterior. O calor até pareceu amenizar.

O sol foi se escondendo em uma lentidão irritante, banhando o céu azul-turquesa com seus últimos suspiros flamejantes. A queda brusca da temperatura os fez se sentirem mais dispostos. Prepararam-se para seguir seu caminho.

Uma vez montados, Sttanlik fez uma pergunta perturbadora:

— Aljava, acha que vamos conseguir? Será que sobreviveremos a esse deserto? Dizem que poucas pessoas que entram em Andóice saem com vida.

Paptur se mostrou mais calmo do que Sttanlik esperava.

— Creio que se fosse nossa hora de morrer, já estaríamos mortos. Temos muito a fazer antes de cruzarmos os portões de Pallacko, Sttan. Veja aqueles abutres no céu, estão esperando nossa morte para se banquetear, mas eu não vou servir de jantar para aves fedidas. Elas que morrem de fome! — a descontração iluminou o rosto de Paptur.

— Você parece ter resposta para tudo, Aljava, e sempre aparenta calma. Tem alguma coisa que o assusta? — Sttanlik estava legitimamente intrigado.

— Não tenho receio de morrer, porque viver hoje em dia tem sido muito mais difícil. Mas saiba que não existe homem sem medo. A vida nos castiga o tempo todo, se fraquejar, o mundo o engole. Desde cedo tive que aprender isso.

Sttanlik desejou ter um pouco da coragem de Paptur. Sem dúvida, ele era um homem calejado, sofrera muito e agora se apresentava forte para enfrentar a maioria das coisas.

Ren voava em círculos cada vez maiores. Os abutres evitavam se aproximar, tinham metade de seu tamanho e nada de sua imponência. Estava bem claro quem era a rainha dos céus. As correntes tornavam seu voo muito agradável.

— Sua safada! Se descer aqui, juro que vou assar você com cenouras e abobrinhas. Além de usar suas penas para fazer um casaco — gritou Paptur, sorridente.

Sttanlik gostou muito da brincadeira, mas ao olhar o céu, agora quase todo escuro com a chegada da noite, sentiu-se angustiado.

— Céu sem estrelas, não há anjos olhando por nós nesta noite.

— O que quer dizer? — perguntou Paptur.

— É algo que Jubil sempre diz, sua mãe Amella foi quem lhe ensinou. Ela dizia que cada estrela do céu era um anjo olhando por nós. Bom, não sei se é verdade. Se for, hoje estamos desprotegidos.

— Notei há algum tempo que você tem uma forte crença nos anjos. Desculpe-me, mas acho isso besteira, sei que os anjos existiram em tempos antigos, mas não creio que mereçam ser cultuados. Na verdade, não há nada que deva ser venerado — argumentou Paptur respeitosamente, não queria discutir crenças com Sttanlik. — Penso que enfrentaram os feiticeiros por interesses próprios, não porque amavam os homens como dizem por aí. Quem amaria uma raça tão estúpida?

— Respeito sua opinião, Aljava, mas você é humano. Acredita-se estúpido também? — perguntou Sttanlik, zombeteiro.

— Infelizmente sou humano, mas um pouco menos imbecil que a maioria — retrucou, rindo alto.

Os dois passaram algum tempo conversando sobre coisas mais mundanas, mas algo ainda incomodava Sttanlik. Estava evitando falar disso desde a noite anterior e sabia que Paptur fazia o mesmo, e, no entanto, alguém tinha de trazer o assunto à tona.

— O que será de todos nós com a volta dos feiticeiros, Aljava? Como poderemos nos defender sem a ajuda dos anjos?

Paptur nada respondeu, apenas apeou de Hamma e pegou um pão chato no alforje. Retesou seu arco e pôs no chão. Aproximou-se de Sttanlik e fez um gesto pedindo uma espada. Este, surpreso e sem entender nada, atendeu ao pedido.

— Empunhe a outra aqui — foi tudo o que disse. E então, jogou o pão chato o mais alto que conseguiu, pegou rapidamente o arco, encaixou a flecha e a atirou. Ela dançou pelo ar, acertando o pão em cheio. Depois, empunhou a espada e correu em direção de Sttanlik, que pulou desajeitado de Dehat e se defendeu como pôde, ainda sem conseguir um pé de apoio satisfatório. Duelaram por uns dois minutos. Sttanlik, ainda perplexo, fazia o possível para se esgueirar da velocidade e graça de Paptur, que apesar de não ser espadachim, sabia quando e onde golpear.

Tão rápido como começou, Paptur baixou a espada e deu o punho a Sttanlik, pegou o apito de sua bota e assoprou. Segundos depois, Ren voltou com a flecha ainda com o pão preso a ela. Paptur agarrou o pão e deu uma mordida, jogou um pedaço a Ren e com a boca ainda cheia falou:

— Com um pouco mais de treino, creio que vamos ficar bem. Não precisamos estar envoltos pelas asas dos anjos.

Jogou o resto do pão a Sttanlik, que, ainda ofegante, analisou e viu que o amigo acertara o pão quase no centro. Uma flechada digna do melhor arqueiro do mundo.

— Estou sem palavras! Mas não seria mais fácil ter me avisado?

— Acho que ações podem falar mais que palavras em situações assim. Receio muito a volta dos feiticeiros. Todavia, se eles voltarem, temos de estar prontos. Você possui uma certa habilidade com a espada, não o suficiente para duelar com um homem treinado

Capítulo 8 – Caldeirão dos deuses

realmente. Tem as ferramentas, suas espadas são formidáveis, as melhores que já vi. Parabéns. Mas deve praticar para que se transformem em armas de verdade, não apenas belos enfeites. Um dia, você e as espadas devem se tornar "o Sttan".

– Você realmente é o melhor arqueiro que eu já vi. E obrigado pelo conselho, vou fazer o possível para me igualar a você em habilidade com a espada.

Paptur balançou o indicador de um lado ao outro.

– Quase acertei o pão no meio... quase! Isso determina minha vida ou morte, tenho muito que praticar, e não espere se igualar a mim com a espada. Supere-me e muito. Sou um arqueiro, não um espadachim. Seallson era um ótimo espadachim, você viu. Não espere que uma maça caia dos céus para salvá-lo da próxima vez.

Mesmo estando surpreso e cansado, Sttanlik sentiu que não podia ter resposta mais satisfatória. Se os feiticeiros realmente voltarem, ele devia estar pronto para se defender, não esperando um anjo para socorrê-lo.

Após isso, os dois seguiram viagem, tentando não se corroer com apreensões e medos antecipados. Concentravam-se em ganhar terreno através das agruras do deserto. Repetiram ritualisticamente seus atos por três dias seguidos: descansavam quando o sol estava muito quente e aproveitavam o cruel frio noturno para cavalgar a toda velocidade.

As provisões que tinham, davam a impressão de que iam durar por muito tempo, mas a água de seus odres já começava a rarear, apesar de todo esforço para beberem o mínimo possível. Pelo caminho encontraram alfarrobeiras mirradas e retorcidas pelo vento. Hamma e Dehat comeram avidamente suas folhas e vagens, o que pareceu satisfazê-los. Sttanlik teve a ideia de ingerir uma vagem para ver se assim conseguiria amenizar sua sede e apreciou o sabor adocicado, convencendo Paptur a experimentar uma também. Ambos sorriram como duas crianças, tinham achado uma solução temporária para a falta de água. Encheram os alforjes com o que sobrou das vagens para o resto da jornada.

– Os dankkaz podem ter tentado expulsar toda vida daqui, no entanto, a natureza sempre encontra um jeito de retomar seu espaço – filosofou Sttanlik com satisfação.

O quarto dia de viagem marcou a chegada da força total do calor desértico. O verão tinha resolvido usar suas últimas forças para se despedir brutalmente daquele ano. Nem em suas cabanas improvisadas eles conseguiam sentir-se bem. Decidiram que tinham de descansar menos e atravessar logo o restante do deserto, que para os dois aparentava não ter mais fim. O ar estava estagnado, ondas de calor liquefaziam o chão criando um mar de desespero incandescente.

– Não aguento mais, Sttan. Sinto-me fraco, não sei se aguento tanto calor assim. Nasci numa terra fria, meu corpo não está preparado para uma quentura infernal dessas – os lábios de Paptur estavam secos e rachados, gotas de sangue secavam no canto de sua boca. A aparência esperta e curiosa tornava-se cansada e castigada, e seu rosto estava vermelho como um tomate. Apontou para um ponto preto que se destacava no meio do chão claro. Era a carcaça de um abutre sendo devorada por dois corvos. – Acho que você sabe que está perdido quando até os abutres não aguentam o calor de seu lar.

Sttanlik forçou um sorriso, sem dúvida a visão não era nada animadora. Estava em melhor forma, afinal acostumou-se a trabalhar na colheita, muitas vezes sob um sol escaldante. Além disso, sua pele não era tão alva quanto a de Paptur.

– Calma, Paptur. Estamos atravessando o deserto há quase quatro dias, vamos conseguir, tenho certeza de que já, já acharemos a saída deste inferno – Sttanlik tentava tranquilizar Paptur, porém, em seu íntimo, o medo crescia a cada passo. Olhava ao redor e não via o fim de Andóice, tudo parecia igual, não sabia dizer se estavam indo no rumo certo. Rochas sucediam-se sem fim, o céu era sempre limpo, imutável, de um azul tão brilhante que os apavorava. – Quer parar, Paptur? Acho que devemos, pois os cavalos estão espumando – deu duas palmadinhas no pescoço de sua montaria, brilhante de suor. – Creio que precisamos poupá-los um pouco. Vamos esperar o entardecer.

– É uma boa ideia, sinto-me fraco demais – Paptur tentava falar firme como sempre, mas não conseguia, sua voz tinha o peso da dor. Algo estava errado...

Arrumaram suas capas como já estavam acostumados e deitaram-se. Sttanlik respeitou o silêncio de Paptur, não querendo incomodá-lo. Fraco do jeito que estava, pegou no sono assim que se acomodou.

A noite parecia que não ia chegar nunca. Sttanlik, vez ou outra, olhava ao redor e sentia-se assando em um caldeirão dos deuses. Dali a pouco, Paptur começou a gemer bem baixinho. Sttanlik sobressaltou-se e foi ver o que estava acontecendo. O arqueiro permanecia desacordado, mas com os olhos semiabertos sem focar em ponto algum. Sttanlik tentou, sem sucesso, despertá-lo e, no desespero, começou a dar tapas de leve em seu rosto. Tudo em vão.

O jovem não sabia o que fazer. Sem dúvida, Paptur estava com insolação. Sttanlik não imaginava como poderia ajudar alguém nessa condição em um deserto. Correu para pegar seu odre ainda com um pouco de água e tentou fazê-lo beber, mas não conseguiu. Passou água nas mãos na tentativa de refrescar a castigada pele de Paptur. Ele ardia em febre e não respondia a nenhum estímulo.

Lágrimas banhavam o rosto sujo de pó de Sttanlik, deixando um rastro por onde passavam. Ergueu a cabeça de Paptur, e sua respiração se tornou menos ofegante indicando que ele retomaria a consciência. Então, de súbito, ele começou a vomitar, olhando para o rosto de Sttanlik. Como não tinha forças para falar, deixou-se cair nos braços do amigo e deu um suspiro entrecortado.

– Calma, eu vou ajudá-lo, Paptur. Beba água, você precisa se hidratar.

Paptur bebeu avidamente, dando mostras de se sentir melhor, mas ainda sem forças.

O fim da tarde chegava e Sttanlik tomou uma decisão: iria cavalgar sem parar até chegar ao fim do deserto. Paptur não aguentaria mais um dia de marcha, poderia morrer. Pegou, na bota de Paptur, o apito para chamar Ren e deu um sopro forte. Inicialmente nada aconteceu, mas depois de três tentativas conseguiu se comunicar com a bela águia.

Correu para Hamma, o cavalo maior, e retirou os alforjes da sela, amarrando-os na de Dehat. Tinha de retirar o máximo de peso que pudesse do cavalo, pois sabia que Paptur não teria condições de cavalgar sozinho, assim montariam os dois no cavalo maior. Deixou a sela de Hamma nua, somente o assento bastaria.

Capítulo 8 – Caldeirão dos deuses

Nesse instante, Ren chegou com um rato do deserto no bico. Pousou na braçadeira do antebraço de Paptur e olhou seu companheiro com um ar curioso. Sabia que havia algo estranho. Sttanlik tinha dúvida se ela entenderia, mesmo assim tentou explicar.

— Paptur precisa de ajuda, vamos tentar sair do deserto logo. Ajude-me a achar o caminho, a vida dele depende disso. Está me entendendo, Ren? – Sttanlik não se sentiu muito à vontade conversando com uma águia, mas, para sua surpresa, ela ergueu-se de pronto para levantar voo. Para ele, Paptur estivera seguindo a águia durante todos os dias que se passaram, pelo menos assim esperava.

— Paptur, meu amigo. Vamos sair daqui hoje e peço que me dê uma força para poder montar em Hamma. Não sei se consigo levantar você, certo?

— Sim – foi o máximo que obteve de resposta.

Sttanlik terminou de amarrar todos os itens que carregavam em Dehat, inclusive as armas dos dois. Aproximou os cavalos e trançou as rédeas e cisgolas, para que cavalgassem próximos um do outro. Agora era a parte mais difícil, colocar Paptur na sela. Ergueu o corpo sem forças de Paptur, que, apesar de consciente, mal tinha energia para se levantar. Passou o braço do seu amigo por cima de seu ombro e caminharam lentamente até os cavalos. O arqueiro fez um enorme esforço, mas manteve-se firme o tempo todo. Sttanlik então tentou erguê-lo, porém não era forte o suficiente. Paptur segurou firme na sela, cooperando com grande dificuldade, e finalmente conseguiram. Agora estava quase tudo pronto.

Era hora de falar com os cavalos.

— Hamma e Dehat, temos de ser fortes para sobrevivermos, preciso muito da ajuda de vocês, de sua força! Nós cinco vamos realizar um feito conseguido por poucos: cruzar o Andóice. E logo! Essa proeza será digna de canções através dos tempos – deu tapinhas leves no pescoço de cada cavalo.

Em seguida, ergueu o antebraço para Ren se empoleirar. A águia, que acompanhava os acontecimentos, entendeu o gesto e pousou em seu braço, fitando atentamente os olhos de Sttanlik. Suas afiadas garras cravaram-se na pele do rapaz, mas ele nem pestanejou de dor, mesmo quando gotas de sangue começaram a escorrer. Sentiu como se um pacto de sangue fosse feito entre os dois.

— É chegada a hora, Ren! Nosso amigo precisa de nós, voe e ache a saída deste inferno – moveu o braço e Ren alçou-se aos céus com suas enormes e fabulosas asas, em duas batidas já estava a dezenas de metros do chão.

E voltando-se para o amigo:

— A sorte está lançada, Paptur, vamos acabar logo com isso – montou no cavalo, mas fora da sela, e usou a faixa de couro que prendia as suas espadas para amarrar-se a Paptur.

— Obrigado, Sttan! Nunca vou esquecer isso – disse Paptur com esforço, demonstrando um pouco de sua força costumeira.

Iniciaram lentamente a cavalgada, estranha e desajeitada. Sttanlik era quem mais sofria com os baques, obviamente por estar sem a sela. Com o tempo, entendeu o que tinha de fazer para ficar melhor acomodado. A partir daí, batia forte os calcanhares nos flancos de Hamma, e o cavalo ia em disparada. Dehat acompanhava o ritmo com facilidade, os dois pareciam um corpo só, cada passada era perfeitamente sincronizada. Coração e coragem. Imbatíveis!

Ren os sobrevoava em círculos longos e, de vez em quando descia um pouco para não se distanciar muito dos amigos em terra.

A cabeça de Paptur pendia, dores e tontura o castigavam, mas ele tentava se mostrar valente ante a coragem que Sttanlik demonstrava. Fez um esforço e olhou para o céu, um sorriso acendeu-lhe o semblante.

— Sttan, seus anjos olham por nós — e ergueu o indicador sutilmente para cima.

Sttanlik sorriu jovialmente, o céu estava repleto de estrelas, todas as constelações estavam visíveis nessa noite: o Corvo do Norte, o Cisne, a Lança de Hartur e a Mãe Raposa.

— Ahá! — gritou Sttanlik, e seu coração palpitava como um tambor em seu peito. Sabia que conseguiriam.

Cavalgaram até não poder mais. Pararam muito pouco, somente para se alimentar. Sttanlik oferecia o odre para Paptur beber, e ele próprio não tomava uma gota sequer, pois guardava as reservas do precioso líquido para o amigo. Apenas mascou uma vagem de alfarroba, e, no entanto, sentia-se renovado. Jogou um jato de água na boca de cada cavalo, recompensando-os pelo esforço. Mas não podiam parar, logo a noite acabaria e o sol, o grande vilão do deserto, viria castigá-los mais uma vez.

Os círculos de Ren sempre apontavam a noroeste. Com uma energia improvável, seguiram em frente. Nuvens de aspecto espectral agora ganhavam cor, raios dourados começavam a surgir em suas bordas inferiores. Era o dia que estava chegando. Sttanlik gritou pedindo mais força aos cavalos, queria chegar logo ao fim de Andóice. Os animais exaustos fizeram o que podiam para isso, corriam como o vento, e uma enorme nuvem de poeira levantava-se atrás deles. Um furacão parecia cruzar o deserto.

A cada passo, o sol ficava mais evidente e o céu matutino iluminava-se com seus tons purpúreos. Era hora de mostrar do que eram feitos os heróis, não importava se nunca haviam sido ungidos pelos óleos sagrados, não tinha importância se não possuíam capacidade suficiente para esmagar exércitos com a força de seus punhos. Um herói surge na hora de necessidade, no momento em que alguém mais precisa deles. Não diminuíram o ritmo por nada, seus corpos cansados buscavam energia em suas almas corajosas, a exaustão trazia uma sensação de poder a eles. Mas algo estava errado. No horizonte, para o caminho que Ren os guiava, um paredão de rochas se erguia. Muito cedo para falar, mas dava a impressão de que por ali não haveria saída.

Sttanlik pôs as mãos sobre os olhos para ver melhor e tudo o que podia enxergar eram rochas, não havia mais caminho a partir dali. Não conseguia distinguir, mas não via passagem entre as rochas.

Desesperado, parou e chamou por Ren, porém ela mantinha aquele rumo, não hesitava. Levou a mão à bota de Paptur para pegar o apito, mas foi impedido.

— Confie nela! — os olhos enevoados de Paptur eram meros traços em um empoeirado rosto cansado, no entanto passavam uma confiança difícil de ser ignorada.

— Tem razão, vamos lá!

Capítulo 8 – Caldeirão dos deuses

Seguiram a direção apontada pela águia. Muito tempo se passou e, assim que chegaram ao paredão, Sttanlik desesperou-se, aquele devia ser o fim de Andóice. Ao contrário do que esperavam, não seria possível cruzar o deserto, teriam de voltar. Ou tentar ir para o norte, talvez lá houvesse uma saída.

O silêncio era total, nenhum deles ousava dizer nada, nem os cavalos emitiam um som sequer. Sttanlik olhou para cima. Ren circulava essa área, para ela era fácil sair dali, bastava voar sobre as rochas. Sttanlik sentiu uma pontada de raiva surgir. "Como pôde ser tão estúpido a ponto de confiar sua vida a uma águia?", pensou.

O único caminho óbvio agora era andar rente ao paredão, para ver se alguma falha nas rochas seria encontrada. Não acharam nada, por mais que procurassem.

O tempo passava e a temperatura subia a cada segundo. Paptur não iria aguentar mais, sua condição pioraria muito. Ele morreria e Sttanlik se culpava por isso. Estava no seu limite de desespero e ódio, passou a amaldiçoar tudo o que pôde: o sol, as rochas, Ren, Aggel, o rei Bryccen e até ele mesmo. Tudo foi demais para ele, então não suportou e gritou, a plenos pulmões. As rochas ecoavam seus gritos desesperados. Chorava copiosamente, mas nada o fazia parar. Todos se espantaram com sua reação. Os cavalos ergueram a cabeça assustados, olhando confusos para ele.

De repente, Paptur desamarrou a faixa de couro que os unia pelo peito, saltou da sela e cambaleou para longe.

Sttanlik voltou a si, observou o caminhar desequilibrado de Paptur, e por um momento não teve reação. Recobrando-se, saltou de Hamma e seguiu o rapaz que se arrastava pelas areias fofas de aspecto virgem.

– Desculpe-me, Paptur, eu me desesperançei. Volte. Não pode andar por aí assim, você vai desmaiar – aflito, sua voz saía aguda, sem tom definido.

Paptur, por sua vez, andava apoiado nas rochas e não olhava para trás, seguia dando socos leves a cada segundo. Repentinamente parou, olhou para cima e lá estava Ren, sobrevoando o exato ponto onde se encontrava. Deu três socos na rocha e começou a rir, jogando-se de joelhos e erguendo as mãos aos céus.

Sttanlik lembrou-se de que muito se falava de homens que enlouqueceram ao ficar expostos a temperaturas elevadas por tempo demasiado. Ao imaginar ser esse o caso, aproximou-se com cautela.

Tentou acalmar seu amigo.

– Fique tranquilo, Paptur. Está tudo bem...

– Está mesmo, Sttan. Dê um soco aí – e apontou para a rocha avermelhada.

– Por quê?

– Você verá.

Sttanlik obedeceu. Afinal, dizem que não se deve contrariar alguém fora de si. Deu um soco e então arregalou os olhos, e logo passou a dar repetidos golpes naquele ponto. O som era sutilmente diferente, parecia haver certa ressonância do outro lado da rocha. Agora quem se jogou de joelhos foi ele, depois abraçou Paptur e ambos gargalharam.

Perceberam que aquela rocha fora colocada ali por alguém, as bordas dela não eram fundidas às outras. Existia uma porta ali praticamente.

— Ren estava certa, e eu a amaldiçoei em meu íntimo. Desculpe-me, Ren! — gritou Sttanlik por fim.

— Sttan, creio que seu esforço foi válido. Olhe, temos um caminho aqui. O único problema será mover isto — o arqueiro apalpava a rocha, imaginando como fariam para retirar algo tão pesado.

Sttanlik olhou para o amigo, observando-o por alguns instantes. Apesar de extasiado pelo achado, preocupava-se com a condição dele.

— Paptur, você ainda está fraco, deixe isso comigo. Vá se sentar na sombra.

Apesar de pensar em negar o pedido, Paptur concordou. Sem dúvida, o mal-estar ainda o acometia. Foi ao encontro de uma inclinação no paredão e sentou-se na sombra. Levou o indicador e o polegar à boca e assoviou para chamar os cavalos, que de pronto se aproximaram. Ergueu-se, pegou o odre e matou sua sede.

Sttanlik analisava a pedra, que o desafiava. Imaginava como poderia movê-la. Pensou em inúmeras maneiras, mas nenhuma parecia ser a solução. Olhou para cima e pensou se seria capaz de escalá-la, infelizmente era alta demais. Procurou respostas no chão e a frustração era quase completa. Elevou a perna, preparando-se para dar um chute na maldita rocha, porém, para sua sorte, recolheu o pé no último segundo. Sentiu-se estúpido, o máximo que iria conseguir era quebrar o pé. Mas ao chutar a areia que se acumulava na borda da pedra, teve uma ideia. Agachou-se e passou a mão na areia fofa, uma, duas, três vezes e começou a cavar. Não parou até que o suor de seu rosto começasse a pingar no chão claro e seco, as gotas evaporavam-se quase que de imediato. Limpou a testa com o antebraço e voltou a revolver a areia, suas mãos começaram a ficar em carne viva, decidiu então buscar suas luvas. E por muito tempo escavou. Quando o buraco chegou à profundidade de quase setenta centímetros, ele achou a borda da rocha. Cavou por toda a extensão, o que exigiu dele muito esforço. No entanto, conseguiu.

— Agora basta escavar mais um pouco, creio que possamos passar por baixo dela.

Absorto como estava em seu trabalho, Sttanlik não notou a aproximação de Paptur, agora apoiado na rocha com o cotovelo, segurando a cabeça com a mão.

— Ah, Paptur, veja a rocha, nem está tão funda assim! Ei, volte para a sombra, eu cuido disso.

— Não, eu já me sinto um pouco melhor. Lembre-se do que Yuquitarr disse: "Não há som em palmas com uma mão só". Temos de fazer isso juntos!

Ajoelhou-se e começaram a cavar em conjunto, puxavam a areia para fora do buraco e pouco a pouco abriam caminho por baixo da rocha. Por fim, alcançaram a outra borda, deitados no chão. As pontas de seus dedos conseguiam chegar ao outro lado, a rocha não devia ter mais do que alguns centímetros de espessura, era realmente possível cavar por baixo para passar. Animados com o progresso rápido, continuaram sem parar e um túnel foi aberto, grande o bastante para eles o atravessarem. Sttanlik se adiantou e passou pelo buraco. Com dificuldade, mas determinado, conseguiu atingir o outro lado.

Capítulo 8 – Caldeirão dos deuses

Olhou e tudo o que viu foi um corredor comprido entre as enormes rochas, o ar era mais úmido e frio e refrescou seu corpo de imediato. Viu Paptur tentando passar e abaixou-se para pegar sua mão, ajudou o amigo e ambos observaram ao redor.

— Bom, pelo menos aqui não faz tanto calor, precisamos empurrar isso logo para passar com os cavalos – disse Sttanlik, já com o ombro fazendo força contra a gigantesca rocha.

— Vai ser necessário muita força. Será que somos capazes? – apesar de ter melhorado bastante em relação à noite anterior, Paptur ainda se sentia fraco e fazia um ótimo trabalho em ocultar isso.

— Temos de ser! – respondeu Sttanlik. – Não podemos deixar os pobres cavalos assando ali. E convenhamos, precisamos deles para seguir viagem.

— Então... força!

Empurravam com toda a força, a rocha devia pesar mais de uma tonelada, mas eles estavam fora de si, usavam toda a energia de seus corpos e suas almas. Jogavam-se contra ela sem parar, seus músculos ardiam, porém suas mentes não os deixavam fraquejar. Nenhum movimento acontecia, e isso não os abalava. Quando, por fim, um sonoro "créc" ecoou no ar. Continuaram a forçar, seus pés deslizavam, seus corpos lavavam-se em suor. De repente, mais um barulho e conseguiram ver a luz do sol emoldurar as bordas da rocha. Era chegada a hora do último esforço. Respiraram fundo e empurraram, a rocha cedeu à força combinada dos dois e lentamente caiu do outro lado. Um estrondo enorme agitou o ar, uma nuvem clara de areia se ergueu por todos os lados.

Os dois rapazes exaustos jogaram-se no chão, sem forças sequer para comemorar. Seus semblantes eram sorridentes, mas seus corpos estavam cansados demais para se mover.

Longos minutos de risadas e corpos doloridos depois, Sttanlik assoviou como Paptur havia feito pouco antes e os cavalos vieram em sua direção. Tiveram dificuldades para subir na rocha, seus cascos escorregavam, mas conseguiram e, mesmo ainda amarrados um ao outro, os dois postaram-se obedientes à frente dos corpos dos jovens jogados no chão. Ren ouviu o assovio e deu um mergulho, bicou a roupa de Paptur, que passou a mão de leve em sua cabeça.

— Conseguimos, Sttan! Sem sua força e coragem não seria possível! Obrigado, amigo – disse Paptur, com os olhos inundados por lágrimas de gratidão.

— Sim, conseguimos! – foi uma resposta curta, mas cheia de emoção. Sttanlik esticou o braço e passou a mão na cabeça de Ren. – Obrigado, Ren. Desculpe-me por duvidar de seu instinto. Você nos salvou!

Após recuperarem um pouco das forças, ergueram-se exauridos e desamarraram os cavalos.

— Depois de empurrar esse pedregulho, eu sou capaz de cavalgar, Sttan. Só estou com um pouco de febre e minha pele arde muito, já a dor de cabeça melhorou. Vamos aproveitar e sair deste inferno.

Refrescaram-se com o que restou da água, montaram e iniciaram o trote pelo cânion que se fechava como as paredes de um longo labirinto. O ar ameno os revigorou, seria até uma cavalgada prazerosa, se não fossem as dores no corpo e o cansaço. Não precisaram nem de cinco minutos para chegar ao outro lado. O sol, velho inimigo, os ofuscou mais uma vez. Olharam ao redor e mais areia e pedras por todos os lados.

Pasmos, balançavam as cabeças, como se isso fosse suficiente para levá-los para fora de Andóice. O estupor fez seus braços caírem pesados ao longo de seus corpos, todo o entusiasmo se foi. Paralisados, sentiam-se sem rumo, não teriam forças para atravessar mais um dia pelo calor escaldante. Sttanlik passou a olhar o horizonte, incrédulo. Era o fim.

Tudo tinha sido em vão, tanta luta por nada. Mas como que num passe de mágica, os olhos de Sttanlik captaram algo, duas coisas chamavam-lhe a atenção: uma fina trança de fumaça que subia aos céus e, acompanhando o rastro até o chão, uma linha verde no horizonte. Gritou jovialmente:

– Aljava, olhe! Mato! Verde!

Paptur ergueu o corpo, ficando de pé nos estribos, e olhou para onde Sttanlik apontava. Gritou de alegria:

– Conseguimos mesmo, agora é sério! Vencemos Andóice! – cuspiu no chão. – Maldito lugar de desespero, não vai devorar nossas almas!

– Vamos sair logo daqui, não aguento mais este lugar – disse Sttanlik, sentindo suas forças voltarem.

Retomaram o seu caminho rumo ao rastro de fumaça e à refrescante visão de vida. Deixando para trás o ambiente estéril do mais cruel lugar de Relltestra.

Capítulo 9
Do outro lado da porta

Sttanlik e Paptur seguiram o sinal de fumaça, não era distante, mas pareceu levar uma eternidade. Ao se aproximarem, ficaram admirados ao ver que vinha da chaminé de uma choupana simples, com teto de palha de cevada e paredes quase que cobertas totalmente de líquens e trepadeiras de folhas da cor de ossos secos. Não que isso fosse algo extraordinário, o que os espantava era que a humilde casinha fora construída no centro de um cemitério! Cercavam a morada 19 lápides em um círculo perfeito, todas com inscrições em runas antigas, da extinta língua sulista. Tentaram decifrar os dizeres, mas essa era uma linguagem abandonada, sendo substituída, como todas as línguas antigas, pelo idioma geral ou "língua pós-grande-guerra", como alguns gostam de chamar.

— Vamos pedir informações, Aljava. Quem sabe, até comprar um pouco do que estão cozinhando, pois o cheiro está ótimo! — o estômago de Sttanlik roncava como nunca. Apesar de ainda terem provisões, a expectativa de comer algo cozido o fazia salivar.

— E o que você quer dizer? Olhe, eu acabei de cruzar o deserto, não sei onde estou e quero comprar seu jantar, não ligue para minha aparência suja e descuidada?

— Ei, eu não falo com essa voz esganiçada — rosnou Sttanlik, indignado.

— Não, mas se for bater na porta de alguém que vive no meio de um cemitério, vai falar. Imagine quem vive aqui, deve ser um louco ou algo do tipo — Paptur bateu em suas roupas, para inutilmente tentar limpar o pó que o cobria completamente. — Além do mais, parecemos dois pedintes maltrapilhos.

— Você sugere o quê, então? Seguir viagem sem saber para onde ir? Acha que está em condições de dormir ao relento mais uma noite? — balançou a cabeça negativamente. — Sabe bem a resposta.

Paptur analisou a posição do sol.

— Sabemos que estamos mais ou menos a noroeste de Andóice.

— Mais ou menos... — zombou Sttanlik, revirando os olhos.

— Tudo bem, mas se algo der errado, não diga que eu não avisei — o arqueiro deu de ombros, apeou de Hamma e foi bater à porta da choupana. Ren, que estava em seu ombro, ergueu-se aos céus e foi caçar.

Sttanlik postou-se ao lado dele e ficou observando o cemitério. Percebeu que ao redor das sepulturas havia cenouras e batatas sendo cultivadas. Seu estômago embrulhou só de pensar em como seria se alimentar com algo que cresceu no solo daquele lugar.

Nenhuma resposta foi dada e Paptur bateu novamente. E nada. Resolveram desistir e já estavam voltando para seus cavalos, imaginando que a pessoa que ali morava os viu pela janela e, como Paptur disse, pensou que eram dois pedintes, quando ouviram passos leves e arrastados ao lado da casa e foram checar.

Uma senhora muito idosa, trajando uma camisola de linho sem mangas, de cabelos curtos e brancos como a neve, caminhava curvada, lentamente, carregando um grande cântaro de barro cheio até a boca. A cada passo que dava, um tanto de água escapava pelas bordas.

Prontamente, Sttanlik correu para ajudá-la, mas, ao vê-lo, a mulher deu um grito de susto.

Assistindo a tudo, Paptur murmurou satisfeito:

— Eu avisei...

— Senhora, por favor, me desculpe. Não queria assustá-la, corri para prestar ajuda com o seu cântaro, parece pesado. Veja, a água está transbordando – disse Sttanlik ruborizado, levantando as mãos para mostrar que não representava ameaça.

A velha ergueu o rosto de forma inclinada, pois usava um tapa-olho na vista esquerda. Observou Sttanlik por alguns segundos e começou a rir, deixando expostos seus únicos dois dentes amarelados.

— Ora, vejam só! Quem imaginaria um rapaz querendo ajudar uma velha. Ainda há esperança para a juventude de hoje. Olhe, menino, eu tenho uma perna defeituosa e, como manco muito, uso isso a meu favor. Eu encho o cântaro até a boca no lago aqui perto e, pelo caminho, ao fazê-lo transbordar, rego sem esforço as sementes que planto quando me dirijo para lá – a senhora pôs o cântaro no chão e apontou seu dedo fino, com a unha comprida e curvada, para o caminho de onde veio, repleto de pequenas mudas que cresciam por todo lado.

— Muito sagaz, senhora, usar o que se tem a seu favor – disse Paptur se aproximando e fazendo uma reverência.

— Nada na vida é por acaso. Por falar nisso, o que os traz aqui, garotos? Como passaram pelo paredão de rochas de Andóice? Escalar até que é fácil... mas com eles? – a senhora ergueu a sobrancelha de forma inquisitiva e indicou os cavalos com a cabeça.

Os dois tomaram um susto. Como ela sabia que eles vieram de Andóice e não da estrada comum que vinha do sul? Quando questionaram, a resposta não poderia ser mais simples.

— Eu sou vizinha do deserto, conheço seu cheiro maldoso de longe, e vocês estão impregnados dele. Bom, se meus velhos ouvidos não me traíram, ouvi vocês batendo em minha porta. O que querem?

Explicaram a situação para a senhora, que ouviu tudo atentamente. Por fim, ela bateu as mãos uma vez e anunciou:

— Muito bem, se é só isso, venham comigo. Vamos comer o ensopado que estou fazendo e prepararei um chá de funcho e gengibre para ajudar a melhorar a situação de vocês.

Capítulo 9 – Do outro lado da porta

Devem estar desidratados. Venham, venham! – a idosa pegou o cântaro e apressou-se de forma impressionante para alguém de sua idade.

Os dois a seguiram e logo ficaram intrigados ao ver que ela carregava uma espada curta presa às costas. Que razões teria uma anciã para andar armada?

– Entrem, entrem! A casa é humilde, mas o ensopado não – a senhora riu como uma criancinha enquanto abria a porta.

Ao entrarem, viram que realmente ela era uma pessoa humilde. A choupana era tão pequena quanto se podia imaginar vendo seu exterior. Havia poucos móveis no espaço circular: apenas uma cama de estrados com colchão de palha, dois baús de carvalho, uma mesa com duas cadeiras e um forno a lenha, onde o fogo ardia intensamente.

A mulher abriu as persianas para iluminar a choupana com a luz do entardecer. Depois foi mexer o ensopado com uma grande colher de pau.

– Vamos, sentem-se, não se façam de rogados. Bem-vindos a minha casa, me chamo Laryn Iva – virou-se para sorrir e piscar o olho. – Já, já os servirei.

A calorosa recepção que tiveram deixou os dois encabulados, mas não podiam desobedecer a sua anfitriã. Logo, puxaram as cadeiras e sentaram-se, meio desajeitados, pois eram muito baixas, condizentes com a altura de Laryn.

– Obrigado por nos receber, Laryn. Muito prazer! Chamo-me Sttanlik e esse é Paptur – ao se apresentar, sentiu medo de mais uma vez ter falado demais, devia ao menos os ter apresentado por apelidos, a exemplo de como Paptur fez com Yuquitarr. Mas, graças aos anjos, seu amigo não se mostrou incomodado. – Temos aqui algumas moedas para pagar pelo ensopado.

Laryn girou a cabeça rapidamente com o único olho arregalado, parecendo uma coruja caolha prestes a atacar. Esbravejou indignada:

– Como ousa, Sttanlik?

– Não entendo, senhora – sobressaltou-se Sttanlik.

– Ofende-me assim, estou querendo compartilhar comida, não a estou vendendo. Além do mais, dinheiro não tem serventia por aqui, vivo do que cultivo e é só do que preciso – Laryn voltou ao seu semblante sorridente. – E digo mais, bravura deve ser louvada, o feito de vocês merecia muito mais do que um ensopado de lebre com cenouras, seria digno de uma medalha.

– Refere-se à travessia de Andóice? – indagou Paptur, achando graça. Apesar de reconhecer que não fora um intento fácil.

– É claro! Sabe quando foi a última vez que alguém conseguiu atravessar o deserto? – Laryn balançou a cabeça, fingindo pesar. – E não só isso, vocês acharam uma das "portas de Perkah".

– Portas de Perkah? – os dois disseram em uníssono.

– Sim. Durante a guerra, para destronar o famigerado rei de Tinop'gtins, o deserto era um campo de travessia para evitarem ser surpreendidos pelos soldados do leste, os partidários que lutavam do lado do rei selaram o deserto por aqui. Rochas foram erguidas por todas as saídas ao longo do Abraço do Mal, como é conhecida essa formação em U de onde vocês vieram – e apontou para um dos baús. – Peguem, aí dentro tem um mapa que confirmará o que eu falo – estalou os dedos. – É o rolo amarrado com fita verde.

Após revirar o que aparentava ser uma infinidade de pergaminhos, Sttanlik conseguiu pescar o referido mapa. Abriu-o sobre a mesa, abanando para espantar o pó. Analisou junto com Paptur. O mapa mostrava Relltestra com detalhes e, ao observarem Andóice, viram como tiveram sorte por Ren ter indicado a eles uma das portas, pois o Abraço do Mal contornava boa parte do lado oeste do deserto, e teriam de andar pelo menos mais dois dias ao norte para achar a saída.

– E onde exatamente estamos, Laryn? – perguntou Sttanlik, sem desviar os olhos do mapa.

– Alguns quilômetros ao sul de Dandar, basicamente nas proximidades do centro de Relltestra.

– Não estamos tão longe de Idjarni, então... – Paptur fechou os olhos e começou a massagear as têmporas, ainda estava debilitado e a dor de cabeça o castigava.

– Não muito, a cavalo chegariam lá em pouco tempo – respondeu Laryn, sorrindo.

Os dois rapazes ficaram satisfeitos, era bom saber que se encontravam relativamente próximos de seu objetivo.

Laryn serviu o ensopado para os rapazes em rústicas cubas de barro e sentou-se em sua cama para comer também. Sttanlik e Paptur foram tão afoitos que queimaram a língua. No entanto, pareceram não se incomodar e continuaram mesmo assim. Famintos como estavam, aceitaram as repetições que lhes foram oferecidas... duas vezes!

– Estava uma delícia, parabéns! – elogiou Paptur, apalpando a barriga.

– Muito bom mesmo! – adicionou Sttanlik, lambendo os lábios.

Laryn sorriu satisfeita. Depois, abaixou-se para pegar uma caixa pequena debaixo da cama, e de seu interior retirou um cachimbo. Socou as folhas secas de fumo rapidamente com a "almofada" de seu polegar e acendeu. Umedeceu os lábios, deu um longo trago e fez um biquinho com sua boca enrugada fazendo círculos com a fumaça.

– Não se incomodaram com o fato de a comida ter sido feita com hortaliças de cemitério, não é? – perguntou, com um leve tom de zombaria.

– Na verdade, não. Mas pensei nisso, antes de me encontrar com a senhora – confessou Sttanlik.

– O que importa é que estava uma delícia – Paptur inclinou-se para frente, apoiando os cotovelos nos joelhos. – Mas posso perguntar uma coisa a você, Laryn?

– Por que eu vivo num cemitério? – Laryn bateu com a mão na coxa e sorriu sem abrir a boca.

– Isso mesmo!

– É uma longa história... Vocês não têm pressa em partir?

– Honestamente, não podemos nos demorar muito – respondeu Paptur.

Abrindo um sorriso, Laryn bateu com seu calcanhar sob sua cama, um som oco fez com que os dois entendessem o que queria dizer. Havia um esconderijo no chão. A senhora sabia que estavam em fuga, mas não parecia se incomodar com isso.

Capítulo 9 – Do outro lado da porta

— Sendo assim, gostaríamos de ouvir a história. Se a senhora não se incomodar – disse Sttanlik, pois estava louco por um pouco de descanso, e essa seria uma ótima desculpa.

— E me diga, por que uma velha se incomodaria em contar uma história? Histórias são as únicas coisas que temos ao envelhecer. Fico feliz que alguém a queira ouvir. Porém... vão rumar para Dandar?

Paptur coçou o queixo, como era seu hábito ao pensar, e olhou para Sttanlik, que deu de ombros.

— Creio que seja melhor passar por lá antes de irmos para Idjarni, poderemos comprar mais provisões e algumas coisas que nos fazem falta, como uma corda e panelas por exemplo.

— Então, vão se banhar no lago aqui perto, com a aparência de vocês, seriam presos só porque parecem bandidos. Dandar é a cidade com as leis mais rígidas por essas bandas – franziu o cenho, séria. – Soube de um caso de um filho que perdeu a mão porque desrespeitou a mãe. Por aí, já podem tirar uma base.

Os dois se entreolharam assustados, um analisou o outro e viram que precisavam de um banho urgente. Seus cabelos estavam arrepiados e duros com o pó, os rostos marcados com manchas de suor seco, e o cheiro que exalavam não era dos melhores.

— Bom, vamos tomar banho então. Voltaremos logo – levantou-se Sttanlik, decidido.

— Muito bem, quando retornarem, contarei a vocês um pouco da verdadeira história que moldou Relltestra como a conhecem hoje. Narrada por alguém que esteve no campo de batalha durante a "Guerra dos Quatro Reinos".

O choque que tomaram foi tão grande que davam a impressão de terem sido congelados onde estavam. "Laryn, a doce anciã que morava num cemitério, uma guerreira?", pensaram. Isso explicaria a espada que carregava. Realmente, as aparências podem enganar.

— Vão antes que anoiteça, poderão pegar um resfriado – apressou-os Laryn com uma frase típica dos idosos.

Capítulo 10
A Guerra dos Quatro Reinos

A noite não tardaria a cair quando Sttanlik e Paptur retornaram. Alternaram-se no banho, para que um ficasse de guarda enquanto o outro se refrescasse na estreita lagoa rasa. Mesmo após uma travessia de quatro dias pelo deserto, a sensação de estarem sendo seguidos não desaparecia, a prudência dos dois até o momento tinha sido exemplar.

Ao chegar à choupana, viram que Laryn escovava Hamma e Dehat com uma almofaça, escova típica para limpar cavalos. Ren estava na sela de Hamma, como já havia se habituado, e Laryn conversava com ela alegremente.

– ... olhe, dona águia, se puder, que seja um bem gordinho.

Paptur sorriu ao ver a cena e se aproximou silenciosamente para não perturbar a conversa.

Mesmo com todo o cuidado para serem discretos, Laryn percebeu a aproximação dos dois sem ao menos desviar o olhar de seu trabalho.

– Olhe, meus amigos voltaram, dona águia!

Ren deu um salto para o braço de Paptur e ele beijou-a de leve no topo da cabeça.

– Vejo que conheceu minha amiga Ren, Laryn.

– Ora, bem que estranhei uma águia pousar na sela de um cavalo. Bom, pelo menos não estou ficando caduca – a velha senhora sorriu largamente. – Certo, escovados e agora se alimentando. Estes cavalos merecem ser mimados, não acham? Que belezuras corajosas. Venham, fiz o chá que prometi a vocês. Com esses cabelos molhados podem ficar doentes. Entrem logo.

Todos entraram na choupana e sentaram-se em seus lugares. Laryn serviu o aromático chá aos dois, que agora tinham uma aparência muito melhor. Principalmente Paptur, que parecia ter deixado seus incômodos e dores na lama do fundo da lagoa.

Laryn acendeu uma vela em cada canto da casa e a luz amarelada bruxuleava ao redor deles. Sob a iluminação indireta, ajeitaram-se confortavelmente para ouvirem a tão aguardada história de que a velha havia comentado.

– Bem, vejo que agora estão prontos para ouvir a minha narrativa, e digo mais, eu acho que esse é o relato mais importante da história de Relltestra. Uma pena que não tenham mais tempo, por isso terei de ser breve. Quem sabe, um outro dia, venham me visitar para que lhes conte mais detalhadamente – ela acendeu seu cachimbo e deu uma tragada profunda, o aroma de folhas de uva tomou conta do ambiente.

Antes do levante dos feiticeiros, provavelmente mais de uma centena de anos atrás, o poder de Relltestra era dividido em cinco. Obviamente, faziam parte: norte, sul, leste e oeste; mas havia um quinto território que todos insistiam em ignorar, as terras hoje conhecidas como Fronteira das Cinco Forcas, pois as guerras fronteiriças isolavam seus habitantes, que preocupados em defender somente seus territórios, não saíam de lá por nada.

Bem, quatro reis principais detinham o poder do mundo, eram eles: rei Perkah de Tinop'gtins, o regente do Sul; rei Minidryu de Cystufor, regente do Norte; rei B'kah de Aeternus, regente do Leste e, finalmente, Aeniz de Muivil, do Oeste. Todos tinham um acordo de respeito, contanto que as fronteiras não fossem violadas, e assim permaneceu por muito tempo. O mundo estava quase todo em paz, mas como dizem: "Nem uma pedra que não se move, fica parada por muito tempo". Isso é verdade. A paz acabou, o poder caiu em mãos erradas e Perkah se tornou feiticeiro.

Tradicionalmente, o povo mais envolvido com magia era o do Norte. Os primeiros feiticeiros eram de Cystufor, e isso os tornava mestres nas faculdades sobrenaturais. Tão fortes se mostraram nesse quesito que atraíram a atenção dos anjos. Estes, por serem as únicas criaturas com poderes, se preocuparam em ver homens dominando a magia. Provavelmente, a falível humanidade, ambiciosa por natureza, não tornava os humanos seres dotados de inteligência suficiente para possuir tais habilidades. Também dizem que a descoberta da imortalidade foi um motivo da intervenção angelical, o equilíbrio da vida não poderia ser quebrado. Foi aí que a coisa ficou feia, meninos. Os anjos, que viviam isolados e não interferiam em assuntos humanos, tiveram a ideia de nomear alguém para dominar o poder angélico. Assim, por obra de uma infeliz decisão, dotaram Perkah do poder dos anjos. Sim, ao contrário dos outros feiticeiros, Perkah detinha o poder diretamente dado pelos anjos. É claro que isso o tornava o feiticeiro mais forte do mundo! Aliás, ele se proclamava um druida, não um feiticeiro. Dizem que treinou por meses para dominar os poderes que recebeu, adquiriu controle sobre cada técnica, nuance ou fraqueza que poderia ter em uma disputa com outro feiticeiro. Tudo foi explorado.

Uma vez pronto, sua missão era destruir os outros feiticeiros, simples assim. Nas mãos dele, estava a responsabilidade de trazer de volta o equilíbrio para a natureza. Missão essa que cumpriu de forma rápida e impressionante. Iniciou seu massacre pelo rei Minidryu, em uma visita "diplomática". No meio de uma reunião para discutir assuntos relacionados ao comércio de cereais e coisas do tipo, ele desrespeitou as leis de anfitrião e convidado e se ergueu, usando seus poderes para estilhaçar todos os ossos do corpo do rei do Norte, sem ao menos tocá-lo! Minidryu, caído como um boneco de pano, teve a cabeça esmagada pela bota de Perkah, uma morte brutal, e como a sur-

Capítulo 10 – A Guerra dos Quatro Reinos

presa de todos foi grande ao verem uma demonstração tão absurda de poder em uma reunião de chefes de Estado, ninguém teve reação, dando tempo suficiente para que ele acabasse seu "serviço". Quando resolveram agir, era tarde demais. Com o rei morto, a fúria de Perkah se voltou contra os homens do Conselho, feiticeiros poderosos, sim, mas fracos demais para se opor a alguém que detinha o poder dos anjos. Foram destroçados como baratas. De forma espetacular e deixando uma trilha de cadáveres pelo caminho, Perkah fugiu do Castelo Álgido, deixando Cystufor sem rei. O único herdeiro de Minidryu era seu filho Uirdino, com dez anos de idade. Mesmo assim, ele foi coroado pouco tempo depois, e deixá-lo vivo foi o maior erro de Perkah.

Laryn olhou para os rostos de Sttanlik e Paptur, paralisados pela história que contava.

– Bom, garotos, para apressar as coisas, estou sendo breve em alguns detalhes, tudo bem?

Paptur, que até então não tinha se incomodado com Ren bicando a manga de sua roupa, repreendeu a águia, que deu um pulo rápido para sua ombreira. Então, respondeu à velha:

– Não se incomode, Laryn. Estamos gostando da história. Não é, Sttan?

– Sim, sim, pode continuar. Já tinha ouvido a frase "louco como o rei Perkah", mas não sabia que se tratava de uma loucura desse tipo.

– Loucura? Olhe, Sttanlik, loucura não seria capaz de explicar o comportamento de Perkah após o início de sua série de assassinatos brutais. Antes de receber o poder, ele era um rei bom, nada de especial, mas bom. Seu povo não enfrentava grandes problemas, não havia fome no Sul, as colheitas eram boas. E, na verdade, o povo quer saber é disso, comida na mesa. Mas bem dizem que "se quer conhecer a verdadeira natureza de um homem, dê poder a ele". Perkah é a prova viva de como o poder pode enlouquecer uma pessoa. Bom, continuando...

A ira de Perkah se virou para os feiticeiros, ou melhor, os xamãs de Aeternus, que eram poucos, e não foi difícil eliminá-los. A magia que praticavam era mais ligada à natureza, e não a truques para aniquilação de inimigos. Dessa vez, suas vítimas foram 12.

Os dois viajantes permaneciam atentos ao relato.

– Enquanto isso, em Cystufor, o rei Uirdino sobe ao poder, mas obviamente não pode ser coroado. Aliás, sabem por que a Coroa de Crânio tem esse nome?

Sttanlik e Paptur balançaram a cabeça exprimindo desconhecimento.

– Não, não sabemos. Eu sempre achei que fosse porque era uma coroa feita de ossos ou algo assim – respondeu Paptur.

– Ah, mas a realidade é muito mais brutal. A Coroa de Crânio se chama assim porque é praticamente o crânio de quem a usa. Na verdade, há uma coroa, mas ela é cravada com pregos na cabeça do rei durante a coroação, um procedimento doloroso e complicado. Só é retirada quando o rei morre. Dessa forma, um rei coroado nunca deixa de ser rei, nem mesmo quando dorme ou quando vai à latrina.

Laryn riu como uma criancinha com isso, diferentemente dos dois rapazes, que, pasmos, não conseguiram expressar o que sentiam, pois uma coroa que era fixada com pregos à cabeça de alguém era algo além do imaginável, um absurdo que não compreendiam.

— Acho que eles pensavam que um rei devia sempre sentir o peso de sua coroa.

O rei Uirdino não podia ser coroado porque ainda estava crescendo, e sua cabeça teria de estar completamente formada para ser possível a coroação, mas a atitude de dar poder ao garoto foi um divisor de águas na história de Relltestra. E o porquê disso, devem se perguntar. Um garoto tem uma visão mais inocente e até mesmo lúdica do mundo e, com os conselheiros eliminados, ele era o único com poder em Cystufor. Então, sua primeira ordem foi para que seus mensageiros levassem convocações a todos os outros reis. Ele queria unir os povos contra esse novo inimigo. Seu desejo de vingar a morte do pai foi grande o bastante para se curvar e pedir ajuda a outros povos. Surgia ali o Exército de Três Nações.

A inesperada convocação de B'kah e Aeniz criou um sentimento de união entre os povos, os reis aceitaram se juntar ao "rei-menino" e um ataque contra Tinop'gtins foi preparado. Sabiam que assim atrairiam Perkah de volta a sua terra. Estavam certos, após a eliminação dos feiticeiros de Aeternus, Perkah soube da guerra que se aproximava e rumou de volta a sua terra. Chegando lá, convocou suas tropas, incluindo a poderosa Guarda Escarlate. Usou suas reservas de ouro e contratou bárbaros de todos cantos do reino, prática comum em tempos de guerra.

O Exército de Três Nações demorou por volta de quatro meses para ser reunido, mas, uma vez em marcha, o mundo tremeu. Os eternos de Aeternus, com suas peles vermelhas e seus machados sem piedade; os disciplinados homens da Guarda Meia Face de Muivil; a Guarda Avalanche de Cystufor; os alucinados e formidáveis montadores de rinocerontes de Ceratotherium e a união das forças gêmeas de Sellpus e Opolusa. Nunca antes na história de Relltestra fora formado um exército com tantos homens e, é claro, algumas mulheres... Eu estava lá, marchando ao lado de 200 mil soldados. Eu e meus 19 companheiros, todos nascidos em Apronti, ao norte de Tinop'gtins.

— Então são esses 19 companheiros que estão enterrados ao redor de sua casa? — perguntou Sttanlik, de forma retórica.

A senhora aquiesceu tristemente, seu semblante sempre tão alegre e descontraído tornou-se lúgubre, os sulcos em seu rosto pareceram afundar-se mais, tornando sua face uma verdadeira máscara da tristeza.

— Eram 19 dos mais bravos guerreiros que já vi. Mas calma, que chegarei à morte deles logo — Laryn voltou a sorrir, sua expressão mudou rapidamente como se uma brisa lhe levasse embora a tristeza que sentia.

Perkah sabia que ser atacado em seu reino lhe traria prejuízos incalculáveis, por isso marchou ao encontro do exército que iria investir contra ele. Assim, mandou um grupo selar Andóice. Daí o surgimento das portas, que vocês tiveram o desprazer de conhecer. Não foi nada difícil, Andóice é repleto de pedras, não mais que algumas semanas de trabalho árduo, e algumas baixas, foram necessárias para tornar o deserto intransponível. Selando o deserto, prendeu a reserva do exército que Perkah sabia que o atacaria logo que a luta começasse, através das saídas de Andóice. Enviou muitos homens para os braços de Pallacko antes da hora, mortos sem ao menos sacar suas espadas das bainhas, fritos dentro de suas armaduras sob o calor infernal, agarrados a mapas que lhes mostravam saídas que não existiam mais. Milhares de vidas se perderam graças a esse golpe astuto.

Uma coisa ninguém pode negar, o homem era um ótimo adversário, não estremeceu ante a possibilidade de lutar contra 200 mil guerreiros e ele tinha à sua disposição pouco menos de 40 mil pontas de lanças, como costumávamos dizer na época. É claro que, se não fossem seus poderes seria um massacre fácil, o exército de Tinop'gtins seria engolido, e voltaríamos para casa a tempo de jantar sob a luz da lua. Mas o erro foi deixar o inimigo avançar e, pior ainda, que escolhesse o campo de batalha.

Postou arqueiros na região alta, até em cima de árvores, colocou armadilhas por todo o caminho, incendiou acampamentos, usando bárbaros que não temiam nada. Apenas um pouco mais de moedas de ouro na bolsa, fazia qualquer homem desse tipo atacar um exército à noite, sem ao menos pensar que não haveria volta. Mas o golpe de mestre de Perkah foi envenenar a água dos rios que o exército tanto precisaria para manter-se vivo. Muitos homens e cavalos pereceram.

Estremecidos de tanto ódio, os líderes dos exércitos resolveram atacar de uma vez, a massa de homens com desejo de sangue avançou como um só corpo, encontrando os soldados de Tinop'gtins a sua espera no território onde hoje fica Dandar. Simbolicamente, o lugar escolhido foi o centro de Relltestra. Acho que a dureza da cidade vem do fato de que seu chão foi adubado com o sangue de milhares de homens.

O combate fez a batalha dos deuses de outrora parecer coisa de criança. Espadas e escudos se chocavam, chifres de rinocerontes abriam caminho dilacerando corpos por onde passavam, flechas choviam aos montes, tantas que a maior tempestade já vista se sentiria uma garoa. O Exército de Três Nações foi rápido, eliminou facilmente as forças de Perkah. Muitos homens fugiram, pois sabiam que não teriam chances, e outros tantos se renderam, provavelmente pais de família que foram convocados a servir seu rei.

O maior dos problemas naquele momento era derrotar Perkah. Rodeado por sua Guarda Escarlate, ele matava homens como um garoto pisa em um formigueiro, ninguém tinha forças para chegar inteiro próximo a ele. Seus olhos pareciam duas fogueiras ardendo na intensidade máxima. Ele gritava, praguejava e triturava. Os feiticeiros que tinham escapado ao ataque de Perkah se reuniram e foram enfrentá-lo. Poderes voavam para todos os lados. Não entendo nada de magia, só sei que via luzes indo e voltando, de todas as cores, e quando atingiam alguém, a pessoa tinha morte instantânea. Uns viravam pó, outros tinham a carne de seus corpos incinerada. Eu estava perto o bastante para ver que uma espada é uma flor perto de um poder daqueles.

Meus companheiros e eu resolvemos ir ao encontro de Perkah, ele estava tão absorto em sua luta mágica que pensamos em matá-lo com um golpe por trás, mas a Guarda Escarlate não deixa seu rei desprotegido, dez dos nossos morreram quase que num piscar de olhos. Não éramos páreo para aqueles monstros de mantos vermelhos. A ilusão de que poderíamos fazer a diferença e matar Perkah se foi, agora tínhamos nossa guerra particular, nove contra vinte. Por sorte, eles foram honrados o suficiente para nos enfrentar um a um. Suas espadas com gravações douradas nos ofuscavam, movimentos rápidos desmembravam meus amigos com a facilidade com que se corta um peixe. O homem que enfrentei riu da minha cara e eu consegui acertar-lhe a bochecha desprotegida, o idiota lutava com o visor da armadura aberto. Meu golpe o fez parar e gritar: "Meu belo rosto, sua vadia!" Engraçado como mesmo em uma guerra, ele se preocupava com a aparência. Fez um sinal com a mão e dois homens me derrubaram, fiquei imóvel. Aquele monstro com a cara manchada de sangue se aproximou e disse para mim: "Meu belo rosto, você o estragou, mas essa vai ser a última coisa que você verá." Eu tentava me debater, mas era inútil, estava condenada.

Laryn bateu com a haste do cachimbo no tapa-olho.

— Com esse olho, realmente não vi mais nada — a idosa caiu na gargalhada, deixando os dois rapazes boquiabertos.

— Você ri por ter perdido um olho, Laryn? — Sttanlik não podia compreender o que via em sua frente.

— Pelo menos fiquei com o outro, não é? E, além do mais, estou viva, não estou? — Laryn riu mais ainda.

A dor que senti foi absurda, a ponta da espada daquele homem sacou lentamente meu olho como se fosse uma rolha de cortiça de uma garrafa de vinho. Acho que meu adversário queria saborear minha agonia pelo máximo de tempo que conseguisse. Foi uma dor tão grande que pensei que morreria. Por muito tempo, não pude ver nada, nem mesmo com meu olho bom. Quando dei por mim, estava livre dos homens que me seguravam. Não conseguia entender, mas, assim que tive condições, me levantei e vi que meus amigos tinham vindo em meu socorro. Ao focar o que acontecia, enxerguei o homem que me ferira caído, com uma flecha presa à nuca. Meu amigo Hanx o havia matado e agora enfrentava, com os restantes, os aliados de meu algoz. Tentei partir em auxílio, mas não fui rápida o bastante, e todos foram mortos. Estava debilitada, não conseguia fixar a visão direito, minhas forças se esvaíam, sangue jorrava por meu rosto, quente como a raiva que ardia em meu peito. Perdi naquele dia todos os meus amigos, companheiros de batalha, minha verdadeira família.

Digo isso porque eles me acolheram quando fugi de casa. Sabem, tive um pai que achava que me bater era uma diversão, e quando minha mãe faleceu, dando à luz meu irmãozinho, que também não resistiu, a fúria de meu pai se voltou contra mim. Ele passou a me bater ainda mais, me culpando pela morte dos dois, isso só porque eu aju-

Capítulo 10 – A Guerra dos Quatro Reinos

dei minha mãe, como parteira. Mas eu era uma menina, não tinha mais que 11 anos. O que eu poderia saber sobre um parto? Uma noite, meu pai tentou abusar de mim, foi quando estilhacei um vaso de cerâmica na cabeça dele e fugi. Encontrei refúgio, após algum tempo, com aqueles homens que sonhavam em ser guerreiros. Eles estavam treinando com suas espadas e arcos e eu, perdida em minhas andanças sem rumo, pedi abrigo. Inicialmente eles negaram, disseram que suas vidas seriam dedicadas às armas e não poderiam perder tempo com uma garota. Então, disse que sonhava em ser guerreira também (mentira obviamente, nunca dei a menor importância a guerras e exércitos) e eles resolveram me aceitar.

Bom, retomando a guerra... Eu fiquei sem ação, tentei pensar em algo, mas voltei a ser uma garotinha assustada ao ver meus amigos mortos, seus corpos brutalizados e mutilados estavam por toda a parte. Estranhamente, a Guarda Escarlate não mais me atacou, foram ao encontro de seu rei. Demorei para compreender o que se passava, mas então vi se aproximarem estandartes balançando ao vento: o sino de gelo de Cystufor, a estrela dourada de Muivil e a onça de três cabeças de Aeternus. Os reis vinham enfrentar Perkah. Eu estava prestes a ver uma luta de reis, fiquei congelada sobre cadáveres assistindo a tudo. Os feiticeiros paralisaram-se, a Guarda Escarlate cercou Perkah, os reis apearam e alinharam-se marchando a pé, rodeados por seus soldados e guardas pessoais. O mundo ficou mudo, nem mesmo a dor me acometia mais, a grandiosidade daquele momento fez com que o campo de batalha parecesse um deserto. O único som audível era o de botas batendo no solo e o tilintar de cotas de malha.

Para a minha surpresa, e garanto que para a de todos, quem se dirigiu sozinho ao encontro de Perkah foi Uirdino. O garoto, com sua armadura, mais dava a impressão de ser um anão. No entanto, marchou com a grandeza de um gigante. Parou a alguns passos de distância de Perkah, o analisou da cabeça aos pés e disse: "A diferença entre nós é que eu tenho coragem de vir enfrentá-lo sem poderes, já você se esconde atrás desses truques e mata homens covardemente. Considero-me mais homem que você, Perkah." Todos riram, obviamente que menos Perkah e seus aliados. Mas Perkah ficou sem palavras, olhou para aquele garoto, que veio enfrentá-lo, e aparentava não saber o que fazer. Uirdino retirou sua espada da bainha, a lendária Audumbla, famosa por toda Relltestra como a Espada de Gelo. Na verdade, ela não era de gelo, mas sua cor pálida e azulada fazia parecer que era uma espada forjada no frio, e não no fogo. Uirdino avançou em direção a Perkah, em passos lentos. Ninguém se moveu, creio que todos ficaram pasmos ao ver um garoto indo ao encontro de um rei com poderes tão vastos. Quando acelerou o passo, o garoto ergueu a espada acima da cabeça e se preparou para golpear. Ninguém respirava ou piscava, o mundo parou esperando o golpe. Então, as pessoas, que não imaginavam ficar mais surpresas, impressionaram-se de vez... Perkah se ajoelhou e abaixou a nuca para receber o golpe!

– Como assim? – Sttanlik deu um salto da cadeira em que estava, fazendo-a cair para trás. – Desculpe, mas ele se entregou à morte, assim? Pelas mãos de um garoto? Por quê?

— Calma, calma, Sttanlik. Sim, ele se rendeu – o olho de Laryn tomou uma expressão de devaneio, como se visualizasse o passado tão distante.

Perkah se ajoelhou e esperou o golpe que lhe cortaria a cabeça, mas o rei Uirdino paralisou-se, ante a imagem de um rei ajoelhado, rendido ao seu destino. Ele ficou sem reação. Olhou para trás, para que alguém dissesse o que ele devia fazer, imagino eu, mas ninguém se moveu. Perkah ficou imóvel por muito tempo e Uirdino, à sua frente, com a espada em punho, olhava para o homem que tanto abominava, aquele que brutalmente assassinara seu pai, o responsável por destruir tréguas antigas gravadas em pedra. Lágrimas escorriam por sua face, e suas feições infantis, dolorosamente marcadas por tanto ódio que acumulou desde que se tornara órfão, eram lavadas. Voltara a ser uma criança assustada, sem o pai para orientá-lo como proceder. Então, ele abaixou a espada e tocou o ombro do rei Perkah, que apenas se mantinha na mesma posição, mas lágrimas podiam ser vistas caindo no solo, iluminadas pela lua cheia, inchada no céu invernal. Rei Uirdino, uma criança, limpou a garganta e disse: "Eu o perdoo, rei Perkah! Você errou, matou homens sem motivos aparentes. Agora vá e viva em isolamento pelo resto de sua vida, se quiser que um dia se lembrem de você como homem de verdade e não como um covarde." E, de súbito, ele se foi, o rei Perkah sumiu, diante dos olhos de todos, como se evaporasse, deixando um rasto de fumaça no ar, dourada, como era de se esperar de um rei. Nunca mais soube nada de Perkah. Muitas histórias são contadas por aí, muitas teorias são criadas, mas ninguém sabe ao certo o que aconteceu com aquele rei que foi corrompido pelo poder e matou mais homens que um exército inteiro.

— Pelos anjos, que coisa inacreditável! Rei Perkah foi perdoado, que atitude grandiosa a do rei Uirdino!

— Concordo com você, Sttanlik. Grandiosa, sim, mas imagino que outros não encararam dessa forma. Não é, Laryn?

Laryn balançou a cabeça duas vezes concordando, enquanto reacendia seu cachimbo.

— A partir dessa atitude, foi que o mundo se dividiu mais ainda, alguns aplaudiram a postura do "rei-menino". Inclusive eu, para ser bem sincera. Por mais que eu tenha perdido todos os meus amigos por causa daquele monstro que se intitulava rei, confesso que achei a atitude grandiosa demais para me opor. Digna de grandes mestres da sabedoria. Um garoto ensinou à Relltestra o que é o perdão.

Obviamente que uma acalorada discussão se iniciou, reis que ficaram paralisados ante a cena do garoto erguendo a espada contra Perkah, acovardados pelo seu poder, agora tinham colhões para gritar com o garoto. Na minha opinião, Uirdino foi o maior herói da Guerra dos Quatro Reinos, pois enfrentou o maior inimigo que havia...

— Rei Perkah! – concluiu Sttanlik afoito.

Capítulo 10 – A Guerra dos Quatro Reinos

– Não, o desejo de vingança!

– Ah, desculpe... – ruborizou-se.

– Não, Perkah não era um inimigo tão grande quanto o desejo de vingar a morte do pai, a obsessão é um monstro gigantesco. Eu mesma, naquele campo de terra vermelha, sangue pegajoso por todos os lados, cheiro de morte, de urina e de fezes, e corvos escurecendo os céus reclamando seus cadáveres, começava a alimentar meu desejo de vingança, queria a reparação pela vida de cada um de meus companheiros, jurei matar todo aquele que vestisse o manto escarlate. Mas ao ver o semblante em paz do rei Uirdino, entendi que uma vida não vale o preço da outra, matar por desforra não traria de volta meus amigos ou o rei Minidryu. Percebi que o vazio seria ainda maior do que só a perda de alguém querido, viver-se-ia sem objetivo, após consumar-se a vingança, o sabor amargo permaneceria na boca."

Laryn parou seu relato por alguns instantes, virou o rosto, não parecia chorar, mas sim contemplar algo, permaneceu por algum tempo inspirando e expirando. A chama de uma vela crepitou e fez com que ela voltasse à realidade.

– Desculpem, garotos, é muito difícil recordar esses momentos e não me emocionar. Confesso que não choro, creio eu que não possuo mais lágrimas, chorei por dez existências em minha juventude. Após o fim da batalha, prometi enterrar os corpos de meus companheiros aqui, onde perderam suas vidas de forma tão honrada. Aí está a resposta. Moro aqui porque prometi que, enquanto vivesse, não abandonaria meus amigos, sei que eles olham por mim, onde quer que estejam, e sinto que os deixei orgulhosos.

Sttanlik e Paptur sorriram, sentiam-se emocionados com a história que acabavam de ouvir. A dedicação que Laryn empregou em honrar a memória de seus amigos era impressionante. Quantos anos vivera isolada, sozinha em uma cabana vizinha a um deserto, somente para manter viva a memória daqueles corajosos guerreiros.

Paptur tomou a palavra.

– Laryn, agradecemos por compartilhar conosco sua história, sinto que não há em Relltestra alguém mais forte que você. O que fez é digno das mais belas canções de menestréis, bardos deviam relatar sua saga para emocionar o mundo, ensinar a todos o tanto que nos ensinou hoje.

– Ora, ora, que é isso, Paptur. Assim me deixa encabulada, agradeço o que me disse, mas sou só uma velha que manteve uma promessa feita ao fim de uma batalha. E antes que me perguntem, não formei família porque eu tive minha família: Ecko, Ohn, Piyt, Martui, Raef, Rart, Jouhng, Lokj, Dasx, Wedne, Ut, Re'w, Ghasw, Chacka, Udin, Hjget, Hjgat, Rewqa e finalmente Hanx. Meus pais, irmãos, filhos, amigos, e como mais puderem nomear. Dediquei meus anos a eles e lhes consagrarei os muitos que virão.

Laryn olhou pela janela e viu que a lua já estava alta no céu.

– Garotos, por favor, já é tarde. Se quiserem chegar ainda hoje a Dandar, devem partir agora!

Sttanlik olhou para Paptur e perguntou:

– Acha que podemos ficar mais um pouco, para ouvir o fim da história?

— Ia sugerir o mesmo, Sttan.

Paptur voltou-se para Laryn.

— Que tal terminar o seu relato, Laryn? O que aconteceu após o sumiço do rei Perkah?

— Ah, fico feliz em ter uma audiência tão fiel. Olhem só, uma velha conseguindo prender a atenção de dois jovens. Onde parei? Ah, sim...

O rei Uirdino permanecia no mesmo lugar, B'kah e Aeniz gritavam feito loucos, pois um concordava com o garoto e o outro discordava da atitude dele. B'kah, apesar de ter sofrido baixas por causa de Perkah, achava correta a postura de Uirdino e o defendia, já Aeniz enlouqueceu e pedia a cabeça do "rei-menino" como prova da vitória, queria um crânio real para enfeitar seus muros banhados a ouro em Muivil. A discussão não levou a nada, muito foi dito e pouco resolvido. Assisti a tudo de camarote. A Guarda Escarlate tinha fugido enquanto debatiam, ninguém deu importância aos derrotados soldados de manto vermelho. Uma pena, pois poderiam ter acabado com aquela praga ali mesmo, rápido como quando se arranca erva daninha de uma plantação.

Após horas sem nada resolver, o exército foi dispersando-se. Os montadores de rinocerontes foram os primeiros a partir, voltando para suas terras distantes ao noroeste. Após esse dia, iniciaram a construção das intransponíveis muralhas. Ao ver que o mundo se dividia, decidiram se dividir do mundo. Nunca mais se ouviu falar deles fora das muralhas. Como a Fronteira das Cinco Forcas, eles se isolaram do mundo.

Quanto aos outros, cada rei encastelou-se em seu reino. Não houve mais conversas amigáveis e guerras se sucederam. Vocês, obviamente, conhecem essa parte da história. A única coisa digna de menção aqui é que se acabaram as regências por territórios estendidos. Cada rei mandava em seu país. E muitos subiram ao trono, fosse ele feito de ouro ou de gravetos secos, pois quem possuísse terras se intitulava rei. Mas o mais importante: Bryccen I, o líder da Guarda Escarlate naquela época, se declarou rei de Tinop'gtins. Perkah não tinha herdeiros, portanto, o trono estava lá para quem quisesse usurpá-lo, e coube ao traseiro escarlate sentar-se lá.

— Nossa, agora que acabei, fico pensando, garotos... Falei tanto, que estou com a boca até seca! E, mesmo assim, não cheguei a contar nem a metade da história, eu tive de pular passagens inteiras. Mas um dia quem sabe... Bom, estou com sede! Querem um refrescante suco de limão? — Laryn sorriu como sempre e se levantou rapidamente. Dirigiu-se cambaleando à cozinha, ou melhor, à parte de sua choupana em que se localizava o fogão.

Enquanto espremia um limão rosado, despejando o suco em uma jarra de cobre, ela cantarolava uma canção incerta e sem tom definido. Em seus lugares, Sttanlik e Paptur ainda pareciam absorver toda a história e ficaram calados. Ao olhar para a lua, o arqueiro saltou de sua cadeira.

— Temos de ir, Sttan. Dessa maneira, chegaremos a Dandar já com sol.

Sttanlik concordou de pronto e voltou-se para a velha senhora:

— É verdade, Laryn, precisamos ir. Desculpe-nos, mas não podemos demorar mais.

Capítulo 10 – A Guerra dos Quatro Reinos

Laryn olhou para eles, mesmo assim ainda espremia as frutas na jarra.

— Bom, vocês é que sabem, garotos. Mas posso oferecer minha casa para passarem a noite, e partem assim que amanhecer. Só não é possível ceder minha cama a um de vocês, porque eu tenho dores nas costas e se eu dormir no chão, já viram.

Pensaram por alguns instantes e resolveram aceitar, não queriam atravessar mais uma noite sem um teto sobre as suas cabeças. Proteger-se do relento seria um alívio nesse momento e ajudaria Paptur a se recuperar completamente.

— Aceitamos então, Laryn. Agradecemos o convite e, obviamente, não nos permitiríamos dormir em sua cama, o chão de sua casa é sem dúvida muito melhor que o do deserto – Paptur se aproximou de Laryn e pegou o limão de sua mão. – Pode deixar que eu os espremo, Laryn. Mas uma coisa ficou de fora do seu relato. Em que ponto da batalha a senhora feriu a perna?

— Ora, foi aqui mesmo, em minha casa!

— Como assim, Laryn? – perguntou Sttanlik confuso.

A senhora sorriu.

— Como disse, foi aqui. Eu fui arrumar a dobradiça da porta um dia e a porta caiu sobre minha perna, fiquei manca após isso. Creio que uma velha não deva se meter a fazer esse tipo de coisa, não é? Poderia ter pagado alguém de Dandar para me ajudar – e deu de ombros. – Bom, vivendo e aprendendo.

— Ah, sim – respondeu Sttanlik, desapontado.

— Ora, ora, vejam só! Ficou decepcionado com minha história!

— Não, não é isso. É só que...

— Sttanlik, meu querido jovem amigo, nem toda cicatriz tem sua causa em uma batalha. Cada uma deve apenas trazer um ensinamento – interrompeu Laryn.

— Concordo com isso. Mesmo! – disse Paptur, enquanto observava o suco das frutas escorrer por sua mão e cair na jarra. – Mas me diga, a parte mais importante que você omite é onde arranja limões aqui no meio do nada.

— Ah, mas isso é uma outra história. Têm certeza que querem ouvir? – Laryn caiu na gargalha e começou a relatar suas "àventuras" em busca de comida.

Capítulo 11
Do gelo ao fogo

    O convés da grande embarcação estava quase vazio, o clima chuvoso tornava impossível para qualquer outra pessoa ficar exposta por muito tempo, com exceção do imediato que era encarregado do leme, ele não tinha opção. No entanto, tinha o luxo de ter sobre sua cabeça uma cobertura arqueada. As gotas de chuva caíam com intensa força, a sensação era de agulhas ávidas por atravessar a pele daquele que ousasse desafiá-las.

    O céu estava cinza, nuvens pesadas pareciam montanhas brotando no ar. E o mar igualava-se na cor. Suas águas acinzentadas ao se moverem violentamente chocavam-se ao costado, e, a cada golpe, o navio aparentava que iria se partir ao meio, o ranger das vigas de madeira dava a impressão de que a embarcação gritava de dor. Vez ou outra, a quilha batia em alguma coisa grande, fazendo tremer o mundo dos tripulantes, provavelmente blocos de gelo, desgarrados das gigantescas geleiras que circundavam a costa norte de Relltestra.

    Apoiado na amurada, um rapaz observava apático o assustador ambiente. Sua mente estava tão distante que não se incomodava com a chuva a castigar seu rosto, nem ao menos se mostrava animado por estar singrando pela primeira vez o oceano. Em sua mente, as batidas do sino de gelo de Cystufor ainda ecoavam. Ao deixar o porto, as dez embarcações das terras geladas se dirigiram a inúmeros destinos. Todos os cantos de Relltestra, em breve, receberiam visitantes do norte, para as mais diversas funções: comprar suprimentos para o Castelo Álgido, negociar tréguas e convocar vassalos para a guerra que estava por vir. Missões essas, dignas de marinheiros que trabalhavam para a frota real. Mas justamente o seu navio recebera a mais estranha delas.

    — Está louco, Ckroy? — uma voz o arrancou de seu transe.

    — Hã? Olá, Erminho, não o vi se aproximar. Lindo dia, não? Parece que navegamos entre uma rocha e um bloco de chumbo – disse Ckroy, erguendo os braços para o alto.

    — Vai ficar aqui? A chuva está muito forte, vamos descer e beber uma cerveja quente. Você ficou mais de 12 horas remando. Tente relaxar, garoto!

    Erminho era um velho marujo, com experiência de milhares de horas no mar. Sua pele se mostrava castigada pelo sol e vento, rugas cravavam-se fundas em seu rosto, mas ele tinha uma imponência que nenhum homem do mar era capaz de ignorar. Trajava uma armadura cor de grafite, inclusive o elmo, numa tentativa de evitar que sua pele fosse atingida pelos grossos pingos da chuva.

— Não estou com humor para isso, Erminho. As batidas do sino ainda me incomodam, parece-me que eram mais um canto fúnebre do que um desejo de boa jornada — Ckroy ajeitou a sua grande capa com forro de pele de foca albina. Sua roupa escura de couro azul pesava de tão encharcada. Não devia usar essa vestimenta em um dia de chuva, mas não tinha uma armadura como as dos homens de alto escalão do navio, então a saída era usar a mais grossa roupa que tivesse. O cheiro de couro molhado ardia em suas narinas.

— Explique o que quer dizer — Erminho abriu a viseira lisa de seu elmo e apoiou os cotovelos na amurada, ao lado do rapaz.

Ckroy, que até o momento não tirara os olhos do mar, virou-se para Erminho e explicou:

— Dez embarcações partiram para cumprir missões em nome de nosso rei. Por que nós tivemos de pegar a pior das tarefas?

— Está com medo, então?

— Mostre-me um homem sem medo que eu lhe aponto uma estátua — deu de ombros. — Ou um mentiroso.

— Boa, garoto! Mas por que acha que nossa missão é a mais perigosa? Uma embarcação partiu rumo a Ceratotherium — Erminho fez uma careta. — Acha que eles vão retornar? — sem esperar por uma resposta, balançou a cabeça negativamente. Em sua opinião, essa era a pior de todas as missões.

— Vão, se não ousarem invadir o reino deles pelo mar — Ckroy limpou algumas gotas que caíram em cheio em seus olhos azuis. — Apesar de que eu acho impossível, devido aos portões marítimos.

— Estudou bem os mapas, Ckroy, um dia pode se tornar um bom capitão — um sorriso se abriu por entre a barba grisalha de Erminho, revelando seus dentes amarelados, mas muito bem alinhados, contrariando o perfil dos homens do mar.

— Sempre foi meu sonho, ter um navio só meu e cruzar os mares rasgando as marés. Mas, ao subir no convés do Devorador de Ondas, isso mudou.

— Não seja cagão, vamos ficar bem. Focu'lland não é nenhuma ilha monstro dos contos que seu pai devia contar quando você era pequeno, é apenas uma ilha com um enorme vulcão. Essa historinha de que está em eterna atividade é baboseira — e aproximando a mão do rosto de Ckroy, Erminho estalou os dedos. — Só isso! Vá aquecer seu traseiro magro e pálido — deu um soco forte na amurada e desatou a rir, a cerveja devia estar fazendo seu efeito.

Ckroy olhou para Erminho, levemente irritado.

— Está bêbado?

Erminho gargalhou por um longo tempo antes de responder:

— Isso o surpreende? Eu vivo bêbado, admire-se quando me vir sóbrio — e continuou a gargalhar.

— Então, acho que vai ser difícil me entender, sinto algo estranho nessa missão, nosso rei quer que lhe encontremos um homem de fogo — e por conta de um movimento brusco

Capítulo 11 – Do gelo ao fogo

de indignação, fez com que a ponta da espada que carregava presa ao cinto se chocasse com a perna de Erminho.

– Antes de mais nada, por que demônios você anda armado num navio? Tem medo de que alguém o mate a bordo? Se cair na água, será um peso extra para afundá-lo, sua espada é muito longa e pesada – deu um tapinha em sua empunhadura. – Você a carrega com orgulho, mas duvido que tenha sequer forças para erguê-la.

Ckroy ignorou a gracinha.

– Era a espada de meu avô, e de seu pai antes dele, não me separo dela. Aliás, quem é você para falar alguma coisa? – deu um tapa com as costas da mão na placa peitoral de Erminho. – Você está de armadura! Se cair no mar, vai afundar como um pedaço de mármore.

– Então terei a morte que sempre desejei. Nunca quis morrer na minha cama, que, diga-se de passagem, tem mais pulgas que um cão sarnento. Prefiro morrer nos braços do deus Namarin! O senhor dos mares sempre foi meu companheiro. E passar a eternidade ao lado dele, tomando cerveja e pedindo, vez ou outra, emprestada uma de suas milhares de criadas – juntou as mãos como se fosse começar a rezar. – As camas do fundo do mar devem ser bastante frias, precisarei de umas cinco no mínimo para aquecer meu belo corpinho!

– Você é doido!

– E você é louco por temer a missão que nos foi designada. Sabe por que nós nortistas somos chamados de "vento'nortenhos"?

Ckroy sabia muito bem, mas resolveu agradar seu superior fingindo ignorância.

Erminho pareceu ficar feliz em lhe explicar.

– Durante a Era do Primeiro Aço, as tropas de Aeternus e Por' se juntaram, para tentar conquistar o norte. Cystufor se uniu pela primeira vez na história com Macoice, marchando dia e noite pela estrada Nortenha, não dormiam e pouco comiam. Atacaram na calada da noite, esmagando seus adversários – fechou a mão e bateu uma na outra. – Somos frios e incansáveis como o vento norte, garoto. Uma vez que comecemos a soprar, nos tornamos indefensáveis.

Usando sua melhor expressão de surpresa, Ckroy agradeceu o esclarecimento.

– Iremos a uma ilha com poucos habitantes, vamos achar o tal homem que conjura fogo e o levar para Cystufor. Fácil como ter diarreia após comer um mamão podre – Erminho parecia que não parava de rir nunca, isso estava deixando Ckroy maluco.

– E quem disse que esse homem existe? E se chegarmos lá e não houver nada?

– Vunckanyl jura que o viu. Aquele feiticeiro é louco, mas nunca mentiria para Manydran, não se tiver amor à cabeça que carrega sobre seu pescoço. O rei a arrancaria se o fizesse e aposto que iria obrigar algumas crianças a usarem-na como uma bola – subitamente, Erminho reprimiu sua infindável gargalhada, precisava acalmar um pouco o novato, sem saber ao certo a razão, gostava dele. – E se não houver nada, ao voltarmos, seremos designados para uma nova missão. Essa é a vida na frota de Cystufor, garoto.

Passando as mãos no rosto, Ckroy bufou, sentindo-se exausto.

— Pena que não sinto a calma que você demonstra, seria tudo tão mais fácil...

— O rei Manydran está formando um exército para enfrentar Tinop'gtins. Não sei por que ele resolveu isso agora, mas é melhor estar com ele do que contra ele. Sabe disso, não? Então, você se dê por feliz em encontrar-se do lado que vai ganhar a guerra, assim, quem sabe, pode até angariar umas terras para viver em paz e formar família. É claro que, para isso, temos de ser bem-sucedidos em nossa missão. Vamos pegar esse tal homem e levá-lo para o rei, ganhar medalhas e gastar tudo o que recebermos em um bordel. Garotos de sua idade gostam disso, não? — Erminho virou as costas e se preparou para partir. — Estarei na cabine da tripulação tomando cerveja, quando parar de tremer de medo, vá me procurar. A vida é curta demais para ficar temendo o futuro, Ckroy. Você só tem o que, uns 22 anos? — esperou a confirmação do rapaz. — Viva o hoje, porque amanhã você talvez não esteja mais vivo.

Ckroy ficou vendo Erminho partir, desejou poder encarar a vida como ele, não se preocupando com nada além de ter um copo cheio de bebida. Desde pequeno, Ckroy era assim, apreensivo com tudo, por isso pediu ao pai para ensinar-lhe esgrima, luta corporal e o uso de lanças. Queria estar preparado para se defender quando fosse necessário, não dos garotos de sua idade que tanto gostavam de judiar dele, isso não importava, tinha medo é do que o futuro podia reservar-lhe. O pai achava graça de um garoto tão pequeno se dedicar tanto para aprender a lutar. Pensou que criava um guerreiro nato, mas, na verdade, Ckroy sempre foi covarde, até para admitir isso a alguém. O aprendizado o ajudou aos poucos a melhorar sua confiança. Aliás, com o tempo invertendo o papel, se tornou autoconfiante demais, arrogante até. Foi aí que decidiu que queria seguir o rumo de seu pai e se tornar um marinheiro nas formidáveis frotas reais de Cystufor. Sua felicidade ao ser selecionado não durou muito, nem de longe contava com a natureza mística de sua primeira missão. O receio do desconhecido trouxe de volta temores que achava ter superado. Sentia-se, em pé no convés do navio, aquele garoto que empunhou sua espada de treino pela primeira vez. O que haveria de errado com essa missão?

O tempo iria lhe dizer, não adiantava ficar ali em cima, se encharcando. Resolveu aceitar o convite de Erminho e foi relaxar um pouco. Dormir estava fora de cogitação, nada o irritava mais do que ficar rolando na cama em busca de um sono que nunca vinha. Precisava apenas de uma distração antes do seu próximo turno nos remos, que não tardaria a chegar. Esticou os braços e as costas, doloridos após tantas horas de trabalho árduo, e rumou para a cabine.

Tentou limpar a mente de suas preocupações, talvez lembrar-se da lua, que tanto amava, ajudasse. Mas o sino ainda ecoava, gélido, lúgubre e cruel. A cada batida de seu coração, ouvia o som agudo e agourento martelar seu cérebro. Ajeitou seus curtos cabelos pretos para trás, os deixando arrepiados. A raiva que o tomava, fugiu do seu controle e, antes de entrar, deu um soco na porta. Queria um pouco de paz, sentia-se um idiota.

De dentro da cabine, uma voz abafada gritou:

— Entre logo. Pare de bater, imbecil.

Ckroy entrou. O ambiente abafado, com a presença de mais de trinta homens, fedia a cerveja e suor. Candeeiros de azeite iluminavam o espaçoso ambiente. Ao fundo, um

Capítulo 11 – Do gelo ao fogo

marinheiro desdentado tocava uma ocarina de terracota, acompanhado por homens que, abraçados, cantavam uma canção ébria:

> "... cruzo o mar sem medo em mim,
> flutuando sobre ondas pelo mar sem fim.
> Se minha morte minha mãe chorar
> lágrimas salgadas com o sabor do mar,
> digo a ela: Mãe não chore, não chores por mim,
> morri feliz pelo mar sem fim."

Era uma velha cantiga de marinheiros, que servia de canção de ninar para Ckroy quando era pequeno. Sua mãe, Mordan, sempre uma dona de casa dedicada, só conseguia dar atenção a ele ao colocá-lo na cama para dormir. Era o momento mais feliz de seu dia, esperava a lua escalar o céu com uma ansiedade dolorida, só para poder ter esse tempo com ela, sentir sua mão percorrendo seus cabelos em uma carícia delicada. Desejou por um instante não ter se alistado e estar em casa, ao lado de sua família.

A lembrança fez com que Ckroy ficasse emocionado, precisou de todas as suas forças para evitar que lágrimas brotassem de seus olhos ali, no meio da tripulação. Vinha se esforçando para ser encarado como um homem de coragem, assim como seu pai. Não podia sujar seu nome, precisava honrar o respeito que a tanto custo ele conquistou. E, principalmente, não devia ser visto pelo seu capitão, Stupr, demonstrando emoções, que poderiam ser mal interpretadas.

— Venha, junte-se a nós, novato! — o convite veio do próprio Stupr, que apesar de ser um competente capitão e homem rígido, sempre passava as noites bebendo com seus homens. Isso os fazia respeitar ainda mais esse condecorado homem do mar.

Só havia uma cadeira vaga na comprida mesa. Ckroy teve de se sentar ao lado de Stupr, um homem beirando os sessenta anos, barba bem feita, escura com alguns rajados brancos, como os pelos de um texugo. Assim como seus cabelos, que eram longos e estavam trançados, presos por uma fita de cetim, talismã feito da barra de um vestido de sua esposa Katrin. Tinha braços fortes e barriga protuberante. O mais impressionante era a aflitiva cicatriz de combate que lhe circulava o pescoço, a pele enrugada e com queloides ia de um lado ao outro, quase chegando à nuca pelo lado direito.

Stupr passou o braço pelo ombro de Ckroy e ofereceu um grande caneco de cerveja, aromatizada com canela. A bebida era servida morna, aquecendo os homens em um dia tão frio.

— Algo o preocupa, novato? Tem a cara de um filhote de foca que perdeu a mãe numa nevasca.

Ckroy não teve chance de responder, pois Erminho se adiantou.

— Ele está cagando-se de medo, capitão, como um bebezinho ao ver um lobo.

Todos os presentes riram. Irritado, Stupr deu um soco na mesa para fazê-los calar, todos entenderam o gesto e até os mais bêbados emudeceram, fazendo a música morrer.

Ckroy enrubesceu, suas orelhas arderam como se as tivesse mergulhado em um braseiro.

— Sim, capitão, algo me incomoda. Sinto alguma coisa estranha nesta missão. O que será que vamos enfrentar? Um homem que dizem conseguir controlar o fogo, em uma ilha repleta de pessoas selvagens? — sentiu-se afundando na cadeira. Stupr o mediu dos pés a cabeça, seus olhos eram negros como dois abismos, uma raridade entre os homens do norte, onde por tradição as pessoas tinham olhos claros. — Não que eu tenha medo...

— Todos nós temos receios, Ckroy! Somente os idiotas se acham corajosos de verdade. O medo é a forma de ficarmos alerta aos perigos que eventualmente possamos encarar.

A mudança no tratamento fez com que Ckroy ficasse boquiaberto, era a primeira vez que o capitão o chamava assim. Até então, achava que Stupr sequer sabia de sua existência, quanto mais, seu nome.

— Sim, capitão, mas...

— Deixe-me terminar, garoto. Navegamos do gelo ao fogo, estamos indo direto para a boca de uma fera, eu sei disso. Aquela ilha tem a fama de ser maldita. Mas se tantos feiticeiros vão lá e voltam sem nenhum arranhão, por que nós, homens de verdade, não o faremos? — Stupr abriu os braços para mostrar os homens que o cercavam. — Homens duros, criados pelo oceano, homens que temem mais ficar em suas camas em terra do que velejando em águas revoltas.

— Você está certo, capitão — Ckroy pegou uma carnuda uva verde da farta cesta de frutas no centro da mesa, ficou analisando as bordas amareladas, enquanto a girava entre um dedo e outro. Sem dúvida, uma distração para não encarar aquele homem de presença tão forte.

— Pode ter certeza que estou, e, olhe, seus temores serão logo postos à prova, devemos alcançar Focu'lland em três dias, quatro no máximo. Estamos agora atravessando a costa de As Três Moradas, quando pegarmos a corrente leste, vamos chegar lá num átimo.

A confiança do capitão Stupr o fez sentir-se mais tranquilo. Se um homem que, como dizem, nasceu a bordo de um navio, enfrentando desde sua infância as mais diversas e perigosas missões, estava calmo, por que ele, que nem ao menos sabia a razão de seus temores, deveria estar assustado? Ckroy abriu um sorriso, o primeiro em muito tempo, talvez o único desde que partiram de Cystufor. Bateu seu caneco no do capitão, derramando cerveja em sua grande barriga. Stupr arregalou os olhos e não pôde deixar de rir.

— Isso mesmo, novato! Beba e divirta-se. Bem fiz em confiar no safado do Ckran, ao aceitar você em minha tripulação. Ele sempre me disse: "Confie em meu filho, ele parece que sabe de tudo". Pode deixar que vou ficar com os olhos bem abertos para esta missão — puxou Ckroy para perto de si, em um abraço dolorido. — Novato fedido — disse, desatando a rir, obviamente se referindo ao cheiro de couro molhado que o rapaz exalava.

O riso sapeca e animado do capitão descontraiu o ambiente e a música recomeçou.

Ckroy torceu para que seu pai estivesse errado, pelo menos dessa vez não queria saber de tudo. Nunca, em sua curta vida, desejou tanto ser apenas um medroso sem motivos.

Capítulo 12

O RASTRO

Os raios dourados da manhã inundaram a choupana por entre as frestas nas paredes e pelas falhas no teto de palha. Apesar de bem cedo, todos em seu interior estavam em atividade já havia algum tempo.

Paptur terminou de arrumar-se, amarrando a faixa em sua testa, e bateu uma mão na outra sinalizando que estava pronto.

— Tudo preparado! É hora de nos despedirmos, Laryn.

A senhora atava uma trouxa pequena com algumas frutas dentro. Umedeceu o pano para mantê-las frescas por mais tempo.

— Aqui estão algumas laranjas e duas peras, aceitem sem questionar — sorriu como de costume. — É um presente aos meus novos amigos.

— Não temos palavras para agradecer, Laryn. A noite passada foi agradabilíssima, aprendemos muito com você. E agora estamos preparados física e espiritualmente para continuar nossa jornada.

— Creio que sim, e escutem as palavras de uma velha com uma existência mais longa que a maioria das árvores: "Os feitos de um homem podem superar a grandeza das montanhas, do mar ou até do céu, basta fazê-los com sabedoria e coração limpo!" — disse ela. — Vão, vão, Sttanlik e Paptur, sigam seu destino e não se deixem abater por nada. Sejam duros como pedra e fortes como ferro, mas não se esqueçam de carregar dentro de seus corações um pouco da fragilidade das pétalas de uma rosa.

Nada disseram os dois, deixaram que suas mentes gravassem as palavras de Laryn. Apertaram as fivelas das selas de seus cavalos, guardaram seus pertences nos alforjes e montaram.

— Obrigado, Laryn. Um dia, se possível, retornaremos para mais histórias, tudo bem? — disse Sttanlik, emotivo como sempre.

— Até breve, brava guerreira Laryn! Esperamos ver você de novo — apesar de não ser sentimental como Sttanlik, Paptur acenou com a mão muitas vezes, se despedindo de Laryn. Sempre teve muito respeito por guerreiros verdadeiros e honrados, por isso se impressionou com o tratamento que recebeu de Yuquitarr e, agora, de Laryn. Para ele, essa jornada estava servindo para mostrar que, ao contrário do que acreditava, ainda existiam pessoas boas pelo mundo.

— Então, até logo, amigos. Que não encontrem pedras que bloqueiem seu caminho daqui por diante.

Todos estavam emocionados.

— Adeus, dona águia! Lembre-se de me trazer uma lebre bem gordinha na próxima vez que me visitar.

Laryn encostou com o ombro no batente da porta e arrumou seu tapa-olho. Geralmente de sorriso fácil, agora parecia uma estátua de pedra. Ao olhar aqueles dois jovens se retirando decididos e sorridentes, lembrou-se de quando partiu rumo à guerra com seus amigos. Um calafrio lhe correu pela espinha e bateu uma vez na testa e duas na madeira da porta para espantar maus espíritos.

— Espero que não tenham problemas pelo caminho, são pessoas boas, isso eu posso dizer — murmurou ela antes de entrar em casa.

Mas às vezes é preciso mais do que os bons votos de uma senhora para proteger alguém, e Sttanlik e Paptur estavam fadados a enfrentar problemas maiores do que poderiam imaginar.

Cavalgaram por algum tempo pela grama amarelada e seca, mas quando o solo se tornou verde e o ambiente passou a ganhar mais vida, conseguiram ver alguns viajantes rumando para onde seguiam. Grandes charretes e carroças puxadas por cavalos, mulas ou bois dividindo o espaço pela estrada com pessoas a pé, que carregavam enormes fardos de feno nas costas.

— Devemos estar perto, a atividade já é típica de uma cidade.

— Sem dúvida, Sttan. Acho melhor tentarmos esconder nossas armas, não queremos chegar a Dandar e sermos interrogados ou até presos por pensarem que somos ladrões ou assassinos — concluiu Paptur, pendurando sua aljava no alforje e colocando o arco do outro lado. Sugeriu que Sttanlik fizesse o mesmo com suas espadas. — Tente escondê-las o máximo que puder.

Sttanlik as colocou bem escondidas atrás dos alforjes e as cobriu com sua capa. Era o máximo que podia fazer.

Duas horas depois, chegaram finalmente a Dandar. Os muros baixos feitos de tijolos de coloração cinza-escura pareciam mais um enfeite do que uma proteção. Diferentemente do portal que se erguia de forma ameaçadora por quatro metros de altura. Grandes ganchos estavam pendurados por toda a área arqueada. De início, não puderam entender, mas, ao se aproximarem, viram uma placa com dizeres em três línguas, e a mensagem era perturbadora: "Portal dos decapitados".

Leram e não comentaram nada. Fileiras de guardas cercavam os portões e faziam revista em algumas pessoas escolhidas aleatoriamente. A ideia era passarem despercebidos para evitar maiores confusões. Não foi difícil, atravessaram de cabeça erguida e rumaram para dentro da cidade. Os guardas pareciam mais preocupados em revistar cargas do que simples viajantes.

Capítulo 12 – O rastro

A cidade de Dandar era basicamente um amontoado de casas do lado oeste, tanto de alvenaria quanto as com teto de ardósia muito bem construídas. Nenhuma parecia luxuosa à primeira vista, mas ao fundo era possível ver o topo de moradias de maior porte, com telhados inclinados e até algumas com varandas, onde homens e mulheres observavam a movimentação das ruas, enquanto fumavam seus cachimbos ou davam um trago em suas bebidas.

O lado leste já era a área destinada ao comércio, com barracas de todo tipo, desde tendas até lojas enormes que vendiam inúmeros produtos: de grãos a anjos e deuses esculpidos em madeira ou pedra-sabão. Garotos magrelos com roupas esfarrapadas corriam pedindo esmolas aos visitantes, alguns balançavam espanadores feitos de trapos de linho para espantar moscas das barracas de carne, para assim, quem sabe, ganhar alguns trocados. Um senhor muito velho, de olhos leitosos, gritava afirmando ter o poder de ver o futuro e já tinha três possíveis clientes ao seu redor. Outro homem fazia malabarismo com três machadinhas, enquanto seu companheiro passava o chapéu para pedir "uma ajuda aos artistas", como ele dizia a seu público. Muito bem dividida, a rua principal parecia uma fronteira entre o comercial e o residencial. Cores, sons e aromas, tanto bons quanto ruins, atiçavam a mente, todos os sentidos se eriçavam com aquela enxurrada de informações.

Era justamente sobre isso que conversavam, Sttanlik e Paptur, quando viram a distância uma construção enorme, toda branca de formato cônico, e ficaram paralisados. Com mais de trinta metros, dava a impressão de poder arranhar as nuvens. Sob a luz forte do sol, ganhava uma aura ao seu redor, quase um halo que muitos afirmam coroar as cabeças dos anjos. Era um lugar que evocava os mais sagrados sentimentos de uma pessoa.

– O que é aquilo? – perguntou Sttanlik de boca aberta.

– Nunca vim a Dandar antes, mas pelo que me parece deve ser algum tipo de santuário. Somente religiosos angariam dinheiro suficiente para erguer construções tão suntuosas. Ou reis, mas Dandar, que eu saiba, não tem um rei. Tudo bem que hoje em dia é difícil se manter atualizado com coisas do tipo.

– Vamos lá ver?

– Para quê?

– Sei que você não é religioso, Aljava, mas eu sou. Se for um templo aos anjos, gostaria de pedir proteção. Não gostaria de rezar um pouco? – perguntou Sttanlik, apesar de já ter boa ideia da resposta que ouviria.

– Eu não rezo. Como vou saber quem vai ouvir? Para mim, rezar é como jogar um recado importante pelos ares. Quem vai ler? Pode ser um inimigo! – Paptur deu de ombros. – Mas me diga, é preciso ir a algum templo para rezar?

– Na verdade, não, mas...

– Tudo bem, tudo bem. Vamos. Temos de achar algum lugar para comprar alguns itens, pelo caminho poderemos analisar melhor essa cidade.

Sttanlik imaginou que tinha ganhado uma, mas a verdade era que Paptur também estava curioso para ver o chamativo prédio, por motivos diferentes dos de Sttanlik, é claro.

Dandar era uma cidade grande, apesar de que Sttanlik a achou muito menor do que Sëngesi. Mesmo assim, demoraram um bom tempo para chegar ao seu destino. As movimentadas ruas tornavam impossível seguir rapidamente para qualquer direção. Vendedores de vasos, pães e tortas de amoras fumegantes, recém-tiradas do forno, tentavam comercializar seus produtos a todo o momento. Não querendo ser mal-educado, Sttanlik sempre parava e agradecia, elogiando as mercadorias deles.

— Desse jeito, vamos chegar lá no dia em que o sol mergulhar no mar, Sttan – irritou-se Paptur, sentindo vontade de armar seu arco e abrir caminho à força, antecipando o fim de algumas enfadonhas existências.

— Não gosto de ser rude com vendedores, Aljava. É o ganha-pão deles.

— Eu sei, mas não precisa ficar puxando papo – disse o arqueiro, emburrado. – Eles não querem saber se achou a torta bonita, desejam apenas que você as compre, entendeu? Sua opinião não vale nada para eles, a não ser que venha acompanhada de uma moeda!

— Está certo, vou parar com isso – concordou Sttanlik meio desapontado, tinha a noção do que era tentar vender o que se produzia, sempre fazia isso com Jubil. Odiava quando o ignoravam, se ao menos a pessoa dissesse um obrigado, ele ficaria feliz. Entretanto, a situação não era a mesma. Paptur tinha razão, afinal, ainda estavam em fuga.

Aproximaram-se finalmente do grande prédio, ficava exatamente no centro de Dandar. Ao seu redor, uma praça nascia circularmente, com um cinturão de pedras octogonais claras e bem encaixadas, deixando apenas um centímetro de distância entre uma e outra para que a grama crescesse bela e verde nessas brechas propositais. Árvores das mais diversas espécies foram plantadas no entorno da praça: carvalhos, pinheiros, pereiras e pessegueiros eram maioria; mas podiam se ver ameixeiras, amendoeiras, macieiras e até ipês de tons diversos.

— Parece que aqui tem árvores de todas as regiões de Relltestra.

— Foi o que pensei, Aljava. O que será que isso quer dizer?

A resposta foi dada por meio de uma observação mais precisa. Por todo lado, pessoas de todo tipo de religião caminhavam despreocupadas: sacerdotes que cultuavam os deuses esquecidos; adoradores de Merelor, Nissa, Hartur e Mãe Raposa; ministros dos anjos; bruxos da mata, que veneravam as forças da natureza; indivíduos vindos das distantes ilhas do oeste, com a pele bem escura, negra como ébano, discípulos de espíritos ancestrais, cujos nomes somente eles conseguiam pronunciar. Adornos de ouro coroavam seus turbantes de cores vibrantes.

— Este é um templo de todas as religiões, Sttan – anunciou com simplicidade Paptur.

— Isso eu percebi. Mas como tem certeza?

— É porque eu sou muito inteligente, Sttan. Ainda não tinha reparado? – brincou Paptur. – Bom, isso e aquilo – apontou para o alto da grande porta do templo, e, em mais de uma dúzia de línguas, estava escrito: "Templo do Deus Verdadeiro".

— O deus verdadeiro é aquele que se cultua, não é? – perguntou o arqueiro.

Sttanlik parou para pensar um pouco e disse por fim:

— Acho que está certo, Aljava. Não importa o que se adora, seu deus sempre será o verdadeiro para você. Muito bem observado. Às vezes, fico surpreendido com sua perspicácia.

— Temos isso em comum, Sttan. Eu também me surpreendo comigo mesmo.

Capítulo 12 – O rastro

Amarraram Hamma e Dehat na parte de trás do prédio, no estábulo do templo. Guardas armados com lanças faziam a segurança, mantinham-se em posição de alerta, com um evidente orgulho da função que exerciam. Por isso, os amigos deixaram seus pertences por lá, apesar de ter sido difícil para Paptur se separar de seu arco tão querido.

– Vamos só dar uma olhada, Aljava. Juro que não vou me demorar – Sttanlik fez o possível para acalmar Paptur, a expressão em seu rosto ao se separar de sua arma foi de cortar o coração, como uma mãe prestes a deixar seu filho desamparado.

– Espero que sim, pois me sinto nu longe de meu queridinho – e olhou ao redor com o olhar desconfiado. – Parece que todo mundo quer me matar...

Sttanlik se aproximou e falou bem baixo, entre os dentes:

– Não se preocupe, tenho minha faca comigo, amarrada ao meu tornozelo. Lembra?

– Ah, ótimo. Agora posso passar manteiga sossegado no meu pão.

– Ei, lembre-se de que com ela tirei uma vida. De um homem, e dos grandes – disse Sttanlik estufando o peito.

Os dois não aguentaram e caíram na gargalhada.

– Gosto de sua nova atitude! – disse Paptur, por fim.

– ?...

– Você já aceitou o fato de ter tirado uma vida, não tem mais remorso – e levou a mão ao ombro de Sttanlik. – Isso é um bom sinal.

– Não que eu não fique me corroendo quando me lembro daquilo. Mas, pensando bem, você culparia um coelho por tirar a vida de uma raposa se fosse para ele sobreviver?

– Ótimo argumento! Foi o que eu lhe falei, não foi?

– Sim, e por isso lhe agradeço. Você me ajudou muito naquele momento difícil, meu amigo.

Paptur ficou parado enquanto Sttanlik caminhava a sua frente. Fazia tempo que não ouvia alguém chamá-lo de amigo, mas desde Andóice, já ouvira essa palavra ser dita repetidas vezes. Ele próprio a proferiu em mais de uma ocasião. Realmente, essa jornada estava mudando muito sua vida. Sorriu e se apressou para ir ao encontro de seu amigo.

Subiram as escadarias rapidamente, desviando de devotos que a escalavam de joelhos e até de costas, pagando promessas das mais diversas. Ao passar pelas grandes portas brancas, puderam ver a grandeza da construção. A estrutura erguia-se circularmente, com uma altura impressionante, e finalizava em uma gigantesca claraboia, cujo belo vitral coloria o ambiente. Símbolos de todas as religiões foram esculpidos nas paredes, alguns já estavam escondidos por heras, que tomavam as paredes sem controle, até quase tocar o teto. O chão era branco, de um lustro tão forte que chegava a ser opressor, nas suas bordas havia canteiros com flores bem cuidadas, que iam de rosas a tulipas.

Pessoas ajoelhadas, em todas as direções, choravam orando em mais línguas do que se podia registrar, um adornado incensário de prata brilhante, com um metro e meio de altura, espalhava sua fumaça aromática por todo o ambiente. O cheiro forte de mirra fez os olhos de Sttanlik e Paptur marejarem.

– Está emocionado, vejam só! – brincou Sttanlik, limpando as lágrimas com o polegar.

— Você não imagina o quanto, sempre quis ver gente feia rezando ajoelhada em um lugar esfumaçado. Parece uma taberna, mas sem a diversão — retrucou Paptur aos sussurros, para não ofender os fiéis. Não que se importasse com eles, só não queria arranjar uma briga.

Sttanlik deu um sorriso e apontou para a área mais cheia, onde as pessoas rezavam para os anjos. Paptur entendeu e deixou que ele fosse lá se juntar aos muitos fiéis.

Antes mesmo de se ajoelhar, Sttanlik começou sua oração, pedindo proteção para ele, Jubil, Paptur, os dankkaz e todas as pessoas de Sëngesi. Que não sofressem nenhum mal nas mãos da Guarda Escarlate. Prometeu ante os anjos que faria de tudo para ajudá-las assim que possível. Passou a palma da mão aberta pelo rosto e desceu até o coração, fechando-a, que era o sinal de proteção dos anjos. Mas agora o fazia em agradecimento. Resolveu se deixar ficar um pouco mais naquele lugar que lhe trazia tanta paz de espírito, não sabia quando em sua existência poderia visitá-lo novamente.

Paptur estava com o ombro apoiado em um dos poucos pontos vagos e balançava a perna com impaciência. Passou a observar as pessoas para se distrair e concluiu que por mais que ele odiasse qualquer tipo de religião, elas podiam trazer benefícios a algumas pessoas, contanto que não fossem acompanhadas por fanatismo. Odiava fanáticos, tinha vontade de esganá-los, um a um. Pensou nisso ao ver um senhor, a idade por volta dos setenta anos, que entrava caminhando de joelhos, havia um rastro de sangue por onde passava. O homem, então, abaixou-se e bateu a cabeça três vezes com força no chão. A cena chocou Paptur.

— Não é possível que um deus goste disso — murmurou indignado. Ficou observando aquilo por algum tempo, tentando entender o que acontecia com o idoso enlouquecido. Mas ao olhar para o caminho de sangue que foi deixado até a porta, Paptur estremeceu, sentindo seu próprio sangue gelar.

Quando se sentiu satisfeito, Sttanlik se levantou, mas, desastradamente, deu com a cabeça por baixo do queixo de uma garota que rezava atrás dele.

— Mil perdões, senhorita! — desculpou-se envergonhado por ter interrompido a oração de alguém.

A garota o encarou, seu olhar flamejava por trás de seus lisos e escuros cabelos curtos, cujas pontas desiguais caíam rebeldes por seu rosto. Levantou-se rilhando os dentes.

— Que falta de polidez, plebeu! Isso não são modos de dirigir a palavra a uma princesa! — tentou fixar seus olhos claros nos de Sttanlik, mas sua baixa estatura, com não mais de um metro e cinquenta, tornava a situação cômica. — Dirija-se a mim por Vossa Majestade.

Desejando entrar num buraco pelo chão, Sttanlik não sabia o que dizer, olhou confuso para aquela moça de tão pouca estatura e que falava tão grosso. Suas roupas não eram nada convencionais. Usava um corpete de couro preto, com alguns belíssimos brocados enfeitando os ombros, uma capa curta descia graciosamente até a altura da cintura. Estranhamente, vestia calças, coisa rara entre as mulheres, que preferiam saias. Suas botas de couro com fivelas de bronze lhe iam quase até os joelhos, mas o que mais chamou a atenção de Sttanlik foi o bastão longo de madeira brilhosa que carregava pendurado às costas, pelo menos uns quarenta centímetros mais alto do que ela, rígido e com ponteiras de cobre.

Capítulo 12 – O rastro

— De-desculpe-me, Vossa Majestade, não sabia que era uma princesa – disse desconcertado, tentando arrumar a situação, mas sentia que só a piorava.

Os belos olhos da garota ferviam, o azul-turquesa parecia brilhar com a intensidade de um sol.

— Tudo bem. Mas ousaste, mesmo que por acidente, tocar meu rosto, fazendo até minha língua sangrar. De onde venho, derramar sangue real significa a morte! – ela apontou para o ponto onde Sttanlik havia encostado, a pele era pálida como a neve, entretanto não havia marca alguma. Mordeu o carnudo lábio inferior com força. – Deves ter deixado um hematoma.

Sttanlik balançou as mãos pedindo calma.

— Não, não ficou marca alguma, apenas encostei sem querer. Peço perdão, senh... digo, Vossa Majestade – o pobre rapaz achou que ia explodir de vergonha.

A garota sorriu para ele.

— Tudo bem, garoto. Conceder-te-ei o perdão real, pelo poder a mim investido. Por Muivil, reino da perfeição, eu te deixo partir em paz. Segue teu rumo, não sofrerás mal algum. E da próxima vez que encontrares uma princesa, trate-a como tal.

Sttanlik respirou aliviado, bastava agora algumas palavras e seus problemas acabariam.

— Desculpe, não sabia que fazia parte de uma realeza, suas roupas...

— Que têm elas? – interrompeu a princesa, o rubor voltando a seu rosto com força total. – Por acaso não são boas o suficiente para mim? Achas que sou uma qualquer a rezar aqui?

— Não é isso, é que não imaginei ver uma princesa vestindo calças – tentou desesperadamente acalmá-la, mais uma vez. Sentia-se um idiota, nunca tinha visto alguém de temperamento explosivo assim, ainda mais uma garota, que além disso era princesa, e tão pequena.

— Aceito teu argumento, estou com roupas que não condizem com minha posição social. Uso-as apenas por conforto ao cavalgar, vim em missão real até Dandar. Não poderia montar com um dos milhares de vestidos, dos mais finos tecidos, que possuo em meu grande castelo. Tu podes ver que não estou usando nenhuma das minhas lendárias joias também.

Sttanlik concordou, ela não portava joia alguma, apenas um cordão de couro trançado com um pingente de algum metal bruto, com um pouco de imaginação podia se ver um martelo estilizado. Pensou em elogiá-lo, para, quem sabe, deixar a garota mais tranquila e acabar de uma vez com essa confusão.

Paptur chegou nesse exato momento e puxou Sttanlik pelo ombro.

— Temos companhia – cochichou em seu ouvido.

— Ei, ruivo, atrapalhaste a nossa conversa – a princesa de Muivil esbravejou, interrompendo Paptur com um dedo em riste no seu rosto, e com a outra mão retirava a franja que toldava sua visão.

Sem se incomodar muito com isso, Paptur olhou o dedo apontado e tentou desviar a atenção da moça.

— Roer as unhas faz mal e, além do que, seus dedos ficam muito feios.

A garota recolheu a mão e passou a analisar suas unhas. As maçãs de sua face ficaram rosadas e ela finalmente se calou, pelo menos por alguns instantes. Sttanlik ia explicar sua presença, mas Paptur interveio, indicando discretamente a porta. O jovem, se erguendo na ponta dos pés, pôde ver que dois homens entravam no templo trajando armaduras e elmos prateados e traziam as viseiras fechadas. Mas isso não era o importante. Ao lado deles, quatro indivíduos andavam com toda a pompa, sua imponência era tamanha que as pessoas, mesmo ocupadas com suas orações, abriam caminho para que passassem. Talvez porque seus mantos impusessem respeito, afinal, sua cor era bastante assustadora em Relltestra.

Sttanlik ficou mudo na hora e empalideceu, assustado com o que acabara de ver. A Guarda Escarlate havia chegado a Dandar.

Capítulo 13
A SOMBRA DO MAL

Vanza seguia lentamente com seu burro ainda não batizado, ia por trilhas desertas, vendo embaçado o mundo por trás de seu inseparável manto. Preferia se ocultar, não querendo chamar a atenção de ninguém.

– Vamos, sem nome, ande logo! Desse jeito, vou definhar em sua sela até morrer de velhice.

Sentia raiva por ter de montar um burro, mas seu pai sempre fora esperto o suficiente para saber o que estava fazendo. Ela confiava em Yuquitarr como em mais ninguém. A lembrança do pai fez com que tivesse uma sensação de aperto no peito, não entendia exatamente o motivo, mas a imagem de seu sonho não lhe saía da mente.

"Sonhei com sangue, chovendo do céu, e no meio da tempestade estava você, sozinho."
"Minha querida, sabe que você tem o dom da premonição de sua mãe."

Seu pai lhe confirmou, ela tinha o dom de prever alguns fatos. Sempre achou que fosse coisa de sua cabeça, ou algum tipo de coincidência. Uma vez, quando tinha 14 anos, sonhou com um ataque de urso que culminava na morte de sua amiga Gartha. No dia seguinte, a amiga e o pai foram atacados por uma alcateia de enormes lobos. Gartha sobreviveu, mas o pai dela perdeu a vida ao salvá-la. Ponderando, aliviou-se um pouco, nem sempre acertava, e quando acontecia, era algo muito diferente do que a realidade. Quem sabe o sonho que teve foi somente um temor qualquer.

Seu estômago roncou, lembrando-a que fazia tempo que não comia nada. Então, desceu do animal e pegou de seu alforje um pedaço de pão e tiras de carne de javali. Mordiscou com vontade. Seu burro a observava com olhos famintos.

– O que quer, sem nome? Você come carne, por acaso? – sorriu e deu um pedaço de pão ao burro, que ainda não parecia satisfeito. – Você é quem sabe, seu monstro, onde já se viu um burro comer carne... – deu um pedaço de carne para o burro que comeu de uma só bocada, já com a vontade saciada, passou a se servir de grama. – Você é engraçado, sem nome, vou chamá-lo de Carnívoro. Não, não... Sem Nome é mais a sua cara, a partir de agora é como será chamado.

Sorriu, achando graça de si mesma. Uma pena não poder compartilhar isso com mais ninguém. Mas dentro de si a solidão a deixava triste, nunca havia se separado de sua tribo, vivia rodeada de pessoas. Agora, tudo o que tinha como companhia eram seus pensamentos, e um burro. No entanto, tinha recebido uma missão importante de seu pai e não o desapontaria. Balançou a cabeça para tentar expulsar a angústia que a acometia, logo estaria de volta ao calor do povo yuqui.

– Vamos, Sem Nome. Temos um longo caminho – analisou os arredores –, não acho que aqui seja um bom lugar para acamparmos, encontraremos uma clareira mais confortável.

Estava nas proximidades da Fronteira das Cinco Forcas, atravessando a estrada conhecida como Firma. Teria de ser cuidadosa para não pegar o rumo errado e ser capturada.

Seguiu por algumas horas sem descanso, para se afastar o máximo que podia daquele lugar. À sua esquerda, uma mata densa se fechava, um ótimo lugar para passar a noite. Adentrou o matagal e aprofundou-se, tentou ficar atenta a sons de passos ou vozes, mas somente cigarras e grilos pareciam estar presentes.

Por algum tempo, rumou, por curiosidade, o aroma de terra molhada a acalentava. Inclinou-se e pegou um pedaço de mato e se pôs a assoviar, costume comum dos yuquis para atrair bons espíritos. Seus assovios ecoavam pelo lugar. Uma coruja chirriou e Vanza silenciou, pois achava melhor não perturbar o ambiente.

Estava prestes a parar debaixo de uma faia quando avistou ao longe uma casa. Sem luzes ou movimentação, parecia que estava abandonada. Seu aspecto era dos piores, a cobertura de telhas vermelhas tinha buracos grandes e falhas nas paredes cobertas de musgo demonstravam que seria muito difícil que alguém montasse residência no local.

Resolveu se aproximar e, então, ouviu o estalar de um galho seco às suas costas. Instintivamente sua mão agarrou o punho da espada com firmeza. Pulou como um felino de cima de Sem Nome e colocou-se em posição de combate. Com olhar atento, analisou todo o perímetro e não viu nada.

Já ia relaxar e respirar tranquila, quando um vulto passou por entre duas árvores, rápido como um lince.

– Quem está aí? – gritou com voz firme, apesar de sentir seu coração ribombar no peito, em pânico.

Não obteve resposta, manteve-se atenta e moveu-se vagarosamente para que suas costas ficassem de encontro a Sem Nome, isso dificultaria ser atacada por trás, pois o animal, apesar de lento, esboçaria alguma reação caso visse algo estranho. Foi aí que viu os olhos.

Duas grandes bolas vermelhas espreitavam por trás de uma moita, grandes e aterrorizantes; dois olhos não humanos que se iluminavam com uma maldade que parecia oriunda dos piores pesadelos. E não piscavam. Era difícil ver alguma coisa além dos olhos, a escuridão da mata tornava cada sombra uma ameaça.

Vanza engoliu a saliva com dificuldade e executou um giro completo com a espada, digno de um espadachim experiente.

Capítulo 13 – A sombra do Mal

– Venha criatura, estou pronta para cortar você da virilha até o pescoço – o medo que sentia não poderia ser expresso em palavras, mas sua postura não entregava nada. Retirou com a mão esquerda o manto que estava atrapalhando-lhe a visão e jogou-o de lado.

– Venha, enfrente-me ou fuja logo, não tenho a noite toda.

A criatura pareceu aceitar o desafio, deu um passo à frente e imediatamente Vanza se arrependeu de tê-la provocado. Esperava que fosse um urso, ou quem sabe um alce, mas não aquilo! Saindo das sombras, a criatura tomou forma, tinha mais de dois metros de altura, com braços compridos e finos que se arrastavam pelo chão de folhas secas, como a longa cauda de um lagarto. Pernas curtas se movimentavam em passadas extremamente peculiares, parecia que, ao se preparar para afundar a terra com seus passos que davam a impressão de ter o peso de toneladas, seus pés com formato de raiz de carvalho se transportavam para outro mundo. Sumiam ao tocar o chão, mas o baque surdo que emitiam, fazia o corpo da yuqui tremer. Era como se sua presença se dividisse entre o mundo dos vivos e o mundo dos espíritos, em um irônico contraste sombrio. Movia-se cambaleante, deixando um rastro de bolhas que estouravam, lançando no ar uma névoa negra, que não se dissipava, por mais que o vento úmido da mata tentasse expulsar tal anomalia. Seu corpo era completamente negro, mas sua densidade a tornava mais uma sombra do que algo sólido.

Os pelos de Vanza se eriçaram como nunca, tentava manter a mão firme, mas parecia que seu corpo não obedecia sua mente. Algo estranho caminhava ao seu encontro e ela não sabia o que podia fazer. As narinas de Sem Nome se dilataram e o pobre animal partiu desesperado para trás da casa. Vanza não virou o rosto para tentar impedi-lo, não podia tirar os olhos daquele ser, mas lamentou a perda de sua montaria, da qual, apesar de tudo, estava aprendendo a gostar.

Dois passos apenas, essa era a distância entre a yuqui e a criatura. O odor que tomou conta do ar não se assemelhava a nada que Vanza pudesse lembrar, mas, dentro de si, espasmos de medo tomavam cada nervo de seu corpo. Uma maldade ancestral e de efeito devastador a encarava com olhos rubros. Foi então que a boca se abriu, não uma boca em si, mas uma fenda enorme que ia desde abaixo dos olhos até o peito da criatura, e dentes pontiagudos se revelaram por todos os lados daquela abertura anômala, em fileiras que não pareciam ter fim. Uma língua se desenrolou lentamente e foi em direção a ela, três pontas se entrelaçavam e cada uma aparentava ter vida própria, movendo-se individualmente.

Sem pestanejar, Vanza golpeou a língua, com a firmeza de alguém que desde pequena foi treinada por um mestre da espada. A fantástica Plumbum atravessou a língua com facilidade, a parte cortada despencou, se evaporando antes mesmo de atingir o chão. Mas, para surpresa e desespero da garota, uma nova ponta voltou a crescer, fibra por fibra, na rapidez de um piscar de olhos. A única reação da criatura foi um som que mais parecia uma risada, e, em seguida, ao arregalar os olhos cor de sangue, soltou um grito que balançou todas as árvores no entorno, folhas caíram aos montes e pássaros adormecidos voaram de seus ninhos assustados. Vanza caiu sentada devido ao susto que levou, um odor pútrido a encobriu. Apavorada, fez força para levantar-se e, em uma atitude digna da coragem dos grandes heróis, partiu para cima daquele ser.

Golpeava com os olhos fechados, atingindo o que quer que fosse, e a criatura apenas a olhava, com a cabeça tombada de lado, curiosa pela iniciativa daquela garota. Braços eram cortados e voltavam a crescer, rasgos enormes se abriam por todo o corpo da criatura que não esboçava reação alguma. Isso irritou ainda mais Vanza, que não desistia de seus golpes, cada vez mais tomados pelo ódio. Não sabia por que golpeava, mas não ia parar até que conseguisse destruir "aquilo".

Nesse instante, algo acertou a criatura bem entre os olhos, era uma flecha esverdeada e imaterial, como se a luz adquirisse forma. A criatura soltou um grito agudo, agora sem dúvida de dor, e outra flecha atingiu em cheio o seu olho esquerdo. As flechas evaporaram, como se nunca tivessem existido. Com um movimento desajeitado e rápido, o ser se moveu e seu braço se chocou com força em Vanza, jogando-a para longe e fazendo com que batesse a cabeça. Caiu quase desacordada aos pés de um pessegueiro. A criatura fugiu em disparada, seu grito pôde ser ouvido por um bom tempo antes de sumir completamente entre as árvores.

Agora, o som que Vanza ouvia era o de passos se aproximando, o estalar de folhas secas a fazia entrar em desespero. O que quer que fosse que se aproximava, era algo que foi capaz de ferir aquele monstro, portanto, ainda mais perigoso. Ela tentou se levantar, mas seu corpo parecia não ter vida, sua visão estava embaçada e tudo o que conseguiu ver antes de desmaiar foram mãos fortes que a seguraram, colocando-a no ombro. Depois, só escuridão.

Vanza foi levada para dentro da casa, que até há pouco tinha a aparência de abandonada. A velha porta se fechou com um estrondo que reverberou pela noite.

Capítulo 14
Hora errada, lugar errado

— Temos de sair daqui agora! — sussurrou Sttanlik.

Paptur não o ouviu, estava ocupado tentando fazer uma certa garota se calar.

— Calma, eu sei que interrompi você, mas tem de entender que tenho assuntos urgentes para tratar com meu amigo.

— Falas como se não fosse urgente o que aconteceu aqui há pouco. Um mero toque em um membro da família real de Muivil significa a morte.

— Pode ser, mas você já disse que o perdoou. Assunto encerrado! – o arqueiro estava extremamente irritado, esforçava-se para manter a calma, tudo o que menos precisavam agora era uma princesa mimada fazendo escândalo.

— Concordo então, podeis vos retirar, plebeus. Eu, Mig Starvees, herdeira do trono de Muivil, vos concedo a permissão de partir – ela fez um gesto estranho com as mãos e virou as costas, sem se despedir.

— Já era hora dessa louca nos deixar em paz – suspirou Paptur, aliviado. — Vamos Sttan, precisamos ir embora! Não sei o que eles estão fazendo neste lugar, mas não é boa ideia estar no mesmo ambiente que a Guarda Escarlate.

— Sim, sim, vamos! – Sttanlik estava tremendo, sua mente era tomada por teorias de como a Guarda Escarlate descobrira que fora ele quem tirou a vida de Seallson e o seu paradeiro em Dandar.

Ao ver o estado de Sttanlik, Paptur teve de tranquilizá-lo.

— Calma, Sttan. Não demonstre medo, eles não sabem quem você é, não viram o que você fez. Pode relaxar, para não levantar suspeitas. Quem era aquela louca?

Sttanlik, ainda assustado, demorou a responder, seu cérebro parecia que estava encoberto por uma nuvem negra.

— Louca? Ah, a princesa! Pelos anjos, que vergonha que passei, Aljava. Dei uma cabeçada sem querer no rosto dela.

Como Paptur esperava, a mudança de assunto ajudou Sttanlik a acalmar-se. Então, se dirigiram rapidamente para a saída do templo. Ao se aproximarem dos temidos membros da guarda, abaixaram as cabeças e apertaram o passo. Os dois homens de elmo acompanharam os dois com o olhar, mas não esboçaram reação alguma.

Paptur notou que haviam sido encarados pelos dois e, já do lado de fora, comentou baixinho com Sttanlik:

– Devem ter me achado bonito! – falou, dando um sorriso nervoso. Olhou para Sttanlik, que não demonstrou nenhuma reação com a piada. – Relaxe, Sttan, conseguimos sair ilesos. Você tem pouco senso de humor, pelos seus anjos!

– Não é isso. Estou tremendo de medo, mas tento não demonstrar. Não sei se eles estão nos seguindo.

– Imagino que não. Acho que, como você, eles foram rezar para seus deuses ou seja lá o que for que aqueles imbecis cultuam.

Ao chegar ao lugar onde haviam deixado Hamma e Dehat puderam respirar aliviados, não foram seguidos e agora podiam tomar seu rumo tranquilamente.

– Vamos procurar uma taberna, gostaria de saber o que a Guarda Escarlate está fazendo aqui, em Dandar. Podemos alugar um quarto e passar a noite, partiremos ao amanhecer para Idjarni, sem mais paradas.

– Tem certeza de que não seria melhor partir de imediato?

– Na verdade, não. Mas temos de saber o que eles pretendem. Estão muito ao norte. Por que será que estão aqui? Somente para rezar que não é, isso eu lhe garanto.

Montaram em seus cavalos e seguiram para a parte da cidade onde achariam uma hospedaria, segundo informação do guarda que cuidava dos cavalos. Não demorou para encontrarem a rua indicada, uma via larga, com várias tabernas dos dois lados e muitos grupos barulhentos de homens disputando jogos de azar.

Um aglomerado de pessoas estava gritando. Esse grupo xingava e atirava objetos em uma determinada direção. A movimentação chamou a atenção dos dois, que foram ver a causa dessa estranha balbúrdia.

Amarrados a duas colunas de um riscado e fosco granito, estavam dois homens, ambos com corpos musculosos e desenhos pelo corpo, feitos com finos cortes preenchidos com cinzas e enxofre. Um deles, de pele negra com a cabeça raspada a ponto de brilhar, tinha uma tatuagem de dois olhos no topo da cabeça, na região correspondente à fontanela; o outro era loiro, de pele rosada e cabelos raspados na região das têmporas, uma longa trança começava a se formar a partir de sua testa, terminando na altura de seus tornozelos. Com as mãos presas para trás e com as cabeças baixas, eram alvo de ovos, legumes podres e cusparadas daquela multidão ensandecida. Estavam nus da cintura para cima, trajavam apenas calças beges sujas e rasgadas, e de pés atados com cordas de cipós.

– Morram, adoradores de Bardah! Vão queimar em Infinah até virarem pó! – gritava uma mulher obesa, com tanta ênfase que cuspia a cada sílaba pronunciada.

– Quem são aqueles? – perguntou Sttanlik à mulher.

Ao ver que a pergunta vinha de alguém montado em um cavalo, a mulher ajeitou o decote para esconder seus volumosos seios.

Capítulo 14 – Hora errada, lugar errado

— São adoradores de Bardah, o demônio. Vão ser decapitados amanhã, graças aos sagrados anjos.

— Nunca ouvi falar desse Bardah! Quem é?

A mulher ergueu uma das sobrancelhas e arregalou os olhos.

— Como assim, nunca ouviu falar do desafiador? O anjo que enfrentou os deuses e montou seu exército. Os anjos o derrotaram, foi isolado em um lugar secreto, Infinah, nas profundezas de nosso mundo. Você deve ser forasteiro, não é, garoto? Bom, é melhor não saber do que cultuar um demônio! – a mulher virou as costas e continuou a cuspir sua enxurrada de insultos.

— Já tinha ouvido essa história, Aljava?

— Sim, mas não com o nome de Bardah. Toda história tem de ter um antagonista, senão não haveria graça alguma. No caso dos anjos, deve ser esse tal de Bardah.

Sttanlik fez o sinal de proteção dos anjos ao olhar para os dois homens e Paptur interveio.

— Acho estúpido, vão matar esses dois pobres coitados porque cultuam uma divindade diferente. Cada um deve ter o direito de cultuar quem quiser, até um pedaço de estrume mofado e cheio de moscas pode ser considerado o deus de alguém, se isso lhe convier.

— No fundo, concordo com você, mas se esse Bardah desafiou os anjos, ele não pode ser boa coisa. Deve ser a ele que os integrantes da Guarda Escarlate enviam suas preces.

A menção do nome da guarda os fez perceberem que perdiam tempo com essa manifestação.

— Vamos logo, Aljava. Vamos achar uma taberna e sair daqui.

— Concordo. Aquela parece boa – apontou para o oeste, no final da rua uma taberna solitária ficava quase colada ao muro, no limite da cidade – e é a mais próxima de nosso caminho. Amanhã poderemos ir embora rapidamente deste lugar.

Ao chegar à porta da taberna, intrigaram-se com a placa que continha o nome do estabelecimento: "Taberna do dorminhoco – Seja honesto e sobreviva".

— Nossa, isso sim é que são boas-vindas! – brincou Sttanlik, achando graça. Ameaçar não era a melhor forma de recepcionar seus clientes.

— É um bom recado... Seja honesto, Sttan, pois sobreviveu a muita coisa para morrer em uma taberna fedida – olhou ao redor. – Vamos fazer o seguinte: deixaremos nossos cavalos naquele estábulo ali, próximo ao portão de saída. Caso tenhamos algum problema, poderemos fugir daqui montados.

Sttanlik assentiu. Entregaram os cavalos aos dois adolescentes que cuidavam do estábulo, ambos com uniformes lilases para ajudar a dar credibilidade ao serviço. Sttanlik estava a ponto de pagar aos garotos, quando Paptur o interrompeu.

— Pagaremos na retirada dos animais. Tudo bem, rapazes?

Os cavalariços não gostaram muito da proposta, mas aceitaram o acordo. Provavelmente, os viajantes não foram os primeiros a sugerir isso.

— Bom, está combinado. Vamos apenas pegar alguns itens em nossas bolsas e partiremos. Com sua licença... – Paptur não deixou espaço para argumentação, e os dois rapazes deram as costas e começaram a escovar um lindo garanhão de tom avermelhado.

– Pegue suas espadas e as prenda no cinto. Vamos logo! – Paptur atou sua aljava nas costas e colocou seu arco atravessado. – Eu posso dizer que sou caçador. Um arco não chama a atenção como uma espada, imagine duas.

– Certo – Sttanlik prendeu as espadas no cinto e as firmou com a faixa de couro que usava como bainha. – O seguro morreu entre seus cobertores, não assassinado sob a neve.

– Exato!

Entraram na taberna de atmosfera escura e esfumaçada. Quando os olhos se acostumaram, puderam ver que estava cheia, embora não lotada. Ajeitaram-se em um lugar próximo ao balcão, melhor posição para ouvir as "notícias".

Paptur foi pedir duas canecas de cerveja e viu que naquela taberna os clientes é que se serviam direto dos barris. Imaginou o quanto de prejuízo isso devia causar, ainda mais com o dono dormindo no canto, roncando como um porco. Mas ficou surpreso ao ver que todos os homens pagavam suas bebidas, jogando moedas na caixa que ficava no balcão. Admirou-se com a honestidade do povo local. Então, serviu-se e jogou duas moedas na caixa. Voltou para junto de Sttanlik e começaram a beber em silêncio. Não tardou e as conversas tomaram rumos interessantes.

– ... dizem que vieram cultuar Bardah em pleno Templo do Deus Verdadeiro, imagine só! – comentou alguém, referindo-se aos dois homens que estavam amarrados na rua.

– Já eu ouvi que estavam fazendo oferendas a ele, que mataram um bode preto e bebiam o sangue em crânios de crianças, quando foram presos.

Muitos ainda comentaram suas versões do caso dos homens e isso começou a não mais interessar a Sttanlik e Paptur. Estavam prestes a desistir, quando um garoto de não mais de 12 anos, bebendo de um enorme corno, tomou a palavra, claramente alcoolizado.

– Sabiam que Tinop'gtins vai montar um posto de sua guarda aqui? Minha tia disse que a cidade será tomada para virar uma base do exército deles – as palavras do garoto saíam incertas e emboladas, mas seu conteúdo valia ouro.

– Ah, garoto, pare com isso! E o que tem de mais em Dandar para que Tinop'gtins queira montar guarda aqui? – perguntou um homem magro embriagado com olheiras profundas, enquanto se levantava para pegar uma cerveja. O garoto esperou para dar a resposta. O homem encheu seu caneco e ia voltar à conversa, mas, para sua infelicidade, esqueceu-se de pagar a cerveja. O dono da taberna, que estava dormindo, deu um pulo digno de gato, pegou uma longa lança no chão e com um golpe rápido enfiou a ponta afiada na narina do homem. A taberna ficou em silêncio.

– Pague ou morra! – disse o gordo, com olhos arregalados e respiração ofegante.

O outro tirou a moeda do bolso e jogou em direção da caixa, a moeda bateu no balcão e caiu no assoalho. O pobre cliente acompanhou a queda da moeda com pesar. O dono da taberna anuiu com a cabeça calva e o homem se abaixou para pegá-la, com a lança ainda em suas ventas. Jogou novamente a moeda e o tilintar foi o sinal para que a lança fosse recolhida.

– Obrigado pela preferência e volte sempre – o taberneiro sentou-se, cruzou os braços e fechou os olhos.

Capítulo 14 – Hora errada, lugar errado

– Desculpe, Rifft, eu não fiz por mal, eu juro. Estava muito entretido na conversa, só isso.

O tal Rifft levantou a mão para informar que estava tudo bem, mas antes de voltar ao seu sono, comentou:

– O garoto está certo, dizem que Tinop'gtins quer firmar uma base por aqui. A cada dia, a partir de hoje, mais e mais soldados chegarão. Espero que o exército daqui os impeça, senão o povo deve se levantar contra isso, somos uma nação independente, não precisamos de forasteiros nos dizendo o que fazer! – e como que num passe de mágica, voltou a dormir.

A taberna retomou o seu estado normal: barulhenta e cheia de sons de canecos se chocando em brindes empolgados, bardos contando histórias pelos cantos e mulheres que soltavam risinhos conforme ouviam galanteios.

Sttanlik e Paptur se olharam em um diálogo sem palavras. "Qual seria a intenção de Tinop'gtins em firmar seu exército em Dandar? Estariam repetindo a estratégia do rei Perkah durante a Guerra dos Quatro Reinos? Isso confirmava que uma guerra que envolveria toda Relltestra estava realmente para acontecer", questionavam-se.

A conversa continuou por algum tempo, mas nada que foi dito acrescentou algo ao que eles queriam saber. Terminaram suas cervejas e, temerosos, acordaram Rifft para perguntar se havia algum quarto vago no andar superior.

– Temos apenas um quarto não ocupado, a cama é pequena, mas se não ligarem de dormir os dois juntos, podem ficar com ele, por uma asa de ouro – seu rosto tinha a pele muito esticada e parecia estar sempre sorrindo, apesar do semblante mau-humorado.

O preço era exorbitante, digno das melhores hospedarias de Relltestra, tiveram de negociar.

– Que tal duas asas de prata, mais o jantar? – ofereceu Paptur com firmeza.

– Quatro.

– Duas.

– Três e não vou abaixar mais, hoje o jantar será ensopado de toucinho de cabrito e pão preto de linhaça. Sabem que isso vale mais que três moedas, seus muquiranas. E se aceitarem, eu oferecerei duas fatias grossas de queijo de cabra. Isso porque, estranhamente, estou de bom humor. Não encontrarão maior generosidade num raio de duzentos quilômetros, e posso garantir que a comida a ser servida aqui não é feita com água de latrina, meus amigos. Os produtos são de qualidade e o serviço é de primeira! – o taberneiro deu um sorriso que mais dava a impressão de uma careta, limpou o suor que brilhava em sua testa e passou as mãos em seu avental de couro puído.

Paptur fingiu acreditar nas baboseiras do taberneiro, em outra situação teria mandado esse homenzinho impertinente plantar inhames, mas não podia se dar a esse luxo, não hoje.

– Aceitamos então, mas somente se o jantar nos for servido no quarto.

– É claro, é claro! – abanou a mão. – Mas tem de dar uma moeda de adiantamento. Calote aqui é sinônimo de briga, e eu sempre saio vitorioso – Rifft tirou a chave de um molho que estava dentro do bolso de seu avental e a jogou em cima do balcão. — Quarto três. Caso tenham dificuldades, fica depois do um e do dois. Se chegarem no quatro, andaram demais.

Ignorando a piadinha, Paptur jogou a moeda na caixa e pegou a chave.

— Obrigado pela generosa atenção e pela simpatia. Vamos, Sttan, ver se somos capazes de achar nosso quarto.

Ao chegarem ao quarto, puderam ver que não era dos melhores logo pelo estado deplorável da porta. Ao abri-la, odiaram-se por estarem certos, era uma pocilga. Uma cama de madeira, velha e corroída, e um colchão de palha eram as únicas mobílias. De resto, somente uma janela pequena com não mais que quarenta centímetros e um teto esburacado repleto de infiltrações. O lugar fedia a rum e mofo, mais parecia uma cabine de um bucaneiro; pulgas e piolhos andavam livremente no colchão com um forro manchado.

— Que maravilha de quarto, e achávamos que usar nossas capas como cabana no deserto era ruim. Tenho até medo de comer a comida daqui.

— Mas a cerveja era boa, Aljava, e creio que a comida seja do mesmo nível — abaixou a cabeça quase começando a rezar para estar certo. — Assim espero...

— Se não ficar satisfeito, eu é que vou enfiar uma lança naquele gordo louco! — o arqueiro fechou os punhos, irritado. — E não vai ser no nariz, lhe garanto!

Enquanto esperavam o jantar ser servido, se revezavam na cama para descansar o corpo ou olhavam a movimentação da rua para ver se algo suspeito acontecia. Nada de anormal chamou a atenção dos dois. Não havia sinal da Guarda Escarlate, graças aos anjos!

Um sino foi tocado três vezes, era o sinal de que o jantar seria servido. Não tardou muito e bateram na porta. Uma menina pequena, de uns seis anos de idade, carregava habilmente uma bandeja, que para seu tamanho se apresentava enorme. Deixou o jantar em cima da cama sem pronunciar uma palavra e se retirou, fazendo uma tímida mesura.

Para tranquilidade dos dois, o jantar estava ótimo. O ensopado veio repleto de carne e legumes e o pão era fresco; o queijo era de boa qualidade.

— Que contraste com o quarto, a comida está ótima! — Paptur molhou o pão no ensopado e abocanhou com voracidade. — Estava com mais fome do que imaginava.

— Eu também, poderia comer mais uns três desse, tranquilamente.

Alimentaram-se enquanto o céu escurecia, a lua brilhava com força e sua luz revelava a agitada vida noturna da cidade. Meretrizes tomavam as esquinas e música preenchia o ar abafado, vinda de todas as tabernas.

Espreguiçando-se, Paptur disse:

— Pode deixar que eu durmo no chão. Estou exausto ainda, não vai fazer diferença se eu dormir no assoalho ou nessa cama imunda. Após Andóice, acho que levarei dez existências para pôr meu sono em dia — estendeu sua capa no assoalho e fechou os olhos. — Boa noite, Sttan. Durma logo, vamos partir assim que o sol nascer.

Sttanlik deitou-se na cama e entrelaçou as mãos atrás da cabeça.

— Boa noite, Aljava.

Capítulo 14 – Hora errada, lugar errado

Tardou a dormir, a movimentação da rua o incomodava. Muitos sons se misturavam e tornavam a simples tarefa de adormecer impossível. Sem saber por que, lembrou-se de Mig Starvees. Achou graça de como ela era raivosa. Nunca confessara a ninguém, mas sempre adorou mulheres de personalidade forte. Quem sabe se não estivesse em fuga, ou ela não fosse uma princesa, ele poderia tentar alguma coisa. A distração o ajudou a cair finalmente no sono, e não sonhou com nada, pelo menos não que se lembrasse. Foi acordado por uma gritaria na rua, levantou-se e foi ver o que estava acontecendo. Abriu as venezianas e espantou-se com a rua pouco movimentada e o sol já tingindo o céu com estrias alaranjadas.

"Nossa, e eu achando que dormi apenas alguns minutos", pensou surpreso ao ver que a manhã já estava aproximando-se.

Na rua, uma garota corria desesperada, tentando fugir de Rifft. O taberneiro estava com sua lança na mão, gritava e gesticulava para ela parar, mas a garota era muito rápida e não parecia disposta a aceitar seu pedido.

– Não pode ser! – murmurou Sttanlik e tomou um susto ao ver que Paptur estava de pé atrás dele.

– Aquela não é?...

– Sim, é ela... a bela princesa!

– Bela e louca, arranjou briga até com o taberneiro – Paptur já ia se deitar novamente quando Sttanlik o surpreendeu.

– Irei ajudá-la! – disse o rapaz, sem ao menos pensar.

Paptur balançou a cabeça com uma expressão de cansaço e bufou.

– É claro que vai, você é o maior herói de Relltestra e uma donzela em perigo não pode ficar sem sua ajuda. Vá dormir, Sttan! Logo vamos partir, aproveite para descansar enquanto pode.

– Mas aquele homem é louco, viu o que ele fez com o coitado por causa de uma moeda.

– Bem feito! Um homem tem de pagar a bebida que toma. Se não tem dinheiro, que fique em casa contando moscas.

Sttanlik pareceu não o ouvir.

– Bom, vou lá e pelo menos tentarei acalmá-lo. Acho que, no máximo, ela não pagou algo que consumiu – anunciou com uma naturalidade que não fazia jus ao que estava prestes a fazer.

– Espere, deixe que ela... – Paptur não chegou a finalizar a frase, seu amigo já tinha partido. A porta ficou aberta, o som dos passos de Sttanlik foi se afastando rapidamente, para logo sumir. O arqueiro deu um soco na parede de madeira devido à frustração, sabia que aquilo traria problemas a eles. Depois, já pronto, certificou-se de que nada havia sido esquecido no quarto e foi atrás de Sttanlik.

Do lado de fora, Rifft estava se aproximando de Mig e, de súbito, a garota resolveu parar. Armou-se com seu bastão e gritou:

— Vem, suíno nojento! Se queres tanto enfrentar uma princesa e campeã real de Muivil, tua vontade será feita — girou o bastão acima da cabeça e voltou a ponta metálica para o rosto do taberneiro pasmo. — Mig Starvees aceita teu desafio, mas saibas, não tombarei facilmente.

Sttanlik estava chegando próximo da cena, ouviu o desafio que a garota fez, mas algo chamou-lhe a atenção. Pelas costas de Mig, virando a esquina no começo da rua, guardas chegavam com porretes e espadas. Sem pensar nas consequências, ele empunhou suas espadas, a sede de sangue tomou novamente seu corpo.

Agora não haveria mais volta.

Capítulo 15
REENCONTRO

Sttanlik se posicionou ao lado de Mig, que o encarou com olhos brilhantes.

— Vieste em meu auxílio, bravo cavalheiro! Minha gratidão será eterna.

Sttanlik sorriu de lado para ela e se virou sério para Rifft:

— Senhor, creio que tudo não passou de um mal-entendido, não sei qual é a situação, mas podemos resolver sem violência.

Rifft bateu o cabo de sua lança no chão.

— Ela quebrou o nariz de um de meus clientes; de outro, espatifou os dedos da mão e, do último, deslocou o ombro. Mas o pior de tudo, o imperdoável mesmo – e passou a gritar descontrolado –, é que ela comeu e bebeu em minha taberna e quis sair sem acertar, ficou dizendo que era uma princesa. Isso não quer dizer nada, ou ela me paga agora, em dobro pela inconveniência, ou terei de matá-la.

Sttanlik se impressionou com o que ouviu. A princesa, pequenina daquele jeito, tinha conseguido fazer tudo aquilo com três homens! Bem que se diz que as menores aranhas são as mais venenosas.

— Não pagarei dívida alguma, eu posso, por real direito, comer onde quer que me convenha. E as injúrias que causei a teus clientes não foram em vão, tu sabes muito bem!

Rifft anuiu com a cabeça.

— Isso é verdade. Quem quer apertar o traseiro de uma dama deve, ao menos, lhe pagar uma bebida, e das boas. Eu tenho um licor de damasco com grãos negros que é uma maravilha para deixar uma mocinha aos pés até do mais feio e banguela homem do mundo – e balançou a cabeça para voltar ao assunto principal. – Mas a dívida permanece e não há desculpas para não ser quitada!

— E quanto ela deve? – perguntou Sttanlik rapidamente, os passos apressados dos guardas se aproximavam.

— Com valor dobrado, uma asa de ouro. Comeu três refeições e bebeu duas canecas de meu mais caro hidromel de Macoice.

— Tudo isso? – Sttanlik olhou admirado para Mig. – Como você aguenta?

— Ei, até uma bela e esguia princesa tem o direito de ter fome.

Então, ela se virou para Rifft.

— Não tenho em minha posse tal valor, terei de voltar a meu castelo. Mandarei um mensageiro real te trazer o pagamento e um pedido de desculpas, escrito pelas mãos de meu pai, o rei.

— Ou paga agora ou morre aqui mesmo! — Rifft espumava como um cão raivoso, sua careca brilhava sob a luz do sol que nascia.

Apressando-se para acabar logo com aquela confusão, Sttanlik tirou de seu bolso uma moeda de ouro e jogou em direção a Rifft.

— Aqui está, meu senhor, isso deve bastar. Peço desculpas em nome dela.

Rifft sorriu, pegou a moeda e o assunto já se encerraria ali. Mas em Dandar, as coisas não se resolvem tão facilmente.

— Taberneiro — gritou com voz grave e maliciosa um dos guardas recém-chegados. — Volte para seu estabelecimento, temos agora contas a acertar com esses dois.

— Mas está tudo resolvido. Veja, o garoto já me pagou o que ela devia — Rifft levantou a moeda e deu uma mordidinha para provar sua autenticidade. — Podem ficar tranquilos — apesar de ser um homem duro e bruto, o taberneiro fez um esforço para parecer simpático.

— Taberneiro...

— Rifft — interrompeu o taberneiro com as volumosas bochechas ardendo de raiva.

— O quê? — fez-se de inocente, o guarda.

— Não finja que não sabe meu nome, Lanigrá! Lembre-se de que, antes de se tornar um integrante da bosta da guarda da cidade, eu matei muitas vezes a sua fome! Ou será que esqueceu que eu era o único que ainda aceitava vender fiado para sua mã...

— Se quiser discutir leis com homens da guarda de Dandar, fique à vontade, mas agora tenho de prender essa garota — interrompeu-o, por sua vez, Lanigrá, fingindo que não escutava o que o taberneiro dizia, mas não pôde impedir suas bochechas de corarem. — Nós a levaremos a julgamento e, se for condenada, vamos pendurar seu corpo decapitado no portal da cidade, para servir de exemplo a todos os caloteiros que ousarem pisar neste território sagrado — deu um sorriso zombeteiro. — Entenda, homem, estamos protegendo as pessoas comuns e honestas, como você.

Rifft ainda tentou dialogar, mas foi silenciado por uma porretada na nuca, sua forma física avantajada evitou que desmaiasse, no entanto ficou zonzo na hora, vendo pontos brilhantes diante de seus olhos.

— Nunca questione uma autoridade, eu disse que ela vai conosco! Parece que não sabe com quem está falando?! A segurança desta cidade é minha responsabilidade! — o olhar de Lanigrá era brutal, um homem enorme, com rosto anguloso e um pescoço grosso que denunciava sua força. Era o único dos homens da guarda que não usava uma armadura branca, a dele era azul. Em sua testa, um diadema com filigranas se afundava em seus cabelos curtos e loiros, parecia até apertada demais, como uma "coroa de flagelo", usada por torturadores para extrair informações de suas vítimas. Em contraste à delicadeza da joia, as manoplas de sua armadura possuíam espetos afiados em cada articulação. Às suas

Capítulo 15 – Reencontro

costas, uma enorme espada de duas mãos repousava em uma cintilante bainha cravejada de diamantes.

Sttanlik o encarou por um tempo e, quando os olhos azuis do homem se encontraram com os seus, forçou-se a se manter firme, mas por fim desviou o olhar, não querendo aumentar a ira do chefe da guarda de Dandar.

– Você, garoto... estou de bom humor hoje, portanto, vou ignorar que empunhou armas nas ruas da minha cidade, guarde essas espadinhas e vá embora! Já praticou sua boa ação do dia, deixe que nós cuidemos da garota – Lanigrá fez um gesto desdenhoso com a mão para Sttanlik, como se ele fosse uma mosca o incomodando na hora do jantar.

Com a gritaria, janelas foram abertas, curiosos amontoavam-se para ver o que estava acontecendo, pessoas saíam das tabernas e hospedarias aos montes, desejando assistir à discussão, mas ninguém fazia menção de se aproximar.

Rangendo os dentes de raiva, Sttanlik disse:

– Deixe-a em paz, eu já paguei o que ela devia – soou mais nervoso do que tinha intenção, e apertou o punho das espadas com força, pois sabia que aquilo não seria facilmente resolvido. O fato de Mig ser uma princesa, parecia lhes interessar de alguma forma.

– Este galante cavalheiro já quitou minhas dívidas, parai de ofender a honradez de uma princesa, senhores, ou as consequências serão fatais! – a garota girou seu bastão e o apontou para os homens, em uma clara ameaça.

Os 12 guardas, que os cercavam, esperaram apenas um sinal de seu superior, que não tardou a vir.

– Matem o garoto e tragam viva a "princesa"! – a última palavra foi dita com o máximo de desdém que foi capaz de demonstrar.

Sttanlik respirou fundo, 12 homens bem armados o cercavam e a única ajuda que teria era a de uma garota de pouco mais de um metro e meio... isso se ela o ajudasse!

Entretanto, para o espanto de todos, foi ela quem tomou a iniciativa. Empurrando Sttanlik para o lado, golpeou o guarda mais próximo com seu enorme bastão, em cheio na testa. A força do golpe foi tanta, que a testa do guarda afundou e ele caiu morto na hora, com sangue a escorrer pela boca e pelo nariz.

– O próximo a se aproximar não terá tanta clemência – ameaçou Mig. – Juro que não matarei mais ninguém na hora, mas os aleijarei, e o máximo que poderão fazer será implorar por esmolas – fez uma careta de nojo. – Como os pedintes que vi se acumularem pelas ruas desta cidade. Tens de controlar mais teu povo, "Latrina", digo, Lanigrá!

O olhar selvagem da garota intimidou a todos por alguns instantes, mesmo vendo seu companheiro ser morto, os outros guardas não tiveram reação. Sttanlik ficou pasmo com a habilidade e força que aquela pequena princesa possuía.

– Avancem! – gritou Lanigrá. Uma veia saltada em sua testa denunciava o quanto estava nervoso, seu rosto tornara-se vermelho como se fosse explodir.

Seus homens obedeceram sem pestanejar.

Cinco tomaram a dianteira e tentaram atingir Sttanlik, que, mesmo de forma desajeitada, conseguiu desviar-se dos golpes aparando uma lâmina que tinha como endereço seu pescoço. Mig realizava acrobacias e giros dignos dos pantomimeiros do sul, que gostam de encenar grandes batalhas da história de Relltestra. Seu bastão golpeava sem dó quem quer que ousasse se aproximar.

Os guardas fizeram uma roda, Sttanlik e Mig ficaram de costas um para o outro. Mantinham-se firmes e aparavam alguns golpes que vinham em sua direção.

– O que vamos fazer, princesa? – perguntou Sttanlik sentindo-se nervoso. Não havia como essa luta terminar bem, seriam mortos, ou então presos, que resultaria em suas mortes de qualquer forma.

– Simples, vamos acabar com eles – a garota sorria.

– Mas como?

– Matando um a um. Diz-me, tu não tinhas um companheiro?

Somente nesse momento é que Sttanlik se perguntou onde estaria Paptur. Essa era a hora que mais precisava de seu amigo. "Será que ao ver o que acontecia, ele fugiu?", ponderou.

Não teve tempo de pensar mais em nada, pois um dos guardas avançou sobre ele. Defendeu-se como pôde, cruzando suas espadas, parando a lâmina inimiga a poucos milímetros de seu nariz, perto o bastante para poder sentir o aroma do óleo que foi usado para impedir que o aço enferrujasse. O homem tentou acertá-lo com um chute, mas Sttanlik foi mais rápido puxando uma das espadas e, com um bote, enfiou a lâmina entre as articulações da armadura de seu adversário, logo acima do joelho. Enquanto o guarda tombava, Sttanlik aproveitou a chance para cravar a espada na boca dele, a lâmina entrou fundo como se ele a engolisse. Foi obrigado a fazer um giro para libertar sua arma do buraco inundado de sangue que a garganta do soldado se tornou. Sorriu satisfeito, a sede de sangue das espadas precisava ser saciada, e ele era o instrumento para isso.

Ao seu lado, Mig atingiu um homem no pescoço e ele caiu sufocado, arfando desesperadamente em busca de um ar que se recusava a entrar em seu corpo. O seguinte a se aproximar, ela golpeou com a ponta do bastão em cheio na boca, quebrando todos os seus dentes. Ajoelhou-se cuspindo sangue, com seus olhos escuros arregalados. A absurda velocidade com que ela golpeava era chocante, ninguém conseguia se aproximar o suficiente para acertá-la e, a cada golpe brutal, a garota se deleitava. Parecia que não eram somente as espadas de Sttanlik que tinham sede de sangue.

Um a um, os guardas da cidade tombavam, como meros bonecos de treino. Sttanlik e Mig atingiam pescoços e faces, sangue jorrava pelo ar tal qual uma chuva escarlate enviada pelos mais violentos deuses de outrora.

Ao final, restaram cinco de pé, o chão de terra batida estava grudento, pegadas vermelhas espalhavam-se de forma circular, como se um ritual sangrento estivesse sendo executado. As pessoas que observavam a cena levavam as mãos à boca, espantadas ao ver aqueles em quem confiavam sua segurança caírem como amadores vulgares.

Os cinco guardas restantes avançaram como uma massa bruta única, um pequeno exército. Seus golpes eram sincronizados e não deixavam brechas para contra-ataque. Sttanlik recebeu um golpe circular de raspão na altura do bíceps e soltou um grito doloroso. Mig foi

Capítulo 15 – Reencontro

atingida com o punho de uma espada no rosto e também gritou, não de dor, e sim de ódio. Cambaleou para trás e caiu sentada. O homem que a acertou, ergueu a espada com as duas mãos acima da cabeça, avançando, e quando a grande lâmina começou a descer, algo aconteceu. Ele arregalou os olhos e tentou gritar, mas em vão. Caiu sem vida em cima da garota.

Uma flecha o atingira na nuca, com força suficiente para atravessar a garganta.

Sttanlik conseguiu olhar de lado a tempo de ver o homem tombando, ouviu o som de um apito sutil e familiar. Sorriu aliviado. Paptur finalmente chegara.

Correndo com o arco na horizontal e com uma flecha já preparada, Paptur alcançou Sttanlik.

– Você é louco, mas eu não ia deixá-lo morrer. Temos muito que conversar, se sairmos vivos daqui – a expressão séria no rosto do arqueiro era de apavorar.

Mas Sttanlik pareceu não prestar atenção na reprimenda.

– Obrigado – disse, feliz por estar recebendo a ajuda de seu amigo.

– Agradeça-me depois, se sobrevivermos! – mostrou os dentes em um sorriso maldoso. Secretamente, Paptur estava adorando a bagunça, fazia bastante tempo que não se envolvia numa briga dessas.

O guarda que estava indo para cima de Sttanlik se virou e resolveu atacar Paptur, que com um golpe estranho e impensável ergueu a flecha que carregava, cravou-a no olho do homem e puxou, o globo ocular ficou preso na fina ponta de metal afiado. Sua vítima gritou e caiu se contorcendo como peixe fora d'água. O olho ainda "adornava" a ponta da flecha quando o arqueiro a encaixou no arco, deu um giro e a arremessou, acertando em cheio a testa de outro guarda, fazendo-o tombar feito uma árvore cortada.

– Isso é o que eu chamo de terceira visão! – brincou Paptur. – Péssima essa – repreendeu a si próprio no mesmo instante em que se inclinava para trás, evitando que uma espada acertasse seu rosto. – Sttan...

Não precisou falar mais. Sttanlik cruzou as duas espadas pelo pescoço do guarda cuja cabeça voou na direção de Mig, que com o bastão a rebateu, fazendo com que rolasse até os pés de Lanigrá, petrificado em seu lugar, com os punhos cerrados devido à impotência que sentia. Olhou para a cabeça de seu companheiro no chão, parecia gritar de dor, com a boca arreganhada.

– Não é possível... – disse em um sussurro.

O último dos homens olhava abismado para aqueles três que mataram todos os seus companheiros e tremia como uma criança assustada. Sem conseguir se controlar, urinou nas calças. Pegou uma espada caída no chão e, agora com duas armas, escolheu seu alvo, Paptur. Então, avançou como quem não tem mais nada a perder. Sua escolha não poderia ter sido mais infeliz. Um vulto negro passou por seu rosto rasgando a pele, deixando três feridas vertendo sangue, da testa até a boca. Foi a vez de Ren ajudar.

Em seguida, a águia deu um giro no ar e pousou na ombreira de Paptur. Antes de entrarem nos limites da cidade, Paptur tinha feito com que Ren se afastasse, uma águia rara como ela chamaria muita atenção em um local tão populoso. Sem dúvida, mercadores de animais tentariam convencer o arqueiro a vendê-la, ou coisa pior. Felizmente, ela não gostava de se distanciar tanto de seu companheiro e conseguiu chegar a tempo de impedir que fosse atacado.

O homem ferido estufou seu peito, rangendo os dentes de ódio e atirou uma das espadas na direção de Ren, que Mig rebateu com o bastão e partiu para cima dele. Espada contra bastão, golpes eram aparados, lascas de madeira voavam. A garota se irritava cada vez mais, tão grande era seu amor por sua arma.

– Vais pagar por isso, verme!

Por mais algum tempo, a luta continuou, e com um golpe direto a ponteira de cobre do bastão acertou a genitália do guarda, que sem forças, caiu de joelhos.

Friamente, Mig deu dois passos, ficou à frente de sua vítima e ergueu com a ponta do dedo indicador o rosto do pobre coitado, que tinha o rosto contorcido pela agonia.

– Tua armadura não evitou de perderes para uma garota, implore por misericórdia e lhe será concedida. Mas saibas que falarás fino por muito tempo.

O homem com os olhos cheios de lágrimas mordeu o lábio inferior, tentando se conter, mas por fim gritou:

– Sim, sim. Misericórdia!

As pessoas ao redor começaram a rir, a cena era inegavelmente cômica. Mas, de repente, calaram-se, quando vindo de lugar nenhum, um grande machado de duas pontas acertou o guarda na testa, abrindo-lhe a cabeça e a deixando como um coco partido ao meio.

Todos se viraram para ver quem tinha arremessado a poderosa arma, e, para a surpresa geral, não eram reforços da guarda de Dandar, e sim dezenas de homens vestidos com roupas de couro cozido, barbas enormes e armados com alabardas, manguais e machados. Liderando essa força mortal, dez homens caminhavam de forma imponente com mantos vermelhos e empunhando espadas com inúmeras gravações em ouro. Era a Guarda Escarlate.

O homem que atirou o machado se dirigiu ao corpo caído, apoiou o pé no peito do cadáver e puxou o cabo ensanguentado, agitou para limpá-lo e se juntou a seu grupo.

– Uma morte digna de um covarde de merda! – desdenhou, fazendo seus companheiros bárbaros explodirem em uma gargalhada selvagem.

Um dos integrantes da Guarda Escarlate adiantou-se, trajando uma belíssima armadura prateada com o símbolo de Tinop'gtins gravado a ouro na placa do peito. De cabelos curtos em tom acobreado e rosto muito bem barbeado, destacava-se como o mais bem-cuidado dos presentes. Seus firmes olhos castanhos analisaram todos ao redor. Finalmente, abriu os braços e iniciou seu discurso:

– Bom dia, cidadãos de Dandar. Eu, Turban, segundo-tenente da Guarda Real de Tinop'gtins, irei pronunciar algumas palavras em nome de meu, digo, nosso rei Bryccen. A partir de hoje, Dandar será um ponto estratégico. Uma guerra está por vir, mas não há razão para alarde, pois estamos aqui para protegê-los! Homens que se dizem reis levantam-se em armas, preparam um ataque na surdina, ameaçando a paz que meu senhor tanto se esforça para manter. Como centro de Relltestra, Dandar será agora comandada por nós, enviados do único rei verdadeiro de nosso continente – olhou para os corpos espalhados pelo chão.

– E o que acabo de ver, a vergonhosa demonstração de fraqueza de sua guarda, confirma

Capítulo 15 – Reencontro

que chegamos a vocês em boa hora. Como anjos, viemos em seu auxílio, e sob nossas asas podem esperar prosperidade e segurança. Estamos retornando de Sëngesi, de uma bem-sucedida repressão a uma perfídia. Um povo tombou ante a tentativa de negar a nós, os verdadeiros representantes do rei, o que é nosso por direito. Detalhes de nossa ação em breve serão revelados a todos vocês em um comunicado especial, redigido pelas minhas próprias mãos, como prova de meu respeito pelos habitantes desta cidade! O que nos importa agora é que não serão permitidas situações embaraçosas, que fogem completamente ao poder da lei como essa de hoje, e eu, como novo governante destas terras abençoadas, condeno esses dois rapazes à morte. A garota será levada a interrogatório. Espero que no futuro não tenhamos mais de agir com força contra um povo tão digno e temente aos anjos.

Turban cruzou os braços na altura do peito e pareceu esperar uma salva de palmas, como ninguém se manifestou, fez um gesto com a cabeça, indicando que seus homens atacassem.

Como uma onda vindo violentamente contra a terra, os homens avançaram, cercando Sttanlik, Paptur e Mig. Às suas costas, Rifft se ergueu de forma imponente.

– Deixem-nos em paz, o problema que acontece aqui não diz respeito a estrangeiros, voltem para o sul de onde pertencem e arranjem briga por lá – rosnou.

Por trás da parede de homens sedentos por sangue, Turban respondeu em forma de ameaça:

– Aqueles que questionarem nossa conduta serão considerados traidores e executados juntamente com esses baderneiros. Creio que deixei claro que esta cidade agora é colônia de Tinop'gtins e vocês responderão a mim. Caso queiram apresentar alguma queixa, esta é a hora, garanto que será ouvida. Não quer dizer que será atendida – disse baixinho, para si mesmo.

Com exceção de Rifft, ninguém teve coragem de questionar aquelas palavras, alguns murmuraram seu descontentamento, mas, por razões óbvias, não quiseram se juntar à briga.

– Bando de covardes, virarão escravos desses bufões? – indignou-se Rifft. – Pois bem, apesar das diferenças com esses jovens, prefiro morrer ao lado de quem tem coragem, do que conviver com um povo medíocre e medroso.

Sttanlik ficou impressionado com a atitude daquele que, até há pouco, considerava inimigo e acenou com a cabeça. Rifft ergueu sua lança e girou-a, o silvo cortante fez com que alguns bárbaros dessem um passo para trás.

Sttanlik, Paptur, Ren, Mig e agora Rifft postaram-se lado a lado, cada um com sua arma pronta para tirar a vida de quem ousasse enfrentá-los. Os bárbaros avançavam em passos lentos, lambendo os lábios como predadores prontos a atacar suas presas.

– Última chance de evitarem um massacre, prometo-lhes uma morte rápida, caso se entreguem agora! – berrou Turban, se esforçando para que sua voz fosse ouvida acima dos grunhidos alucinados dos bárbaros.

– Tuas bravatas de nada adiantam, ó ignóbil ser! – respondeu Mig à ameaça e lançou um olhar ferino na direção de Turban. – Seremos vitoriosos hoje, e prometo arrancar teu escalpo como lembrança de que não se deve desafiar o poder de Muivil.

Turban sorriu sem dizer nada, mas algo chamou sua atenção e apontou para além de Mig. Ela se virou para ver o que ele indicava e um fino dardo acertou-lhe em cheio na jugular. A garota soltou um leve gemido e por um momento ficou imóvel, piscou duas vezes lentamente e puxou o projétil de seu pescoço. Analisou o que a atingira antes de tombar inconsciente.

Sttanlik tentou impedir que Mig caísse no chão e a segurou, conseguindo evitar que ela batesse a cabeça, abraçou seu corpo com força e se voltou para quem atirou o dardo.

Um cavaleiro de armadura completamente preta, sem nenhum símbolo ou adorno, estava imóvel com uma zarabatana de cobre numa das mãos. Seu elmo, com a forma de uma cabeça de lagarto, estava com a viseira abaixada, ocultando seu rosto, salvo por uma fenda estreita que revelava sua boca. À luz do sol, destacavam-se dentes pontiagudos em um sutil sorriso repleto de maldade, quase venenoso. Apontou para Mig e anunciou com uma voz rouca e baixa.

— Doze dias! — juntou-se à multidão que agora se aglomerava nas ruas e sumiu como se nunca tivesse existido.

Turban tomou a palavra.

— O que meu grande amigo Diamago, o Cavaleiro Sem Alma, quer dizer é o seguinte: a princesa tem 12 dias de vida. Esse dardo que a perfurou contém uma gota de veneno de marminks, diluída para que o efeito seja mais lento, mas, obviamente, não menos doloroso — regozijou-se. — Agora vocês têm de decidir, lutar com meus homens e condenar a princesa, ou se entregar e deixar que ela seja salva.

Paptur abaixou-se ao lado de Sttanlik.

— Vamos lutar, eles nos matarão de qualquer forma. Pelo menos levaremos alguns deles conosco.

— Vamos nos entregar em troca do antídoto! — disse Sttanlik, sem desgrudar os olhos de Mig.

— O tempo agora é precioso, meus jovens! Se aceitarem a rendição, prometemos que haverá esperança para sua amiga. Do contrário, todos vocês perecerão — o controle que tinha em suas mãos não deixava Turban esconder seu contentamento.

Rifft, que até o momento estava imóvel, cuspiu no chão. Apontou sua lança para Turban e avançou, batendo de frente com os bárbaros. Conseguiu cortar a garganta de dois homens antes de começar a ser espancado. Porretes, socos e chutes o acertavam por todos os lados, a lâmina de um machado cortou seu rosto e ele ficou cego com o sangue que jorrava do corte.

— Fujam, levem a garota. Eu os detenho — gritou ele como pôde.

A atitude inesperada do taberneiro fez com que Paptur se levantasse e partisse em seu auxílio, mas ao desviar de um golpe de alabarda, foi atingido por uma pedra no rosto. Ficou tonto e caiu de joelhos. Ren alçou voo e cravou suas garras nos olhos do homem que atirou a pedra em seu amigo. Paptur, ainda zonzo, estalou a língua e a águia ergueu-se aos céus e desapareceu rapidamente na imensidão turquesa.

Sttanlik colocou Mig cuidadosamente de lado e, ao tentar se levantar, um chute acertou-lhe a boca, tão rápido que não viu de onde veio o golpe. Caiu de costas no chão com a

Capítulo 15 – Reencontro

boca cheia de sangue. Esforçou-se para se pôr de pé, mas o homem pisava em sua barriga, e o ar rareava. Uma enorme dor quase o fizera perder a consciência.

Enquanto o mundo escurecia, ouviu uma voz gritar por sobre a comoção que o cercava:

– Parem, eles são meus!

Brigando por ar, Sttanlik tentava focar sua visão em quem gritara, mas o mundo estava turvo e borrado, apenas conseguiu enxergar os homens de armaduras com elmos lisos, que vira no Templo do Deus Verdadeiro, conversando com Turban.

Paptur estava com a mão na testa onde a pedra o atingira, a dor era lacerante. Ao seu redor, os bárbaros permaneciam imóveis, com suas armas a postos, somente à espera de um sinal para acabar com a existência de seus adversários, assim como os integrantes da Guarda Escarlate. Rifft estava caído ao seu lado, mordendo o interior de sua boca até sangrar, tamanho seu ódio. A dor do profundo corte que dividia sua testa em duas não o incomodava. Ele não gemia nem gritava.

Turban continuava a conversar com os dois homens e, por fim, consentiu com a cabeça. Aproximou-se, seguido de seus companheiros, dos feridos.

– Meus amigos, ainda não perceberam que a resistência é inútil? Ofereci-lhes uma morte rápida e tudo o que fizeram foi negar minha piedade, agora vamos ter de purificar suas almas pela dor. Estes dois ao meu lado são assassinos frios contratados, com o único propósito de trazer a dor àqueles que merecerem. Bem, no caso, vocês! Em Sëngesi, neguei-lhes sangue por ordens de meus superiores. Não se poderia derramar sangue por lá. Ainda bem que estamos em Dandar, não é?

Desembainhou sua espada e, com a ponta, ergueu o rosto de Rifft.

– Você sobreviverá, para levar a princesa a Muivil. Avisará o pai dela, o rei, que, se ele quiser o antídoto para o veneno que corrói sua filha, terá de pagar 50 mil asas de ouro para Tinop'gtins e enviar mil soldados montados para Sellpus. Esses serão os termos para que a vida dela seja poupada. E para não dizerem que somos cruéis, poderá pegar meu cavalo para seguir rapidamente até seu destino. Você tem sete dias para completar sua missão!

Afastou-se e disse por cima de seu ombro:

– Homens, amarrem esses imbecis, levem-nos para fora dos limites da cidade e deixem que nossos amigos aqui façam seu trabalho. E carreguem também as armas deles, meus amigos pediram para matar cada um com sua arma correspondente.

Em seguida, colocou uma mão no ombro de cada um dos assassinos.

– Aproveitem a oportunidade, meus amigos! Façam com que sofram como ninguém jamais sofreu.

Partiu sem olhar para trás, seu manto carmesim esvoaçando às suas costas, como as penas de uma ave em pleno voo. Ninguém da cidade teve coragem de olhar diretamente para os homens da guarda, muitos voltaram à sua rotina, enquanto outros começaram a rezar pela alma dos condenados.

Apesar de tentarem resistir, Sttanlik e Paptur estavam subjugados, suas mãos amarradas às costas. Foram erguidos e obrigados a caminhar para fora da cidade, levavam chutes e socos enquanto andavam. Rifft foi forçado a carregar Mig nos ombros e lutava para se manter de pé.

Uma vez fora dos muros de Dandar, ordenaram-lhes a ficar de joelhos e aguardar seu destino. Paptur fulminava cada um de seus captores com o olhar ensandecido, sua alma ardia com um ódio sem limites. Sttanlik, por sua vez, mantinha a cabeça baixa, rezava para não sofrerem muito e sentia-se um tolo por ter aceitado sair de sua casa por causa de uma voz desconhecida. Amaldiçoou seus instintos por apontarem-lhe o caminho de sua própria destruição.

Algum tempo se passou até que o cavalo fosse trazido a Rifft. O taberneiro foi obrigado a montar no musculoso garanhão de pelo acobreado, o mesmo que Sttanlik e Paptur tinham visto sendo escovado nos estábulos onde deixaram seus cavalos. Mig, ainda inconsciente, foi colocada às suas costas. Um dos bárbaros bateu com a espada no cavalo e o animal disparou loucamente, rápido como uma flecha. Rifft tentou falar alguma coisa, mas não pôde ser ouvido. Em poucos segundos, cavalgava, deixando nacos de terra orvalhada em seu rastro.

Com um movimento desdenhoso de mão, o maior dos homens de armadura dispensou os bárbaros, jogou duas moedas de ouro na direção deles.

— Vão beber alguma coisa por minha conta. Agora, vamos fazer o que quisermos com esses dois — a voz era rouca, como se custasse a sair.

Loucos para se livrarem do trabalho, os bárbaros partiram sorrindo e passaram a cantar uma canção em sua língua, alguns cuspiram no chão e gargalharam.

Era a hora de Sttanlik e Paptur enfrentarem seus destinos, viam suas armas nas mãos dos dois homens e não podiam acreditar que seriam mortos por elas, uma ironia cruel. Os homens apontaram para o matagal que se abria atrás deles e fizeram os dois adentrarem a mata. Conseguiram, mas não sem resistência. Uma vez bem distantes dos muros, mandaram os dois se sentarem na relva.

Sttanlik mantinha a cabeça baixa, aceitara sua morte, não havia mais o que fazer. Mas isso não o impedia de que a esperasse com tristeza, pensando em quanta coisa não vira no mundo, o tanto para ser descoberto, e não teria chance. Todo esforço que fez desde que saiu de sua casa tinha sido em vão.

Paptur, por sua vez, jogava inúmeras ameaças contra os dois, seus dentes rangiam. Não suportava perder a vida sem luta, queria ao menos ter a chance de oferecer uma boa briga.

O maior dos dois homens pôs a ponta de uma das espadas de Sttanlik em seu queixo, Tentou fazê-lo erguer o rosto, o rapaz se negou.

— Acabe logo com isso, imbecil — esbravejou e cuspiu o sangue que se acumulava na sua boca.

— Mantenha sempre os olhos naquele que aponta a arma para você. Aquele que desvia o olhar, morre! — o homem sorriu.

Os olhos de Sttanlik encheram-se de lágrimas, conhecia aquela frase. Olhou para o rosto que o ameaçava.

Nesse instante, o elmo foi retirado. Os dois fitaram-se, impossível dizer o quanto foi dito com essa troca de olhares. Simplesmente, quem estava à sua frente era Jubil, seu irmão.

Capítulo 16
A DERRADEIRA CANÇÃO

Antes de voltar a seu acampamento, Yuquitarr orientou Pous a pegar um cavalo e ir atrás de Cabott. Sua missão seria achá-lo, onde quer que tivesse se metido, e rumar com ele para As Três Moradas, a fim de ajudar Vanza em sua missão. Fiel como sempre, o enorme cavalariço não questionou suas ordens e, após uma curta despedida, partiu, com a promessa de ser bem-sucedido.

Agora chegara o momento de Yuquitarr enfrentar o "grande problema", do qual Pous o havia alertado. Ele tinha uma boa ideia do que era esse problema, mas ele se mostrou ser mais espinhoso ainda!

Já no acampamento, pôde vislumbrar o perigo. Mais de uma centena de homens rendiam sua tribo, apontavam armas e ameaçavam aqueles que ousassem se mover. A maioria carregava tochas, o que tingia o ambiente todo com um tom âmbar. Tudo o que a luz bruxuleante das tochas não tocava, permanecia no mais completo negrume. A noite chegara e servia de camuflagem para mais algumas dezenas de homens que Yuquitarr sabia que se escondiam pelo denso bosque.

Avançou com calma e passou por todos dando a impressão de que nada estivesse acontecendo, ignorou ameaças como se não as escutasse, tinha rumo certo e não olharia para os lados. Pela serenidade que demonstrava, parecia fazer uma caminhada por planícies verdejantes em uma manhã primaveril.

Um jovem soldado, com um curto manto escarlate, estava gritando com uma mulher grávida, apontava a espada para seu pescoço, cuspindo ameaças caso não parasse de chorar. Ela implorava por sua vida, pedia misericórdia para a tribo: "Somos um povo pacífico", dizia entre volumosas lágrimas. O homem gargalhou e ameaçou dar-lhe um soco no rosto. Seu avanço foi impedido por Yuquitarr, que com um bote rápido enfiou a mão em sua boca, deixando somente o polegar de fora.

– Seu verme, não ouse ameaçar ou agredir algum membro de minha tribo! – rosnou o líder yuqui.

O soldado tentou falar alguma coisa. O susto foi tamanho, que nem ao menos pensara em golpear seu agressor com a arma. Seus olhos buscavam alguém para pedir ajuda, mas todos se aquietaram, pois uma imponente voz, que Yuquitarr conhecia muito bem, os impediu.

— Ninguém se mova.

Yuquitarr apoiou a mão livre no peito do soldado, travou seu aperto, cravando o polegar sob seu queixo e puxou a mão, que estava em sua boca, fazendo força, até que com um estalo seco arrancou-lhe a mandíbula. O soldado caiu, com sangue vertendo de sua "meia boca", enquanto sua língua pendia sem vida no chão.

— Novato idiota! — Yuquitarr jogou por sobre o ombro direito a mandíbula ensanguentada.

O dono da voz imponente gargalhou, batendo palmas. Yuquitarr foi cumprimentá-lo.

— Pode me explicar o que faz aqui, Kalyo Pés Ligeiros? — perguntou, enquanto limpava na calça a mão cheia de sangue e saliva.

Kalyo era um homem alto, tinha a aparência de um cabide de capas, com seus ombros largos e seu corpo magro. O rosto possuía vincos enormes, sem muito sucesso tentava escondê-lo com uma barba rala, que terminava pontuda e deveria medir uns dez centímetros. Trajava uma armadura completa, toda de tom avermelhado e com uma ponta de lança, o símbolo de Tinop'gtins, cravejada de safiras no peito. Trazia seus cabelos, cor de palha, compridos e trançados até quase a cintura, ao contrário de todos os outros membros da guarda que os mantinham curtos e cuidados.

— Ora, um velho companheiro não pode vir fazer uma visita sem ser questionado? — Kalyo estendeu a mão esquerda a Yuquitarr, mas logo a recolheu. — Desculpe, mas não quero sujar minhas mãos com sangue. Que belo espetáculo! — indicou com a ponta da barba o corpo de seu companheiro de guarda. — Esse novato mereceu o que teve, eu disse para que ninguém fosse violento com sua tribo, peço desculpas em nome dele.

Sem demonstrar nenhum humor, Yuquitarr sorriu e olhou ao redor.

— Posso saber o que significa isso? Que leis infringimos para ser ameaçados pela guarda?

— Nenhuma lei, espero. Procuro algo e gostaria de saber se não pode me ajudar, Selur. Ou devo chamá-lo de Tabu, o alquimista da Guarda Escarlate?

Tantos anos transcorreram desde que ouvira esse nome pela última vez. Yuquitarr esperava que essa parte de sua existência já estivesse esquecida, lutou para apagar tudo o que se relacionava a essa época de sua vida. Mas o passado nunca morre.

— Agora me chamo Yuquitarr e gostaria de ser chamado assim até o fim de nossa conversa. Venha à minha cabana, precisamos falar em particular.

Kalyo gritou para que seus homens abaixassem as armas e se reunissem em um canto. Depois, seguiu Yuquitarr até sua iurta. O interior estava quase todo escuro, apenas duas agonizantes velas de cera de abelha, de um candelabro sobre a mesa, soltavam uma luz vacilante, ao lado do jogo de tabuleiro sem solução de Yuquitarr.

Kalyo sorriu e soltou um comentário.

— Vejo que, mesmo vivendo entre os selvagens, ainda gosta de luxo, Selur, digo, Yuquitarr. Aliás, por que esse nome, Yuquitarr? O que quer dizer tarr na língua dos selvagens?

Capítulo 16 – A derradeira canção

Sem responder à pergunta, Yuquitarr sentou-se com as pernas cruzadas em uma grande almofada bordada e fez um gesto para Kalyo acomodar-se também. Serviu hidromel de uma jarra em dois cornos.

– Quer dizer "chefe". Mas a que devo o "prazer"? E não se utilize de subterfúgios, sabe que odeio conversas pouco objetivas – acendeu um pequeno candeeiro de estanho e pôs na sua frente.

– Rapaz, que criativo: "chefe yuqui"! Estou impressionado! Mas o que mais me admira é que você ainda é impaciente, mesmo depois de... Quantos anos faz desde nosso último encontro? – Kalyo tomou um trago de hidromel e soltou um suspiro de surpresa. – Que bela bebida! Sua tribo é que faz esse néctar dos anjos?

– Décadas... e esperava nunca mais o ver. Sabe que me destituí da guarda há setenta anos por motivos pessoais e ainda fui condecorado ao ser dispensado de meus serviços.

– Sim, eu me lembro. Após a guerra, você se recusou a ficar de joelhos ante nosso misericordioso rei Bryccen I. Disse que ia atrás do louco Perkah – Kalyo fez uma cara de nojo zombeteira. – A única vantagem que tivemos por conta daquele lunático foi a imortalidade. Coisa boa, concorda?

– Como respeitaria um homem que vivia bebendo ao meu lado em tabernas? Eu não jurei fidelidade a Bryccen porque ele não era um rei verdadeiro. Já Perkah, o era. Quando abandonou o trono, não vi mais razões para defender Tinop'gtins. Minha palavra foi dada a ele, e somente a seus descendentes poderia transferir meus votos. E quanto à imortalidade, é uma maravilha, se você tiver paz e sua família e seus amigos não forem ameaçados por ninguém. Mas diga logo o que quer, Pés Ligeiros – nervoso, Yuquitarr apertou seu corno e o rachou, vazando hidromel por toda a sua mão, que ele limpou na camisa.

Os olhos azuis de Kalyo eram espertos e analíticos, observando-o por um longo tempo. Por fim, retirou seu manto vermelho e o pôs de lado, desembainhou sua espada.

– Isso lhe é familiar, "senhor"?

O olhar de Yuquitarr foi desdenhoso, mascarava perfeitamente o quanto estava espantado, a lâmina que um dia viu com não mais do que uma vintena de gravações era agora negra, o grau mais elevado que um integrante da Guarda Escarlate poderia alcançar. Somente o primeiro homem a vestir o manto carmesim obteve tal nível. Yra'r foi o único a tirar mais de mil vidas sob o juramento de Tinop'gtins.

– Lâmina negra... parabéns! Quer que eu dê uma festa em comemoração? – Yuquitarr tentou soar brincalhão, mas de tudo o que podia esperar, essa era a última coisa que desejava ver. Kalyo Pés Ligeiros foi um de seus aprendizes quando ainda era Selur, o chefe da Guarda Escarlate. Kalyo era um espadachim competente, o mais rápido que Yuquitarr já tinha visto, por isso o apelido. Mas, com exceção da rapidez, não tinha uma habilidade a ser destacada. Muita coisa realmente aconteceu desde que aposentara seu manto.

– A mim, bastará saber duas coisas: onde está o garoto e o que é feito da espada de Seallson – a expressão no rosto de Kalyo era a de uma fera prestes a atacar, apertava firme a empunhadura da espada e suas articulações embranqueceram-se.

– Que garoto? E quem é Seallson?

Kalyo levantou-se de um pulo e aproximou a lâmina escura do pescoço de Yuquitarr, este manteve seu olhar calmo. "Se fraquejar, saberá que estou mentindo, preciso ser forte. Kalyo sempre foi muito astuto", pensou o líder dos yuquis.

– Você me tem por idiota? Achamos o corpo recém-enterrado de Seallson, fizeram um bom trabalho escondendo a cova rasa com folhas secas, mas sabe que, quando queremos algo, nós conseguimos. Agora me responda! Onde está?

– Se o seu problema é uma espada, eu tenho muitas guardadas por aqui, pode pegar a que quiser e ir embora. Porém, se quer um garoto, terá de ir procurar em outro lugar, aqui só temos yuquis puros-sangues, posso lhe garantir – um assustador sorriso selvagem surgiu por trás da enorme barba de Yuquitarr.

Kalyo piscou lentamente e se afastou, embainhou a espada e fez um sinal para que Yuquitarr não se movesse.

– Tragam o menino! – gritou.

Sete homens adentraram na iurta, todos vestiam mantos da guarda. Um deles trazia um saco puído nos ombros que jogou no chão, e um dolorido gemido agudo foi ouvido. Desamarrou o saco e de dentro saiu Mitary, o irmão mais novo de Cabott. Yuquitarr achava que ele tinha ido caçar. O pobre menino, de uns 11 anos, estava coberto de sangue e seu corpinho magro tremia fortemente. Fitou Yuquitarr, seu olho estava inchado e com um enorme hematoma arroxeado, e começou a chorar.

– Desculpe-me, mestre, tentei evitar, mas me torturaram. Perdão por desapontá-lo.

Torturar um membro de sua tribo, era ir longe demais. Yuquitarr se conteve, mas não poderia deixar que uma afronta dessas passasse em branco. Contudo, o mais importante era saber o que o garoto contou.

– Agora a Guarda Escarlate espanca crianças? Ainda bem que abandonei essa insanidade – falou calmamente, deixando que cada uma das palavras se afiasse ao sair de sua boca.

Kalyo soltou uma risada pelo nariz e pôs a mão no ombro de Mitary.

– Selvagens são selvagens, não importa a idade. Somente demonstro respeito por você porque um dia o chamei de amigo, chefe yuqui. Este garoto estava bisbilhotando a ação de meus homens, portanto mereceu o que levou. Mas, se isso lhe serve de consolo, ele desfigurou o rosto do homem que o capturou, o qual está sendo tratado por nossos curandeiros, e creio que nem a própria mãe vai reconhecer aquele desgraçado – passou a gargalhar como um desvairado.

Yuquitarr olhou para o garoto e sorriu brevemente.

– Muito bem, Mitary. Nunca seja capturado sem provocar uma boa briga, orgulha-nos ter você como yuqui.

Com uma rápida mudança de semblante, falou aos demais:

– Porém, vocês, homens que esqueceram o que é honra, vão pagar por isso. Marquem minhas palavras! – apontou para cada um dos soldados.

– E você, Pés Ligeiros, acaba de se declarar meu inimigo. Sabe o que isso significa, não?

Capítulo 16 – A derradeira canção

– Eu? – Kalyo fez cara de inocente. – Seu garoto é que se meteu onde não devia, mas sou grato por isso, sem ele, não saberíamos que vocês estavam por aqui. Este bosque é um ótimo esconderijo. Ele também nos disse que dois jovens passaram por aqui há alguns dias e que você vendeu cavalos e suprimentos a eles. Não é verdade?

– Sim, é verdade. Sabe muito bem que tribos nômades negociam com viajantes. Que mal há nisso? Eram dois jovens que estavam fugindo da loucura que trariam para a cidade deles – agora foi a vez de Yuquitarr fazer cara de inocente.

A luz fraca do candeeiro iluminou o rosto de Kalyo, seus olhos claros pareciam que estavam em chamas.

– E um deles é quem eu penso, não? Por isso, o ajudou. Mas é estranho, pelo que eu saiba seu juramento o obrigava a matar esse garoto. O que ele é pode mudar Relltestra. Matá-lo, seria o golpe final nessa guerra que ainda nem começou.

– Era um garoto qualquer, "amigo".

– Se quiser continuar mentindo, vamos ter de continuar perguntando... ao garoto. Ele, pelo menos, fala a verdade – deu um tapa na nuca de Mitary. – Quer isso, Selur?

Yuquitarr ameaçou avançar, mas um dos homens pegou Mitary e o ergueu pelo pescoço, o garoto se debatia em busca de ar. Kalyo olhou para Yuquitarr e encolheu os ombros.

– Sua escolha – disse.

Acuado, não podia deixar que matassem um membro de sua tribo, então concordou com a cabeça e se dirigiu ao baú de ferro no canto da cabana. De dentro tirou Aurum, a espada de Seallson, e voltou para oferecê-la a Kalyo, mas foi impedido.

– Uma coisa já está esclarecida! Diga-me para onde o garoto foi, agora! – descontrolou-se Kalyo e, com um movimento rápido, desembainhou sua escura espada e atravessou o corpo de Mitary pelas costas, a lâmina saiu na altura do peito tingida de vermelho, e o sangue jorrou pelo chão. Pés Ligeiros manteve o frágil corpo do garoto no alto e com a outra mão apontou para Yuquitarr.

– Agora, traidor, onde está Sttanlik?

Kalyo sabia demais. Pelo juramento que fez havia quase vinte anos, Yuquitarr teria de matar Sttanlik caso houvesse a probabilidade de ele cair em mãos erradas. Mas, ao ver o rapaz, decidiu que ele deveria viver. Pensou que poderia seguir seu rumo, que, pelo que ele viu, ainda era o correto. Coragem e bondade estavam talhados em sua alma e, para sua infelicidade, viu isso. Ao ajudá-lo, assinou sua própria condenação.

– Ele partiu, pronto! – esbravejou. – Eu não mataria um garoto inocente, já você, seu monstro, acha certo tirar a vida de uma criança. Vai pagar por isso, Kalyo, e agora! – Yuquitarr estava ofegante de tanto ódio. Estudou a lâmina, viu o reflexo de um homem que um dia fora um grande guerreiro. Verdade que nem sempre lutara pelo lado certo, mas nunca tinha fugido de uma briga. Passou boa parte da vida aprendendo com seus erros, achava ter assimilado tudo, no entanto, a vida sempre reserva grandes surpresas. Sua longa existência passou diante de seus olhos num átimo. Tomou uma decisão, sabia o que devia fazer. Era chegada a hora de mostrar a razão de ter sobrevivido por tanto tempo.

"Desculpe-me, Vanza, mas é hora de partir. Seja forte, minha pequena! Danza, meu amor, é o momento de me juntar a você", pensou ele e avançou.

Aurum soltou um silvo selvagem quando cortou o ar pela primeira vez, achando rapidamente seu alvo, a garganta do homem mais próximo a ele se abriu como uma boca, um arco rubro voou pelo ar. Sem tempo para recuar, um segundo homem foi decapitado com a rapidez de um picar de olhos; mais sangue. O terceiro soldado tentou golpear Yuquitarr, mas este se abaixou e decepou uma de suas pernas; sua vítima caiu sobre seu manto e ficou se contorcendo. O líder yuqui pulou sobre o corpo de sua quarta vítima e cravou a lâmina no seu olho esquerdo; ao retirar a lâmina, mais chuva vermelha.

Os três adversários restantes saíram da cabana. Kalyo os acompanhou. Yuquitarr ficou parado, ofegante no meio dos cadáveres, coberto de sangue.

"Sonhei com sangue, chovendo do céu, e no meio da tempestade estava você, sozinho."

Recuperado o fôlego, Yuquitarr girou a espada no ar para limpá-la, sua derradeira canção da espada começara. Gritou a plenos pulmões:

– *Arckarrar!*

Que significava atacar, na língua yuqui. Do lado de fora, gritos começaram a soar, brutais!

Saiu da iurta correndo feito um louco e viu que o caos reinava. Homens lutavam utilizando qualquer coisa que achassem: pedaços de pau, pratos de metal, martelos. O que quer que encontrassem era usado para enfrentar homens bem armados e em vantagem numérica. Yuquitarr viu a mulher grávida, que há pouco havia salvado, cravando as unhas no rosto de um soldado que a segurava. O homem atravessou a barriga da mulher com a espada, e ela não o largava mesmo assim. Enfiava as unhas dos polegares nos olhos de seu agressor com tanto esforço, que seus dedos foram tragados e sumiram no interior de suas órbitas. Ambos caíram se contorcendo. Enlouquecida, a mulher puxou a espada cravada em seu ventre e, com suas últimas forças, rasgou a barriga do homem; vísceras se espalharam pelo chão como cobras em busca de um esconderijo. Dois garotos, com a idade de uns nove anos cada, dilaceravam com cinzéis as costas de um soldado caído, que gritava de agonia, implorando por uma misericórdia que os pequenos nômades desconheciam.

Lutadores valorosos e selvagens, os yuquis não recuavam, apesar de muitas baixas. A maioria lançava-se ao ataque sem medo nos olhos. Alguns soldados retrocediam assustados, enquanto outros atacavam com a graça de homens treinados para a matança. Não havia como saber quem levava vantagem, o cheiro ferruginoso de sangue confundia os sentidos.

No centro da confusão, Kalyo esperava por Yuquitarr, girando sua espada como um alucinado, gesticulava para que seu antigo mestre viesse enfrentá-lo. Um yuqui grandalhão tentou atacá-lo, mas, como se fosse um mero inseto, Pés Ligeiros o afastou, cortando-lhe as duas mãos.

– Não se intrometam! – gritou.

Capítulo 16 – A derradeira canção

Yuquitarr aceitou seu desafio. Nos poucos metros que percorreu para atacar Kalyo, tirou quatro vidas, abriu gargantas como quem corta uma fruta fresca. Banhado de sangue, ficou frente a frente com seu adversário e escarrou em suas botas.

– Ninguém se aproxime – avisou a todos.

Kalyo tocou a testa e fez uma reverência zombeteira.

– Finalmente vamos ver se o aprendiz superou o mestre – e lambeu o sangue da espada. – Isso foi um belo aperitivo, venha e me traga o prato principal!

– Isso nunca acontecerá! – Yuquitarr limpou o sangue do rosto com o antebraço. – Eu sei o que jurei um dia, me lembro de cada palavra que proferi ajoelhado à frente de meu rei. Já você, provou hoje que esqueceu tudo que disse quanto foi sagrado cavaleiro.

– Não lembro? – Kalyo avançou e bateu com toda a força em Aurum, Yuquitarr defendeu o golpe sem dificuldade alguma. – "Serei o escudo dos necessitados, a lança que pune os condenados."

Yuquitarr fez um giro ascendente, tentando golpear o pescoço de Kalyo.

– "Serei o aço que na forja se dobra, a espada que nasce e justiça cobra."

– "Trajarei o vermelho, como a primeira luz da alvorada" – Kalyo conseguiu acertar um golpe de raspão no peito de Yuquitarr.

Sem nem piscar, Yuquitarr continuou.

– "A cada vitória, runas douradas adornarão minha espada" – defendeu firmemente o golpe seguinte e deu um soco no nariz de Kalyo, fazendo-o sangrar.

Cego por alguns instantes, Kalyo afastou-se rapidamente, balançou a cabeça e continuou:

– "Àqueles que se opõem, que agora se curvem, sou a gota escarlate de uma rubra nuvem" – tentou atingir o rosto de seu adversário, Yuquitarr abaixou-se. Mas Kalyo fez a lâmina voltar rapidamente, abrindo-lhe um rasgo na testa, de lado a lado.

O mundo se tornou vermelho para Yuquitarr, seus olhos buscavam ver algo, mas tudo que enxergava eram manchas rubras. Fechou os olhos, respirou fundo e atacou.

– "A justiça é minha vida, minha mestra, em seu nome expurgarei o mal de toda a Relltestra" – gritou. Às cegas, acertou o adversário. – "Subjugarei a maldade, trarei a esperança à humanidade" – cravou a espada na articulação da axila esquerda de Kalyo e aproveitando a oportunidade, correu para suas costas deixando a espada cravada sob seu ombro, deu um chute na parte de trás do joelho dele e o fez cair. Agarrou vigorosamente a espada e puxou para cima, arrancando-lhe o braço inteiro. O líder yuqui pegou o braço no chão e com ele bateu com força, repetidas vezes, na cabeça de Kalyo. – É assim que um yuqui faz, "amigo".

Uma torrente de sangue jorrava por todo lado, Kalyo não gritava, mas se contorcia de dor. Nesse momento, ambos repararam que a luta ao redor tinha terminado, somente homens de manto vermelho e de armaduras estavam de pé. O único yuqui vivo era o líder, que olhou em volta e o sangue de seus olhos foi lavado por suas lágrimas. Era o fim, seus amigos foram todos massacrados, desde o mais novo bebê de colo ao mais velho ancião.

Yuquitarr engoliu o choro e sussurrou:

– Pelo menos levo você comigo, Kalyo! Vai enfrentar a ira de Merelor agora.

Kalyo tentou se levantar, mas não conseguiu. Pediu ajuda ao soldado mais próximo e firmou-se como pôde, com a mão direita tentava parar o sangramento.

– Yuquitarr, diga-me uma coisa. Você é chefe de que, agora? Yuqui nada! – falou com a voz trêmula, tamanha era sua ira. – Mas não me matou, aliás, tem mais um verso no juramento da guarda. Lembra-se? – apontou o queixo pontudo para Yuquitarr e seus homens avançaram.

Oito homens o imobilizaram. Yuquitarr se debatia, embora soubesse ser em vão. Passou a sentir o aroma de flores e terra molhada, o fim se aproximava.

– Antes que suma desta existência, eu quero que saiba de uma coisa – disse Kalyo, olhando para além do ombro de Yuquitarr. – Aqui está um grande amigo meu, Rodne, mestre em necromancia. Não preciso que me diga nada em vida, pois Rodne pode revivê-lo facilmente, nem que seja por alguns minutos, e forçá-lo a me apontar a direção do garoto. Sua derrota é completa, "mestre" – cuspiu ao pronunciar a última palavra.

O pequeno homem, cujo rosto cadavérico estava quase oculto por seu manto negro, aproximou-se. Em seguida, ergueu-se nas pontas dos pés e passou as costas da mão no rosto marcado pela dor de Yuquitarr.

– Durma, assim posso descobrir seus segredos – os olhos, de um pálido amarelo, brilharam ao dar uma risadinha infantil. – Vai cantar como um bem-te-vi! Aí sim, vamos ver o que guarda nessa cabecinha.

Sem responder, Yuquitarr fechou seus olhos. Subitamente, algo lhe ocorreu, sabia como acabar de vez com a partida que há tanto tempo jogava. Era tão elementar, e só percebera naquele instante! Não havia terminado, porque sempre tentava vencer com o rei, que o representava. Mas o problema era que nunca venceria, pois o outro rei figurava, na verdade, a morte. Pode-se até evitá-la, desviar de seu caminho, tentar ludibriá-la, mas o sentido inevitável sempre apontará para sua direção, para a derrota, tudo tem seu fim. A resolução era simples assim: o verdadeiro guerreiro tem de saber quando a queda é inevitável. Tudo o que viveu, tudo o que apreciou, todos os bons momentos que passou, se perderiam, como lágrimas em uma tempestade. Sabia que era hora de permitir que Pallacko o levasse para os braços de seu criador, Merelor. Restava apenas pedir perdão a quem deixava. Tinha conhecimento de que acabara de condenar Vanza, Sttanlik, os Andarilhos das Trevas e, principalmente, Relltestra.

Kalyo se aproximou lentamente.

– Por fim, o tabu foi quebrado, Yuquitarr! O líder dos yuquis, ou Selur, antigo chefe da Guarda Escarlate, tombará, e fui eu, seu aprendiz, que o subjuguei! – girou sobre os calcanhares e deu dois passos, parando por um instante. –"Carregar esse manto com honra irei. Não importando o preço, meus inimigos derrotarei".

Dezenas de lâminas atravessaram seu corpo, os gélidos braços da morte envolveram Yuquitarr.

Capítulo 17
Três almas, um corpo

Vanza acordou subitamente, seus olhos se arregalaram.

— Pai?! – murmurou.

Sonhara de novo com seu pai coberto de sangue. Uma compressa cheirando a arnica e camomila caiu da testa em seu colo. Olhou ao redor, encontrava-se no interior do casebre que havia visto. Onde não era esburacado, o teto estava coberto por teias de aranha. Deitada em uma grande cama com um fofo colchão de penas, ela tentou se erguer, mas sentiu muita tontura e o corpo completamente enrijecido. Sob a porta viu uma luz, fez um esforço e levantou-se, o chão rangeu ao toque de seus pés. As roupas dela estavam caprichosamente dobradas sobre uma cadeira no canto do quarto, e trajava uma amarelada camisola de linho branco. "Que roupas são essas? Como vim parar aqui?", pensou confusa. Viu sua espada encostada ao lado da janela. Vestiu suas roupas rapidamente, empunhou sua arma e abriu a porta.

Um homem calvo, que aparentava ser muito velho, estava curvado sobre um caldeirão, sua boca tremia enquanto murmurava uma cantiga e a papada balançava ritmando-se aos movimentos que fazia com a cabeça. Vestia um simples camisão de algodão e uma calça marrom de lã surrada, ambos grandes demais para ele. Cortava cebolas com uma longa adaga de lâmina azulada e jogava os pedaços no ensopado.

— Já acordou, passarinho? – virou-se para Vanza. – Espero que esteja mais disposta, o jantar já será servido.

— Quem é você? – Vanza avançou um passo com a espada em punho.

O velho jogou o restante da cebola no caldeirão e se levantou.

— Eu sou Yrguimir. Eu a ajudei lá fora, lembra-se?

— Foi você quem atirou aquelas flechas na criatura? – Vanza apalpou a parte de trás da cabeça, achando o inchaço na região em que bateu na árvore. – Mas eu me lembro de um homem muito grande e forte.

Yrguimir sorriu.

— Sim, fui eu. Não vê como sou forte? – passou a gargalhar erguendo os magros braços. – Darei as respostas enquanto jantamos, pode guardar seu aço, não corre perigo. Eu não a ajudei? Se quisesse fazer mal a você, já o teria feito. Não concorda?

Vanza assentiu com a cabeça, embainhou Plumbum e se sentou numa cadeira do lado oposto da mesa, à frente de Yrguimir.

– Por que me ajudou? O que era aquilo?

– O mundo existe há muito tempo, pequena. Relltestra é só uma gota no oceano da história de nosso mundo. Aquela é uma criatura ancestral, deveria estar adormecida, mas quando os homens resolveram que a magia era o caminho de tudo, despertaram-na – Yrguimir acendeu uma vela e pôs sobre a mesa. – Os feiticeiros tocaram em pontos muito sensíveis, agora todos vão pagar o preço.

Vanza sentiu-se ainda mais confusa.

– Você respondeu apenas uma de minhas perguntas.

O velho olhou para ela com expressão dura.

– Respondi as duas em uma só, pequena! – estalou o pescoço e esticou os braços, uma aura verde o encobriu e ele passou a crescer, como se seu corpo estivesse inchando. Sua postura se ajeitou, ganhou músculos que, pouco a pouco, se definiam. Era agora um homem de não mais de trinta anos, forte, alto e imponente. – Toda maldição tem seu preço, garota, e o da minha foi este – alisou os grossos e longos fios de cabelos castanhos que lhe cresceram instantaneamente na cabeça e prendeu-os com um cordão que retirou do bolso.

Vanza quase caiu da cadeira, não acreditava no que acabara de ver. Um velho rejuvenescera na sua frente, transformando-se num bonito jovem. O nariz, antes longo e caído, agora era arrebitado, sua boca murcha deu lugar a lábios carnudos e seus olhos perderam o aspecto leitoso, tornando-se escuros e espertos.

– O... o que é você? – foi tudo o que conseguiu falar.

– Um amaldiçoado! – respondeu com fria simplicidade.

Ao ver a expressão ainda surpresa no rosto petrificado da garota, disse:

– Esse era meu aspecto antes de um feiticeiro aparecer aqui em minha casa, chamava-se Roldo. Contou que era um viajante e me pediu abrigo. Minha esposa queria que eu negasse, mas eu sempre quis ajudar os necessitados. Ele comeu de minha comida e ofereci um teto para que se abrigasse da chuva que caía forte lá fora. Mas, no meio da noite, quando a lua ia alta no céu, ele entrou em meu quarto e começou a falar palavras em uma língua que eu não conhecia. Levantei-me e tentei pegar meu arco, porém, fui impedido por uma força invisível. Aryan, minha bela esposa – engoliu em seco, como se lhe faltassem palavras –, gritou e seu corpo começou a murchar, não sei como ou por que, mas acredito que sua alma lhe foi retirada. Teve morte instantânea – lágrimas brotaram dos olhos de Yrguimir. – Nunca me senti tão impotente! O maldito se virou para mim e disse: "Tenha calma, tudo vai ficar bem, a você que não me negou abrigo deixo um presente". Uma dor tomou conta de meu corpo, tão forte que desmaiei. Ao acordar de manhã, eu não era mais eu, e sim "isto" – deu um soco enfurecido na mesa –, um corpo dividido. Ele me falou que assim eu nunca morreria, que poderia viver plenamente, como ele. Começou a me explicar que roubara a energia vital de Aryan, para se manter jovem por mais tempo, e que o mesmo aconteceria comigo. Dividindo minha alma, meu corpo duraria para sempre. Mas eu não pedi nada! – desesperou-se. – Só queria ter filhos, envelhecer naturalmente como qualquer um e morrer

Capítulo 17 – Três almas, um corpo

tranquilo em minha casa. Há décadas vivo aqui sozinho, remoendo-me por ter aceitado aquele maldito sob meu teto. E para quê? Para ficar viúvo e me tornar um monstro.

Vanza surpreendeu-se com a rapidez com que Yrguimir se abriu, mas sabia como era se sentir um monstro, entendia que, às vezes, tudo o que se precisava na vida era de um ouvido amigo, pois as palavras podiam entalar na garganta, chegando até a sufocar. Pensando que talvez isso ajudasse, relatou a história de como ganhou vida pela segunda vez, disse saber que não sofrera como ele, pois sempre tivera o pai ao seu lado, mas, mesmo assim, compreendia perfeitamente o que ele sentia.

– Magia... odeio até mesmo o som dessa palavra! – rosnou Yrguimir. – Por causa dela, quantas vidas foram tiradas ou transformadas – levantou-se e foi buscar o jantar. Colocou a sopa em duas cumbucas de ébano e sentou-se à frente de Vanza. – Desculpe a sopa estar rala, mas, com aquele sargar à solta, não pude ir caçar.

Vanza agradeceu a refeição e perguntou:

– Por favor, gostaria que me respondesse duas coisas: o que é sargar? E você sabe o paradeiro de meu burro?

– Seu burro está amarrado nos fundos da casa. Quando você foi atacada, o pobre animal saiu em disparada. Mas voltou há algum tempo, eu escutei seus cascos rodeando minha varanda e o prendi. Muito fiel, seu "alazão" – Yrguimir voltou a sorrir. – Bom, o que eu sei é fruto de contos e lendas contadas ao redor de fogueiras de caçadores, portanto, me perdoe se eu estiver errado. Mas pelas características de nosso "amigo", não tenho dúvidas que minha mente seguiu o "caminho do pote de ouro". Um sargar é um espírito ancestral, vive numa espécie de mundo espiritual dentro do nosso, entende? Quando alguém começa a mexer com o equilíbrio do universo dos mortos e dos vivos, uma brecha se abre, e um sargar consegue passar para nossa realidade. Não sei como ele não a matou, muita gente o chama de Devorador de Almas, pois aniquila qualquer um que encontra. Você o atacou e ele ficou parado. Acho que não é só seu burro que gosta de você.

Vanza sorriu, não só da piada mas também pelo fato de Sem Nome ser tão fiel. Seu pai e Pous estavam certos, uma boa montaria é uma montaria fiel.

– Esse sargar fica rondando sua casa? Por que não o mata logo?

Yrguimir deu de ombros.

– Eu acho que ele tem algo a ver com almas, pelo que dizem, muitas pessoas deixam oferendas para ele do lado de fora de suas casas, para que ele procure outras vítimas menos "generosas". Talvez por isso ele fique rodeando por aqui. Creio que o fato de haver mais de uma alma em um só corpo o intriga – deu um tapa na testa. – Ora, mas é claro, por isso se interessou por você! Pelo que me contou, você tem duas almas em seu corpo. Agora é que ele vai enlouquecer! Várias almas em dois corpos? Devemos ser o maior banquete que ele já viu na vida!

Ambos deram risada, também pela grande coincidência de que provavelmente as únicas duas pessoas com mais de uma alma em toda Relltestra dividiam nesse instante a mesa. Ambos não falaram mais nada até acabarem de comer. Por fim, Yrguimir serviu dois cálices de licor de amoras e se recostou em sua cadeira.

— Sabe o que notei? Não me disse seu nome – constatou Yrguimir tomando um trago.

— Chamo-me Vanza, sou uma yuqui. Desculpe-me a indelicadeza – deu um pequeno gole em seu licor e, para seu alívio, era doce e suave, nunca suportou bebidas muito fortes, como as que seu povo tomava.

— Muito prazer, Vanza, a nômade. O que faz uma garota vagando sozinha por aí em um burro? Sua tribo a expulsou?

Vanza deu um breve sorriso.

— Não, não. Eu fui enviada em uma missão, por isso estou só.

— E qual é sua missão? E lembre-se, pode confiar em mim, não tem porque se preocupar, eu não sou ameaça alguma para você, juro em nome dos anjos.

Apesar de hesitante, Vanza lhe contou que rumava até As Três Moradas para encontrar a Besta da Montanha. Quando ele começou a rir, ela o impediu com um gesto de mão, como seu pai costumava fazer.

— Ele é real, posso garantir a você. Só não estou autorizada a lhe dizer o motivo pelo qual o procuro, desculpe-me – seus olhos firmaram-se nos de Yrguimir.

— Quem tem de pedir desculpas sou eu, não devia caçoar de você. Sua coragem é impressionante, eu bem vi lá fora.

— Obrigada! Tive o melhor mestre para isso. Meu pai sempre me encorajou, desde pequena. Enquanto o tiver a meu lado, sei que estarei protegida.

A luz da lua invadia o casebre pelas brechas no telhado, uma fina garoa passou a cair levemente sobre a mobília antiga. A temperatura começou a declinar rapidamente, e Yrguimir se apressou em acender a lareira com grossas toras de eucalipto. O cheiro tomou o ambiente, tornando-o agradável e aconchegante.

— Por que não arruma seu telhado? Imagino que, quando chove muito, sua sala se torna um lamaçal – observou Vanza, apontando para o chão de terra batida.

— Quero que se mantenham afastados de minha casa, um dos últimos visitantes que tive acabou com minha vida, como bem sabe. O aspecto destruído de minha residência afasta viajantes, vivo tranquilo aqui há sessenta anos. Não me preocupo com uma "laminha" de vez em quando.

Conversaram por mais algum tempo. Vanza contou sobre a guerra que estava prestes a acontecer em Relltestra, e Yrguimir lamentou o fato de que mais uma vez sangrariam uma terra tão bela.

— Os reis gostam de guerras porque não é a bunda deles que fica na direção das flechas num campo de batalha.

Ambos riram disso, mas o mencionar de flechas fez Vanza se lembrar das energéticas que Yrguimir atirou no sargar. Quando perguntou como conseguia fazer aquilo, ele respondeu humildemente:

— Na verdade, não sei. Eu lanço flechas comuns, feitas de bétula mesmo, mas ao soltá-las uma aura verde as domina e quando atingem seu alvo, evaporam-se. Fico feliz por isso, quando caço não preciso ficar retirando flechas de minha presa – sorriu. – Um trabalho a menos.

Capítulo 17 – Três almas, um corpo

– Realmente são incríveis! – Vanza olhou para a luz da lua que já havia avançado muito pela sala. – Bom, Yrguimir, agradeço-lhe tudo o que fez, por me salvar e pelo jantar, mas tenho que partir. O caminho que devo seguir é muito longo e não posso me demorar, quero estar bem longe quando o sol surgir no horizonte – retirou de seu bolso três moedas de ouro para pagá-lo.

Yrguimir balançou a cabeça negativamente diversas vezes.

– Guarde seu dinheiro, Vanza! Ajudei-a porque quis, não desperdice seu dinheiro aqui, reserve-o para sua viagem, ainda tem muitos quilômetros a percorrer – levantou-se rapidamente e se dirigiu a um pequeno armário. – Vou presentear você com alguns bolinhos de aveia que eu fiz hoje cedo, estão ótimos.

– Não saberia como agradecer.

– Alguém para conversar após tanto tempo já é pagamento suficiente – amarrou o pano com o qual embrulhou os bolinhos e entregou a Vanza. – Agora vá, pequena, As Três Moradas a esperam.

Acompanhou Vanza aos fundos da casa, onde tinha amarrado Sem Nome, o burro pareceu feliz em ver a amiga e ela acariciou seu focinho. Deu um bolinho de aveia a seu companheiro, apertou a sela e montou, com a espada presa ao cinto.

– Adeus, Yrguimir. Quem sabe na volta eu passe por aqui para fazer-lhe uma visita – Vanza sorriu. – Obrigada por tudo!

– Gostaria muito disso, pequena – fez uma reverência e acenou com a mão. – Adeus, corajosa nômade.

Vanza seguiu pela mata por algum tempo, não havia sinal de vida no seu caminho. O céu já estava se tornando cinza, a manhã prometia ser de chuva e o orvalho no ambiente se iluminava como pequenos diamantes espalhados por todos os lados. Um rouxinol e uma graúna passaram a cantar cada vez mais alto, parecia que disputavam para ver quem tinha o canto mais belo. A exuberância no trajeto fez Vanza sorrir, de noite a mata se tornava assustadora, mas agora podia ver o quanto era fascinante, de uma forma bucólica.

Já estava quase chegando ao fim da mata, conseguia ver a estrada, que evitou tomar, seguindo paralelamente ao caminho que percorria.

– Bom, Sem Nome, é hora de voltar para a estrada – vestiu o capuz de sua capa e escondeu quase todo o rosto. Ao virar, algo se mexeu atrás dela. Era Yrguimir, com uma flecha colocada no arco apontando para ela. Vanza sobressaltou-se. "O que teria acontecido para que ele a ameaçasse?", pensou.

– Sabia que ia encontrá-la aqui – puxou ainda mais a longa flecha, mordeu a língua e a soltou.

O tempo parecia que tinha parado para Vanza, a flecha vinha em sua direção, mas não havia como desviar, fechou os olhos e escutou o silvo se aproximando. Alguma coisa estalou quando a flecha atingiu seu alvo. Vanza abriu os olhos e atrás dela uma aveleira se mexeu fortemente. Então, algo saiu de seu interior, e era o sargar que, gemendo de dor, partiu em disparada para o interior da mata.

– Yrguimir, eu pensei...

– Eu sei o que pensou, não se preocupe – Yrguimir abaixou seu longo arco. – Quando você partiu, eu fiquei na varanda de minha casa por um tempo. Ao longe, vi que um vulto grande se movia entre as árvores e era silencioso demais para ser um urso. Sabia que era o sargar e que ele a seguiria. Portanto, resolvi me aprontar e vir ajudá-la.

Vanza estava sem palavras, mais uma vez fora ajudada por Yrguimir, não sabia como agradecê-lo.

– Por favor, aceite minhas moedas agora, salvou-me a vida duas vezes.

– Eu não sou um mercenário, menina. Entretanto, eu já sei o que quero como pagamento – Yrguimir abaixou-se no chão, seu corpo foi mais uma vez tomado por aquela aura verde, e, dessa vez, de modo mais intenso, ele soltou alguns sons de desconforto. Repentinamente, seus cabelos longos diminuíram de tamanho, sua pele se tornou mais lisa e rosada, seu corpo pareceu murchar.

Tornara-se um garotinho magrelo tomado por sardas claras, que o deixavam com aparência sapeca. Limpou o nariz com as costas da mão e falou com sua voz agora fina e infantil:

– Quando você partiu, senti-me muito sozinho. Desde a morte de Aryan, não ficava tão triste, acho que nunca tinha reparado o quanto era solitário. E ver algo que a ameaçava, deixou-me muito bravo. Por isso, preciso lhe perguntar. Posso acompanhá-la, Vanzinha? Posso? Posso? Juro que vou me comportar!

Capítulo 18

Terra em chamas

— Mais duas braçadas! — o tambor de pele de carneiro soou mais duas vezes e parou.

Duas fileiras, formadas por cinquenta remadores cada, puxaram os remos esbranquiçados pelo sal para o interior da embarcação. Todos se levantaram e esticaram as costas e braços exaustos, o tão sonhado descanso chegou.

Ckroy espreguiçou-se e vestiu sua camisa de lã, desejava um banho para lavar o suor de seu corpo, pois cheirava como um porco. Subiu as escadas, estava a ponto de se dirigir à cabine da tripulação, mas foi impedido.

— Vamos desembarcar, novato, não há tempo para repouso — avisou-o Garvin, comandante dos soldados a bordo. Ele vestia parte de sua armadura alaranjada, em sua mão esquerda carregava duas toras longas e lustrosas de pinheiro-manso, com trapos bem amarrados às pontas: suas armas. Ao contrário da maioria dos guerreiros, Garvin lutava com tochas, por isso o chamavam de Filho do Fogo. Embora óbvio demais, ele adorava esse apelido, lutou muito para recebê-lo.

— Já? Chegamos mais rápido do que esperava! — Ckroy ficou satisfeito pelo ótimo avanço que tiveram. Apesar de ainda estar temeroso, queria acabar logo com isso e voltar para seu lar em Cystufor.

— Sim, vocês remadores estão de parabéns! E também graças às correntes favoráveis que facilitaram nosso avanço — a resposta veio de Erminho, que estava logo atrás de Ckroy. — Vá ajudar na arrumação da carga para o desembarque, Ckroy. Não se esqueça de alguns barris de rum para mim — deu uma piscadela e seguiu seu caminho gargalhando.

O estrondo da âncora sendo engolida pelo mar foi comemorado por toda a tripulação. Apesar da fama de mares revoltos do trajeto que percorreram, e de um céu que se recusava a abrir, a viagem não teve grandes incidentes. Os experientes navegadores vento'nortenhos conseguiram evitar qualquer infortúnio que pudesse surgir em seu caminho.

Barris de carne salgada, enguias defumadas e cerveja eram arrumados ao longo da fileira interminável de botes. Foi decidido que metade da tripulação permaneceria a bordo do Devorador de Ondas, não queriam parecer um exército em marcha para os habitantes locais. Se tudo fosse conforme o planejado, voltariam a bordo até o entardecer do dia seguinte, Vunckanyl ofereceu-lhes um mapa indicando o lugar da tribo onde vivia o tal homem que controlava o fogo.

Ckroy torcia para ser um dos escolhidos a permanecerem no navio, trabalhava arduamente com o intuito de mostrar que precisavam dele ali, mas o capitão Stupr, ao anunciar aqueles que deviam desembarcar, acabou com suas esperanças. Fora um dos primeiros nomes citados. Pensou em pedir para ficar, mas achou melhor se calar e obedecer seu capitão. Não que se importasse mais com sua reputação, preocupava-se com o fato de que Ckran pudesse ser taxado de pai de um medroso, o nome de seu clã ficaria sujo por muito tempo. Teve de mudar suas preces à lua, para que nada de mal lhes acontecesse.

Enquanto as fortes cordas tencionavam-se ao descer os botes carregados para o mar, Ckroy analisou Focu'lland, uma ilha larga, com muitas palmeiras ao longo da praia de areias de tom prateado, bordejada por um cinturão de cascalho escuro que ficava à beira do mar. Um vulcão enorme era rodeado por um denso matagal e lançava volumosos bufos de cinzas para cima, banhando tudo a sua volta. O céu sobre a ilha tinha um aspecto avermelhado, como se fogueiras tivessem sido acesas acima das nuvens, apenas se via uma linha do sol, pálido e oprimido, não mais que um pequeno borrão alaranjado pairando nessas terras esquecidas. Uma tempestade parecia se formar ao sul e todos achavam que isso seria um bom presságio. "Trouxemos a chuva para apagar o fogo dessa ilha", escutou alguém comentar.

Uma hora depois, foi sua vez de descer no bote, acompanhado de alguns novatos como ele. Concentrava-se em segurar firme para não cair com as trepidações, quase não viu o mar até tocá-lo, a costa estava completamente enevoada. Seu bote mostrou estar mais pesado na parte da frente, pois afundou rapidamente. Tiveram de correr para emparelhar a carga nos dois lados e logo os remos puderam fazer seu trabalho. Levantavam espuma e inundavam o ar com o cheiro salgado, braços fortes moviam-se sem parar, nenhuma palavra era dita, e havia uma tensão quase palpável. Gaivotas curiosas com os recém-chegados visitantes circundavam o bote, na esperança de que lhe dessem algo para comer. Com presteza alcançaram seu objetivo, a proa beijou o cascalho brutalmente e por pouco não foram jogados para fora.

Tocar em terra, após longos dias no mar, tinha seu lado bom. Suas pernas de marinheiro de primeira viagem ainda tremiam, e Ckroy demorou um pouco para se acostumar a pisar numa areia tão fofa, depois de uma vida de chão endurecido pelas eternas geadas. Mas ainda assim era um alívio sentir um solo firme sob seus pés. Foram recepcionados por Stupr, que lhes apontou o lugar onde o acampamento seria montado e a carga foi levada rapidamente. Setenta homens armavam barracas e acendiam fogueiras, um grupo formado por 12 soldados foi destacado para uma missão de reconhecimento.

Ver o grupo partir para averiguação fez Ckroy sentir uma ponta de angústia, apesar de carregarem uma bandeira branca. O fato de estarem armados poderia enfurecer os habitantes locais, e tudo o que não precisavam era de selvagens inundando seu acampamento com flechas envenenadas, adornadas com suas penas multicoloridas. Achou melhor se preparar para o pior, sentou-se ao lado de uma fogueira para afiar a espada com sua velha

Capítulo 18 – Terra em chamas

pedra de amolar. O som do aço sendo raspado o acalentou, lembrou-se de quando era pequeno e via seu avô, e depois seu pai, repetir esse ritual todas as noites. A lembrança deixou-o com um sorriso nos lábios.

— Está rindo de que, Ckroy? – o sempre presente Erminho sentou-se ao seu lado com uma garrafa de hidromel. – Beba, isso sim vai fazer você sorrir, novato.

Aceitou a garrafa e deu um longo gole. Para a satisfação de Erminho, não fez careta alguma.

— Não estou rindo de nada, só recordando o passado.

— Bom, eu espero que de coisas boas. Pense que, agora que estamos prestes a cumprir nossa missão, seu futuro será ainda melhor – abriu os braços mostrando a ilha. – Não lhe disse naquele dia que não tinha com o que se preocupar? É uma ilha de veraneio. Se me perguntar, parece que estou tirando uma folga aqui – pegou a garrafa e tomou mais um trago.

— Se em suas folgas você tem de estar de armadura, eu não quero nem imaginar no seu trabalho – brincou Ckroy sem desviar os olhos da lâmina.

— Ora, estou aqui relaxando, mas não fiquei caduco ainda, esta ilha é habitada por homens que não respeitam leis de hospitalidade. Só quero estar certo de não acordar com um novo umbigo amanhã – gargalhou, levantando-se e foi cambaleante para dentro de uma das barracas.

— Mal desembarcamos e já está bêbado! – murmurou Ckroy.

— Ele vive bêbado, eu sei, mas é um bom homem. Não queria ter outra pessoa ao meu lado num campo de batalha, isso posso lhe garantir – disse o capitão Stupr, acomodando-se ao seu lado. Cortava uma maçã verde com um punhal de lâmina ondulada. – Sabe, para alguém de sua idade, você se preocupa demais! Quando dava seus golpes, você era assim temeroso?

A pergunta o pegou de surpresa. Não entendia como Stupr sabia de seu antigo negócio. Há três anos, Ckroy e seus dois amigos, Rufur e Markill, tiveram a ideia de forjar ataques de assombrações em vilarejos menores, ao redor de Cystufor, aproveitando-se da ingenuidade e fervorosa crença em espíritos dos povos mais simples. Usavam muitos truques, como prender um furão sob o assoalho de uma casa, para causar barulhos desconhecidos. Escondiam-se em moitas e sussurravam maldições de madrugada ou espalhavam círculos de ossos nos arredores das vilas para assustar os habitantes. Alguns dias depois, apresentavam-se como exterminadores de espíritos. Traziam pedras brilhantes no pescoço e usavam longos mantos de seda esvoaçante para se parecerem com feiticeiros. Em seus braços, carregavam, grossos livros com capa de couro, que não tinham nada escrito em suas páginas e inventavam orações de exorcismo. Uma vez, um fazendeiro perguntou por que as páginas estavam em branco. Ckroy pensou rápido e respondeu que somente pessoas com seus poderes conseguiam ver as palavras mágicas. Apesar de vergonhoso, foi uma época lucrativa e, no fim das contas, divertida.

— Capitão, eu...

— Calma, garoto. Eu também aprontei muito quando jovem. Seus golpes eram bobos, pelo menos nunca matou ninguém. Seu pai me contou tudo um dia, garanto que nos rendeu boas risadas – cuspiu uma semente na fogueira. – Estou aqui para acalmá-lo, a maioria desses homens já fazem planos de se deitar com as selvagens ou roubar seus tesouros, obviamente que eu os impedirei, temos uma missão a cumprir e só. O que quero é que fique tranquilo. É muito jovem para viver pensando no pior. Onde está o seu espírito juvenil?

— Perdão pela sinceridade, capitão, mas acredito que o deixei em Cystufor — encolheu os ombros e aceitou um pedaço da maçã que lhe foi oferecido.

Stupr levantou-se e com o resto da maçã na boca abriu os braços fazendo sinal de que desistia.

— Acho que você devia trabalhar colhendo flores de sal nas salinas da Costa do Imperador-caranguejo! Pelo menos lá não precisaria ficar remoendo-se — deu um sorriso torto e foi falar com outros homens.

Apesar de gostar de seu capitão, Ckroy se sentiu feliz por continuar sozinho. Queria, na verdade, entender o que se passava com ele, pois, ao pensar direito, não era da ilha que tinha receio, algo maior o incomodava.

Após algum tempo, a fome deu-lhe um nó no estômago e foi procurar alguma coisa para comer. Em um espeto, uma corça girava, dourada e brilhante, liberando gordura que silvava ao cair no fogo. O aroma de carne, tomilho e manjericão inundava seu nariz. A tripulação sempre carregava animais vivos para se alimentar. Inicialmente achou isso um absurdo, imaginou que seria melhor trazer uma quantidade maior de carnes salgadas e verduras, mas a promessa de carne fresca mudou rapidamente sua opinião, agora tudo o que desejava era cravar seus dentes em algo sangrando. Sentou-se ao lado de seus companheiros e recebeu um grande naco de coxa. Ninguém dizia nada, no máximo soltavam suspiros de satisfação, estavam muito ocupados mastigando.

Uma agitação além do acampamento fez todos se levantarem assustados, o grupo de reconhecimento voltava, carregando um de seus homens sangrando. A multidão cercou-os rapidamente, Ckroy não conseguia ver coisa nenhuma, tentou ficar nas pontas dos pés, porém só avistava cabeças. Sentou-se e continuou a comer, o que quer que fosse, logo ficaria sabendo. A resposta não tardou a vir. Como previu, os selvagens não receberam bem homens armados em sua tribo, mesmo sob a bandeira branca os alvejaram com flechas e pedras, por sorte apenas um soldado fora atingido e eles puderam voltar ao acampamento. A missão não seria tão tranquila quanto Erminho dissera, teriam de lutar para conseguir alcançar seu objetivo. Um grupo de mensageiros foi enviado para o navio pedindo reforços, atacariam a tribo ao anoitecer. A suposta calmaria desapareceu, agora todos se armavam para enfrentar os selvagens.

Permitiu-se que todos repousassem em turnos e, como tinha sido do último grupo de remo, Ckroy pôde repousar primeiro. Deitou-se na cabana comum, ao lado de trinta homens. Muitos já dormiam pesadamente, enquanto outros preparavam suas armas. Aljavas enchiam-se de flechas e lâminas eram afiadas. Ckroy se deixou embalar pelo som de pedra no aço. Tentou limpar a mente, mas a hora que tanto temia chegara, e odiou-se por estar sempre certo.

— Quer um pouco de sidra? — ofereceu um jovem tripulante de não mais que 15 anos, cabelos curtos sem cor definida, algo entre o loiro e o castanho, e rosto espinhento.

Capítulo 18 – Terra em chamas

Ckroy abriu levemente os olhos e o fitou com um olhar nervoso.

– Não obrigado, deixe-me dormir.

– Estou muito nervoso. O que vamos fazer? – o pobre garoto estava em pânico. – Dizem que se deve ficar bêbado para lutar bem.

– Deve-se lutar bem para poder ficar bêbado depois, aproveite e durma. Um homem repousado vale por dois num campo de batalha – Ckroy espantou-se com a calma que demonstrava, pois era ele até agora há pouco que estava receoso.

"Teria a confirmação de uma batalha trazido de volta sua velha arrogância?", pensou ele.

– Sim, senhor – e o jovem calou-se.

Ckroy não tardou a dormir. Sonhou com o sino de gelo batendo, e batendo. Um céu tempestuoso era rasgado por raios e cada ressoar do sino recebia um trovão em resposta. Estava sozinho com a espada em punho e logo foi envolvido por um vórtice de chamas: laranja, vermelho, brutal. Tentou escapar, no entanto seus pés não mais tocavam o chão, debatia-se e passou a golpear o fogo, a lâmina de sua espada derreteu-se como manteiga, deixando-o somente com a empunhadura em mãos. O botão de ametista emitia um ofuscante brilho violeta; no interior da joia, viu o sino derreter, agora havia um rosto, sem sobrancelhas, um ser calvo e com olhos completamente brancos. Sorrindo, sorrindo alucinadamente e, com a boca a verter chamas, dizia: "Ckroy!"

– Ckroy, acorde agora!

Ckroy ergueu-se coberto de suor, automaticamente levou sua mão ao punho da espada.

– Estamos sob ataque, vamos logo! – Erminho veio buscar os homens que dormiam, ele carregava um enorme machado de lâmina dourada. – Os selvagens chegaram!

Deu um pulo sem pensar em nada, vestiu sua camisa de couro enrijecido e suas calças de lã, encimou-as com sua capa forrada e saiu para a batalha.

Apesar de não parecer, a correria lá fora era organizada e formavam-se grupos: lanceiros recebiam seus escudos de carvalho reforçados com ferro, arqueiros cravavam suas flechas no chão, besteiros carregavam suas armas. Erminho comandava a organização dos espadachins bebendo de um pequeno barril de pinho rosado. Ckroy se juntou a eles.

– Aposto dez asas de prata que mato mais selvagens que você, novato – disse Carpilar, um tripulante cujas bochechas rosadas tremiam sem controle, devido a uma doença muscular que teve na infância.

Mesmo ele sendo mais velho, Ckroy o considerava muito imaturo e, principalmente, chato. Na verdade, não o suportava.

– Aposto que vivo até amanhã – respondeu secamente e teve que se controlar para não gargalhar do ataque de tremores que causou no rapaz.

– Avançar! – Erminho deu a ordem e a coluna com quarenta espadachins começou a marchar.

Ckroy viu Garvin acendendo suas duas inseparáveis tochas em uma fogueira e girá-las no ar, então deu um grito de guerra incompreensível e tomou a dianteira. Ao seu lado, Stupr estava majestoso com sua armadura completa e duas espadas em punho: uma curta, para golpes rápidos, e a outra longa, até demais, com quase um metro e meio de lâmina.

Caminharam organizadamente por alguns minutos afundando as areias fofas com seus passos decididos, em seguida deram as costas para o mar, que a cada instante recebia mais botes carregados de homens prontos para engrossarem as fileiras. Os lanceiros postaram-se à frente e pararam, a longa parede de escudos estava formada, agora era esperar.

Da mata que cobria o sopé da montanha começou a jorrar uma onda de selvagens, homens com o corpo pintado das mais diversas cores. A maioria trazia pinturas no rosto, que os deixavam parecidos com caveiras, não trajavam armaduras e todos tinham o peito à mostra, o que tornava a possibilidade de vitória do adversário mais plausível. A única proteção que apresentavam eram escudos ovais de madeira vermelha com carrancas desenhadas a carvão, armavam-se de lanças e arcos muito longos. Marchavam de forma desordenada, sem fileiras aparentes. Uma carroça enorme andava vagarosamente, puxada por bois magros, seu conteúdo era um mistério, pois estava coberta por uma lona de feltro. Pararam a duzentos metros e se espalharam horizontalmente, com lanças apontando em desafio, um espaço se abriu na multidão surgindo um musculoso homem seminu, seu corpo cor de cobre era coberto de cicatrizes esbranquiçadas. Ele carregava um machado de pedra em uma das mãos, na outra trazia uma bandeira branca, dando a impressão de que viera negociar.

Garvin abandonou a formação para conversar com ele. Ao se aproximar, o selvagem largou seu machado no chão, a pesada arma caiu fortemente, afundando-se na areia. O sinal de trégua fez com que Garvin cravasse suas armas no solo. Sob a luz das tochas, o rosto do selvagem parecia uma máscara de pedra, suas feições eram duras e cheias de ódio, seus longos cabelos, negros como piche, tinham o aspecto lustroso. Frente a frente, os dois homens se encararam, quase sem piscar. Qualquer vacilo, por menor que fosse, seria sinônimo de fraqueza, portanto, mantinham seus rostos inexpressivos. Garvin começou a falar, o selvagem sorriu, mostrando dentes curtos cor de ferrugem. Acenou com a cabeça e, num movimento rápido, pegou a bandeira branca que carregava, passou entre as nádegas e esfregou o pano no rosto de Garvin. Este tentou reagir, mas o selvagem partiu em disparada sob uma salva de palmas e risos eufóricos de toda a tribo.

Garvin voltou às fileiras com as tochas em mãos e passou a gritar:

— Aquele idiota é meu! — e esfregava o antebraço no nariz com o intuito de se livrar do mau cheiro do traseiro do selvagem.

De onde estava, Ckroy tentava, como todos, reprimir o riso. Apesar de ter sido uma afronta a um conterrâneo e, além disso, a um superior, não havia como negar que a cena fora cômica.

Ao sinal de Garvin, os arqueiros se prepararam, alguns inflamando suas flechas, e ficaram a postos. Os selvagens começaram a avançar, passo a passo, até que não mais andavam, passaram a correr. O céu de ferro, encoberto por nuvens escuras, foi rasgado por setas flamejantes. Muitas acharam o alvo, selvagens tombavam aos montes, mas parecia que para cada um no chão, dois tomavam seu lugar.

Ckroy nem conseguia se lembrar de quando havia prendido a respiração, mas já estava sem fôlego. O mar de selvagens trombou violentamente com a parede de escudos, que

Capítulo 18 – Terra em chamas

apesar de firme e organizada não tinha condições de evitar o avanço louco e desordenado. Muitos selvagens subiam nas costas de seus companheiros e pulavam o bloqueio, o que acabou por abrir enormes brechas na formação.

— Matem todos! – gritou Erminho do topo de seus pulmões.

Chegara a hora de Ckroy pôr à prova tudo o que treinou a vida inteira. Mantinha-se calmo, sentia aquele velho receio dentro de si, mas, pouco a pouco, era engolido pela fúria da matança. Golpeava o que quer que cruzasse seu caminho, parecia que não mais estava dentro de si, somente assistia, enquanto seu corpo automaticamente tirava vidas. Mal dilacerava um corpo e já partia para o seguinte. Finalmente descobriu o que era a dança da morte de que tanto falavam os guerreiros, sentia em seu interior uma canção embalando cada golpe.

Stupr lutava ao lado de Garvin, e ambos davam a impressão de serem intocáveis. Dezenas tentavam se aproximar e eram afastadas por golpes precisos; aço e fogo faziam sua parte. Erminho se juntou a eles e fez com que Ckroy entendesse por que o capitão confiava tanto nele: com uma mão fazia seu machado rodar e golpear, tão rápido quanto uma cobra dando o bote, e usava a outra para levar o pequeno barril à boca; bebia enquanto lutava. "Isso já é loucura", pensou Ckroy avançando para junto deles. Vários se achegaram e uma roda de combate se armou, a vitória parecia estar muito perto. De súbito, uma trombeta soou, levantando suas notas graves acima dos grunhidos alucinados. Rapidamente, os selvagens começaram a bater em retirada.

— Vitória! – muitos gritaram, e, sem perceber, Ckroy se juntou ao coro.

Batiam as lanças nos escudos, abraçavam-se; centenas de selvagens estavam mortos e, à primeira vista, poucos homens de Cystufor. Dançavam loucamente de braços dados e entoavam velhas canções de batalha.

Garvin foi um dos únicos a correr atrás dos selvagens, girava suas tochas e gritava:
— Fujam, covardes! Fujam do Filho do Fogo!

Um estrondo fez com que todos congelassem. A misteriosa carroça, que todos haviam ignorado, partiu-se ao meio, e de seu interior saiu um enorme ser. Não parecia humano, tinha uma cabeça lisa, com a parte de trás bicuda, e seus olhos eram completamente brancos. Devia ter quase três metros de altura e andava como se fosse uma estátua em movimento; seu corpo possuía um tom acinzentado, aparentava realmente ser feito de pedra. Parou, socou o chão com as duas mãos, cada uma com apenas três dedos grossos, abrindo uma gigantesca cratera na areia. Ergueu-se para gritar como uma fera ensandecida, e o mundo silenciou.

Enormes labaredas subiram pelo ar, tão fortes e intensas que Ckroy pensou que o vulcão estava entrando em erupção. Por trás do enorme monstro, surgiu alguém, não muito alto, envolto em línguas de fogo, calvo e completamente nu. As chamas pareciam dançar ao seu redor e com um movimento rápido do braço direito envolveu Garvin em largas labaredas. O pobre homem urrava de dor, sua armadura tornara-se vermelha, o aço incandescente o estava fritando. Quando as chamas se apagaram, prostrou-se no chão gemendo como uma criancinha. O homem careca se aproximou, olhou para todos ao redor e sorriu.

— O homem que apareceu em meu sonho! — sussurrou Ckroy incrédulo.

O homem de fogo abaixou-se e passou carinhosamente as mãos na cabeça queimada e cheia de bolhas de Garvin. Em seguida, falou bem alto, para que todos ouvissem:

— Filho do Fogo? — aproximou seu rosto ao de Garvin, como se fosse dar um beijo em suas bochechas. — Dê então um abraço no papai! — e envolveu-se de chamas poderosas, que aparentemente se formavam a partir de um âmbar oval cravado em seu peito. Todos tiveram de levar as mãos aos olhos, tamanha era sua força.

As chamas diminuíram gradativamente, todos estavam com os olhos turvos, quase cegos. Quando por fim conseguiram ver algo, lá estava o homem de fogo e o cadáver enegrecido e encolhido de Garvin à sua frente.

— Ah, vejo que não ficou muito feliz em conhecer o papai — disse e avançou sobre as fileiras de homens paralisados. — Ouvi dizer que me procuravam.

Capítulo 19
Um novo olhar

— Sua boca está parecendo um tomate maduro — brincou Jubil enquanto desamarrava o irmão.

Sttanlik lambeu os lábios e sentiu o enorme inchaço.

— Chutaram-me! Jubil, pelo amor de todos os anjos, explique-me o que está acontecendo. Nunca fiquei tão feliz em ver você!

— Alguém pode esclarecer o que significa tudo isso? Quem é esse aí, Sttan? O nome me é familiar — perguntou Paptur ao se levantar, agradecendo ao companheiro de Jubil por soltá-lo.

Assim que os libertou, Jubil abraçou longamente Sttanlik e, sem cerimônia, fez o mesmo com Paptur, que ficou um pouco sem graça.

— Prazer, amigo de Sttanlik, eu sou Jubil, irmão dele. Este aqui é Jarvi, o açougueiro, meu grande amigo de longa data.

Depois, virou-se para Sttanlik.

— Finalmente, irmãozinho! Não sabe o que tive de fazer para encontrar você. Estávamos em Hazul e soubemos que Tinop'gtins rumava para Sëngesi, com a intenção de invadi-la, por isso nos alistamos quando eles passaram contratando mercenários para o ataque. Foi a única maneira que achamos de voltar à nossa cidade de forma segura. Queria ajudar de alguma forma, mas pelo visto você se saiu muito bem sem mim.

Sttanlik limpou as lágrimas com o antebraço.

— Bom ver você, Jarvi. Não sabia que também tinha ido a Hazul.

Em seguida, pôs a mão no ombro de Jubil.

— E você, Jubil... um mercenário? — passou a gargalhar. — Não mataria uma mosca! É uma das pessoas mais pacíficas que eu conheço.

Jubil direcionou seus olhos cor de mel para ele, com uma expressão séria.

— Não se pode dizer o mesmo de você, não é? Pegou minhas espadas e as usou para matar um monte de guardas de Dandar. Pelos anjos, ficou louco de repente? Temos muito o que conversar.

Como uma criança que fez alguma travessura, Sttanlik sentiu seu rosto ficar corado. Jubil sempre brigava com ele quando fazia algo de errado, o que não era raro, embora nunca tão duramente. Sabia que agora estava encrencado de verdade. Encolheu-se um pouco e abaixou a cabeça.

— Eu só estava defendendo-me. Olhe, Jubil, para ser sincero, não tenho orgulho algum disso, mas não sei o que acontece, é só empunhar as espadas e eu luto até o fim. Pareço tomado por uma fúria animal. Desculpe-me.

Jubil encarava Sttanlik com o olhar cortante.

— Não tem que se desculpar comigo, e sim com as famílias daqueles que matou. Não se tira a vida de alguém em vão, sempre ensinei isso — e mudando rapidamente o semblante continuou —, está com sorte que não temos tempo, mas chegará a hora de conversarmos. Conte-me, como chegou aqui?

Ainda sem graça, Sttanlik começou a relatar tudo o que aconteceu desde que saiu de Sëngesi. Contou sobre Aggel, os yuquis, os dankkaz, Andóice e até sobre Laryn.

Jubil ouvia cada palavra atentamente, afagava sua recém-crescida barba com o olhar distante, raciocinando sobre todos os acontecimentos narrados pelo irmão.

Foi a vez de Jarvi finalmente falar:

— E você está indo para Idjarni para encontrar uma voz? — não conseguiu evitar uma gargalhada. — Pelo menos não presenciou o que ocorreu com nossa cidade...

— Sabe que Sëngesi está tomada agora? — interrompeu Jubil. — Apesar de apresentar alguma resistência, nossa cidade foi facilmente tomada pela Guarda Escarlate e passou a ser uma colônia de Tinop'gtins. Fico feliz que ninguém foi morto, diziam que procuravam alguém, ainda devem estar lá interrogando nossos amigos e conterrâneos. Eu quis ficar, mas Turban gostou de mim. Quando nos alistamos, eu disse a ele que éramos assassinos frios e que gostávamos de fazer nossas vítimas sofrerem. Posso ter exagerado, mas funcionou, acho que ele apreciou o que ouviu — e bateu duas vezes com os nós dos dedos em seu peito. — E nos deu estas armaduras, agora tem prazer de estarmos por perto — suspirou longamente. — Ainda bem, se não fosse por isso, nós não nos encontraríamos aqui, e vocês seriam mortos. Viu, até que eu minto bem! — sorriu para Sttanlik.

Sttanlik se sentiu aliviado com o sorriso.

— O que vamos fazer agora? Vão conosco para Idjarni?

— Não podemos, temos de voltar e dizer que foram mortos brutalmente. Se sumirmos sem deixar vestígios, mandarão um grupo nos buscar, e, ao nos achar, com certeza nos matarão. Você e seu amigo devem seguir rumo a Idjarni, procurem esse tal de Aggel e quando for possível eu irei encontrá-los.

— Você foi o único que não fez graça quando Sttanlik contou a história da voz em sua cabeça! Por quê, Jubil? — Paptur estava massageando o lugar onde a corda deixara em carne viva seu braço esquerdo.

Jubil encolheu levemente os ombros.

— Sttanlik pode ser muitas coisas, mas não é mentiroso. Se ele diz que uma voz o chamou, eu acredito. Acho que isso é uma graça dos anjos e espero apenas que sejam bem-sucedidos.

Paptur balançou a cabeça.

Capítulo 19 – Um novo olhar

— Ah, você é ainda mais religioso que o Sttan, entendi — disse girando os olhos, desdenhoso.

— Não sei em que você acredita, mas pense bem: como chegaram até aqui sãos e salvos? Obviamente que foi obra dos anjos sagrados! — fez o gesto de proteção dos anjos.

— Não, foram dois cavalos, Hamma e Dehat. Aliás, vou buscá-los. Por sorte, assim que Sttanlik teve seu ataque de heroísmo, eu os trouxe para fora de Dandar e os escondi aqui perto. E além do mais — parou por um instante com o dedo em riste –, sabe o que penso de pessoas religiosas? — o arqueiro mostrava-se irritado. — Antes de ir ajudar Sttan, eu aproveitei e soltei aqueles dois homens que cultuavam o tal Bardah, o desafiador. Pedi para que nos ajudassem. E o que me falaram? Que não seria hoje que retribuiriam essa dívida, que o tal anjo precisava deles, mas que quando precisássemos de verdade, eles viriam em nosso auxílio. Malditos! Desapareceram assim que terminaram de falar. Isso é o que a religião faz com as pessoas, as deixa cegas, coloca uma venda apertada o suficiente para que não se veja mais nada com clareza. Pergunte a si mesmo! A religião lhe traz respostas? — não fez uma pausa para esperar que respondesse, apenas abriu os braços e encarou todos os presentes, como alguém que faz um discurso. — Não, ela reprime perguntas. Tolda a visão de um ser a ponto de até mesmo fazê-lo esquecer de mostrar gratidão àqueles que lhe salvaram a pele. Bem, isso é a vida. Já volto! — saiu bufando de raiva, em disparada para fora da mata.

— Que sujeito estranho, irmãozinho! Tem certeza de que é confiável? — Jubil estava com o cenho franzido.

— Ele não acredita nos anjos, só isso, Jubil. Mas Paptur é uma das pessoas mais corajosas e confiáveis que eu conheci. Já o considero um grande amigo.

— Não gostei dele, não.

Sttanlik abriu um sorriso.

— Está com ciúme?

Agora foi a vez de Jubil abaixar a cabeça.

— Um pouco, pois eu que devia acompanhar você em sua jornada, no entanto estou preso à guarda até não sei quando. Espero me livrar deles antes da próxima investida. E que ataque de heroísmo foi esse, do qual ele falou? Tem algo a ver com aquela garota?

Sttanlik contou sobre como conhecera Mig Starvees e tinha partido em seu auxílio.

— Uma princesa? Sttanlik, no que está se metendo? Quer virar um herói de canções, é? — perguntou Jubil fazendo uma careta e puxando seus curtos cabelos castanhos para trás. — Agora, aquela garota está envenenada na garupa de um alazão, sem rumo, com aquele careca. Se não fosse sua intromissão, ela poderia estar indo para casa. Você possui enormes machucados pelo corpo e um sangramento no braço; seu amigo está com um expressivo galo na testa. Ouviu o que eu disse sobre sair por aí com uma espada em punho? Treinávamos por diversão, não para tirar vidas, queria que você entendesse o verdadeiro significado da arte da espada.

— E qual é, senão tirar vidas? — perguntou Jarvi intrigado, cruzando os braços na altura do peito. — Nós mesmos tiramos vidas de bárbaros, naquele beco em Sëngesi, para evitar estupros, certo?

Jubil bufou, irritando-se com Jarvi.

— O autoconhecimento! Aprender a usar seu corpo em conjunto com seu espírito. E sobre as mortes em nossa cidade, não acha que foram legítimas? Salvamos damas de terem seus corpos corrompidos por homens horríveis. Isso sim se justifica.

— Sei disso, Jubil. Eu juro que sei e concordo. A exemplo do que aconteceu com vocês, as situações é que me levaram a matar meus adversários. Era diferente quando lutávamos, ali não havia ameaça, mas quando passei a enfrentar homens loucos por derramar meu sangue, algo dentro de mim acordou, creio que seja o instinto de sobrevivência. Não se poderia culpar um coelho caso matasse uma raposa em autodefesa – disse Sttanlik e passou a cortar uma tira de sua capa para envolver o corte em seu bíceps.

Jubil jogou os braços para o alto.

— E quem lhe ensinou isso? O arqueiro? – apontou para a direção que Paptur tomou.

— Sim, Jubil, foi ele que me ajudou a superar as primeiras vidas que tirei. Entretanto, no caminho que percorri desde Sëngesi, conheci pessoas que me ensinaram muito sobre a vida e o valor dela. Preciso sobreviver, não importa como, e se alguém ficar em meu caminho, terá de se ver com minhas lâminas.

Jubil bufou novamente, estava prestes a falar algo, mas o relinchar de um cavalo o interrompeu. Paptur voltava com Hamma e Dehat. Sttanlik deu umas palmadinhas no pescoço de cada cavalo e, incrivelmente, eles pareceram felizes em reencontrar seu amigo.

— Tudo está conforme deixamos, Sttan. Ninguém mexeu nos alforjes e nossas provisões estão todas aqui – anunciou Paptur, que tirou seus pés dos estribos e deu um salto de cima de Hamma, ficando à frente de Jubil. – Olhe, desculpe-me por fazer graça sobre sua crença, como não tenho religião alguma, tendo a ironizar sobre esse tipo de assunto. Fui descortês com aquele que nos salvou e peço que me perdoe.

Os olhos de Jubil mediram Paptur dos pés a cabeça.

— Tudo bem, aceito suas desculpas. Um amigo de Sttanlik é meu amigo também. E eu quero agradecer por ajudá-lo a chegar até aqui, esse reencontro só foi possível pelo seu apoio – Jubil sempre foi sentimental como Sttanlik e abraçou Paptur.

— Olhe que coisa bonita! Quer me abraçar também, Sttanlik? – fez graça Jarvi, abrindo os braços.

— Não, você cuida de porcos, não quero que me passe esse seu cheiro de lavagem.

Todos começaram a rir e fazer graça do cheiro que cada um exalava. Na verdade, todos deixavam escapar um forte cheiro de suor, o dia estava quente e o sol ardia voraz sobre as copas das árvores. Mosquitos os rodeavam aos montes, o que indicava que seria um dia quente e seco.

Paptur olhou ao redor.

— Precisamos achar algum lugar para enchermos nossos odres antes de seguirmos viagem, ainda falta muito até Idjarni.

Os olhos de Jubil começaram a marejar.

— Está na hora de nos despedirmos, Jarvi e eu temos de voltar para a companhia daqueles monstros – suspirou cansadamente, odiava a situação em que se metera. – Depois de encontrarem esse tal de Aggel, para onde vão?

Capítulo 19 – Um novo olhar

— Vamos nos unir aos Andarilhos das Trevas. O líder dos yuquis nos disse que a base deles fica em Idjarni, lá poderemos ficar seguros até essa guerra acabar. Como sou burro! — Sttanlik deu um tapa na própria testa. — É claro, assim que conseguir escapar da guarda, vá para lá também, Jubil. Siga o Tríade por dois dias e nos encontre, ficaremos em segurança entre os rebeldes, pois uma guerra está prestes a acontecer. Que lugar melhor para ficar do que junto dos homens sem pátria? Acho que eles não vão se envolver nisso e, quando tudo passar, poderemos pedir a ajuda deles para retomar Sëngesi.

— Espero que esteja certo, vamos ver o que podemos fazer, irmãozinho. Bom, vá montar seu belo cavalo, siga para a floresta, embrenhe-se na mata e ache Aggel. Em breve nos encontraremos — abraçou fortemente seu irmão e parecia não querer mais largá-lo. — Desde que mamãe morreu, você foi sempre o único a estar ao meu lado, não quero que nada de mal lhe aconteça. Por favor, cuide-se, Sttan, pegue as espadas e proteja-se. Até logo, irmão. Sei que vamos estar juntos em breve.

— Até mais ver, irmão querido — disse Sttanlik com voz trêmula e embargada. Nunca fora tão difícil se despedir de Jubil, sempre tinha certeza de que ia revê-lo, mas essa situação era perigosa demais para convicções. — Cuide-se! Seja precavido com a guarda, eles são muito espertos. Preste atenção no que diz, certo?

— Pode deixar, eu vou tomar cuidado.

Em seguida, Jubil abraçou Paptur.

— Cuide de meu irmãozinho, se algo de mal acontecer com ele, você vai ter que acertar contas comigo, viu?

Paptur sorriu.

— Farei o possível, contanto que ele não queira dar uma de herói mais uma vez.

Todos riram. Sttanlik e Paptur despediram-se de Jarvi, apertaram as selas dos cavalos, guardaram suas armas e montaram. O arqueiro pegou seu apito para chamar Ren e, após guardá-lo, rapidamente juntou-se a Sttanlik no aceno de despedida. De cima dos cavalos, ficaram olhando Jubil e Jarvi, até não conseguirem mais ver os dois. Ren chegou nesse instante e seguiram seu caminho.

Sttanlik chorou copiosamente por muito tempo. Em respeito, Paptur manteve-se quieto, liderando o caminho por entre as árvores. Muito depois, quando tiveram certeza de que já se encontravam bem distantes de Dandar, acharam que seria seguro e consideravelmente mais rápido saírem da mata e seguir pela estrada, por onde percorreram um longo período.

De fato não corriam perigo, a estrada estava vazia, salvo alguns viajantes a pé e carroças que rumavam para Dandar. Nada de anormal chamou a atenção dos dois que puderam relaxar, sentindo-se mais confiantes. Incitaram os cavalos à cavalgada, não havia tempo a perder, Idjarni estava próxima. Sua jornada iria chegar ao fim, conseguiriam atingir seu objetivo.

O som de outros cascos apressados fez com que o sangue gelasse nas veias dos dois, alguém cavalgava em direção a eles. Semicerraram os olhos para tentar ver melhor quem era e pararam, conheciam o cavalo que se aproximava. E era Rifft que o montava, com certeza conseguira controlar a montaria que lhe foi fornecida e tentou voltar para Dandar.

— Esperem aí, garotos! — acenava com uma das mãos e com a outra segurava as rédeas. Mig estava deitada no lombo do cavalo e seu corpo desacordado balançava como uma boneca de pano.

— Vai para Dandar? Como está a princesa? — perguntou Sttanlik com os olhos fixos na garota, legitimamente preocupado. — E obrigado por nos ajudar! Desculpe-me, não pretendia brigar com você, só queria defendê-la.

Rifft parou o cavalo entre Sttanlik e Paptur.

— Ela não está nada bem, garoto, sua respiração está cada vez mais fraca — e apoiou-se com os dois cotovelos no arção da sela. — Quando consegui finalmente controlar esta fera louca, resolvi voltar para tentar ajudá-los, mas vejo que vocês são mais fortes do que eu imaginava. Alguma coisa pode matar vocês?

— Agradecemos a ajuda, mas conseguimos nos salvar. Você parece estar muito bem também, a ferida em seu rosto parou de sangrar. E para onde vai? — perguntou Paptur.

— Ah, para onde mais poderia ir... Vou acompanhá-los! A princesa depende de nós, não é? — Rifft deu dois tapas na enorme barriga. — E depois que a ajudarmos, vocês dois vão salvar Dandar comigo!

Capítulo 20
Monstros

O grito de horror e dor ainda ressoava por todos os lados, o clima da mata estava frio e a vida ali contida ganhava contornos caóticos: enquanto animais terrestres fugiam desesperados, revoadas dos mais diversos pássaros alçavam voo do topo das árvores.

— Antes de mais nada, quando isso vai parar? – perguntou Vanza, acariciando a crina de Sem Nome para acalmá-lo.

— Parece que o sargar está correndo em círculos, não quer perder nosso rastro, mas acho que, assim que sairmos daqui, ele se acalmará – em forma de menino, Yrguimir usava um graveto para simular uma espada e golpeava o ar fazendo pose de espadachim.

Ainda incomodada com o grito do sargar, Vanza fez uma careta.

— É muito irritante, você deve tê-lo machucado muito dessa vez.

— Ah, mirei no outro olho dele. Se acertei, ele deve estar cego agora, vai se recuperar, mas sabe-se lá quando! – cansou de sua brincadeira e jogou seu graveto longe, arrumou sua enorme mala nas costas e seguiu aos pulinhos ao lado de Vanza, segurando firme nas alças. – Quero agradecer por ter me aceitado ao seu lado, acredito que não aguentaria mais ficar sozinho, é muito bom poder conversar com alguém, Vanzinha!

Vanza reparou que a cada forma que tomava, Yrguimir adquiria traços típicos da idade que encarnava: quando idoso, falava como um sábio; ao se tornar jovem, assumia-se imponente e rígido igual a um homem feito; e agora, não mais que uma criança, agia tal e qual, brincando e cantarolando.

— Ora, quem deve agradecer sou eu, por ter me ajudado! Salvou a minha vida e confesso que é muito bom ter você por perto. Estava me sentindo muito só, antes de ser atacada por aquela coisa, conversar durante a viagem fará o tempo correr mais rápido – Vanza sorriu para Yrguimir. – Está com fome?

Yrguimir parou para pensar por um momento.

— Não sei. Acho que não. Vamos seguir mais um pouco e comeremos quando anoitecer, nós ganharemos terreno mais facilmente de dia. Creio que estamos indo no caminho certo – olhou ao redor, pôs o dedo indicador na boca e, depois, ergue-o no ar. – Já, já poderemos voltar para a estrada.

Agora não mais na mata fechada, procuraram seguir por um caminho que subia sutilmente, pontuado por enormes carvalhos e mato alto. A estrada corria paralelamente a eles, apenas cem metros os separavam, mas concluíram que seria melhor evitar contato com quem quer que fosse. Quando uma guerra se aproxima, as pessoas se tornam violentas, muitas tendem a efetuar roubos para conseguir se manter nos tempos difíceis que escurecem o horizonte.

Um forte farfalhar de folhas os deixou em estado de alerta, mas logo puderam relaxar ao ver que era apenas um veado que passou correndo freneticamente por eles, o motivo dessa fuga alucinada eram três caçadores com arcos e lanças o perseguindo. Constataram que uma aldeia devia estar próxima.

— Acho melhor tentarmos nos esquivar dessa aldeia. Você sabe em que direção ela fica? — perguntou Vanza.

— Acredito que fica mais a leste daqui, se estiver certo, é uma pequena aldeia de caçadores e tecelãs. Se me lembro bem, chama-se Laicos, ou Lacios, algo assim. Mas são um povo pacífico, nunca me incomodaram. Às vezes vinham tentar me vender algum produto, como redes, carnes, coisas do tipo. Mas isso — o semblante juvenil de Yrguimir tornou-se lúgubre — foi quando eu ainda era um homem feliz, casado e com uma casa muito bonita. Depois que me tornei viúvo, morando num lugar que é quase um cortiço, nunca mais recebi ofertas de nada.

Não encontrando palavras para consolar esse garoto que falava como um adulto, Vanza respondeu apenas concordando com a cabeça, a estranheza de ouvir um meninote dizer que era viúvo a fez pensar em quanto o mundo era sinistro, em quanta coisa acontecia e as pessoas optavam por ficar apáticas. Resolveu mudar de assunto e passou a contar lendas dos yuquis, histórias que pais narram para filhos, em geral inofensivas. Mas ao discorrer sobre o conto da Besta da Montanha, arrependeu-se. O menininho se pôs a tremer e, sentado no chão de braços cruzados, recusava-se a prosseguir.

— Ora, o que foi, Yrguimir? É só um conto, apenas isso! — Vanza apeou e abaixou-se para conversar com o garotinho assustado. — Meu pai não me mandaria para um lugar em que houvesse perigo, não é? Pode ter certeza, se ele me enviou, é porque não há com o que se preocupar, viu?

Yrguimir fez biquinho e contou as flechas da aljava presa à sua mala: 17 no total.

— Acho que é o suficiente — murmurou e deu um pulo para se levantar, continuando a caminhada. — Tem razão, Vanzinha, vamos seguir, estou louco para viver uma aventura!

Vanza ficou sem entender por um tempo, mas concluiu que só poderia ser coisa da idade que Yrguimir assumira naquele momento, as crianças às vezes apresentavam mudanças rápidas em seu comportamento. Deu de ombros e montou em Sem Nome que, antes de começar a andar, abocanhou um monte de grama e saiu ruminando.

Uma garoa fina passou a cair pouco depois e o agradável vento oeste começou a abrir brechas entre as cinzentas nuvens, o sol agora aparecia timidamente formando um opaco arco-íris. Codornizes voavam em círculos animados entre as leves gotas que tomavam o ar. Uma borboleta pousou no topo da cabeça de Sem Nome e Vanza esticou o braço para pegá-la, lentamente posicionou o dedo indicador para que ela subisse com cuidado. Com asas azuis, lilases e bordejadas de um profundo negro pontilhado de branco, era sem dúvida de uma espécie rara. A yuqui fez o possível para não a espantar e tentou entender qual seria seu significado, pois, segundo as crenças yuquis, as borboletas são espíritos desencarnados buscando seu rumo, muitos dizem que elas representam o recomeço, já outros acreditam que sejam mensageiras da morte, avisando que o fim se aproxima. De qualquer modo, Vanza ficou encantada com sua beleza e torceu por um bom presságio. Pouco tempo depois, a borboleta levantou voo e Vanza desejou-lhe boa sorte, acompanhando-a até não mais a enxergar.

Seguiram por muito tempo, o balançar de Sem Nome começou a deixar Vanza com sono, sentia-se cansada, seus olhos queriam se fechar, por mais que ela lutasse contra. Ao perceber isso, Yrguimir se ofereceu para guiar o burro e disse para Vanza relaxar. A garota não relutou e entregou-se ao sono, embalada pelo caminhar vagaroso, começou a sonhar.

Estava de volta a sua tribo, na festa yuqui da grande caça. Todos dançavam ao som de uma melodia de flautas de olmo e tambores, congratulando os caçadores pela bem-sucedida caça, numa preparação para o inverno. Corças e javalis giravam em espetos ao longo da grande fogueira e os homens mais corajosos andavam em brasas para mostrar sua masculinidade. Yuquitarr estava esplendoroso, sentado em uma grande cadeira, bebendo de uma bela taça de ouro. Ao seu lado, Cabott fazia todos rirem com suas piadas. Vanza via tudo parada, com muita emoção, e sentia-se em casa. Mas, ao tentar se aproximar, não conseguia, a cada passo que dava a tribo se afastava mais e mais. Repentinamente, a fogueira dobrou de tamanho e começou a consumir tudo ao seu redor. As pessoas ardiam, porém, mesmo assim, dançavam. Seu pai ria como um louco, dando socos no braço da cadeira, enquanto sua barba se incendiava e volumosas bolhas estouravam na sua pele. Ninguém parecia se importar com o que acontecia. Vanza gritava por eles, chorando e tentando ajudá-los, mas estava impotente, cada vez mais se distanciando, o cheiro de carne queimada provocava ardência em seu nariz.

— Vanzinha, Vanzinha. Acorde, por favor! — Yrguimir cutucava a perna de Vanza com seus dedos magros. — Você precisa ver isso!

Vanza acordou assustada, piscou os olhos algumas vezes para voltar à realidade e secou o suor de sua testa.

— O que foi, Yrguimir?

— Olhe, olhe! — apontou para a estrada.

— Pela fúria de Merelor! — os olhos da nômade arregalaram-se.

A estrada estava tomada por famílias, uma multidão seguia rumo ao sul com carroças cheias de pertences, mobílias e até alguns idosos, que certamente tinham dificuldades de locomoção. Homens e animais dividiam o trabalho de puxar o que quer que conseguissem carregar, apesar de, à primeira vista, não possuírem nada de valor. Crianças agarravam-se às saias das mães e homens andavam cabisbaixos à frente, armados de lanças de caça. Todos traziam tristeza no olhar, alguns não se seguravam e choravam copiosamente.

Vanza já vira isso uma vez, uma cidade ou aldeia sofrera uma invasão, pessoas foram expulsas de suas casas e tiveram de ir embora levando somente a roupa do corpo e poucas coisas que conseguiram salvar.

— O que está acontecendo, Vanza? — Yrguimir estava pálido.

— Creio que alguém tomou os lares dessas pessoas — Vanza tentava mostrar-se calma para não assustar o menino. — Onde estamos?

— Você dormiu por três horas, passamos por toda a Firma, não conheço estas terras. Olhe! — e apontou para o norte.

Uma longa e espessa coluna de fumaça erguia-se no ar, somando-se às pesadas nuvens escuras que agora encobriam completamente o céu. Ao pé da coluna, podiam ser vistas largas labaredas, pintando o horizonte e arranhando a abóbada celeste com seus dedos finos e alaranjados. O cheiro de queimado que Vanza achou ser um resquício de seu sonho era real e significava morte e perigo pelo caminho.

— Temos de encontrar outro trajeto, não sabemos o que está acontecendo por ali — Vanza cobriu o rosto com o véu, ajeitando as suas longas madeixas para dentro do fino tecido. — E acho que não precisamos saber, nós dois não faremos diferença.

— Tem razão, por mais que quiséssemos, agora não poderíamos fazer nada — Yrguimir retirou a mala de suas costas e deitou cuidadosamente seu arco no chão. — Preciso mostrar-me mais forte! — e começou a se transformar em adulto outra vez, gemia dolorosamente enquanto seu corpo aumentava de tamanho, sua pele se esticava e ossos estalavam, como se estivessem se quebrando. Por fim, levantou-se coberto por uma fina névoa esverdeada. — Podemos ir, Vanza — disse com sua voz adulta, grave e imponente.

Não importava quantas vezes Vanza visse isso, sempre se surpreenderia, as transformações de Yrguimir eram impressionantes. A forma aparentemente dolorosa como aconteciam, causava-lhe um calafrio na espinha. "Quanto sofrimento será que esse homem passou e, pior, quanto ainda irá passar?", pensou ela. Não havia como negar que se tratava de alguém forte, pois ele sempre agia de maneira normal após cada transformação, mas claramente alguma coisa o incomodava.

— Podemos contornar aquele morro e dar a volta, para evitar a aldeia. Creio que estar em um terreno elevado nos dará vantagem, caso sejamos atacados — sugeriu Vanza com um sorriso nos lábios.

— Ótima ideia, e como possuo um arco, posso afugentar os idiotas que ousarem nos atacar — disse Yrguimir, dando um leve toque no seu longo arco. — E posso perguntar do que está rindo?

— De nada. É que eu gostaria que meu pai estivesse aqui, sem dúvida se orgulharia em ver sua filha tomando decisões estratégicas — Vanza bateu seus calcanhares em Sem Nome e passaram a subir pela relva.

O caminho continuou em um sutil ascendente por volta de um quilômetro, mas, após isso, tornou-se uma tortuosa ladeira tomada por mato alto e uma grama que, devido a recente garoa, era escorregadia como granito molhado. Vanza teve de desmontar e, ao lado de Yrguimir, improvisou cajados com dois compridos galhos de um olmo enegrecido, provavelmente produto de um recente raio e que agora apodrecia na relva. Sem Nome subia bufando, carregava os alforjes e a mala de Yrguimir, mas parecia não se incomodar com a elevação e seguia seu caminho sem apresentar resistência.

Após muito esforço e várias escorregadas, atingiram a parte mais plana. Pararam para observar o terreno, Vanza pegou o mapa que seu pai lhe dera para traçar um rumo. À oeste, o

Capítulo 20 – Monstros

terreno abria-se belo, com um horizonte verdejante pontilhado por flores de cores vivas; já o leste era mais sóbrio e seu tom de verde mais escuro, provavelmente o céu encoberto criasse essa ilusão. Segundo o detalhado mapa de Vanza, entrariam agora na estrada Vincenz, que, após atravessar a região de Mort'a, se transformava na estrada Nortenha e seguia além de As Três Moradas. Após contornarem a região correspondente à aldeia atacada, poderiam descer e tinham de prosseguir pela estrada, uma anotação em letras vermelhas no mapa dizia: "Muita cautela! Garranos".

– Acho que Vincenz possui muitos cavalos – disse Vanza, sem tirar os olhos do mapa.

– Se não me engano, garrano é uma raça de cavalos, não é? Seria bom para mim, poderia conseguir uma montaria. Mas por que a recomendação de cautela? – perguntou Yrguimir afagando a barba.

Após enrolar o mapa e guardá-lo, Vanza ergueu as palmas das mãos sutilmente.

– Esse mapa era do meu pai, acredito que possa ser algum código ou algo do tipo. Bom, mas é para lá que temos de ir, portanto, vamos logo.

Um trovão chacoalhou a terra como um aviso, não tardou muito e a leve garoa evoluiu para uma chuva pesada. Antes de prosseguir, olharam para a aldeia que, mesmo com a tempestade, ainda ardia, não havia movimentação humana aparente, mas duas bandeiras em xadrez preto e vermelho ondulavam com os fortes ventos, postadas longe dos incêndios. Já encharcada, Vanza pediu mentalmente a Merelor para que ajudasse aquelas pessoas, agora não mais que tristes pontos ao longo da estrada, transformada em lamaçal. Respirou fundo e se virou para o norte, tinha de seguir seu caminho, quanto mais rápido concluísse sua missão, mais perto estaria de reencontrar seu pai e amigos.

– Vamos lá, Yrguimir, rumo Às Três Moradas! – tirou seu manto, o dobrou e guardou no alforje. – E que o mundo veja meu rosto, não mais me esconderei.

– Com todo o respeito... fico feliz. É um prazer ver seu rosto. Mas me diga, qual é a razão disso? – intrigou-se Yrguimir.

– Por muito tempo me escondi, pensava ser um monstro, mas aquilo sim é um trabalho de monstros – sem olhar, apontou para onde as chamas ardiam. – Eu sempre fui uma boa garota, uma filha séria, era imatura por me sentir assim, insegura. Acho que daqui para frente devo ser Vanza, filha de Yuquitarr, a primogênita do líder e uma orgulhosa yuqui, só isso! E você, Yrguimir, meu novo amigo, trate de se aceitar com altivez! Você é único, um homem que pode ter a idade que desejar, sinta-se feliz por ser essa pessoa boa, que tem uma dádiva, e àqueles que discordarem, que enfrentem nossas armas – retirou a espada da bainha e ergueu-a no ar. A bela Plumbum, com suas quinhentas gravações em ouro, recebia inúmeras gotas que cintilavam, enquanto escorriam dançando pelas nuances da lâmina. – E se for para sermos monstros, que sejamos os mais poderosos possíveis.

– Acho bom e, sim, seremos dois dos melhores, rumo até As Três Moradas para encontrar outra criatura – Yrguimir, com os cabelos encharcados colados ao rosto, imitou o gesto de Vanza e ergueu seu arco no ar.

– Três monstros juntos, isso vai ser interessante! – Vanza sorriu. – Os anjos que se cuidem, porque As Três Moradas serão nossas!

Capítulo 21
NÃO LUTAR EM VÃO

O caminho agora estava deserto, Paptur olhava para o alto observando o avanço de Ren pelo céu de um azul pálido, sem vida. O sol brilhava temeroso entre ondulados traços de nuvens que em breve seriam engolidas por outras escuras vindas do leste.

— Creio que podemos seguir sem problemas, mas vem chuva por aí! — Paptur cuspiu um caroço de pera por sobre o ombro. — Tem certeza de que não quer? Está fresquinha — esticou o braço para oferecer a fruta a Sttanlik.

Sttanlik negou com a cabeça e olhou para a desacordada Mig, que estava amarrada no cavalo à sua frente.

— Acha que conseguiremos? Ela não pode morrer!

— Que morra! Uma a menos para torrar minha paciência! — Rifft falou bem alto e fez um gesto estranho cruzando os dois braços.

Paptur olhou para Sttanlik e gesticulou desdenhoso.

— Deve ser um insulto típico de Dandar, ainda bem que não entendo, senão ele ia ver.

— Calma, Aljava, a raiva dele já vai passar, tenho certeza! — Sttanlik sorriu e continuou a cavalgar, velando por Mig.

Logo após o reencontro com Rifft, Paptur negou rapidamente que ajudaria a salvar Dandar, impedindo que Sttanlik fizesse mais uma promessa impossível de ser cumprida.

— Adoraríamos ajudar, mas não podemos — Paptur se esforçou para soar amigável, apesar de dar a resposta sem ao menos pensar.

— E o que os impede? — irritou-se Rifft.

— Um monte de estrume vermelho! Como acha que só nós três poderíamos enfrentar um exército inteiro?

— Com estratégia!

— Concordo e estamos usando uma bela estratégia agora — o arqueiro mostrava-se levemente exaltado.

— Ah, sim, e qual é? — animou-se Rifft.

— Evitar! Ficar bem longe deles! A melhor estratégia nesse momento é sobreviver e está sendo bem-sucedida. Desculpe, mas sua cidade está perdida.

Rifft ficou vermelho como uma maçã madura.

— Fugir?

— O covarde foge, o esperto evita — interveio Sttanlik.

Paptur arregalou os olhos em direção a Sttanlik.

— Nossa! Que belo aluno você é! — sorriu e fez um sinal de aprovação fechando o punho, balançando-o duas vezes.

Sttanlik correspondeu ao sinal. Irritado, o taberneiro deu-lhe um tapa na mão.

— Ei! Para que isso? — disse recolhendo a mão. — Mas é verdade, Rifft.

— É claro... é muito fácil ficar falando frases feitas quando não se perdeu nada!

Agora foi a vez de Sttanlik se alterar.

— É fácil? Não perdi nada? — pôs-se a gritar. — Minha cidade também foi tomada pela Guarda Escarlate, seu gordo imundo!

Paptur fez um gesto conciliador, pondo as mãos nos ombros dos dois, que se encaravam bufando, sem ao menos piscar.

— Calma, amigos! Não vamos chamar muito a atenção, já tem gente olhando para nós — apontou para alguns viajantes que passavam observando o trio que discutia no meio da estrada de terra batida.

— E daí? Que olhem! Logo vão passar por Dandar e encontrar um belo espetáculo lá!

Virou-se para as pessoas que os encaravam:

— Isso mesmo, olhem o quanto quiserem, provavelmente será a última coisa que irão ver!

Sttanlik ainda bufava de raiva quando se dirigiu a Rifft:

— Eu perdi tudo também, a guarda tomou meu lar, minha plantação e toda minha vida. Se não fosse por um golpe do destino, eu estaria agora apodrecendo na ponta de uma lança no chão de pedra de Sëngesi — os olhos raivosos de Sttanlik marejaram.

Passando para um tom mais ameno, Rifft aquiesceu:

— Tudo bem, se o que fala é verdade, acho que entende o que estou passando. Mas, veja, eu tenho um negócio na cidade. Minha taberna, meus empregados... o que será deles?

— Ora, não será muito diferente do que se você estivesse lá. A guarda vai tomar o lugar e o dinheiro do povo, todos serão escravos. Pelo menos você escapou, não é? — Paptur aproveitou a acalmada de ambos para criar uma trégua. — Deixou algum ente querido? Aquela garotinha que nos serviu o jantar era sua filha?

— Ah, não, não. Eu bem que gostaria, a mãe dela tem os maiores... — pôs as mãos em concha na altura do peito para simular seios.

E arrematou:

— Bom, está tudo certo, mas vocês ainda vão me ajudar a salvar minha terra, não vão?

— Não — apesar de tão direto, Sttanlik soou amistoso. — Adoraríamos, mas não somos capazes. Ao sair de minha cidade, prometi que voltaria para ajudar, mas agora vejo que a guarda é mais poderosa do que eu imaginava. Estão expandindo seus domínios e em breve tomarão Relltestra inteira. O que podemos fazer é nos esconder e depois tentar tomar o partido de algum grupo rebelde. Não acha que seria a melhor estratégia?

Capítulo 21 – Não lutar em vão

– Pode ser, mas ainda assim acho que me devem isso. E agora eu estou aqui com essa garota às minhas costas, não consigo nem cavalgar direito – disse Rifft, virando-se para olhar Mig.

– Olhe, quanto à garota, eu posso levá-la, meu cavalo é bem maior que o seu – interveio Paptur.

– Eu a levarei! – Sttanlik foi enfático e rapidamente apeou de Dehat para pegar Mig.

Rifft o ajudou a colocar Mig à frente da sela de Dehat. Sttanlik montou e fez o mesmo que no deserto com Paptur, passou sua tira de couro prendendo firme a garota junto ao seu próprio corpo, para que balançasse o menos possível. Depois, acariciou os cabelos de Mig cobertos de suor e notou que ela estava com febre.

– Ela está fervendo! O que podemos fazer? – perguntou preocupado.

– Neste instante, nada. Mas, se encontrarmos alguma fonte de água, poderemos fazer compressas – sugeriu Paptur, enquanto pegava uma fruta no alforje.

– E agora, para onde vamos? – perguntou Rifft.

– Nós, para Idjarni, mas você pode ir para onde quiser – o arqueiro estava montando em Hamma.

– Ora, não querem minha companhia?

– Não é isso, mas vamos seguir para Idjarni, com ou sem você. Não é obrigado a vir conosco.

– Mas você é um safado, ruivo. Acabei de decidir que não gosto de você! – irritou-se novamente Rifft e ficou parado ao lado de sua montaria com os braços cruzados.

Paptur sorriu para ele, vestiu seu capuz e disse:

– Nunca pedi para ninguém gostar de mim, em geral eu odeio todo mundo mesmo, pode se incluir nessa lista, "amigo".

Rifft bufou e olhou para Sttanlik, que nem escutara o que discutiram. O jovem começou a seguir seu rumo com os olhos fixos em Mig. Com a falta de reação de Sttanlik, Rifft se enfureceu de vez e chutou um pedregulho que estava próximo ao seu pé direito.

– Que morram, então! – foi tudo o que disse antes de montar em seu cavalo e tomar a direção contrária.

– Você é quem sabe – Paptur acompanhou Sttanlik pela estrada, dando as costas para Rifft.

Mas não demorou muito para que Rifft percebesse que não poderia ir para Dandar e resolveu voltar, ficando no encalço dos dois, mas numa distância de alguns metros. Em sua cabeça, era como se não estivesse junto deles e seguisse um outro caminho completamente diferente, apesar de não desgrudar dos dois.

A estrada de Dandar fazia uma brusca curva para o leste e a de Alcatte tinha seu início a partir dali, seguindo para o oeste. Cercada por floridos arbustos bem podados, havia uma estátua com dois metros e meio de um anjo de braços abertos apontando com as palmas das mãos para as duas direções. A estátua de mármore fora esculpida por um excelente artista, podia se ver claramente todos os pormenores: cabelos que caiam ondulados por sobre os ombros largos do anjo pareciam ter sido entalhados fio a fio, em um árduo trabalho; as asas tinham todas as penas bem detalhadas e numa olhada rápida davam a impressão de ser reais. A estátua era sem dúvida muito antiga, por todo o planejamento, as dobras da roupa e pelos vincos do rosto, encontravam-se manchas amareladas; a ponta do nariz da escultura também fora comprometida e estava gasta. Mas, mesmo assim, era uma bela obra de arte e evocou as crenças de Sttanlik, que fez o sinal de proteção dos anjos, com os olhos fechados, e uma oração murmurada.

— Eu já estive aqui, Sttan. Apesar de não acreditar no poder dos anjos, acho essa uma bela estátua — Paptur observava a obra enquanto punha os cabelos por trás das orelhas. — Existe uma igualzinha entre a estrada Nortenha e a de Vincenz, elas indicam os pontos onde as estradas que levam ao sul e norte se encontram.

— É sagrada, Aljava, posso sentir seu poder — disse Sttanlik emocionado.

— As únicas asas que têm poder na minha opinião são as de ouro, prata, bronze e cobre — Rifft sorriu para Sttanlik, na intenção de provocá-lo.

— Ora, e não é que ainda se pode ter esperanças para você, afinal de contas? — Paptur fez uma reverência para o taberneiro. — Mas vamos respeitar a crença de meu amigo aqui, o que quer que seja bom para ele é também para nós. Sttanlik é um grande homem, Rifft, e sei que você também é. Que tal uma trégua para podermos nos alimentar juntos, eu ainda não tomei meu desjejum, e uma pera não conta. O que me diz? — falou oferecendo a mão para Rifft.

Para surpresa de Paptur, Rifft abriu um enorme sorriso e apertou seu antebraço com força.

— Agora sim, eu não gosto de ficar brigando, faço isso na minha taberna para não ter prejuízos, mas sou um homem amigável — afagou a careca e deu a mão a Sttanlik. — Muito bem, estou com muita fome, também não comi nada desde aquele banquete de sangue com os guardas de Dandar e os bárbaros!

Todos caíram na gargalhada. Saíram da estrada e escolheram ficar sob a sombra de duas amendoeiras, cujos galhos se trançavam como um abraço apaixonado. Sentaram-se atrás de arbustos de murta e sálvia, o cheiro da natureza fez com que tivessem uma agradável refeição: pão chato yuqui, quatro laranjas e a pera restante que ganharam de Laryn. Guardaram a carne de javali e cordeiro para comer mais tarde. Rifft pegou um longo pedaço de mato e passou a mordiscar, deitado na relva com as duas mãos atrás da cabeça. Mas teve de se levantar, apesar da resistência.

— Melhor prosseguirmos, quando chegarmos a Idjarni poderemos repousar, pois não há tempo a perder, a princesa precisa de nós. O veneno a está corroendo por dentro — Sttanlik voltou ao seu semblante sério.

— Concordo, Sttan, mas uma coisa me incomoda. Eu não acho que essa garota seja uma princesa, não se veste como tal. E se você parar para pensar, por que ela sairia de seu castelo para ir comer numa taberna em Dandar?

— Ei, minha taberna possui fama por toda Relltestra, reis vêm de toda a parte só para provar minha deliciosa cerveja — Rifft ergueu o queixo orgulhoso.

— Ah, é? Diga-me o nome de dois reis que estiveram sob o teto de sua espelunca? — desafiou Paptur e olhou para o céu.

— Muitos, dezenas ao longo dos tempos... O que você está olhando? – curioso, Rifft se aproximou e tentou localizar o ponto que Paptur focava.

— Ren está próxima, acho que foi caçar – então, olhou para Rifft, que estava bem a sua frente, e deu-lhe um tapa na careca. – E pare de ser mentiroso – e gargalhou a ponto de se curvar, com as mãos na barriga.

Rifft irritou-se inicialmente e, após retribuir o tapa, passou o braço pelo ombro de Paptur e ambos gargalharam. Sttanlik ficou sem entender nada, mas a cena o fez rir também.

— Gosto de vocês, garotos! São idiotas, mas simpatizo com vocês – e subiu em seu cavalo. – Vamos, então?

Por um longo período, prosseguiram pela estrada Alcatte, que começou a tomar o rumo ao nordeste e Paptur, que já conhecia o lugar, sugeriu que seguissem por fora dela, pois sabia que Idjarni ficava a oeste, apesar de nunca ter estado lá.

Sttanlik ficou confuso.

— Aljava, você disse que nunca esteve em Dandar, mas conhece essa estrada. Para onde você foi daqui?

Paptur franziu o cenho.

— Ora, fui para o leste, a Vincenz fica a alguns quilômetros, facilmente atingível – esticou o braço para a recém-chegada Ren, que voltara de sua caça.

Sttanlik ficou satisfeito com a resposta e esqueceu o assunto.

Começaram a ir cada vez mais para o oeste, o campo pelo qual passavam era coberto por mato alto, mas poucas árvores; duas enormes pedras de formato oval, com mais de três metros, apareceram no meio do caminho, pequenas runas estavam gravadas em toda a sua extensão.

— Adoraria saber o que está escrito aqui – Paptur começou a coçar o queixo.

— Devem ser maldições antigas – sugeriu Rifft, fingindo um calafrio.

— Então é melhor avançarmos, não é um bom dia para sermos amaldiçoados – brincou o arqueiro.

Evitando passar pelo meio das pedras, eles as contornaram e descobriram que o caminho acabava em um declive, tão íngreme que mais parecia um desfiladeiro. Aproximaram-se e, quando estavam prestes a chegar à borda, Mig começou a ter tremores fortíssimos e a vomitar uma substância esverdeada escura.

— Acho que é bílis – Rifft virou o rosto com cara de nojo.

Sem dizer nada, Sttanlik desamarrou a garota e cuidadosamente a deitou no chão, limpou a boca dela com sua manga e ao passar a mão por sua testa, viu que estava mais quente ainda, sua temperatura aumentava cada vez mais. Entrou em desespero, pois não sabia o que fazer.

Rifft pegou um dos odres presos a Dehat, rasgou um pedaço do tecido de sua camisa e embebeu-o com água.

— Tome aqui, garoto, ponha na testa dela.

Sttanlik agradeceu, colocando a compressa e, ao pegar a mão direita de Mig, viu que suas unhas e veias começavam a escurecer, adquirindo um tom cinzento. Aflito, sem dizer nada, ergueu-se e ficou andando de um lado para o outro a fitar o chão.

Rifft se aproximou.

– Calma, garoto, ainda há esperanças – disse em tom afável.

Sttanlik se preparou para responder – estava farto disso tudo, queria apenas viver em paz –, mas foi impedido por Paptur, que havia se afastado e voltava correndo.

– Venham, venham ver uma coisa – balançava os braços acima da cabeça freneticamente enquanto corria.

– Não quero ver nada, Aljava, deixe-me em paz.

O arqueiro pegou a mão de Sttanlik e começou a puxá-lo.

– Vai ver, sim. Sou eu que estou dizendo!

Sttanlik apresentava uma resistência leve, como uma criança birrenta, mas seguia o amigo.

Rifft os acompanhou, e ao chegarem à beira do declive, todos ficaram mudos: onde quer que o olho alcançasse, o horizonte era verde, não havia fim para uma mata tão grande, como se fosse um mar de árvores. Tudo pelo que lutaram, estava ali, a uma distância de um dia, um dia e meio, de cavalgada.

Paptur apontou para o horizonte verdejante e anunciou solenemente:

– Senhores, apresento-lhes Idjarni!

Capítulo 22
Conhecendo os temores

— Fique longe ou mataremos você, aberração! – gritou Erminho com seu machado em punho apontado em ameaça.

— Mas vocês me chamaram, e estou aqui! – o homem do fogo sorriu e estalou os dedos criando uma centelha que rodopiava. – Nunca evoque o que não pode controlar! Não lhes ensinaram isso?

Ckroy assistia a tudo boquiaberto, o homem de seu sonho, a razão de sua missão, estava bem à sua frente e, como a maioria, ele estava paralisado. "O que fazer?", perguntava-se. Apesar do medo que sentia de alguém tão poderoso, ainda não era isso que o incomodava desde o começo, algo maior lhe revirava o estômago.

— Antes de mais nada, por educação, devo me apresentar. Meu nome é Gengko, filho do grande vulcão e detentor do âmbar sagrado. Este aqui – apontou com o polegar, por cima de seu ombro, para o gigante às suas costas –, não importa o nome, por enquanto – reprimiu um risinho com a mão. – Agora, o que querem de mim? – sentou-se, cruzou as pernas e ficou fazendo círculos com o dedo na areia, encarando o exército armado.

Ckroy impressionou-se com a maneira educada, e sem sotaque, com que ele falava, não dava a impressão de ser um selvagem, parecia mais alguém vindo do continente, e o jeito como articulava as palavras tinha muito em comum com os sulistas.

Stupr se adiantou e ficou frente a frente com Gengko, pois como capitão devia ser aquele que tomaria a iniciativa, mas mantinha-se a uma distância segura.

— Sou Stupr, capitão desse navio. Somos enviados de Cystufor. Nosso rei Manydran nos deu a missão de encontrá-lo e pediu para que o levássemos até a terra do gelo conosco. Espero que entenda que viemos em paz!

Gengko analisou Stupr dos pés a cabeça e apontou para seu pescoço.

— A cicatriz em seu pescoço.

— O que tem ela?

— Como a conseguiu? – perguntou e cruzou os braços. – E seja sincero, odeio mentiras.

O capitão concluiu que não havia nada de mais em contar sua história.

— Em uma luta. Por muitos anos, Cystufor esteve em guerra com Macoice, o país vizinho ao nosso. Eu era um soldado na época e, em um ataque no qual fomos derrotados, um homem atacou-me à traição, pelas costas. Puxou-me pelos cabelos e cortou-me a garganta — passou a mão na enorme cicatriz. — Mas não foi fundo o suficiente para me matar, fiquei sangrando como um porco no matadouro por um bom tempo até ser resgatado por nossa reserva, que havia se atrasado, estragando nosso plano. Por isso fomos derrotados.

Gengko balançava a cabeça ao fim de cada frase, como se concordasse com o que ouvia.

— E não aprendeu nada com isso, não é?

— Como assim?

— Ainda deixa os cabelos compridos, poderiam ter feito com você a mesma coisa aqui.

Stupr deu uma risada, que não parecia ter muito humor.

— Garoto, depois daquele dia, aprendi a me defender melhor que ninguém — respondeu com orgulho. — Mas me diga, por que quis saber a respeito de minha cicatriz?

— Você me disse que veio em paz, mas seu rei enviou guerreiros para isso. Imagino que o conceito de seu povo sobre paz é bastante confuso — levantou-se e apontou ao redor, para todos os corpos sem vida, cada um cercado por uma ilha de sangue criada na areia. Centenas de gaivotas já estavam reclamando a carne fresca dos cadáveres em uma barulhenta nuvem de pássaros famintos. — Isso é paz para vocês?

Stupr ficou mudo, muitos não puderam evitar e abaixaram a cabeça envergonhados, Gengko tinha razão, vieram aqui para massacrar um povo inocente. Ckroy mantinha seus olhos fixos nos do homem que controlava o fogo e, por mais de uma vez, teve o olhar retribuído. Algo dentro do rapaz começou a fazer sentido, seus temores começaram a aparecer mais claramente. Seus pensamentos foram interrompidos por Gengko, que voltou a falar.

— Creio que não há respostas para isso, não é, capitão Stupr? — aproximou-se do corpo de um jovem selvagem, de uns vinte anos, ergueu seu rosto que havia sido cortado do nariz para baixo. Um gotejar rubro caía viscoso na arcia, outrora bela e intocada. — Este aqui é... digo, foi Muquituff, um jovem caçador que tomou a bela Jundi como esposa há algumas luas. Ele planejava ser pai de três garotos, passava noites em volta da fogueira coletiva dizendo o quanto queria ensinar seus filhos a caçar — soltou a cabeça do cadáver no chão e abaixou-se próximo ao corpo carbonizado de Garvin. — Este outro, amigo de vocês, o tal Filho do Fogo, imagino que também tivesse família, filhos, talvez algum animal que lhe dava afeto cada vez que entrava pela porta, voltando de alguma missão em nome de seu rei. Diga a eles que ele morreu pela paz. Acha que entenderão?

Ainda não havia resposta que pudesse ser dita pelos homens do norte, corroíam-se por dentro com a verdade sendo jogada em suas caras com uma frieza impressionante.

Ckroy finalmente entendeu seus temores. O homem do fogo, motivo de sua missão, estava, sem saber, esclarecendo suas dúvidas. O medo de Ckroy não era o de ser morto por selvagens, ou morrer torrado por uma erupção vulcânica, mas sim de que estavam cometendo um erro, essa missão tinha um objetivo obscuro desde o início e ele sentia isso. Não era certo mexer com a vida daquelas pessoas, selvagens ou não. Não tinham o direito de

Capítulo 22 – Conhecendo os temores

ir buscar alguém contra sua vontade. Pensando bem, eles não eram homens do mar, nem marinheiros em uma missão nobre. Não passavam de sequestradores com consentimento real. "Somos os vilões", pensou tristemente.

Stupr finalmente encontrou o que falar.

– Mas vocês é que derramaram o primeiro sangue. Meus homens foram atacados sob a bandeira branca ao se dirigirem à sua tribo, um deles está em estado grave e, provavelmente morrerá antes de o sol tocar o mar.

– Se estivesse sentado em sua casa tranquilamente e homens entrassem armados enquanto você jantava, o que faria? Receberia-os com um chá quente e ofereceria sua mesa para sentarem com você? – sabendo que mais uma vez deixaria os invasores sem resposta, Gengko deu um sorriso torto.

Desconcertado, Stupr limpou a garganta.

– A missão era de paz, estavam armados apenas para o caso de serem atacados. E foi o que aconteceu, não foi? – apontou o dedo para o rosto de Gengko, era sua vez de se sentir vitorioso.

– Foi isso o que lhe disseram? – ergueu uma das sobrancelhas, apesar de não possuir nelas pelo algum. – Obviamente é mais fácil dizer uma mentira do que revelar que entraram em nossa tribo como um bando de loucos armados, anunciando que deveríamos nos render. Gritavam que seríamos levados como escravos e que nossas mulheres pertenceriam a eles – Gengko olhava para a formação de homens, que após sua aparição estava compacta, e procurava por aqueles que pudessem ter estado em sua tribo. – Quando viram que a maioria das pessoas não entendia seu idioma, começaram a cuspir xingamentos e, ao esbofetear um ancião, nós reagimos. Diga-me agora, capitão, estávamos errados em revidar?

"O que responder?", pensou Stupr. Todos os olhos estavam sobre ele. Era um homem com a fama de ser justo, não podia trair sua reputação nesse momento. Se o que Gengko contou era verdade, seus homens deveriam sofrer punições severas! Desobedeceram ordens e em vez de irem em paz, invadiram e ameaçaram, causando uma batalha sem necessidade. A pena para uma desobediência dessas teria de ser no mínimo cem chibatadas, isso se tivessem sorte.

– Terei de apurar o caso, mas peço que considere minhas desculpas, não era a intenção desta tripulação fazer seu povo sofrer mal algum.

E pela primeira vez, a tripulação viu o rígido capitão Stupr ruborizar-se.

– Desculpas não trarão a paz de volta a meu povo, muitos morreram aqui. Tem ideia de quantas famílias foram destruídas? – aproximou-se lentamente de Stupr, com passos cadenciados, que eram imitados pelo gigante às suas costas. – Vieram atrás de sangue e sangue conseguiram. Acho que é a vez de vocês sentirem o que é a dor da perda! – levantou o braço direito bem alto e soltou labaredas da palma da sua mão, o fogo ergueu-se por mais de três metros, o calor era impressionante. Stupr assustado recuou e, após alguns passos, tropeçou em um cadáver.

Centenas de arcos flamejantes começaram a riscar o céu acinzentado, flechas aproximavam-se para beijar fatalmente os homens de Cystufor, com suas pontas incandescentes.

Os selvagens não fugiram, somente se reagruparam por trás de pequenos morros de areia e também pela mata que ficava ao fundo da praia.

– Recuar! – gritou Stupr, enquanto lutava para se levantar de cima do cadáver em que tropeçara. – Recuar! Escudos elevados!

Mas não houve tempo, as flechas começaram a chegar a seus alvos e o terror se estabeleceu, os homens do gelo eram atingidos pelo fogo e ardiam entre gritos desesperados. Capas de pele e escudos com proteção de couro incendiavam-se como palha seca. As gaivotas assustadas levantaram-se num voo barulhento, disputando espaço no céu com setas mortais.

Antes mesmo da primeira leva de flechas atingir seu alvo, uma segunda já estava no ar, trazendo pânico àqueles que até poucos minutos entoavam canções de vitória. A desesperação era traduzida em gritos, choro, sangue, fogo e dor.

Ckroy juntou-se ao grupo que tentava se esconder por trás dos escudos, os homens faziam uma formação tartaruga, onde um escudo unia-se ao outro formando um domo, a única defesa possível em um ataque desse tipo. Mas as pontas flamejantes incendiaram muitos escudos e algumas pequenas brechas foram o suficiente para que setas invasoras achassem seu caminho, não havia escapatória.

– Temos de sair daqui! – Erminho estava deitado de bruços no chão com as mãos sobre a cabeça. – Vamos avançar, quero cair lutando!

Não havia alternativa, tinham de avançar e tentar se defender atacando, a formação se abriu e homens desprotegidos tentavam manter-se no encalço daqueles com escudos. Simplesmente, era um caos.

– Venha, Erminho, pegue minha mão! – Ckroy não podia deixar que seu companheiro fosse atingido pela próxima leva de flechas, que já estava na descendente. – Viemos longe demais para morrer assim!

Erminho se levantou e acompanhou Ckroy na corrida para cima dos selvagens pela praia, agora cheia de flechas cravadas na areia e recém-criados cadáveres, somados aos da matança anterior.

– Quero uma bebida, estou com sede.

– Lute primeiro, Erminho, depois beberemos, até água do mar se você quiser! – Ckroy avançava com o olhar para o céu, tinha de evitar o lugar onde muitas flechas caíam juntas, era sua única chance. Um jovem foi atingido no pé e largou seu escudo no chão enquanto gritava, Ckroy pegou seu escudo e berrou por sobre a ensurdecedora gritaria:

– Fuja daqui, volte para o acampamento!

Stupr se juntou ao avanço, em sua armadura haviam duas flechas cravadas, sendo uma na coxa; a outra, certeira, em seu ombro, fazendo o sangue verter pelo pequeno orifício, em um risco vermelho pelo peitoral da armadura.

– O garoto, peguem o garoto de fogo!

Gengko estava correndo na direção da mata, virava-se algumas vezes e juntava as mãos para atirar uma bola de fogo sobre os homens de Cystufor, mas não conseguia acertar ninguém de forma fatal, a chama perdia a força antes de atingir o objetivo. O gigante

Capítulo 22 – Conhecendo os temores

de pedra avançava pesadamente atrás dele, quatro flechas o haviam acertado, mas ele não parecia notar, aparentemente não havia sangue.

Ao se aproximar de onde as flechas partiram, os homens de Cystufor se separaram e foram para cima dos selvagens com ódio no olhar. A maioria dos atacantes já havia debandado para o fundo da mata. Gengko e o gigante também não podiam mais ser vistos. Uma perseguição se iniciara, pelas terras selvagens.

Parado no fim da praia, de pé sobre o primeiro círculo de grama que achou, Stupr apontava direções para seus homens seguirem.

– Achem todos, matem um por um, o único vivo que quero é o fogueirinha – o capitão arfava em busca de ar, a corrida o deixou esgotado. – Erminho, venha cá, agora.

Erminho se aproximou e olhou para a flecha no ombro de Stupr.

– Senhor, precisa cuidar disso.

– Você é curandeiro, por acaso? Deixe que dessa feridinha cuido eu! Quero que lidere um grupo e vá até onde for preciso nessa mata, o homem de fogo não pode escapar!

– Sim, senhor!

– Capitão, o que eu posso fazer para ajudá-lo? – perguntou Ckroy com sua bela espada em punho.

– E eu sou sua mãe? Use essa espada, faça alguma coisa, menino! Vá, vá! – visivelmente abalado, Stupr perdera a calma que sempre demonstrara.

Agora sob as árvores, Erminho dirigiu-se a Ckroy.

– Não o leve a mal. Ele está nervoso – parou um pouco para recobrar o ar, apoiando-se com uma das mãos em um tronco. – Aquele garoto do fogo o irritou, tenho até pena dele quando o encontrarmos.

Ckroy nada respondeu, sabia o que incomodava o capitão: medo! Ele ficara cara a cara com algo que não entendia e, sendo assim, não poderia derrotar, e sabia disso. "O pior dos casos era o seu. Lutaria contra seus instintos e ajudaria a capturar Gengko, ou se oporia a seus companheiros e conterrâneos e o protegeria, sem ao menos saber a razão?", refletia.

Palmeiras gigantescas, coqueiros, chapéus-de-sol e cipós espalhavam-se por todos os lados. Homens armados passavam pisoteando bromélias, crisântemos, tanto brancos quanto amarelos, e lírios. Encontravam-se em uma das mais belas paisagens de Relltestra e não podiam aproveitá-la. Flechas selvagens continuavam a silvar, cruzando de um lado para o outro, era impossível ver quem as atirava. A atmosfera tropical era tomada pelo pânico, morcegos frugívoros fugiam aos milhares das bananeiras, preenchendo o ambiente com o barulhento bater de suas asas.

Ckroy ajudava Erminho a prosseguir, apoiando-o pelo ombro. O lugar era um atoleiro, o que dificultava o progresso. Por mais de uma vez a bota escapou de seu pé, ao pisar em poças mais fundas. O pesado escudo que carregava, somado à espada, deixou-o completamente molhado de suor. Fez uma breve parada.

– Você tem de me ajudar, Erminho, não vou aguentar muito tempo assim!

Uma flecha cravou-se em uma árvore próxima e tiveram de continuar. Erminho reuniu forças e, tomado pelo desespero, começou a correr sem rumo.

— Ei, volte aqui, Erminho! Precisamos manter a calma! — Ckroy tentava agir naturalmente, mas ele também estava assustado e, quando outra flecha passou a centímetros de seu rosto, teve de manter o controle para não se urinar de medo. Parou para olhar o ambiente, apesar do tempo fechado, ele se encantou com o que via. Nascido em uma terra cinza e de um frio de doer os ossos, seus olhos registravam mais cores do que jamais ousou imaginar, o clima agradável parecia abraçá-lo. Um pouco à frente, viu um formigueiro que se erguia em uma espiral por quase dois metros de altura!

— Isto é belo demais, temos de ir embora, antes que causemos algum dano aqui — murmurou.

— Agora você quer salvar a natureza? — Erminho havia atendido seu chamado e voltara, acompanhado do garoto espinhento que oferecera bebida a Ckroy antes da batalha.

— Vamos, idiota! Temos de matar uns selvagens!

O espinhento se aproximou.

— Não tive a chance de me apresentar apropriadamente. Eu sou Edner, filho de Elronsa. Muito prazer, senhor — tentou dar a mão para Ckroy, mas, ao olhar para cima, arregalou os olhos e, sem o controle de Ckroy, se urinou.

Uma árvore estava prestes a acertá-los em cheio. Erminho jogou o garoto longe com um forte empurrão e foi Ckroy que o tirou do caminho do impacto.

— Pelo sino de gelo, o que foi isso, senhor? — Edner estava pálido como uma vela.

Erminho não teve tempo de responder, pois outra árvore vinha em sua direção.

— Estamos condenados!

Ckroy puxou os dois para longe e deram início a uma corrida alucinada enquanto árvores choviam do céu, foi nesse instante que notaram que somente eles três haviam restado no local.

— Algum demônio nos segue e sabemos bem quem ele é!

Nesse momento, algo menor estava na iminência de se chocar com eles, o projétil em chamas vinha numa velocidade assustadora, tudo que puderam fazer foi se abaixarem e, como medida desesperada, Ckroy elevou seu escudo. O impacto foi forte, mas nada comparado a uma árvore. As suspeitas de Ckroy praticamente foram confirmadas, pois o que atingiu o escudo era um corpo, mesmo desfigurado e carbonizado puderam ver pelos restos de roupa que se tratava de um vento'nortenho.

Ao olhar aquilo, Erminho e Edner passaram a vomitar. Ckroy se aproximou e tentou apagar, a tapas, as chamas do corpo, mas desistiu, de nada adiantaria pois o homem já estava morto.

— Quando acabarem, vamos correr, quem está atrás de nós é Gengko e aquele brutamontes. Não os estamos caçando, nós é que somos a caça!

Capítulo 23
O sacrifício da coragem

— Vamos, puxe logo essa corda! Pode ficar tranquilo que tenho mais 12 guardadas, não que eu ache que você terá forças para estourá-la – Paptur pôs a mão na boca para reprimir seu riso.

— Não sei se... consigo – Sttanlik fazia o possível para puxar a extremidade de ferro da flecha a ponto de tocar-lhe os dedos, mas em vão. – Humpf! Desisto, é impossível! – lambeu os lábios, ainda inchados do chute que levara em Dandar.

Paptur se aproximou e pegou o arco de sua mão.

— Deixe-me mostrar como um arqueiro faz – com a maior naturalidade do mundo, puxou a corda e o arco curvou-se ante a força que empregou, soltou a flecha que voou até o tronco que servia de alvo, um tiro certeiro. – Isso, sim, é uma flechada, Sttan, basta ter força. Como você arava sua plantação com esse braço de graveto? Tenho pena do seu irmão, empregando um fracote! – começou a gargalhar e foi seguido por Rifft.

— Ah, fracote. Bem achei que você era um franguinho – Rifft pôs as mãos embaixo das axilas e passou a imitar um frango.

— Ora, vejam se não é o homem que eu quase matei em Dandar chamando-me de franguinho?! – Sttanlik lambeu de novo os lábios. – Se não fosse a guarda, você veria uma coisa!

Paptur impediu com um gesto brusco da mão que Rifft respondesse.

— Sttan, estamos brincando e, por favor, pare de lamber os lábios, parece um cachorro com calda de morango silvestre no focinho.

Paptur entregou o arco para Rifft.

— Vamos, se acha que ele é um franguinho, tente você.

Após uma mesura zombeteira, Rifft pegou o arco.

— Vou lhe mostrar o que é um homem de verdade, garoto – puxou a corda com toda sua força, mas exagerou, e o arco escapuliu de sua mão esquerda e acertou-o em cheio no nariz, fazendo-o sangrar. – Maldito seja! – jogou-se no chão e começou a se contorcer, tentando com as mãos parar o sangramento.

Sttanlik e Paptur caíram na gargalhada, perderam até o fôlego, demorou um bom tempo para que pudessem dizer algo. Paptur fungou duas vezes e levantou o indicador com firmeza.

— Queridos amigos, o jantar está pronto!

Estavam acampados em uma típica cabana de caçadores, que tiveram a sorte de encontrar após quase um dia inteiro de cavalgada ininterrupta rumo a Idjarni. Era improvisada, somente quatro peles de antílope bem esticadas e presas por sarrafos firmemente cravados no chão. É costume dos caçadores construírem cabanas do tipo para passar alguns dias, aproveitando a temporada de caça, assim evitam ficar à noite ao relento. Quando conseguem acumular carne para um determinado período, a abandonam, para ser usada pelo próximo que necessitar.

Acenderam uma fogueira ao lado da cabana, tendo a precaução de fazê-la queimar o menos possível, para não criar um sinaleiro que indicasse sua localização, caso estivessem sendo seguidos. Paptur conseguiu acertar um gordo coelho amarronzado pelo caminho, e ele agora estava pendurado sobre as pequenas chamas. Rifft encarregou-se de limpar a caça e Sttanlik cuidava do cozimento, talvez esse o mais árduo dos trabalhos, pois, com um fogo que mal queimava, a carne o forçou a passar umas boas horas virando-a para ficar no ponto.

Tinham uma privilegiada visão do céu, naquele momento com um tom azul-escuro encantador. Estrelas brilhavam com uma força sobrenatural, auxiliando a metade da lua que banhava, com uma incandescente luz prateada, a planície verdejante e de clima agradável em que se encontravam.

Mig foi posta dentro da cabana e coberta com suas capas, para evitar que ficasse exposta ao sereno. Seu estado de saúde mantinha-se inalterado desde que tivera convulsões e, para a surpresa de todos, até sua febre tinha abaixado um pouco, fazendo Sttanlik ficar radiante.

Hamma, Dehat e o ainda não batizado garrano de Rifft ficaram livres pela grama alta, tendo um banquete aos seus pés, comeram mais do que podiam suportar e depois se aproximaram da fogueira para descansar.

O clima estava fresco, as nuvens que escureciam o céu foram levadas para o norte por poderosas lufadas do vento sul, e o máximo que tiveram de água sobre suas cabeças foi uma garoa vespertina que não chegou a ser um grande incômodo.

— Eu vou quebrar esse arco agora! — Rifft se levantou e quase conseguiu pegar a arma para descontar sua raiva.

Paptur puxou seu amado arco antes que um acidente terrível acontecesse.

— Epa, epa. Vamos parando aí, não é culpa do arco, e sim sua. Você que não teve força suficiente para puxar a corda e segurar o arco.

— Ora, e como você me explica isso, um garoto com a metade do meu tamanho ter mais força que eu? — Rifft limpou o nariz com a manga da blusa e sentou-se ao lado da brasa, já pronto para jantar.

— Eu sou arqueiro desde pequeno, somente se é um arqueiro de verdade após muitos anos, acho que vocês dois não têm mais chance, desculpem — Paptur também se sentou e Ren, que estava no chão, deu um impulso e pousou em sua ombreira. — E no final das contas, não é só questão de força, e sim de jeito, eu já cheguei a disparar mais de 2 mil

Capítulo 23 – O sacrifício da coragem

flechas por dia. Podem reparar em minha cicatriz, atrito de muitas flechas – passou o polegar na sutil marca em seu rosto. – O corpo vai sofrendo e aprendendo, essa é a vida de um arqueiro.

– Por isso, prefiro minha lança, apesar de agora não ter mais uma. Se formos atacados, terei de usar os punhos – disse o taberneiro fechando as mãos.

Em seguida, agradeceu pelo pedaço de carne que recebeu de Sttanlik.

– Eu já sou mais a favor de espadas, uma lâmina boa é mais eficiente, pelo menos no combate corpo a corpo – argumentou Sttanlik, dando um toque carinhoso nas espadas que estavam no chão ao seu lado.

– Uma coisa me intriga, Sttan. Como consegue decapitar alguém? Não me leve a mal, você é bem forte, mas isso exige uma força absurda, é quase como golpear um tronco! – Paptur abocanhou a coxa do coelho e a gordura escorreu por seu queixo.

Sttanlik lambeu a ponta dos dedos antes de responder.

– Para ser sincero, não sei. Parece fácil, acho que minhas espadas possuem cortes muito poderosos, por conta disso abrem caminho pelo que quer que toquem.

A conversa se estendeu por todo o jantar, fartaram-se de carne macia de coelho. Por fim, Sttanlik começou a cortar tiras bem finas com sua faca para tentar alimentar Mig, mas, mesmo assim, ela não conseguia comer. Teve de pegar um dos pães chatos e umedecer a ponto de fazer uma papa. Obteve mais sucesso e, mesmo desacordada, Mig finalmente se alimentou.

Recostaram-se e dividiram os turnos de guarda. Sttanlik ficou com o último e foi logo dormir. Rifft fez o mesmo, nem sequer perguntou se era seu o primeiro turno e, mal se deitou, já passou a roncar alto.

– Desse jeito, vamos atrair todos os exércitos de Relltestra para cá – Paptur estava puxando a corda de cânhamo de seu arco e soltou, acertando em cheio o ponto que queria. – Vá, Ren, pegue minha flecha.

Obediente, Ren voou e recuperou a flecha, como foi treinada para fazer. Paptur passara meses treinando-a para isso e agora era como se fossem um só, o arqueiro e a "repositora". Em vista disso, utilizava pontas finas em suas flechas, para que se soltassem com mais facilidade de onde quer que se cravassem. Praticou com seu arco por horas e, quando a exaustão o atacou, foi acordar Rifft, mas não teve êxito. Preferiu chamar Sttanlik, e depois o jovem que se virasse para despertar o bufão dorminhoco.

– Ora, mas não é meu turno ainda – bocejou e tentou se virar para o lado.

– Mas, Sttan, seria mais fácil acordar uma pedra, troque de turno só desta vez, por favor. Estou exausto – juntou as mãos como se estivesse rogando.

Após alguma relutância, Sttanlik cedeu e começou seu turno, ficou horas observando a beleza do ondular da grama alta pela brisa. Depois, sentou-se e fechou os olhos, o farfalhar das folhas das árvores próximas eram como música para seus ouvidos. Após tudo o que passara, esta noite estava sendo a mais agradável em muito tempo e nada poderia estragar essa sensação de bem-estar. De súbito, sua cabeça foi tomada por uma força terrivelmente familiar.

"Repousas demais para alguém que representa o futuro de seu mundo."

Sttanlik levou as mãos à cabeça, não achando palavras para responder. Conhecia aquela voz, Aggel voltara a comunicar-se.

"Passaste por muita coisa, percebo que teu corpo está cheio de machucados e escoriações. Congratulo-te, conseguiste chegar com vida até aqui, és mais forte do que eu imaginava, Sttanlik de Sëngesi."

Pela primeira vez, ao fim da frase, Aggel deu uma risada, que soava mais melancólica do que feliz.

— Eu estou chegando, logo estarei em Idjarni como me pediu. Mas antes terei de ajudar Mig Starvees, a garota está envenena...

Sttanlik foi interrompido pela fúria de Aggel.

"Achas que a vida é uma brincadeira, bastardo? Disse-te para que viesses sozinho e já tens três companheiros, desobedeceste como um animal mal treinado e ainda ousas zombar de mim ao dizer que não concluirás tua parte no trato que fizemos?"

Assustado com a explosão de Aggel, Sttanlik tentou argumentar.

— Eu... eu estou fazendo a minha parte, encontro-me próximo de meu objetivo, mas há uma vida em jogo e não irei deixar que ela se perca em vão! — tomou coragem e resolveu se impor para a misteriosa voz. — Se você é tão poderoso, a ponto de falar comigo pela minha mente, pode ajudar minha amiga! — um lampejo de esperança começou a surgir em seu interior, para ser logo friamente destroçado.

"Essa garota não representa nada! Estás me ouvindo? Nada! Tu és o que me importa e a morte dela será um fardo a menos em teu caminho. Por isso, ordeno-te que a abandones assim que partires e que ela seja entregue ao destino que lhe foi escrito."

Ao contrário da outra vez que conversou com Sttanlik, agora Aggel parecia desesperado, não conseguia conter sua impaciência, era algo assustador.

Mas Sttanlik mudou muito desde aquele dia em sua casa, amadureceu em dias o que não conseguiria em anos, tornou-se um homem, e corajoso. Consequentemente, resolveu enfrentar Aggel com todas as suas forças.

— Ordena-me? Quem você pensa que é, voz sem corpo? Não tem coragem de vir me encontrar e usa esses truques baratos, falando comigo por minha mente. Um homem de verdade teria vindo me ajudar! — sem saber por que, Sttanlik pegou suas espadas e ficou em guarda. — Fala para que eu abandone aquela garota? Ela é corajosa pelo menos, e se está nessa situação é porque teve firmeza para enfrentar os perigos em seu caminho — ainda sem noção do que fazia, golpeou o ar com a fúria de um deus de outrora enlouquecido. — Diz que eu devia ter vindo sozinho? Se não fosse por Paptur, eu nem vivo estaria! E o que você fez? Ficou aí sentado esperando-me. Você, Aggel, além do que seja lá o que for, é um covarde!

Por mais de um minuto, Sttanlik não obteve resposta, achou que tivesse afugentado Aggel de sua mente de uma vez por todas. Ledo engano. A dor que Aggel lhe causou em sua casa, quando fez com que sua cabeça parecesse que fosse explodir, voltou, amplificada a ponto de a anterior poder ser considerada uma carícia. Aggel resolveu castigá-lo pela insolência com todas as suas forças, e Sttanlik pensou que ia morrer. Caiu no chão com tanto

Capítulo 23 – O sacrifício da coragem

poder a inundar-lhe a mente, que não havia como pensar com clareza e por muito tempo nem sequer se lembrou de quem era ou por que estava ali.

"Meça tuas palavras para falar comigo, filho de ninguém. Achas que sou um de teus amiguinhos? Tens sorte de eu precisar de ti vivo, pois senão encontrariam tuas entranhas por toda Relltestra. És meu cão e haverás de me obedecer". Apesar de incisivo em suas palavras, Aggel soava estranhamente triste enquanto falava. "Nunca foi minha intenção castigar-te, mas não me deixas alternativa, quando aprenderes a tratar teus superiores de forma adequada, a dor esvair-se-á!"

Sttanlik não tinha forças para responder, contorcia-se como se tivesse algo dentro do corpo rasgando seus órgãos, um a um. Tentava focar sua mente em algo, mas uma enxurrada de imagens horríveis – de sangue e dor – o faziam perder a lucidez. Levou muito tempo em sua agonia, gemia como um filhote desgarrado clamando pela presença da mãe; suas costas dobravam-se até níveis sobre-humanos, por pouco não lhe quebrando o pescoço. Os machucados em seu bíceps e sua boca, que já estavam cicatrizando, passaram a sangrar, como se fossem cortes recém-abertos. Respirou fundo e começou a lutar desesperadamente pelo controle de seu corpo. Visualizou tudo pelo que tinha passado ao lado de Paptur, todas as agruras que havia superado, com coragem e coração limpo; pensou em Jubil e em como ele se arriscara alistando-se em um exército comandado pela Guarda Escarlate somente para garantir sua segurança. Não podia decepcioná-los. Por fim, sem saber por que, pensou em Mig e sua mente se clareou. Ergueu-se pouco a pouco. Primeiro, ficou de gatinhas na grama, com o rosto colado na terra; fechou os punhos, cravou-os no chão, para servir de apoio, e ajoelhou-se. Enfim, ficou de pé, cambaleante e sem jeito, e após algum tempo, imponente, forte e amedrontador.

– Nunca mais! – sussurrou entre os dentes. – Nunca mais! – e erguendo as duas espadas, cruzou-as no ar como um guerreiro poderoso, que era, mesmo sem o saber.

Aggel insistiu com seu poder por um tempo, mas ao perceber que não podia fazer Sttanlik nem ao menos piscar, optou por desistir. Sttanlik ainda sentia a presença dele turvando sua mente, mas agora não havia mais dor.

"Tu és extraordinário mesmo, rapaz! Não sei se te peço desculpas ou parabenizo por esse ato de bravura!"

A voz de Aggel transbordava uma satisfação incrível.

"És perfeito para o propósito pelo qual nasceste, orgulharias teus ancestrais!"

Sttanlik ficou sem entender e não tinha o intuito de perguntar o que Aggel queria dizer com aquilo.

– Se quer que eu vá encontrá-lo, terá de esperar, pois vou ajudar a salvar Mig! Depois irei ao seu encontro. Essas são minhas condições! Do contrário, eu o desafio a me matar agora mesmo! – disse ofegante.

"Por falta de alternativas, aceito tuas condições. Espero que saibas que desafias um poder além do que ousas imaginar, mas se queres salvar a vida de uma garota qualquer, em vez de encontrar teu destino verdadeiro, ótimo! Porém, quanto mais demorares, mais difícil tornar-se-á o caminho que haverás de trilhar."

Sttanlik cravou suas espadas no chão bruscamente e limpou o sangue que vertia de sua boca com a manga de sua blusa.

— Pode deixar que esse risco eu estou disposto a correr, e quando a hora chegar, nos encontraremos. E o que desafio? Eu já sei que você é um feiticeiro, não há segredo nisso, não é Aggel? — ironizou com um sorriso no rosto.

"Não sabes o quanto estás enganado, não fazes ideia do quão feio é teu erro."

Então, veio o silêncio. Não mais sentiu a presença de Aggel, ao mesmo tempo alívio e tristeza tomaram conta de seu ser. Não entendia a tristeza, mas o alívio era maior e isso foi o suficiente para fazê-lo esquecer de qualquer outro sentimento que tomava sua mente.

O som de palmas foi ouvido atrás dele e o jovem se virou para ver quem era. Paptur estava às suas costas e se aproximou.

— Disse uma vez para você que algo grandioso o cercava e não sabia explicar, obrigado por me provar que eu estava certo — abraçou Sttanlik longamente. — Você é incrível e tem de saber, pode contar comigo para o que precisar, será o primeiro, e provavelmente único, ser humano a ouvir isso de mim, mas eu o respeito e admiro muito, Sttan. E sobre o que aconteceu aqui, não quero que me explique, só sei que acabo de presenciar um ato de coragem sem precedentes.

— Mas... mas você ouviu tudo? — e, exausto, Sttanlik ajoelhou-se.

— Ouvi um lado da conversa, peço desculpas. Porém, o que eu escutei foi o suficiente para me fazer ter certeza de que estou acompanhando um grande homem, apesar de não entender quase nada do que aconteceu — Paptur gargalhou e sentou-se ao lado de Sttanlik, inclinando a cabeça para olhar as estrelas.

— Sabe o que aconteceu?

— Não é meu para saber, apenas saiba que te apoiarei, até o fim — disse Paptur de forma abrupta, mas com afabilidade em sua voz. Antes que Sttanlik pudesse dizer algo, acrescentou: — Não precisa dizer nada, Sttan, guarde para si.

— Pode deixar. Mas uma coisa eu lhe digo, sei que cometi um grande erro!

Capítulo 24
IDJARNI

Ao amanhecer, todos estavam preparados para partir. Rifft foi o primeiro a acordar, assumindo as últimas horas de vigília. Tomaram um desjejum com os últimos pães duros e carne salgada, e o taberneiro, preocupado com o aspecto do corte no braço de Sttanlik, fez um cataplasma improvisado, usando estrume dos cavalos e folhas orvalhadas de um arbusto qualquer, para estancar o sangramento. No caso dele e de Paptur, utilizou pedaços de carne quase crua do interior do coelho, que se manteve assim devido ao pouco calor da fogueira, para colocarem em suas testas feridas. Agora, prontos e tratados, seguiram rumo à grande floresta à frente.

O caminho a partir daquele ponto seria tranquilo e, se não fosse pelo estado de Mig, poderia até ser considerado um passeio. O sol não estava muito ardido e um leve vento úmido soprava oriundo de Idjarni, trazendo o aroma de plantas e terra molhada.

— Será que conseguiremos ajuda para Mig com os andarilhos? — Sttanlik levantou uma sobrancelha, no mesmo momento Dehat pisou em uma toca de coelho abandonada, que se transformara em um desnível enlameado. — Talvez fosse melhor seguir as orientações daquele louco de Dandar. Pelo menos, ele disse que havia um antídoto para o veneno.

— Você confiaria nas palavras de um integrante da guarda? — disse Rifft, acelerando para emparelhar-se a Sttanlik. — Ele tem interesses, o fato de a garota ser uma princesa chamou-lhe a atenção, e o pedido dele foi muito estranho: soldados, ouro... Eles querem mais homens para dominar Relltestra, por isso, eu não quis seguir o plano dele. Quando encontrei vocês na estrada, estava pensando em levá-la a algum curandeiro. Imagino que se os andarilhos vivem na floresta alta, como me disseram, devem ter alguém que trate deles, caso fiquem doentes ou sofram escoriações.

Paptur se aproximou e balançou a cabeça negativamente.

— Às vezes, acho que vocês dois são muito idiotas. Eu já disse, essa garota não é uma princesa — estalou a língua contra os dentes para que Ren levantasse voo. — Nunca conheci pessoas de realeza alguma, mas imagino que, no mínimo, elas não sairiam em uma viagem desacompanhadas, teriam ao menos alguns guardas para sua segurança, muito menos até Dandar, a milhares de quilômetros de Muivil. Eu acho que essa garota é uma louca e só!

Sttanlik e Rifft ficaram pensativos por algum tempo, os argumentos de Paptur eram muito fortes, as questões levantadas eram bastante cabíveis. Rifft pareceu convencido. Afinal, uma princesa não comeria de graça em nenhum lugar e, se não fosse por Sttanlik, ela daria um calote em sua taberna. Já Sttanlik concluiu que se a garota dizia ser uma princesa, não havia por que duvidar.

A discussão durou algum tempo, mas depois passaram a conversar sobre outras coisas. No entanto, princesa ou não, todos concordaram que ela precisava ser salva.

Trotaram por horas a fio, o crescer do horizonte verde à sua frente fazia com que não tivessem sequer vontade de parar para se alimentar. Ignoraram uma aldeia minúscula, com aproximadamente dez casebres, e cujo único atrativo digno de menção era um homem que se equilibrava sobre um pé só em cima de um varal e, ao cair com suas nádegas no chão, começara a chorar. Os três viajantes não puderam evitar o riso e apressaram o passo sob uma enxurrada de xingamentos dos mais escabrosos. Era melhor seguir para Idjarni de uma vez, pelo menos assim estariam fora de encrencas.

Incansáveis, percorreram um caminho sem percalços, assistindo ao sol alongar suas sombras, enquanto cruzava o céu para se esconder no longínquo oeste. O dia tranquilo foi avançando e, a cada passo, ganhavam forças para progredir, ora esporeando os cavalos para ganhar velocidade, ora caminhando ao lado dos equinos, que mereciam um descanso, principalmente o de Rifft, que tinha de carregar o obeso taberneiro.

Os contornos das nuvens tornaram-se dourados, feixes de luz erguiam-se alto em um céu coroado por um místico violeta e um laranja febril. Estavam a uma hora no máximo de Idjarni, e o frio vento outonal que soprava pelo entardecer secava o suor acumulado ao longo do dia. O inconfundível aroma de uma floresta fazia com que o cansaço fosse levado para o mais distante canto de Relltestra. A magia da natureza trouxe um pequeno milagre para a comemoração dos viajantes.

— Onde... — limpou a garganta seca após tanto tempo sem uso. — Onde estamos? — disse Mig, com uma voz fraca e rascante. Como um milagre, a garota recobrara a consciência!

— Mig!!! Sou eu, Sttanlik, lembra-se? — não conseguiu conter o enorme sorriso que lhe rasgou o rosto. — Eu a ajudei em Dandar.

Rifft se aproximou.

— Ele impediu que eu a matasse, Vossa Alteza — olhou firme para Paptur, como que pedindo para que ele não contestasse o "Vossa Alteza".

Tendo bom senso, o arqueiro lançou um sorriso zombeteiro para Rifft e olhou para Sttanlik.

— Vamos apear, agora precisamos checar o estado de saúde da garota — e foi o primeiro a desmontar, para ajudar Sttanlik a descer Mig.

— Lembro-me de vós, imagens difusas confundem-me... — não teve forças para continuar, respirou fundo, piscou pesadamente algumas vezes. — Dor! — gritou e perdeu a consciência outra vez. O desmaio foi seguido de balbucios, e vomitou pão amassado, bílis e sangue sobre a coxa de Sttanlik.

Sttanlik indignado não tirava os olhos dela.

Capítulo 24 – Idjarni

— Mas ela tinha recobrado a consciência!

— Dizem que antes da morte se percebe uma melhora, mas aí vem Pallacko e... – Rifft foi interrompido por Paptur, que lhe deu uma cotovelada na barriga.

— Vamos correr, a floresta está logo ali e os andarilhos nos ajudarão! – já montado em Hamma, Paptur bateu forte com os calcanhares no dorso do animal. — Estamos chegando.

Todos repetiram o ato e apressaram-se, não havia tempo a perder. Percorreram o espaço que os separava de Idjarni quase que na metade do tempo que imaginaram. O terreno acidentado os deixou com os corpos doloridos, mas a força de vontade e a perspectiva de conclusão dessa etapa da jornada os fez prosseguir. O estado de saúde de Mig ajudava a trazer um ar extra a seus pulmões e parecia tencionar os tendões deles para que esporeassem cada vez com mais força os cavalos, que a essa altura espumavam como cães raivosos. Então, finalmente ficaram frente a frente com a enorme muralha verde, que, sob o céu que escurecia, aparentava ser feita de pedra. O negrume no interior da floresta os oprimia e inconscientemente fez com que parassem. Estavam prestes a adentrar os mistérios do mais virgem dos solos de Relltestra, por isso o torpor ante a grandeza do lugar.

Rifft abraçou o próprio corpo e tremeu.

— Nunca confessaria isso a ninguém, mas estou me cagando de medo! – o taberneiro esboçou um desajeitado sinal de proteção dos anjos.

Sttanlik, ainda boquiaberto, corrigiu Rifft e mostrou como se fazia corretamente o sinal.

— Confesso que eu também, acho que nunca estive tão apreensivo em minha vida.

Paptur fingiu um bocejo e acariciou a cabeça de Ren, que pulou de seu ombro para seu antebraço.

— Sobrevivemos a Andóice! Sobrevivemos à Guarda Escarlate reforçada por bárbaros! – abriu os braços e olhou ao redor. — Mato, árvores, flores, frutas, insetos...

Em seguida, levou a mão em forma de concha ao ouvido e parou por um instante. Voltou-se para Sttanlik e Rifft.

— São corujas. Não acredito que dois homens crescidos estejam com medo do escuro! Só pode ser, pois até agora não vi nada que nos ameaçasse.

Sttanlik concordou com a cabeça, mas em seu interior tremia como uma criancinha agarrando-se às saias da mãe.

— Está certo, vamos entrar! Não pode ser pior que Andóice.

Rifft indignou-se.

— Ei, nunca estive no deserto. Eu simplesmente poderia, mas não sou louco de ir para passar calor. E eu digo uma coisa, como vizinho de Andóice, garanto que lá não é tão assustador quanto isto aqui, pelo menos naquele lugar árido se sabe onde está o céu.

— E se torra sob ele. Além de todo o sofrimento com uma incurável sede, e mesmo quando se tem água, não se pode beber, com medo de ficar sem nada para molhar a garganta no dia seguinte – Paptur bateu na têmpora com dois dedos e os apontou para Idjarni. — Isto é um passeio! – e partiu, por entre duas faias. Num piscar de olhos, o arqueiro sumiu ao entrar em Idjarni.

Sttanlik respirou fundo e seguiu o mesmo caminho, em sua cabeça o medo era engolido pela sensação de dever cumprido. Se sobrevivera até aquele momento, não seria um temor infantil que o impediria de completar sua missão.

Rifft olhou para os lados e se viu só, não tinha alternativa senão ir com seus companheiros.

— Pode ser, mas, se eu morrer, ressuscito só para matar o "ruivão"! — e foi o último a entrar na floresta sem fim.

Um assovio cortou o ar, sua nota aguda ressoando pela cúpula de folhas amareladas do outono. Outro assovio curto se seguiu, era um sinal, há muito não usado. Para piorar, só faltava a trombeta. A trombeta soou... três vezes!

— Não pode ser! — um homem que estava deitado, enrolado em uma manta fina de lã ao lado de uma fogueira, arregalou os olhos.

— Alguém passou pela zona de caça e pela zona fantasma! Invasores!

Outro homem, imenso, que estava sentado em um apodrecido tronco caído, pegou seu gigantesco martelo, que repousava em seu colo, e bateu na árvore mais próxima. Folhas e lascas de madeira choveram por todo lado, um milagre fez a árvore resistir à violência do golpe e não cair.

— Calma, Urso, guarde sua força. Alguém entrou em nosso território e vai pagar caro por isso! — o homem que estava deitado, ergueu-se, afagou a barba bifurcada e trançada e espantou os mosquitos que lhe rodeavam a cabeça.

— Arqueiros!

Dezenas de vozes responderam em uníssono.

— Sim, senhor!

Os olhos do homem procuraram ao redor pelos arqueiros e, por mais que tentasse, ele não enxergou nenhum, então murmurou:

— Ótimo! — apontou algumas direções para os homens que compartilhavam a fogueira com ele. — Quero sangue! Invasores não são permitidos!

Ele juntou-se ao grito de guerra que reverberou pelo ar, agarrou firme a alça de seu balde e partiu para a caça.

Capítulo 25
Um mal desconhecido

Vanza sentia-se encharcada, cansada, dolorida e miserável. Suas coxas estavam assadas por conta do atrito com a sela de Sem Nome; seus cabelos grudados em seu rosto, com feições tão delicadas, a incomodavam, mas preferiu deixá-los soltos, era melhor parecer uma maltrapilha do que uma nobre, nessa terra desconhecida.

Já seguiam quase sem interrupções por um dia e meio. Paravam só brevemente para se alimentar sob a falha cobertura de alguma árvore. Sempre retomavam a estrada após terminarem, pois não valeria a pena tentar dormir sob um céu que não parava de lançar suas malditas e geladas gotas.

Negando sempre as ofertas de montar em Sem Nome, Yrguimir parecia incansável. Dizia estar relaxado e que gostava de caminhar, mesmo com suas botas que já começavam a ficar com o solado gasto. Ajudava Vanza a melhorar seu humor com brincadeiras a respeito do clima e da vegetação e às vezes fingia tropeçar em algo e se jogava de cara em uma poça de lama.

À sua frente, havia um vau inchado pelas recentes chuvas, e tiveram que contorná-lo pelo leste, mas estavam mais próximos de seu objetivo; quando o céu decidia clarear um pouco, podiam ver no horizonte as sombras de As Três Moradas. Eram apenas pequenas pontas escuras, porém esse fio de esperança os fazia prosseguir.

Ao retomarem seu caminho, após o pequeno desvio, viram uma tênue fumaça se erguendo no meio do temporal.

Vanza apontou.

– O que será aquilo? – limpou o rosto com a mão. – Será que outra cidade foi atacada e a incendiaram?

Yrguimir afastou os cabelos do rosto para ver melhor.

– Não, não acho que seja uma coluna de fumaça de incêndio, parece apenas uma chaminé – apoiou nos ombros seu arco desarmado para evitar que a corda se encharcasse. – Deve haver ali uma casa. Será que vale a pena desviar? Acho que podemos seguir mesmo assim, nem toda pessoa em nosso caminho vai ser uma ameaça.

Vanza desmontou de Sem Nome e esticou as costas.

— Tem razão, não somos dois criminosos em fuga, podemos passar por lá, e qualquer coisa – levou a mão ao punho da espada presa a seu cinto –, eu não vejo problemas em me tornar uma assassina.

Yrguimir sorriu para ela e prosseguiram. O céu era constantemente rasgado por avassaladores raios, seguidos por trovões que chacoalhavam o chão e faziam o ar se adensar. Sem Nome se agitava com a fúria dos céus, e Vanza tinha de acalmá-lo com carícias em seu focinho. O burro possuía muita coragem e resistia ao longo caminho que trilhavam sem parecer se cansar. A cada instante Vanza, se afeiçoava mais a ele, a ponto de achar sua cara de confuso e olhar perdido uma graça.

Após algum tempo, aproximaram-se do local de origem da fumaça e qual não foi sua surpresa: era uma hospedaria! Pequena, com cobertura de telhas de ardósia triangulares, e as paredes pintadas em um magenta desbotado, o que trazia uma agradável sensação de lar. As janelas em arco estavam bem iluminadas, e só a visão da luz já foi capaz de aquecer seus corpos. Um comprido cômodo ficava anexo aos fundos da construção, era um estábulo, com um teto de palha de cevada e paredes de mogno envernizado. À frente da porta, havia um bebedouro para animais, construído em formato circular, com pedras ao redor e uma cuba de metal. Estava inundado e vazava pelas bordas, sua água dançava em pequenos círculos criados pela chuva.

Vanza quase pulava de felicidade, imaginando o calor de um braseiro para espantar o frio que sentia e descongelar seus ossos. Pensava numa comida caseira fumegante à sua frente e uma cama seca para repousar por dias seguidos. Era um sonho.

— Eu não acredito na nossa sorte! Uma hospedaria!

Yrguimir pareceu menos animado.

— Eu acho uma má ideia, devíamos prosseguir.

Vanza tombou a cabeça tristemente para o lado.

— Como assim? – disse numa voz quase sussurrante e arregalou seus grandes olhos acinzentados. Era a maneira que usava para convencer seu pai a fazer algo que ela queria. Quem sabe não funcionaria também agora.

Yrguimir gargalhou.

— Olhe, Vanza, imagino que isso funcionaria em outra hora, mas vai ser difícil me persuadir fazendo pose de coitada. Por estar toda suja e ensopada, me faz mais rir do que ter pena de você.

A yuqui bufou nervosa.

— Ora, sempre funcionava! Como assim, você sabia que era um truque?

Yrguimir deu de ombros.

— Simples, lembre-se de que fui casado. Você acha que é a única mulher que se comporta assim? A diferença é que minha esposa fazia biquinho e franzia as sobrancelhas, era muito lindo de se ver, por isso eu sempre cedia.

— Tudo bem, mas vamos ao menos entrar para jantar, seria bom comer algo quente e não encharcado, para variar um pouco – disse Vanza, sem poder evitar um sorriso.

— Temos apenas um problema – agora foi a vez de Yrguimir abaixar a cabeça. – Eu não tenho dinheiro algum.

Capítulo 25 – Um mal desconhecido

– Eu tenho! O problema é esse?

– Sim e não – e ergueu dois dedos. – Em primeiro lugar, jamais deixaria que você arcasse com a despesa do jantar, o homem sempre paga a conta de uma mulher – recolheu um dos dedos. – Em segundo, quem sabe o que acontece ali, pode haver homens prontos para nos capturar, Vanza, ou podem nos roubar, não sei.

– Seja como for, isso pode acontecer aqui fora também, não é? – Vanza se aproximou e pôs a mão no ombro de Yrguimir. – E fique tranquilo, eu sou uma nômade, não sigo regras como essa, de que o homem deve pagar, já tive de brigar por um pedaço de carne com outros homens, e digo brigar no sentido de trocar socos!

– Você ganhou?

– Obviamente!

– Estava bom?

– Ajudou-me a diminuir o inchaço do soco que levei no olho. E, além do mais, estava suculento! – Vanza passou a mão na barriga. – Temperado com o sabor da vitória.

Yrguimir levantou as mãos rendido.

– Ora, fazer o quê?! Vamos lá então.

Vanza deu um pulinho em comemoração, e se aproximaram rapidamente da hospedaria. Amarraram Sem Nome no estábulo, que se encontrava vazio, e tiveram o cuidado de que fosse perto do alimentador de animais. O chão era coberto de palha e quase seco, salvo por algumas poças formadas por goteiras, embora tivessem certeza de que o burro não se incomodaria.

Agora foi a vez dos dois se apressarem para sair do frio e da chuva, pararam apenas para ler a placa: "Hospedaria Gato Fofinho". Ambos tiveram de conter o riso para entrar, o som de um pequeno sino preso sobre o batente da porta soou três vezes e o interior estava com uma temperatura bastante agradável. Para a tranquilidade de ambos, só havia um homem sentado em um dos cantos e, debruçado sobre seu prato, parecia estar a ponto de se afogar em sua refeição. Era tão cabeludo e barbudo que mal se podia ver seu rosto, apenas seu nariz redondo e seus olhos apareciam, e esses nem sequer se moviam por cima da vasilha de sopa à sua frente.

De trás do balcão, surgiu um homem bem idoso, vestindo uma túnica bege e um gorrinho verde de lã com dois guizos balançando alegremente, amarrados às abas que lhe cobriam as orelhas. Bateu palmas e se aproximou.

– Vejam só, clientes! E num temporal assim! Achei que ninguém fosse vir provar minha torta! – e pegou os dois pela mão. – Venham, venham antes que o jantar esfrie.

Os dois ficaram pasmos pela recepção que tiveram, por isso não ofereceram resistência. Foram encaminhados para uma mesa baixa, bem ao lado do braseiro e perto do balcão. A cadeira era baixa demais para Yrguimir e ele teve de se sentar com as pernas esticadas. Já Vanza, que apesar de ser alta para sua idade, não teve o mesmo problema.

O senhor demorou apenas alguns minutos para retornar com uma grande bandeja, cujo conteúdo fumegava e soltava um aroma que fez com que os dois viajantes salivassem. A barriga de Yrguimir roncou como uma fera e, envergonhado, deu um soco de leve no abdome.

— Ora, não se soque, não! – o idoso sorriu, mostrando apenas um dente na parte inferior. – Seu estômago só sentiu o aroma delicioso de minha torta de fígado de pato e de minha sopa de lentilha com aspargos. Em vez de bater em si mesmo, acaricie seu paladar com estas delícias! – foi servindo com uma habilidade impressionante.

Os dois agradeceram e começaram a comer avidamente. Apesar de não terem passado fome pelo caminho, o fato de a comida estar aquecida fazia com que se sentissem menos miseráveis. A massa da torta estava macia e com as bordas crocantes; na sopa, deliciosa e cremosa, até encontravam alguns pedaços de tenros toicinhos.

— Vou trazer dois canecos de cerveja de trigo para o belo casal! – o senhor piscou seus olhos leitosos na direção de Vanza. – Meu nome é Ardit, mas podem me chamar de Sininho, pelo menos acho que é esse meu apelido por estas bandas, pois todo mundo se dirige a mim dessa forma. E agora que já estão comendo, bem-vindos à "Hospedaria Gato Fofinho". Na verdade, eu odeio esse nome. Quando inaugurei, este lugar se chamava "Seio de Donzela", vivia lotado – sorriu e se curvou para sussurrar –, mas aí me casei, e minha mulher... É aquela velha bolota fedida acariciando o gato ali no canto, atrás do balcão.

Foi interrompido pela obesa esposa, cercada de gatos das mais diversas raças.

— Eu *tô* ouvindo, seu velho caduco!

Sininho sorriu.

— Estou dizendo o quanto eu a amo, minha flor de maracujá!

E passou a sussurrar outra vez.

— Ela vive enchendo a casa de gatos sarnentos e me forçou a mudar o nome de minha hospedaria, que, segundo ela, era imoral! Vejam só, quer coisa mais bela do que um seio de donzela? Com todo o respeito, mocinha – sorriu para Vanza.

Ambos retribuíram o sorriso de Sininho, que logo se afastou. Yrguimir se inclinou para Vanza.

— Creio que devíamos perguntar o preço, nem falamos nada e esse tal de Sininho já foi nos servindo. Acho que isso é um truque.

Vanza sorriu com a boca cheia e após engolir o que mastigava disse:

— Ora, Yrguimir, sem problema. Eu tenho umas moedas que meu pai me deu, pode se fartar, pois poderíamos comer nas melhores tabernas de Relltestra se quiséssemos – e levou uma colherada à boca.

Sininho voltou para servir a cerveja, em dois canecos de madeira com tachões de ferro.

— Bom apetite. Qualquer coisa é só chamar.

Beberam e comeram por mais de uma hora. Yrguimir foi relaxando aos poucos e passaram a conversar animadamente sobre suas comidas favoritas. O homem solitário acendeu um cachimbo, recostou-se com as mãos por trás da cabeça e apoiou suas pernas, estranhamente curtas demais para seu corpo, sobre a mesa. Em momento algum virou o olhar para os dois. Sininho ia e vinha com pratos cheios. Por fim, serviu uma torta requentada de maçã, coberta com creme de cravos, para os três clientes. Depois, recolheu-se ao seu canto para afinar um alaúde, comparando com notas nasais que produzia sorridente. Uma vez satisfeito, passou a dedilhar baixinho uma música de notas tristes.

Capítulo 25 – Um mal desconhecido

Ao fim da segunda canção, o outro cliente se levantou e educadamente chamou Sininho.

– Aqui está o pagamento – disse com sua voz grave, pondo três moedas de cobre no balcão.

Sininho examinou as moedas de perto.

– Senhor, deve haver algum engano, o valor da refeição aqui é de cinco asas de bronze, ou uma de prata – sorriu gentilmente.

– Não sei de onde você tirou que eu sou rico, mas isso é tudo o que tenho – o homem apoiou os dois cotovelos no balcão e ficou encarando Sininho com seus olhos grandes e escuros, como dois poços de piche. Arrebitou seu nariz curvado tal qual o bico de um falcão.

O velho senhor não fraquejou com a encarada.

– Peço desculpas pela confusão, mas o senhor não me parece nenhum maltrapilho também, veste um belo gibão de couro vermelho e suas calças são de veludo, tecido nobre. Hum-hum! De qualquer forma, já lhe disse o valor – arqueou as sobrancelhas brancas e deu um sorriso torto. – Quero que entenda, este é meu ganha-pão.

O estranho homem ficou calado, não esboçava reação, respirando lenta e pesadamente. Vanza fez um sinal com a cabeça e Yrguimir entendeu.

– Pode deixar, Sininho, nós pagaremos o que falta, a noite está muito agradável para que a estraguemos com um mal-entendido – disse enquanto se levantava e ao se colocar ao lado do homem, deixou claro o recado. Yrguimir era quase meio metro mais alto que ele e também tinha praticamente o dobro de largura.

O homem o olhou demoradamente. Ainda sem tirar os olhos de Yrguimir, dirigiu-se ao velho:

– O rapaz aqui vai me ajudar a pagar a conta, vovô. Cuidado para não perder a cabeça.

Em seguida, disse para Yrguimir:

– Obrigado pela gentileza. Pode deixar que seu gesto não será esquecido – e saiu sem ao menos se despedir, deixando para trás apenas o som do sino da porta.

Yrguimir sentou-se novamente e o velho hospedeiro se aproximou.

– Obrigado, jovem! Eu bem que achei que aquele homem tinha cara de encrenqueiro – e mostrou a língua para a porta. – Vou lhes trazer mais torta.

Ambos estavam empanturrados e balançaram as mãos negativamente enquanto agradeciam.

– Por favor, só queremos saber se o senhor tem dois quartos vagos, nada luxuosos, com camas secas.

Sininho se afastou e voltou rapidamente, dançando ao tilintar de um molho de chaves.

– Tenho somente cinco quartos aqui, e todos estão vagos. Tempos difíceis, sabe. Com todos esses saques em cidades vizinhas, essa estrada em breve vai virar um milharal, ou algo do tipo. Hum-hum! Não existem mais viajantes, graças aos céus que vocês dois chegaram!

Encaminharam-se para os quartos de números quatro e cinco, lado a lado, por insistência de Yrguimir, para poderem estar próximos caso alguma eventualidade acontecesse.

Vanza se despediu de seu companheiro de viagem com um beijo no rosto e entrou em seu quarto. O chão era de madeira polida e brilhava, o que denunciava o esmero com que Sininho tratava sua hospedaria. A cama tinha lençóis de algodão na cor creme, esticados e bem presos sob o colchão. Dois travesseiros de plumas de ganso estavam caprichosamente recostados na cabeceira de cerejeira. Vanza despiu-se de suas castigadas e sujas roupas e vestiu uma camisola, escolhida na pilha que estava em cima de uma cômoda com três gavetas. Pegou sua espada e a colocou ao lado da cama, não sem antes beijar a lâmina e fazer uma oração a Merelor, pedindo proteção a seu pai. "Em breve estarei de volta, pai querido", pensou. Depois, apagou o candeeiro na parede e preparou-se para adormecer.

Duas leves batidas na porta a trouxeram de volta à realidade.

— Sim?

— Sou eu, o Sininho. Está tudo a seu gosto, madame? Posso lhe trazer alguma coisa?

— Não, não. Obrigada mesmo assim, está tudo ótimo. Só peço que não me incomode — parou para abafar um bocejo —, gostaria de dormir e tenho o sono leve.

— Sim, senhora — disse o simpático velho, e logo seus passos não foram mais ouvidos.

Vanza deitou sua cabeça em um dos travesseiros macios e abraçou o outro, e logo caiu no sono. Sonhou com um campo escuro, a única luz vinha de dois enormes olhos rubros, carregados de maldade. O sargar a espreitava. Acordou assustada, levantou-se e olhou pela janela, ainda estava escuro, e com o céu carregado não conseguia ver a lua. Ficava difícil saber as horas, mas o silêncio do lugar a fez concluir que era de madrugada e voltou para a cama.

Vanza tardou para pegar no sono de novo, a imagem horrível de seu sonho a incomodava, mas, após muito insistir, adormeceu.

Por algumas horas, dormiu tranquilamente, sem nenhum transtorno, foi quando ouviu o barulho dos guizos de Sininho pelo corredor. Acordou e murmurou indignada:

— Pelo menos à noite, ele devia tirar aquele chapéu estúpido. Guizos idiotas!

Três batidas chacoalharam a porta, o quarto ainda estava escuro e Vanza resolveu fingir que dormia, e não respondeu. Bateram de novo e ela achou melhor expulsar o senhor que, apesar de bondoso, já a estava incomodando.

— Por favor, senhor Sininho, eu quero dormir!

O som do molho de chaves sacudindo a deixou sobressaltada. Por um instante, ficou imaginando o que estaria fazendo aquele velho. Agarrou firmemente o punho da espada, a desembainhou e ficou em posição de ataque. "Se ele tentar alguma graça, eu vou fazê-lo engolir aqueles guizos", pensou. E por um tempo nada aconteceu, o único barulho que ouvia era o de seu coração acelerado. De repente, a chave girou e a porta se abriu, apenas uma fresta, e a cabeça de Sininho surgiu para olhá-la.

— Vá embora, Sininho! Disse para não me incomodar! — e descreveu um arco com a lâmina para mostrar que não estava de brincadeira. — Qualquer coisa eu grito, e meu amigo virá lhe dar uma surra!

A cabeça de Sininho continuou a observá-la no escuro durante alguns segundos, sem nada dizer. Então, caiu no chão, quicando uma vez antes de rolar e parando próxima a seus pés.

Capítulo 25 – Um mal desconhecido

Vanza estava prestes a gritar, quando a porta se abriu completamente e o homem barbudo, cuja conta ela e Yrguimir ajudaram a pagar, entrou, lambendo as pontas dos dedos cheios de sangue do pobre velhinho.

– Eu disse para o velho que ele ia perder a cabeça – sorriu mostrando os dentes tingidos de vermelho. – E você disse que ia gritar? Que seu amigo a ajudaria? – apontou para a porta e quatro homens entraram. Yrguimir estava no meio deles, amordaçado e com as mãos amarradas atrás de seu corpo. Ele tentava dizer algo, mas era impossível com o trapo em sua boca. – Vamos, moça, pode gritar à vontade – passou a língua nos lábios. – Garanto que ninguém vai ouvir você, lindinha.

Capítulo 26
A FORJA

Tropeçavam, rolavam, escorregavam, mas não havia o que os fizesse parar. Fazia algum tempo que nada caía sobre suas cabeças, muito embora isso não fosse alívio algum. Seus corpos doíam, e estavam arranhados e com as roupas rasgadas. O suor, ao escorrer, provocava ardência em suas feridas. E mesmo assim continuavam.

– Eu definitivamente preciso de uma bebida! – Erminho já se acostumara a correr, apesar de bufar feito um boi. – Estou com a boca seca.

– Mije nas mãos em concha e beba, sei lá! – Ckroy estava cansado de ouvir as lamúrias de Erminho. – Acha que isso é uma taberna?

Perderam a conta do quanto correram e não sabiam onde estavam. Ckroy resolveu parar para descobrir se ainda eram perseguidos, mas de imediato não viu nada.

– Vamos esperar um pouco – anunciou Ckroy, que apesar de subordinado a Erminho, claramente estava no comando.

Erminho desabou assim que ouviu as tão desejadas palavras. Jogou o machado de lado, deitou-se no chão e ficou afagando a barba.

– Maldita ilha! – ainda levou um tempo para recuperar o fôlego. – Da próxima vez que você falar, novato, vou lhe dar crédito. Eu juro pela alma da minha mãe!

O jovem Edner sentou-se de lado e, quando percebeu que acharam estranho a pose inusitada, explicou:

– Estou com uma enorme espinha no traseiro, dói demais. Minha mãe mandou eu passar um creme de calêndula, para que a espinha se fechasse, como a flor que se fecha quando o sol se vai, o que é muito bonito de se ver. Por que fui me recusar? Bem dizem para nunca desobedecermos às nossas mães. Estou com fome. Será que esses selvagens não vão parar? Eu queria voltar ao navio.

Ckroy quis rir, por dentro ele sentia que era algo que devia fazer, mas não conseguia. O pavor, a incerteza, os questionamentos morais que o castigavam, turvavam qualquer traço de humor que possuísse, e, de repente, sem saber por quê, esbofeteou o rosto do garoto. Não disse nada e virou as costas. Não sabia o que sentia, precisava descontar em alguém. E ninguém melhor que um jovem franzino, com olhos de peixe morto.

Como era de se esperar, Erminho gargalhou. E foi essa risada que fez Ckroy voltar a si e pedir desculpas para o garoto. Puxou-o pela mão e, como tudo o que tinha feito ultimamente, sem saber o motivo, abraçou-o. "Estou enlouquecendo", pensou ele.

— Senhor, juro que não me ofendi, eu entendo o que quis me ensinar: a dor verdadeira. Eu aprendi mesmo, juro! – sentou-se em cima da famigerada nádega com a espinha e ficou vermelho como um pimentão. Mordeu o lábio inferior para não gritar. – Viu? Eu aprendi, não sinto nada! – então uma lágrima começou a correr pelo seu rosto.

Erminho curvava-se de tanto rir e Ckroy não aguentou e começou a gargalhar. Apoiou-se em uma árvore próxima e levou a mão à barriga. Quando conseguiu voltar ao seu estado normal, olhou adiante, estavam em um ponto elevado da mata. Logo à frente, o terreno iniciava um declive, que ziguezagueava rumo ao sopé do vulcão, onde algo chamou sua atenção.

— Esperem um pouco. Não saiam daqui! – agarrou-se a um galho da árvore em que estava apoiado e começou a subir. A árvore era alta, mas Ckroy sempre fora um jovem atlético e não encontrou dificuldades em escalá-la até o topo. De lá de cima, pôs a mão sobre os olhos e observou o ambiente. O céu clareava aos poucos, as nuvens trilhavam seu caminho, rápidas, sendo empurradas por um insistente vento vindo do oceano. Isso dava a ele a oportunidade de enxergar longe o bastante, via selvagens correndo por todos os lados, com os corpos pintados e seus malditos arcos. Os vento'nortenhos estavam espalhados, lutando corajosamente. Conseguiu até visualizar um de seus conterrâneos acocorado, com sua cota de malha levantada, defecando atrás de uma moita. Mas o que mais lhe chamou a atenção foi uma fantasmagórica bruma que descrevia o caminho do vento, desenhando seu avanço sobre um lago... Sim, um lago! Era tudo com que Ckroy sonhava no momento! Segurou no tronco e escorregou, caindo desajeitado no chão. Levantou-se, então, batendo em sua roupa para retirar as folhas secas.

— Vamos, apressem-se!

— O que foi? – Erminho nem se dignificou em mover o rosto para olhar Ckroy. – Calma, garoto, está tão confortável aqui – e bocejou.

— Um lago! – apontou Ckroy.

— Uma flor – apontou Erminho preguiçosamente para um hibisco violeta ao seu lado.

— Não, idiota – rosnou Ckroy. – Há um lago logo à frente!

— E daí? – perguntou Erminho. – Obviamente que haveria lagos aqui nessa ilha, senão os selvagens morreriam de sede, não se pode viver bebendo água do mar.

— Quero dizer, um lago... água! Estamos fugindo de um homem que controla o fogo, ele está acompanhado de um ser que parece ser feito de pedra. Entende agora, imbecil? – definitivamente a hierarquia fora esquecida e Ckroy estava no comando.

Erminho balançou a cabeça positivamente.

— Muito boa ideia. A água é bastante efetiva contra pedra e fogo. Mas como vamos fazer para atraí-los para lá? – soergueu-se e olhou ao redor. – Eles não mais nos perseguem.

Edner se aproximou.

— Eu posso servir de isca, senhor.

Ckroy e Erminho ficaram emudecidos, observando o garoto.

Capítulo 26 – A forja

— Todos gostam de me perseguir e me bater, essa é a minha vida. O senhor mesmo! – apontou para Ckroy. – Socou-me sem ao menos eu provocá-lo. Sei que sou irritante e tendo a falar demais quando estou nervoso, o que é quase o tempo todo. Por isso, alistei-me na frota marinha, para me tornar um marinheiro respeitado e não mais apanhar. A única pessoa que nunca me deu um tapa sequer foi minha querida mamãe. Bom, mas eu posso ser uma isca! – animou-se com a ideia de se tornar útil e estufou o peito orgulhosamente.

Ckroy se aproximou e pôs as duas mãos nos ombros do garoto.

— Peço perdão novamente pelo que fiz, você não merecia aquilo – abaixou a cabeça, envergonhado. – E a prova disso é sua atitude agora. Mas não o poria em um risco tão grande assim, temos de usar nossas cabeças e pensar em um plano.

— Com o perdão da insubordinação, senhor... eu não lhe pedi permissão. Eu serei a isca!

Edner afastou-se de Ckroy e abaixou-se para falar com Erminho, apontando o dedo para seu nariz.

— E você, ajude Ckroy, eu não quero correr riscos em vão – desembainhou a curta faca que tinha presa ao cinto, pegou o escudo no chão, deu meia volta e partiu, assoviando orgulhoso a melodia da "Canção do herói invernal".

— Adoro essa música. Bom garoto, se sobreviver, eu vou tomá-lo para minha tropa – Erminho se espreguiçou. – Vamos, então. Onde fica seu querido lago?

Ckroy pareceu não ouvir, ficou olhando para o caminho que Edner seguira.

— Isso sim é uma atitude heroica, espero que eu possa compensá-lo pelo que fiz.

— Compense ajudando o plano a dar certo, vamos logo!

Começaram a descer a sinuosa ladeira com certa dificuldade, a trilha escolhida era escorregadia e repleta de espinheiras. Apoiavam-se um no outro quando ficava difícil prosseguir e, por fim, chegaram à parte plana. O lago estava a poucos metros de distância e, ao se aproximarem, muitos vento'nortenhos se juntaram a eles.

— Senhor Erminho, sobrevivemos até aqui... Quais são as suas ordens? – um dos homens, com o rosto todo arranhado, perguntou. Estava rodeado de três companheiros.

— Fiquem juntos de nós. Já, já o negócio deve ficar feio!

Erminho virou-se então para Ckroy.

— Acha que o garoto vai conseguir atraí-los para cá?

— Estou contando com isso, mas, de qualquer forma, eles vão acabar chegando logo, a luta se concentra neste local – indicou um ponto distante do lago onde muitos homens lutavam.

— Senhor Erminho, devemos ajudá-los? – perguntou um dos recém-chegados.

— Como se chamam, soldados?

— Meu nome é Haruc, o cozinheiro; este aqui é meu irmão, Heraz; e aquele eu não sei...

— Qual é o seu nome, amigo? – perguntou de pronto Erminho.

— Martir, senhor – disse em uma voz fraca e com respiração curta.

Erminho se aproximou.

— Está ferido, soldado?

— Não, senhor! – e fechou os olhos, tombando para cima do velho marujo.

Ele o segurou e viu que o rapaz tinha uma flecha cravada fundo ao lado de sua omoplata, tentou puxá-la, mas não obteve sucesso. Levou a mão ao pescoço do rapaz e não sentiu pulsação.

— Bom, pelo menos o nome dele estava certo.

Com a mão na boca, Haruc perguntou:

— Permissão para rir da piada, senhor.

— Ora, faça o que quiser, rapaz! Eu lá sou seu pai? Você parece um jovem muito disciplinado. Qual é o seu cargo, soldado?

— Senhor, eu sou ajudante de cozinheiro nível dois.

— Nível dois? Estou impressionado! – Erminho não pôde evitar a gargalhada. – E por que está aqui, Haruc Nível Dois?

— Eu me infiltrei em um dos botes, sempre quis ser soldado, mas, como meu irmão é surdo, nós não pudemos nos alistar. Por isso, nos juntamos a vocês como parte da tripulação – passou o braço por cima do ombro de Heraz. – Não nos mande de volta, senhor, por favor!

— Seu irmão é um "nível dois" também?

Haruc abaixou a cabeça.

— Não, ele é nível um.

Erminho afagou a barba.

— Hum, terei de pensar então – disse segurando o riso e olhou para Ckroy que fazia o mesmo.

— Juramos não ficar no caminho, senhor. Juramos! Minha espada é sua, e a de meu irmão também!

Erminho fingiu pensar um pouco e por fim anunciou:

— Vocês, Nível Um e Dois, agora são soldados oficiais de minha tropa. Se eu mandar vocês pularem...

— Perguntamos a altura, senhor? – interrompeu entusiasmado Haruc.

— Não, vocês voam! Estamos entendidos?

— Sim, senhor! – Haruc teve de gesticular o anúncio para Heraz, que com lágrimas nos olhos ajoelhou-se aos pés de Erminho e começou a fazer inúmeros sinais.

— Ele disse muito obrigado, senhor, e que não vai se arrepender – traduziu Haruc.

— Assim espero. Fiquem aqui, preciso falar com meu imediato Ckroy.

Puxou Ckroy para longe.

— Acha que fiz besteira?

— Eu sei lá, você é o meu superior. Na pior das hipóteses, eles podem cozinhar para você.

— Não tinha pensado nisso. Muito bem, imediato.

— Eu não sou seu imediato.

— Agora é! Eu o promovi! – e analisou a falta de expressão de Ckroy. – Você não parece feliz.

— E de que adianta? Vamos provavelmente morrer aqui hoje.

— Se você morrer ocupando um cargo mais alto, os deuses lhe concederão mais virgens no além-túmulo. Nunca ouviu isso?

Capítulo 26 – A forja

– Obviamente que não.

– Eu sabia! Ninguém presta atenção no que eu falo quando bebo – Erminho sorriu. – Mas vamos viver, eu tenho certeza.

– Como assim, tem certeza?

– Eu não posso morrer assim, sóbrio! – Erminho fez cara de nojo.

Ambos começaram a rir e, acompanhados de Haruc e Heraz, procuraram um lugar para esperar o retorno de Edner. Apesar de estarem próximos das lutas que se desenrolavam, nenhum dos selvagens parecia querer se aproximar deles, já havia vento'nortenhos demais do outro lado do lago para enfrentar. Sentaram-se à sombra de uma palmeira, que ficava no meio de um amontoado de arbustos. Uma hora havia passado e nada de Edner voltar, já estavam pensando no pior.

– Acho que o garoto foi pego por algum selvagem desgarrado, talvez fosse melhor tomarmos parte dessas lutas – apontou Erminho.

Ckroy concordou com a cabeça e todos partiram rapidamente para a matança. Os selvagens ao verem sangue novo se animaram e muitos já estavam aceitando o desafio quando uma sucessão de estrondos fez com que todos parassem e olhassem para a mata. Árvores tombavam uma a uma, chamas se espalhavam ao atingirem os troncos que caíam, uma centena de vozes poderosas gritava palavras desconhecidas. De súbito, surgiu apenas Edner, correndo como um louco, com o escudo partido ao meio e a faca na outra mão. Gritava algo, mas era impossível ouvir o que dizia, porém parecia desesperado. Ao se aproximar um pouco mais, conseguiram finalmente ouvir: "Fujam!" Era o que ficava repetindo. Quando Edner estava a uns cem metros de distância, seus companheiros perceberam que ele trazia o caos em seu encalço.

Gengko comandava centenas de selvagens, que vazavam da mata aproximando-se do lago, eram homens que não tinham tomado parte da primeira luta, estes agora vinham trajados com peles e seus corpos eram cobertos de cinzas.

– Eu consegui – Edner disse ofegante, apoiando-se nos joelhos. – Eu sabia que não os decepcionaria.

– Você está louco? Era para trazer o "foguinho", não todos os selvagens do mundo! – Erminho agarrou o rapaz e o chacoalhou.

Ckroy achegou-se.

– Tinha razão, que isca que você é! Conseguiu trazer problemas que nem sabíamos que tínhamos! – sorriu para o rapaz confuso. – Bom trabalho, Edner.

– Obrigado, senhor – agradeceu e engoliu em seco. – Quebrei seu escudo – disse entregando o que restou para Ckroy.

– Como fez isso?

– Na cara dele! – apontou para o gigante de pedra.

Ckroy estava admirado, o rapaz golpeou o gigante e saiu ileso, mas não havia tempo para conversa, os selvagens se avizinhavam.

Erminho enfiou a cabeça no lago e ao sair pingando, girou seu machado no ar e gritou do topo de seus pulmões.

– Atacar!

Mesmo sem ouvir, os homens obedeceram. Avançavam como os demônios de gelo dos contos do norte, aqueles que nascem das geleiras no primeiro dia do inverno e procuram inimigos para lutar. Suas poderosas auras congelam o ar, criando a neve que cobre o mundo. Não descansam até que sejam derrotados pelo único inimigo capaz de pará-los, o verão. No entanto, não havia verão que parasse esses homens, tinham de lutar, não mais para cumprir sua missão, mas sim para sobreviver.

Ckroy avançou na direção de Gengko, que era o seu alvo, embora, para chegar até ele, tivesse de atravessar uma onda de selvagens pintados por cinzas, empunhando lanças e assoprando zarabatanas de bambu. Muitos carregavam porretes e eram esses os que Ckroy tentava abater primeiro, uma espada quebra um porrete com facilidade, isso ele concluiu rápido. Ao seu lado, Erminho e os dois irmãos mostravam o porquê dos homens do norte serem tão temidos em batalha. Apesar de cozinheiros, os dois irmãos pareciam ter uma enorme habilidade com suas espadas, mesmo empunhando lâminas forjadas por algum amador.

O gigante de pedra não mais assistia à ação, agora atacava quem quer que ousasse se aproximar de seu protegido Gengko, ora golpeando seus rostos com os poderosos punhos, ora quebrando cabeças, ao esmagar umas contra as outras como se fossem meros abacates maduros.

A espada de Ckroy dançava com graça e perícia, cada golpe era impulsionado por anos de prática, o gosto pela morte tomava-lhe, o sabor de tirar uma vida em batalha começava a crescer dentro dele, tornava-se um guerreiro, e essa batalha era sua forja. Havia apenas um desafio à sua frente, o que o transformaria do aço bruto em uma lâmina implacável. E tinha nome: Gengko.

Com os olhos sempre em seu objetivo, Ckroy se aproximava dele a cada giro de espada criando cascatas rubras; a cada monte de tripas ensanguentadas que espalhava pelo chão; a cada alma que enviava para os braços de qualquer que fossem os deuses que eles cultuavam. Todos os enfrentamentos o deixavam um passo mais perto de seu alvo. Atravessou o campo de batalha com poucos ferimentos e logo ficou frente a frente com o gigante de pedra. Ambos permaneceram parados, olhando um para o outro. A encarada não durou mais que alguns segundos, mas para Ckroy foi toda uma existência. Os olhos brancos e sem vida do gigante o tentavam subjugar e ele manteve-se firme, apesar de por dentro quase esmorecer. Não podia se mostrar fraco, somente o gigante o separava de Gengko, que era a resposta para seus temores. Capturá-lo ou não, pouco importava, mas tinha de elucidar as coisas de qualquer jeito.

O gigante bateu um punho no outro e um estalo seco de duas rochas se chocando espalhou-se pelo ar. Gritou, e muitos homens, mesmo lutando, tiveram de parar para tampar os ouvidos, tamanha a sua animalesca potência vocal.

Ckroy sorriu com aquilo, girou a espada de um lado para o outro com extrema habilidade e, chamando com dois dedos, incitou o gigante.

– Venha sentir meu aço, pedregulho – seus olhos azuis inflamaram-se com o desafio.

O chão tremeu com o avanço bestial do monstro, e nessa hora Ckroy parecia mais rocha do que a misteriosa criatura.

O aço estava prestes a se tornar lâmina.

Capítulo 27
Um balde no caminho

O caminho por Idjarni era como um labirinto verde de paredes estreitas. De início, quando adentraram a grande floresta, os viajantes seguiram por clareiras abertas por caçadores de povoados vizinhos. A facilidade que encontraram pela frente os fez crer que não haveria complicação alguma pelo caminho. Não podiam estar mais enganados.

Quando a manhã chegou, se prepararam para retomar a travessia pela floresta, tinham passado a noite ao fim de uma clareira larga, um espaço circular obviamente destinado a acampamentos. A fofa turfa somada às folhas secas caídas tinham dado o conforto que precisavam para relaxar, tornando possível assim mais um dia de caminhada ininterrupta. A ordem dos turnos do dia anterior foi repetida e, por fim, foram acordados por Rifft, que já estava pronto para partir.

— Vamos, dorminhocos! O sol já está aqui, quer dizer, quase. Estas malditas árvores têm copas enormes!

Após os dois despertarem, Rifft sorriu para Paptur.

— Ruivão, em meu turno contei as economias que carrego no bolso interno de meu avental, poderia abrir uma nova taberna em qualquer lugar!

Paptur projetou seu lábio inferior para frente, fingindo estar impressionado.

— Parabéns! E onde abriria seu novo estabelecimento? Aqui?

— Ora, não estou dizendo agora, safado. Só falei que posso recomeçar em outro lugar. Vocês viram que eu perdi tudo — Rifft, com as mãos nos olhos, fingia uma voz embargada. — Uma casa toda cheia de infiltrações, que na verdade era alugada, sete funcionários, com dois pagamentos atrasados e minhas roupas, ou trapos se preferir — e tirou as mãos dos olhos. — Não poderia estar mais triste.

Paptur sorriu para o taberneiro.

— Então, aquilo tudo que você nos disse na estrada próxima a Dandar era mentira?

Rifft ficou pensativo por alguns instantes.

— Na verdade, não. Mas acho que era algo mais a ver com o susto que levei ao constatar o rumo que minha vida tinha tomado. Ah, ruivão, pense como foi para mim, eu era um taberneiro e agora sou um fugitivo. Porém, creio que, ao analisar um pouco, notei que minha vida havia melhorado, e muito!

— Bem, digo-lhe honestamente que fico feliz por você. Negamos nossa ajuda para salvar Dandar, pura e simplesmente por razões práticas. Contudo, que bom que você percebeu o quanto é maravilhoso desapegar-se das coisas e pôr o pé na estrada.

— Pelo visto, eu fui vitorioso, não é? — mostrou os dentes em um sorriso debochado. — Acha que está melhor? — e passou o polegar na testa.

Paptur analisou o corte na testa de Rifft.

— Sim, está com uma casquinha normal e não parece infeccionado.

— Ainda bem. Fiquei com medo, pois não tive como limpar com vinho quente, pensei que uma nova cabeça nasceria dali — Rifft se aproximou de Paptur. — O seu inchaço sumiu também, muito bom.

Sttanlik voltava, tinha ido se aliviar por entre algumas árvores, e coçava o traseiro como um louco.

— Malditas urtigas. Mas do que falavam?

— Nada de importante, Sttan. E agora? Qual caminho iremos trilhar?

— Vamos achar o rio Tríade, esse será nosso desafio de hoje.

Paptur coçou o queixo e olhou para além das árvores.

— Ainda não há barulho de água corrente, esperamos em breve ouvir, senão mudamos de rumo.

E assim seguiram. Agora não havia mais clareiras, o inferno verde começara. Era impossível seguir montados, apenas Mig ficava sobre Dehat, deitada. Os demais tinham de ir a pé, guiando os cavalos pelas rédeas. As árvores dispostas como estavam, pareciam não querer dar passagem, erguiam-se aos céus, quase coladas umas às outras. Faias, nogueiras, bordos, bétulas, amieiros e sorvas espalhavam por todo canto suas raízes, que em alguns pontos subiam por mais de um metro da terra.

— Apesar de já estar odiando este lugar, devo admitir que fico impressionado com a diversidade de espécies — Rifft olhava para o alto, tentando identificar as árvores que conhecia.

— Na região mais ao norte de Idjarni, começam a aparecer os pinheiros, e a turfa é como um colchão pronto para ser utilizado. Sinto falta do norte, de sentir os ossos congelados — disse Paptur nostálgico.

Seguiram com dificuldade e paciência pelos estreitos espaços que conseguiam atravessar, não havia muito o que fazer. A luz do sol deslizava calmamente em círculos dourados pelo chão, achando seu caminho pelas brechas entre as folhas, o pó cintilava dourado e flutuava tranquilamente no ambiente abafado, que exalava um cheiro de mato e terra orvalhada. O oco silêncio só era quebrado pelo avanço do grupo, que pisava em galhos secos, arrancava samambaias do caminho ou espantava algum animal, que fugia aos pulos para se perder pela imensidão verde.

Sttanlik andava atento a qualquer som, queria encontrar logo algum indício do rio Tríade.

Capítulo 27 – Um balde no caminho

– Eu ainda não escuto nada, isso está me assustando, tenho medo de ficar perdido aqui para sempre.

– Ora, poderia envelhecer muito bem aqui, imagine que há fartura de frutas e animais, poderia viver e engordar entre árvores – Paptur chacoalhou seu odre e apenas um filete caiu em sua boca seca. – Agora eu que estou com medo, precisamos de água.

Continuaram a caminhar por horas a fio, o fato de estarem sem água os fez apertar o passo. Contornaram uma formação fechada de árvores trançadeiras e tiveram de subir vadeando por um escorregadio caminho elevado. O pior foi fazer os cavalos subirem, viram-se obrigados a somar suas forças para puxar um por um os cipós que trançaram e amarraram nos arções das selas, enquanto os cascos afundavam no atoleiro. Caíram esgotados quando concluíram a tarefa. Era hora de parar um pouco, não adiantaria forçar os músculos à exaustão, para seguir doloridos no dia seguinte. Reuniram-se ao longo da raiz alta de uma figueira vermelha, servindo-se dos frutos caídos pelo chão, e esticaram as pernas.

Paptur ouviu uma movimentação logo à frente, a menos de dez metros, e armou seu arco.

– Deve ser algum animal. Refeição para nós, amigos.

Ao tensionar habilmente a corda de seu arco, três flechas vieram zunindo pelo ar como insetos demoníacos, para aterrissarem vorazes cada uma por entre as pernas dos três viajantes. Sttanlik reprimiu um grito e arregalou os olhos, Rifft empalideceu e deu um pulo, já Paptur suspirou calmamente e disse:

– Em 25 anos de andanças por Relltestra, eu não fui atacado nem a metade das vezes que nós fomos nesses últimos dias – levantou com a flecha no arco, pronta para ser desferida. – Vamos, mostrem suas caras, vítimas do dia.

Por todo o lado, homens surgiram. Não se aproximaram, mas podiam ver que havia dezenas deles, e somente um se adiantou. Um homem envelhecido, na casa dos cinquenta anos, cabelos pretos compridos com rajados grisalhos emoldurando um rosto marcado por rugas profundas. Fios brancos também apareciam em sua barba, bifurcada em tranças que lhe tocavam o peito. Trajava um colete de couro bege e calças puídas de linho grosso, encardidas e completamente manchadas; barro, musgo, vinho e sangue tingiam suas roupas fazendo com que ele parecesse um arco-íris pobre, nem um pouco belo. Carregava uma lança em uma das mãos e na outra um balde de madeira, com placas de aço. Parou, cravou o cabo da lança no chão, agachou-se e enfiou o dedo mindinho em seu comprido nariz, caçando algo lá dentro. Quando foi bem-sucedido, rolou o conteúdo com os dedos e jogou para o lado dos três homens paralisados.

– Isso é o que vocês valem: nada! São apenas um alvo para meu ranho – deu um sorriso de dentes podres e tortos. – A mãe de vocês não os ensinou a bater, antes de entrar na casa dos outros?

Sttanlik e Rifft estavam assustados demais para responder. Paptur, por sua vez, mostrava-se farto e ousou se aproximar do homem em passos decididos, ignorando as ameaças que surgiam ao seu redor.

— Você mora aqui? Parabéns, bela casa. Estamos de passagem. Espero que não se importe, paramos apenas para descansar, mas já vamos seguir nosso caminho — deu meia-volta. — Tenha um bom dia, senhor — acrescentou por cima do ombro.

O homem ficou sem ação por algum tempo, tombou a cabeça e mediu Paptur dos pés à cabeça.

— Sabe, nunca em minha vida fui tão insultado! Gostei, sabia? É bom quando nossas futuras vítimas nos dão motivo logo de cara. É muito ruim declarar os outros como inimigos, sem razão aparente, só para justificar suas mortes.

O velho se levantou e foi em direção de Paptur. Este se virou e ficou cara a cara com o homem.

— Futuras vítimas? — reprimiu um sorriso. — Quem são vocês, assassinos de viajantes?

— Somos quem somos, garoto! A força que mantém Idjarni segura! Somos nós, a assombração que expulsa daqui a escória como vocês — disse, pressionando o dedo contra o peito de Paptur. — Deem-me um motivo para que sobrevivam e vejam um novo dia! — fez uma carranca expondo mais uma vez os dentes.

Paptur, predatório como o ataque de uma serpente, ergueu seu arco, puxando a corda a ponto de fazê-la gemer, direcionou a longa ponta de ferro enferrujado de sua flecha para os dentes do desconhecido. Fez questão de fazer a seta afiada tocar-lhe as inchadas gengivas superiores.

— Que tal esse motivo? — disse mordaz, com os olhos sem piscar e a boca em um traço.

— Se eu não tivesse de matá-lo, chamaria você para tomar uma cerveja comigo, sabia? — disse as palavras com certa dificuldade, pois não era possível se mexer, a flecha impedia-lhe o lábio de se mover livremente. — Perdeu o amor pela vida, garoto?

— Não! — rosnou Paptur. — Gosta do gosto de metal na boca?

Ao que o homem respondeu cinicamente:

— Eu já fui casado, isso é mais agradável que o beijo de minha esposa desdentada. Que Pallacko a tenha — levantou as palmas das mãos para o céu. — E que aquela safada esteja bem guardada.

Os homens ao redor gargalharam, trazendo a constatação de serem mais do que quarenta a cercá-los. Assustado, Sttanlik se levantou e tentou apartar os ânimos.

— Senhor, por favor. Quero que entenda que não lhe apresentamos ameaça alguma...

O homem fixou o olhar em Sttanlik e o interrompeu:

— Não, quero que você entenda que nós somos a ameaça — abriu os braços e apontou ao redor. — Tenho cinquenta homens armados à sua volta, quer dizer...

Estalou os dedos duas vezes e um homem se aproximou, não um homem comum, era um gigante. Media mais do que dois metros e meio de altura, seu corpo era completamente musculoso, os braços pareciam mais dois troncos do que membros. Suas pernas eram como duas colunas de pedra de algum templo gigantesco, e a cada passo que dava, os enormes pés descalços afundavam-se com força no mato. O rosto era horrivelmente deformado, seu olho esquerdo tinha a pálpebra inchada, caindo a ponto de quase lhe tampar a visão. Os lábios eram grossos e a boca era enorme. A cor dos olhos era de um azul belíssimo, mas não

Capítulo 27 – Um balde no caminho

havia beleza alguma em seu olhar. Seus cabelos eram loiros e pareciam um monte de palha colado em seu escalpo e o rosto era coberto por uma penugem clara, mas falhava em esconder as crateras que alguma doença deixou por toda a extensão de suas bochechas dilatadas. Vestia-se quase que de forma idêntica ao homem do balde, exceto por uma camisa de linho amarelo-claro. Em suas mãos, trazia um martelo; o comprido cabo de carvalho era grosso, e somente um homem com mãos tão grandes conseguiria envolvê-lo por completo; a cabeça do martelo era de metal, um cubo de ferro que sozinho deveria pesar uns sessenta quilos.

– ... cinquenta e três, se considerarmos que meu amigo aqui, Urso, vale por três homens fortes.

Paptur, até agora tão corajoso, sentiu o sangue lhe escapar do rosto. Manteve-se na posição que estava, mas não pôde evitar de ficar boquiaberto, era o maior homem que já vira, e não dava a impressão de ser humano.

O gigante inclinou-se para ficar com o rosto na altura do de Paptur.

– Arqueiro, *tira* arco agora. Não *qué* sentir martelo, *qué*? – deixou o cabo de seu martelo deslizar por sua mão, para cair pesadamente no solo, exibindo o peso que tinha.

Astuto como sempre, Paptur resolveu não desafiar aquela monstruosidade, afastou o arco e desencaixou a flecha da corda. O homem com o balde se aproximou, afagando o bigode.

– Bom, agora podemos conversar como adultos – passou a língua nos lábios. – Credo, você poderia usar uma flecha na minha boca que não estivesse enferrujada, garoto!

O velho notou Rifft, que tremia sentado olhando fixo para Urso.

– Ora, vejo que o careca está com medo do meu amigo! Ele é mudo? – dirigiu a pergunta a Paptur, claramente respeitava a atitude que o arqueiro tivera agora há pouco.

Para se recobrar do susto que levara, Paptur limpou a garganta.

– Não, ele só está cansado – olhou para Rifft, que continuava paralisado. – Ei, acorde!

O taberneiro chacoalhou a cabeça e voltou a si.

– Sim?

– Venha aqui – chamou Paptur, juntando-se a Sttanlik.

Sttanlik esperou Rifft ficar ao seu lado.

– Veja, senhor – disse honestamente –, não queremos incomodar vocês, queríamos atravessar Idjarni, só isso.

– E vão para onde?

– Isso é negócio nosso! – interveio Paptur.

– Creio que agora é negócio meu também, estão em minha casa.

Rifft começou a se irritar.

– Ora, largue mão de ser um rola-bosta e nos deixe ir, não queremos nada com vocês, estamos atrás é dos Andarilhos das Trevas. Ela precisa de ajuda – apontou para Mig.

– Eu já ia chegar à belezura adormecida ali. O que querem com aqueles safados dos andarilhos? Soube que são um bando de assassinos. Ouviram? – o homem aproximou seu rosto ao de Rifft. – Quem quer negócios com eles só pode ser desprezível também. A quem vocês juraram vassalagem?

— A ninguém! – interveio Sttanlik.

Paptur deu de ombros.

— Eu sou esperto demais para isso.

Rifft fez uma careta.

— E eu, muito velho.

— Respondam! – exaltou-se. – A quem dobram os joelhos?

— Já disse. A ninguém! – Sttanlik retrucou, batendo com força no próprio peito.

— Eu costumava dobrá-los, mas levei uma flechada no joelho – Paptur mostrou os dentes num sorriso sem graça.

Rifft abaixou a cabeça e começou a mexer num pequeno pedregulho com o pé.

— Eu confesso – disse em um sussurro. – Eu dobro os joelhos a alguém.

O desconhecido se adiantou e levantou seu balde.

— A quem? – mordeu os lábios, esperando a resposta e torcendo para ser algo que o liberasse para espancar o gordo à sua frente.

— Eu dobro os joelhos... – ergueu os olhos inocentemente – para sua mãe! – gritou no final, fazendo todos caírem na gargalhada.

Urso olhou confuso para seu companheiro que também ria, a ponto de curvar-se.

— Vai *deixa* ele *fala* assim com você, Baldero?

O agora apresentado Baldero, deu de ombros.

— Mas eu gostei da piada! Por que eu bateria nele? Ele me fez rir – deixou-se contagiar com a gargalhada de todos, quando parou de achar graça ergueu a mão pedindo silêncio. – Meu amigo disse meu nome, então quero saber o de cada um de vocês também. Não é justo que só vocês me conheçam a fundo, não é?

— Sentimental, Careca Gordo Dorminhoco e eu, Aljava Sangrenta. Estamos indo encontrar a cura para o mal que aflige nossa amiga, a princesa Louca. Viemos sob a indicação de Yuquitarr – Paptur disse isso como um teste.

— E quem é esse idiota? – Baldero fez cara de inocente.

Paptur teve a comprovação que precisava.

— Alguém que conhece vocês, Andarilhos das Trevas.

Três homens surgiram pelas costas deles e encostaram-lhes facas longas, normalmente usadas para abrir caminho pelo mato, em suas gargantas. Um quarto homem colocou Mig sobre os ombros enquanto outro agarrava as rédeas dos cavalos.

— Não devia ter feito isso, Aljava Sangrenta. Vamos levá-los a nosso líder para que ele diga o que faremos com vocês – encaixou seu balde na cabeça como um elmo e deu meia-volta. – Bem-vindos à selva.

Capítulo 28
SOB UM CÉU DE PEDRA

— Estúpida! Como pude ser tão estúpida! — Vanza repetia pela centésima vez, enquanto se erguia nas pontas dos pés, para olhar pela pequena fresta à sua frente.

Dois dias de horas eternas haviam se arrastado, desde que foram capturados na "Hospedaria Gato Fofinho". Estavam agora no interior de uma carroça, era como uma grande cela sobre rodas, completamente lacrada. A fresta retangular na porta traseira, por onde Vanza espiava, lhe dava a chance de enxergar lá fora. De lá, Vanza podia ver o avanço que tiveram nesses dias. Assistia às largas rodas de madeira deixando seus compridos rastros, para se perder e sumir pela estrada enlameada. A chuva ia e vinha, e as goteiras eram sua única fonte de água. Uma vez por dia, recebiam um pedaço de carne crua para dividir. Yrguimir não reclamava ao engolir a carne fibrosa, que não sabiam a qual animal pertencia, e Vanza, não querendo parecer fraca, fazia força para não vomitar. Mas quando tentava dormir, seu estômago resmungava, e ela rezava a seu deus Merelor, para que não fosse carne humana.

A carroça balançava como uma flor ao vento. Antes de serem trancados, Vanza pôde ver que era puxada por dois búfalos negros, três cabras gordas, um magrelo cavalo pardo de tração e, finalmente, Sem Nome, que, para tranquilidade dela, não fora deixado para trás. O burro lutou ao ser capturado, o primeiro homem que tentou passar um laço em seu pescoço teve a caixa torácica afundada por um coice certeiro e foi largado agonizando no chão de palha do estábulo. Seus companheiros disseram a ele que só iria atrasá-los. Vanza ficou feliz em pensar no sofrimento que aquele homem teria antes de ser condenado nos três estágios do julgamento de fogo que teria em frente a Merelor. "Um a menos", pensou ela com satisfação.

Yrguimir ficava calado a maior parte do tempo e, quando falava, queixava-se de ter sido capturado por homens muito menores do que ele.

— Devem ter a metade do meu tamanho, mas não parecem ser anões. Eles têm o corpo normal, apenas suas pernas são curtas.

Vanza concordava, não pareciam anões, e até porque seria estranho tantos anões juntos. Pessoas pequenas eram uma raridade e, em geral, não se tornavam guerreiros, pois muitos homens de armas não os levavam a sério. Tinham de se submeter a humilhações, como ganhar a vida em circos itinerantes ou em feiras que apresentavam aberrações. E ambas as opções enojavam Vanza profundamente. Pois houvera um yuqui anão. Puyf era seu nome, transformara-se em um guerreiro muito temido, além de ter sido o melhor cozinheiro que sua tribo já teve. Seus golpes certeiros de lança de cabo curto e seu ensopado de raposa com bolotas e alecrim fizeram falta quando ele faleceu, devido a uma febre de verão.

— Mas se não são anões, o que são? Bem, uns malditos, isso é o que são! — irritou-se Vanza enquanto olhava para o pálido sol de luz fria, como os olhos de um cadáver por trás de uma mortalha de nuvens acinzentadas. — Não faço ideia de onde estamos — disse amargurada, e a carroça parou bruscamente, fazendo-a cair sentada. — Pararam de novo! — ela se ergueu, fazendo uma careta por causa da dor da queda.

Sempre que passavam em algum vilarejo, a caravana parava e os homens iam se embebedar. Não atacavam ninguém, só compravam barris de hidromel ou cidra e sentavam-se ao redor da carroça para beber em canecos de metal e fazer um coro de canções obscenas. Vanza tentou contar quantos eram. Quinze, pelo que podia ver, e fez questão de somar um a mais, o condutor da carroça.

— Será que poderíamos vencê-los? — cochichou Vanza para Yrguimir, sentado em um canto, agarrado aos seus joelhos.

— Se eu tivesse meu arco, sim. Eu iria acabar com eles direitinho. Mas eles o levaram, e você também está sem sua espada.

Tristemente, Vanza concordou com a cabeça.

— Espero que não a encham de mossas, minha espada é valiosa, era de meu pai. Nem tive oportunidade de estreá-la.

Anoiteceu, os homens do lado de fora já tinham se embebedado e a cambaleante jornada continuou. Após algum tempo, começaram a subir, e muito. Estavam em uma ladeira, parecia que rumavam para o céu. Então, a noite escura envolveu Relltestra com seu manto escuro. Infelizmente, Vanza não podia ver para onde estavam indo. "Seria uma montanha?", pensou. Tudo o que conseguia avistar, de sua pequena janela para o mundo, era um lampião pendurado na ponta traseira da carroça, que balançava sua luz dourada e pouco revelava. Alguns homens urinavam à beira do caminho, no caso, de um penhasco. "Era uma montanha sem dúvida", concluiu Vanza.

— Gostaria de consultar meu mapa, mas está no alforje de Sem Nome. Devia ter deixado em meu bolso — Vanza se sentou ao lado de Yrguimir. — Por que será que nos capturaram?

— Não faço ideia. Eles parecem bandidos comuns, só que com pernas curtas. Mas eles foram cavalheiros ao não abusar de você, até permitiram que colocasse suas roupas. Isso foi estranho — ponderou ele. — Aqui dentro dessa caixa de madeira é muito quente, no entanto, o vento sussurrante que está entrando por aquela brecha é muito gelado, acho que é a tenebrosa voz da altitude, como dizem os exploradores — e Yrguimir secou o suor da testa.

A carroça fez uma curva brusca e começou a subir inclinada para o lado, dava a impressão de que os captores queriam atingir as estrelas, e a subida era infinita. Horas e horas se arrastaram por um caminho íngreme. Agora, do lado de fora, vozes desconhecidas co-

Capítulo 28 – Sob um céu de pedra

meçaram a surgir. Faziam perguntas sobre o conteúdo da carroça, se tinham conseguido coisas valiosas. A resposta era sempre a mesma: "Os quatro vão ficar satisfeitos!"

– O que será que isso quer dizer? – perguntou Yrguimir, que pela primeira vez fora espiar pela pequena fresta. – Já repetiram essa resposta umas vinte vezes.

– Trinta e duas – Vanza estava agachada em um canto, mantendo os olhos fechados, pois começara a se apavorar. – Acho que tenho uma ideia de onde estamos – ergueu-se e juntou-se a Yrguimir para espiar.

– Onde?

Não houve tempo para resposta, a carroça parou abruptamente, e por muito pouco eles não caíram de costas. O som da chave girando no grande cadeado preso à porta foi suficiente para arrepiar os pelos dos dois. Mantiveram-se juntos, a yuqui tremia e passou o braço pelo de Yrguimir, como se ele pudesse evitar que algum mal a atingisse.

– Vamos nos manter calmos e obedecer, esperaremos a hora de agir, Vanza – cochichou no ouvido da nômade.

A porta se abriu.

– Ora, ora. Espero que não esteja abusando da loirinha. Ela já tem donos! – disse um dos homens com os dentes à mostra, de forma sinistra. – Saiam, vamos! Se prometerem se comportar, não os amarraremos – afastou-se dois passos para que saíssem. – Aqui será seu novo lar, a Caverna dos Garranos.

Ao redor da carroça, dezenas de homens se amontoavam para ver os recém-chegados. Os captores impediam que se aproximassem, apontando suas armas em ameaça, caso alguém soltasse alguma gracinha ou galanteio para Vanza. Só havia homens, todos de estatura baixa, fazendo com que Vanza e, principalmente, Yrguimir parecessem gigantes.

– Estou com medo – sussurrou a jovem entre dentes.

Yrguimir concordou com a cabeça, também estava apavorado.

Foram levados através de um caminho estreito, pelo qual apenas dois homens poderiam andar lado a lado. Era uma fenda entre dois paredões de pedra, ventava muito e uma fina neblina se esparramava, chegando-lhes a altura dos joelhos. Por quarenta minutos seguiram pelo que parecia um labirinto de pedra, vez ou outra passavam por outros corredores, onde podiam ver mais homens e, pela primeira vez, algumas mulheres, com vestidos decotados, rostos redondos e cabelos presos firmemente em rabos de cavalo. Carregavam cestos de palha trançada ou puxavam cabritos monteses com sinos amarrados nos enormes chifres, que, somados ao eco do som de mulheres batendo manteiga, criavam uma melodia assustadora.

O homem cujo jantar eles pagaram na hospedaria se aproximou e ficou entre os dois.

– Gosto de ver que não apresentam resistência, amigos. Estamos quase chegando. Espero que aproveitem sua estada em meio ao povo garrano, somos pacíficos – apontou ao redor, reprimindo a risada. – Na verdade, essa mentira não posso contar, vocês já viram do que somos capazes. Mas somos pessoas boas e os trouxemos aqui para que se apresentem em frente aos nossos reis.

Virando-se para Yrguimir:

— Bom, você não, grandão. Só está vivo ainda pelo seu gesto de me pagar o jantar. Aliás, obrigado, odeio pagar para comer — percebeu que não obteria resposta. — Sabe, eu nunca pago por minha comida, nosso povo costuma comer carne crua, mas eu gosto de comida quentinha às vezes, um bom ensopado, tortas, uma estalante carne na grelha. Por isso estava sozinho na hospedaria, por ser um dos únicos garranos a ter esse gosto peculiar. Chegamos! — bateu palmas e apontou para o local.

Pararam à frente da arqueada entrada da caverna. Apesar de se utilizarem da abertura natural na rocha, havia ao redor um batente todo esculpido. Continha belas figuras de animais, em sua maioria montanheses, esculpidos nos mínimos detalhes: compridos chifres de cabritos, todas as penas dos falcões, os longos bigodes dos ratos das montanhas, o olhar furtivo dos lobos, as presas dos coiotes e as grandes garras dos enormes ursos. Dividindo espaço com os animais, existiam figuras de pessoas pertencentes à raça dos garranos, com suas pernas curtas e barbas longas. Espadas, maças e machados eram empunhados de forma ameaçadora por homens que, mesmo com o olhar de pedra, conseguiam fazer gelar o sangue nas veias daquele que os encarasse. Sobre o enorme arco, havia quatro figuras, aparentemente recém-esculpidas, que se encontravam sentadas em tronos luxuosos, cada uma com um machado na mão esquerda, e a mão direita tocando a lâmina do machado da imagem seguinte. Usavam coroas que, individualmente, representavam um dos elementos da natureza: água, fogo, terra e ar.

— Os quatro sagrados — ajoelhou-se o homem que os conduzia. — Eles são nossos reis agora, filhos de Jarhmundurthyrra, ou, de forma reduzida, Jár. São homens fortes e, desde que foram coroados, deram ao nosso povo a coragem de viver no mundo exterior. Não mais temos de nos esconder sob o céu de pedra — levantou-se e se aproximou da enorme porta. — Bem, queridos visitantes, sejam bem-vindos a Ouvian, o lar do povo currynto, ou, como vocês costumam nos chamar, do povo garrano. Eu sou Tenia e serei seu guia.

Vanza e Yrguimir hesitaram por alguns instantes, os enormes portões de ferro esverdeado se abriram sonoramente, suas dobradiças rangeram como que gritos de uma donzela em perigo. As dezenas de homens que vinham atrás deles os empurraram, e tiveram de entrar.

— Precisamos passar azeite nessas dobradiças, Kiann — disse Tenia para alguém. Depois dirigiu-se aos visitantes. — Vamos, entrem, prometo que se sentirão em casa.

O ar no interior da caverna cheirava a mofo, somado ao odor agridoce de decomposição. A luz era tênue, vinda de candeeiros e tochas, pendurados a cada dez ou vinte passos em barras de metais presas às paredes. Seguiram por um comprido corredor por alguns minutos. Tenia contava histórias do povo garrano para eles, de como foram outrora os donos de Relltestra, antes de serem expulsos pelos eternos, de Aeternus, e forçados a se exilar em sua terra natal, a Primeira Morada.

— Eu sabia que estávamos nas Moradas — Vanza não conteve a língua e deixou escapar suas suspeitas.

Tenia observou a bela garota com um olhar curioso.

— Ora, garota, pelo seu tom, parece até estar satisfeita de ter chegado aqui.

Capítulo 28 – Sob um céu de pedra

— Não, não! Esqueça isso, Tenia. Para onde nos levarão? – tentou mudar de assunto. – Não fizemos nada de mal a vocês. Pelo que disse, seu povo tem problemas com os eternos, e não conosco.

— Entenda, nossos líderes estão tomando providências em relação aos eternos, fique tranquila – apontou para uma galeria que se abria à esquerda, onde centenas de ferreiros enfeitavam o ar com centelhas, num ininterrupto martelar em lâminas de metal incandescente. – A quarta leva partirá amanhã.

Confuso, Yrguimir foi obrigado a perguntar:

— Quarta leva?

— Quem sabe um dia vocês saberão... – evadiu-se misteriosamente o garrano. – Mas quanto a seus destinos... Bom, como eu disse, o grandão vai sobreviver, terá algum trabalho, pode ter certeza. E você, estrela da manhã, ninguém imagina o que os quatro farão, terá de se apresentar para eles quando for convocada, e seja bem-educada, minha reputação está em jogo.

Adentraram o pavilhão central da caverna, era uma gigantesca abertura oval com centenas de metros de altura, o teto abobadado era enfeitado naturalmente por estalactites de todos os tamanhos, que serviam de apoio para morcegos se pendurarem, dando vida à cobertura, ao observarem o cotidiano das pessoas abaixo. O chão era liso e sem dúvida levou décadas para que ficasse assim, com essa aparência lustrosa. Bem ao centro, rodeada por grades de ferro, havia uma abertura circular com uma queda d'água, que produzia um som relaxante pelo ambiente.

— Uma cachoeira? – perguntou Vanza, que por um momento deixou o encantamento ocultar o medo que sentia.

— Sim, nós a chamamos de Coração da Pedra, ela faz a água correr por todas as pequenas frestas no interior de As Três Moradas. Aqui, fica a queda d'água, e o rio subterrâneo segue por baixo das três montanhas. Uma pena que nunca poderão navegar por suas águas frias e cristalinas, não há nada igual.

Contornaram o grande círculo e entraram em uma abertura estreita, por onde seguiram até dar de encontro com uma larga escadaria helicoidal esculpida na rocha.

— Vamos descer, já estamos chegando.

Contaram 15 lances de escada até alcançar o que parecia ser um calabouço, uma porta dupla de metal foi aberta após algumas batidas ritmadas, que provavelmente eram a senha. As dobradiças também rangeram enquanto as duas grossas placas de metal se moviam.

— Sério, rapazes! Azeite – disse Tenia para um dos vinte guardas parados em fileiras, trajando armaduras bem polidas e empunhando machados. – Lar, doce lar! – apontou ao redor.

Celas ficavam dos dois lados do corredor, barras compridas de ferro foram cravadas nas aberturas da rocha para que os prisioneiros ficassem confinados. Choro, gritos e lamentações eram ouvidos de todos os lados, sendo amplificados pelo eco nas paredes.

— Venha cá, beleza, tenho um presentinho para você – disse a Vanza, um dos presos, com os braços apoiados entre as grades de ferro. – Vamos, aproveite enquanto ainda está de pé.

O homem calou-se quando um dos integrantes da escolta o golpeou com o machado no braço, abrindo uma fenda que fez verter seu sangue entre gritos desesperados.

— Respeite a garota, escória! — disse o agressor.

Ao fundo do corredor, ficava a maior das celas. No centro da clausura, havia apenas um lampião e, ao redor, podia se ver dezenas de homens sentados ou deitados no chão. Uns enrolados em cobertores ou peles, outros repousavam no solo frio mesmo.

Tenia puxou uma chave que ficava em um cordão preso ao seu pescoço e abriu a porta, que não emitiu barulho algum. Orgulhoso, estufou o peito.

— Eu disse: azeite! — os homens que o acompanhavam gargalharam. — Vamos, entrem! — ele apontou para o interior. — Esta é a cela que comando, aqui só ficam as pessoas que eu capturo. Logo receberão uma refeição quente e mantas para passar a noite. Amanhã terão um dia cheio.

Vanza e Yrguimir levaram um empurrão e foram forçados a entrar, todos os presentes se viraram para ver quem eram os novos companheiros de cela. Alguns murmúrios de aprovação foram soltos quando Vanza entrou. Tenia teve de intervir.

— Se alguém tentar alguma coisa com a gracinha aqui, vai ter o membro cortado e terá de o engolir todinho, por maior que seja. E eu juro que enforcarei o maldito com as próprias tripas! Estão ouvindo, amontoado de bosta? — não houve resposta. Tenia resolveu frisar o que queria dizer, repetiu a frase e adicionou: — Se não responderem, ficarão sem jantar e mando tirar suas mantas, creio eu que se encantarão com a doce melodia de milhares de ossos tremendo com o frio.

Todos responderam, quase que em uníssono, numa massa confusa de vozes amedrontadas.

A porta começou a se fechar e algo a emperrou, Tenia agarrou a fechadura com as duas mãos e a puxou com força, conseguindo trancá-la.

— Boa noite, lindinha. Lembre-se: amanhã! — disse e mandou um beijinho zombeteiro para Vanza.

Escutaram as batidas dos passos dos homens ao se afastarem. Vanza se aproximou de Yrguimir e afundou sua cabeça em seu peito largo.

— O que vamos fazer? — perguntou com a garganta doendo, pela força que fazia para segurar o choro.

Yrguimir estava com os punhos fechados e os músculos tencionados, olhando ao redor. Os prisioneiros avançavam sobre eles lentamente.

— Vamos tentar sobreviver — respondeu Yrguimir, colocando a yuqui às suas costas. — Vamos tentar sobreviver.

No canto mais escuro da cela, bem ao fundo, onde uma plateia de empoeirados crânios antigos parecia observar tudo com seu olhar vazio, e ninguém com vida ousava ficar para não se afastar do calor das brasas, dois olhos assistiam a tudo atentamente e não piscavam, esperando o momento certo de agir. O foco dessas órbitas estranhas era Vanza. Ao ver o pavor no rosto da garota, escondida atrás do grandalhão que a protegia, um esboço de sorriso se abriu em sua enorme boca, ou melhor, fenda. A estranha língua de três pontas movimentou-se no que seria um lamber de lábios, se lábios tivesse. E os olhos, vermelhos e repletos de maldade, como duas poças de sangue vivo, brilharam com uma cruel felicidade.

Capítulo 29
O LAR DOS PECULIARES

Do ponto onde foram atacados até o Tríade, havia uma distância considerável, mas foi percorrida rapidamente devido aos guias, ou melhor, captores que sabiam cada atalho de Idjarni.

A visão do rio foi comemorada internamente por Sttanlik, Paptur e Rifft. Porém, não puderam esconder os suspiros de admiração que soltaram inconscientemente ao ver o esplendor daquela maravilha da natureza. Era enorme, de uma margem à outra, devia superar uma centena de metros, emoldurado por salgueiros inclinados que reverenciavam as cristalinas águas que corriam, como um bando de cavalos selvagens, levantando espuma ao se chocarem com rochas erguidas ao longo do lado em que se encontravam. Cardumes de peixes passavam dançando e pulando por eles e Ren, sem consciência de ser uma refém, se lançou sobre as ondas de água doce para atender seus instintos de pescadora, apesar dos assovios de censura de seu amigo Paptur.

– Deixe, garoto, não tem problema – Baldero se aproximou e com as mãos na cintura ficou observando encantado os ataques certeiros da águia do mar do norte. – Não se controla a natureza, olhe como ela está feliz – sorriu, voltando-se para Paptur. – O único problema são os homens. Nós, humanos, somos uma doença incurável que faz o mundo agonizar lentamente. Não concorda?

Até agora, Paptur evitara dirigir a palavra para qualquer um dos que os capturaram, mas teve de quebrar seu voto de silêncio.

– Concordo com tudo o que disse, e obrigado por não impedir minha amiga de caçar – disse sincero.

Baldero se aproximou e olhou firmemente para Paptur.

– Veja, não temos nada contra vocês, de verdade, mas quem mandou entrar em nossa casa sem serem convidados!

– Já lhe disse, estávamos aqui de passagem. Vai me dizer que nenhum caçador entra em Idjarni, nunca?

– Sim, todos os dias. Mas a floresta foi dividida em zonas, e se alguém passa da zona de caça, sabe que está além dos limites, e se não percebe, sempre tem alguém para avisá-lo – olhou ao redor e sorriu para seus homens. – Somos muito organizados.

— E todo caçador respeita isso?

— E por que não respeitariam? A zona de caça é enorme, e é nela que vivem os javalis, corças, raposas e tudo mais que um homem pode pedir. A floresta funda tem tudo isso, é claro, mas eles sabem que também tem assombrações.

— Vocês, né? – disse Sttanlik e se achegou. – E como as assombrações têm tanta certeza de que não somos caçadores?

— Não se caça corças com duas espadas, isso eu posso dizer. Olhem, comportem-se direitinho e nenhum mal os acometerá. Já se tentarem alguma gracinha... – apontou o dedo para Urso, que estava na margem do rio molhando os pés e rindo muito de alguma piada que Rifft fizera. – Ora, o careca conseguiu avizinhar-se do Urso, não é?

— Ele é um homem decente, não o conhecemos há muito tempo mas é uma pessoa de boa índole. Prometa para mim – Paptur encarou Baldero – que não vai fazer mal a ele ou ao meu amigo aqui.

— E a você, cabeça de fogo?

Olhando Ren sobrevoar o rio, soltando seus gritos ameaçadores na direção dos peixes, Paptur mostrou-se indiferente.

— Não tenho medo de mal algum, temo mais por meus novos amigos e Ren. Em minha vida, eu sempre estive sozinho, seguindo sem deixar que ninguém, além de Ren, se aproximasse. Então, conheci o Sentimental – apontou para Sttanlik – e ele me fez perceber que existem pessoas boas no mundo. O careca ali veio depois, e não me pergunte por quê, mas eu gosto dele também. Assegure-me de que nenhum mal atingirá meus amigos.

Baldero pôs a mão no ombro de Paptur.

— Prometo que serão levados para um lugar de pessoas justas, e eles é que determinarão seu destino. Se disserem para que cortemos suas cabeças, nós as cortaremos. Mas, para isso acontecer, eles terão de justificar com uma razão plausível. Entendeu? Até lá, se não fizerem nenhuma bobagem, afirmo que estarão seguros ao nosso lado – afastou-se e foi encher seu balde com água do rio.

— Obrigado, Paptur – Sttanlik sussurrou. – Você é um bom amigo.

— Ora, ainda estou aprendendo! – Paptur sorriu e olhou para os homens ao redor. – Estamos seguros, eles não são maus, os andarilhos só se preocupam com sua segurança.

— Tem certeza de que eles são os andarilhos?

— Absoluta, é claro que não seriam estúpidos de sair por aí gritando que são os homens sem pátria que incomodam os governantes corruptos. Eles fizeram o certo ao nos capturarem. E pense na sorte que tivemos! Queríamos encontrá-los e eles é que nos surpreenderam, não ficaremos perdidos em Idjarni e seremos levados a nosso objetivo pelos melhores guias – Paptur olhou para Rifft que se dirigia com dois compridos galhos para Hamma e Dehat. – O que o careca está fazendo?

Rifft arrastou os dois compridos galhos lisos para perto dos cavalos e fez sinal para que Sttanlik e Paptur se juntassem a ele.

— Vamos fazer uma armação entre os dois cavalos, Mig pode ir deitada confortavelmente – disse o taberneiro, enquanto tentava achar um ponto em que o galho se encaixasse nas selas.

Capítulo 29 – O lar dos peculiares

Levou algum tempo, mas com a ajuda de dois homens fortes conseguiram prender os galhos. Depois, eles os amarraram com pedaços de cipó. Sttanlik cedeu sua capa para que fosse presa firmemente entre os dois cavalos. Mig foi colocada ali. Seu estado de saúde permanecia inalterado, parecia até que estava apenas dormindo.

– Ela vai ficar bem, garoto – disse Rifft, tentando acalmar Sttanlik. – Eu perguntei ao grandão, o tal de Urso, se havia um curandeiro no lugar para onde estamos indo, ele me garantiu que o melhor de todos vive com eles. Viu? Não poderíamos querer mais nada, e se ele for muito careiro, tenho umas moedinhas comigo, eu pago o tratamento dela, obviamente para ela me pagar em dobro depois. Afinal, ela é uma princesa – pôs a mão na boca como se fosse uma confidência.

Acenderam uma fogueira para tostar corégonos, saborosos peixes de água doce, que eles prepararam habilmente e, mesmo sem tempero algum, se deliciaram com o sabor da carne branca, até se fartarem. Após essa breve refeição, puderam seguir seu caminho sem maiores dificuldades, com Mig Starvees ajeitada da melhor maneira possível.

O curso do rio seguia inclinando-se a noroeste e passaram dois dias pelas margens, parando pouco, para descansar e alimentar-se. A cada parada, Baldero parecia se afeiçoar mais aos seus reféns e, após as dezenas de tentativas frustradas de seus arqueiros de acertar um javali gordo, que dava a impressão de se movimentar tão rápido quanto um tigre, ele concordou em devolver o arco para Paptur. Foi preciso apenas um disparo para acertar o animal. Todos jantaram animados com a saborosa carne, temperada com algumas folhas de hortelã que Sttanlik havia encontrado e tinha o intuito de mascar, mas concordou em ceder para a preparação do alimento.

Os três viajantes se encantavam com a beleza de Idjarni e vez ou outra não conseguiam segurar seus suspiros de admiração. Os homens, entusiasmados com o fascínio dos reféns pelo seu lar, explicavam sobre as árvores que eles não conheciam ou divagavam com as lendas da floresta. Rifft acordou no segundo dia com um esquilo avermelhado em cima da barriga, e agora desfilava com ele colocado sobre sua cabeça calva e dançava como um idiota, arrancando gargalhadas de todos. Pouco a pouco, as barreiras iam sendo quebradas e não havia no ar mais nenhum traço de ameaça. Por fim, um respeito mútuo surgira.

Acamparam na madrugada do segundo dia e Baldero, em volta da fogueira, advertiu os três:

– Amanhã chegaremos a nosso destino, o acampamento tem muita gente de bem, mas peço a vocês que não zombem caso encontrem algo que estranhem, há muitas peculiaridades para onde vamos.

Quando questionado do que estava falando, ele simplesmente respondeu:

– Saberão amanhã – enrolou-se em sua manta e se virou, caindo no sono rapidamente.

Acordaram todos com a primeira luz. A manhã estava abafada, o ar tomado por mutucas ampliava o incômodo e forçaram a caminhada para chegar logo ao seu destino. O Tríade fazia nesse ponto uma curva brusca e tiveram de dizer adeus ao rio para se dirigirem rumo ao norte. O trajeto que seguiam era agora um afunilamento de árvores, parecendo pouco natural que a floresta se erguesse dessa forma. Realmente, havia um planejamento visível, para que as pessoas que se aproximassem desse local fossem obrigadas a passar por esse caminho. Sttanlik pôde perceber que Paptur virava sutilmente a cabeça para todos os lados, pois deviam estar cercados de sentinelas e, caso tivessem conseguido atingir esse ponto sozinhos, estariam sob ataque. A confirmação de que estavam chegando veio logo. Por entre as brechas no verde, podiam ser vistos traços de fumaça pelo céu, o barulho de machados chocando-se contra troncos ressoavam, algumas vozes mais exaltadas surgiam. Então, eles entraram por uma abertura numa muralha natural formada por amieiros e azinheiras.

Pelo modo como Baldero sempre falava, esperavam encontrar um acampamento, com barracas e fogueiras, algo que remetesse ao improviso. Mas o que avistaram estava muito além de suas expectativas. Na verdade, era uma pequena cidade erguida no coração de Idjarni. Dezenas de grandes casas de madeira, algumas inclusive construídas nos topos dos troncos das árvores; barracas por todo lado, de tamanho suficiente para abrigar 12 homens de forma confortável; um largo estábulo; um poço, com uma pequena mureta circular; um espaço coberto, destinado à salga de carnes, cercado por uma fina rede esverdeada para afastar insetos.

— Bem-vindos ao nosso lar — anunciou Baldero enquanto retribuía os cumprimentos dos sentinelas que estavam sentados em bancos de madeira.

O aviso da noite anterior fora válido, e agora entendiam o que Baldero quisera dizer. As pessoas que povoavam essa pequena cidade, em sua grande parte, possuíam algum tipo de deficiência. Havia mancos, caolhos com tapa-olhos, cegos, surdos, mudos, pessoas sem um dos braços ou uma das pernas, ou com cicatrizes à mostra, crianças e adultos com algum tipo de problema mental. O povo era formado por aqueles que as cidades rejeitavam, por causarem algum tipo de estranheza por onde passavam, e ali finalmente descobriram um refúgio. Um homem que não tinha as pernas passou por eles, andando rapidamente com as mãos, seus braços eram musculosos e trazia em sua boca uma bolsa de couro, repleta de materiais de carpintaria. Cumprimentou os recém-chegados com a cabeça.

— Agora entenderam! — disse Baldero quando o homem passou. — Aqui é o abrigo dos rejeitados, o paraíso daqueles que o mundo excluiu por serem diferentes.

— O acampamento central dos Andarilhos das Trevas.

Todos se viraram para ver quem falara, era uma voz nova, imponente e forte. Um homem robusto, com o musculoso peito à mostra se aproximou. Seu corpo era marcado por cicatrizes, e não possuía um dos mamilos, no lugar havia uma grande marca que repuxava a pele, fazendo com que o lado esquerdo de seu peito ficasse empinado. Trajava calças curtas, como as de caçadores de rãs, e eram de couro fino, que ainda continha os pelos do animal de origem. Seus cabelos tinham uma coloração alaranjada, de um ruivo pálido, rajado por fios grisalhos. O rosto estava barbeado, salvo por duas largas suíças vermelhas que lhe emolduravam os traços fortes. Uma cicatriz descia-lhe da testa até o canto da boca, dando-lhe um ar selvagem, e o nariz, arrebitado e comprido, era torto, o que denunciava que fora quebrado em mais de uma ocasião. Seus olhos, de um azul acinzentado, apesar de possuírem a dureza e a rigidez típicas de um guerreiro feroz, eram carregados de uma languidez. O peso de uma vida de batalhas cobrava seu preço.

— Chamo-me Fafuhm, sou líder e fundador dos andarilhos. Quem são vocês? — apoiou o gadanho, de cabo avermelhado e gigantesca lâmina curvada, no chão, secou o suor da testa com o antebraço e cruzou os braços na altura do peito.

Baldero tomou a palavra.

— Chefe, encontramos esses quatro muito além da zona fantasma, já estavam inclusive na área de abate, mas resolvemos trazê-los para que o senhor os julgasse.

Fafuhm analisou por alguns instantes as caras novas, mascava alguma coisa amarelada e cuspiu de lado.

— Só vejo três. Você não sabe contar, Bhun?

Baldero pareceu não se incomodar de ter seu nome revelado e apontou para os cavalos, entre os quais Mig estava deitada.

— Há uma garota ali, chefe. Ela está doente, senhor.

— Que merda, Bhun! Já mandei parar de me chamar de chefe e senhor, você deve ter uns dez anos a mais que eu.

E se virou para Sttanlik e sorriu.

— Ele nunca aprende — bateu uma mão contra a outra. — Bem, o que vocês têm a me dizer? Por que estavam vadiando em nosso território?

Sttanlik pigarreou.

— Senhor Fafuhm, como eu disse ao Baldero, digo Bhun, não representamos ameaça, não somos jurados a ninguém. Na verdade, procurávamos por vocês.

— E que negócios teriam vocês com os andarilhos, dois garotos e um gordão?

— Ei! — indignou-se Rifft. — Eu tenho ossos largos e excesso de músculos abdominais — calou-se ao levar um cutucão de Paptur nas costas.

— Queremos sua ajuda. Nossa amiga está envenenada e precisamos que a curem. Além disso, gostaríamos de pedir algo mais.

— Vocês entraram aqui com muitos desejos, amigos. Não somos um templo de auxílio aos necessitados, e sim um grupamento rebelde que se opõe às tiranias de Relltestra. Se quiserem ajuda para todos os seus problemas, façam como Xazguiyr, o Explorador, e partam para os mares do sul, em busca da bolsa das moedas mil — percebeu que os visitantes não sabiam do que falava. — Aquela que transforma em mil, cada moeda depositada em seu interior — olhou para o semblante decepcionado de Sttanlik. — Quanto à sua amiga, nós vamos ver o que podemos fazer, temos um ótimo curandeiro. Aliás, o melhor, fora os das lendas e contos. Ela estará em boas mãos.

— Obrigado, senhor — agradeceu Sttanlik, vendo que os homens acataram o gesto de Fafuhm e estavam levando Mig para o outro lado do acampamento. — Yuquitarr estava certo quando disse que você é muito justo.

Fafuhm arregalou os olhos.

— Vocês vieram com indicação daquele velho fedido?

— Sim, ele nos deu a recomendação de que procurássemos por você — tomou a palavra Paptur.

— Ele mandou as 12 asas de ouro que me deve? — sorriu Fafuhm, com expressão satisfeita. — Gosto muito dele, um bom homem e um grande amigo. Nunca tentem disputar com Yuquitarr quem bebe mais cerveja, vão desmaiar enquanto ele ainda estiver sóbrio. Vocês não parecem yuquis, são sujos como eles, mas pálidos demais.

— Não somos yuquis — respondeu Paptur.

— E ele confiou em vocês a ponto de revelar onde ficava nosso acampamento?

— Sim.

— Ou ele está caduco, ou vocês são bons o suficiente para que o homem mais desconfiado que eu já conheci revelasse um dos maiores segredos de Relltestra: nossa localização. Reis matariam por essa informação. E como está o barbudo?

— Ele está bem, senhor. Quando saímos de Sëngesi...

— Vocês vieram de Sëngesi? — interrompeu indignado Fafuhm.

— Sim, viemos de lá, antes de a cidade ser tomada.

— Vieram andando, de Sëngesi até aqui? — afagou as suíças. — Como passaram pela Guarda Escarlate?

— Evitamos o caminho deles, cortando caminho por Andóice — Paptur respondeu com naturalidade.

O líder dos andarilhos soltou um assovio impressionado.

— Quanta disposição, estou realmente atônito! — levou as mãos à cintura.

Sttanlik interveio.

— Como você sabe que foi a Guarda Escarlate que atacou Sëngesi?

Fafuhm deu de ombros.

— Simples, tenho dois informantes infiltrados em Tinop'gtins. Sei tudo o que acontece em Relltestra, amigos. Ninguém pode esconder nada de mim, por isso me temem tanto, acham que eu sou uma espécie de feiticeiro. Na verdade, eu tenho homens fiéis em todas as cortes com alguma relevância. Mudando de assunto, se são amigos de Yuquitarr, são meus amigos. Vamos, se apresentem! Os três são de Sëngesi?

— Só eu, chamo-me Sttanlik. Estes são Paptur, de Macoice, e Rifft, de Dandar. Aquela, que seus homens levaram para ser tratada, é Mig Starvees, a princesa de Muivil.

— Princesa? Muivil?

— É o que ela diz — respondeu Paptur, girando os olhos.

— Essa é nova! Eu sei de um príncipe, porém nunca ouvi palavra alguma sobre uma princesa. Mas há algum segredo em Muivil, e não sei qual é. Talvez seja uma bastarda.

Paptur resolveu alfinetar.

— Suas tão confiáveis fontes não lhe informaram a respeito dela?

— Minhas fontes foram descobertas, e meu primo Atiyr foi empalado em praça pública por traição — Fafuhm abaixou a cabeça. — Era um bom sujeito, mas o pegaram quando ele tentava me enviar uma mensagem, de um carregamento de ouro que partiria de Muivil rumo a Ponta Combia. Os olhos dos andarilhos em Muivil foram fechados desde en-

Capítulo 29 – O lar dos peculiares

tão, nunca mais consegui colocar ninguém íntimo o bastante para descobrir os segredos reais, e isso aconteceu há quase uma década.

– Sinto muito – Sttanlik tentou ser solidário.

– Ossos do ofício, amigos. É uma pena, mas ele sabia dos riscos – Fafuhm passou a mão pelas suíças lentamente. – Creio que se essa garota for mesmo uma princesa, ela pode vir carregada de respostas importantes. Bom, esperamos que nosso curandeiro possa ajudar. Então, sem mais, sejam bem-vindos! – abriu os braços liberando a passagem para os três. – Mas lembrem-se, se descobrirmos que estão mentindo, eu farei com que se arrependam do fato de ter nascido! Acho que não iriam gostar de saber como eu faço para descascar homens como laranjas, não é?

E, finalmente, foram admitidos no acampamento, lugar pelo qual tanto lutaram para alcançar. Era hora de relaxar um pouco, precisavam repousar de verdade, pois após todos os perigos que passaram, sua jornada arriscada os levou para esse afortunado local. Ali, era possível andarem sem olhar por cima do ombro, não precisariam mais dividir turnos de guarda, poderiam dormir sem ter a preocupação de acordar com uma lâmina prestes a lamber seus pescoços.

Estavam em segurança e em paz.

Capítulo 30
E, finalmente, a coragem...

Travou-se em posição à espera de seu adversário, resolveu que não moveria um músculo sequer. Ckroy sentia-se retesado, somente seus arrepiados cabelos escuros bailavam à mercê do vento. As batidas de seu coração pareciam ter se acelerado, para se ritmarem aos pesados passos do gigante que corria em sua direção. A grama era destroçada e esmagada sob seus enormes pés de pedra. A lâmina, que era o único tesouro de sua família, esperava, repousando apontada para o chão, sangue de suas mais recentes vítimas escorria por ela lentamente, para pingar viscoso, criando um olho de fluido vermelho que assistia a tudo, e aguardava seu próximo movimento.

— Morraaaaa! — gritou o gigante ao chegar perto o bastante para projetar seu primeiro soco, que, obviamente, conhecendo sua força, seria o único golpe de que precisaria para esmagar esse inseto insolente que teve a audácia de desafiá-lo.

Agarrando firme sua capa com a mão livre, que bailava às suas costas, Ckroy virou-se de lado no último momento, envolvendo-se nela, tal qual um casulo. Com a mão da espada, desferiu um golpe semicircular para cima, raspando o peito do gigante. O atrito criou faíscas e deixou ressoar um grito agudo da improvável luta de aço e pedra. Girou seu corpo completamente e estava de novo em guarda. Sentia mover-se mais rápido que um falcão-peregrino, diferentemente de seu oponente, que era lerdo e teve dificuldade em se recompor e partir para uma nova investida. Sorriu.

— É para isso que eu nasci, esse momento é o meu teste final — murmurou para si mesmo, observando com olhos atentos o gigante abrir uma cratera no chão ao desferir um soco direto no solo, com o intuito de extravasar sua frustração.

— Eu vou esmagar você! — bradou o gigante com uma voz gutural e poderosa, apontando-lhe o dedo.

— Terá de me pegar primeiro — sorriu Ckroy. — Como você se chama, monstro?

— Para você: morte!

E investiu novamente, agora não mais como um búfalo selvagem, aproximou-se lentamente, confiando em sua força e em seu corpo que era mais poderoso que qualquer armadura já criada. Abriu seus braços e ficou rodeando Ckroy, que imitou seu gesto em uma dança à espera de uma brecha para golpear.

Quando o gigante pisou em um desnível raso no chão, Ckroy resolveu tomar a iniciativa, essa mera mudança em seus passos abriu uma janela de oportunidade para que a espada fosse enviada a fazer seu trabalho, e novamente em vão. Golpear um tronco de árvore traria mais resultados, aquilo era inútil. Começaram a desferir golpes a esmo, os dois punhos do monstro eram como uma chuva de pedra e aparentavam se mover cada vez mais rápido, é claro que nada comparado à velocidade do vento'nortenho, que fazia a ponta afiada de sua espada cutucar várias partes do corpo de seu oponente. A sucessão de ataques inúteis lhe trouxe uma esperança de vitória, entre os blocos de pedra havia pequenas frestas, que apesar de estreitas, não mais que um centímetro cada, revelavam ali um conteúdo muito mais sensível que a carapaça, algo mais maleável e orgânico. E era nelas que ele mirava. Com a perícia de um espadachim recentemente iniciado na arte da matança, já sabia o que representava uma luta de verdade e mantinha-se calmo, redescobriu a coragem, e agora buscava o momento mais oportuno.

O gigante parou e olhou para Ckroy com incredulidade, franzindo seu sobrolho de pedra, o que fazia com que seus olhos brancos parecessem duas estreitas brechas.

— Jamais alguém durou tanto tempo em um duelo comigo, será uma delícia esmagá-lo! – gargalhou.

— Você nunca enfrentou alguém bom o suficiente – Ckroy fez uma mesura enquanto ofegava, agradecia mentalmente ao gigante pela pausa para recuperar seu fôlego. – E para me esmagar, deve me vencer, monstro, o que não vai acontecer.

— Veremos, pequenino, veremos...

Em uma assustadora carranca, o gigante abriu sua bocarra de largos dentes quadrados, e algo chamou a atenção de Ckroy. Havia alguma coisa no interior da boca do monstro, sob sua língua. Precisava fazer com que ele falasse mais para ver do que se tratava.

— Diga-me seu nome, amigo. Odiaria derrotá-lo e não poder somar sua alcunha nas canções de vitória que os menestréis de meu povo escreverão sobre mim – foi o melhor que pôde fazer para continuar a conversa, sabia que seu oponente nem sequer imaginava o que era um menestrel, mas valeu a tentativa.

— Você é muito insistente, minhoca com braços. Vamos, diga-me o seu, e farei o que disse, incluirei seu nome nas canções que meu povo cantará sobre mim.

Ckroy sorriu.

— Chamo-me Ckroy, muito desprazer.

— Muito desprazer, Ckroy do povo coberto de ferro. Eu me chamo Teme – retribuiu o sorriso movendo seus lábios de pedra viva.

Ao sorrir, Teme revelou mais o conteúdo de sua boca, o que havia sob sua língua era algo que dava a impressão de ser uma pequena placa, um bloquinho de algum material bege. "Talvez argila, pois parece sensível. Quem sabe barro?", refletia o jovem. Os olhos dele brilharam, achara seu próximo alvo.

Erminho estava ao lado de Edner, Haruc e Heraz, e, como a maioria das pessoas em volta, tinham parado para ver a briga. Quando os repetidos sons agudos lançaram-se ao ar, uma

Capítulo 30 – E, finalmente, a coragem...

trégua foi criada para ver o espetáculo. Os selvagens cultuavam Teme. Em sua visão, era um ser invencível e onipotente, poucos homens tiveram a audácia de desafiá-lo, e quem tentou, estava somado ao solo, até porque Teme era impiedoso e destruía seus inimigos fazendo com que se tornassem massas disformes ao fim da luta, ou melhor, do massacre. E não só os selvagens estavam boquiabertos, os vento'nortenhos também se mostravam impressionados com o que viam e, pior, agora presenciavam o seu conterrâneo, o novato, conversando com o monstro amigavelmente. Gengko assistia ao embate sentado em um tronco coberto de heras, balançando as pernas que estavam acima do chão, como uma criancinha, e tinha as mãos juntas sobre o colo. Exibia um sorriso zombeteiro, pois, apesar de estar demorando demais para acontecer, sabia o inevitável resultado desse embate.

 Erminho estava ofegante e ferido, mas sem gravidade. Colocou sua mão no ombro de Edner e se inclinou para falar no ouvido do garoto.

 – Não vamos deixar Ckroy morrer! Se algo der errado, atacaremos o pedregulho, entendeu?

 Edner concordou com a cabeça rapidamente.

 Haruc escutou as ordens de Erminho e gesticulou para seu irmão, que fechou o punho para mostrar que concordava.

 – Conte conosco, senhor – sussurrou Haruc para Erminho.

 – Ótimo, Nível Dois, sabia que podia confiar em homens de tamanha coragem.

 Haruc sorriu como uma garotinha e abraçou empolgado o irmão, após traduzir o que seu superior dissera.

 Por sua vez, Erminho girou os olhos, sorrindo, já que a empolgação dos dois o divertia.

 Aproveitando-se do curto descanso, Teme jogou todo seu peso em um movimento ligeiro, que se iniciou com um malicioso golpe de ombro, que tinha como objetivo tirar seu oponente do pé de apoio. Quando viu que foi bem-sucedido, girou seu braço direito em um arco que deslocou Ckroy e forçou-o a se atirar para trás para não ser esmagado.

 Ckroy caiu de costas no chão e ficou tonto após bater a cabeça no chão com força, levou rapidamente a mão à nuca e fitou a aparência de hematoma do céu de fim de tarde, ondas vermelhas e roxas eram cuspidas pelo sol, na vã tentativa de sobrepujar o avanço da inevitável noite. Buscou em golfadas o ar que lhe escapara, sua visão ficou desfocada e mexeu os olhos de um lado para o outro em um desesperado esforço para enxergar algo com clareza. Ao se erguer, um rosto de escárnio surgiu sobre ele.

 – Pronto para morrer? – disse Gengko olhando para baixo e sorrindo.

 Não houve tempo para resposta, Ckroy teve de rolar para o lado, tentando evitar ser atingido pelo punho de Teme. Agarrou firmemente a empunhadura da espada e conseguiu erguê-la, acertando a ponta afiada em um dos olhos do gigante.

 – Maldito inseto! – Teme levou as mãos ao rosto, incomodado pelo cutucão. – Isso coça – ironizou.

 "Tenho de acertar aquela coisa em sua boca, provavelmente é a minha única chance", pensou, levantando-se e ficando em guarda. Percebeu algo pela sua visão periférica, a luta recomeçara, não havia mais espectadores de seu embate, mas o que mais o intrigou não foi isso, e sim a aproximação de alguém, segurando algo comprido, talvez um tronco. Mas não havia tempo de se virar para identificar o novo combatente, Teme voltara a golpear.

Pedra e aço, algum tinha de ceder, e logo. O aço, apesar de ser formidável, já dava sinais de derrota, mossas surgiam ao longo de toda a espada, a lâmina tornava-se cega, em breve não poderia nem sequer cortar um bloco de manteiga. Ckroy não via as marcas, mas sentia que em pouco tempo sua tão querida espada sucumbiria.

Teme virou o rosto para ver quem se aproximava, e Edner paralisou. Era ele que vinha com um pedaço de tronco liso na mão, andando nas pontas dos pés. Quando percebeu que os olhos do gigante se focaram nele, ficou imóvel como uma estátua.

– Nem pense nisso! – Teme apontou o indicador na direção do garoto. – Não há lugar para mais um nesta luta – e parou de falar quando o grito de Gengko chamou sua atenção.

Erminho vinha correndo como um louco empunhando seu machado, jogou-o rapidamente para cima e o segurou pelo cabo como se carregasse uma lança. Então, atacou com força, mirando Gengko. Teme arregalou seus olhos e ergueu a mão esquerda para segurar a arma que voava desajeitada em direção do homem de fogo. Como o gigante estava distraído, Edner voltou a se movimentar e usando toda sua força bateu com o pedaço de madeira na parte de trás do joelho de Teme, que, mesmo com esse ataque bruto, só inclinou-se levemente. Do outro lado, surgiram Haruc e Heraz, os irmãos enlouquecidos avançaram sobre Teme e, assim, a confusão estava armada.

Levantando-se rapidamente, Gengko envolveu seu corpo em uma espiral de chamas, ergueu seu braço e com a palma da mão enviou uma bola de fogo sobre os irmãos. Heraz deu um empurrão brusco em seu irmão, arremessando-o longe, e, no último segundo, colocou os braços na frente do rosto para se proteger da esfera flamejante. Esta explodiu ao tocar-lhe, enegrecendo automaticamente os tecidos de sua pele. Sua face ficou quase toda intacta, apenas o olho esquerdo inchou imediatamente, a pálpebra enrugada pendeu para baixo, carbonizada. Seus antebraços foram os que mais sofreram, tiras de pele se romperam e bolhas surgiram poucos segundos depois. Heraz tentou gritar de dor, mas só emitiu um som que mais parecia um bezerro sendo abatido. Passou a girar no chão para apagar as chamas que incendiavam sua puída roupa de cozinheiro. Seu irmão Haruc correu para ajudá-lo.

Ckroy não podia sequer pensar em ajudar seus companheiros, pois Teme pulou para cima dele, seu corpo estava prestes a ser esmagado por uma gigantesca massa de pedra, e não havia tempo de desviar. O ataque de Erminho e dos outros tirara sua atenção e agora morreria. O tempo pareceu passar lentamente, enquanto esperava ser esmagado, mas algo se chocou contra ele, fazendo com que caísse outra vez no chão, de forma desajeitada tombou de lado, ficando frente a frente com Gengko que nem ao menos notou sua presença. Tinha o rosto erguido, os dedos dos pés cravados no chão como um pássaro empoleirado, os seus braços abertos enquanto seus dentes rangiam uns contra os outros. Os olhos estavam completamente vermelhos, e sua íris sumira. Esforçava-se muito, as veias inchavam em sua testa, gotas de suor saíam de seus poros e brilhavam como pequenas pérolas antes de evaporarem, o que fazia com que tivesse uma aura de vapor ao seu redor. Suas mãos estavam com as palmas viradas para cima e uma grande chama flutuava e crescia sobre cada uma delas. Ele preparava um derradeiro e poderoso ataque.

Capítulo 30 – E, finalmente, a coragem...

Por menos de um segundo, Ckroy observou a ação do homem de fogo. Apesar de estar encantado com o que via, tinha mais com o que se preocupar e ao olhar na direção de Teme, seu mundo caiu. Seu salvador era Edner, o irritante, mas bravo garoto, que o tirou da zona de impacto do gigante de pedra e recebeu o choque do corpo de Teme, e como se isso não fosse o bastante, o monstro o havia envolvido em um abraço bem travado, como um urso faria, estilhaçando os ossos do pobre rapaz.

— Nãoooo! — gritou Ckroy se erguendo e correu na direção de Edner.

Ao se virar, Teme jogou o corpo desacordado de Edner de lado, como quem descarta lixo, abaixou-se rapidamente e agarrou o tronco que o garoto usou para acertá-lo e, assim que Ckroy chegou bem perto, acertou-lhe o rosto. Em sua cólera alucinada, Ckroy se descuidara, pagando o preço. Seu cérebro chacoalhou dentro de seu crânio e imediatamente ficou zonzo. Tudo ao redor se tornou vermelho e sentiu três fios de sangue escorrendo por sua testa. Teme sorriu e agarrou o braço de Ckroy, que tinha deixado a espada cair, e ergueu-o com facilidade.

— Ninguém é invencível garoto, somente...

— Os homens do norte! — Erminho se lançara às costas de Teme e, agarrando em seu pescoço, ficou dependurado se balançando, o bastante para fazer com que o gigante largasse Ckroy e tentasse se livrar do incômodo ser que insistia, em vão, em estrangulá-lo. — Ckroy, acorde! Ajude-me aqui, seu merda!

Confuso e sem senso de direção, Ckroy tateava o chão em busca de sua bela espada. Segurou firme quando a sentiu sob suas mãos, o toque familiar lhe trouxe um alívio imediato, mas uma dor cortante tomou a palma de sua mão. "Eu deveria ter aberto os olhos, como sou estúpido!", pensou. Havia agarrado a lâmina que, apesar de ter perdido muito de seu corte, ainda tinha um gume suficientemente afiado para cortar a frágil pele humana. Puxou para perto de si a arma e agarrou a empunhadura com a mão completamente ensanguentada. Nesse momento, sem saber por que, algo lhe ocorreu. "Por que será que esta espada, a valiosa herança dos homens de minha família, nunca foi batizada?", ponderou. Respirou fundo e se levantou, olhando para frente viu Erminho dependurado às costas de Teme, que gesticulava tentando tirá-lo de lá. Não fosse uma situação desesperada, seria cômica.

— Ande logo, não estou aguentando mais! — gritou Erminho.

— Eu vou esmagá-lo! — Teme estava ensandecido e girava como um cão correndo atrás de seu próprio rabo.

Ckroy deu três passos rápidos em direção aos dois e esperou o momento certo para cravar a ponta da espada em uma das fendas do corpo de Teme, abaixo da rótula do joelho esquerdo, fazendo-o pender para o lado e dobrar a perna. O golpe foi perfeito e, para ajudar, Erminho, ainda pendurado no pescoço de Teme, fez com que seu peso terminasse de derrubar o monstro, que pela primeira vez em sua vida, tombou! Ckroy puxou a espada, deu um pulo e ficou sobre o peito dele, sem demora cravou a ponta afiada em uma fenda na região do abdome, não houve nenhuma reação de dor do gigante, a não ser um sutil abrir de boca. A mão de Ckroy se moveu automaticamente indo parar no interior da bocarra, o dorso se esfolou ao entrar em contato com a língua áspera e, ao levantá-la, agarrou firmemente a pequena plaquinha que havia visto anteriormente. Então, cerrou a mão para retirar seu troféu e notou que Teme estava imóvel, seus olhos tomaram uma coloração acinzentada. Estava na iminência de puxar o braço, quando um grito desesperado surgiu às suas costas.

— Não, por favor! Nós nos rendemos! — era Gengko, aproximando-se aos tropeções. — Por favor!

— Vai, Ckroy, puxe logo isso aí! — Erminho estava caído exausto ao lado do corpo de Teme, com os olhos arregalados, impressionado com a vitória. — Puxe! — repetiu.

Ckroy olhou para o rosto inerte de Teme, os traços e feições, que apesar de monstruosos, existiam e estavam sumindo. Sentia que não mais estava em cima de algo vivo, e sim sobre um rochedo. Na posição em que se encontrava, tinha a sensação equivalente a abrir o peito de uma pessoa e começar lentamente a puxar para fora seu coração palpitante, havia um sensível fio de vida e agora tudo que precisava fazer era cortá-lo. Privaria Relltestra de uma aberração, bastava recolher o braço. Nesse instante, uma força lhe correu o corpo, era invisível, mas podia senti-la passando sob sua pele. De súbito, imagens lhe inundaram o cérebro. Um garotinho com menos de dois anos de idade corria nu em sua direção com passos irresolutos e braços abertos para abraçá-lo. Porém, a dificuldade de movimentos o intrigou, ele aparentava se sentir pesado, lento, como uma pedra! Ocorreu-lhe que estava assistindo às lembranças de Teme e pôde ver agora, com mais clareza, a identidade da criança à sua frente, pronta para receber o afeto: tratava-se de Gengko. O âmbar em seu peito era indefectível, seus olhos cheios de alegria se fecharam com satisfação ao ser erguido e se enrolar em um abraço desajeitado, mas repleto de um amor inexplicável. Ckroy nunca sentira um sentimento tão forte em sua vida, seu peito doía, o coração acelerava. Confuso, olhou para o lado e viu a aproximação desesperada de Gengko, a imagem se assemelhava a do pequeno garotinho e isso fez com que afrouxasse a mão, pouco a pouco seus dedos se abriram e largaram a pequena placa, deixando que permanecesse em seu local de origem. Sentiu seu corpo ser libertado da força invisível e, ao olhar para Teme, notou que a vida voltava lentamente para seu corpo. Levantou-se e se dirigiu a Gengko.

Nesse meio tempo, Erminho rosnava:

— Seu imbecil! — e erguendo-se, afastou-se aos tropeções de Teme, cujo corpo passou a brilhar.

— Ertragh Ytramaguh! — gritava Gengko bem alto, fazendo a luta ao redor cessar. — Nós nos rendemos! Ertragh Ytramaguh! — repetiu desesperado, balançando os braços para os guerreiros nativos.

Ckroy engoliu em seco.

— Vocês se rendem? — estava exausto, queria deitar e dormir por uma dezena de luas.

— Sim, sim! — confirmou duas vezes com a cabeça, enquanto curtas nuvens de vapor emanavam de seus olhos, que haviam retomado seu aspecto normal. — Eu sou de vocês, podem me levar, não apresentarei resistência — mais lágrimas tentavam rolar, mas evaporavam enevoando o rosto do homem de fogo.

Os homens do norte, os orgulhosos marinheiros da frota de Cystufor, venceram, e tudo graças ao novato Ckroy. No entanto, misteriosamente sua boca se amargara com um azedume de derrota.

Capítulo 31
O preço de ser diferente

As sombras se alongavam às costas dos homens que se aproximavam lentamente, muitos lambiam os lábios desejosos. Um homem de rosto envelhecido, que, no entanto, tinha feições que denunciavam o fato de ser mais jovem do que aparentava, abaixou os gastos tecidos que um dia puderam ser chamados de calças, preparado para abusar de Vanza. Eram como demônios, e seus instintos selvagens estavam aflorados a ponto de fazê-los perder o medo da morte. A ameaça de Tenia não lhes provocara receio algum, tudo que viam à sua frente era uma bela fêmea e precisavam aliviar-se, entregando-se aos desejos carnais que os estava corroendo.

– Último aviso! Eu vou quebrar todos os ossos de vocês! – rosnou Yrguimir. – Farei com que mijem sangue por um ano, e pior, sentados! – tremia de ódio, sua respiração estava ofegante, o que o deixava com o aspecto de uma fera selvagem.

Vanza estava apavorada, a possibilidade de ser molestada por uma dezena de homens fez com que toda sua coragem desaparecesse. Tudo o que desejava era ter o pai ao seu lado, ele não deixaria que nada lhe acontecesse.

– Sai daí, idiota! Eu vou mostrar para a moça o que é um homem de verdade – disse um deles.

De um canto da cela, um homem saltou como um felino e, com menos de três passos largos, postou-se à frente de Yrguimir em posição de combate. E vociferou para os ocupantes da cela:

– Um homem de verdade nunca abusaria de uma dama, voltem para os seus cantos ou eu vou mostrar para vocês o que um homem de verdade faz com um covarde – dominava bem o idioma comum, mas seu sotaque carregado fazia com que cada palavra fosse seguida por uma breve pausa, amplificando a sua ameaça.

– Você pode ser forte, mas nunca conseguiria enfrentar todos nós – replicou alguém.

– Eu e o grandão aqui podemos com vocês, e caso tenhamos dificuldades – apontou com o polegar para uma parte afastada da cela, onde havia a silhueta de uma figura sentada em posição de meditação –, ele irá nos ajudar. Querem conhecer a sua fúria?

Imediatamente os homens se dispersaram, cada um foi para seu canto de origem, resmungavam sua frustração, mas não ousavam levantar a cabeça. O que quer que aquele homem no canto fosse, assustava a todos.

Yrguimir manteve-se em posição até que o último homem se afastasse. Ao ver que todos haviam sentado, relaxou.

— Obrigado, embora eu achasse que conseguiria enfrentar todos eles.

Em seguida, virou-se para Vanza.

— Você está bem?

Ela concordou com a cabeça.

— Um pouco assustada, mas bem. Obrigada, Yrguimir.

Agora, ela é que se voltava para o desconhecido que a ajudara.

— E obrigada, não sei como lhe agradecer.

Era jovem, devia ter no máximo 25 anos. Possuía cabelos lisos e de uma coloração preta, mas que com a luz vacilante revelava um fundo vermelho-escuro, cortados em formato de cuia. Longos o bastante para quase lhe cobrirem os olhos, que eram negros e amendoados. Seu corpo era magro, porém com músculos bem definidos, e sua pele trazia um tom acobreado. Trajava roupas peculiares, como uma saia feminina, mas podia se ver que era uma calça diferente, com várias camadas de tecido amarradas à sua cintura, gastas e encardidas, embora fossem claramente de um material nobre. Era belo, tinha feições sutis e delicadas, como as de um gato.

— Eu garanto que eles, na sua maior parte, não são homens maus, somente vivem como miseráveis neste lugar. Somos prisioneiros, a mente e a carne são fracas — e fez um gesto para que o acompanhassem. — Muitos estão aqui há anos, escravizados, como já devem ter percebido. Trabalhamos em minas em busca de pedras e metais preciosos — quando chegaram ao ponto onde o homem estranho meditava, ele se sentou e fez sinal para que fizessem o mesmo. — Eu me chamo Égora Mag Urghy'p, sou nativo de Ceratotherium. E vocês, de onde são?

"Um Ceratotheriano?", Vanza pensou sobressaltada. "O que ele fazia tão distante das muralhas que cercavam suas terras?", refletia curiosa. Era a primeira vez que via um dos montadores de rinocerontes fora de seu país.

— Meu nome é Yrguimir e esta é Vanza. Muito prazer, Égora, e agradeço de novo por sua ajuda. Ela é uma nômade, portanto não é nativa de lugar algum. Eu venho da região conhecida como Morjan, ou seja, sou um brejeiro.

Égora sorriu revelando dentes brancos e perfeitos, salvo um vão grande demais entre seus incisivos.

— Agradeçam a ele, ao pavor que é capaz de despertar nos homens dos quais os salvou — inclinou a cabeça, apontando para o homem ao seu lado, ainda sob o manto das sombras. — Vamos, Y'hg, conheça nossos novos amigos.

Das sombras, surgiu um dos seres mais estranhos que Vanza já vira. Era completamente careca, tinha o corpo muito magro, com braços longos e finos como gravetos, dedos compridos e olhos amarelos como as pétalas de um girassol. Suas orelhas eram pontudas e trajava apenas uma tanga de lã.

Capítulo 31 – O preço de ser diferente

— Sejam bem-vindos ao Hujinald. Eu sou Y'hg, *prazerr*.

Égora se adiantou para explicar o que era seu amigo.

— Ele é um dankkaz, um ser que vive no subsolo de Andóice. E pelo que ele fala em suas reclamações quase diárias, Hujinald é para onde os espíritos das pessoas más de seu povo vão após a morte, creio que devam sofrer torturas inimagináveis! — ao dizer isso, observou por uns instantes a expressão de espanto dos dois à sua frente. — Fiquem tranquilos, ele tem dentes pontudos, mas não morde — soltou uma risada amena, o que acalmou Vanza e Yrguimir.

— D-desculpe, é que nunca conheci um dankkaz na minha vida, ou melhor, jamais tinha ouvido falar de tal raça — Vanza aproximou seu rosto um pouco mais e deu a mão a Y'hg. — Não tivemos a intenção de ser indelicados.

Y'hg manteve sua expressão séria, mas fez um gesto que indicava que não se ofendera.

— Tudo bem, eu sei que sou um estranho no mundo *superiorr*. Você, em meu mundo, seria uma anomalia — esboçou um movimento com a boca que Vanza interpretou como um sorriso.

Yrguimir repetiu o gesto de Vanza e apertou a mão de Y'hg.

— Agora que o perigo imediato passou, expliquem-me melhor como vieram parar aqui. Mas antes nos digam, o que podemos esperar dessa loucura?

Encostando a cabeça na parede, Égora bufou cansadamente.

— Bom, como eu disse, somos mineradores. Quando eles precisam de nós para o serviço pesado, vêm nos buscar. Isso não acontece todo dia, muito embora seja preferível trabalhar do que ficar aqui passando frio e comendo comida rançosa. Lá embaixo, nas minas, a refeição é melhor e servem até carne. Além disso, o tempo passa rápido e, ao voltarmos, dormimos bem — passou as duas mãos para afastar os cabelos oleosos dos olhos. — Se não tentarem nada, como uma fuga, ou mesmo enfrentar algum dos guardas, vocês se sairão bem. No entanto, eu acho estranho eles capturarem uma garota. Não se ofenda, Vanza, mas o serviço é pesado por mais forte que você possa ser, eu imagino que não aguentaria a jornada enorme de trabalho à qual somos submetidos.

Vanza fez sinal de que não se ofendera com o comentário.

— Eles falaram algo sobre eu me apresentar em frente aos quatro. Sabe quem são?

— Ora, os reis deles! São quatro irmãos. Eu não sei o que eles querem com você, embora sua beleza me dê uma ideia do que possa ser — Égora tomou uma expressão triste ao pensar nisso. — Espero estar enganado, senão seria como sair da panela e cair direto no fogo.

— Fique tranquilo, eu saberei me defender quando a hora chegar — os olhos de Vanza iluminaram-se. — Sou uma yuqui e eles vão sentir minha fúria caso tentem alguma gracinha.

Égora sorriu satisfeito com isso.

— Fico muito feliz em saber que você é uma moça de grande coragem, pois vai precisar.

Em seguida, olhou para Yrguimir.

— Perguntou-me também como viemos parar aqui. Minha história é longa, mas tempo é o que não nos falta, não é? Eu sou um falador nato! Tem certeza de que está preparado para ouvir sobre o meu passado? Tenho mania de passar horas a fio contando histórias.

Y'hg confirmou com a cabeça.

— Ele fala a verdade, pensem bem, passarão horas aqui ouvindo-o *divagarr*. Eu já cometi esse erro — soltou uma gargalhada reprimida pela boca fechada.

Yrguimir olhou para Vanza e ambos deram de ombros, uma distração seria ótimo no momento, poderia acalmá-los um pouco.

— Um curto período de escapismo não faz mal a ninguém, não é? — disse Yrguimir, repousando as mãos sobre seus joelhos.

— Vocês é que sabem então. Nossa, por mais dolorosa que seja minha vida, adoro compartilhá-la, creio que isso mantém meus laços com o passado bem amarrados — seus olhos perderam-se na contemplação de um tempo distante. Depois, respirou fundo. — Como disse anteriormente, sou nativo de Ceratotherium e lá sempre fui feliz, afinal eu era um nobre. Pode ser difícil de acreditar agora, por este aspecto maltrapilho, mas eu sou o terceiro na sucessão do trono. Vivi minha vida cercado de mais luxo do que uma pessoa comum jamais ousaria sonhar, dezenas de joias faziam meu pescoço pender, belas criadas lavavam meus cabelos todos os dias, meu corpo exalava o cheiro dos campos primaveris e vivia com a pele do rosto empoada. Como todo nativo de meu país, tinha um rinoceronte de batismo, e ele era tratado com igual cuidado, pois era o rinoceronte de um futuro rei, por isso recebia todas as atenções — lágrimas correram-lhe pela face. — Em uma auto-homenagem, eu o batizei de Igora. Sinto falta daquele safado, era muito travesso e sempre me punha em confusões. Bom, mas não posso perder o fio da meada. Eu vivia com tudo do bom e do melhor, nunca tive do que reclamar, jamais havia sentido meu estômago se revirar por falta de alimento nem o gosto amargo da fome na boca. Não sabia o que era bater os dentes de frio ou a pele queimar devido ao calor excessivo. Com tudo isso, posso afirmar que eu era quase feliz. Digo quase porque meu coração batia forte por alguém, uma pena que, para esse mundo, fosse uma escolha errada. Tratava-se da pessoa que projetava as selas almofadadas para os rinocerontes da corte. Sim, como era de se esperar de alguém nascido em berço de ouro, eu tinha sido prometido para a filha de um nobre e deveria me casar em breve. Mas ninguém manda no coração, não é mesmo? Tygha era seu nome, o mais belo homem de Ceratotherium — Égora fez uma pausa nesse ponto, sabia que seria necessária.

Yrguimir tentava reprimir sua surpresa encarando fixamente o chão, enquanto Vanza olhava impressionada para Égora.

Constatando a dúvida no olhar dos dois, ele prosseguiu:

— É claro, eu sei que é estranho ouvir um homem falar que amava outro homem, porém o amor não é algo que se possa controlar, faço até um paralelo com os rinocerontes: por mais que você tente domá-los, será tudo em vão. O sentimento, assim como o rinoceronte, vai ser uma parte sua e só, a parte mais assustadora e incontrolável que você possui, mas se você souber se entregar a ela, será uma experiência maravilhosa — limpou o rastro de lágrimas das bochechas com a ponta do polegar. — Eu fiz o que pude para lutar contra essa minha porção, deitei-me com mais criadas do que seria possível eu contar, passei inclusive a frequentar a zona de deleite, como chamam a região povoada por bordéis de minha terra. No entanto, era como tentar mudar completamente a minha natureza, como

Capítulo 31 – O preço de ser diferente

se eu quisesse me tornar um pássaro e sair voando por aí. Tudo se mostrava inútil. Em desespero, cheguei a me flagelar, sem serventia obviamente, a dor a que submetia meu corpo não era nada se comparada à dor da repressão de meus sentimentos. Sonhava com Tygha todas as noites, meu desejo era incontrolável e um dia me rendi a ele. Não entrarei em detalhes, pois esse é um pedaço da história que eu prefiro guardar para mim.

Vanza e Yrguimir concordaram meneando as cabeças.

– Passamos a nos encontrar escondidos, todas as noites eu fugia de meu quarto dependurando-me na janela, no segundo andar do Orgulhoso Chifre, o palácio em que vivia. Escorregava abraçado às colunas de mármore e seguia pelo labirinto de cercas vivas que ficava nos fundos. Nossos encontros aconteciam no alto do Rochedo Vigilante, escalávamos a alta pedra e ali permanecíamos até antes do sol surgir no céu. Ainda posso ouvir o canto do vento balançando nossos cabelos enquanto ficávamos abraçados olhando o horizonte, era nosso refúgio, nosso universo particular, e lá, nos sentíamos intocáveis. Passávamos a maior parte do tempo imaginando o que poderíamos fazer para assumir nossa paixão. Um dia, eu dei uma ideia a Tygha, e ele, após muito relutar, aceitou. De início, tudo correu como o planejado. Eu disse a meu pai que havia conhecido alguém e que queria cancelar o matrimônio que me fora arranjado, ele se corroeu de raiva por algumas semanas, mas resolveu que minha felicidade era mais importante do que qualquer coisa e pagou o triplo do dote que havia recebido para assim cancelar as bodas – Égora sorriu. – Eu fiquei radiante, na minha cabeça, essa era a parte mais difícil de meu plano, tinha conseguido, coisa única na história de minha família, suspender um casamento! Não havia precedentes para esse feito. Agora faltava o passo final, era tudo ou nada, e eu e Tygha fomos em frente como o combinado – o sorriso se foi de seu rosto e ele abaixou sua cabeça, como se uma dor consumisse seu interior. – Durante a celebração do Dia do Montador Dourado, data em que comemoramos o aniversário de Pottga, o primeiro guerreiro a montar um rinoceronte em nossas terras, Tygha e eu surgimos de mãos dadas no pátio central do palácio, onde todos os convidados estavam. Havia pessoas de todas as famílias nobres e de linhagens de guerreiros destemidos, inclusive as do clã de minha antiga prometida. A princípio, ninguém teve reação, só ficaram olhando aquela cena peculiar, mas quando chegamos ao marco central de meu país, subimos no púlpito, onde meu pai logo faria seu discurso, e nos beijamos!

Inconscientemente, Vanza levou as mãos à boca.

– Quanta coragem! – disse com a voz abafada.

Apesar de lutar para se manter impassível, o rosto de Yrguimir denunciava seu espanto e até uma leve repulsa, ao pensar em dois homens praticando aquele ato.

Compreensivo, Égora fez o possível para amenizar.

– Olhe, eu sei que nunca devem ter visto ou ouvido algo do tipo e entendo o quanto isso causa estranheza, mas, repito, o amor é maior que qualquer barreira pelo mundo criada. E se esse amor existe entre duas pessoas do mesmo sexo, por que não deixar com que floresça? O erro que cometi, ao lado de Tygha, talvez tenha sido tentar forçar o mundo a nos aceitar. Acho que agora, que estou mais maduro, eu revelaria a minha natureza a todos de uma forma mais sutil, tentaria fazer com que todos entendessem. A aceitação se constrói aos poucos. O que fizemos foi empurrar nosso amor goela abaixo de todos. No entanto, chocá-los não faria com que entendessem que nos amávamos, e foi esse erro que destruiu tudo que tínhamos ou poderíamos ter – puxou novamente os cabelos para trás para livrar os olhos, de maneira lenta, suas mãos tremiam levemente. – A explosão de fúria que nossa demonstração de afeto causou, seria capaz de ofuscar o estouro de uma manada de rinocerontes, creio que nunca ouvi tantos xingamentos em um só lugar, as vozes se misturavam em uma onda de ódio que nos fez recuar. Foi quando os primeiros projéteis passaram a nos atingir: taças de ouro, restos de comida, pratos, vasos e até pedras. Não havia para onde fugir. Tygha, nesse momento, começou a soluçar entre lágrimas e eu, orgulhoso demais ou talvez em uma tentativa de proteger meu amado, não derramei uma lágrima sequer, e cometi outro erro, revidei. Pegava o que podia e jogava de volta. Seria engraçado se não fosse trágico – Égora pigarreou, limpando a garganta para continuar. Seu rosto agora estava inundado de lágrimas. – Então vi meu pai, o meu maior ídolo, o meu melhor amigo, com toda a fúria com que atacaria a um inimigo, avançar sobre mim e me esbofetear. "Você é a vergonha desta família, não é meu filho, é um monstro!", gritava ele, puxando-me pelos cabelos e me arrastando pela praça, enquanto eu, pasmo demais para fazer qualquer coisa, era alvo de cusparadas.

Vanza petrificou-se. Monstro, a palavra que sempre a assombrara, de novo aparecia em sua vida. A atração era quase magnética. "Será que estava fadada a cruzar sempre o caminho de um monstro?", pensava ela.

– Você não é um monstro – murmurou com uma voz cheia de compaixão.

Égora ouviu e forçou um sorriso.

– Que bom que alguém pensa assim, pois até eu mesmo passei a me considerar um, desde aquele dia: um monstro, um pária, algo que devia estar escondido em um buraco profundo e nunca sair de lá – desferiu um tapa forte com a mão no solo, levantando poeira.

– Não, não devia! Ser diferente não é crime algum, orgulhe-se do que é. Não cometeu nenhum pecado, por isso mantenha sempre a cabeça erguida – Yrguimir pegou a mão de Égora e segurou firme entre as suas. – Nós dois, eu e Vanza, sabemos o que é esse sentimento e recentemente decidimos aceitar o que somos e ser feliz com isso.

Égora observou o olhar firme de Yrguimir. A seus olhos, um ser normal. Não entendia como esse homem poderia saber o que era ser um monstro, mas sentiu a sinceridade de suas palavras e animou-se um pouco.

– Agradeço as palavras, a sua aceitação pelo que sou me impressiona. Engraçado como estranhos podem nos entender melhor do que nossa própria família – remexeu-se e, após inspirar profundamente, resolveu terminar seu relato. – Bom, voltando à minha ruína, fomos presos, não compreendo por qual crime, e postos nos calabouços de meu palácio. Agora pensando, eu sou um prisioneiro por natureza, não é? – abriu os braços mostrando onde estavam. – Por sorte, nos colocaram em celas vizinhas, e ficávamos colados às paredes ouvindo um ao outro. Passávamos dia e noite conversando, apesar das condições em que nos encontrávamos, e devo dizer que foram quatro dias maravilhosos. Concluímos que não havíamos cometido crime algum e que assim que fôssemos postos em liberdade, fugiríamos

Capítulo 31 – O preço de ser diferente

para As Três Moradas e nos refugiaríamos aqui. Sobre uma pedra, a semente de nosso amor floresceu. Portanto, iríamos plantá-la no topo da pedra mais alta de Relltestra, para que nunca mais a pudessem alcançar. Viveríamos felizes um ao lado do outro, sem a intervenção de ninguém. Enfim, para ser justo com meu povo, fomos ambos muito bem tratados, não nos faltou nada nesses dias de cárcere. Ao amanhecer do quinto dia, o veredicto dos conselheiros, que são as doze pessoas que cercam o rei e o ajudam nas decisões relativas ao destino de Ceratotherium e seu povo, nos foi exposto. Meu pai veio pessoalmente anunciar nossa sentença. E que golpe terrível! Tygha seria expulso de Ceratotherium e jamais poderia retornar para o interior das muralhas, e eu, como príncipe, seria "curado" de minha doença e viveria sob observação de três pessoas da confiança do rei. Quantas palavras duras foram cuspidas pela boca de meu próprio pai! Exilar meu querido Tygha? Eu deveria ser curado? Mas curado do quê? – Égora se levantou indignado. – Eu não estava enfermo. Estranho modo de pensar, não é? A minha única doença era um amor puro e sincero! Não havia matado alguém, não tinha roubado as posses de algum trabalhador, eu somente tive a coragem de assumir um sentimento.

– A ignorância é a mãe de todos os erros – Y'hg se manifestou pela primeira vez desde o início do relato de Égora, com calculada naturalidade, obviamente conhecia bem a história e esse devia ser seu comentário recorrente.

Vanza adicionou:

– Eles deveriam ter lhes dado a chance de argumentar, de expor o que sentiam, não se pode julgar alguém sem que essa pessoa tenha a oportunidade de se defender.

– Podem ter certeza de que todos esses pensamentos passaram por minha cabeça, e milhares de outros. Tentei argumentar quando fui libertado, mas tudo que recebi de meu pai foi um olhar pesaroso e suas costas se afastando pelo longo corredor dos calabouços. Em seguida, me encaminharam para onde estavam à minha espera os meus novos "tutores", ou melhor, "tutoras", creio que acharam que três belas mulheres me "curariam" – soltou uma risada irônica com o nariz. – Então, ao me virar, vi Tygha sendo levado, seria expulso de meu país. Nossos olhares se encontraram e ele fez um gesto levantando três dedos, obviamente indicando que iria para As Três Moradas, eu sorri e foi a última vez que vi o amor da minha vida.

Os três ouvintes abaixaram a cabeça tristemente.

– Sim, aquela foi a última vez que eu vi Tygha. Fiquei planejando minha fuga por meses, mas era quase impossível. As três tutoras, que eu citei anteriormente, não saíam de perto, e eu tive de fazer coisas com elas das quais não me orgulho. Conscientemente... quer dizer, maliciosamente, fiz com que as três se apaixonassem por mim, o fato de ser um príncipe ajudou muito, a mítica do poder as encantou e eu me aproveitei disso. Num dia, após um descuido delas, eu consegui fugir. Refugiei-me nas matas que cercavam minha casa e lá passei uma semana, ou mais, não me lembro, esperando a hora certa de me dirigir às muralhas e ir ao encontro de meu querido Tygha. Não tive tempo de me despedir de Igora e isso também me dói, devia ter ido dar alguma satisfação ao meu fiel companheiro desde o nascimento. Voltando às muralhas, um generoso suborno foi preciso para que os portões leste me fossem abertos, por sorte eu já imaginava isso e fui preparado, levando comigo uma grande parte de minhas joias. Ao sair de meus domínios, sorri satisfeito. Assim, comecei minha jornada para cá, minhas posses eram escassas, mas me foram úteis para quase metade do caminho. Resumindo esse trecho da história, para não me alongar mais, passei meses vagando por Relltestra, até chegar aqui, e, quando finalmente consegui, não encontrei Tygha. Bom, fui capturado pelo povo garrano, e essa parte dispensa comentários, não é? – cruzou os braços para indicar que acabara de contar sua história e abaixou a cabeça para deixar que suas lágrimas caíssem em seu colo.

O silêncio se fez presente por um bom tempo, era difícil achar palavras num momento como esse, foi preciso que o próprio Égora se manifestasse.

– Então, Y'hg, é sua vez de contar sua história – sorriu, como se uma brisa leve tivesse levado para longe sua tristeza.

O dankkaz olhou para Égora e se preparou para falar, mas foi interrompido pelo brusco som das portas da cela se abrindo.

– Hora da comida, vagabundos – anunciou um dos garranos, trazendo, com o auxílio de mais três companheiros, um enorme caldeirão fumegante, que cheirava a noz moscada. – Espero que comam bem, porque amanhã terão um dia cheio, o ouro não se acha sozinho, não é?

Todos os prisioneiros se aproximaram rapidamente, Vanza e Yrguimir mantiveram-se atrás deles. Os olhos de um dos garranos encontraram Vanza, carregados de satisfação.

– Coma bem, amiguinha, os quatro vão exigir muito de sua energia.

Os quatro caíram na gargalhada e saíram batendo a porta fortemente, fazendo uma fina cortina de pó cair às suas costas.

Vanza ficou parada onde estava, imaginando qual seria seu destino. Tentou limpar sua mente se dirigindo para jantar, pois o que quer que fosse, descobriria logo, e seria melhor não sofrer por antecipação. Afinal, já tinha quase certeza do que aconteceria e, se estivesse certa, sofreria mais no dia seguinte do que ousaria pensar.

Capítulo 32

UM NOVO RUMO

Em pouco tempo, Sttanlik e Paptur já conheciam a maioria dos Andarilhos das Trevas. Era um povo alegre e, de certa forma, carente. Apresentavam-se aos recém-chegados com uma surpreendente felicidade, mostrando-lhes suas casas e explicando com satisfação suas importantes funções. Os dois se surpreenderam ao ver o quanto tudo era bem organizado, havia grupos formados para toda e qualquer necessidade: caçadores, lenhadores, ferreiros e guardas; mas também existia espaço para tarefas de menor importância, como tecelões, bordadores e polidores de metal.

Em um caminho repleto de paradas e apresentações, demoraram muito mais que o desejado para ver como estava Mig. Todos indicavam onde ficava a casa do curandeiro, porém, não sem antes contar sua história ou detalhar como tudo funcionava. Simpático, Sttanlik ouvia a todos com devota atenção, já Paptur mantinha o semblante sério e não dizia uma palavra sequer.

— Desse jeito vamos chegar lá quando a garota já tiver se tornado um esqueleto seco e empoeirado — disse irritado ao ter oportunidade. — Parece aquele dia em Dandar, em que você fez a proeza de conversar com todos os habitantes da cidade.

— Não seja amargo, Aljava, não temos razão para ter pressa. Quero ver Mig o mais rápido possível, mas ela está em boas mãos, pelo menos foi isso o que Fafuhm nos garantiu — a expressão tranquila de seu rosto manteve-se inalterada. Estava feliz, em segurança e isso não tinha preço.

— Tudo certo, ainda bem que estamos chegando à casa do curandeiro — apontou para uma peculiar casa, construída em formato triangular. — Estranha assim nem precisavam nos indicar, uma pessoa normal nunca moraria numa casa louca dessas.

Sttanlik analisou a casa e concordou com Paptur. Era uma moradia muito estranha, com um teto baixo demais para que um homem adulto ficasse de pé. Do lado de fora, crânios e ossos de formatos diversos giravam com o vento, pendurados por barbantes ao redor da construção. Havia desenhos ao longo das tábuas de madeira que formavam as paredes; saber o que significavam não seria uma tarefa fácil, pois, além de muito desbotados, alguns estavam a uma garoa de desaparecer. Aproximaram-se da porta, abaixaram um pouco para poder ficar na altura necessária, bateram e agora só restava esperar.

Uma voz abafada disse algo que eles não conseguiram entender, resolveram interpretar isso como um convite e adentraram a casa. Uma vez no interior, assombraram-se, a sorte de aromas que preenchiam o ar era tão grande que pareceu-lhes que suas capacidades olfativas haviam levado um golpe. Não seria possível, nem pelo mais experimentado alquimista, distinguir todos eles. O teto era baixo, como constataram pelo exterior da casa, no entanto, ao entrar, tiveram de descer três degraus, o que permitia que ficassem eretos. Era maior do que imaginavam, e, pelo que puderam ver, tinha dois cômodos. Estavam em uma larga sala, cujas paredes eram tomadas por prateleiras, até o teto, onde centenas, talvez milhares, de frascos repousavam, seus conteúdos coloriam o lugar com mais tons do que um homem conseguiria nomear. Possuíam os mais diversos tamanhos, desde frascos pequenos como um dedal, até enormes, maiores do que garrafões de vinho. Em geral, eram lacrados com rolhas de cortiça, mas também havia alguns fechados com tecidos endurecidos com cera. Um dos cantos da sala era tomado por um gigantesco vaso de vidro transparente com inúmeras serpentes enroladas, de maneira que a boca de uma encaixava-se no rabo da outra, estavam mergulhadas em um líquido amarelado, sua viscosidade fazia-o parecer mel. Do teto, amarrados aos caibros, pendiam artesanatos feitos com gravetos e fios de lã tingidos com cores fortes e berrantes, quase todos eram estruturas simples, com formato circular e um trançado que remetia às teias de aranhas, mas havia um, bem ao centro, que tinha o formato de um cubo muito grande, com um intrincado trançado de linhas e penas coloridas. Era belíssimo e denunciava um tipo de paciência não humana, quem quer que fosse o artesão, perdera anos nesse trabalho.

– Que coisa mais bela! – suspirou Paptur encantado.

Distraídos, ambos ficaram admirando as peças e não perceberam a aproximação de dois homens.

– Eu sou Erro – disse um deles, fazendo os dois se sobressaltarem.

– Prazer, Erro! Ele é Paptur e eu sou Sttanlik – e estendeu a mão.

O homem olhou a mão de Sttanlik por um instante e novamente se apresentou.

– Eu sou Erro.

Era um homem mais velho, já na casa dos quarenta anos. Trajava uma túnica lilás e trazia um colar de pérolas de água doce no pescoço. Tinha uma barba volumosa e negra, e cabelos igualmente abundantes tomavam-lhe a cabeça.

– Eu sou Erro – repetiu pela terceira vez.

Sttanlik e Paptur não sabiam como responder a isso, por sorte foram salvos por um homem corcunda que se aproximou mancando.

– Com certeza, ele é! – apertou a mão dos dois. – Como devem ter tomado conhecimento, ele é Erro, um grande amigo, mas ruim da cabeça – girou o dedo indicador ao redor da orelha. – Às vezes, trava nessa frase e a repete por dias, mas não o subestimem, ele é mais inteligente que muitos sábios por aí – disse sorrindo. – Eu sou Ruto'Mido. Em que posso ajudar? – e cruzou os braços.

Capítulo 32 – Um novo rumo

– Viemos ver nossa amiga, disseram-nos que ela estaria aqui – respondeu Sttanlik.

– Ah, sim! Imaginei que vocês fossem amigos da forasteira. Ela está sob os cuidados de Chartre, podem ter certeza de que a tem nas melhores mãos – mancou para um canto, pegou um baixo banco e sentou-se. – Desculpem-me, mas tenho de sentar, os músculos de minha perna são fracos como folhas secas. Mas, podem entrar, batam naquela porta e perguntem se ele lhes permite visitar sua amiga.

Sttanlik agradeceu com um meneio de cabeça e fez o que foi indicado, batendo sutilmente na porta.

– Bata mais forte, o velho é meio surdo do ouvido esquerdo – alertou Ruto'Mido.

– Ah, obrigado – respondeu Sttanlik, que bateu desta vez com força.

– Entre logo, não precisa esmurrar a porta, asno manco de cabeça pelada – a voz veio abafada, mas clara o bastante.

Paptur arregalou os olhos de forma irônica, fez um careta, levou a mão à maçaneta e ambos entraram. Tiveram de descer mais quatro degraus, era um quarto ainda maior que a sala, seu chão era feito de um assoalho de tacos de madeira bruta, sem polimento, ao contrário do cômodo anterior, de terra batida. As paredes apresentavam-se ainda mais tomadas por prateleiras e frascos. Mas, neste caso, as prateleiras estavam repletas de pequenas folhas de hera, cujo crescimento fora obviamente calculado. Uma névoa cobria o cômodo, proveniente de defumadores colocados nos quatro cantos. A fumaça tinha um cheiro forte de menta, eucalipto e o reconfortante aroma de canela, mas falhavam ao tentar mascarar o robusto odor de mirra. Aproximaram-se da cama que ficava ao centro, onde Mig permanecia deitada, coberta por um lençol alvejado. Sua expressão era de tranquilidade, o rosto e os cabelos tinham sido lavados. Havia, ao lado de seu corpo, uma vasilha de barro lotada com vômito, escuro e viscoso, até quase transbordar. Perto da cama, debruçado sobre uma tábua em seu colo, estava um frágil homem idoso, que possuía cabelos revoltos e compridos presos por tiras de couro. Sua barba, a mais volumosa e embaraçada que os dois já tinham visto, fazia Yuquitarr parecer uma criança de rosto pelado. Chegava-lhe à barriga e vez ou outra ele a acariciava, enquanto batia alguma coisa amarronzada em um almofariz de mármore. Murmurava uma canção, mantendo os olhos vidrados em seu trabalho. Por um instante, ergueu o olhar e encarou os dois visitantes.

– Aguardem um momentinho que já falarei com vocês, garotos estranhos – deu duas palminhas e despejou o conteúdo do almofariz em um frasco de argila com bocal largo, usando uma pequena colher de pau para mexer tudo. Mergulhou o dedo e provou, fazendo uma careta. – Perfeito!

Os dois mantinham-se calados assistindo a tudo. Os olhos de Sttanlik não desgrudavam de Mig por nenhum momento. Já algo de estranho chamava a atenção de Paptur, que cutucou seu amigo com o cotovelo.

– Ele é verde! – sussurrou entre dentes.

– Como você pode ter certeza? Tudo aqui está esfumaçado – respondeu Sttanlik, também com a voz em um volume baixo.

— Se um arqueiro não enxergar bem, ele deve comprar um cutelo e virar açougueiro.

— O que isso quer dizer?

Não houve tempo para resposta, o homem emitiu um chiado pedindo silêncio para os dois, não ouvia tão mal assim afinal. O ancião introduziu um funil de madeira por entre os pálidos lábios de Mig e despejou o líquido viscoso lentamente em sua boca. Massageava sua garganta com dois dedos para ajudá-la a engolir. Quando terminou, puxou uma das pálpebras da garota.

— Dormindo como um anjo, se é que os anjos dormem. Se possuem olhos, devem fechá-los por algum momentinho, não é? – levantou-se e andou curvado rapidamente na direção dos dois, apoiando-se em um cajado de madeira nodosa. – Bem-vindos, imagino que sejam os acompanhantes da bela mocinha que ingeriu o veneno que não devia.

Sim, Paptur estava certo! Ao se aproximar, tiveram a confirmação, o homem era verde. Sua pele mostrava um aspecto normal, com poucas rugas apesar da idade que deveria ter, no entanto, tinha uma coloração esverdeada clara, algo como um gramado ao sol. Mas sua barba foi a maior e mais surpreendente descoberta. Os fios eram grossos e, ao olhar para suas pontas, podia se ver que eram raízes, como as de uma planta. Seus cabelos eram comuns, salvo por uma trança que estava bem amarrada à têmpora e tinha o mesmo aspecto de raiz da barba. Embora levemente leitosos, seus olhos possuíam uma tonalidade bonita, tal qual um suco de framboesa. Vestia-se com um gibão de couro de lebre, branco e com o desenho de uma árvore bordado no lado esquerdo do ombro, sua calça era de algodão cru e tinha manchas de muitos tons, obviamente pelo fato de trabalhar sobre o colo.

Sttanlik limpou a garganta e tentou agir naturalmente:

— Somos amigos de Mig Starvees. Como ela está?

— Ela vai ficar bem se eu descobrir um elixir que anule o efeito do maldito veneno de marminks, que a está corroendo. Onde demônios ela se meteu com isso? Pelo que sei, não há sequer um desses lagartos vivo no continente – bateu com o dedo no nariz. – Eu consegui parar o avanço do veneno, portanto ela não corre risco imediato de morte, mas sabe-se lá quanto tempo ainda tem. A vida vem e vai como uma folha ao vento.

— E onde se pode arranjar o tal elixir? – perguntou Paptur prático, contrastando com o estilo verborrágico do velho.

— Só conheço uma pessoa que sabe como produzi-lo, a maldita bruxa, safada e linda – sorriu mostrando que suas gengivas, assim como seus dentes, eram esverdeadas.

— Quem? – perguntou Sttanlik.

— A minha rival em alquimia, a Floreira Noturna, ou Hylow Cereus. A gente costumava trocar informações de novas descobertas, éramos colegas, porém a bruxa traiçoeira parou de se comunicar comigo após se casar com um nobrezinho qualquer, lá pelas bandas da Praia do Desespero. Que lugar quente, dói minha pele só de pensar no sol escaldante!

— E somente ela pode salvar minha amiga? – desesperou-se Sttanlik, ignorando a história.

— Eu posso ficar aqui tentando, ou ir atrás dela e acertar a cura de uma vez – bateu na coxa com força. – Enfim, algo desafiador! Obrigado por trazê-la! Chamo-me Leetee, qual-

Capítulo 32 – Um novo rumo

quer outro nome que ouvirem por aí não é verdadeiro. Como o tal de Chartre, que o mocinho lá fora lhes disse, esse nome já é velho e eu o abandonei. Eu escolho o nome de acordo com meu estado de espírito. Tudo bem para vocês? Aliás, ele disse que eu era meio surdo, não sou, ouço melhor que uma coruja. Só respondo ao que me importa, entenderam?

Os dois tiveram certa dificuldade para achar palavras, perceberam logo o quanto era difícil conversar com Leetee, cada explicação era uma enxurrada confusa de frases. Fizeram o possível para se apresentarem, em meio a comentários e exclamações que o velho verde fazia. Suspiraram aliviados ao ouvir duas batidas na porta, a sensação era de que alguém viesse para salvá-los de um ataque de uma besta selvagem.

– Vamos, vamos, entre, entre. A porta está aberta. Só tranco quando durmo pelado em dia de calor – deitou a cabeça no braço de Sttanlik. – Nunca queira me ver nu, imagine um velho verde pelado!

Sttanlik balançou rapidamente a cabeça, esforçando-se para ser simpático, ao mesmo tempo que tentava não pensar na inevitável imagem repulsiva que se formou em seu cérebro.

– Verdinho, deixe o garoto em paz, ele não está acostumado à sua loucura.

Fafuhm entrou acompanhado de Rifft, que tinha ido checar como estavam os cavalos. Traziam nas mãos duas trouxas de roupas limpas.

– Fafuhm, mostre a língua agora – disse Leetee.

O líder dos Andarilhos das Trevas fez o que lhe foi pedido e abriu a boca, revelando a língua amarelada.

– Bom, muito bom. Continue mascando lâmpsana e vai ficar bonzinho logo.

Então, Leetee girou sobre os calcanhares parando de frente a Paptur.

– Ele sofre de dores no estômago, eu acho que é algo ligado ao nervosismo. Se não, pelo menos fica com bom hálito sempre. Seus cabelos – apontando o dedo para a cabeça de Paptur – são oleosos e têm pontas secas, posso arranjar-lhe um extrato de camomila, e ficará com o aspecto de uma donzela da corte.

Rifft gargalhou.

– Ele vai ficar uma belezinha – e entregou as trouxas para Sttanlik e Paptur. – Vão tomar um banho, estão fedendo mais do que os cavalos. E podem ficar tranquilos, eles estão sendo escovados e se fartando de feno. Nada que duas moedinhas não pudessem comprar. Obviamente, devem-me essas moedas, mas podem me pagar outra hora.

Fafuhm interveio.

– Calma, antes do banho quero uma informação. Como está a garota? Ela disse ser uma princesa, preciso dela viva.

– Ela vai ficar bem, mas tenho de conseguir o antídoto para o veneno. Uma pena ela ter sido envenenada com uma das únicas coisas que eu não posso curar, e olhe que resolvo qualquer problema. Um dia fiz uma cabeça nova crescer em um decapitado, e ele virou rei e tudo mais.

– Verdade? – perguntou Rifft, juntando as mãos empolgado.

– É claro que não, idiota – quem respondeu foi Fafuhm. E dirigindo-se novamente para o velho lhe perguntou: E onde vai arranjar o antídoto?

Leetee coçou as bochechas com suas unhas compridas.

— Pelo que eu sei, a única pessoa que conseguiu algum avanço nesse tipo de pesquisa foi a Hylow. Sabe, a floreira? Em uma das nossas últimas correspondências, ela me disse que tinha obtido êxito em anular o efeito do veneno de marminks. Ou não.

— Sim ou não? – irritou-se Fafuhm.

— Imagino que sim, você conheceu a bela bruxa safada, ela pode ser muitas coisas ruins, mas, no que faz, ela é boa. Se eu tivesse metade da capacidade dela, hoje eu não seria verde, ou seria, não sei, mexi em coisas demais para saber.

E aproximando-se de Rifft, fez um gesto para que se abaixasse, como que para confidenciar algo.

— Eu ingeri tanta coisa as quais inventei, que acabei ficando esverdeado, uma dó eu não saber o que foi ao certo, pois isso também me ajuda a viver mais tempo. Era para já estar morto, eu acho. Pelo aspecto de minha barba, creio que um dia vou virar uma árvore, espero que pelo menos dê frutos docinhos...

— Leetee, concentre-se! – interrompeu Fafuhm, nervoso. – E o que faremos? Podemos enviar um recado para Hylow, temos aves de todos os tipos para isso. Onde ela está morando agora?

— Eu penso que lá pelas bandas da Praia do Desespero, talvez próximo de Aeternus. Ela se casou com um homem de Mort'a, ou algo do tipo. Mas a bruxa não responde mais minhas cartas há muito tempo. Acho que eu tenho uma ideia – fez um gesto com a mão indicando para Fafuhm ficar tranquilo. – Calma, é boa essa. Você disse que tenho de salvá-la a qualquer custo, sendo assim, eu posso ir ao seu encontro. Não demoraria tanto, não. Eu sigo pelo Tríade por mais da metade do caminho, se tudo correr como o planejado, estarei de volta em nove dias, ou menos.

Fafuhm parou para pensar um pouco, afagava as suíças enquanto movimentava os olhos de um lado para o outro.

— Se for na praia, demorará muito mais, vinte dias no mínimo. Isso se estiver montado em um alazão, coisa que não temos disponível. No caso de Aeternus ou Mort'a, a história é outra. Realmente pode ir e voltar rapidamente, levando em consideração o fato de que a maior parte do caminho pode ser feita pelo rio. Suas cartas tinham algum tipo de código?

— Sim, é claro, não se envia informações importantes assim, para qualquer um ler. Caso contrário, seria melhor pintar a mensagem na pele enrugada de meu traseiro, e sair pelado correndo pelo continente.

— Então mandaremos uma carta para a Praia do Desespero – disse Fafuhm, ignorando a gracinha de Leetee – e você irá seguir só até Aeternus, passando por Mort'a. Eu o quero de volta em nove dias no máximo, ouviu?

Leetee jogou o cajado de lado e passou a dar pulinhos como uma criancinha e ficou ereto, mostrando que não tinha necessidade de apoio algum.

— Muito bem, muito bem. Quero que meu amiguinho vá comigo, senão nada feito.

— O Urso? Mas ele nunca saiu de Idjarni!

Capítulo 32 – Um novo rumo

– Existe uma primeira vez para tudo – respondeu Leetee.

Fafuhm gargalhou.

– Eu não concordo com esse ditado. Não haveria uma primeira vez para se deitar com um porco-espinho, haveria?

– Se fosse um bonitão, por que não?

Fafuhm jogou as mãos para cima.

– Desisto, você não tem jeito mesmo, velho. De qualquer forma, o Urso é muito importante para nós aqui.

– E eu não sou?

Fafuhm bufou e entortou a boca.

– Você é e sabe disso. É que ele é um dos melhores soldados que temos, nossa segurança ficaria desfalcada sem ele.

Sttanlik interveio.

– Deixe que ele vá, nós os auxiliaremos caso haja necessidade. Baldero nos disse que o Urso vale por três homens – apontou ao redor, para Paptur e Rifft. – Somos três e, como estão nos ajudando tanto, podem contar conosco.

– Sem ofensas, garoto, mas Urso vale por três homens fortes e bem treinados, e vocês são dois garotos e um gordo com um senso de humor horrível.

– Sinto-me ofendido por ter sido chamado de gordo, coisa que não sou, na verdade tenho ossos largos demais para meu corpo. E discordo de você. Eu combati ao lado deles, e lutam como guerreiros da Era do Primeiro Aço. O arqueiro safado acertaria uma mosca camuflada em uma floresta, e o cabeludo ali sabe como ninguém usar as espadas. E eu, é claro, sou a pessoa de maior habilidade com a lança em toda Relltestra! – Rifft sorriu e pôs a mão no ombro de Fafuhm. – Se lança eu tivesse.

O líder dos andarilhos abriu os braços aceitando a derrota.

– Ora, fazer o quê? Tudo bem, Leetee, pode ir. Leve o Urso e a Ghagu, estará bem seguro com os dois, e que os deuses nos ajudem. E quanto a vocês, obrigado pela disposição e pelo apoio, temos milhares de pessoas treinadas conosco, mas, caso precisemos, os chamaremos. Por ora, vão se banhar, o gordo tem razão, fedem como javalis.

Virou-se e puxou Rifft pelo colarinho.

– Eu lhe arranjarei uma lança, mas nunca, e eu disse nunca, mais me toque.

As horas seguintes foram preenchidas com preparativos. Leetee acompanhado por Urso e Ghagu, uma obesa mulher de pele bem morena, pertencente a um grupo de pessoas nativas das distantes ilhas ao oeste de Relltestra, arrumavam seus pertences e armas para a jornada. Urso levava apenas duas mudas de roupa, a exemplo de Ghagu, já Leetee fez uma grande trouxa com diversas peças de vestuário.

– Sou velho e eu posso, vai que me urino todo no meio do caminho – dizia enquanto tudo era preparado.

Aprontavam também suas armas. Urso, obviamente, levaria seu inseparável martelo; Ghagu traria consigo duas lanças de cabo curto, armas típicas de sua ilha; Leetee gastava boa parte do tempo afiando as lâminas avermelhadas de suas duas compridas cimitarras, com cabos de dente de morsa e tiras de couro de foca. Uma raridade forjada somente ao sul de Macoice.

Sttanlik e Paptur, após um merecido e reconfortante banho, ajudavam nos preparativos. Trajavam as roupas que lhes foram oferecidas, simples vestimentas brancas de linho, praticamente um uniforme dos andarilhos. Enquanto à beira do rio, as lavadeiras sofriam para tirar a sujeira acumulada na jornada que eles fizeram pelo deserto e pela floresta.

Tudo foi acertado, até que a noite caiu e um banquete de despedida foi organizado para os três viajantes. Corças e javalis abatidos giravam em espetos ao longo de todo o acampamento; longas mesas de frutas espalhavam-se com uma grande variedade e fartura. Afinal, estavam em uma floresta. Ao ver todos reunidos, Paptur se surpreendeu com a quantidade de pessoas que vivia por ali.

— São milhares de pessoas, Sttan, e, ao contrário de nossa primeira impressão, não são todos deficientes. Veja, existem homens de todas as etnias aqui, e muitos são fortes e parecem bem treinados. Não é à toa que os andarilhos são tão temidos.

— Tem razão, Aljava, também estou surpreso — olhou o entorno para conferir se ninguém estava escutando. — Vamos ganhar a confiança deles, e, assim que tudo acabar, pediremos para que nos ajudem a salvar meu povo.

— Acho difícil, Sttan. Não é a guerra deles. Por que iriam se incomodar?

— Porque é isso o que eles fazem, dão apoio aos que precisam, veja como protegem as pessoas com algum tipo de necessidade especial.

Isso era fácil de confirmar. Por todo lado, podia se ver que qualquer que fosse a necessidade da pessoa, os andarilhos dispunham de alguém para facilitar sua existência. Os cegos possuíam guias, em geral crianças, mas até cães eram treinados para essa tarefa; tinham um idioma próprio de gestos para os surdos e mudos; aqueles que apresentavam dificuldade de locomoção recebiam sempre algum auxílio para que pudessem passear sem muito esforço por todo acampamento. Havia aceitação e suporte, e emocionava ver o que Fafuhm conseguira construir. Era difícil imaginar a razão de serem tão odiados pelos reis, eles deviam ser condecorados por seus esforços.

Música começou a se espalhar pelo ar, oriunda de alaúdes, flautas, tambores e até duas gaitas de fole, típicos instrumentos do norte. Todos passaram a dançar à sua maneira, empolgados e felizes. Uma bela garotinha de no máximo oito anos, com a pele acobreada e cabelos bem crespos, puxou Paptur para acompanhá-la, mas ele negou seu pedido educadamente.

— Eu não danço, garotinha, desculpe-me. Porém, meu amigo aqui vai ficar muito feliz em compartilhar essa dança — apontou para Sttanlik.

Sttanlik sorriu para ele e foi levado pela mão para o meio da confusão de passos desajeitados, que tomava todos os cantos ao redor da grande fogueira acesa no centro do acampamento.

Paptur apoiou-se em uma árvore no ponto mais solitário que achou e ficou vendo a festa. Ele odiava dançar, sentia-se um tronco de tão duros que seus quadris eram ao som de uma canção. Preferia ficar em seu canto e observar. Caiu na gargalhada ao ver Rifft

Capítulo 32 – Um novo rumo

com seu esquilo de estimação na cabeça, girando como um louco, acompanhado de uma senhora bem idosa que parecia ter a energia de uma adolescente.

– Nossa música não o agrada, arqueiro?

Paptur levou um susto e se virou, era Fafuhm, junto com Baldero.

– Não, imagine. Eu não gosto é de dançar mesmo.

– Meu grande amigo Bhun me disse que se impressionou com o que você é capaz de fazer com o arco. O quão bom é você? – perguntou Fafuhm.

– A trezentos metros sou perigoso; a duzentos, infalível; e pode ter certeza de que a menos que isso, mortal! – respondeu Paptur calmamente.

– E a um metro, é extremamente humilde? – ironizou Fafuhm.

– Minha maior qualidade – concordou o arqueiro fazendo uma mesura debochada.

– Bons arqueiros são difíceis de arranjar. Não quer se juntar a nós permanentemente?

– Seria muito bem aceito, e lhe arranjaríamos pontas de flechas novas, não enferrujadas – Baldero passou a língua nos lábios e sorriu, lembrando-se de quando sofreu a ameaça com a flecha de Paptur em sua boca.

– Agradeço o convite, mas eu não gosto de jurar nada a ninguém, a única que tem meu comprometimento de lealdade é minha águia, que no momento está voando por aí.

– Mas precisamos muito de arqueiros por aqui. Não preferiria firmar residência entre este povo alegre?

– Gosto mais da solidão, desculpe.

– Uma pena, então.

– Uma pena mesmo! – confirmou Baldero.

– Uma tempestade se aproxima, arqueiro, pensei que nos ajudaria a contê-la. A chegada de uma inesperada ave é a verdadeira razão desta festa, não a partida de Leetee.

– A chegada de uma ave em uma floresta é razão para um banquete? Posso imaginar o quanto um bater de asas deve ser raro por aqui.

– O péssimo senso de humor do seu amigo Rifft é contagioso, então? Assustador.

Paptur tremeu o corpo, fingindo um calafrio.

– Tem razão, desculpe. Explique o que quis dizer.

Fafuhm apontou para um pergaminho amarelado, enrolado e preso a seu cinto.

– Eu recebi um recado hoje de tarde e as notícias não são boas.

– Prossiga – disse Paptur, sem emoção.

– Não faça alarde algum agora, mas parece que a Guarda Escarlate descobriu onde fica nosso acampamento e eles iniciarão uma marcha logo.

Paptur empalideceu.

– O quê? – exaltou-se. – Precisamos sair daqui o mais depressa possível!

– O recado me foi enviado por uma fonte infiltrada no exército de bárbaros que eles contrataram em Hazul – Fafuhm aproximou o rosto. – E escreveu aqui que eles procuram por dois fugitivos de Sëngesi. Ao que me parece, conheci recentemente alguém com essa descrição, não é? Trouxeram sujeira demais em seus calcanhares para dentro de meu lar – cravou os olhos nos de Paptur duramente, apontando o dedo para seu rosto.

– Quero que me diga a verdadeira razão de estarem aqui, e também o motivo de tanto interesse da guarda em vocês dois. Vamos ser sinceros, a vida de meu povo foi posta em risco por sua causa – levou a mão ao ombro de Paptur. – Você tem até a primeira luz para me dar uma resposta e dizer qual é a altura do risco que corremos. Afinal, você há de convir, seria muito mais fácil entregar os dois para eles.

Capítulo 33

Inimigo meu

"Os instintos de um homem são como os conselhos de uma mãe, nunca se deve ignorá-los".

Ckroy fazia força para se manter de pé, estava esgotado e sentia-se miserável. E esse ditado de seu povo não lhe saía da cabeça.

A luta ao redor cessou, os selvagens se dispersaram ao ouvir a rendição de Gengko e agora faziam o máximo para se esconder. Seus dois campeões foram derrotados, e se eles não puderam deter esses demônios do além-mar, nada poderia. Os vento'nortenhos tentavam capturá-los, mas a noite já lançava seu negrume por todos os lados, uma busca por essas terras desconhecidas, ainda mais no escuro, seria impossível. Além disso, estavam machucados demais e bastante cansados para uma perseguição, era hora de fazer curativos e recobrar forças para a viagem de volta. Enfim, seu objetivo fora alcançado.

– Vamos, diga-me o que pretendem de mim e eu obedecerei – repetiu pela terceira vez Gengko, e seu semblante era a personificação da ira. – Sua piedade para com meu amigo não será gratuita, agora sou seu, espadachim, e pode fazer o que quiser. Se o seu desejo é levar minha cabeça como troféu, ótimo! Não me importo.

– Eu... eu não sei.

Respondeu Ckroy com sinceridade, pois realmente não sabia. Queria poder ir para casa e esquecer essa maldita ilha. Cometeu um erro, tentou lutar contra seus instintos. Sabia que estava errado ao desafiar Teme, que essa missão tinha razões obscuras demais para ser cumprida. Mesmo assim, ignorou tudo isso, e o clamor vitorioso de seus compatriotas era um castigo horrível.

– Você vai conosco para Cystufor, "foguinho". Só isso. E que Namarin tenha piedade de sua alma fedida – ergueu-se orgulhosamente Erminho, preparando-se para agarrar o braço de Gengko.

– Não! – levantou a voz Gengko. – Eu sou prisioneiro dele! – apontou para Ckroy. – E somente ele pode tocar-me. Do contrário, eu torrarei você de uma forma que até seus bisnetos vão nascer chamuscados!

Ckroy se aproximou e ficou entre os dois, que se encaravam com olhares mordazes.

— Saia, Erminho. Eu quero conversar com ele, a sós! — seus olhos se encontraram com os de Gengko. — Enquanto isso, vá ver como está Edner.

Erminho afastou-se resmungando, mas não podia fazer nada, essa vitória era de Ckroy e, pela honra de guerreiros que tinham, ele ditava as regras a partir de agora, o prisioneiro era seu. Fez como lhe mandou e foi ver Edner. O garoto estava caído no chão, cercado por Haruc e Heraz. Este, embora machucado, estava bem e gesticulava para acalmar seu irmão.

— Pelo menos fui capturado por um homem com colhões. Vamos, revele meu destino — disse Gengko.

Ckroy, pela primeira vez frente a frente com o troféu de sua missão, analisou-o. Era mais jovem do que tinha imaginado, devia ter no máximo uns vinte anos, apesar do rosto sofrido e olheiras profundas. Ao redor de seu corpo, uma ondulação no ar indicava a temperatura elevada que devia ter, do mesmo modo quando se olha o chão de um ambiente desértico sob o sol a pino. E de perto, o incrível âmbar oval em seu peito era mais impressionante ainda, podia se ver que em seu interior havia algo cujo formato remetia a uma chave, parecia ser feita de algum material levemente amarelado, talvez argila, barro, ou até mesmo ossos. A ilusão causada pelo âmbar tornava impossível distinguir isso. No lugar onde as bordas da gema entraram em contato com a pele, surgiram cicatrizes enrugadas, de um aspecto mais aflitivo que a marca no pescoço de Stupr.

— Você promete que vai se comportar e não me atacará? — perguntou prudentemente.

— Posso ser tudo de ruim que você for capaz de nomear, forasteiro, mas uma coisa que não sou é um homem sem honra. Eu me rendi a você e apenas a você juro não representar perigo algum.

A resposta foi dada com uma sinceridade que transbordava em cada palavra e, a partir desse momento, Ckroy se sentiu seguro.

— Quero que me explique o que é você. Por acaso, é um feiticeiro? — foi a pergunta óbvia de Ckroy, impressionado pelo curioso ser à sua frente.

— Feiticeiros não existem mais e você sabe. E sobre mim, eu sou eu e só — Gengko franziu o sobrolho. — Simples assim.

— Como arranjou isso? — Ckroy apontou para o âmbar.

— Eu não sei, e essa é a resposta verdadeira, "amigo". Acho que nasci assim, ou alguém muito cruel me "presenteou" com essa maldição — mordeu o lábio inferior. — Talvez tenha sido um feiticeiro, não é?

— Consegue controlar o fogo por causa dele?

— O que isso lhe importa? Você fez seu trabalho e me capturou. Quer saber se eu defeco pedaços de carvão também? Vamos, leve-me para o velho idiota que eu me arrependo de ter aceitado conhecer.

— Quem?

— Aquele velho que veio aqui, oferecendo presentinhos para minha tribo. Pediu para que mostrassem o poder verdadeiro deles, e os ingênuos imploraram para que me apresentasse a ele — Gengko mostrava-se irritado.

— Vunckanyl?

Capítulo 33 – Inimigo meu

— Sim, creio que era esse. Vocês do continente têm nomes muito estranhos mesmo, mas deve ser. Aquele idiota apareceu aqui, queria conhecer o poder do vulcão e amostras da lava, coisas do tipo. Os coitados se impressionaram com as bugigangas que ele carregava e prometeram a ele que lhe apresentariam o filho do vulcão – fez uma pequena mesura. – Eu.

Ckroy parou para pensar um pouco, sua cabeça era um turbilhão de perguntas. Tinha de fazer o melhor, para conhecer esse ser peculiar e, ao mesmo tempo, responder seus confusos questionamentos internos.

— Pelo que eu pude ver, ao me conectar com Teme, ele o criou. Ele é seu pai?

— É claro, eu sou um homem que controla o fogo e filho de um ser feito de pedra. E não se esqueça de que fui gestado em um melão rosa, que nasceu de uma flor preta crescida nas costas de uma égua de luz – abriu um sorriso sarcástico.

— Você me entendeu, Gengko! – enervou-se Ckroy.

— Ora, você se lembra do meu nome, muito bem! Bom, está certo. Sim, fui criado por Teme e o considero meu pai. O desespero que demonstrei, ao ver que você podia dar fim à vida de meu eterno pai de consideração confirma isso. Pronto! Está feliz? – lágrimas surgiram nos cantos dos olhos de Gengko, mas por lá ficaram, eram raras e preciosas, não se permitia desperdiçá-las.

Ao ver as lágrimas, Ckroy sentiu como se sua garganta travasse, lembrou-se da imagem do garotinho correndo para os braços do monstro de pedra, com olhos brilhantes e transbordando de carência.

— Entendo – foi tudo que pôde dizer.

— Não, não entende, acredite! Ele é um golem, um ser criado de matéria inanimada, no caso, de pedra. Pelo que ele me disse, não se lembra de seu criador, só sabe que tem algumas memórias estranhas, de coisas que não viveu. Não consegue organizar essas lembranças direito, pelo menos não para traduzi-las em palavras. Mas uma coisa ele sabe muito bem, que foi gerado no intuito de me criar, ensinar-me, ele é ao mesmo tempo meu pai e tutor. Minha fluência em sua língua mostra o quanto ele é competente, não concorda? – Gengko sorriu orgulhoso. – Eu sempre soube que era praticamente impossível derrotá-lo, já o vi esmagar homens com o dobro do seu tamanho de um só golpe. Parabéns, você foi muito astuto ao perceber a sua única fraqueza! – focava os olhos em algum lugar, não fitando nada em especial. – Não me pergunte por que eu estou lhe contando tudo isso, acho que, sem perceber, desenvolvi um respeito por você. Parabenizo-o novamente, pois tenho por hábito odiar qualquer um que não seja natural de minha ilha.

O espírito de confissão de Gengko encorajou Ckroy, era hora de abrir o jogo, não havia tempo para subterfúgios.

— Antes de chegar à sua ilha, eu me sentia temeroso, achava que por medo do desconhecido. Quando aportamos, constatei que não era isso, mas sim um temor crescente. Eu acreditava até que estava enlouquecendo, mas ao vê-lo nos atacar, pareceu-me como se estivéssemos perturbando forças que não deveríamos. Consegue me explicar esses temores? Seja sincero comigo, preciso saber.

— É claro que estavam mexendo com o que não deviam, meu povo não fez nada de mal a vocês e sabe bem disso. Acho que era seu bom senso que o incomodava! – cravou seus olhos nos de Ckroy. – Teme sempre me ensinou que os povos do continente têm como costume colonizar lugares selvagens, ele não tem ideia de onde vem esse conhecimento, mas sabe que não há um lugar selvagem em Relltestra. Foi isso o que vieram fazer aqui, nos colonizar?

— Não, viemos em busca do homem que evoca o fogo, o máximo que temos de informação é isso.

— Pelo menos cumpriu sua missão, não é?

— Cumpri as ordens que me foram dadas. Mas a que preço?

— Sente-se mal por ter me capturado? – o espanto de Gengko era genuíno.

— Confesso que sim – respondeu Ckroy, abaixando a cabeça pesadamente.

— O instinto é uma força muito poderosa, uma pena que, ao contrário dos animais, os humanos tendam a ignorá-lo.

A frase de Gengko era quase idêntica ao ditado que martelava a cabeça de Ckroy. Desesperou-se.

— Mas o que fazer? Eu segui ordens, e mesmo que eu quisesse argumentar contra nosso objetivo, de que valeria? Eu não sou nada! Quem ouviria as palavras cuspidas por um ninguém?

— Todos temos uma voz, e podemos ser ouvidos. Você foi aquele que cumpriu sua missão, o único que derrotou Teme. Portanto, acho que está em posição de pelo menos argumentar, certo?

— Acho que sim, quer dizer...

— Por favor, deixe-me livre – as palavras saíram em um jorro, e Gengko olhou para o céu, seus olhos dançavam entre uma estrela e outra, as lágrimas que corajosamente se mantiveram nos cantos de seus olhos não mais resistiram e tentaram rolar por seu rosto, sendo evaporadas instantaneamente pelo calor de sua pele bronzeada. – Eu nunca fiz mal a ninguém, deixe-me ser livre e viver entre meu povo, eu só quero ser feliz! – fez uma menção de tocar no ombro de Ckroy, mas sua mão recuou no último instante. – Ponha-se no meu lugar, nem que seja por um segundo, faça isso, pelo amor que você tem a seu deus.

Ckroy emudeceu, suas respostas foram dadas, mas tarde demais, não havia volta. Sabia que logo Stupr chegaria para clamar seu prêmio, e em breve estariam a caminho de Cystufor.

— Teme ficará bem? – esquivou-se, tentando ganhar tempo para pensar.

— Sim, demorará um pouco para que a misteriosa energia o faça voltar a se movimentar, mas logo estará em forma. Obrigado por perguntar – fungou e limpou o nariz que começara a escorrer, devido ao choro que em vão tentava conter. – Eu lhe imploro, não me prive de minha liberdade, um prisioneiro é como um pássaro com as asas cortadas. Não quero ser objeto de uma guerra que não é minha.

— Mas não sabemos qual o destino que lhe darão, Gengko – mentiu Ckroy.

Gengko encolheu os ombros.

Capítulo 33 – Inimigo meu

– Creio que você me ache um idiota. Uma pena, eu estava começando a gostar de você.

– Tem razão! Eu penso que sei o que querem de você.

– Usar-me como arma, isso eu concluí há algum tempo.

– Imagino que sim.

– Estranho, não acha? Utilizar alguém como objeto. Seu povo tem muito a aprender sobre o que é ser humano. Engraçado como eu encontrei mais humanidade e bondade em um monte de pedras empilhadas.

Ckroy ficou calado. Cada frase que Gengko desferia era como um golpe em seu rosto, ficava atordoado, e achar respostas se mostrava um desafio quase tão grande quanto sobreviver à luta que travou com Teme.

Uma comoção chamou a atenção dos dois e encerrou abruptamente a conversa. Stupr se aproximava, marchando imponentemente agora que o perigo passara. Abriu os braços, animado, enquanto se dirigia a Ckroy.

– E não é que nosso novato se revelou um herói? Seu pai vai morrer cagado de tanta felicidade quando souber – abraçou Ckroy, com um sorriso de orelha a orelha.

– Senhor eu...

– Não diga nada, será condecorado e promovido. Parabéns por seus feitos! Os homens me contaram o quanto foi corajoso. Você, garoto, merece virar lenda. Trabuqhui está se revirando em seu túmulo de cristal agora, ele foi superado! Lobos do tamanho de montanhas? Pfff... não são nada comparados àquele gigante terrível. Você é o maior herói da história de Cystufor!

– Eu já o promovi, senhor – Erminho se aproximou. – Ele é meu imediato agora – piscou para Ckroy. – Eu lhe farei um relatório assim que estivermos a bordo, com os detalhes de nossa ação, mas antes tenho dois pedidos para fazer ao senhor.

– Erminho, Erminho, até seu falatório ébrio soa como música para meus ouvidos, peça o que quiser, que eu tornarei realidade – Stupr estava tão sorridente que parecia que seu rosto se rasgaria ao meio.

– O garoto Edner precisa de cuidados, ele foi ferido, mas parece que vai sobreviver. Pelo que pude constatar, quebrou a bacia ao desafiar o monstro. E quero que o senhor promova aqueles dois – apontou para Haruc e Heraz. – São nossos cozinheiros, tiveram a audácia de vir escondidos para a ilha, mas merecem ser condecorados por sua coragem, e eu gostaria de torná-los soldados meus.

– Concedido, homens corajosos nunca são demais. Apenas peço que nos ajudem com a comida no triunfante caminho de volta para nosso lar. Afinal, teremos banquetes comemorativos! – Stupr bateu no peito fortemente e gargalhou com o rosto erguido para o céu estrelado. – Como é saboroso o gosto da vitória! – gritou para todos ao redor. – Homens, preparem-se para ficar corcundas com o peso de tantas medalhas que carregarão em seus peitos.

Stupr foi ovacionado, os homens ao redor socavam o ar empolgados, imaginando as gratificações que receberiam de seu rei.

– Agora, deixem-me ver nosso troféu – aproximou-se de Gengko com os olhos brilhando.

— Não! – gritou Ckroy tentando se fazer ouvir por sobre a gritaria empolgada que preenchia o ar.

— Repita, novato. Acho que não entendi direito.

A ovação sumiu tão rápido quanto começou.

— Eu disse não! Ele é meu prisioneiro e eu que dito as regras aqui.

— Ckroy, não deixe uma vitória subir à sua cabeça. Estou tão feliz que eu até vou ignorar essa sua infantilidade – tentou forçar a passagem para se achegar a Gengko, imóvel às costas de Ckroy, mas foi impedido.

— Nada me subiu à cabeça, senhor, mas estou dizendo que ele é meu prisioneiro e sou o único aqui que pode lhe dizer seu destino.

— Tudo bem, garoto, a proeza é sua, gabe-se o quanto quiser. O que importa é que cumprimos nossa missão e agora podemos voltar para o nosso lar, estou louco para me aquecer com minha esposa em nossa cama.

— Creio que não está me entendendo, capitão. Eu já decidi o destino de Gengko – parou de falar ao ouvir os passos de Teme se aproximando por trás dele.

— Diga-nos, "Vossa Majestade", o que planejou para seu prisioneiro?

O silêncio que se fez foi tão grande que até os grilos pareceram se calar para ouvir o que Ckroy tinha a dizer.

— Essa é a questão, capitão, ele é meu prisioneiro.

Fez então uma pausa e olhou para trás. Fitou bem fundo os olhos de Gengko e sorriu, sentindo a leveza voltar ao seu corpo e a paz retornar ao seu espírito.

— Obrigado pela excelente conversa, Gengko. Vocês são meus prisioneiros, e eu, Ckroy, do clã dos Hartymor, declaro que estão livres!

Capítulo 34
ANTES DO DESAFIO

Amanheceu, ou foi isso que Vanza concluiu, pois não havia como dizer ao certo dentro dessa cela sem janelas. Um gongo passou a soar com uma agudeza horrível, fazendo homens assustados se levantarem com pressa para se vestirem. Era o anúncio de que o início do dia de trabalho começara.

Ao contrário de todos, Vanza apenas se sobressaltou, e, sem afobação, massageou os olhos secos devido à falta de sono, apesar das várias tentativas. Teve uma noite péssima, cada vez que conseguia fechar os olhos era só por alguns minutos, para em seguida acordar assustada. O seu destino incerto a deixou apreensiva demais para relaxar.

Assim que se alimentaram, com uma comida de qualidade discutível, mas que ao menos aquietava o estômago, receberam uma grande tina com água salobra e forte gosto de ferro. Para a boca seca dos prisioneiros, era como ingerir um néctar sagrado, enviado pelos deuses de outrora. Logo, mãos afoitas em concha estavam sendo mergulhadas e levadas às bocas. Após o "banquete", Vanza passou um tempo pensando em seu plano. "Teria coragem de pô-lo em prática?", refletia. Era desesperado e de risco inimaginável. No entanto, perigo no momento era o que não faltava.

— Levantem-se, vagabundos. Hora de engordar nossos bolsos com muito ouro, belo e brilhante! — gritava repetidamente um garrano gordo que tinha a metade de baixo do rosto coberto por uma máscara de couro preto. — Os quatro não tolerarão preguiçosos.

De forma obediente e ordenada, os prisioneiros formavam filas esperando a abertura das celas, todos maltrapilhos e castigados, mas traziam um sorriso no rosto, provavelmente pela expectativa de sair um pouco do cativeiro.

Por serem novos e não conhecer as dinâmicas do trabalho, Vanza e Yrguimir mantiveram-se atrás da última fileira, preferindo assistir a tudo pelo maior tempo possível.

— Vai ficar tudo bem, prometo que não deixarei que nada lhe aconteça — sussurrou Yrguimir, tentando soar confiante, porém sua voz transbordava preocupação, não com ele, e sim por Vanza.

— Fique tranquilo, amigo, eu sei me virar, pode acreditar — levou a mão ao ombro de seu companheiro de viagem e o puxou para lhe dar um beijo carinhoso na bochecha.

— Doçurinha, guarde seu mel para nossos ilustres líderes — Tenia sorria enquanto se aproximara de Vanza, empurrando os prisioneiros que estavam em sua frente. — Está na hora!

Égora, que também estava na fila, virou-se para Vanza e disse:

— Força! — quase não teve tempo de terminar a frase, uma mão forte e com falanges peludas acertou-lhe um tabefe e ele voltou a focar a nuca do homem postado à sua frente.

Y'hg fez um gesto sutil com a mão, girando-a duas vezes e elevando o indicador e o polegar, ambos compridos e finos. Não virou o rosto, mas Vanza sentia que ele mantinha o pensamento nela e, apesar de não saber o que queria dizer o gesto, aceitou-o como um desejo de boa sorte.

As fileiras de homens começaram a se movimentar, uma a uma deixavam a cela, cada qual guiada por no mínimo dez garranos bem armados e cobertos por armaduras pesadas, que rangiam ao se moverem.

— Ansiosa? — perguntou Tenia, enquanto observava o andamento das atividades. — Aposto que sim, embora eu ache que você vai gostar e muito do seu destino honroso.

— Se o acha tão honroso assim, por que não troca de lugar comigo? — Vanza ergueu os olhos, que flamejavam como duas gemas vulcânicas.

Tenia deu de ombros.

— Não me interesso pelo tipo de atividade que será realizada — e tocou levemente com o dedo mindinho no queixo de Vanza. — Somos bravos, não, mocinha?

Vanza cuspiu por sobre o ombro e repetiu o gesto de Tenia, levando o dedo ao queixo barbudo dele.

— Você não sabe quanto!

Algo nos olhos de Tenia inquietou a yuqui, que esperava um tapa pela ousadia, mas nada se seguiu. Seu captor manteve-se calado, com um sorriso que tentava disfarçar o seu olhar. "Seria medo? Teria assustado o Garrano, que sempre se portava como alguém tão tranquilo e consciente de seu poder?", ponderou ela.

A última fileira foi convocada e chegara a hora da despedida com um aceno de cabeça por parte de Yrguimir. A partir daquele momento, com Vanza sozinha, as respostas poderiam estar bem próximas.

— Bom, garota, vamos logo, os quatro odeiam ficar esperando — anunciou Tenia, tomando a dianteira.

O homem que esbofeteou Égora se postou às costas de Vanza e a cutucou com a ponta de uma espada, fazendo a jovem andar. Era um toque que estranhamente soava familiar. "Seria Plumbum?", imaginou. Eram os únicos agora na cela, mas Vanza sentia uma presença, ela percebia que alguém a observava de algum canto, girou o rosto de um lado ao outro e nada viu. Devia ser coisa de sua cabeça.

Saíram do calabouço, subiram escadas circulares e entraram em um corredor no andar inferior ao que Vanza tinha conhecido no dia anterior. Parecia igual, mas com um olhar mais atento pôde ver que havia dormitórios, cujas portas abertas mostravam à garota que ali viviam garranos. Crianças corriam com suas perninhas curtas de um dos cantos,

Capítulo 34 – Antes do desafio

impelindo um aro de madeira com uma barra de ferro. Passaram a ignorando, apenas uma menina, que aparentava ser muito nova, sorriu para ela.

— Você é linda! — disse a garotinha com sua voz infantil e seguiu seus amiguinhos na brincadeira.

O homem ao lado de Tenia gargalhou.

— Chefe, estamos feitos, viu? Até uma garotinha achou a prisioneira linda. Vamos ficar ricos!

— Uma correção, meu querido Giug. Eu vou ficar rico, você receberá seu salário normal. Afinal, fui eu que a capturei.

Ouvindo atentamente, Vanza recebia mais uma confirmação do que a aguardava e sentiu um calafrio de nojo percorrer seu corpo.

Passaram por uma cortina de miçangas brilhantes, entrando em um aposento iluminado por inúmeras arandelas de luz esbranquiçada, que tomavam as paredes de pedra com tom perolado. Havia colunas inclinadas em ângulos estranhos e pouco naturais, com desenhos realistas de belas mulheres nuas, lapidados ao longo de toda sua extensão. O ar cheirava a lavanda e jasmim, e uma fina camada de vapor escapava pelo vão das dezenas de portas de metal esverdeado.

Uma mulher, com um rosto incrivelmente delicado, belos e sedosos cabelos loiros, quase brancos, emoldurando uma rara beleza para alguém da raça dos garranos, veio correndo. Ela balançava os braços alarmada, fazendo os tecidos suaves de suas longas mangas esvoaçarem em uma linda dança.

— Saiam daqui agora! Aqui não é lugar para vocês, peludos nojentos! — vociferou, embora sua voz fosse doce e sussurrante como o canto de um manon.

— Ora, Harjhu, vamos lá, só uma espiadinha. Aposto que as garotas iriam gostar! — disse Tenia lascivo.

— As garotas iriam gostar de ter privacidade na casa de banho. Portanto, fora! — indicou a saída com firmeza.

— Tudo bem, aceito seus termos decepcionado, sei que é seu trabalho manter os tarados afastados de seu estabelecimento. Escute bem, quero que deixe a garota parecendo uma princesa, estaremos esperando no Balcão do Bigode Torto.

— Tão cedo e já vão se embebedar? E pensar que um dia teve a estúpida ideia de me propor matrimônio. Tsc, tsc! Você não tem jeito mesmo, Tenia.

— Depois de hoje, aposto que irá se arrepender muito por não ter aceitado — continuou falando, agora para seus companheiros. — Bom, rapazes, a cerveja preta nos espera. Deixem as garotas brincarem de trançar os cabelos.

Antes de sair, aproximou-se de Vanza.

— Seja uma boa garota e fique linda. Espero que consigam disfarçar suas feições equinas.

— Já levou um coice hoje, Tenia? Este cavalinho selvagem tem cascos fortes o bastante para lhe arrebentar a virilha! — respondeu Vanza nervosa, fechando os punhos.

— Ha, ha! Adoro essa mocinha.

Em seguida, avisou Harjhu que estaria no aguardo!

Tenia e seus companheiros partiram, o som das miçangas balançando quando saíram foi a deixa para que Vanza relaxasse os músculos.

— Não se irrite com ele. Esse idiota não conseguiria ver beleza em um diamante lapidado, quanto mais em uma bela moça como você. Como se chama? – perguntou Harjhu.

— Chamo-me Vanza. E o que quer comigo?

— Primeiro, que fique tranquila, não precisa ter medo. Eu sou simplesmente a dona desta casa de banho, vou ajudá-la a relaxar um pouco. Ontem, quando chegou, eu recebi a informação de que a teria como cliente. Na pior das hipóteses, você pode aproveitar um ótimo banho e receber massagem com óleos aromáticos. Parece bom demais para alguém que é prisioneira, não acha?

Um banho! Vanza não conseguia se lembrar da última vez que tomara um, realmente seria bom poder tirar toda a sujeira acumulada de seu corpo, pois sentia-se miserável.

— Mas de que adianta relaxar, se o que vem depois é muito pior? – extremamente nervosa, não era possível para Vanza tratar alguém com delicadeza.

— Terá a honra de se apresentar ante quatro reis. Não um nem dois, mas quatro! E lhe garanto que eles vão se impressionar com sua beleza – Harjhu passou as mãos nos cabelos de Vanza e fez uma careta desaprovadora. – Muita sujeira aqui, vai dar um trabalho e tanto.

— E para que eu quero que se impressionem? Para me tomarem à força?

Pronto, Vanza não aguentou e verbalizou o que imaginava ser seu destino. Ao ouvir suas próprias palavras, sentiu-se apavorada. Queria chorar e se perder no abraço de seu pai, brincar com seus amigos yuquis e escutar a doce melodia da flauta de Johf, experimentar misturas de chás, como costumava fazer para agradar seu povo.

Harjhu fez um aceno triste de cabeça.

— Nunca fui mentirosa e digo que essa possibilidade existe e é muito grande, mas nossos veneráveis reis são justos também, e você pode apelar para que a libertem. Existe um precedente, aconteceu com um homem cuja mulher estava grávida. Ele subiu nas Moradas com o intuito de conseguir uma erva montanhesa para ajudá-la com os enjoos e foi capturado. Teve a sorte de que o mais justo e bondoso de nossos reis estava acompanhando a patrulha. O homem se ajoelhou e implorou, e seu pedido foi concedido – a mulher sorriu. – Faça isso, implore. Eu confesso que preferiria ver você livre, é linda demais para que fique presa aqui nessa enorme rocha, privando o mundo de sua beleza.

Os olhos de Vanza se arregalaram, era quase a mesma frase que seu pai vivia a lhe dizer na época em que se mantinha coberta por seu manto. Lágrimas brotaram inconscientemente e deslizaram por sua delicada tez.

— Não chore, tudo vai ficar bem – Harjhu inspirou fundo, próxima do pescoço da jovem yuqui. – Amêndoas torradas? Que aroma é esse que você exala?

— Não faço ideia – mentiu a garota secando as lágrimas com o dorso da mão.

— É maravilhoso. Talvez isso encante os reis e eles aceitem sua súplica.

— Suplicar não é bem o que eu tenho em mente – brevemente, Vanza voltou a seu semblante selvagem.

Capítulo 34 – Antes do desafio

Harjhu deu um sorriso e puxou Vanza pela mão, estavam perdendo um tempo precioso. Adentraram uma das salas que parecia estar vazia, mas era difícil ter certeza, por ser um cômodo muito grande e estar coberto por uma densa cortina de vapor. Seus passos ressoavam e o som de água corrente era reconfortante. Harjhu pediu para que se despisse e fez o mesmo, no entanto, ela vestiu uma camisola de linho. Em seguida, puxou Vanza delicadamente para dentro de uma larga banheira de granito. A água borbulhava, mas não estava fervendo, tinha uma temperatura agradável, e ao se aproximar podia se ver que era cristalina, uma pena que logo se turvou com a sujeira e o pó acumulados, no corpo da yuqui. Harjhu pegou uma escova de cerdas duras e pediu permissão para esfregar as costas da garota. Não teve resposta, mas também não houve resistência.

– Fico feliz que tenha optado por não brigar comigo, nunca fui muito boa de briga – brincou a garrana com os olhos fixos em seu trabalho. – Lutar é feio, e meu trabalho é a beleza.

– Até onde pude constatar, não mentiu ao dizer que não me representa ameaça, caso contrário estaríamos lutando agora – Vanza tentou soar firme, apesar de estar adorando o banho. A última vez que alguém esfregou suas costas foi quando era uma garotinha, e sua mãe Danza ainda estava viva.

– Com certeza eu estaria estatelada no chão, sei que não seria páreo para a força que tem. Sua aura é como uma explosão de energia e determinação – disse, forçando uma escovada mais firme com as duas mãos, em um ponto muito encardido da pele de Vanza. – Espero que a água esteja com uma temperatura de seu agrado, esta é uma das fontes termais de nossa querida Morada. Minha avó, sagaz como ela só, construiu uma casa de banhos aproveitando-se das águas aquecidas da montanha. Aquela mulher fez fortuna com sua esperteza. Sabe, eu simpatizo com sua raça, afinal eu sou metade humana comum, por isso minhas feições são mais delicadas e minhas pernas não são tão curtas. Meu avô era garrano, eu não o conheci, mas dizem que foi um feroz guerreiro – encolheu os ombros, sorridente. – Muito embora você jamais irá conhecer um garrano que não se autodenomine um bom guerreiro, então...

Vanza se permitiu sorrir um pouco, inegavelmente estava relaxada, o que em sua cabeça seria uma vantagem e tanto para a execução da loucura que cometeria em breve.

O banho durou muito tempo, e Vanza foi esfregada a ponto de sua alva pele ficar rosa como a de um leitão. Logo foi levada para um aposento anexo, onde duas mulheres, não tão graciosas e belas como Harjhu, a massagearam. Nesse momento, ela não pôde resistir e adormeceu, por volta de uma hora ou talvez mais. Acordou coberta por um fino lençol de cetim, e um lindo vestido de seda sulista estava à sua espera, pendurado ao lado da cama de massagem. Levantou-se e se enrolou no lençol. Ficou analisando a roupa que lhe foi oferecida. Enquanto tateava as pedrarias costuradas ao longo do corselete lilás, percebeu o quanto era bela e delicada. A saia, volumosa e toda drapeada, tinha um caimento simples, porém perfeito. Vanza nunca tivera uma roupa delicada como essa em toda sua vida, habituada que estava a usar calças ou vestidos de tecido bruto.

– É belo, não acha? – Harjhu tinha se aproximado por trás com passos silenciosos.

— Lindo, mas não o quero. Onde estão minhas roupas?

— Uma de minhas empregadas queria jogá-las fora, eu a impedi e as guardei, mas não posso deixar que saia daqui com aquela monstruosidade. Não são dignas de um salão real.

— Então, eu não sou digna! Aquelas roupas representam o que sou, uma nômade, uma lutadora, e se não for com elas, é melhor que me mate aqui mesmo, pois não aceito outras vestimentas — Vanza puxou ainda mais o lençol para seu corpo.

— Eu escolhi esse vestido pessoalmente para você, tomei o cuidado de selecionar um cuja cor combinasse com a de seus olhos, isso valoriza sua beleza! Entenda, as ordens são claras.

— Minhas condições também! Se seus reis querem tanto me conhecer, eu creio que aquela roupa bastará, afinal, o que lhes interessa não são meus trajes.

— Como faria para compensar a feiura daquela roupa?

— Você disse há pouco que me achava bela. Basta uma roupa feia para fazer desaparecer minha beleza?

— Garanto que sua beleza nunca desaparecerá! Mas então faça o seguinte, afirme para Tenia que você me forçou a isso. Até porque tenho de receber por meus serviços — bateu duas vezes com o indicador na palma da outra mão — e o preço que cobro é escandaloso — gargalhou.

Vanza aceitou os termos impostos por Harjhu e logo suas queridas roupas foram trazidas. Ela se vestiu sozinha, enquanto duas mulheres escovavam seus cabelos, amaciando-os com um óleo aromático de damas-da-noite e logo a bela nômade estava pronta. Agradeceu os serviços de Harjhu e ficou observando a mulher sumir entre as nuvens de vapor de seu estabelecimento. Tenia chegou pouco tempo depois e entregou uma bolsinha de couro para uma das mulheres que escoltavam Vanza para fora da casa de banho.

— Que decepção! Só estou pagando porque o tempo é escasso — disse ele observando a mulher contar as moedas.

— Por que se decepciona, Vossa Senhoria? — perguntou a mulher deixando as moedas deslizarem de sua mão para dentro da bolsinha.

— Ela está limpa, mas suas vestes são trapos, os mesmos de quando eu a capturei.

— Fui eu que insisti. Harjhu fez de tudo para me forçar, mas eu a ameacei dizendo que lhe arrancaria um dos seios a unhadas caso não me deixasse em paz — interveio Vanza.

— Se o fizesse, daria o seio arrancado para mim? Pela grande Morada, são obras de arte! — brincou Tenia apontando o caminho para Vanza.

Voltaram pelo corredor que vieram e os homens ovacionaram Vanza enquanto passavam, Tenia sorria como uma criancinha e caminhava orgulhoso do "produto" que iria oferecer aos reis. Subiram de novo pela escada helicoidal, agora indo cada vez mais para o alto. Por volta do vigésimo lance de escada, Vanza se cansou de contar, e a partir desse ponto seu cálculo teria se multiplicado por dez, pois estavam quase no céu, se esse estivesse visível. Havia duas portas trancadas à sua frente, e todos pararam ofegantes, com exceção de Vanza que ficou olhando os homens ao seu lado se curvarem, arfando em busca de ar. Viu que estava certa quando achou que sentira o toque de Plumbum, pois um dos acom-

Capítulo 34 – Antes do desafio

panhantes de Tenia a trazia, embainhada às suas costas. Por pouco a garota não avançou sobre ele e clamou seu tesouro, mas resolveu guardar suas energias para depois e virou o rosto para a porta. Era gigantesca, devia ter no mínimo cinco metros de altura, toda vermelha com quatro círculos desenhados nela, novamente evocando os quatro elementos. Havia uma grande joia no centro de cada círculo, da cor correspondente ao elemento representado. Vanza se encantou por uma em especial, a do fogo, o elemento ao qual devia sua volta à vida. A joia era enorme, sem dúvida não caberia em suas duas mãos juntas e seu valor deveria ser inestimável. Seus olhos brilharam ao pensar no quanto ajudaria seu povo se pudesse levar uma dessas para seu acampamento, nunca mais ouviria alguém reclamar de fome.

Aproximando-se de um dos dois guardas que estavam em posição de sentido na porta, Tenia disse algumas palavras. O sentinela olhou para Vanza sob o meio visor de seu elmo e sorriu. Vanza escarrou e cuspiu no chão, o homem virou o rosto enojado. Se não estivesse nervosa, ela gargalharia. Cada soldado segurou um dos grossos puxadores e juntos fizeram força para puxar, a porta devia pesar toneladas, mas logo se abriu.

Vanza prendeu a respiração, finalmente chegara a hora, tinha de ser forte. Sua vida dependia disso, e o cumprimento da missão dada por seu pai, também. Se conseguisse passar por esse obstáculo, estaria a um passo da conclusão da tarefa que lhe foi incumbida. Uma incandescente luz amarelada transbordou pela abertura pouco a pouco crescente e inundou o corredor escuro onde estavam. As dobradiças gritaram em um ranger terrível e agourento.

– Podíamos ter trazido azeite, senhor – disse sorridente um dos homens, cutucando empolgado com o cotovelo as costelas de Tenia.

– Essa piada já é velha, Taquil, mas valeu a tentativa.

Virou-se para Vanza.

– Vamos, garotinha, faça-me rico! – disse Tenia, puxando-a pelo braço.

A yuqui puxou o braço de volta.

– Deixe-me, sei muito bem andar sozinha, e creia que, se tudo der certo, você vai se empanturrar de ouro – e passou pelo arco da porta.

Seus passos decididos a guiaram para um perigoso caminho sem volta.

Capítulo 35
A divisão que um dia somou

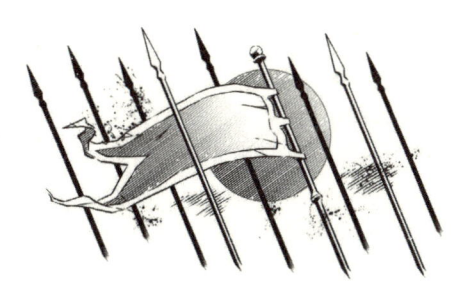

Sttanlik e Paptur estavam sentados quietos, não pronunciavam uma palavra sequer, deixando apenas o uivo do vento lhes raspar nos ouvidos e o som de água corrente os embalar. Como uma estátua, Fafuhm mantinha-se à frente deles, com o cotovelo apoiado em um de seus joelhos e os olhos fixos no avanço da embarcação, que rasgava a superfície ondulada das correntezas prateadas do rio Tríade. Ren voava alto, em círculos longos, tornando-se apenas um pontinho escuro em um céu limpo e azul.

— Espero que tudo isso valha a pena, o risco é grande demais! — falou Fafuhm, após seu longo silêncio contemplativo. Mergulhou a mão na água e limpou o rosto suado. — E também está muito calor. Como odeio isso!

— Ou é isso ou podemos voltar e você cumpre sua ameaça — respondeu Paptur com a voz rouca.

— Já falamos a respeito, arqueiro, sou um homem de palavra — retrucou o líder dos andarilhos coçando suas amadas suíças com a unha do polegar. — Pare de ser tão rancoroso — cuspiu no rio a lâmpsana amarela que mascava. — Além do mais, está decidido, não há volta.

Após o grande banquete da noite anterior, Paptur ficou aguardando Sttanlik, estava preparado para falar com ele sobre a conversa que teve com Fafuhm. Mostrava-se apreensivo e as projeções futuras não eram nem um pouco boas: a Guarda Escarlate atacaria em breve o acampamento dos Andarilhos das Trevas. Como eles haviam descoberto a localização ainda era um mistério difícil de ser desvendado. No entanto, ao ver a animação de seu amigo, resolveu que não o privaria de uma rara noite de sono tranquilo. Planejou então acordar bem cedo e, antes de amanhecer, ele o poria a par dos acontecimentos. O problema foi que, apesar de lutar contra o cansaço acumulado, foi derrotado e também adormecera. Logo foram acordados bruscamente por Fafuhm e Baldero, adentrando o aposento nervosos e apressados.

— Chegou a hora da verdade, garotos — anunciou secamente Fafuhm.

— O quê? — perguntou Sttanlik limpando o canto dos olhos em busca de remelas.

— Ora, o arqueiro não conversou com você ontem? — perguntou o líder dos andarilhos.

— Não conversei, Fafuhm, porque não queria acabar com a felicidade de meu amigo. Iria contar tudo assim que ele acordasse, mas, pelo visto, caí no sono – Paptur se levantou e lentamente se espreguiçou.

— E não é que essa é a cabana dos dorminhocos, olhem o gordão como ronca! – Baldero apontou para Rifft, que dormia todo torto em sua cama, com seu esquilo esparramado em sua barriga. – Parece um bezerro chamando a mãe.

— Antes que fale qualquer coisa, Fafuhm...

— Acalme-se, arqueiro, deixe-me falar primeiro – interrompeu Fafuhm. – Privei-me de meu sono esta noite e, após muito ponderar, eu lhe asseguro que tenho boas notícias para vocês, se assim as merecerem. Tudo depende de seus motivos, se forem satisfatórios, eu os ajudarei.

— Explique logo, então – insistiu Paptur, coçando o queixo como de costume.

— Alguém pode me dizer o que está acontecendo? – perguntou confuso Sttanlik.

— Fique tranquilo, rapaz! Já, já você vai entender – Baldero tentou acalmá-lo com sua expressão serena.

— Ainda não sei por que se afeiçoou tanto a vocês, mas meu amigo Baldero me convenceu de que, antes de qualquer coisa, eu devia ouvi-los, e ele próprio sugeriu algo maluco demais para uma cabeça, normal como a minha, pensar. Ainda bem que estou cercado de doidos. Bem dizem que quanto mais louco um plano, melhor ele é – Fafuhm sentou-se ao lado de Sttanlik na cama e explicou rapidamente os acontecimentos recentes.

— Mas isso é horrível! – Sttanlik levantou-se e ficou andando de um lado para o outro. Aproveitando a cama vazia, Fafuhm deitou-se e apoiou sua cabeça no braço esquerdo.

— Eu sei que é horrível, mas o que me intriga é como eles descobriram nossa localização.

— O que me deixa curioso é como eles sabem que somos dois a fugir de Sëngesi. Sttanlik fugiu sozinho e, pelo que sabemos, ele era o alvo da guarda – dizia Paptur, enquanto lavava o rosto em uma bacia ao lado de sua cama.

— Alguém os entregou, isso é óbvio. Mas quem?

— Yuquitarr? – aventou Paptur secando o rosto com o lençol de sua cama.

— Não é possível, ele nunca faria isso! – indignou-se Sttanlik.

— E você o conhece muito bem, não é, Sttan? – disse o arqueiro em tom de zombaria.

— Não sei o quanto vocês sabem sobre ele, mas eu o conheço e o considero como um irmão e posso afirmar que ele nunca abriria a boca para entregar alguém. A guarda não conseguiria nada com ele – agora foi a vez de Fafuhm se indignar.

— Talvez sob tortura? – Baldero virou seu inseparável balde com a boca para baixo e se sentou.

— Tortura? – Fafuhm torceu um tufo de pelos de suas suíças. – Pode ser, mas acho difícil, ele aguentaria até o fim. Vocês não fazem ideia da força daquele homem. Isso está fora de cogitação.

— Seja como for, eles descobriram e pronto. Agora, o que vocês vão fazer conosco? Ontem você me ameaçou, disse que nos entregaria. Fará isso? – Paptur pegou sua aljava que estava pendurada na cabeceira da cama e passou a analisar metodicamente flecha por flecha.

Capítulo 35 – A divisão que um dia somou

— Não faça isso, Fafuhm, nós lhe imploramos! – desesperou-se Sttanlik.

— Eu, Paptur, filho de ninguém, não imploro nada, nem você deveria, Sttanlik, também filho de ninguém. Vamos embora daqui e está acabado! Sei reconhecer quando não sou bem-vindo – estava irritadiço e qualquer coisa errada o faria explodir, por isso tentava se controlar remexendo seus pertences.

Fafuhm virou o rosto para encarar o arqueiro.

— Você me faz lembrar muito de mim na juventude, sabe? Eu era explosivo e rancoroso assim, mas o tempo nos ensina a esperar o momento certo de esbravejar, Paptur. Eu o ameacei ontem, sim, e lhe peço desculpas, não houve polidez de minha parte, ainda mais como anfitrião em uma festa. Envergonho-me de minha atitude, mas como minha mãe costumava dizer: "Nada como um bom vento noturno para mandar embora as nuvens cinzentas". Eu pensei muito durante a noite e, logo que as nuvens se foram, pude raciocinar com mais clareza. Meu povo, que é minha família, corre perigo, arqueiro, e isso mexeu demais comigo. Felizmente, meu amigo, amante de baldes, contribuiu, ajudando a assoprar umas nuvenzinhas para longe também.

Baldero colocou as duas mãos nas bochechas infladas e passou a assoprar tal qual um pantomimeiro.

— Continuando... – disse Fafuhm, ignorando a gracinha de seu amigo – E pensei que somos párias, os excluídos do mundo, odiados e os foras da lei. Resumindo, somos a escória e tenho certeza de que Relltestra brada por jogar-nos debaixo de seu tapete de aparências. E essa é uma oportunidade única de mostrar o quanto os Andarilhos das Trevas são importantes e o quanto estão dispostos a lutar para manter seu lugar ao sol – ergueu-se e deu um soco com a mão esquerda na palma de sua mão direita. – E é aí, que vocês entram.

— Nós?

— Sim, Sttanlik, vocês! Mas antes quero que me contem a sua verdadeira história, se eu achar que é boa o suficiente, retribuirei com o meu plano. E, vejam bem, encantem-me, pois o negócio é bom demais! – deu um peteleco no próprio dente ao sorrir.

E assim Sttanlik contou tudo detalhadamente, o que aconteceu desde que fora acordado por Aggel naquele dia fatídico. Paptur pouco adicionou, mas ajudou o relato a tomar forma.

— Não há mentiras? Vocês juram? – perguntou Baldero impressionado.

— Pode ver por nossas expressões tranquilas que não. Sei que muitas coisas são difíceis de acreditar, mas garanto que são reais. Não haveria razões para mentir agora, vocês são homens espertos, notariam alguma coisa de estranho. Não estou certo? – disse Sttanlik, com honestidade.

— E eu sou sincero em dizer que acredito em cada palavra de seu relato – Fafuhm se aproximou de Sttanlik. – Veja, acho que seus motivos foram nobres ao nos procurar, e Yuquitarr estava certo ao dizer que sou um bom homem, modéstia à parte. Eu os ajudarei, sim, mas preciso de sua ajuda também.

— E o que nós podemos fazer por vocês? – Paptur ainda estava irritado, era de sua natureza ser assim, levaria dias, talvez meses, até poder olhar para Fafuhm normalmente.

— Eu vou pedir auxílio aos maiores produtores de andarilhos.

— ...

— Sim, os andarilhos começaram a surgir de algum lugar e nós vamos daqui a pouco para lá – sorriu Fafuhm com simplicidade, pensava que declarara algo óbvio.

— Está louco? Não entendemos uma palavra do que está dizendo, acho que sol demais torrou seu cérebro.

— Ha, ha! Arqueiro, você é uma simpatia, não é mesmo? Pelo visto, não sabem nada sobre a história dos andarilhos.

Sttanlik e Paptur deram de ombros em uma sincronia impressionante.

— E alguém sabe?

— Boatos correm por aí, arqueiro. Monstros rejeitados de Infinah, pragas oriundas do subterrâneo... Bem, lendas idiotas mascaram a suja verdade que levou à nossa criação. Ao olhar para mim, esse homem belo e formoso, marcado por cicatrizes que denunciam a vida de lutas que perpetrei, estranharão o fato de que eu já fui castelão do Palácio Abraço dos Deuses, em Muivil.

Fez uma pausa para deixar que seus ouvintes absorvessem sua narrativa. E virou-se para Baldero.

— Vá buscar alguma coisa forte para nos acordar, meus ouvintes precisam despertar.

— É para já, chefe!

Então, Fafuhm retomou a história.

— O reino da perfeição sempre fez jus ao nome, ou assim se achava, mas algo incomodava meu antigo rei: os deficientes, fossem eles como fossem.

— Como assim? – ao contrário de Paptur, Sttanlik estava genuinamente intrigado.

— Qualquer pessoa com algum tipo de imperfeição. Desde um leve mancar de uma perna, passando pela falta de capacidades visuais ou auditivas, até mentes cujo funcionamento, digamos assim, fuja do usual.

— Aleijados, deficientes e retardados – concluiu Paptur.

— Não gosto muito das palavras, ofensivas demais, mas a ideia é essa. O rei de Muivil, Taldwys, o grandioso, o eloquente, o protetor e regente das terras do sol dourado, guardião da hora mágica, aquele que detém mais títulos que um homem poderia sonhar existirem no mundo, achava que era irônico governar um domínio que tinha a audácia de se chamar reino da perfeição sendo que nesse lugar era fácil apontar tantas imperfeições. E foi nessa hora que meus demônios se afloraram e me tornei o ser vivo mais sujo que vocês já conheceram.

— Essa opinião já estava formada desde ontem – Paptur sentou-se em sua cama e juntou suas mãos sob o queixo.

Baldero chegou a tempo de evitar que Fafuhm respondesse e assim, quem sabe, surgisse uma discussão.

— Hidromel com canela, chefe! Foi o melhor que pude arranjar – trazia orgulhoso uma gorda garrafa de gargalo fino e, em sua outra mão, equilibrava quatro copos encaixados um no outro em uma pilha inclinada.

— Está ótimo, amigo. Se não for pedir muito, poderia nos servir? Não queria interromper meu relato mais uma vez, já tem gente fazendo isso demais por mim.

Capítulo 35 – A divisão que um dia somou

Encarou Paptur por alguns instantes antes de continuar.

– Como castelão, eu tinha alguma intimidade com o rei e, ao ver que ele se obcecava com isso, sugeri que isolasse os "defeituosos", que os mandasse para fora das muralhas e eles que achassem, em outro lugar, um lar. A denominação reino da perfeição não abria espaço para pessoas como eles – Fafuhm ergueu a mão já esperando uma enxurrada de protestos. – Eu sei, fui ridículo, mesquinho, idiota e merecia morrer com a boca cheia de formigas por isso. Mas, quando se é jovem e ambicioso, comete-se erros. E o meu foi grande o bastante para despedaçar famílias, incontáveis vidas foram desperdiçadas por causa de minha imbecilidade. Obviamente que Taldwys adorou e no mesmo dia assinou o decreto. A Guarda Meia Face, aqueles que abdicam de sua personalidade pela chance de servir seu reino e cobrem metade de seus rostos com uma máscara branca que lhes tira a expressão, teve muito trabalho pelos dias seguintes, exilando os coitados dos deficientes. Houve até casos de casas sendo incendiadas para atender às exigências reais. Aconteceu por um tempo uma pequena guerra civil, entre aqueles que apoiavam fervorosamente a lei e, é claro, os opositores a ela; e eu, no alto de minha escalada social, assistia a tudo da varanda do palácio de muros dourados.

Fez uma pausa.

– Obrigado – agradeceu a bebida que recebeu de Baldero. – Um brinde às diferenças! – bebeu o conteúdo de seu copo em um longo e lento gole.

E seguiu com o relato:

– Ainda acordo de noite com o desenrolar de minha insanidade passando em minha mente. Sou atormentado por gritos desesperados de famílias, cujos membros não eram "normais". É irônico pensar que um reino, cujo palácio imenso envolve quase a cidade inteira, construído com a desculpa de que enquanto o povo recebesse o abraço do castelo real estaria seguro, simplesmente tenha virado as costas para gente tão boa e valorosa.

Sttanlik deu um gole curto em sua bebida e fez uma careta.

– Que coisa horrível você fez, Fafuhm. Desculpe, mas eu conheci muita gente em Sëngesi que tinha alguma imperfeição e mesmo assim compensava tudo com algum talento especial.

– O maior erro do ser humano é se achar superior ao que é diferente – adicionou Paptur e por fim virou seu copo, acabando com o conteúdo rapidamente.

Com lágrimas nos olhos, Fafuhm continuou:

– Quem dera eu o conhecesse naquela época, arqueiro, e me dissesse essa frase tão sábia. Mas tenha certeza, o castigo não tardou a chegar, o meu e o do rei. Eu me arrependi poucos dias depois, ao ver uma criança que tinha nascido com um braço atrofiado ser morta nos braços da mãe, em pleno Mercado de Trocas e Valores. Não era isso que eu havia planejado, apenas queria que as pessoas imperfeitas fossem expulsas do reino, e achava que não era maldade alguma. Como pude ser tão estúpido? – desesperou-se, mergulhando o rosto nas mãos e chorando copiosamente.

– Você já se redimiu com tudo que fez aqui, chefe – Baldero afagou carinhosamente a cabeça de Fafuhm.

— Nem se eu vivesse um bom milhar de existências praticando o bem, anularia o que fiz. Mas o castigo que o rei teve parecia ser pior que o meu, não fosse ele tão cruel. Eu esqueci de mencionar anteriormente que sua esposa, Jusstinam, estava grávida, as aias viviam a dizer que, pelo tamanho da barriga dela, seriam gêmeos. Taldwys estava eufórico, imaginando dois herdeiros de uma só vez. Era o sonho de qualquer monarca, pois poderia deixar seu reino sob os cuidados de dois filhos e, enfim, descansar em paz; não fossem as forças do universo que nos regem, tão poderosas e vingativas!

Virou-se para Baldero.

— De copo vazio...

— ...a conversa agoniza — concluiu feliz, Baldero. — Adoro essa frase! — e encheu novamente o copo de Fafuhm.

— Eu já estava enlouquecendo de culpa quando finalmente o dia do nascimento dos gêmeos chegou, o reino estava em polvorosa. Fui acordado com o grande rebuliço que seguia o surgimento de um novo membro da família real, os sinos de cobre de As Nove Torres de Louvor aos Deuses soavam freneticamente, num badalar ensandecido. Ergui-me assustado, meus lençóis de cetim, como de costume, estavam encharcados de suor devido aos pesadelos recorrentes. Eu era torturado em uma clausura sem paredes diariamente e, nesse dia em especial, estava terrivelmente abatido. Por quê? Ora, porque eu ficava pensando nos coitados dos gêmeos, vindo ao mundo em uma realidade tão cruel e assustadora, onde eu ajudara a tirar o direito de uma pessoa ser diferente — com o anelar apertando o lábio inferior, Fafuhm parou e ficou buscando palavras para continuar, seu rosto estava todo molhado, como se um suplício se seguisse a cada palavra que pronunciava. — Ah, sim, a chegada dos gêmeos. Algo de errado aconteceu durante o parto, e eu, como sou leigo em assuntos assim, não saberia dizer o que foi, de maneira que a rainha Jusstinam, após muito lutar por sua vida, faleceu ao dar à luz o primeiro filho. E ele era, como o próprio rei se referia às pessoas diferentes, bizarro. Sem dúvida nenhuma, a coisinha mais feia já nascida, parecia um desses demônios que assombram as crianças nos contos de reclusão invernal. Era enorme, como se esperava de descendentes da família real de Muivil, que por tradição são altos além da conta. A hora do castigo do rei chegara, com um filho hediondo e uma rainha morta. Os deuses que eu costumava cultuar, mandaram seu recado para a corte de Muivil: a perfeição é uma falácia. As parteiras lutaram muito para retirar a outra criança de dentro de Jusstinam e os curandeiros fizeram o possível para salvá-la, o que finalmente conseguiram. Um dia que deveria se sagrar à vida, era a total tradução da celebração da morte e do desespero. O saldo se mostrava aterrador e, sem possibilidades de suportar tudo que se sucedia, o rei se trancou em seus aposentos por dias, sem se comunicar com ninguém. As crianças passaram a ser criadas por amas de leite e, ainda não batizadas, eram apenas chamadas de Imperfeito e Perfeito. Sim, porque a outra criança nascera saudável e bem, enquanto seu irmão, o primogênito por alguns minutos, tão saudável quanto o outro, era a personificação da feiura. Eu comecei a frequentar as alcovas onde os bebês eram criados e apesar de me extasiar com a óbvia beleza de Perfeito, me afeiçoei demais ao pequeno e desamparado Imperfeito. Embora feio, ele era encantador e logo passou a acordar sempre

Capítulo 35 – A divisão que um dia somou

que eu o pegava no colo. Sentia um carinho fora do comum por ele e um crescente amor paterno. Talvez por isso, vivenciei tão fortemente o golpe que viria a seguir. O rei Taldwys abandonou sua reclusão e, ao ver seus filhos juntos, pela primeira vez, enlouqueceu. Segurou seu filho Perfeito e, ao olhar para o outro, aninhado em meu colo, falou: "Tire essa abominação daqui, ele é um monstro e você mesmo me disse que tipos assim devem ser expulsos do reino. E caso tenha dúvidas de como deve ser seu nome, chame-o de assassino, o mais novo que já existiu. Essa criatura matou o amor da minha vida, portanto, ou deve ser exilado ou eu mesmo o matarei, afogando-o em suas próprias fezes". Foi terrível! Em meu colo havia uma criança inocente que não sabia do horripilante destino que a aguardava. Eu passei o resto desse dia lendo e relendo o decreto do rei, tentando achar alguma falha para, de algum modo, salvar aquela doce criança. Porém, o rei era esperto e metódico demais para deixar rebarbas em algo que fizesse, não havia lacuna alguma, era um decreto, e bem... perfeito! Não levou muito tempo para que eu ouvisse a marcha da Guarda Meia Face pelo pátio do castelo, obviamente seguindo as ordens reais de tirar a criança do território de Muivil. Eu saí correndo da biblioteca e fui ao encontro do Imperfeito, consegui chegar antes da guarda e o agarrei bem forte, esperando ali, pronto para enfrentar qualquer um que ousasse tocar em um fio de cabelo sequer dele. Não foram violentos comigo, mas me ameaçaram e eu mandei que chamassem o rei. Pela minha posição, tinha poder para isso, e todos me respeitavam, afinal eu era filho do famoso e reverenciado Fadutyl, o antigo castelão que, para a infelicidade de todos, faleceu jovem demais, devido a um problema no coração. Juro que não vou mais desviar essa narrativa, é que há tanta coisa envolvida nessa história que encontro certa dificuldade em resumi-la – Fafuhm terminou o conteúdo de seu copo. – O rei Taldwys chegou logo e conversamos por um longo tempo, ele evitava olhar para seu primogênito em meu colo, mas, incrivelmente, teve a decência de ser atencioso comigo, alguém que o enfrentava. Eu disse que jamais deixaria que algo de ruim acontecesse com aquela criança; foi nesse ponto que o rei me sugeriu ficar com ela e que fôssemos embora de Muivil. Lembro-me claramente do gesto de dar de ombros desdenhoso dele, irônico e sem sentimento, era como se negociasse a venda de alguma tapeçaria velha e gasta ou de algum vaso quebrado, com um mercador de classe baixa. Eu não disse nada a partir daí, ouvi as condições dele, coisas idiotas como não poder levar nenhum item de valor do castelo e só carregar o que fosse meu. O que me importava era simplesmente tirar a criança das garras daqueles homens horríveis, e foi o que fiz rapidamente. Passei em meu quarto somente para pegar minhas economias e assim parti do castelo naquele dia mesmo. Eu me recordo de meu caminhar decidido sob um luar belo e brilhante. Estávamos no dia da fase lunar inicial, e eu considerei isso um bom presságio. E foi, pois o caminho que trilhei para fora de Muivil, levou-me para onde os excluídos permaneciam. Fiz o possível para colher informações e fiquei sabendo por um atencioso sentinela – olhou para Baldero e sorriu –, que fazia sua ronda no exterior dos muros de Muivil, que os exilados eram encaminhados para Idjarni. Quanta crueldade, não acham? Entregar pessoas deficientes à sua própria sorte em um ambiente selvagem! Evidentemente que o objetivo deles era esse mesmo, que morressem, saindo assim de seus caminhos. Bom, voltando ao sentinela... ele me perguntou o que eu planejava fazer, e ainda não sei por que razão contei cada detalhe do ocorrido. Para minha sorte, ele se emocionou ao ouvir meu relato e não pensou duas vezes em me acompanhar.

— E o acompanho até hoje! — anunciou Baldero feliz, levantando-se orgulhoso com a mão no peito.

— Sim, nesse momento foi plantada a primeira semente que brotaria e floresceria com a criação dos Andarilhos das Trevas. Baldero e eu somos os fundadores, tivemos essa ideia ao adentrar Idjarni. Começamos a procurar os exilados, algo deveria ser feito para ajudar aquelas pessoas. Nós encontramos alguns, dias e dias de trabalho árduo eram recompensados com vidas sendo salvas. Até que um dia, topamos com um grupo que se firmou em um ponto específico, ou seja, aqui onde estamos agora, e eu prometi que cuidaria deles e que não mais sofreriam mal algum. O momento em que revelei que fora eu o responsável por terem sido expulsos de seus lares, considero o mais assustador de minha vida. Mas apesar de alguns xingamentos, perdoaram-me de maneira nobre e disseram que de qualquer forma eram exilados do mundo normal mesmo. Portanto, com o tempo fui sendo desculpado por todos. E num belo dia de primavera, com flores coroando a ocasião, eles se reuniram e me elegeram seu líder. Orgulhosamente, carrego esse título até hoje e faço o possível para que não se decepcionem por terem me escolhido como aquele que os comandaria.

— Nossa, que história bonita, e fico feliz que tenha aprendido sua lição, Fafuhm — Sttanlik se levantou e se espreguiçou, sentia as costas endurecidas. Desde que Fafuhm começara seu relato, tinha se mantido na mesma posição.

— Não acho que mereço algum tipo de congratulação...

— Também acho! — interrompeu-o Paptur.

— E você está certo. Fui responsável por muito sofrimento e nunca poderei recompensar o mundo para apagar o que eu fiz. No entanto, faço o possível para que todos aqui tenham vidas dignas e que nada lhes falte, seja um alimento ou até um gesto de carinho. Com o tempo, passei a recrutar pessoas que encontrava vagando sem rumo por Relltestra. Nômades, pedintes e assim por diante. Por isso, vivemos em uma sociedade tão peculiar em termos étnicos, existem pessoas de vários povos de Relltestra ou de fora dela, deficientes ou não. Todos encontram um lar aqui, construído com respeito e paixão.

— Tudo muito bonito, mas faltou uma coisa em seu relato. Quem afinal é o principezinho?

— Vocês o conheceram, arqueiro. Eu o chamei de Kalokagathia.

— O nome do deus padroeiro de Muivil? — perguntou Paptur.

Fafuhm confirmou com a cabeça.

— Correto! O deus da perfeição.

— Como você sabe isso? — perguntou Sttanlik a Paptur.

— Deixe para lá. Aprenda que se tem uma coisa que eu sei é tudo! — brincou Paptur. — Não, não me lembro de ter conhecido alguém com esse nome, Fafuhm.

— Ele, no momento, não está no acampamento, partiu em uma jornada ao lado de Leetee — respondeu Fafuhm orgulhoso.

— O Urso é seu filho de criação? — perguntou Paptur abismado.

Capítulo 35 – A divisão que um dia somou

— Sim, e eu não poderia ser mais orgulhoso dele, e é uma peça-chave do plano que tive para salvar tudo pelo que lutei tanto para construir. E, ao mesmo tempo, ajudar vocês.

— Diga logo, Fafuhm, até eu estou ansioso por esse anúncio! — empolgou-se Baldero.

— Eu quero pedir a vocês que me acompanhem até Muivil, para que, definitivamente, aquele que se diz o reino perfeito assuma seus filhotes desgarrados e nos ajude. Afinal, aqui vive um herdeiro legítimo do trono.

Sttanlik sentiu a necessidade de adicionar.

— E quem sabe uma princesa.

— Exato, se for verdade que a sua amiga é uma princesa, temos dois membros da família real de Muivil em nosso acampamento. Nada mais justo que eles mandem uma pequena parcela de seu exército em nosso auxílio, na luta contra Tinop'gtins. E quem sabe livrar Relltestra desse mal de uma vez por todas!

— Aceitamos! — Sttanlik respondeu antes mesmo de perguntar ao companheiro.

— O que eu disse sobre tomar decisões sem me consultar, Sttan? — disse Paptur em tom de repreenda paterna.

— Tem razão, desculpe-me, Aljava.

— Mas desta vez eu concordo com sua loucura. Se devemos lutar, que seja aqui e, se temos de defender os filhos de Muivil, ainda mais um príncipe, eles têm por obrigação nos ajudar. E estou cansado de fugir e me esconder, está na hora de nos juntarmos às fileiras de guerreiros, Sttan. Vamos entrar de vez nessa guerra!

Em seguida, estendeu a mão para Fafuhm.

— Conte conosco, ajudaremos vocês nessa batalha, mas deve me prometer que não se desesperará ao ver o horizonte ser tingido de vermelho pelas colunas de homens cobertos de aço e seus mantos ridículos. Além do mais, quero sua palavra de que, aconteça o que acontecer, não nos entregará.

— Tem minha palavra, lutaremos lado a lado e morrerei por vocês — sorriu para o arqueiro apertando sua mão fortemente. — Espero que façam o mesmo por mim.

— Prefiro viver e lutar para salvá-lo, mas o que vale é a intenção. E pode contar com ele também — apontou para Rifft que ainda roncava na cama —, luta muito bem e, se as coisas ficarem ruins, ele pode contar uma de suas estúpidas piadas sem graça para o exército, garanto que morrerão todos de tédio!

Todos gargalharam. E assim começou o aprontamento para a viagem até Muivil. Iriam alcançá-la logo, afinal, boa parte do caminho podia ser percorrida pelo rio Tríade. Chegariam em Ponta Combia em menos de dois dias, isso se as correntes estivessem favoráveis e não chovesse, pois o rio tendia a transbordar de seu leito tornando impossível a navegação por suas águas revoltas. Os preparativos tomaram boa parte do dia, mas no meio da tarde, sob um sol alaranjado forte e um ar abafado e seco que ardia nas narinas, partiram rumo ao reino da perfeição.

Baldero ficou para trás, responsável pelos preparativos para a batalha que se aproximava e também como líder dos Andarilhos das Trevas na ausência de seu verdadeiro comandante.

Já a bordo de seu barco de patrulha, estreito, porém rápido, Fafuhm, apoiado no leme, dava as últimas orientações para Baldero.

— E lembre-se de que, na mensagem, Kjhukjhu dizia claramente que seríamos atacados no início do próximo ciclo lunar, ou seja, em 15 dias, a partir de hoje! É esse o tempo que temos para nos aprontar. Se tudo correr conforme o planejado, voltarei em no máximo sete sóis e o ajudarei, entendido?

— Sim, chefe. Mas não acha que devia levar mais baldes?

— Já estamos levando três, para que mais?

— Caso tenham de se defender, não há arma mais poderosa do que isto aqui! — Bhun ergueu orgulhoso seu balde, como um espadachim empunharia sua espada.

— Eu sei e por isso concordei em trazer três, um para cada tripulante.

— Está certo, chefe! Boa jornada e espero que volte à frente de um exército em marcha, fazendo o chão tremer a ponto de todas as folhas das árvores caírem. Chamaremos de "O Exército Outonal"!

— Também espero, Bhun. Também espero — concordou Fafuhm.

Sttanlik e Paptur estavam ainda em terra firme, tinham pegado suas roupas de volta, estavam limpas e cheiravam bem, apesar de úmidas, não que isso os incomodasse, afinal, seguiriam seu caminho por um rio. Conversavam com Rifft, pediram-lhe para cuidar de Mig Starvees e que ficasse de olho em Hamma e Dehat.

— Está bem, eu já disse que cuido de tudo, mas voltem logo, não quero derrotar a guarda inteira sem ter vocês como espectadores. Ah, isso não! — abriu os braços e envolveu os dois em um caloroso abraço. — Tomem cuidado, amigos. Eu pedirei para alguém rezar por vocês, o tempo todo, podem ter certeza!

As despedidas levaram mais algum tempo, e assim que todos concordaram que estavam prontos, partiram, esperando voltar com boas notícias para os andarilhos. Puseram-se a caminho, rumo ao reino da perfeição, a terra de ouro chamada Muivil.

Capítulo 36
Prisioneiro

— Agradecido — disse Ckroy após engolir o vinho que recebeu de Erminho, direto de seu odre.

— Não seja por isso. Como você pôde trazer tanta desgraça para si e sua família? Ckran vai ficar louco! — Erminho sentou-se ao seu lado, junto à fogueira recém-acesa, de volta à praia onde haviam desembarcado no dia anterior.

— Estou em paz e, se for morrer, eu morro feliz! Isso é que importa, meu pai vai entender — respondeu-lhe Ckroy, forçando a língua para o lado, no intuito de limpar um rastro da bebida do canto de sua boca. Era agora prisioneiro e estava com as mãos amarradas às costas. No entanto, sentia-se bem, tivera até a chance de dormir algumas horas após a prisão.

— Será julgado como traidor. Tem ideia da pena que sofrerá? — Erminho despejou um jato de vinho na boca, suspirando satisfeito.

— Faço uma pequena ideia, sim.

— E gostará de permanecer pendurado, estrebuchando, enquanto sua mãe assiste ao filho ficar roxo em plena Praça Lupus Alvus?

— Se for essa minha pena, o que posso fazer? Concorda que será um espetáculo e tanto?

— Pelo menos seu senso de humor está de volta — Erminho lhe direcionou um olhar piedoso. — Peça perdão, Ckroy! Vamos buscar aquele garoto que você libertou. Eu juro que serei mais útil agora, eu acabei de tomar meu tônico! — e ergueu seu odre.

— Você viu que após eu anunciar que estavam livres, eles desapareceram, Erminho. Gengko não perdeu tempo, ele se aproveitou da surpresa que minhas palavras causaram. Criar aquela parede de chamas para nos cegar, foi um golpe de mestre! E quando pudemos enxergar algo, ele e Teme já haviam sumido. Eles conhecem cada grão de areia desta ilha, devem estar num belo esconderijo agora, brindando sua liberdade com alguma bebida forte. Somente tivemos a sorte de encontrá-lo da primeira vez porque ele veio a nosso encontro — projetou o lábio inferior para frente. — Chega, Erminho! Não temos mais forças para aguentar ou efetuar outro ataque. Olhe para a praia, sinta o cheiro rançoso de morte. Acabou, Erminho. Acabou! — sorriu satisfeito. — Finalmente!

— Não entendo a razão de tanta felicidade, você fez a missão fracassar! — indignou-se o companheiro.

— Lembre-se daquela sensação horrível que me atacava, é fácil responder a seus questionamentos. Eu fiz o que achei certo. E mais, fiz o que era certo! Não tínhamos o direito de estar aqui, pagamos nosso preço — apontou para a enorme quantidade de cadáveres sendo arrumada em uma pilha para logo ser incendiada. — E não pense que eles também não estão se sentindo miseráveis, muitos morreram, as baixas deles são muito maiores que as nossas.

— Concordo em parte. Porém, você recebeu ordens.

— E era meu direito desobedecê-las, contanto que eu fosse homem o suficiente para aceitar minha pena — Ckroy mantinha o semblante tranquilo, sentia-se na obrigação de esconder seus temores.

— Isso foi mesmo! Quando Stupr anunciou que os homens deveriam prendê-lo, eu achei que você fosse fugir, junto com seu novo amiguinho.

— Ele não é meu amiguinho, é só alguém que eu descobri que merecia ser simplesmente respeitado.

— Ele entrou em sua cabeça — disse Erminho, bufando. — Não achei que você fosse tão estúpido.

— Não é verdade, ele não fez nada. E como está Edner?

— Vai ficar bem. Apenas terá de se manter de lado para atender o chamado diário da natureza. Mas imagino que, assim que chegarmos a Cystufor, ele vai poder andar de novo, só quebrou a bacia. Acho que aquela espinha na bunda dele era pior que isso — fez uma breve pausa. — Eu não devia ter aprendido a gostar de você, garoto — e passou o braço pelo ombro de Ckroy —, mas gosto mesmo, como um filho. Não tinha o direito de ter me traído assim — seus lábios começaram a tremer e seus olhos marejaram.

— Está bêbado de novo? Já começou a falar que ama todo mundo por aí...

Erminho se irritou e jogou com força o odre no chão, que se afundou na areia e derramou o vinho, criando uma poça rubra.

— Não, imbecil, eu estou mais sóbrio que nunca! E cansado de todos os meus atos serem apontados como de um bêbado. Um homem pode gostar de beber, o que importa é se ele consegue levar uma vida normal com isso. Nunca prejudiquei ninguém, além de mim mesmo, ao contrário de muitos idiotas que eu conheci por aí.

Ckroy ruborizou e abaixou a cabeça, fitando seus pés descalços, repletos de escoriações e bolhas.

— Perdoe-me, Erminho, eu falei besteira. Você é um grande amigo e alguém que eu respeito muito. Mas muito mesmo! Eu também gosto de você, só peço que entenda meus sentimentos a respeito dessa situação.

Alguém se aproximava com passos apressados e decididos, os dois se viraram para ver quem era.

— Senhor, peço permissão para desafiar esse traidor para um duelo. Pela honra de nosso povo e por vingança por ter libertado aquele que feriu gravemente, e por pouco não matou, meu irmão, senhor.

Capítulo 36 – Prisioneiro

Era Haruc, mantinha-se em posição de sentido para Erminho, empunhando, de maneira orgulhosa, sua feia espada.

– Como seu superior, eu lhe nego qualquer ato contra Ckroy, tanto moral quanto físico. Deixe o rapaz em paz! – disse Erminho erguendo-se e quase colando o rosto em Haruc.

– Mas ele é um traidor, senhor.

– O que ele é, não cabe a você decidir, Nível Dois.

– Meu irmão perdeu a visão de um olho. Sabe o que é ser surdo e, agora, meio cego? – o rapaz levou a mão ao rosto numa tentativa de ocultar as lágrimas.

– Desculpe-me, Haruc. Não queria que nenhum mal acontecesse com seu irmão – Ckroy tentou se erguer, mas estava com os tornozelos amarrados firmemente e tudo que conseguiu foi tombar para trás.

– Agora é tarde para se desculpar, ele vai ficar bem, mas não sem marcas permanentes.

– Pronto, o rapaz vai viver, é isso que importa! Uma guerra aconteceu aqui, Nível Dois. Não considera uma vitória seu irmão estar vivo? Vocês pediram minha permissão para tornarem-se soldados. Pelos caracóis da barba de Namarin, seu pedido foi aceito! Entenda, garoto, que soldados se ferem, ficam aleijados, perdem a vida! Terão de aprender a viver com isso! Dê-se por feliz que ele não está ali, torrando como um toucinho – apontou para a pira funerária coletiva que estava sendo acesa.

Haruc levou três dedos à testa e depois os beijou, como era o costume dos devotos do deus Dnahval, o deus das colheitas e dos cereais segundo as crenças nortenhas. A devoção por essa divindade denunciava a humilde origem rural do rapaz.

– Pela misericórdia de Dnahval, senhor, nem fale isso!

– Mas concorda comigo que é verdade, não é? – Erminho abraçou Haruc. – Sei que é dolorido ver seu irmão nessas condições, mas pense em como poderia ser pior. E quanto a Ckroy, ele será julgado. Receberá o veredicto no salão do júri, bem no alto da torre oeste do Castelo Álgido. Deixe-me conversar com ele a sós, está bem?

Haruc anuiu com a cabeça, aceitando o que Erminho lhe dissera, e se preparou para partir, mas ao se virar, falou por sobre seu ombro:

– Espero que o enforquem ou que o coloquem no calabouço de gelo, pois você merece sofrer! – cuspiu na areia. – Ckroy, o traidor! – e finalmente se foi.

– Creio que arranjou um inimigo – Erminho voltou a se sentar.

– E um apelido. Não se preocupe, é só mais um, poderia se formar um exército apenas com meus novos inimigos.

– Não é verdade, muitos aqui já o consideram um herói, você vai fazer a alegria dos bardos assim que voltarmos. As tabernas vão fervilhar com o conto de Ckroy, o audaz!

– Que seja então.

Ckroy olhou para o céu, poucas estrelas estavam agora visíveis. A noite se apresentava escura, a lua pouco aparecia, pois havia uma camada de nuvens finas formando uma renda delicada, cobrindo-a de forma encantadora. Soltou um suspiro decepcionado. "Onde estava a Lua?", pensou ele. Quando era um garotinho, costumava subir no telhado de sua casa e passar horas observando-a, sentia uma atração magnética por sua beleza. Com o passar dos anos, ele foi perdendo cada vez mais esse hábito, seus dias ficavam tomados por treinamentos, e as noites eram a única hora que tinha para relaxar. Além disso, não poderia mais se dar ao luxo de perder tempo com qualquer costume de sua infância. Preferia passar seu tempo livre fazendo coisas mais condizentes com sua idade, como jogos de azar, bebedeiras entre os amigos e, obviamente, galanteios. As garotas caíam de encanto por suas frases feitas e dificilmente passava uma noite sozinho. Mas nesta noite em que se sentia tão só, quando resolveu buscar conforto com a sua primeira amante, ela se ocultou, sob um manto de malditas nuvens. "Seria isso algum tipo de vingança?", refletiu. Subitamente, como que num passe de mágica, uma lufada de vento, vindo do mar, fez com que as nuvens se movimentassem, vazando sutilmente um traço de luz fraco e pálido. De modo acusatório, parecia apontar em linha reta diretamente para ele, que instintivamente virou o rosto. "Estaria ela condenando seus atos recentes?", perguntou para si mesmo. E com um meneio lento de cabeça, afastou esses pensamentos.

— Você se mostra calmo demais para alguém tão traiçoeiro. E pensar que é filho de um pai como o seu — Stupr, que evitara sua presença até agora, se aproximou cambaleante, trazia em sua mão um tomate murcho, mordeu-o e jogou o resto no peito de Ckroy, espatifando-o. — O que vai fazer para explicar sua insanidade a um homem justo e honrado como seu pai? Como vai dizer a ele que seu filho é um bosta de um traidor? — estava claramente embriagado, o não cumprimento de sua missão o afetou intensamente.

— Senhor, peço que ouça o que Ckroy tem a dizer em sua defesa. Ele é só um garoto! — Erminho se esforçou para defender Ckroy, apesar de saber ser inútil, nada poderia ajudar seu amigo agora.

— Cale a boca! — e pressionou o peito de Erminho com força. — Ele arruinou uma missão cumprida, envergonhou toda uma nação ao se juntar com o inimigo, é um vira-casaca e vai pagar muito caro por isso — abaixou-se e colou a ponta de seu nariz ao de Ckroy. — Você vai sofrer, seu merda! — sussurrou e depois se ergueu novamente. — Não, merda não! Eu cago coisas mais nobres que você todo dia — arriou as calças mostrando as nádegas. — Pode conferir, nenhuma marca de punhalada! Sabe por quê? Porque uma merda nunca faria isso, ao contrário de você, seu nada! Apunhalou-me pelas costas, e pensar que eu cheguei a dividir minha bebida com você.

Ckroy prendeu a respiração, além da tensão do momento, o hálito de Stupr era capaz de fazer despertar um cadáver.

— Capitão, senti algo de ruim desde que zarpamos do porto de Cystufor, eu lhe disse, na cabine da tripulação, que alguma coisa me incomodava naquele dia. E ao conversar com Gengko, tive a confirmação de que havia qualquer coisa de muito errado em nossa missão. Lembrei-me daquela frase: "Os instintos de um homem são como os conselhos de uma mãe, nunca se deve ignorá-los".

Stupr gesticulou indignado no ar e bateu o pé no chão.

— Essa é a sua justificativa? Obedeceu uma frase que é usada por caçadores de ursos para matá-los de tédio? Isso é tudo uma ladainha, alguém pagou você para que fizesse essa missão fracassar, imagino que tenha sido Gerark, aquele velho matreiro.

Capítulo 36 – Prisioneiro

– Não sei quem é Gerark e digo que o senhor está me ofendendo!

– E você não me ofendeu com a porcaria que fez? Se não foi pago, foi o quê? Apaixonou-se pelo garotinho do fogo? Ou caiu de encantos pelo pedregulho?

Uma plateia se formava para ver a discussão entre os dois, travavam-se em um silêncio sepulcral, ninguém ousava nem ao menos respirar, com olhos arregalados e rostos pálidos. Os homens pareciam mais assustados agora, com a fúria de Stupr, do que quando foram atacados pelos selvagens.

– Não tínhamos direito de atacá-los! – exaltou-se Ckroy.

– Não cabe a você dizer o que tínhamos direito, é um subalterno e deve seguir ordens. Eu devia obrigá-lo a voltar a nado até Cystufor, ou melhor, deveria deixá-lo aqui e ver o que os selvagens fariam com você. Imagino que retribuiriam seu favorzinho cozinhando seu fígado em um caldeirão enorme, e o refogariam com cenouras e repolho! – dava a impressão de que o corpo de Stupr não aguentava tanta ira, movendo-se demais, talvez em uma tentativa de liberá-la. E num movimento brusco tombou no chão, caindo sentado aos pés de Ckroy.

Ckroy tentou se erguer para ajudar o capitão, mas em vão. Foi Erminho quem auxiliou Stupr a se levantar, e o capitão o empurrou com força.

– Eu consigo me levantar sozinho! – e, cansando-se da conversa, deu as costas.

Gritou enquanto forçava abrir caminho entre os homens que assistiam à cena:

– Não têm mais nada a fazer, não, seus vermes nojentos? Se vir algum de vocês parado de novo, juro pelos bagos de Namarin que eu estripo o maldito!

– Nunca vi Stupr assim. Assustador! – Erminho tornou a se sentar.

– Ele está com medo de ser castigado ou condenado por não ter cumprido sua missão. Eu não deixarei que nada de mal lhe aconteça, obviamente que assumirei toda a culpa.

– Ah, se as coisas fossem assim tão simples, Ckroy! Com muita sorte, ele sofrerá uma pena branda. Você era responsabilidade dele, assim como todos nós, e ele que fez pressão para que fosse aceito nesta tripulação. Ao querer ajudar seu pai, ele se condenou, por isso a razão de tanta raiva.

– Mas eu fiz o que era certo!

Erminho concordou com a cabeça.

– Fez, fez mesmo! Mas o que era certo para o foguinho não era para nós. Está entendendo o que estou dizendo?

– Eu estou em paz! Isso é que importa! – tentava se convencer Ckroy.

– Paz. Eu tenho o dobro de sua idade e sinto lhe informar que a paz é uma coisa abstrata e impossível, é uma teoria muito bonita, mas quero ver se alguém já a conheceu plenamente na prática. Você acredita que fez a coisa certa. Muitas tragédias e catástrofes são cometidas por pessoas que buscam a paz ou querem se sentir em paz. Acho que ainda é muito novo para distinguir algumas coisas.

Ckroy se fechou em uma contemplação silenciosa, cada vez mais voltava a se sentir miserável, talvez até pior do que antes de libertar Gengko. As palavras de Erminho doeram ao ser ouvidas. "Como pude ser tão imaturo?", questionou-se.

— Creio que vou me desculpar com o capitão e irei sozinho atrás de Gengko. Se for preciso, eu derrotarei Teme de novo. Não deve ser difícil fazer isso pela segunda vez, não é?

Erminho se levantou e se espreguiçou.

— Você faz ideia da sorte que teve? Não existe uma segunda vez para uma vitória tão impossível como aquela. Vitória não, a meu ver, você evitou a derrota mesmo. E sobre falar com Stupr, não faça isso, garanto que o homem de pedra não é nada se comparado com Stupr quando está nervoso. Venha, eu o levarei a alguma cabana, precisamos dormir após os abusos desses últimos dias.

Negando com a cabeça, Ckroy tentava se libertar das mãos de Erminho.

— Deixe-me aqui, eu não estou com sono.

— Você é que sabe, mas quem vai impedir que alguém venha e lhe corte o bucho?

— Aqueles dois ali foram destacados para cuidar de mim — apontou com o queixo para os homens à sua frente. — Imagino que sejam competentes para não deixar que alguém me mate enquanto durmo. Fique tranquilo, se for esse o destino que os deuses me reservaram, eu estou preparado. Pode ir, Erminho, preciso pensar um pouco.

O velho marujo reprimiu um bocejo com o dorso da mão.

— Tudo bem. Boa noite, garoto, e se cuide — afastou-se com passos arrastados pela areia.

Finalmente sozinho, Ckroy respirou fundo e perdeu-se em seus pensamentos. Analisava a ilha calmamente, e, mesmo à noite, ela era encantadora a ponto de tirar o fôlego. Perto de toda essa beleza natural, sua terra natal aparentava ser uma latrina congelada. Até sob a mais completa escuridão, podia se detectar o fervilhar de cores vivas por todos os lados, apenas repousando, à espera da quente luz do sol para berrar sua beleza aos céus. Apesar de tudo, sentia saudades de seu lar. Não que amasse Cystufor, longe disso, era esperto o bastante para não fechar os olhos para a sujeira que vinha da realeza; dizer-se patriota, para ele, parecia impossível. Porém, era diferente em relação à sua família, que por mais que tentasse encontrar alguma baixeza ligada a ela, ou a seus pais, não conseguia. Essa se apresentava como uma tarefa difícil. Sua família era do tipo que expressava a afeição não de uma forma carinhosa, mas sim com atos que mostravam o quanto cada membro tinha valor. Esforçavam-se para dar ao filho um futuro melhor, ou seja, isso é que era a maior demonstração de afeto. Nesse momento, arrependeu-se do que fez e se odiou. Teve raiva também pelo fato de estar amarrado, queria despejar as lágrimas nas suas mãos e afogar nelas sua angústia, pois percebeu que os traiu, não fora criado para isso. Pensou fazer o que era certo, mas antes deveria ter feito o que fosse melhor para seus familiares. "Quando foi que o futuro parou de ser promissor e se tornou tão caótico? Se crescer significa isso, eu preferia ficar ralando meu joelho ao subir em árvores pelo resto de meus dias!", ponderou.

— Ai, como a vida é complicada, estou tão confuso! — murmurou para si mesmo, como se esperasse que, ao pronunciar essas palavras, a resposta surgisse no sopro de uma brisa.

Então, algo aconteceu. Não a resposta que ele esperava, mas em seu campo de visão. Um pequeno ponto de luz dourada balançava-se a distância, como que esperando atrair sua atenção. Parecia uma pequena chama bailando, no local mais alto da mata fechada, e

Capítulo 36 – Prisioneiro

era agitada freneticamente de um lado ao outro. Ckroy tentava entender o que seria aquilo, por que alguém chacoalharia uma tocha dessa maneira por lá. "Os selvagens não deveriam tentar se esconder até que os invasores partissem? Por que razão estariam tentando chamar atenção?", perguntou a si mesmo intrigado.

Um dos homens que faziam a guarda de Ckroy também percebeu aquela peculiaridade na mata e assoviou para acordar o outro que cochilava aninhado junto à fogueira. Assim, passaram a discutir, cada um tecendo sua teoria, uma mais estúpida que a outra. Pouco a pouco, vários homens se juntaram a eles e aumentaram a sorte de ideias idiotas, enquanto observavam a chama ir de um lado ao outro. De repente, a pequena luz se extinguiu.

– Era apenas um selvagem querendo nos irritar – disse alguém.

Não podia estar mais errado, a chama não tardou a retornar, agora muito mais forte e se erguia muito maior, parecia até estar indicando algo.

Ckroy tombou a cabeça de lado, intrigado. Então lhe ocorreu que era um sinal. Alguém queria avisar-lhes de alguma coisa e pelo poder daquela chama só poderia ser Gengko, apenas ele seria capaz de controlar o fogo assim. A chama agora estava imóvel, esticada como uma lança, ou, pensou melhor, como o Marco do Desnível, uma grande seta de pedra colocada em um ponto do Mar Namaris, em Cystufor, para indicar onde duas correntes marítimas se encontravam, criando um desnível absurdo que sugava embarcações que tinham a ousadia de se aproximar.

– É isso! – disse e olhou na direção apontada pela chama.

Era o mar, nada de estranho por ali, havia apenas a água, obviamente, e uma bruma típica. Além da arrebentação, o Devorador de Ondas balançava lentamente com o movimento da maré. "Então qual seria o motivo de tanta euforia de Gengko?", pensou o jovem. Ckroy semicerrou os olhos e ficou observando a espectral bruma dançar ao redor do navio, a calmaria o decepcionou. Provavelmente era uma brincadeira dos selvagens, não havia nada para olhar, deviam estar se gabando pela vitória.

Após um tempo, os homens deram de ombros e já se preparavam para voltar às suas tarefas quando paralisaram. Aqueles que tiveram a mesma ideia de Ckroy e seguiram a chama até o mar puderam ver algo assustador acontecendo. Pequenos pontos de luz começaram a voar, saídos aparentemente de lugar nenhum em direção ao Devorador de Ondas, arcos avermelhados subiam aos céus para em seguida caírem de encontro ao orgulhoso navio.

– É um ataque! – gritou Ckroy incrédulo.

Iniciou-se uma correria desordenada, ninguém sabia o que fazer para ajudar um navio que era atacado em pleno mar, ainda mais por misteriosas luzes sobrenaturais. Gritavam desesperados enquanto tentavam se armar com flechas, numa inútil intenção de atingir o que quer que fosse que investia contra sua embarcação.

Logo um cambaleante capitão Stupr foi acordado e veio se juntar aos homens resmungando como um velho cão sarnento.

– Alguém pode me explicar o que demônios está acontecendo? – perguntou ele a ninguém em especial.

— Não sabemos, senhor, uma chama começou a sinalizar algo ali em cima e depois aconteceu o que pode ver, o Devorador está sob ataque – respondeu um soldado com a voz claramente alterada pelo medo.

— Ataque de quê? Ou de quem?

— Aparentemente fantasmas.

— Não seja idiota, fantasmas não... – Stupr se calou em choque.

O magnífico Devorador de Ondas começava a arder, pequenos focos de incêndio surgiam ao longo do casco. As velas recolhidas se inflamaram tornando-se totens de fogo, as labaredas passaram a avançar e lentamente tomaram conta de toda a embarcação.

Todos na praia assistiam a tudo calados, estavam atônitos demais para pronunciar uma palavra sequer, ouviam os gritos de desespero que logravam chegar à praia, sobrepujando o quebrar ininterrupto das ondas, dando a esse terrível espetáculo um ar de pesadelo. Dentro de cada um dos homens do norte havia um desejo de acordar e descobrir que tudo isso não passava de um sonho ruim. Não queriam aceitar o fato de estarem longe de seu navio, em chamas no mar; uma cruel ironia.

— O que vamos fazer? – Erminho se aproximou com seu machado preso ao cinto, enquanto lutava para vestir sua cota de malha pela cabeça.

— Eu... não... – as palavras morreram antes de serem pronunciadas, Stupr estava abalado.

Ckroy, como todos, testemunhava o horror. Fazia um esforço enorme para se levantar, mantendo os olhos fixos na embarcação. Agora podia ver pontos flamejantes caindo no mar, deviam ser partes do navio que se desprendiam aos poucos, mas era provável que também fossem tripulantes em pânico, que tiveram a infelicidade de ficar a bordo e foram surpreendidos por esse ataque, despertando de seu sono e vivenciando um caos de fumaça e chamas.

— Alguém me solte, eu quero ajudar! – desesperou-se o rapaz, que desejava pegar sua espada e ficar em posição de ataque, na espera dos agressores, se é que eles existiam. Para sua infelicidade, nesse momento ninguém tinha ouvidos para um prisioneiro.

A força das chamas era tão grande que tudo ao redor se iluminou, quilômetros do horizonte, que deveriam estar ocultos pela escuridão noturna, agora estavam visíveis, como se um candeeiro tivesse sido aceso em pleno mar. E desse mundo desconhecido, um pesadelo começou a tomar forma. Algo muito mais aterrador do que o navio sendo consumido pelo fogo se revelava. Três embarcações surgiam por esse mar de águas cor de piche, assustadoras velas escuras se inflavam com o vento, circulando o Devorador de Ondas, e tinham como destino Focu'lland. Enormes, a menor delas devia ter no mínimo o dobro do tamanho do Devorador de Ondas, o que não era pouca coisa.

— Trezentos remos cada no mínimo! – Stupr finalmente conseguiu falar, com uma voz abafada pela mão que levara à boca, num estado quase catatônico.

Erminho, sem pensar, correu para onde estava Ckroy e usou a lâmina de seu machado para libertar o prisioneiro, nenhum sentinela apresentou resistência. Devido aos acontecimentos, não havia homem algum que se lembrara de ficar de guarda.

Capítulo 36 – Prisioneiro

– Vamos, precisaremos de toda a ajuda que pudermos arranjar, e você é um dos melhores aqui! – surpreendendo até a si mesmo, Erminho era o mais calmo na ilha. – Vá buscar sua espada, a guerra não acabou ainda!

– Quem são eles? – perguntou Ckroy, massageando o local onde as cordas deixaram sua pele em carne viva.

– Não sei, Ckroy. Mas três embarcações, com no mínimo trezentos remos? Seja quem for, vamos precisar que o próprio Namarin venha em nosso auxílio, ou vamos aumentar e muito aquela pilha de cadáveres ali.

Capítulo 37

COMO PEIXES EM UMA REDE

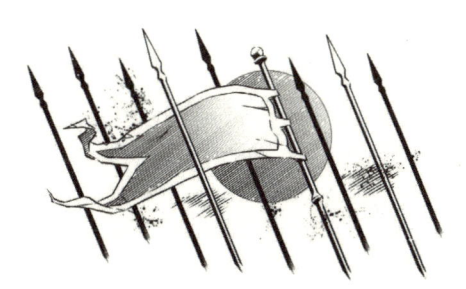

— Urso, vá para a parte de trás do barco agora, ou vamos afundar! — gritou Leetee, tirando com um balde a água que insistentemente entrava no barco. — Não quero virar comida de peixe tão cedo. Tudo bem mais tarde, à noite eu não ligo de morrer, mas de dia me deixa assustado.

— Deixe o Urso em paz, eu *tô* cansado — bocejou preguiçosamente e esticou as pernas.

— Devia ter dormido ontem à noite. Eu sabia que aquela festa era uma má ideia. Vamos, a manhã está cintilante, não sendo propícia para morrer. Ghagu está no lugar certo, na ponta do barco. Vamos, Urso, não custa nada — Leetee tentou imitar o olhar de um cachorro pedindo comida, quem sabe assim fizesse Urso lhe obedecer, mas tudo que conseguiu foi arrancar um estrondo de gargalhadas do enorme homem.

— Ha, ha! Você é muito engraçado, velho! Tudo bem, eu vou para trás, mas, dessa maneira, remar vai ser difícil — sentou-se no último banco da embarcação estreita. — Se eu remar daqui e Ghagu dali, vamos ficar rodando no mesmo lugar!

Virou-se para a corpulenta mulher.

— Seja uma dama e reme você, Ghagu, o Urso está cansado e precisa repousar. *Tá*?

— Não há necessidade de remar agora, Urso, as correntezas estão muito favoráveis, vamos chegar a Mort'a mais rápido do que o esperado — ela tinha uma voz gutural e grave, mais do que a maioria das vozes masculinas, parecia surgir da parte mais funda de seu peito, e seu sotaque das distantes ilhas do oeste fazia com que algumas palavras fossem pronunciadas com um estranho estalar de língua contra o céu da boca. — E sobre ser uma dama... olhe para mim, Urso. Eu sou uma guerreira e o serei até que a natureza clame por minha carne. E pare de tentar jogar seu charme para cima de mim, ao contrário de todas as outras mulheres, acho você muito feio. Ainda não sei como tantas delas se deitam com você!

Urso cruzou os dedos de suas mãos e apoiou atrás da cabeça.

— Tenha certeza de que, em um homem do meu tamanho, a última coisa que elas *procura* é um rostinho bonito — gargalhou e cerrou os olhos. — Muita luz aqui, dormir será complicado para o Urso.

— Se as condições não estão a contento, não há razão para dormir, amigo. Seja um Urso bom e vamos fazer o possível para chegar logo a nosso destino, a guerra vem a nós — o velho Leetee aproximou seu rosto ao de Urso. — Não quer esmagar homens fedidos, nojentos, estúpidos, e ridículos com seu martelinho que pesa mais que meu frágil corpinho?

— Vou *esmaga* tanto crânio que vai *parece* que fomos atacados pelos homens sem cabeça! — empolgou-se.

Gostando do que Urso falou, Ghagu emitiu um grito de um agudo mais forte que o cantar dos pássaros, o som era cortado por um movimento ondular de língua que somente as pessoas de sua raça eram capazes de fazer. Inspirou com força e bateu com as palmas calejadas de suas mãos nas próprias bochechas avantajadas.

— Finalmente, a guerra! Estava cansada de patrulhar uma floresta em busca de fantasmas, quero ver homens implorando por *mistericódia*. Penso que não está certo, não. Não é?

— Misericórdia é o correto, bela gigante obesa de ébano. Mas antes de haver um embate com nossos atacantes, temos uma missão a cumprir, certo? — levantou-se e juntou as mãos ao redor da boca para amplificar o que diria a seguir. — Precisamos achar a Floreira Noturna, essa é a prioridade! — gritou tão alto que um bando de pintassilgos se assustou e levantou voo do alto de um salgueiro desfolhado.

Urso se sobressaltou e concordou com a cabeça, Ghagu também se esforçou para se concentrar no caminho que seguiam; uma coisa de cada vez.

Esse braço do rio Tríade seguia para o leste sem muitas curvas e percalços, era como uma estrada fluvial com correntezas favoráveis, o que facilitava, e muito, a navegação. O satisfatório avanço que obtiveram durante o dia fez com que a parte do trajeto pelo rio estivesse quase completada, e em breve teriam de seguir a pé até a região conhecida como Mort'a. Isso tomaria três ou quatro dias de caminhada. Por hora, com a chegada do crepúsculo, resolveram descansar um pouco em terra e prosseguir assim que amanhecesse. Estavam felizes, o suficiente para poder se darem ao luxo de uma noite de sono tranquilo entre árvores, pois no dia seguinte sairiam dos domínios de Idjarni, que para Urso e Ghagu seria como desbravar um mundo desconhecido. Assim, fazia sentido aproveitarem ao máximo esses últimos momentos em um ambiente familiar.

Urso se encarregou de pescar alguns peixes com sua rede, Leetee separava ervas que usariam para temperar a carne e Ghagu se ofereceu para acender o fogo. Não demorou muito para que os dois aplaudissem as belas tilápias que foram trazidas pelo habilidoso pescador e logo a carne branca exalava seu aroma ao ser cozida.

— Bom trabalho, Urso! Hoje é dia de um banquete digno de pessoas tão importantes como só nós podemos ser!

Engolindo a saliva que se acumulou em sua boca, Leetee inclinou o rosto para Ghagu.

— Afinal, uma encantadora princesa do oeste merece o melhor!

Ghagu balançou as mãos, querendo esclarecer a confusão.

— Meus amigos me chamam de princesa porque dizem que eu luto tão bem quanto a nossa deusa Molaumanjá. Ela é a princesa de todos os reinos da luz. Portanto, não diga isso nunca mais! Odeio qualquer tipo de realeza e pessoas que se dizem superiores a outras,

Capítulo 37 – Como peixes em uma rede

achando-se no direito de governar. Eu aceito esse apelido, mas odeio o título. Deu para entender?

– Parece até eu falando, Ghaguzinha! Uma frase que podia ter cinco palavras se transformou em um relato digno de volumes e volumes de pergaminhos e livros empoeirados na estante de um sábio – Leetee a aplaudiu. – Creio que chegou ao ponto que eu queria, aprendeu finalmente a ser uma pessoa melhor.

Levando seu indicador e seu dedo médio aos olhos, Ghagu pronunciou algumas palavras em seu idioma de origem.

– Que Mundjá me livre dessa perdição, é contagiosa! Acho que estou passando tempo demais com você, velho.

E em seguida:

– Urso, diga alguma coisa, por favor. Preciso de purificação.

Cuspindo uma espinha de lado, Urso sorriu, revelando dentes repletos de minúsculos pedaços de ervas.

– Eu posso *purifica* você, espere eu *termina* de comer. Não é certo *purifica* alguém de barriga vazia.

Ghagu girou os olhos, apesar da cor muito escura de sua tez, ficou claro que enrubesceu. Inclinou-se para pegar seu jantar.

– Tarado!

Alimentaram-se e caíram no sono ouvindo Ghagu entoar uma longa canção de suas terras, ideal para seu timbre grave. Havia uma boa acústica no lugar que escolheram para acampar, o domo de árvores amareladas fazia com que tudo parecesse perfeito, a ponto de não se incomodarem em separar turnos de guarda, pois concluíram que estavam em uma localização de difícil acesso, e caso alguém se aproximasse pelo rio, eles escutariam e se posicionariam para combate antes que tivessem a chance de aportar. Era hora de relaxar, logo teriam de manter sempre um olho aberto ao adormecer.

No dia seguinte, levaram a manhã toda para navegar até o fim do Tríade, onde as águas desembocavam em uma lagoa, chamada Tépido. Pensaram em como poderiam deixar o barco à sua espera, e Ghagu sugeriu algo extremamente louco, o bastante para ser aceito por todos. Então, Urso tratou de esconder o barco no alto de uma árvore, camuflado entre as folhas de um carvalho. Tinham em mente que apenas alguém com seu tamanho e sua força poderia fazer isso e, como provavelmente não havia alguém como ele, deixaram a embarcação para trás sem se preocuparem. Agora era hora de caminhar, até criar calos.

– Está feliz de conhecer um mundo fora da floresta, Urso?

O grande andarilho analisou os arredores batendo o indicador em seu lábio inferior.

– É igual a Idjarni, Ghagu, mas sem tantas árvores, e tem um cheiro estranho.

– Creio que o que sente é a falta de aroma, Urso. Está habituado a ter os sentidos inundados por odores da mata, aqui o único cheiro que deve estar sentindo é o odor almiscarado do suor empapando suas axilas.

– Velho safado, o Urso não... – e cheirou as axilas cuidadosamente. – Tem razão, *tá* fedido mesmo!

Leetee conhecia bem o terreno por onde seguiam, houve uma época em que peregrinava por Relltestra em busca de novas ervas, para seus experimentos. Sentia-se satisfeito de servir como guia e utilizava um cajado como apoio. O chão estava levemente atoleiro, denunciando alguma tempestade que caíra por ali nos últimos dias. Rumaram por um caminho permeado de grama alta e muitos arbustos, e nada os impedia de tomar algum desvio.

Passados três dias após o início de sua jornada, pouco tinham se utilizado de suas provisões, havia caça em demasia e se alimentar de carne fresca era muito melhor do que forçar os dentes com as endurecidas linguiças defumadas que traziam em suas bolsas. O estoque inesgotável de ervas, que Leetee trazia nos bolsos de sua capa, fazia com que cada refeição fosse um banquete. O velho sabia muito bem como evitar o fastio e, por mais que durante o dia comessem a mesma carne, era como se fossem alimentos completamente diferentes.

O horizonte revelou a região de Mort'a, e o nariz extremamente bem treinado de Leetee fez com que abandonassem a estrada, de sutis morrinhos verdejantes, para se aventurarem em um vale cujo terreno era acidentado e pedregoso. O aroma que seguiam, segundo ele, era o de algum incêndio, e havia morte e sofrimento no caminho. Precisavam investigar antes de prosseguir, afinal, isso poderia muito bem mudar o rumo que tomariam na busca pela Floreira Noturna.

Leetee fez careta e se empertigou.

— Adoraria festejar nosso avanço, percorremos o caminho num prazo muito menor do que jamais poderíamos sonhar, mas não há tempo para comemorações — apontou para algo no horizonte. – Quantas?

— Eu conto sete das grandes!

Ghagu semicerrava os olhos para poder ver melhor. Estavam em uma pequena elevação circular, de não mais que dois metros de altura, mas era para eles como uma torre de vigília. Ao perceber a estranha movimentação, não hesitaram em escalá-la para tentar entender o que se passava ao longe.

— Se são sete colunas de fumaça, e com essa força, alguma cidade está em chamas. Será que o fantasma da guerra já passou por aqui? – como uma criancinha faz com o pai, Leetee estava sentado nos ombros de Urso. Bateu com os calcanhares no peito de seu enorme amigo. – Erga-se mais um pouco, quero ver uma coisa.

Obediente, Urso se esticou, ficando nas pontas dos pés, nem ao menos reclamou por ter a cabeça usada como mesa por Leetee. Ele roía as unhas e tentava se superar, cuspindo-as cada vez mais longe. Esperou pacientemente enquanto o velho fazia seus cálculos analisando o mapa de Relltestra, que trazia sempre junto de seu corpo.

— Se aqui é Mort'a, a outrora próspera terra do ouro, devemos estar agora sobre o local que em tempos imemoriais foi chamado de Serra da Cadeira do Caolho. Sabe, Ursinho amigo, um dia isto foi o mais fértil garimpo de Relltestra, mas a sempre gananciosa Muivil secou as reservas de ouro e abandonou esta região às traças. Por isso, chama-se Mort'a, obviamente que a palavra deriva do verbo morrer, a pequena mudança em sua pronúncia é uma referência ao sotaque arrastado dos garimpeiros que tentavam fazer a vida neste lugar.

Urso bocejou.

Capítulo 37 – Como peixes em uma rede

– O Urso jura que acha que um dia sua língua vai *cai* de tanto *fala*! *Quinem* a menina cantora do conto, aquela que tem um urso branco dançarino.

– Urso loiro com cabelo de palha! Por mais que os personagens do conto "Menina Flor" combinem com nossa atual situação, a fábula terá de ficar para depois. Sabe por quê? Respondo alegremente. O que queima, como a fúria de dez deuses de outrora com ressaca, não é nada menos que... – ficou paralisado para aumentar o suspense – ... Aeternus! – anunciou solenemente, como se isso fosse uma resposta óbvia para uma pergunta empolgada feita por ele mesmo.

– E daí?

– E daí? Como, e daí? Minha querida Ghagu, daí que a orgulhosa e impenetrável terra dos Primeiros Homens de Relltestra está em chamas, algo conseguiu finalmente subjugar a força do Exército Eterno! Sabe o que isso significa?

– Que poderemos encontrar muita coisa para pilhar por lá? – perguntou Urso.

– Que coisa horrível para se dizer, meu amigo! Mas, sim, era isso que eu queria falar. Caso a cidade esteja devastada e o povo tenha se ido, que tesouros os primeiros alquimistas não terão escondido naquele lugar!

– Falando assim, parecem dois bandidos! Não acredito que eu estou andando ao lado de vocês! – irritou-se Ghagu e cuspiu no chão. – Esse não é o tipo de atitude que eu espero de andarilhos!

Leetee balançou a cabeça repetidas vezes, no intuito de negar.

– Não, não, você me entendeu errado, Ghagu. Eu sinto, e muito, pelo destino daquele povo, mas sei que os eternos são fortes o bastante para ter sobrevivido a esse ataque e agora já devem ter conquistado algum território vizinho para si. Eu bem sei o quanto eles são poderosos e jamais iriam deixar que uma coisa simples, como um incêndio, derrotasse-os. Se me perguntar, eu até lhe digo que eles próprios incendiaram suas casas, devem ter se enjoado de dormir nas mesmas camas por tantos e tantos séculos. Quem não cansaria? Eu gosto de lençóis novos e colchões com palha viçosa a cada novo ciclo lunar!

E inclinou-se para confidenciar algo no ouvido de Urso:

– Às vezes, não aguento esperar a chegada da manhã e acabo por lavar meus lençóis com muita urina, e, sabe, eu nem levanto para me limpar, é tão quentinho!

O Urso explodiu em gargalhadas e quase derrubou Leetee de suas costas, mas não tardou a recobrar o controle, pois Ghagu o encarava com olhar cortante e braços cruzados debaixo de seus pequenos seios, contrastantes com seu tamanho avantajado.

– Ainda assim, eu sempre achei que vocês fossem honrados, e o que disseram não condiz com homens que conhecem a verdadeira honra – de tão enlouquecida que estava, Ghagu teve de morder o interior de sua boca para não explodir e atacar os dois.

– Eu dou razão a você, o Urso passou tempo demais com Missang e ele costumava ser um ladrão antes de se *junta* a nós – ruborizou-se. – Desculpe o Urso. O Urso é idiota!

– Não me deve desculpas, tem sorte de que Fafuhm não está aqui. Um homem tão honesto quanto ele, morreria de desgosto ao ouvir o próprio filho falando uma coisa dessas. E sei muito bem o quanto você é esperto para se fazer de idiota, Urso. Ah, se sei!

– Sabe? – o grande homem alçou o peludo sobrolho em sinal de espanto.

— É claro que sim. Sei que você se faz de mais burro do que verdadeiramente é! Pronto, eu falei.

— Explique para o Urso – disse ele com o sobrolho ainda mais franzido.

— Eu já percebi que você se faz de estúpido, todos sabem que você é um príncipe, não é segredo algum para os andarilhos. E notei que odeia quando alguém se mostra assustado com sua imponente e ameaçadora presença. Por isso, ao se fazer de idiota, os outros pensam que você é apenas um garotinho no corpo de um enorme homem. Isso sempre me deixou confusa, demorou um pouco para que eu entendesse suas razões e, mesmo após conhecê-las, eu as acho bobas.

O grande Urso abaixou a cabeça, envergonhado.

— Não são bobas, você não sabe o que é ser como eu sou.

Ghagu deu uma volta completa para que Urso a analisasse.

— Olhe para mim! Você pensa que todo mundo me olha como se eu fosse uma princesa de contos? Eu sou uma mulher gigantesca, gorda como uma vaca prenha e luto com a ferocidade de um guerreiro embriagado. As pessoas sempre me olharam com medo e nojo, rapaz! Se há alguém que pode entender suas razões, sou eu!

— E eu sou verde, e não é fácil ser verde! – anunciou Leetee.

Bufando pelo nariz, Ghagu continuou, forçando-se a ignorar a gracinha do alquimista.

— Seja o que você realmente é! E se as pessoas têm medo de você por isso, ótimo. É muito melhor despertar o medo do que a compaixão!

Urso parou por uns instantes e pareceu absorver as palavras de Ghagu.

— Obrigado, o Urso vai pensar a respeito.

— Os livros que eu lhe emprestei estão ajudando muito na fluência do idioma comum, Ghagu.

Subitamente, Leetee apontou para algo que atraiu sua atenção no solo, bem à borda da elevação que ocupavam.

— O que é aquilo?

Sem cerimônias, Urso se aproximou do objeto indicado, que brilhava muito e, apesar dos avisos de Leetee, ele se abaixou para pegá-lo. Era uma pequena estátua de um homem sentado sobre uma pinha, com as mãos juntas em sinal de oração. Esculpida em madeira, tinha sido pintada com tinta dourada, inclusive a pinha, que era natural.

— É só uma estatueta sem valor – decepcionou-se Urso.

— Deixe isso aí, agora! – desesperou-se Leetee.

— Por quê?

A resposta veio com o silvo de setas de aço, nelas estavam amarradas cordas, com a intenção de restringir o espaço das três vítimas. Não tardou para que uma segunda leva se iniciasse. Quem quer que fossem, estavam preparados para esse ataque muito bem cronometrado. Em meio à rede de cordas que se formava ao seu redor, com a rapidez impressionante de um relâmpago, Ghagu, Urso e Leetee tentavam colocar os pensamentos no lugar e agir. Então, levaram automaticamente as mãos às suas armas, mas foram impedidos, as cordas começaram a se movimentar e passaram a girar, para assim aprisioná-los.

Capítulo 37 – Como peixes em uma rede

Urso foi o primeiro a recobrar o controle e começou a se debater, não levava em consideração o fato de que seu amigo estava em suas costas. Debatia-se como um, bem, como um urso, mas tudo em vão. Nesse instante, os atacantes resolveram aparecer. Subiram as bordas da elevação em que se encontravam, três deles montados em garanhões de coloração escura e olhos vermelhos, ferozes, sem dúvida cavalos treinados para a guerra, e ao se aproximarem tentaram morder os andarilhos. Os homens que os montavam tinham a pele de um tom avermelhado, seus cabelos eram compridos, lisos e escuros como as penas de um corvo. Nos rostos, apresentavam uma pintura com riscos brancos e amarelos, fazendo com que tomassem a aparência de espíritos maléficos materializados, saídos de um pesadelo. Traziam em suas mãos arcos feitos com grossos bambus e adornados com penas de diversas cores, assim como as bordunas, peculiares porretes de madeira, que balançavam às suas costas. As cordas que agora envolviam os andarilhos se ligavam ao arção de suas selas. Um deles jogou uma rede bem trançada e reforçada com fios de cobre.

Alarmado, Leetee colocou a boca em um dos vãos da rede e gritou:

— Os parentes das tilápias estão aqui para se vingar! — até mesmo numa hora dessas achou uma brecha para fazer uma de suas gracinhas.

Aproximando-se a pé, outros dois homens vinham lentamente para clamar seus troféus, com a mesma pintura no rosto que os outros. Um deles empunhava uma espada com uma lâmina estranhamente amarronzada, dando a impressão de estar lambuzada com algo. O outro era praticamente um armário de armas, presas ao seu corpo. Em sua totalidade, eram machados de todos os tamanhos, inclusive pequenos, amarrados em seus tornozelos e antebraços e nas coxas; presos às suas costas pendiam outros dois enormes, cruzados, de lâminas duplas e esverdeadas, à espera de uma vítima; em sua mão, carregava um com lâmina feita de pedra clara, esse com certeza o mais assustador.

— Por que largaram a estatueta? Porque é minha, obviamente, e eu não quero que a sujem com suas mãos — disse o homem que empunhava o machado de pedra. — Espero respostas pelo que aconteceu, e nossa patrulha acredita que vocês devem saber de alguma coisa — cravou o cabo do machado no chão e apoiou o cotovelo em seu topo. — Afinal, armados assim, vocês não podem estar aqui para colher morangos.

Todos gargalharam, e o homem com a estranha espada amarronzada se aproximou, trazendo com ele um odor terrível de fezes.

— Respostas ou cortes fedidos! — levou o indicador ao nariz e o assoou.

— Respostas a quem? — gritou Ghagu. — Diga-nos qual é a razão de estarmos sendo atacados?

— Porque eles acham que fomos nós que incendiamos a cidade deles. E eu pensando que fossem um povo esperto! — respondeu Leetee.

— Você sabe quem são eles? — indagou Urso em um rosnado selvagem que fazia jus a seu apelido.

— Vamos ser mortos, isso é certo, gente estúpida mata primeiro e pergunta depois. E está bem claro, pelo perfil de nossos agressores e pelo tipo de artesanato que usaram como isca para nos distrair, que seremos mortos pelos eternos.

Capítulo 38

A HORA DA VERDADE

Havia uma infinidade de sons: passos pesados dos homens que a escoltavam, a água do rio subterrâneo correndo muito abaixo de seus pés, o bater apressado das asas dos morcegos indo de um lado ao outro, guiando-se com seus gritos estridentes, o uivar melancólico do vento, e, por fim, o eco de tudo isso sendo rebatido nas paredes da gigantesca caverna. Mas o que Vanza ouvia era apenas o ritmo acelerado de seu coração. Secava as palmas de suas mãos suadas nas calças a cada dois passos e mordia seus lábios com força, por medo de que um grito desesperado lhe escapasse sem aviso. Achava que após cruzar as enormes portas, estaria frente a frente com os tais reis e poderia, enfim, pôr em prática seu plano. No entanto, em uma situação anticlimática, teria mais um caminho a percorrer, deixando-a ainda mais apreensiva.

Estavam em uma ponte longa, que ligava a antessala por onde entraram à sala do trono, ou, no caso, dos tronos. A mente de Vanza estava dividida. Havia, é claro, o temor, mas não podia deixar de se maravilhar com a impressionante habilidade dos curryntos, ou garranos, de se utilizarem da própria montanha para construir um maravilhoso mundo oculto. A ponte que agora atravessavam tinha um tom prateado, fora completamente esculpida respeitando o formato da rocha. Era larga a ponto de todos poderem andar lado a lado, estendendo-se por 35 metros. E se mantinha firme de forma assustadora, no mínimo duzentos metros acima do rio.

Após cruzá-la, Vanza não pôde se controlar, suspirou encantada ao ver quatro grandes piras que ardiam com cores estranhas. Uma das chamas era vermelha, a outra azul e as duas últimas eram verde-mar e verde-esmeralda.

— Que magia é essa? — perguntou. Quase que esquecendo a promessa que fez a si mesma, de se manter apática a tudo que se relacionasse a seus captores. Porém, sentiu uma necessidade de saber o que fora feito para que o fogo se transformasse em um arco-íris.

— Magia? Sorte nossa que essa magrela é bonita — ironizou alguém que a yuqui não fez questão de identificar.

Tenia fez sinal para que se calassem e se aproximou.

— Minha querida estrela da manhã, não chamaria isso de magia, e sim de astúcia de nossos sábios. Nós, os curryntos somos conhecidos por possuirmos os melhores alquimistas em toda a Relltestra, e não há ninguém que saberia como modificar o fogo assim, além de nós. Eu tenho absoluta certeza de que não vai entender o que eu vou falar, mas vou me gabar mesmo assim: estrôncio, cobre e bórax. Poucos privilegiados, os que chegam até este ponto, precisam saber que nossos quatro reis, aqueles aos quais os próprios elementos básicos da natureza se curvam, possuem uma chama como representação de sua força vital, e ela deve arder até o fim de suas existências. Cada uma dessas piras deveria conter a cor correspondente ao elemento de cada um de nossos monarcas, simples assim – estalou os dedos. – Entendeu?

Vanza negou com a cabeça, fascinada demais para se afetar com as gargalhadas desdenhosas dos homens ao redor.

– Eu tinha certeza! Bom, é um tipo de magia, pode ter certeza, mas que somente um garrano saberia fazer! – postou-se ao lado de Vanza. – Primeiro, as damas.

Sem qualquer aviso, o que Vanza achou ser apenas uma parede, abriu-se, dividindo-se ao meio, com vagar a rocha se movimentou, e inacreditavelmente não houve rangido algum.

– Aquele que adentra a sala real de Ouvian, que limpe sua mente de pensamentos mesquinhos, a maldade deve ser abandonada, pois neste solo sagrado só a sabedoria e a bondade têm acesso – o anúncio veio do interior da sala, com uma ecoante voz poderosa.

Uma fileira de dezenas de guardas mantinha seus machados cruzados, impedindo a passagem dos visitantes pelo corredor. Estavam devidamente protegidos, com suas belíssimas armaduras de adornos dourados, sobre seus ombros brilhavam os tecidos escovados de suas capas xadrezes, em preto e vermelho. Seus elmos tinham o formato de cabeças de cavalos, fazendo alusão ao apelido que sua raça ostentava, os garranos. No chão havia uma impecável tapeçaria longa e em tom violeta, cujas bordas apresentavam um franjado de finos fios de ouro.

– A sabedoria é tudo que trago humildemente para Vossas Majestades – respondeu Tenia automaticamente.

Era uma senha, e ao ser verbalizada, os machados dos guardas se descruzaram em uma incrível sincronia, liberando a passagem. Tenia tomou a dianteira, seguido por Vanza e o resto da escolta, davam passos decididos rumo ao centro da enorme sala. O corredor era relativamente curto e levava ao centro do que mais parecia uma arena. Vanza recebeu a indicação de ficar exatamente no meio, os garranos se ajoelharam às suas costas, em reverência aos presentes.

Havia uma bancada, um nível acima do centro da sala, nela sentados imóveis encontravam-se vinte pessoas, traziam em suas cabeças pequenas coroas prateadas como a ponte que agora há pouco cruzaram. Vestiam-se com roupas de cores fortes e aparentemente de tecidos finos. A maioria era de homens, com bem aparadas barbas, grisalhas ou completamente brancas. Mas um olhar mais atento indicava a presença de três mulheres, de rostos empoados e exibindo três pontos vermelhos pintados em suas testas. Uma enorme bandeira pendendo do teto alto se destacava, toda quadriculada em preto e vermelho, assim como as capas dos guardas.

"Foram eles que atacaram aquela aldeia, malditos!", concluiu Vanza, solucionando um mistério antigo.

– Que aquele que deseja uma audiência com os onipotentes e onipresentes dê um passo à frente e seja abençoado – disse o homem sentado bem ao centro do círculo, sem desviar os olhos de Vanza.

Capítulo 38 – A hora da verdade

Tenia deu dois passos hesitantes adiante, mantendo a cabeça baixa, quase lhe tocando o peito.

– Sou eu, Tenia, quem humildemente deseja uma audiência com os poderosos, sábios, extraordinár...

– Ora essa, cale-se, bajulador de merda, diga logo o que quer! – interrompeu um homem de voz rouca e forte, dando em seguida uma vigorosa pancada – Odeio essa bosta de "poderosos isso", "sábios aquilo". Diga quanto quer por esse pedaço de carne com tetas e vá embora!

Vanza seguiu o som da voz, não tinha reparado que atrás da bancada havia outro nível, um pouco mais elevado. Finalmente pôde ver os famigerados Quatro, sentados cada um em seu respectivo belo trono. Três desses assentos reais eram talhados em um tipo de madeira azulada, com ranhuras que iam do rosa ao violeta. Sem dúvida, originários de alguma espécie rara de árvore. No encosto haviam sido esculpidas representações dos elementos correspondentes: a água, com três ondas; a terra, com o que parecia uma montanha coroada por uma árvore; o ar, com traços paralelos figurando o movimento do vento. O quarto trono, o que ficava mais ao centro, fora entalhado na própria pedra, reluzia como se houvesse sido polido e era o maior de todos. Sentado nele, o homem que irrompeu furiosamente. Ele mantinha-se inclinado para frente apertando com força o cabo de seu machado cuja lâmina era completamente preta. Trajava um gibão cinza-escuro, com algumas chamas bordadas em um vermelho sangue bastante fechado. A barba era longa e aparada de modo a ficar pontuda, preta como a lâmina de sua arma.

Completamente ruborizado, Tenia limpou a garganta.

– Magnânimo senhor, selecionei esta bela moça nas proximidades de nosso amado lar imaginando que sua beleza peculiar os agradaria, tive o cuidado de escolher alguém que não se assemelhasse em nada com nossas fêmeas – elegeu as palavras com cuidado, percebia-se que temia gaguejar no meio de alguma frase.

Houve um murmúrio de aprovação por parte dos homens presentes, ao olharem com mais diligência para Vanza. Já as mulheres soltaram um riso pelo nariz, como se a ofensa não as atingisse.

– Só porque uma mulher tem pernas longas e rosto de cavalo não quer dizer que é bonita, estou certo? – perguntou o rei do trono de pedra ao rei à sua esquerda.

– Meu querido Jarhyan, fogo eterno, a moça que está em nossa presença é de uma beleza misteriosa, como as flores com que nossos abençoados deuses nos presentearam – respondeu o rei cujo elemento era o ar.

– Eu acho que ela serve para o propósito! Tudo o que quero é me embrenhar entre duas longas pernas, pois cansei de percorrer caminhos curtos. Se é que me entendem... – tomara a palavra o rei representado pela terra, arrancando gargalhadas de dois de seus irmãos com o comentário.

Vanza os observava atentamente, permanecendo imóvel, e sentiu um gosto de sangue ao morder o interior de sua boca. Estava irritadíssima com a situação, mas tinha de se manter firme. O modo com que a tratavam era odioso, como se fosse um pedaço de carne à venda em um mercado popular, nem ao menos se dignificavam a lhe dirigir a palavra.

O rei Jarhyan deu outro soco no braço de seu trono.

— Chega de gracinhas!

Voltando-se para Tenia, perguntou:

— Coletor de escravos, quanto quer pela garota? — girou seu machado e o passou para a outra mão.

Tenia deu um sorrisinho sutil, a negociação chegara ao ponto que mais gostava.

— Peço o dobro do peso dela em ouro e a quantidade de dedos que possui em pérolas azuis — juntou as mãos e reverenciou os presentes.

Jarhyan desferiu um terceiro golpe, mais forte e carregado de fúria, estremecendo o ar.

— E vai colocar isso tudo no meio de seu traseiro bajulador? Seu farsante, filho de uma cabra eterna!

— Acalme-se, meu irmão. Deixe que eu negocio com nosso convidado.

Quem intercedia era Yrrayan.

— Eu, o rei Yrrayan, filho do vento, discípulo de todos os deuses, acho que sua oferta é abusiva demais, leve em consideração que estamos financiando uma guerra — juntou as mãos e depois as jogou para o ar em louvor. — A metade disso e títulos para você e seus homens, é claro que à nossa escolha. Que os deuses sejam louvados!

Vanza reparou que o rei representado pela água não se manifestava, mantinha o cotovelo fincado no braço de seu trono, apoiando a cabeça na mão. O olhar mostrava-se distante, como se estivesse à parte dos acontecimentos.

"A hora está quase chegando, tenho de formular a minha estratégia rapidamente", pensou a garota.

— Yrrayan, meu estimado irmão quase celibatário, a oferta permanece escandalosa, permita a um homem que ainda possui bolas falar um pouco. No caso, eu, Durthyan, filho da terra.

E dirigindo-se a Tenia, argumentou:

— Três pérolas e dez quilos de ouro bruto!

Agora, voltando-se para as pessoas sentadas à sua frente.

— Membros do conselho real, senhoras que um dia serviram para propósitos gostosos, que no momento estão velhas demais e ficam aqui fazendo papel de sábias, anotaram a minha oferta? Se não, o façam logo, pois é a final. Meu irmão, Mundyan, vai adormecer e bater sua cabeça real neste belo chão polido!

Houve um concordar de cabeças, enquanto as palavras do rei eram redigidas por todos. As mulheres pareciam estar a ponto de explodir com a ofensa, mas tiveram o bom senso de se concentrar em suas anotações.

Tenia tomou a palavra e começou-se uma discussão sobre valores, pesos em ouro e quantidades de pérolas, com gritos de todos os lados. Vanza resolveu que era hora de pôr seus pensamentos no lugar e estava prestes a se manifestar.

"Vamos lá, Vanza, honre seu sangue yuqui, pense direito. Jarhyan é o fogo, irritadiço e explosivo como tal, terei de usar sua beligerância a meu favor. Mundyan permanece um mistério, mas acho que não há segredo algum, só está entediado, e seu enfado será minha arma.

Durthyan, esse é um tarado, fácil até demais. Agora, como farei para pôr a religiosidade de Yrrayan na jogada, eu não sei. Que Merelor me ilumine!", raciocinava ela.

Ao voltar a prestar atenção no que diziam, Vanza reparou que não falavam apenas em valores.

— ... e está vestida como uma maltrapilha, parece a filha de um pescador! Acredita que é digno pedir esse valor por uma sem-teto qualquer? — irritou-se o rei Durthyan.

— Eu a levei à casa de banho, paguei por um vestido novo para ela, mas a selvagem ameaçou a bela Harjhu! Disse que a mataria! — desesperou-se Tenia, pois sabia que a aparência de Vanza não era condizente com o salão real, isso abaixaria demais seu valor.

— Na verdade, eu disse que lhe arrancaria um dos seios com as unhas! — Vanza elevou a voz para ser ouvida, erguendo a mão direita como se fosse uma garra.

— Cale-se, menina! Não se interrompe uma conversa real! — vociferou Tenia.

O rei Jarhyan se levantou e deixou seu machado cair ao seu lado.

— Como ousa pronunciar uma palavra sem ser requisitada, garota? — seu rosto estava vermelho como o elemento que representava.

— Estão falando de mim como se eu fosse uma vaca antes do abate, então, que pelo menos ouçam o que tenho a dizer!

— E quem é você para se achar à altura de ser ouvida por nós, os reis de Ouvian? — retrucou o rei.

— Se sou digna de esquentar suas camas, por que não seria de ser ouvida? — a yuqui deu um passo decidido para frente. — Meu nome é Vanza, sou yuqui, e eu...

— Yuqui, você disse? A tribo nômade comandada por Yuquitarr? — interrompeu Durthyan com o rosto subitamente pálido.

Vanza arregalou os olhos.

— Sim, é a tribo de meu pai! — respondeu rápido demais, sem saber se era uma boa ideia revelar sua origem.

Durthyan e Yrrayan se levantaram e foram falar em particular com Jarhyan, somente Mundyan permaneceu imóvel, ou quase, pois bocejou. A conversa levou alguns minutos. Vanza se manteve quieta, perguntando-se sobre o que debatiam, e como podiam saber quem era Yuquitarr ali dentro daquela montanha. Foi quando se lembrou da anotação em seu mapa: "Muita cautela! Garranos." Sentiu-se estúpida por não perceber isso antes, seu pai anotara no mapa para que tomasse cuidado ao chegar no território dos garranos. Ela e Yrguimir pensaram que fossem cavalos, mas seu pai não pediria cautela por conta disso. Eles viviam capturando e vendendo esses animais, era do perigoso povo garrano que tinha medo. "Teria ele algum dia estado dentro de As Três Moradas?", refletiu.

A conversa acabou e Jarhyan tomou a palavra:

— Algum tempo atrás, creio eu que por volta de duas décadas, seu pai esteve em nosso território, garota Vanza, e ao ser atacado, ele e seus homens liquidaram nossos soldados. Uma nova força foi enviada e outra vez derrotada. Estive lá com meus três irmãos e vi o demônio, que você chama de pai, lutando — recolheu seu machado do chão. — Nunca tive medo em minha vida, nunca, mas ao ver seu pai matando um a um de meus soldados, eu senti um pavor sem igual. Foi a única vez que levantei a bandeira da paz para um inimigo. Então, pedi para falar com tão feroz lutador e fui atendido prontamente. Nós tivemos uma conversa estranhamente agradável. E eu que imaginei que teria em minha frente um ser irracional, nascido para a batalha, cujo cérebro fosse uma noz-moscada coberta de sangue negro, fui surpreendido pela eloquência e educação dele. Ficou esclarecido que ele não tinha o intuito de nos perturbar e que rumava ao ponto mais alto das Moradas para encontrar um amigo. Como fomos nós a atacá-lo e percebi que não havia homem algum em Ouvian que pudesse derrotar aquele monstro, abri uma exceção e os deixei partir. Na verdade, não fui justo, em minha mente eu fiz o que era certo: me livrar de uma prematura morte – sorriu sinistramente para Vanza. – Arrependo-me até hoje por minha atitude, e agora os deuses me retribuem com essa agradável surpresa! Eles nos enviaram a possibilidade de nossa vingança!

– Louvados sejam os deuses! – completou Yrrayan, em meio a uma salva de palmas e gritos empolgados dos presentes.

Durthyan tomou a palavra:

– Pagaremos cinco vezes o peso dela em ouro e duzentas pérolas...

Vanza o interrompeu:

– Não pagarão nada, porque eu exijo um desafio!

Tenia interveio:

– Cale a boca, garota! Deixe o rei falar! – praticamente pulando de alegria pelo valor que estava sendo anunciado.

Jarhyan bateu o cabo de seu machado no chão com força.

– Desafia-nos a quê? – estava quase roxo de tanta raiva.

Vanza olhou para Tenia.

– Não me interrompa agora, lembre-se do que eu disse, sobre se empanturrar de ouro! – esperou alguns segundos para ver se seu captor tinha algo a dizer. – Bom, continuando... Eu desafio vocês quatro a uma luta!

Houve uma explosão de gritos e vozes alteradas, os conselheiros entraram na discussão e até os guardas, que se mantinham em posição, se viraram para ver o desenrolar impressionante dos acontecimentos. No centro, Vanza se manteve tranquila, finalmente seu plano estava sendo posto em prática. Bastava um golpe para que os reis aceitassem, esperaria o momento certo.

Demorou muito para que os reis conseguissem fazer com que todos se calassem, quando finalmente o silêncio voltou, um deles dirigiu-se à jovem:

– Tem noção do que está pedindo, garotinha? – Jarhyan estava ainda com o rosto carregado pela ira, mas tentou manter a calma.

– Obviamente que tenho – respondeu serenamente Vanza.

– E sabe que, segundo o nosso costume, um desafio sendo feito a um rei não pode ser negado? – adicionou Durthyan.

– Eu contava com isso.

– Mas, ainda segundo o nosso costume, os desafios só podem ser feitos caso o desafiante queira tomar o trono para si e, assim, você teria de desafiar a nós quatro! Ou seja, lu-

Capítulo 38 – A hora da verdade

tar sozinha contra os quatro melhores guerreiros curryntos! – disse Yrrayan, sinceramente espantado.

– Eu sei, por isso eu disse: "Eu desafio vocês quatro". Imaginei isso desde o princípio – apesar de manter seu semblante calmo e inalterado, por dentro Vanza estava prestes a gritar de medo.

– Os deuses não permitem que uma forasteira desafie um rei pelo controle de seu povo. Não estou certo?

Uma das mulheres do conselho se levantou e, antes de falar, pigarreou.

– Na verdade, senhor Yrrayan, ela pode, sim, desafiá-los, segundo as antigas escrituras, caso tenha a coragem necessária e um motivo plausível. Mas como este é um caso extraordinário, os senhores têm o poder de negar a ela esse direito – a mulher fez uma reverência, tocou rapidamente três dedos em sua testa, um em cada ponto vermelho pintado, e se sentou.

– Negue isso logo, está quase na hora do meu repouso – finalmente se pronunciou Mundyan.

– Ora, cale-se, seu dorminhoco. Sempre está na hora de seu repouso, parece até um gato, dorme o dia todo!

O fato de os reis conhecerem Yuquitarr foi o golpe do destino perfeito para que o plano de Vanza funcionasse. Ela pensou em certo ditado yuqui: "As coincidências não existem, mas quando acontecem são ótimas". E sorriu, erguendo a mão para pedir a palavra.

Foi atendida.

– Gostaria de pedir que levem em consideração a vingança que terão em suas mãos, afinal, eu sou filha de Yuquitarr e caso meu sangue jorre, será o sangue de meu pai a avermelhar seu precioso chão polido. Não tiveram coragem de desafiar o venerável Yuquitarr quando houve a chance, eu sou discípula dele e carrego comigo toda a sua fúria e experiência de batalha. Negariam a si mesmos tal satisfação?

– Vanza, garota yuqui, o único homem que fez algum dia minha pele se arrepiar de medo foi Yuquitarr, e saber que em suas veias corre o sangue podre dele me dá uma satisfação que você não seria capaz de compreender. Chego a ficar estranhamente excitado com isso!

Jarhyan estava quase eufórico com a possibilidade de vingança, mas seus irmãos não se mostravam muito felizes com isso e estavam a ponto de negar o desafio. Seriam três contra um.

"Preciso fazer algo logo! Se negarem, tudo estará acabado, e serei usada por esses nojentos", considerou Vanza ansiosa.

– Senhores, humildemente peço a palavra novamente – Vanza ergueu a voz e esperou a sala ficar em silêncio. – Os deuses, sejam eles quais forem, sempre respeitavam seus códigos de honra, o que no caso dos homens, são chamados de leis. E se não os respeitassem, havia um derramamento de sangue. Temos vários exemplos, de Merelor e Hartur, passando por Olimandi e Civar, e chegando até as divindades menores, conhecidas como anjos. Poderia ficar horas aqui divagando de como existem ocorrências de desafios nas escrituras sagradas de todas as religiões, mas há uma coisa que não conseguiremos achar em lugar algum: a covardia de algum deus ao negar um desafio! – parou por um instante e olhou para o religioso Yrrayan. – Caso aprovem minha proposta e por ventura seja derrotada, eu me entregarei a vocês de vontade própria e lhes propiciarei prazeres que jamais imaginaram ser possíveis, quantas vezes e por quanto tempo quiserem ou aguentarem – agora olhava e sorria para o lascivo Durthyan. – Mas não esperem uma batalha fácil, sou tão ou mais selvagem que meu pai, portanto, se aceitarem cruzar lâminas comigo, que afiem bem suas armas! – apontou para o machado do beligerante Jarhyan. – E tenham certeza de que tudo vai acabar rapidamente, e poderão voltar ao seu descanso desejado! – por fim, deu o golpe final no entediado Mundyan.

Os reis tentavam buscar palavras em suas mentes, todos pareciam satisfeitos, mas Vanza duvidou que eles aceitassem a loucura que propôs. "Por que razão quatro reis lutariam com ela se a podiam ter facilmente, pagando algum peso em ouro e algumas pérolas, itens esses que deveriam ter aos montes?", pensou a garota.

Os reis pediram um momento, e Vanza foi retirada da sala do trono, teria de esperar pelo veredicto do lado de fora.

– Você é mais louca do que eu jamais poderia imaginar, menina! Se não valesse tanto, a tomaria para mim! – Tenia estava empolgado com tudo que acontecera lá dentro.

– Fique certo de que você não é homem suficiente para uma mulher como eu. Mataria-o antes mesmo de desamarrar os cordões de suas calças – respondeu Vanza com o olhar fixo nas portas.

– Tem muita sorte de que não posso lhe bater agora, menina insolente, mas isso não importa, você vale muito e eu ficarei mais rico do que jamais pude imaginar.

Vanza resolveu ignorar Tenia e seus comparsas e passou a rezar a Merelor, pedindo que ele lhe desse luz e a ajudasse nesse momento tão difícil.

As portas se abriram, e, ao entrar, Vanza se assustou com o fato de os reis estarem no centro da sala, bem no local que ela ocupava há poucos instantes.

– Chegamos a um acordo, garota. Aproxime-se – o rei Jarhyan fez sinal com a mão.

– Não vai se curvar? – perguntou Durthyan.

– Jamais me curvo a alguém. Jamais! – Vanza se aproximou e ficou a menos de um passo dos reis, perto o bastante para sentir o hálito deles e identificar dois tipos diferentes de especiarias que cada um colocava nas sidras que consumia.

Os quatro sorriram, e Jarhyan anunciou:

– Como filho primogênito de Jarmunddurthyrra, eu, Jarhyan, anuncio em meu nome e de meus poderosos e estimados irmãos que nós, os quatro reis de Ouvian, protetores do paraíso de pedra e ouro, líderes e regentes do povo currynto, também conhecido como garrano, aceitamos seu desafio, Vanza, filha de Yuquitarr. Como é de costume, aquele que se sagrar vencedor terá total e completo controle sobre o povo currynto, e o perdedor, somente as sombras do fim da existência!

Vanza quase explodiu de alegria com o comunicado, escapou de ser molestada, bastava vencer o desafio. Mas somente agora algo lhe ocorreu, com essa etapa ganha. "Como sobreviveria a uma luta com quatro poderosos reis? E pior, sozinha!", refletiu.

Capítulo 39
A PROMESSA

Sttanlik, Paptur, Ren e Fafuhm estavam nas proximidades de Ponta Combia. Decidiram passar a escura noite que caía sobre eles em terra firme, era tudo que precisavam após dois dias quase ininterruptos de remadas contra a correnteza, em uma travessia sinuosa pelo braço oeste do rio Tríade, serpenteando pela mata sem fim de Idjarni. Tiveram de fazer um esforço sobre-humano para chegar onde estavam. Salgueiros represavam o rio em alguns pontos, forçando-os a puxar o barco por terra; em outras etapas, eram obrigados a se agarrarem firmemente nas bordas da embarcação oscilante, para não cairem na água e serem tragados pela forte correnteza contrária. Era um calvário, encharcadiço e exaustivo. O número de horas que dormiram em galhos, amarrados aos troncos das árvores, não seria capaz de encher duas mãos, mas não podiam correr o risco de serem surpreendidos por um ataque. Não tinham mais forças de lutar contra esse merecido descanso. Firmaram acampamento em um ponto estratégico, à espera de cavalos para acelerar a travessia pelo trecho final até Muivil. Fafuhm havia enviado um falcão mensageiro para um conhecido seu naquela cidade, decidiu não esperar pela resposta e partir o mais rápido possível.

Após alongar as costas, Fafuhm se deitou no chão.

– Pelo menos quando voltarmos, a correnteza será favorável. Se me perguntar, pode ter certeza de que nunca senti tanto cansaço assim.

Seus corpos estavam adormecidos, infelizmente não a ponto de diminuir as dores que sentiam.

– Nem quando saiu de Muivil com o pequeno Urso no colo e caminhou até Idjarni? – Paptur estava sentado um pouco afastado, mantinha seus olhos no graveto que alisava com a faca de Sttanlik, para fazer uma nova flecha. – Está cega – disse para si e pegou no bolso de sua capa uma pedra de amolar, passando a raspar a lâmina.

– Pior que não, o desespero naquele dia era grande demais!

Fafuhm olhou para Sttanlik parado na beira do rio.

– Não adianta, Sttanlik, é impossível mudar o curso de um rio com o pensamento, eu já tentei isso uma vez, quando estava bêbado como uma cabra!

O chamado de Fafuhm tirou Sttanlik de seu devaneio.

— Sim, desculpem minha indelicadeza. É que agora que estamos em um raro momento de ócio nesses últimos dias, eu pude pôr minhas ideias no lugar e estava pensando se meu irmão está bem. Ele se meteu em um belo vespeiro.

Paptur colocou de lado a faca e se aproximou de Sttanlik.

— Se ele tiver metade de sua coragem e determinação, pode ficar tranquilo que ficará bem. O que ele disse é verdade, se tivesse nos acompanhado, no mínimo um grupo seria destacado para ver o que aconteceu e não estaríamos aqui agora.

— Eu sei disso, mas tenho medo do que possa acontecer com ele.

— Alguém pode me incluir nessa conversa? — disse Fafuhm em forma de bocejo.

Sttanlik resumiu os acontecimentos que levaram Jubil a se alistar no reforço da Guarda Escarlate.

— Então seu irmão se uniu a eles da mesma forma que minhas fontes. Pelos informes que recebi, pode ficar sossegado, a guarda está tratando-os bem, por enquanto são uma mão de obra muito necessária. Por minhas suíças queridas, a guarda deve estar desesperada demais a ponto de juntar qualquer pessoa em sua guerra, sem nem ao menos perguntar suas motivações ou origem.

— Você tem muitas fontes, não é, Fafuhm?

— Sim, Aljava Sangrenta, muitas. Por quê?

— Então elas devem ter posto você a par do que está acontecendo em Relltestra, não é?

O líder dos Andarilhos das Trevas se sentou com as pernas cruzadas e apontou para o nordeste.

— Se você seguir por essa direção, em alguns dias alcançará Ceratotherium, ao chegar àquela bela região, vai dar de encontro com as intransponíveis muralhas que cercam um dos maiores reinos de Relltestra. O que está ocorrendo com o mundo é exatamente o que aconteceu por lá.

Um breve momento de silêncio se passou, Sttanlik e Paptur pareciam tentar achar a resposta para seus questionamentos nas palavras de Fafuhm, quando perceberam que não seriam bem-sucedidos, desistiram e perguntaram o que ele queria dizer.

— Construímos muros demais e pontes de menos. Existe uma carência de diálogo, e essa falta de comunicação está fazendo com que cada um que possui algum tipo de título se levante para defender seu território. Pelo que eu entendi, o rei Bryccen fez alguma descoberta, algo grande e relacionado à magia. Para sua infelicidade, essa informação vazou e obviamente que ganhou asas para que logo os senhores do norte ficassem cientes e entrassem na dança. Resumindo, o Sul e o Norte estão lutando para ver quem é o mais poderoso, não teria nada de anormal, afinal, vivemos há décadas sob uma disputa sem lutas entre os dois, mas a magia entrou no tabuleiro e trouxe junto com ela sombras de um passado sombrio.

— A ameaça dos feiticeiros.

— Exatamente, Sttanlik! Eu temo o que possa acontecer caso essa fonte de poder seja descoberta. Felizmente, até os últimos relatórios que recebi, nenhuma das duas partes foi bem-sucedida. Por essa razão, creio eu, a Guarda Escarlate está expandindo seus domínios.

Capítulo 39 – A promessa

Todos os fatos recentes se conectam em uma bela estratégia. Dandar e Sëngesi agora vivem sob a bandeira vermelha de Tinop'gtins, o que por si só já é bastante preocupante. Caso a guerra se inicie, quanto mais territórios se conquista, maiores as chances de se ganhar. Some isso a uma boa dúzia de vassalos que possuem, e o panorama não é nada animador. Concluo que até o presente momento, o Sul está vencendo, porque avança em direção ao Norte com rapidez, limitando o campo inimigo.

– E que lado você vai tomar, Fafuhm?

– Para mim só existe um lado e é o de meu povo. Contando com que tudo saia conforme o planejado, derrotaremos a guarda, e os Andarilhos das Trevas arranjarão um jeito de voltar ao anonimato – Fafuhm puxou para perto de si a trouxa com seus pertences, remexeu nela por alguns instantes, murmurando uma canção não definida. – Achei! – anunciou feliz ao encontrar uma pequena caixa com seu cachimbo e suas ervas de fumo. – Mas isso vai depender de Muivil. Se eles nos ajudarem, que os deuses de uns e os anjos de outros nos abençoem.

– Não seria mais prudente se juntar ao Norte? – perguntou Sttanlik.

– E por que diz isso? – indagou Fafuhm com o rosto avermelhado devido à brasa que acendia.

– Pelo menos eles não têm a Guarda Escarlate.

– Você é sulista, por isso considera seu maior antagonista Bryccen e sua guarda. Cresceu ouvindo histórias de suas ações e tem bom senso suficiente para saber que eles não representam boa coisa. Mas ao norte, onde as terras são frias e as noites longas, teme-se o rei da Coroa de Crânio e seus lacaios, a Infantaria Avalanche.

– Que nada mais é do que a "Guarda Branquinha" – adicionou Paptur, negando com a mão o cachimbo que Fafuhm lhe ofereceu. – Não gosto do sabor disso, obrigado.

Sttanlik também agradeceu, mas não quis.

– Então não há um lado certo para lutar.

– O problema é que nessa ou em qualquer outra guerra, somente quem sai prejudicado é o povo. Sendo assim, o lado correto seria o lado do povo – fez círculos com a fumaça que soltava e tentava encaixar o indicador no centro de cada um. – Uma pena que o povo não sabe a força que possui. Um levante contra esses falsos líderes não seria de todo mal.

– Ainda não sei o que é certo nisso tudo – Sttanlik estava extremamente confuso.

– Não há certezas, Sttan – interveio Paptur.

– A única coisa certa neste momento é sobreviver, e, se possível, evitar que os feiticeiros encontrem de novo seu lugar no mundo. Aí sim, estaríamos fritos!

– Se continuar a ser o único idiota a fumar folhas de romã, estará frito com certeza, Fafuhm, seu safado!

Os três se sobressaltaram, não ouviram a aproximação de duas pessoas às suas costas, vinham montadas em mulas e traziam consigo três cavalos.

– Matreiro como sempre, não é, Angulianis? Nem em um milhão de existências eu ouviria seu acercamento. Diga-me, como faz isso? – Fafuhm abriu um grande sorriso e abraçou o recém-chegado.

— É preciso ser um ladrão para conseguir tal façanha, meu grande amigo, e sabe que eu sou o melhor! Além do mais, você está velho e, sem dúvida, um pouco surdo! – Angulianis tinha um ar vento'nortenho: pele alva como a neve tão presente no Norte e as bochechas rosadas. Apontou com a cabeça para Sttanlik e Paptur. – E quem são esses? Suas novas namoradas?

— São Sttan e Aljava Sangrenta, dois corajosos jovens que conheci recentemente. E quem é a bela dama?

— Muito prazer, amigos de Fafuhm, não os chamarei pelos nomes porque eu sou péssimo com isso – apontou para sua acompanhante. – Esta é minha sétima esposa, Valiácia.

— Muito prazer, Valiácia! – puxou a mão da mulher e a beijou educadamente. – Sétima?

— Sabe o que dizem, se passar do sexto casamento, será feliz como um coiote.

— E os coiotes são felizes? – perguntou Fafuhm gargalhando.

Angulianis deu de ombros.

— Eu nunca ouvi um coiote dizer que está triste.

— Faz sentido! – sorriu. – Mas fico em débito de novo com você, grande amigo. Não achei que receberia minha mensagem. Ouvi dizer que estão abatendo as aves hoje em dia, para evitar a troca de correspondências.

— Por isso enviou-me um falcão, não é? É quase impossível atingir uma ave de rapina. Eu recebi e estou aqui. E serei sincero ao dizer: em que grande enrascada você se meteu, Fafuhm. A Guarda Escarlate? Enlouqueceu de vez ou apenas está ficando gagá?

— Não é minha culpa, alguém revelou nossa localização, isso me forçou a quebrar meu juramento e voltar a Muivil.

— Ainda não entendi essa parte de seu plano. Você está agindo como um jacaré ao ser fisgado por um anzol, em vez de tentar se soltar, está indo para cima do pescador. E o incrível é que você pretende ser fisgado por um segundo anzol. Bem, você sabe o que faz, mas se acha que vai conseguir ajuda daquele rei, que caga pepitas, está muito enganado.

— Não custa tentar, não é? – Fafuhm deu um longo trago em seu cachimbo. – E como está Ponta Combia?

Angulianis era um homem já com uma certa idade, por volta dos sessenta anos, sentou-se no chão com um pouco de dificuldade e fez sinal para que todos fizessem o mesmo. Sua esposa, muito mais nova, acomodou-se ao seu lado e o abraçou, deitando a cabeça em seu ombro.

— Por lá as coisas estão normais. Como é um lugar que vive sob a regência de Muivil, não sentimos tanto os efeitos da guerra. Sabe como nossa paz é comprada a peso de ouro. Mas não me pergunte, verá por si mesmo.

— Na verdade, não, amigo, contornarei Ponta Combia pela Travessia do Pastor e irei direto a Muivil. Não há tempo a perder.

— Não tem medo?

— Medo de quê?

Capítulo 39 – A promessa

— De dar de cara com o tal pastor?

— Angulianis, eu sou um homem crescido, já foi o tempo de temer esse tipo de assombração.

— Assombração? – perguntou o supersticioso por natureza Sttanlik, preparando-se para fazer o sinal de proteção dos anjos.

— Sulista? – perguntou Angulianis a Sttanlik.

— Com muito orgulho! Como descobriu?

— Seu sotaque entrega você, amigo. Ou como dizem no Sul, a falta dele. E ainda a crença nos anjos, típico de sulista.

— Realmente, nós não temos sotaque, isso todo mundo sabe! Mas me diga mais a respeito dessa assombração.

Angulianis sorriu sinistramente e se inclinou para perto de Sttanlik.

— Dizem que antigamente a neve do norte chegava até aqui e, durante as nevascas, na hora em que a lua atingia o ponto mais alto no céu, um pastor atravessava esse campo, cantando canções obscenas para suas ovelhas fantasmas.

— E como sabem que eram fantasmas?

— Porque não as viam!

— Não seria uma ilusão, por causa da neve? – disse Paptur. – Ovelhas brancas, neve branca. Acho bastante óbvio.

— Fafuhm, até que enfim decidiu andar com alguém com cabeça! Isso é o que eu sempre disse. Mas fiquem tranquilos, devido a essa crença imbecil, a travessia é um campo deserto, poderão cavalgar à vontade.

Achegou-se novamente de Sttanlik.

— Fique tranquilo, rapaz, foi só uma brincadeira! É uma lenda antiga de um povo simples e supersticioso.

— Ainda bem – acalmou-se Sttanlik, suspirando aliviado.

Fafuhm quis mudar de assunto.

— E o que disse a respeito de Muivil... De que maneira minha terra natal mudou?

— Terá uma bela surpresa, só isso que lhe direi. Adianto que desde sua partida, as coisas por lá andam meio... hum, empenadas demais para meu gosto – parando por um instante, Angulianis retribuiu o beijo que recebeu de sua esposa. – O rei Taldwys enlouqueceu de vez, os deuses da noite, Olimandi e seu filho pródigo, Civar, estão esquecidos, somando-se à galeria dos deuses de outrora – bateu com o dedo na têmpora. – Entendeu? Louco como o rei Perkah! Um homem nunca deve dar as costas a seus deuses. Acho que o brilho de tanto ouro o deixou doido, por isso escolhi viver na miséria.

— Miséria... pfff! – bufou Fafuhm. – Você é o homem mais rico que conheço.

— Nossa! Você não deve conhecer muita gente, não é? – respondeu gargalhando. – Digamos que o que eu tenho é o suficiente para comprar uma ou duas maçãs quando tenho fome. É, eu vivo bem.

— E esse alguém, que vive bem, vai me ajudar? – perguntou Fafuhm sem esconder sua ansiedade.

— Eu? Não, imagine, amigo. Espero um rebento — levou a mão à barriga de Valiácia. — Não estou com idade de brincar de guerrinha, terei mais uma boca para alimentar.

— Primeiro filho? — perguntou Sttanlik sorridente, sempre se encantara com o nascimento de uma criança.

Por um longo tempo, Angulianis gargalhou, curvando-se e segurando a volumosa barriga redonda.

— Este é meu vigésimo quinto!

E virando-se para Fafuhm.

— Sabe o que dizem? Depois do vigésimo filho, fica-se feliz como uma pomba com dois traseiros.

— E uma pomba com dois traseiros é mais feliz por que razão? — perguntou Fafuhm, sabendo ser essa a vontade de Angulianis.

— Ela deve ser, pois tem a possibilidade de jogar o dobro de merda nos penteados das madames — emendando à gargalhada anterior, Angulianis caiu no chão e passou a rolar de tanto rir.

Quando conseguiu recobrar o controle, abraçou Valiácia e disse:

— Eu juro que, se eu tivesse dois traseiros, você seria a única pessoa em quem eu cagaria.

— E eu ficaria muito grata, amor de minha existência — respondeu Valiácia fazendo uma careta de nojo para os presentes.

Todos riram, com exceção de Fafuhm.

— O que foi, grande amigo, não acha mais graça de minhas piadas sem graça?

— Não é isso, é que eu contava com sua ajuda para a batalha.

— E quem disse que eu não o estou ajudando?

— Você mesmo disse que não vai prestar auxílio.

— Disse que eu não vou, mas enviarei 15 de meus homens. Eles devem partir de Ponta Combia ao amanhecer, chegarão a seu acampamento em alguns dias — bateu palmas e abriu os braços. — Viu? Eu nunca o decepcionaria, amigo. Devo a você mais do que serei capaz de pagar nesta existência.

O semblante de Fafuhm voltou a seu estado sorridente.

— Eu não sei nem o que dizer, Angulianis.

— Ei, ei, sem sentimentalismos, somos amigos de longa data e eu prezo sua amizade. Respeito o trabalho que faz com os andarilhos, mas acho que é hora de dormir, as olheiras de vocês três estão maiores que os bolsos de um negociante de meretrizes em Hazul. Contem comigo para umas horas de descanso, eu fico de guarda e os despertarei — fez sinal abanando a mão. — Vamos, vamos, deitem logo seus corpos na relva. Angulianis, o selvagem Gato Invisível, está aqui para ajudá-los.

Os três se entreolharam e fizeram como Angulianis lhes dissera, deitaram e deixaram que o sono viesse. E como veio rápido! Uma pena que o ditado estava certo: "Vem fácil, vai fácil". Mal sentiram seus corpos relaxarem de verdade e já estavam sendo acordados.

— Hora de acordar, meninas. A noite não pode acabar antes que partam.

Fafuhm se levantou rapidamente.

Capítulo 39 – A promessa

— Obrigado, amigo! Foi reconfortante. O que fez, em nossa ausência mental? – bocejou.

Angulianis apontou para Valiácia.

— Ela!

— Não sei como, mas eu tinha certeza de que a resposta seria essa.

— Ora, Fafuhm, eu sou viril como um touro com algumas bolas sobressalentes.

Sttanlik virou-se para Paptur e sussurrou:

— Ele é pior que o Rifft.

— Eu o acho um tantinho mais engraçado. O humor sem graça dos homens deve ser equivalente ao tamanho de suas barrigas.

— De qualquer forma, agradecemos a sua ajuda, foi ótimo passar uns momentos de paz, estávamos precisando – disse Sttanlik a Angulianis.

— Não seja por isso, cabeludo. Adoraria ficar aqui e dividir uma boa refeição, mas, pelo que me disse, o tempo urge e vocês têm pressa. É uma longa caminhada até Muivil e precisarão voltar a tempo de bater de frente com a guarda. Eu os acompanharei até as proximidades de minha cidade, de lá cavalguem sem parar, será muito difícil conseguirem falar com o rei Taldwys, verão o porquê assim que chegarem.

E assim o fizeram. Sttanlik, Paptur e Fafuhm ocultaram seu barco em meio a algumas moitas mais densas. Juntaram o máximo de folhas secas que puderam para esconder ainda mais a embarcação. Terminado o trabalho de camuflagem, montaram em seus cavalos e iniciaram a viagem. A distância até Ponta Combia foi percorrida lentamente, pois Angulianis e Valiácia montavam em mulas, nem de longe elas conseguiriam acompanhar o ritmo de cavalos. Desse modo, tiveram de se manter o tempo todo em um desconfortável trote. Em algumas horas chegaram a uma bifurcação na estrada, era o ponto onde deviam se despedir.

— Grande amigo, tenha uma boa jornada, espero que seja bem-sucedido – Angulianis abraçou afetuosamente Fafuhm. – Meus homens partirão assim que o sol mostrar as caras. Eu me certificarei que levem algumas armas a mais, sei que podem vir a ser úteis.

— Toda ajuda é bem-vinda, pode ter certeza. Cuide-se, seu safado. Ore para seus deuses do norte, pois, mesmo não sendo meu negócio, acho que uma oração a mais não fará mal algum.

— Eu o farei, prometo! – virou-se para Sttanlik e Paptur. – Até breve, namoradas do Fafuhm, cuidem o melhor que puderem desse velho decrépito. E tratem bem meus garanhões, assim que retornarem ao ponto onde os encontrei, haverá dois homens musculosos e um anão negro à espera. Podem entregar as montarias a seus cuidados, não têm como errar!

— Assim será, amigo. Até breve.

E partiram, seguindo por uma curta estrada cercada por um milharal. Olhavam, por um bom tempo, para trás, a fim de retribuir os acenos do casal que tanto os ajudou.

— Peculiar, não? – comentou Paptur, quando estavam afastados o suficiente para não serem ouvidos.

— Nem me fale, Aljava Sangrenta. Angulianis é um homem muito diferente mesmo, mas melhor amigo não há.

— E como o conheceu? – perguntou Sttanlik.

— Eu o salvei da forca, há mais ou menos 15 anos. Ele havia sido incriminado por roubar uma relíquia sagrada de um templo em Opolusa e resolvi ajudar, sabia de sua fama. Naquela época, ele era considerado o mais habilidoso ladrão de Relltestra, e eu vi uma grande oportunidade de aliança. Invadimos, na calada da noite, a prisão onde se encontrava e o libertamos.

— Aliança com um ladrão? – indignou-se Sttanlik.

— Mas é claro! Quer melhor cúmplice para uma aliança rebelde do que alguém que consegue entrar em qualquer fortificação sem ser notado? Se naquela época ele era considerado um grande ladrão, hoje em dia seu nome é uma lenda! Seu apelido é Gato Invisível, e não é à toa. Depois de salvá-lo, eu o levei para nosso acampamento, numa forma de exílio. Passou cinco anos conosco e até hoje é considerado um andarilho.

— Concordo que foi um bom negócio se aliar a ele, senão estaríamos andando em meio a essas espigas de milho com nossos pés cheios de bolhas – Paptur inclinou-se para pegar um milho. – Uma pena que ainda não estejam no ponto, ia ser muito agradável comer um destes fresquinho.

— O milho deve estar no ponto certo para ser consumido, uma pena mesmo – disse Sttanlik pegando a espiga da mão de seu amigo. – Chegamos a plantar milho uma vez, Jubil e eu achamos que seria um bom negócio, mas o cultivo exige espaço demais, e nossa humilde plantação não comportou, tivemos de desistir e voltar aos repolhos e acelgas mesmo – uma lágrima correu pelo rosto de Sttanlik e ele se apressou em ocultá-la.

— Não se preocupe, Sttan, seu irmão está bem, lembre-se do que lhe falamos agora há pouco.

— Não é só isso, eu sinto falta de minha vida simples, estou cansado dessa loucura toda. Tento me manter firme e agir como se tudo fosse natural, mas não é.

Sem tecer nenhum comentário, Fafuhm puxou as rédeas para emparelhar com os dois, manteve-se quieto observando o ambiente. Sttanlik tratou de secar as lágrimas.

— Qual caminho seguir daqui para frente? – perguntou Paptur para mudar o foco da conversa.

Fafuhm apontou para o céu.

— Conhecem a constelação Mãe Raposa?

Os dois fizeram que sim com a cabeça.

— Ótimo. Vamos nos hospedar em uma estalagem bem abaixo dela. A famosa "Filha da Raposa" sempre foi um ponto de parada entre Ponta Combia e Muivil. Eu costumava passar algumas noites por lá em minha juventude, havia boa cerveja e mulheres voluptuosas por todo lado – Fafuhm sorriu. – E pensar que, hoje, a única coisa que me atrai para lá é uma cama para dormir.

— Pode ter certeza de que no nosso caso também – adicionou Paptur.

Uma lufada de vento chacoalhou o milharal e fez Sttanlik sentir que lágrimas ainda corriam por seu rosto, que se apressou em virar para secá-las.

— Por que se preocupa tanto em esconder suas lágrimas, Sttanlik de Sëngesi? – perguntou Fafuhm.

Capítulo 39 – A promessa

– Não quero parecer fraco – limpou o nariz com a manga da blusa.

– Uma lágrima verdadeira pode possuir uma força maior do que uma espada, contanto que a use da forma correta. Sua vida foi mudada por homens que não respeitam a paz alheia, mas isso tem solução. Nós vamos fazer o possível para derrotá-los em breve. E eu prometo a você, aconteça o que acontecer em Muivil, que o ajudarei no que precisar. Se Sëngesi tiver uma chance de ser libertada, assim o será, as suas lágrimas não serão em vão. Use suas espadas para ajudar seu povo e pode contar com os andarilhos para rasgar os buchos daqueles que se acham no direito de dominar a vida dos outros! – afagou duas vezes as suíças e estendeu a mão para Sttanlik. – É uma promessa.

Sttanlik parou por alguns instantes e ficou observando a mão estendida para ele, não podia acreditar, Fafuhm estava se comprometendo com sua luta. Enfim uma luz surgiu e Sëngesi tinha uma nova chance de ser livre. A promessa que fez ao deixar sua cidade poderia ser concretizada. Retribuiu o aperto de mão.

– Obrigado por isso, Fafuhm! Espero que consigamos deter a Guarda Escarlate em Idjarni, assim poderemos cavalgar até Sëngesi e recuperar minha vida e a de muitos que agora estão sofrendo tanto.

– Uma pequena correção, meu jovem. Não espere que detenhamos a guarda, nós vamos triturar cada um deles como insetos sob a sola de nossas botas!

Sttanlik se empolgou com a virada dos acontecimentos e bateu firme no dorso de seu cavalo.

– À vitória! – gritou feliz e saiu em disparada, levantando poeira e nacos de terra do chão com seu cavalo.

– Eu lhe agradeço, recuperou um pouco do meu respeito – Paptur olhou firmemente para Fafuhm. – Só espero que cumpra sua palavra quando a hora chegar.

– Minha palavra é lei, arqueiro, pode estar certo disso. Nunca brincaria com os sentimentos dele, é um bom rapaz, está claro, e hoje em dia não há nada mais raro – parou de observar o avanço empolgado de Sttanlik e se virou para Paptur. – E seu respeito é bem-vindo, eu não estava gostando da maneira atravessada que me olhava, posso lhe garantir que me dava arrepios, e olhe que nenhum de meus inimigos conseguiu tal feito.

– Eu disse que respeito você um pouco mais, e não que vou olhá-lo de outra forma. Deve saber uma coisa a meu respeito, eu tenho uma memória esplêndida, mas ela falha em apenas uma palavra, cujo significado eu não consigo memorizar: perdão – os olhos de Paptur emitiram um brilho sinistro, sua boca era não mais que um traço inexpressivo. – Posso lhe assegurar, nenhum de seus inimigos representa a você metade da ameaça que eu posso representar – por fim, deu um sorriso de canto de boca. – Ainda falta muito para que eu tenha uma opinião concreta sobre você.

– Veremos! Espero que isso mude também – Fafuhm repetiu o gesto de Sttanlik e partiu em disparada pelo milharal, com sua capa esvoaçando às suas costas.

Paptur se inclinou para pegar o apito em sua bota, assoprou e esperou Ren chegar, observando o céu escuro, pontilhado por poucas estrelas. Demorou mais do que vinte batidas de coração.

— Vinte? Está perdendo a forma, safadinha?

Ren o fitou com olhar atento e aproximou a cabeça para pedir uma carícia.

— Vamos, amiga, não somos heróis, mas o mundo precisa de nós!

Posicionou Ren em sua ombreira e ficou olhando seus companheiros de viagem diminuírem de tamanho ao se afastarem.

— Espero que você cumpra sua palavra, Fafuhm, ou eu vou cravá-lo com tantas flechas que vai acabar parecendo um porco espinho — murmurou, antes de atiçar seu cavalo e seguir os dois.

Capítulo 40
O inimigo do meu suposto amigo

— Compactem essa merda! – irritou-se Erminho. – Até a minha mãe, que era gorda como uma vaca, passaria por essas frestas – disse e logo olhou para o céu. – Desculpe, mãezinha, foi só para ilustrar.

Os homens se alinhavam no que viria a ser uma parede de escudos, escolhiam cuidadosamente sua posição à espera dos misteriosos novos inimigos. Um bater ininterrupto de pés compactava a fofa areia, pois, quando a luta começasse, tudo que menos precisariam era de um pé atolado. Os botes que os trouxeram à praia foram colocados à beira-mar, para servir como uma espécie de paliçada, longe de ser o ideal, mas era o que tinham. Por trás, arqueiros e besteiros formavam uma linha, tentariam abater o máximo de inimigos antes que tivessem a chance de aportar. Flechas eram recolhidas ao longo de toda a praia, inclusive as dos selvagens, tanto as que dispararam, como as que lhes tiraram a vida. Homens corriam de um lado ao outro, voltando com feixes enormes delas, cravando-as à sua frente e preparando-se como podiam para o ataque. Receberam ordens de atirar à vontade, contanto que evitassem o desperdício; o capitão Stupr deixou bem claro que o mar não era inimigo, portanto não deveria ser um alvo. Por sorte, os 42 sobreviventes da batalha anterior ainda tinham algum tempo para se aprontarem. Pelo que podiam ver, apenas as âncoras tocaram a água, não havia botes descendo, por enquanto.

— Será que isso vai funcionar? – perguntou Ckroy, estralando os dedos ao se aproximar.

— Por Namarin! É nossa única chance, tem que dar certo! – Erminho estava rouco de tanto gritar ordens. Agora, se dirigia ao capitão. – Stupr, como iremos proceder?

O capitão havia recobrado o controle, o choque inicial que tivera ao ver seu navio de longa data ser incendiado transformou-se em fúria, e que Namarin tivesse piedade daqueles que o enfrentariam em breve. Estava ao lado de seus homens esperando o ataque que vinha do mar, recolhendo o máximo de informações que conseguia com seus escuros olhos experientes.

— Matar e matar, não quero diálogo com esses filhos de meretrizes – virou-se rapidamente para Erminho. – A madeira dos cascos parece ser avermelhada, com apenas dois mastros, sem dúvida é alguma embarcação do oeste – bufou. – Madeira pobre, coisa de amador, nada comparado ao meu amigo, que Namarin o tenha. Como ousaram destruir meu querido navio?!

A maravilhosa embarcação, conhecida como Devorador de Ondas, agora se resumia a um esqueleto de vigas flamejantes, grande parte da estrutura do navio já tinha sido carbonizada e trilhava seu caminho rumo ao esquecimento, no fundo do oceano.

– Creio que a principal pergunta é: por quê? – disse Ckroy. Cuspiu nas duas mãos e as esfregou, empunhou sua espada que estava fincada à sua frente na areia. – Meu aço é seu capitão.

Stupr olhou de canto rapidamente para Ckroy, mas se demorou analisando a lâmina.

– Aço de Oports, não?

– Sim, capitão, é uma herança de família.

– Como a chama?

Ckroy olhou para a lâmina, analisou o meticuloso trabalho que tinha sido feito nela; as ondulações e as dobras que o aço sofrera na forja podiam ser vistas contra a luz, não por ter sido confeccionada de qualquer maneira, pelo contrário, para enaltecer o trabalho de mãos habilidosas que empregaram incontáveis horas moldando o material.

– Eu não sei a razão pela qual ela não tem nome, mas, como nunca teve, penso que é assim que deve ser.

– Toda lâmina pede um nome, Ckroy. Seu pai sabe disso e seu avô também sabia. Há então um ideal para essa lâmina, por isso continua assim. Cabe a você descobrir – Stupr levou a mão ao ombro de Ckroy. – Desculpe pela maneira que o tratei há pouco.

– Eu mereci aquilo e tudo o mais. Eu traí sua confiança...

– Mas não traiu seus instintos, fez o que achou certo – interrompeu-o Stupr. – Se sobrevivermos até amanhã, eu o perdoarei por completo.

– Fico lisonjeado, senhor, e agradeço sua bondade. Mas por que só amanhã?

– Porque quero mantê-lo sob prisão pelo menos até amanhã. Prove ser merecedor de meu perdão, ajudando-nos a vencer.

– Juro morrer pelo senhor, capitão! – animou-se o rapaz.

– Não nego que seria um favor para todos nós, após a cagada que fez aqui. Dê-me a vitória, como fez com o tal gigante de pedra. E caso consigamos voltar para Cystufor, eu omitirei o ocorrido de meus relatórios. Mas temos de deixar isso no passado por enquanto. Comece a provar sua lealdade e valor a partir de agora! – olhou para o lugar onde os feridos da batalha anterior estavam sendo tratados. – Comece vendo quantos dos feridos estão em condições de lutar, toda ajuda é bem-vinda, até mesmo um homem com um braço só pode ser decisivo, ele não tem como carregar um escudo, mas pode trazer a morte com seu aço.

Ckroy concordou com a cabeça e se apressou em cumprir suas ordens, tinha medo de que, num piscar de olhos, Stupr mudasse de ideia. Sentiu-se feliz, conseguira recuperar um pouco do respeito de seu capitão e não mais falharia com ele. Entrou na comprida cabana de feltro, o ar estava extremamente abafado, teve de engolir fundo para não vomitar ao inalar o cheiro, nauseabundo e rançoso. A visão só ajudou a piorar seu mal-estar. Havia

Capítulo 40 – O inimigo do meu suposto amigo

mais feridos do que supôs, por todo lado gemidos e gritos de agonia surgiam, encobrindo as orações de desespero, sussurradas por homens que sentiam o frio abraço da morte se aproximar. Teve de andar com cuidado para não tropeçar em alguém.

— Pumma, o capitão quer saber se alguém aqui está em condições de lutar? – perguntou a um dos responsáveis.

O magérrimo homem, de idade bem avançada, remexeu a boca de um lado para o outro pensativo, ondulando seu grande bigode branco.

— Talvez uns cinco, seis – apontou para um dos lados. – Os que já estão tratados e fora de perigo se encontram dormindo ali.

Após agradecer, Ckroy foi comunicar aos homens as ordens de Stupr. Houve uma comoção, todos estavam cansados e fracos demais para se empolgarem com uma nova batalha. Faixas de linho e algodão cru cobriam ferimentos abertos em diversos lugares de seus corpos, mas, mesmo assim, não tiveram coragem de contrariar o seu capitão e se levantaram para participar de mais um combate.

— Só espero que um dia essa luta termine! – disse um deles, com a cabeça enfaixada. – Juro que se conseguirmos voltar a Cystufor, eu vou virar fazendeiro.

— Todos nós sonhamos com isso agora – respondeu sinceramente Ckroy. – Boa sorte, amigos. Eu me juntarei a vocês em breve.

Oito homens saíram cambaleantes da cabana, um deles inclusive com a perna direita imobilizada por duas talas. Ckroy ficou observando.

"Por que estamos sendo castigados dessa forma? Será que o objetivo de nossa missão era tão errado assim, a ponto de nunca mais encontrarmos a paz?", pensou com desânimo. Então, reparou numa mão chacoalhando no ar e sorriu ao constatar que era Edner. Aproximou-se do garoto, deitado no chão e coberto por um lençol amarelado.

— O que está havendo, senhor?

— Nada, Edner. Melhore e logo voltaremos para casa.

— Os selvagens estão atacando de novo?

Ckroy suspirou.

— Quem dera! Eles estão tão castigados quanto nós. Um novo inimigo se aproxima, e agora é pior – levou a mão ao ombro do rapaz. – Fique tranquilo, tudo está sob controle.

O jovem Edner ficou satisfeito com a resposta.

— Se está dizendo, eu acredito! Nunca vi alguém tão corajoso quanto o senhor. Prometa para mim que ao voltarmos para Cystufor, vai me ensinar a lutar daquela forma!

Ckroy sorriu gentilmente.

— É claro, mas acho que aqui temos homens muito mais bem treinados do que eu.

— Nenhum tão valente, garanto! É disso que eu preciso, sou covarde como um filhote de foca. Ao contrário do senhor, que derrotou o maior monstro do mundo, e sozinho!

— Não diga isso, eu o venci porque você o amaciou para mim, batendo com o escudo na cara dele. Você provou sua coragem hoje e agora merece descansar.

— Tudo bem, senhor, farei como diz – ao tentar se virar, Edner fez uma careta. – Nossa, meu traseiro dói muito! Será que vou melhorar?

— Eu tenho certeza, temos os melhores curandeiros de Relltestra aqui — apesar de odiar mentir, Ckroy acreditou que essa situação pedia isso. — Repouse bem, eu juro que, assim que vencermos, venho lhe contar como foi a batalha. Tudo bem? Até breve, amigo — Ckroy apertou a mão estendida de Edner com firmeza, envolvendo-a com as duas mãos. Afastou-se com passos firmes e decididos, precisava dar ao rapaz alguma tranquilidade.

Recostando-se em seu leito, Edner sorriu.

— Ele me chamou de amigo. Finalmente tenho um. Queria que mamãe estivesse aqui para ver isso! — fechou os olhos para cochilar, sem tirar o sorriso bobo do rosto.

Ao voltar para a praia, Ckroy viu que tudo estava indo bem, um pequeno exército estava à espera de seus novos inimigos e parecia bem organizado. A fama de Stupr não era em vão, o homem sabia muito bem comandar seus subordinados. Sentiu um aroma incrível e sua barriga roncou como uma fera selvagem. Sua boca salivava, então resolveu seguir seu nariz rumo à maravilhosa refeição que devia estar sendo preparada. Não tardou a encontrar os cozinheiros reunidos em volta de uma fogueira, jogando cubos de carne em um grande caldeirão borbulhante.

— Amigos, que aroma delicioso! O que preparam? — disse, sorrindo desejoso.

Um dos cozinheiros estava de costas para ele e se virou violentamente.

— Para você nada, traidor!

Era Haruc, que levantou-se e ficou frente a frente com Ckroy.

Ckroy engoliu em seco, tudo que menos precisava era de uma briga agora, mesmo assim, instintivamente levou a mão ao cabo da espada embainhada.

— Vai me matar? Era só isso que faltava! — Haruc estava com uma cebola na mão, apertou-a com força devido ao ódio que sentia, por fim a jogou por cima de seu ombro, acertando em cheio o caldeirão.

— Fique tranquilo, vim aqui porque senti um aroma maravilhoso, não o queria incomodar.

O homem que estava agachado ao lado de Haruc se ergueu, era Heraz, seu irmão. Estava com metade do rosto enfaixado, assim como seu braço. No mais, parecia estar bem. Gesticulou para seu irmão rapidamente, dava a impressão de que pedia para ele se acalmar.

— O que ele disse? — perguntou Ckroy.

— Ele falou que você é um traidor e merece morrer, e que deveríamos fatiá-lo para engrossar essa sopa.

Ckroy o encarou de modo sério, obviamente que não fora isso que Heraz dissera.

— Essa rivalidade não pode continuar, Haruc. Fiz algo que achei ser certo e peço perdão se você considera o contrário, mas não fui eu que causei o ferimento de Heraz.

— Mas você libertou quem o fez. Diga-me, como posso ter minha vingança?

— Não há mais razões para alimentar esse desejo, Haruc, temos novos inimigos aproximando-se — Ckroy apontou para o mar. — Esqueça Gengko e Teme, não estamos mais em uma missão em nome de nosso rei. Agora é uma questão de sobrevivência!

Heraz gesticulou e se mostrava nervoso ao terminar. Ckroy pôde perceber que Haruc havia relaxado um pouco, seus músculos não mais estavam retesados, era um bom sinal.

Capítulo 40 – O inimigo do meu suposto amigo

— Até o fim desta batalha, temos uma trégua, Ckroy. Mas esse assunto permanece pendente — Haruc estendeu a mão sem muita vontade.

Ckroy retribuiu, apertando sua mão com firmeza. Teve a estranha sensação de que esse não era um acerto de trégua, e sim o de um futuro duelo, selado pelo cheiro de cebola.

— Espero que esse dia não chegue. Contudo, por enquanto, vamos tentar nos manter vivos.

Estendeu a mão para Heraz e mexeu os lábios lentamente dizendo:

— Peço perdão a você.

Haruc caiu na gargalhada.

— Meu irmão é surdo, não retardado. Fale normalmente que ele conseguirá ler seus lábios.

Ckroy deu de ombros e repetiu sua frase, aliviou-se ao ver que, ao contrário de seu irmão, aparentemente ele não guardava rancor algum dos fatos.

Alguns minutos depois, a refeição foi servida. Aos homens que esperavam na parede de escudos, foi servido o ensopado. Recebiam tigelas de madeira ou de ferro, tudo feito de modo a não estragar sua formação. Já aos arqueiros, ofereceu-se tiras de carne, eles não podiam tirar os olhos do mar e era melhor que comessem algo que não exigisse muito de sua atenção.

Ckroy se sentou ao lado de Erminho e Stupr, todos com os olhos vidrados nas três embarcações que ainda não apresentavam nenhuma movimentação.

— Gostaria de virar uma mosca e voar até aquele navio, ainda não entendi a razão de tanta demora.

— Quem escuta pensa que você quer logo que a batalha chegue a nós, Erminho — Stupr levou a cumbuca à boca e entornou o caldo do ensopado. — Eu queria ter exímios arqueiros para incendiar aqueles navios antes que tivessem a oportunidade de descer os botes — limpou o caldo que lhe escorreu pelo queixo com as costas da mão.

Assim que acabou de comer, Ckroy pediu licença e se afastou para a parte mais deserta da praia, queria paz e silêncio para começar o meticuloso costume de afiar sua espada. O único som que queria ouvir era o raspar reconfortante da pedra de amolar no aço. A luta contra Teme trouxe glória e admiração para essa lâmina, mas cobrou seu preço, estava cega e repleta de mossas. Tinha de se apressar se quisesse cortar alguma coisa além de manteiga. Mais de uma hora se passou, e o mundo havia se calado para ele, seus olhos não se desviavam de seu trabalho e sorriu ao constatar que a vida voltava aos poucos para sua espada. Sentiu o rosto se aquecer e viu, pelo reflexo em sua lâmina, a chegada da alvorada. Um novo dia começava, era hora de se preparar para a batalha, embainhou sua espada e correu para junto de seus companheiros.

— É claro que esperaram o amanhecer, querem analisar quantos somos antes de atacar. Com certeza não são amadores! — Erminho estava conversando com Stupr, os dois partilhavam um odre de vinho com noz moscada. — Não vai demorar — disse após dar um gole na bebida.

Ao ver o jovem vindo pela praia, gritou:

— Ckroy! Venha, junte-se a nós! — e rapidamente ofereceu a bebida. — Conseguiu deixar sua lâmina boa o suficiente para executar nossa vingança?

Ckroy levantou a mão pedindo calma a Erminho enquanto bebia de seu vinho.

— Posso cortar o próprio céu se quiser, agora.

— Ótimo, pois vai começar — Stupr apontou para o mar.

Gritos animados começaram a soar por toda a praia. Apesar de cansados de lutar, os homens odiavam a espera, se não tinham como evitar, que a luta começasse logo. E era o que aconteceria em breve, pois os inimigos estavam movendo seus botes. Uma a uma, as pequenas embarcações eram descidas até o mar, mas não avançavam, mantinham-se perto dos navios.

— Vão executar um ataque em massa, muito esperto mesmo — disse Stupr. — Eles perceberam nosso plano. Tudo bem, vamos acabar com eles e depois voltaremos a Cystufor nos seus três navios. Com algumas modificações, eles podem servir... — interrompeu-se ao ouvir gritos desesperados. — Que merda é essa? — e virou-se.

A mata que ficava às suas costas começara a se movimentar. Os selvagens estavam de volta, e em número muito maior do que podia se supor, após as centenas de baixas que tiveram. Aos poucos, todos os vento'nortenhos se viraram e se puseram a gritar, desesperados e frustrados. Tanto trabalho para se prepararem contra o inimigo que vinha do mar, e teriam de enfrentar novamente os nativos. Arqueiros se apressaram em encordoar seus arcos, flechas eram encaixadas nas cordas. A luta começaria muito antes do que esperavam.

— Eu achava que eles iriam ficar quietos, depois do que você fez! — Erminho estava com seu machado e golpeou a areia com ódio. — Cacete, Ckroy, devíamos ter matado todos quando tivemos a chance. Agora é que estamos mortos mesmo!

Ckroy estava atônito, o que fez, a libertação de Gengko deveria ter sido um motivo forte para que os selvagens não mais os atacassem. "Por que agora? Por que não vieram na calada da noite, enquanto nós estávamos tão vulneráveis?", refletia agoniado.

— Isso tudo é culpa sua, Ckroy! — irritou-se Stupr.

— Não, esperem! — Ckroy apontou. — Olhem!

Abriu-se uma brecha na massa de selvagens, dela surgiram Gengko e Teme, os dois carregavam panos brancos, provavelmente um improviso de bandeiras de paz.

Stupr se apressou a gritar com seus arqueiros.

— Esperem, não disparem ainda!

Virou-se para Ckroy.

— Você vai! Se ele tentar uma gracinha, a culpa é sua mesmo. Aquele rapaz já me irritou, converse com ele e veja o que quer.

— Sim, senhor!

Ckroy começou a correr em direção ao homem de fogo, o único som era o de seus passos, todos haviam se calado, inclusive os barulhentos selvagens. Gengko e Teme também avançavam, e se encontraram no meio do caminho, entre os dois exércitos.

Capítulo 40 – O inimigo do meu suposto amigo

— Saudações, Ckroy! – ergueu a mão Gengko.
— O que isso significa? – perguntou Ckroy, indicando o mar com a cabeça. – Já temos problemas suficientes, Gengko! Por favor, não faça isso, não agora!
— Fazer o quê? – Gengko sorriu. – Viemos ajudar vocês, amigo! Tem certeza de que não quer nossa ajuda?
— Ajudar-nos? – sobressaltou-se Ckroy, dando um passo para trás, como se um golpe o tivesse atingido.
— Pare de repetir e escute o Gengko! – disse Teme com sua voz cavernosa, visivelmente irritado.
— Viemos ajudar vocês por dois motivos: primeiro, por seu barco ter sido incendiado. Como irão embora de nossa ilha? Vocês não acham que serão hóspedes aqui, não é? – Gengko bateu duas palmas. – Não aguento mais ver suas caras pálidas! Bom, segundo, pela sua atitude, ao me libertar. Estou em débito com você e não gosto de dever nada a ninguém.
— Mas essa luta não é de vocês e, além do mais, nós viemos aqui lutar contra seu povo, somos inimigos!
— Somos? – Gengko inclinou sua cabeça para o lado.
— Honestamente, não sei.
— Não somos inimigos, você me ajudou numa hora crítica, essa é minha maneira de retribuir.
— Não sei o que dizer. De verdade!
— Não diga nada e aceite nossa ajuda.
— Mas nós matamos muitos de vocês!
— Temos conceitos diferentes a respeito de honra e morte, um dia quem sabe eu lhe explico. Mas temos que sobreviver a isso – Gengko acendeu uma chama flutuante sobre sua mão. – Garanto que seremos muito úteis.
Ckroy se animou ao ver a disposição de Gengko. Olhou para Teme.
— Você não guarda rancor algum de mim?
Teme movimentou o corpo no que seria um gesto de desdém.
— Foi um duelo, você se sagrou vencedor! Mas um dia terei uma revanche.
Ckroy sentiu uma pontada enorme de medo, mas conseguiu manter seu semblante frio e inalterado.
— Prefiro evitar isso. Porém, se não tiver alternativa, eu aceito seu desafio.
Gengko se adiantou um passo e focou o mar.
— Quem são?
Com as mãos na cintura, Ckroy se virou e ficou lado a lado com ele.
— Vai saber... Incendiaram nosso navio, matando muitos dos nossos covardemente, sem dar chances para revidar. Boas pessoas com certeza não são.
— Aceitará nossa ajuda?
— Sem dúvida! Somados, temos chances de vencer – fitou profundamente os olhos de Gengko. – Obrigado por nos avisar ontem à noite.

— De nada, Ckroy. Apesar de andar nas companhias erradas, é uma boa pessoa e eu estava observando-o, para me certificar de que nenhum mal acontecesse ao meu suposto amigo de além-mar.

Ckroy sorriu e estendeu a mão para ele, que negou, criando outra chama, como um alerta para demonstrar que sua pele tinha uma temperatura elevada demais, não podia desfrutar de qualquer contato humano. O vento'nortenho puxou a mão de Gengko, com chama e tudo, e a apertou, sem se importar com o fogo, nem piscou mesmo com a dor, e lhe agradeceu.

— Os botes chegarão em poucos minutos, portanto, precisamos nos apressar. Posicione seus arqueiros ao lado dos nossos, vamos matar o máximo que pudermos antes que tenham a chance de desembarcar na praia. Homens com lanças e porretes devem ficar recuados e efetuar o segundo ataque. Gengko — disse Ckroy, que desembainhou sua espada e a apontou para o mar —, bem-vindo à guerra!

Capítulo 41
Aliança maldita

— Confortável? – perguntou Vanza a Yrguimir.

Em sua forma de idoso, Yrguimir se aninhou em sua enorme almofada de tecidos finos e cruzou as pernas.

— A partir de agora, será difícil achar algum conforto – massageou os olhos leitosos lentamente, e os manteve fechados. – Enlouqueceu de vez, passarinho?

Vanza estranhou o comportamento de seu amigo.

— Que quer dizer? Eu tirei vocês daquela cela escura e fria, receberão alimento e podem relaxar na casa de banhos. Achei que me agradeceria! – cruzou os braços, indignada.

— Preferia ficar preso por milhares de existências, escravizado e vivendo a pão duro e água salobra, do que ver você caminhar de vontade própria para a morte.

— Não vou mentir para você, Vanza. Concordo com Yrguimir. E tenho certeza de que Y'hg também está de acordo – disse Égora, enquanto despejava vinho em sua taça de cobre.

Na qualidade de desafiante, Vanza tinha direito a muitas regalias. Após a formalização de seu desafio, foi dado a ela o privilégio de escolher seus treinadores. Uma lista com dezenas de nomes lhe foi entregue, mas todos pertenciam aos garranos. Por isso, rasgou o papel na frente dos reis e dos membros do conselho, deixando todos pasmos. E nomeou seus amigos como tutores. Era uma chance de tirá-los da escravidão e do sofrimento que havia naquela cela sombria e trazê-los a um lugar com mais dignidade. E dignidade era pouco, tinham um luxo ao qual apenas Égora, na condição de príncipe de Ceratotherium, estava acostumado. Foram alojados em um largo aposento, iluminado pela luz quente de archotes. Tapeçarias cobriam o chão, espantando o frio toque da pedra, e diversas almofadas, de tamanhos avantajados, espalhavam-se pelos quatro cantos. Fazia parte da mobília uma mesa baixa, onde um banquete fora servido: diversos tipos de frutas; aromáticos pães de cereais; carne recheada com cenoura, abacaxi e toucinho, feita exclusivamente para atender o peculiar gosto dos forasteiros, que consumiam a carne costumeiramente assada. Não tinham do que reclamar, essa era a razão da revolta de Vanza.

— Olhem ao redor. Camas! Com lençóis de seda! Um banquete digno dos deuses de outrora! Como podem ousar dizer que preferiam estar na cela escura fedendo a urina?

— Pelo menos saberíamos que você sobreviveria! — Yrguimir se levantou dolorosamente e, de forma lenta, tomou a forma infantil. — Vou sentir sua falta, caso algo aconteça com você! — dos olhos do garoto brotaram sofridas lágrimas.

— Nada vai acontecer, ouviram? Nada! Porque vocês vão me ajudar nos treinos, temos dois toques do gongo de bronze para praticar. Não sei quanto tempo é isso, mas deve ser o suficiente — ajoelhou-se e limpou as lágrimas de Yrguimir. Apesar de não o conhecer há muito tempo, sentia que o amava, uma bela amizade floresceu do encontro dos dois, e vê-lo chorando quase a fez derramar lágrimas também.

Y'hg levantou a mão para tomar a palavra.

— Cada vez que o gongo de bronze toca *querr dizerr o nascerr* de um dia, e possui um tom mais grave. Como a luz não chega até aqui, o aviso do *amanhecerr* é feito dessa forma. A noite é anunciada *porr* um gongo de som agudo. Suponho que seja de prata — o dankkaz estava sentado de costas para todos, em posição de meditação, como era seu hábito. Inclinou-se para trás e pegou um cacho de uvas roxas. — Comida boa, comida da terra.

— Viu? Y'hg está sabendo aproveitar a oportunidade. Façam o mesmo! Ah, esqueci de mencionar que eu pedi que o Sem Nome me fosse devolvido, devem tratá-lo agora como um palafrém: escovado, comendo do bom e do melhor! — Vanza sorriu, abaixou-se e partiu um pão ao meio, passou manteiga e ficou observando o calor do pão derretê-la, colocou-o quase inteiro na boca. — Fazia um tempão que eu não comia tão bem! — disse de boca cheia.

Yrguimir não podia lutar contra a fome, por mais que odiasse usufruir da comida que lhes tinha sido oferecida, seu corpo não suportou estar na presença de tantas delícias e se manter apático, teve de se banquetear também. Viu um sorriso se formar no rosto de Vanza e levantou a mão para refreá-lo.

— A fome é negra, por isso vou aceitar este alimento, mas me dói participar disso — partiu um grande pedaço de carne com a ponta dos dedos e pôs na boca. — Fico feliz em saber que o Sem Nome foi recuperado, é um animal fiel e merece ser bem tratado. Devem estar loucos para lutar com você, até aceitaram lhe devolver sua espada.

Vanza apalpou o punho da valiosa Plumbum repousando em sua bainha.

— Meu pai nunca foi derrotado com ela, não vou deixar que essa tradição morra comigo.

Égora puxou sua longa franja para trás e pousou os olhos na espada.

— E como pretende manter a tradição?

Vanza largou o pão que ia comer e limpou as migalhas de seu colo.

— Para minha sorte, os reis acharam melhor que a luta fosse realizada em duas etapas, enfrentarei dois reis por vez. Isso aumenta consideravelmente minhas chances — desembainhou sua espada quase dourada e testou o corte da lâmina. — Após o primeiro gongo, um mestre armeiro virá para deixar esta lâmina implacável, eu me certificarei que ele a afie a ponto de eu poder fatiar a neblina da noite — animou-se.

Capítulo 41 – Aliança maldita

— Confiará sua lâmina a um desconhecido?

— Yrguimir, meu fiel e desconfiado amigo, estes olhos são mais aguçados que os de um falcão. Se ele tentar alguma gracinha, sentirá a fúria que corre em minhas veias. Não fazem ideia do medo que esse povo tem de meu pai, usarei isso a meu favor o tempo todo.

O som agudo do gongo noturno ressoou, todos acabaram de comer rapidamente, conversaram mais um pouco, cada um expondo seus temores a respeito da loucura que Vanza havia cometido, mas precisavam repousar. Seus três companheiros tinham passado o dia todo nas minas, seus corpos estavam em um estado deplorável. Sem contar que teriam de acordar cedo, se quisessem aproveitar o curto período que tinham disponível para se preparar para o desafio. Cada um se aninhou em sua cama e logo se podiam ouvir vários tipos de roncos, inclusive um agudo e estranho que Y'hg emitia. Mas Vanza era uma exceção, apesar do cansaço, não conseguia pregar os olhos.

"O que me mantém acordada? Estou exausta!", pensou após um período enorme de tentativas frustradas.

Sentou-se na cama e ficou velando o sono tranquilo de seus companheiros. Sorriu ao constatar que iniciou essa jornada somente ao lado de Sem Nome e agora estava cercada de pessoas com as quais poderia contar. Embora fosse uma alma sofrida, ou melhor, três almas sofridas, Yrguimir se provara um fiel, corajoso e solícito amigo. Desejou que ele sempre estivesse ao seu lado. "Quando tudo isso acabar, vou perguntar se ele não quer se juntar aos yuquis. Seria bem-vindo, com certeza!", imaginava ela. Seus olhos pularam para Égora, dormindo de bruços calmamente. "Vou fazer o possível para levá-lo de volta ao seu povo, é um bom homem, não é preciso olhar duas vezes para se saber disso. Seu único 'defeito' foi se apaixonar. Irei ajudá-lo como puder, merece ser feliz após tanto sofrimento", Vanza seguia raciocinando. Por fim, ficou observando a estranha criatura dankkaz. "Gostaria de poder saber mais a respeito de Y'hg, o que realmente é e de onde veio. No entanto, percebo que prefere ficar envolto nas brumas do mistério. Não sei por que, mas sinto que posso confiar nele, isso é o que importa por enquanto", pensou e sorriu. Sentia-se estranhamente feliz, e nada poderia mudar isso. Estava preparando-se para deitar novamente quando algo lhe chamou a atenção: duas luzes vermelhas brilhando no outro extremo do aposento. Já havia visto isso antes, mas não lembrava onde. Ao se dar conta do que era, sobressaltou-se.

— Não acredito! Você? — desembainhou a espada e ficou de pé.

A luz do aposento sumiu, como a chama de uma vela assoprada. Ela mantinha o olhar atento. Girou o corpo, procurando por todos os lados. "Só pode ser coisa da minha cabeça, tive um dia cheio, devo estar enlouquecendo", pensava.

Nesse instante, sentiu uma pontada em sua nuca, como a picada de uma vespa, seguida por um formigamento. Uma força tomava rapidamente conta de cada célula de seu corpo, fazendo com que tivesse a sensação de flutuar. Seus olhos pareciam não mais ver o que estava à sua frente, mas sim o interior de seu corpo. Estava em um lugar vazio e não conseguia ver nada a um palmo de seu rosto, a única forma de iluminação era uma aura de luz violeta que emanava de seu ser. E havia apenas um som audível: o bater acelerado de seu coração. Estranhamente, não sentia necessidade de respirar. Ao seu lado, estava uma sombra sem formato, imóvel como uma estátua, observando-a com clara admiração.

– O que está acontecendo? Onde estou?

"Está em um plano elevado, onde eu sempre quis que estivesse, desde que a vi pela primeira vez. Bem-vinda a meu mundo, Vanza."

A voz que ouvia não era exatamente um som, apresentava-se como algo mais primitivo, mais espiritual. Era uma conexão feita com alguma coisa muito maior que um ser vivo.

– Quem é você?

"Eu sou o que sou, como você é o que é. Sou aquele que caminhava enquanto o tempo ainda engatinhava, aquele que os primeiros humanos cultuavam como uma divindade e costumavam me enviar suas orações e oferendas, chamando-me de Ghanzuwl. Séculos se passaram, comecei a ser temido como um ser das trevas, Pyionuc era uma palavra que todos sabiam e ninguém pronunciava, o nome da criatura que enchia de medo as crianças antes de dormir. Nos tempos de hoje, onde as almas têm cada vez menos valor, os poucos que sabem de minha existência me chamam pelo peculiar nome de sargar. O que, na língua que seu povo aprendeu a esquecer, significa sombra."

A yuqui tomou um susto tão grande que, se estivesse em seu corpo físico, desmaiaria. O sargar, aquela criatura horrível e de aspecto bizarro, estava comunicando-se com ela, e pior, com uma polidez impressionante. Voltou a sentir ódio, como da primeira vez que o viu, era algo sobre-humano e levou a mão onde normalmente estaria sua espada. Bufou ao agarrar só o ar.

"Aqui, as armas não cortam, as armas são outras, minha valiosa e única garota. Sua espada não pôde me ferir em seu mundo, imagine neste lugar, onde quem corta sou eu."

À sua frente surgiu a monstruosa criatura, que flutuava com seus pés completamente esticados para baixo, como os das bailarinas que tanto a encantaram anos antes. Vanza se lembrava delas, "pairando" graciosamente sobre as pontas dos pés, no festival da colheita de mirtilos, em um vilarejo nas proximidades de Aenizoem. Mas o horrendo ser não tinha graciosidade nenhuma. A língua de três pontas, que a yuqui cortara inutilmente em seu encontro anterior, passou de leve por sua bochecha, e ela sentiu um arrepio. Sua aura violeta brilhou mais forte, como uma brasa sendo atiçada por um fole. A estranha sombra ao seu lado estremeceu com isso, mas manteve-se no mesmo lugar.

– O que quer de mim, sargar? – perguntou, odiando a pitada de desespero que tomava cada palavra.

"Eu quero você, minha querida! Mas como sei que nada no mundo é de graça, vou ajudá-la."

– Ajudar-me? Como? Com o quê? Por quê?

A sugestão de um riso ficou clara com o som que estremeceu tudo ao redor da garota, os enormes olhos cor de sangue se abriram na sua frente, transbordando uma força que, ao mesmo tempo, revelava maldade e bondade. Como seu modo de andar, que tinha

Capítulo 41 – Aliança maldita

uma pisada pesada e um impacto leve, Vanza sentia uma contradição vinda do sargar. Talvez fosse um ser confuso e só.

"Perguntas demais para uma pessoa só, ou, quem sabe, duas. Tem algo que eu quero. Estaria disposta a abrir mão disso em troca de minha ajuda?"

– Mas me diga o que quer, por favor!

"Mostrarei em que eu posso ajudá-la." A criatura respondeu sem emoção alguma na voz.

Vanza agora fora transportada para outro ambiente, flutuava, mas não como um pássaro, e sim como uma folha seca sendo levada pela correnteza de um rio. Essa deliciosa sensação lhe provocou um calafrio, pois, não fosse pelo medo que sentia, estaria sorrindo feliz com a experiência. Passou através de uma parede, entrando em um lugar que aparentava ser uma arena, milhares de expectadores sem rostos gritavam enlouquecidos, enquanto três pessoas se enfrentavam no centro. Pôde ver que uma delas era uma mulher e não demorou muito para perceber que se tratava dela mesma. Plumbum estava em sua mão, reconheceu as técnicas que seu pai lhe ensinara, mas por mais impressionantes que fossem, eram inúteis contra seus oponentes. Eles pareciam dançar ao seu redor, como a leve brisa primaveril volteia uma flor de caule fino. Após desferir um golpe que tinha como intuito rasgar a garganta de um de seus adversários, teve o braço cortado, logo abaixo da linha do cotovelo, por um contra-ataque rápido de machado. O tempo deu a impressão de diminuir de velocidade. Enquanto o meio membro caía, vertendo sangue à sua frente, seus olhos se arregalavam com o horror de constatar o que acontecia. A Vanza que assistia a tudo, flutuando, levou sua mão ao membro que fora cortado e fechou os olhos, suspirando aliviada ao sentir que ela ainda o possuía. Ao abri-los novamente, seu choque inicial se mostrou mínimo, agora a lâmina escura do machado descia voraz e, após o impacto, o mundo se calou, com a respiração estancada, até que a cabeça tocasse o chão. O ressoar seco causou uma explosão de gritos eufóricos e uma salva de palmas capaz de chacoalhar o universo. A Vanza flutuante começou a se afastar rapidamente, tragada para longe, vendo a imagem sumir, como uma luz agonizante em uma caverna escura.

"Triste fim, não acha?"

O sargar falou com uma cruel satisfação.

Vanza estava em choque.

– O... o que foi aquilo?

"O futuro! Mostrei-lhe o que pode acontecer em sua realidade. Se aceitar minha ajuda, não evitará que isso aconteça, mas impedirá que isso se passe com você. Vivemos em uma teia interminável de realidades paralelas, e somente em uma delas você se sagra vencedora dessa luta."

De novo tudo foi chacoalhado por uma gargalhada do sargar.

"Qual será sua escolha de realidade, Vanza? A que você se sagra vencedora dessa luta?"

– É claro, farei tudo que estiver ao meu alcance! – respondeu sem pensar.

"Tudo mesmo?"

A satisfação na voz do sargar era gigantesca, o ódio que Vanza sentia, só aumentou.

"Nunca entendi a razão de sua raça odiar a minha com tanta força. Creio que a combinação entre o desconhecido e o superior os assusta, de uma forma além da compreensão."

Estranhamente, Vanza sentiu-se envergonhada, talvez pelo fato de odiar o sargar mesmo ele oferecendo-lhe ajuda. Mas não sabia como evitar algo que era maior que ela.

"Não se preocupe, não há força que faça sua natureza mudar, me odeia, só isso. Não sou como vocês humanos, não tenho a constante necessidade de afeição e amor."

O sargar claramente podia ler os pensamentos de Vanza, teria de tentar controlá-los para escapar dessa situação.

– Quero voltar, não gosto daqui – disse Vanza, beirando o desespero. Cada segundo nesse lugar a fazia sofrer de um modo impensável, e o fato de ter assistido à própria morte, não ajudava em nada.

"Entendo, então serei breve e claro. O que quer que tenha feito com sua alma, interessa-me, eu a quero. Estou disposto a ser seu guardião até o fim disso tudo. Nenhum mal a atingirá completamente se você se aliar a mim. Todo meu poder estará voltado para ajudá-la, considere-me um animal fiel e treinado a seu dispor."

– Mas em troca da minha alma? Pode esquecer, assim que ela se desligar de meu corpo, pertencerá a Merelor. Não há vitória que valha isso! – Vanza apertou firmemente o punho, não podia vacilar ou estaria perdida.

O sargar tornou-se uma névoa que ficou rodeando Vanza, às suas costas se materializou e pôs seus dedos finos sobre o ombro dela. Ao toque gélido, sua pele se eriçou, o cheiro que exalava a fazia imaginar uma pilha de cadáveres apodrecendo.

"Qual é a diferença de se entregar a mim ou a seu deus? Somos o mesmo, eu e ele, uma lenda antiga, sem forma, apenas um conto na boca de uma pessoa em necessidade. Eu sou mais real que dez de seus deuses. E se ele existir, o que lhe garante que não é o mal encarnado? Confie em mim, as pessoas cultuam coisas demais por aí. Desconhecem a natureza daqueles para os quais se ajoelham e pedem graças. Se os conhecessem, não existiria a fé."

Em seguida a comprida língua passou a se enrolar pelo pescoço de Vanza, mas ela estava paralisada.

"Aqui, eu sou uma força sem limites, o ar inexistente, a luz que nunca nasceu. Eu sou a falta de tudo e a presença de nada."

– Fala em enigmas demais para alguém que quer me convencer – disse Vanza, reconhecendo no som de sua voz a força de seus pais. Era quase como se Yuquitarr e Danza estivessem ao seu lado. Incrivelmente não se espantou, apenas sorriu, livrando-se da paralisia e afastando o sargar. Teve a sensação de que essa experiência chegava perto de seu desfecho, pisava em gelo fino, qualquer palavra errada poderia significar seu fim.

"Quanto poder possuímos, não é? Faz ideia disso, garotinha?"

– Estou cansada de sua conversa estúpida, leve-me de volta.

Capítulo 41 – Aliança maldita

"Temos um acordo, então."

– Claro que não, eu não confio em você.

"É muito prudente, mas deveria confiar de olhos fechados em mim. Lembre-se de que eu não sou humano, somente os humanos possuem a habilidade de mentir."

Vanza soltou um riso pelo nariz.

– Eu não minto, pode acreditar.

Agora quem riu foi o sargar.

"Está mentindo agora, não para mim, mas para si mesma. Sabe que, após ter visto o que viu, quer minha ajuda acima de qualquer coisa, só está assustada demais para admitir."

– Posso querer, mas não por esse preço. Minha alma é minha, pode esquecer.

O sargar sumiu, houve um momento de completo silêncio. Vanza achou que tinha acabado com tudo e que seria transportada de volta. Enganou-se, o sargar voltou, deixando apenas visíveis seus olhos, cada um se ampliando a ponto de ficar com o dobro do tamanho de um homem, e a encarava com sua fúria rubra.

"Darei uma amostra de meu poder, considere isso um voto de boa-fé. Ajudarei você nessa luta, sem cobrar nada em troca. Quando tudo acabar, eu sumirei de seu caminho, mas estarei a um chamado de distância. Sei que eventualmente precisará de mim."

Vanza pensou por um momento, era uma oferta tentadora. Poderia usar o poder do sargar para vencer e não pagar nada por isso. Algo lhe ocorreu.

– Por mais que me sinta tentada a aceitar, você sabe que não poderia me prestar ajuda. Como entraria na luta comigo? Eu os desafiei sozinha, não será permitido nenhum tipo de auxílio.

"Eu sou visível a você e ao seu amigo das incômodas flechas doloridas porque ambos foram tocados pela magia. A magia existe, em muitas formas e com muitos nomes, mas a maioria das pessoas nasce de costas para ela e se mantém ignorante ao poder que a cerca até que seus olhos se fechem pela derradeira vez. Seus oponentes são de um povo que optou por ignorar a magia, vivem com a sede de descobertas que neguem a existência dela. Essa, minha querida, será sua ruína."

Vanza então não precisou pensar. Apesar de sentir que se utilizaria de uma trapaça, a luta também não se mostrara justa desde o começo, até porque uma contra quatro era algo que poderia ser chamado praticamente de massacre.

– Aceito sua ajuda agora, mas mantenha sua palavra e suma depois que eu vencer.

– Vanza? Acorde, o mestre armeiro está à sua espera.

Vanza abriu os olhos. Yrguimir, em sua forma adulta, a sacudia sutilmente com a mão em seu ombro. O rosto conhecido de seu amigo banhou seu corpo com uma onda de alívio, mais do que depressa o puxou e o abraçou longamente. Tudo não havia passado de um sonho, não teria a ajuda do sargar na luta, mas estava feliz por voltar ao seu mundo.

– O que foi, Vanza? Nossa, você está gelada, deveria ter me dito que estava com frio, eu lhe cederia minha coberta com prazer – disse Yrguimir com o olhar preocupado.

– Não é isso. Estou feliz por estar viva!

Égora se aproximou.

– É, eu também estou feliz por isso.

– Vamos, Vanza, o mestre armeiro chegou. Vá orientá-lo sobre sua lâmina, deixe-a assustadora.

"Assustadora?", repetiu para si. "Uma lâmina podia ser assustadora, mas a situação em que se vira era mais!", pensou arrepiada.

O conceito dela em termos de medo mudara drasticamente.

"Uma pena que foi tudo um sonho. Achei que tinha essa vitória garantida. Bom, terei de me esforçar mais em meus treinamentos", pensou.

Levantou-se da cama e foi se arrumar para receber o convidado, teria um dia cheio e não havia tempo a perder.

Abaixado no canto mais distante do aposento, um olhar satisfeito e desejoso a seguia pelo aposento, divertia-se ao ver o sorriso bobo estampado em seu pálido rosto.

"Está feito!", pensou o sargar antes de sumir completamente, tornando-se parte das sombras.

Capítulo 42
Ouro de tolo

Sttanlik observava as muralhas douradas ao longe, coçou o queixo pensativo, fazendo Paptur cair na gargalhada.

— Ora, está pegando meus trejeitos, acho melhor nos afastarmos um pouco — o arqueiro segurava as rédeas de seu cavalo com uma das mãos, deixando Ren empoleirada em seu outro braço.

— Não é isso, é que me espanta a constatação de que as muralhas de Muivil são realmente douradas! Pelos anjos, achava que era apenas uma forma de se referir a uma cidade muito rica.

— E verá que as muralhas são apenas o começo — Fafuhm estava de pé, ao lado de seu cavalo, dando palmadinhas no pescoço do animal ritmadas a cada palavra. — Quer dizer, verá se conseguirmos entrar na cidade. A Guarda Meia Face está em toda a parte.

Haviam feito uma curta parada na hospedaria "Filha da Raposa", onde deixaram os atendentes pasmos ao consumir dois caldeirões inteiros de guisado de solha e batata-doce. Dormiram algumas horas em camas quentes e confortáveis e acordaram sentindo-se menos miseráveis, voltando para a estrada sob a luz fria do sol matinal. Agora, esperavam uma oportunidade de entrar em Muivil, mantinham-se a uma distância segura, observando a movimentação de carroças e viajantes. Até o presente momento, não acontecera nada que os deixasse animados.

— Estão revistando todo mundo, teremos de esconder nossas armas em algum lugar. Ainda bem que deixei minha gadanha em casa.

Virou-se então para Sttanlik.

— Suas espadas terão de ficar, se quisermos prosseguir.

— Concordo, Fafuhm. Mas temos um problema. Onde vamos deixar minhas espadas para que ninguém as roube?

— Levaremos as espadas, não há razão para deixarmos nossas armas aqui — Paptur se assustava com a possibilidade de se separar de seu querido arco. Observou a aproximação de algumas carroças pelo caminho e sorriu. — Problema resolvido — virou seu cavalo em direção à estrada.

Não muito tempo depois, aproximaram-se do portão, os três seguiam a cambaleante carroça, repleta de fardos de feno. Sabiam que, a qualquer vacilo, poderiam ser desmascarados, por isso faziam o possível para manter seus semblantes inalterados. O que era difícil, ante o que tinham pela frente.

Os portões de Muivil deviam passar de cinco metros de altura e quase um metro de espessura. Era inacreditável, madeira e ferro se juntavam para formar uma entrada impenetrável. As muralhas possivelmente tinham vez e meia a altura dos portões, as pedras que a formavam eram ainda mais grossas. Havia frestas por toda sua extensão, com mais ou menos vinte centímetros cada, para que, no caso de ataque, os arqueiros e besteiros pudessem fazer suas vítimas sem correr risco algum. A cada vinte metros, uma torre se erguia. Sobre elas, podiam se ver guardas posicionados, sua tediosa missão era garantir que nada de anormal se aproximasse, caso contrário, tinham seus arcos e aljavas presos às costas. Ficava claro que Muivil não era uma cidade que seria tomada com facilidade.

Um dos guardas levantou a mão pedindo para que o condutor da carroça parasse, o idoso senhor puxou as rédeas dos dois pangarés e desceu, acompanhado de sua velha esposa.

– *Diiiiia* – disse com um sotaque puxado. – Somente feno, senhores! Trago o carregamento da semana para o estábulo da cavalaria – o senhor sorriu mostrando suas gengivas inchadas e sem dentes.

– Possui algum documento que comprove a autenticidade de sua carga? – o guarda ergueu a viseira de seu elmo dourado, deixando à mostra a máscara branca que lhe ocultava metade do rosto.

– Possuo o nome do homem que encomendou o feno. Smit eu acho, ou Smic, algo do tipo – tirou seu gorrinho de feltro, a cabeça era calva como um ovo, e apertou-o entre as mãos inocentemente. – Perdoe-me, filho, mas essa cabecinha não é mais a mesma. Pelos anjos, tomara que não me esqueça do meu próprio nome.

O guarda sorriu, o velhinho tinha um ar matuto demais para representar ameaça. Fez um gesto rápido liberando sua passagem.

– Mas não fique perambulando por aí, vovô. A cidade está uma loucura com a chegada do Dia de Todos os Anjos. Se não sair daqui em menos de uma hora, eu juro pela fúria dos anjos que o mando prender – ameaçou, mas sem muita convicção.

– Obrigado, jovem, e que os anjos o protejam sempre – fez o sinal de proteção dos anjos e bateu as rédeas em seus castigados pangarés.

A carroça seguiu, era a vez dos três viajantes passarem pelo portão. Paptur olhou rapidamente para Sttanlik, que logo entendeu o que queria dizer.

– Motivo da visita, senhores? – perguntou sem cerimônias.

Sttanlik, que estava à frente, fez o sinal de proteção, arrancando um sutil sorriso do guarda.

– Enviar orações aos nossos protetores – inclinou-se para falar um pouco mais baixo. – Viemos de muito longe para as festividades, enfrentamos sol e chuva, mas cá estamos, no lar de todos os anjos! – foi um golpe esperto, isso justificaria o estado deplorável de suas roupas. – Tem alguma sugestão de onde a graça dos anjos é mais forte?

Capítulo 42 – Ouro de tolo

O guarda quase explodiu de felicidade.

– Ora, amigo, todo lugar dentro dos muros de Muivil é sagrado, nosso solo foi fertilizado com a graça dos anjos – parou um pouco, com ar pensativo. – Mas se quer minha opinião, fique até amanhã, quando a grande estátua será revelada ao público, dizem que está sendo feita sob uma enxurrada de orações. Eu planejo tocar os pés do anjo esculpido assim que tiver chance – seus olhos brilharam. – Vamos, não percam tempo, a graça dos anjos os espera.

Fafuhm olhou para Sttanlik incrédulo, esperava algum suspense antes de entrarem, nada o preparou para a facilidade que encontraram.

Após agradecer ao guarda, Sttanlik avançou pelos portões. Já no interior das muralhas, sorriu como uma criança.

– Fácil! – disse estufando seu peito, orgulhoso de si.

Paptur balançou a cabeça, desdenhoso.

– Como eu sempre digo, a religião cega as pessoas. Eu queria ver a cara dele se soubesse que trouxemos armas para dentro de seu solo sagrado.

– O importante é que seu plano deu certo, Paptur. Parabéns! – disse Fafuhm. – Eu estou tomando por hábito adorar planos loucos, o seu foi genial. E nos vai custar apenas algumas moedinhas! – apontou adiante. – O palácio fica naquela direção, vamos logo pegar nossas armas e nos encaminhar para lá.

Como o combinado, o casal de velhinhos estava à sua espera, duas ruas antes da entrada do mercado ao ar livre de Muivil. Tinham parado a carroça e, para disfarçar, estavam analisando algumas morangas em uma barraca. Sorriram ao ver os viajantes vindo em sua direção.

– Estamos aqui, jovens. Aposto que acharam que os deixaríamos na mão – pegou o tubo de couro de dentro de um dos fardos, espertamente usado para esconder as espadas, o arco e a aljava. – Pode ficar com isso, é onde meu filho costumava guardar seu arco, mas ele está em Aenizoem com sua esposa, vendendo compotas de figos por lá. Sabe, é uma pena não ter nenhuma para dar a vocês.

– Não posso aceitar, senhor, é do seu filho – respondeu Sttanlik, sem graça pela gentileza do velhinho.

– Minha velha pode fazer outro até que ele volte. Vamos, não faça essa desfeita a mim. Eu preenchi o tubo com feno e uns trapinhos, assim, se alguém abrir, não verá o que tem dentro. Bom, temos coisas a fazer e vocês também, mantenham-se longe de confusão, jovens – aceitou sorridente as duas asas de ouro que lhe foram oferecidas e as levou à testa. – Ora, muito obrigado, mas muito obrigado mesmo!

Despediram-se do simpático casal, respirando aliviados pelo fato de os dois não perguntarem suas intenções, a possibilidade de um trocado a mais os fez reprimir as dúvidas que teriam. Seguiram para o palácio, não havia tempo a perder. Sttanlik e Paptur se impressionavam a cada rua que entravam, a opulência da cidade fazia jus à fama que Muivil tinha. Era a mais bela cidade que já tinham visto. Suas ruas apresentavam-se limpas e as pedras claras do calçamento chegavam a reluzir. Passaram pelo centro comercial, onde as bonitas casas com telhados de ardósia dividiam espaço com grandiosas lojas e hospedarias, diferentemente de outras cidades em que havia uma divisão e o povo mais humilde era que vivia próximo ao comércio. Em pouco tempo, ficou claro que Muivil não tentava em nada esconder sua riqueza, pelo contrário, a enaltecia.

— Confesso que nunca havia visto uma cidade tão linda — suspirou Sttanlik. Apontou para as muralhas. — Então é verdade que as muralhas do palácio abraçam a cidade!

— Sim, por isso o chamam de Palácio Abraço dos Deuses — Fafuhm afagou as suíças, pensativo. — Muivil é belíssima, não há dúvidas, mas há algo de errado no ar. Aquela demonstração de despreparo do guarda deixa claro que Angulianis estava certo.

— Que quer dizer? — perguntou Paptur, observando Ren sobrevoar em círculos o ponto onde se encontravam.

— Olhe — apontou para o centro de uma praça circular à frente.

— O que tem? É um chafariz.

— Sim, arqueiro, mas se você conhecesse Muivil, saberia que antigamente ali ficava uma estátua dos Deuses da Noite, agora há um anjo segurando um cântaro. Foi isso que Angulianis quis dizer com "emplumada demais" e "virar as costas aos seus deuses". O culto aos anjos chegou a Muivil, e isso deve estar transformando muito a cidade. A religião da noite era fervorosa aqui. O que será que aconteceu com seus adeptos?

— Mudaram de opinião — Paptur disse, dando pouca importância.

Fafuhm também demonstrou indiferença, não importava por enquanto, o fundamental era conseguir uma audiência com o rei Taldwys. Apressaram-se para chegar aos portões do palácio, mas encontraram certa dificuldade, as ruas estavam tomadas por pessoas encarregadas de fazer os preparativos para a festa que o guarda mencionara. Bandeirolas douradas eram penduradas nas fachadas das casas e lojas, reluzindo à luz solar; coroas de flores, em sua maioria gérberas e tulipas, estavam sendo colocadas em cada porta. Se a missão dos três viajantes não fosse um caso de vida ou morte, não pensariam duas vezes em ficar para as festividades. Tiveram de desmontar e guiar seus cavalos através da multidão, que se adensava mais e mais, à medida que se aproximavam de seu objetivo. Uma fila começava a se formar a dezenas de metros do palácio, ao redor de um gigantesco espelho d'água, que fazia a residência do monarca parecer ter o dobro do tamanho.

— Vamos levar dias aqui! — desesperou-se Paptur, observando as centenas de pessoas que se aglomeravam para poder pedir favores ao rei.

Fafuhm balançou negativamente a cabeça.

— Perceba o quanto a fila anda rápido. Existe uma triagem na entrada, a maioria dos casos é encaminhada para os conselheiros reais, o importante é conseguirmos que nos conduzam para falar com o rei.

— E o que temos que fazer? — perguntou Sttanlik.

Fafuhm sorriu.

— Esqueceu-se de que eu fui castelão aqui? Confie em mim, Sttanlik — apeou e apontou para um portão ao lado das escadarias de mármore da entrada do palácio. — Ali ficam os

Capítulo 42 – Ouro de tolo

estábulos, peçam para que os cavalariços reais deixem que guardemos os cavalos por lá, apresentem-se como comerciantes de alguma coisa, isso lhes dará o direito de hospedagem. O valor é alto, mas eu vim prevenido! – tateou o peito, procurando o lugar onde se localizava seu bolso oculto. – Vale a pena, vão tratar bem nossas montarias.

Fizeram como o indicado. Os cavalos foram aceitos no estábulo, receberam um papel como recibo onde dizia a raça dos animais e o valor que deveriam pagar na retirada.

Sttanlik arregalou os olhos ao ler o valor e assoviou.

– Com isto, eu poderia comprar cavalos novos e montar um estábulo particular para cada um! Daria até para alimentá-los com o melhor tipo de aveia de Relltestra!

Paptur sorriu.

– Não se torna uma cidade a mais rica de Relltestra fazendo caridade, não é? Aliás – olhou ao redor para se certificar de que ninguém os ouviria –, não acha que esse plano é arriscado demais? O tal do Taldwys não vai ficar louco ao ver Fafuhm? Pode até nos prender!

– Acho que Fafuhm tinha em mente esse tipo de risco, ele é um homem astuto, não acho que iria se jogar num ninho de cobras sem um plano de fuga.

– Ou eu sou muito desconfiado ou você é crédulo demais. Não acho Fafuhm tão astuto assim, penso que é um homem encantado em excesso com seu ideal.

Sttanlik retribuiu o aceno de Fafuhm, já estavam muito próximos para continuar com a conversa.

– Vamos descobrir agora.

Fafuhm segurava três romãs nas mãos, ofereceu-as aos parceiros.

– Comam, faz parte das solenidades para se falar com um monarca.

– Que idiotice é essa? – perguntou Paptur.

– Eles creem que, para se falar com um rei, deve-se purificar a voz, e a romã é considerada nobre e pura.

– Repito. Que idiotice!

– Pode ser uma bobagem, mas é necessário – Fafuhm jogou algumas sementes na boca. – Pronto, estou purificado.

– Eu também! – disse Sttanlik com a boca cheia.

Paptur se rendeu.

– Fazer o quê! – comeu todo o conteúdo da romã. – E agora? A fila está andando bem rápido. Conseguiu nossa audiência?

– A fila não importa, não passaremos pela triagem – Fafuhm apontou para a porta. – Agora podemos nos encaminhar à porta principal, consegui evitar a fila – e se dirigiu às escadas com determinação.

– Como conseguiu? – perguntou Sttanlik, seguindo-o.

– Eu disse para confiar em mim – deu um sorriso misterioso.

Depois de subirem todos os cem degraus de mármore, dois guardas se aproximaram e fizeram sinal para que parassem. Fafuhm mostrou um papelzinho rosado com uma estrela dourada no centro, e logo a passagem foi liberada. As pesadas portas de ouro maciço do palácio se abriram, chegara a hora de Fafuhm reencontrar o rei Taldwys.

– Reze a seus anjos, não será fácil! – disse o líder dos andarilhos antes de passar pela porta.

Sttanlik fez o sinal de proteção dos anjos e entrou.

Paptur parou por um momento, deu as costas para as portas abertas à sua espera e observou Muivil, agora pelo alto. Viu a movimentação de milhares de pessoas por todos os lados, atarefadas demais, com os preparativos de sua festa, para se preocuparem com os problemas que tomavam os quatro cantos de Relltestra. "Deve ser bom ser uma pessoa comum, aqueles que optam pelo caminho das armas não conseguem achar motivos para festejar", pensou. Analisou o posicionamento da Guarda Meia Face, estava em todos os pontos estratégicos, armada e vigilante. Fez uma conta rápida e a soma passava dos duzentos homens. Procurou Ren pelo céu azul, mas sua companheira não estava visível. Então, deu um longo suspiro.

– Nunca é fácil! – e entrou no Palácio Abraço dos Deuses, torcendo para que o rei Taldwys não ordenasse que lhes fossem cortadas as cabeças. Tateou o tubo de couro onde se encontrava seu arco. – Não tenho duzentas flechas aqui!

Capítulo 43
PAIS E FILHOS

O curto caminho até a sala do trono foi marcado por um espanto sem igual da parte de Sttanlik e Paptur. Já havia ficado claro que nada do que se falava de Muivil mostrava ser exagero. Era uma cidade que gostava de exibir sua riqueza, por todos os cantos viam-se detalhes do quanto de poder seus cidadãos possuíam. Encontrava-se ouro em tudo, o luxo era a única realidade que conheciam. Agora, o Palácio Abraço dos Deuses era a mais completa personificação dessa ostentação.

Seguiam por um corredor largo, cercado por colunas de mármore que se erguiam orgulhosas por dezenas de metros até o teto abobadado, onde a luz do sol transbordava através de um belíssimo vitral, que mostrava as constelações do céu de Relltestra, todas elas no interior de uma estrela maior, o símbolo de Muivil. Eles caminhavam por um tapete vermelho, fofo como a primeira grama da primavera. Os três viajantes não puderam deixar de sentir uma pontada de vergonha, por seus trajes sujos e empoeirados. Ao longo do trajeto, puderam ver estátuas de todos os reis que já se sentaram no trono dourado, desde os mais antigos, com aspectos fortes e expressões endurecidas de guerreiros, até os mais recentes, e seus visuais extravagantes e rostos delicados. À frente de cada estátua havia um guarda em posição, com sua lança com ponta dourada e cabo de marfim, acompanhando o movimento dos visitantes apenas com os olhos.

— Se algo de errado acontecer, uma fuga está fora de cogitação — murmurou Sttanlik, olhando a expressão fria, típica de Paptur.

— Um rei não correria riscos, dentro do palácio existem em média cento e cinquenta guardas — o olhar de Fafuhm dançava de um lado ao outro, com uma clara melancolia. — É logo ali — fez sinal com a cabeça, apontando mais uma escadaria.

— Se o rei quisesse sentar no céu, era melhor construir este castelo no topo de As Três Moradas — irritou-se o arqueiro.

Sttanlik reprimiu o riso, e logo começaram a subir. No topo das escadas, foram recepcionados por uma jovem esguia, cujo rosto era pálido e a expressão fria, tinha os cabelos lisos e sedosos, soltos em uma cascata loira até a cintura. Mantinha as mãos ocultas dentro das longas mangas de sua roupa de seda cor de areia.

— Tenham um bom dia, visitantes. Entendo que possuem assuntos a tratar com nosso onipotente rei. Já estão purificados?

Os três anuíram.

— Ótimo. Carregam armas neste solo sagrado?

Eles negaram, mas, por um instante, Sttanlik achou que fosse entregar a todos, pois sentiu seu rosto ruborizar. Respirou fundo e recobrou a calma.

— E o que carregam dentro desse tubo? — apontou para o tubo de couro preso às costas de Paptur.

— Um presente para o glorioso rei — respondeu Fafuhm com naturalidade.

— Vocês se importariam de me mostrar? — a jovem se aproximou um pouco.

— Não gostaria de estragar a surpresa do rei, não é mesmo?

A jovem negou com um movimento rápido de dedo.

— Gostaria de saber a razão de vossa visita — deu um sorriso mostrando dentes absurdamente brancos.

Fafuhm entregou-lhe o papelzinho com a estrela e, com um gesto rápido, ela retirou uma das mãos de dentro das mangas. Com olhar atento, Paptur percebeu que a mulher ocultava uma lâmina na outra mão, mas não esboçou reação alguma.

— Peço perdão pela indelicadeza, mas eu perguntei a razão de vossa visita — ocultou novamente a mão nas mangas. Mesmo que sutilmente, seus músculos pareceram se retesar.

— Serei eu a pedir perdão agora, mas o assunto que nos trouxe aqui será tratado apenas com o rei. Somente ouvidos reais podem receber tais informações — imitando o sorriso sem humor da jovem, Fafuhm mostrou seus dentes amarelados.

Por apenas um instante, ficou evidente que seus inexpressivos olhos azuis foram tomados por uma fúria nebulosa, mas tudo o que fez foi sair do caminho para abrir passagem aos visitantes.

— Que os anjos os iluminem.

— O mesmo para você. Diga à sua mãe que Fafuhm manda lembranças — disse, fazendo um gesto desdenhoso enquanto adentrava a sala do trono.

Sttanlik se achegou aos amigos.

— O que foi tudo aquilo? — sussurrou entre dentes.

— Eu reconheci seus traços delicados, ela é a cara de Patirma, que na minha época era a maior e a mais habilidosa assassina do reino, também chamada de Última Guardiã. Nenhum intruso passava por ela com vida. Faz sentido que a filha seja sua substituta. Uma palavra errada e estaríamos todos mortos.

— Duvido muito — interrompeu Paptur.

— Não, eu falo sério, estaríamos! Para se tornar o Último Guardião, deve-se golpear mais forte que uma avalanche e ser mais rápido que um relâmpago.

— Não é rápida o suficiente, eu vi a lâmina que ela ocultava.

Chegavam a uma distância do trono onde teriam de se calar, caso não quisessem ser ouvidos, apesar de haver um harpista tocando uma canção triste no canto do salão, ao

Capítulo 43 – Pais e filhos

lado de um cercado, onde três pavões machos ostentavam suas belas caudas multicoloridas. Fafuhm parou por um instante.

— Você viu o que ela quis que você visse — ajoelhou-se, inclinando o corpo a ponto de sua cabeça quase tocar o chão.

Sttanlik se ajoelhou também e tocou o tornozelo de Paptur, que parecia se negar a fazer o mesmo. Por fim, o arqueiro deixou que a prudência o guiasse e acabou ajoelhando-se.

À frente, em toda sua glória, estava o tão falado trono dourado, adornado lindamente e grande o suficiente para que seu encosto chegasse a mais de dois metros de altura, terminando com duas estrelas que, pelo brilho emitido, deveriam ser de ouro. Sentado nele, estava o famigerado rei Taldwys. Seus cabelos loiros cor de palha estavam presos por uma grossa trança, mas sua cabeça estava nua, o que poderia trazer questionamentos aos visitantes. No entanto, um olhar com mais atenção revelava a razão disso. Sua coroa permanecia ao seu lado, repousando em uma almofada de veludo vermelho sobre uma coluna de granito. Era enorme, deveria ter o dobro do tamanho da cabeça do rei. Feita de um ouro claro, quase branco, possuía cada uma das grandes cinco pontas cravejada com pedras de tons purpúreos. Aparentava ser muito pesada para que ficasse constantemente em sua cabeça.

O rei Taldwys observou os três homens ajoelhados à sua frente por um momento, um esboço de sorriso saiu de seus finos lábios arroxeados.

— Harpista, chame o Zyhas, eu lhe devo uma égua puro-sangue — ajeitou seu manto de peles lilases em seus ombros e fez um sinal com seus longos dedos, repletos de anéis.

O homem com ar lupino parou de tocar e tombou a cabeça, confuso.

— Perdão pela ignorância, Majestade, mas não compreendi.

O rei bufou.

— Apostei com Zyhas que esse senhor, que está ajoelhado à minha frente, não voltaria a pisar no solo de Muivil. Pela primeira vez, eu estava errado.

O homem largou seu instrumento, fez uma reverência e se apressou a atender o pedido. O rei Taldwys se divertiu ao ver a dúvida do harpista quanto ao caminho que devia tomar, com certeza não conhecia o tal Zyhas e passaria um bom tempo correndo de um lado para o outro do palácio.

— Fafuhm, o infame! Vai ficar ajoelhado aí até quando? — olhou para os guardas a suas costas para ver se alguém rira de sua piada, mas os homens com meias máscaras se mantiveram em posição, sem movimentar um músculo sequer. Bufou novamente.

— Levante-se, Fafuhm. O que traz o filho pródigo de volta ao lar?

Fafuhm se ergueu rapidamente, mantendo as costas eretas, em uma clara demonstração de força.

— Obrigado, Majestade. Saudações, glorioso rei Taldwys. Eu estou aqui para...

— Qual é o problema desses dois? São retardados? — interrompeu o rei, obviamente divertindo-se com a situação.

— Nenhum, são dois amigos meus e só — respondeu Fafuhm sem se deixar irritar.

Ao ver o semblante de Paptur se alterar, Sttanlik se assustou. O arqueiro estava fazendo um esforço sobre-humano para esconder sua ira, pois era esperto demais para tentar qualquer coisa contra um rei em seu palácio.

— Mas, até onde eu sei, você vive cercado por anomalias e aleijados. Fico feliz que finalmente reconheceu que pessoas normais são uma melhor companhia — olhou novamente para os 12 homens atrás de si. — Nossa, só quando preciso de uma pessoa para rir, é que lembro que estou cercado de surdos-mudos.

— Percebo que Vossa Majestade ainda mantém o costume dos homens sem voz.

O rei Taldwys mostrou desprezo.

— Eles são os mais obedientes e confiáveis homens que se pode arranjar, tenho a liberdade de falar do que quiser, com eles por perto, sem me preocupar.

— Mas o senhor não acha que eles são anomalias? — Fafuhm sorriu, arrancando também um sorriso do rei.

— Bem jogado, Fafuhm. Bem jogado! No entanto, sabe muito bem que são eles que se oferecem para ter a língua cortada e o tímpano perfurado, tudo pela glória de ser da guarda pessoal do rei — Taldwys se inclinou para frente. — Ser um rei tem suas vantagens, meu amigo — deu uma pancada no braço do trono. — Vamos, diga-me agora o que faz aqui, meu tempo é escasso — antes que Fafuhm começasse a falar ergueu a mão. — E me poupe de detalhes de como conseguiu rastejar de volta à minha casa, sei que é ladino feito uma barata.

Agora era tudo ou nada! Fafuhm respirou fundo.

— Majestade, os filhos de Muivil correm perigo, seremos atacados em breve pela Guarda Escarlate.

Taldwys passou lentamente a mão pelo fino e barbeado queixo pontudo, em um gesto sem emoção. Embora guardasse um respeito muito grande por Fafuhm, Taldwys estava adorando ver que ele voltara para implorar por ajuda. Deixar passar em branco uma oportunidade de exercitar seu escárnio estava fora de cogitação.

— E teve o trabalho de sair do buraco em que se esconde só para vir aqui me dar essa notícia? — disse com uma voz que mais parecia um bocejo entediado.

— O senhor sabe a razão.

— Sei? — os olhos azuis do rei ficaram vermelhos. — Espero que não diga nada daquele monstro nesta sala, uma palavra sobre aquela aberração no Palácio Abraço dos Anjos e eu mando cortar suas cabeças — anunciou, com o dedo em riste.

— Mas ele é seu filho! — Fafuhm não conseguiu mais suportar e seu rosto tornou-se vermelho, ignorando até mesmo a troca de nome que o palácio sofreu.

Paptur percebeu que, por trás de uma pesada cortina no canto da sala do trono, estava um homem alto, com os traços finos, semelhantes aos de Taldwys. À menção da palavra filho, ele se empertigou e se escondeu completamente. Paptur resolveu que prestaria atenção àquilo, mas voltou seu olhar para o desenrolar da conversa.

— Ele é um monstro, deveria ter sido morto assim que viu a primeira luz em sua vida miserável. Eu não mandei que o matassem em consideração a você! E, agora, o outrora

Capítulo 43 – Pais e filhos

meu amigo Fafuhm vem ao meu lar me ofender? – Taldwys fechou a mão com força, deixando os nós dos dedos brancos.

– Venho lhe pedir ajuda. Como o senhor disse, um dia me chamou de amigo, e os amigos socorrem uns aos outros! – apesar de tentar manter a calma, Fafuhm não se continha. Havia prometido a si mesmo que não se alteraria. Mas como fazê-lo ao se ouvir falar mal de alguém a quem se considera um filho?

– Amigos não viram as costas, sabem o que é melhor para o outro e o fazem sem pestanejar! – os olhos do rei brilhavam, por raiva ou emoção, não era fácil saber.

– Exatamente. Por saber o que era melhor para você, é que eu fiz o que fiz – Fafuhm deu um passo à frente e, por conta disso, todos os guardas levaram as mãos às suas armas, num estrondo metálico.

O rei Taldwys fez um sinal para que se acalmassem.

– Não ouse me dizer isso, eu sou um rei e sei muito bem o que é melhor para mim e para meu povo.

– Os Andarilhos das Trevas são seu povo! – uma voz ressoou pelo salão, causando espanto. Todos os olhos se voltaram para Sttanlik.

– Quanta ousadia, garoto! Sabe onde pisa? – disse Taldwys.

– Eu os conheci e vi o quanto têm valor! – respondeu com firmeza.

– E um maltrapilho sabe o que é valor? – o rei fez uma pausa, sua boca transformada em um traço no seu rosto enrugado. – Cale-se, garoto! Deixe os adultos falarem.

– Chama a mim de garoto e age como um.

O rei se levantou e desceu um dos degraus, manteve-se parado, com os olhos a ponto de atravessar Sttanlik. Era muito alto, assim como Urso, percebia-se claramente de onde vinha a estrutura avantajada do andarilho.

– Uma ofensa? Uma ofensa? Eu sou um rei! – exaltou-se.

– Muito prazer, Majestade – Sttanlik fez uma reverência zombeteira. – Sabe que, além de seu filho, também está conosco sua filha? Eu a salvei em Dandar, só que, infelizmente, agora ela corre risco de vida. E quem está fazendo de tudo para salvá-la? Os andarilhos que você tanto execra!

O rei envolveu o rosto com sua mão, ficou tamborilando um dedo em sua bochecha magra.

– Filha? – disse calmamente, arrancando um suspiro aliviado por parte de Fafuhm.

– Sim, quem sabe você se lembre, Mig Starvees, princesa de Mui...

O rei explodiu numa gargalhada poderosa, que se espalhou pelo ambiente. Curvou-se divertido e voltou a se sentar em seu trono.

– Mig Starvees? Tem razão, eu a conheço – inclinou-se para o lado, mergulhou uma pena em um tinteiro diamantado e passou a escrever em um papiro. Quando terminou, mostrou a um de seus guardas. O homem pegou o papel de sua mão e saiu correndo pelo salão, solados de metal trovejaram pelo chão de mármore.

– Fafuhm, eu não vou ajudá-lo, não tenho razões para tal.

Apesar de se sentir ofendido pela mudança de assunto e por estar sendo ignorado, Sttanlik não pôde evitar o sentimento de alívio, correra um risco grande demais, nem ao menos sabia o motivo de sua explosão emocionada.

— Alguns soldados já seriam de grande valia — a voz de Fafuhm denunciava o cansaço que sentia, essa situação toda lhe consumia as forças, sua testa brilhava com o suor que teimava a surgir. Havia muitas emoções em jogo.

— Alguns soldados são de grande valia de fato, para mim! Suas fontes não lhe contaram o que está acontecendo aqui em Muivil?

— Vocês deram as costas para seus deuses — Fafuhm respondeu indiferente.

Taldwys balançou a cabeça, negando.

— Nós abrimos os olhos. Eu cansei de obedecer aos caprichos dos deuses, sempre sonhei em ser mais incisivo e os anjos se encaixam em minhas projeções futuras, porque eles são guerreiros. Anjos são a ação onde os deuses são a enfadonha teoria.

— Você é como os deuses, então? — perguntou Fafuhm, ácido.

— Diga-me a razão de adorar alguém igual a você? — o rei bateu o dedo em sua coxa. — É estranho pensar no tempo que gastamos adorando falsos ídolos, os deuses são uma farsa, e, agora que percebemos isso, vamos compensar os séculos de veneração errônea. O povo não anda muito contente, mas nada como alguns sacrifícios para aplacar os ânimos.

— Forçará o povo a mudar suas crenças? — indignou-se Fafuhm, apesar de ser um homem sem religião.

— Indicarei ao povo um novo rumo, vou derrubar um a um os ídolos de mentira e erguerei novos, mostrando que os anjos nos trazem elucidação. A crença verdadeira é essa. O caminho me foi mostrado por uma luz, quero que todos sintam seu poder, nem que seja à força — seu rosto se iluminou em uma carranca sinistra. — E quem se opuser queimará pela eternidade em Infinah. Quando você saiu daqui — apontando para Fafuhm –, adorava os Deuses da Noite também. Deu as costas para eles?

— Quando fui embora daqui, eu sofri como um cão sem dono. Passei fome, frio e sede na estrada. Um dia tive de beber a água de um córrego nojento. Minha crença nos deuses se foi, pois no dia seguinte tive uma diarreia. Rezei pedindo para que me ajudassem a ficar bom, acordei com o traseiro mais assado que um leitão no espeto. Foram eles quem deram as costas para mim.

O rei gargalhou por um minuto completo, limpou as lágrimas de seus olhos enquanto recuperava o fôlego.

— Você me diverte, mesmo. Fez-me lembrar o porquê de eu gostar de você. Pensei em matá-lo quando o vi passar por aquela porta, mas vou deixá-lo viver.

— Muito agradecido — zombou Fafuhm. — Mas duvido que meus novos deuses deixassem que você tirasse minha vida.

Taldwys juntou os dedos, intrigado.

— Novos deuses?

Fafuhm sorriu arqueando os braços.

— Esquerda e direita. Enquanto se moverem, nada de mal vai me acontecer, garanto-lhe.

Capítulo 43 – Pais e filhos

Nesse momento, um corpulento homem entrou correndo, seguindo o apressado guarda que o fora chamar. Vestido de forma simples, com roupas encardidas e manchadas de suor, e um avental de couro marrom, tinha uma aparência cansada e humilde. Curvou-se à presença do rei e se levantou, virando-se para encarar os presentes.

– Permissão para falar, Majestade – disse ofegante.

– Tem minha permissão, Sancha Starvees, o ferreiro – o rei mostrava satisfação com os acontecimentos. Então, cruzou os braços, apoiando o rosto em uma das mãos, e recostou-se em seu trono.

Sancha limpou o suor de seu rosto e secou a mão em um paninho preso a seu cinto. Em seguida, deu a mão a Fafuhm.

– Por favor, digam-me, onde está minha filha? – seus olhos cor de mel verteram lágrimas de preocupação.

Sttanlik olhou para o homem e se sensibilizou com sua dor. Mig afinal não era uma princesa, e sim a filha de um ferreiro. Isso explicava o martelinho que ela trazia preso ao pescoço. Sem saber a razão, sentiu um alívio indescritível. Estava preparando-se para tomar a palavra, porém Fafuhm se adiantou.

– Ela está conosco, em segurança. Mas sofreu um ataque e foi envenenada em Dandar, nosso curandeiro está fazendo o possível para salvá-la.

Sancha afogou o rosto em suas mãos, com a voz abafada perguntou:

– E seu primo? Não está com ela?

– Ela estava sozinha quando nos deparamos – respondeu Sttanlik. – Eu a encontrei no Templo do Deus Verdadeiro – fez uma pausa, para deixar Taldwys saborear sua risada nasal desdenhosa. – Depois, houve uma briga em uma taberna e a ajudei, mas um homem da Guarda Escarlate atirou nela um dardo envenenado.

Sancha agradeceu a Sttanlik pela ajuda e se virou para seu rei.

– Senhor, peço que me permita ir ao encontro de minha filha, não durmo há noites, desesperado com a falta de notícias dela.

O rei balançou a mão com desdém.

– Se os seus ajudantes forem capazes de compensar sua ausência, não vejo razões para impedir um homem honesto de ir resgatar sua filha. Mas, pelo amor de todos os anjos, quando retornar, ponha algum juízo na cabeça dela, estou ficando com mais rugas por causa das confusões que ela arruma. Esse já é o terceiro incidente neste ano, e ainda não conseguimos alguém para substituí-la nos seus afazeres em nossos chiqueiros reais.

Sancha juntou as mãos e curvou-se repetidas vezes.

– Obrigado, senhor! Obrigado.

– E quanto a você, Fafuhm, vá embora daqui. Eu já me cansei de sua presença, vou enviar um de meus guardas pessoais para acompanhar Sancha em segurança – Taldwys levantou a mão para calar Fafuhm. – Receberão provisões e algumas moedas para compensá-los pela inconveniência – começou a escrever novamente, quando terminou, fez um gesto para que um dos guardas se aproximasse. O homem leu o conteúdo e em seguida o rei jogou o papiro em um braseiro ao seu lado. – Viu como eu trato bem os filhos desta nação, Fafuhm? Creio que isso diz mais a você do que qualquer palavra que espera que saia de meus lábios.

— Eu viajei até aqui por nada? – perguntou Fafuhm, fazendo força para suprimir sua raiva. Na verdade, queria voar no pescoço do monarca.

— De forma alguma! – o rei fez cara de inocente. – Você é um herói! Vai ajudar um homem a se reunir com sua filha. Não é o que você se propôs a fazer? Ajudar os necessitados? – o rosto de Taldwys era a própria máscara do sarcasmo.

Fafuhm afagou as suíças lentamente.

— Um dia, você vai precisar da ajuda de seus filhos desgarrados, escreva minhas palavras nesses papiros, e quando esse dia chegar, meu "amigo", os Andarilhos das Trevas vão ficar muito satisfeitos em se ocultar nas sombras.

— Não há trevas onde a luz brilha forte! – o rei levantou a voz.

— Quanto maior a luz, mais densa a sombra que ela produz. Tenha um bom dia, espero que seu ouro seja suficiente para comprar a paz enquanto você viver. Relltestra é grande e a ganância de seus homens maior ainda! – Fafuhm deu as costas ao rei e seguiu em passos decididos. – Ferreiro, estaremos à sua espera do lado de fora deste covil nojento.

Os resmungos indignados do rei foram enfraquecendo-se à medida que se afastavam. Fafuhm olhava firme para frente. Paptur procurou pela misteriosa figura que tinha visto anteriormente, mas nem sua silhueta estava visível.

Após passarem pela Última Guardiã, Sttanlik perguntou:

— O que vamos fazer, Fafuhm? Sem a ajuda de Muivil estamos totalmente vulneráveis.

Fafuhm parou por um instante.

— Você já matou alguns homens, não é?

Sttanlik fez que sim.

— Prepare-se para matar centenas deles! Os Andarilhos das Trevas não precisam de ajuda, sozinhos vamos pintar Relltestra de vermelho!

Capítulo 44
A NAÇÃO DOS CINCO E A DAMA

— Urso desafia vocês a uma luta, só eu contra todos — repetiu pela terceira vez o andarilho.

O eterno com a espada suja se abaixou e pegou um capim, levou-o à boca e balançou o indicador negando o pedido.

— Você é meu, eu vou cortá-lo tão fundo que seu corpo se partirá ao meio — puxou um pelo de seu bigode ralo e jogou no urso. — Lute com meu pelo, contra ele você tem chances, grandão.

— Homem dos machados, seu amigo cagou na lâmina dele e ainda fica jogando pelos na gente! Ele merece ficar sem brincar por alguns dias — Leetee conseguira pegar suas cimitarras e com a maior naturalidade tentava cortar as cordas enquanto falava.

O homem com o machado se aproximou gargalhando.

— O que pretende, ancião? Cortar a rede e nos atacar?

— Isso mesmo! — disse Leetee, parando por um instante. — A não ser que queira me ajudar a cortar as cordas, assim poderemos matar vocês antes do jantar. Ser feito prisioneiro me deixa com muita fome, sabe. Estou até pensando em cozinhar os fígados de vocês com as linguiças que temos, vai ficar uma delícia. Pena que eu não trouxe coentro, minha falecida mãe já dizia: "Coentro deixa tudo melhor".

Os cinco eternos gargalharam.

— Ancião, eu gosto do seu jeito! Se não tivesse atacado nossa cidade, eu poderia até respeitar você.

— Já eu não o respeito, você usa machados demais para alguém com dois braços, deve achar que é um polvo — conseguiu cortar uma das cordas e sorriu para seus captores. — Uma já foi! — mordeu a língua esverdeada e continuou seu trabalho.

Indignado, o homem com os machados golpeou o chão à sua frente.

— Pare com isso, velho! Responda algumas perguntinhas antes de eu matar todos vocês.

— Tenha juízo, Leetee! Vamos conversar com eles, tudo não passa de um mal-entendido — sussurrou Ghagu com voz trêmula, não estava assustada com as ameaças dos eternos, e sim com a atitude do ancião, poderiam estar correndo um risco desnecessário.

O velho verde cuspiu no chão.

— Eu não vou perder meu tempo conversando com eles, não fizemos nada para sermos presos. Vamos matar todos por essa audácia! Eles nos fizeram de prisioneiros, nem ao menos pagaram um jantar para nos conhecermos melhor? Estão fritos na minha mão.

Não mais suportando a situação, Urso forçou seu corpo para frente e para trás, puxando as cordas. Acabou derrubando um dos homens do cavalo, que se levantou xingando em sua língua e correu desembainhando uma comprida faca para golpear o andarilho, mas foi impedido por seus companheiros.

— Acalme-se, P'ja! Quero ouvir o que essas pessoas têm a nos dizer.

— Mas Sha'a, esse filho de mutuca me derrubou do cavalo, é uma ofensa grande demais para se deixar passar — seu sotaque era forte, mas facilmente compreensível.

Sha'a, o eterno detentor de tantos machados, o empurrou com força.

— Eu disse CHEGA! A hora do sangue ainda não começou — passou a falar em sua língua, fazendo a raiva de P'ja diminuir um pouco. Não estava claro o que foi dito, mas P'ja provocou calafrios em Ghagu com o olhar que lhe lançou.

— É isso aí, P'ja, a hora do sangue ainda não chegou, será quando eu conseguir me soltar daqui.

Leetee levantou o olhar para Sha'a.

— E você, líder desse grupamento, que coisa feia! Não se deve prometer estupros para os homens, Ghagu é uma dama e deve ser tratada como tal.

Os eternos deram um passo para trás assustados, Leetee compreendia sua língua. Na visão dos eternos, um estrangeiro que aprende seu idioma deve ser tratado com respeito, mesmo que seja um prisioneiro. Afinal, não é consentido qualquer tipo de incentivo ao ensino de seu idioma a forasteiros, nem mesmo é permitido que se escrevam livros em sua língua nativa.

— Qual é o seu nome, *baquara*? Como conhece o eterniam? — perguntou Sha'a, boquiaberto.

— *Baquara*? Fico lisonjeado em ouvir que sou aquele "que sabe muitas coisas" — exibiu-se Leetee. — Senhor Machadinha, eu já comi muitos daqueles bolinhos... Como é mesmo o nome? — parou por um momento para se lembrar da palavra. — Beijus! — estalou o dedo. — Sim, comi inúmeros beijus com os eternos, meu amigo. Muito antes de qualquer um de vocês nascer. Esperava um pouco mais de educação de um povo que me deu a honra de aprender sua língua — largou sua cimitarra no chão. — Eu acredito que, com isso, fique claro que nós não tivemos nada a ver com o ataque que sua cidade sofreu. Somos os Andarilhos das Trevas, podem ter certeza que incêndios criminosos não fazem parte de nosso trabalho.

Sha'a fez um gesto para que seus homens se acalmassem.

— Vocês juram ser os Andarilhos das Trevas?

— É óbvio, por que mentiríamos? — perguntou Ghagu.

— Para que os libertássemos.

— Ser andarilho não dá a ninguém um salvo-conduto, somos tão caçados quanto corças gordas antes do inverno, meu amigo. Dissemos a vocês o que somos porque é isso o

Capítulo 44 – A nação dos cinco e a dama

que somos, seria idiotice jogar com pessoas armadas – a convicção de Leetee e sua maneira natural expressavam muito bem sua sinceridade.

Ao sinal de Sha'a, os homens afrouxaram as cordas dos arções de suas selas, e logo todos estavam libertando os prisioneiros.

– Prometam que não vão nos atacar assim que elevarmos a rede – disse o homem da espada suja.

– Grifens, pode ter certeza de que não vão tentar nada, eles são andarilhos e podem até nos ajudar – evidentemente Sha'a era um homem justo e o mais coerente de seu grupo.

Uma vez libertos, Urso fez uma menção de atacar, mas foi impedido por um gesto firme de Leetee. Ghagu ainda estava assustada com a possibilidade de um estupro e se manteve às costas de seu corpulento companheiro.

De uma bolsinha presa ao seu cinto, Sha'a tirou algo que parecia amendoins, entregou um item a cada um de seus homens e, depois, para os andarilhos.

Leetee jogou-o rapidamente em sua boca e fez com que seus companheiros repetissem seu ato.

– São saúvas salgadas, estão nos dando o direito de uma negociação amigável, nenhuma arma pode ser empunhada por um período de uma clepsidra. Estou certo? – esperou a confirmação de Sha'a para continuar. – E ainda são ótimos aperitivos! – lambeu os lábios.

Conformados, Ghagu e Urso fizeram o mesmo, mas não puderam evitar as caretas para engolir; comer formigas não era uma prática comum. Porém, espantaram-se com seu sabor, afinal de contas, era saboroso.

Em seguida, Sha'a se sentou no chão com as pernas cruzadas e ficou esperando que todos se acomodassem junto a ele. Urso e Ghagu se recusaram, mantendo-se de pé atrás de Leetee.

– Qual negócio os andarilhos têm nestas terras? – perguntou Sha'a, retirando agora de sua bolsa uma clepsidra de madeira avermelhada. Encheu-a até a boca com água de seu odre e a colocou no chão, na sua frente. Assim que a água começou a gotejar, a conversa teve início.

– Não acham que estão um pouco longe de casa? Pelo que sei, vocês vivem em um buraco de tatu na terra, debaixo de um formigueiro – adicionou Grifens, enquanto limpava sua espada na grama. – E depois reclamam de terem sido atacados.

– O que é isso? – genuinamente curioso, Leetee apontou para a espada de Grifens. – Não vai me dizer que são fezes mesmo, eu estava brincando agora há pouco. Mas fedem como tal.

Revelando seus dentes quadrados e de bordas esverdeadas, Grifens sorriu.

– Eu passo merda na minha espada por dois motivos, velho. Primeiro – erguendo o polegar –, não importa o tamanho do corte que eu faça, o machucado vai infeccionar, apodrecer, gangrenar, seja lá como quiser, e quase sempre é mortal – gargalhou. – E segundo – levantou o dedo indicador –, o fedor tira a concentração de meus oponentes, nada melhor que o cheiro de merda para esfriar um prepotente guerreiro ungido. Esperto, não acha? – fez uma meia mesura. – Por isso, peço que me chamem pelo nome que me tornou famoso: Latrina Cortante.

Fingindo encantamento, Leetee projetou seu queixo para frente.

— Muito esperto, mesmo! As suas lâminas não devem durar muito, não? Você deve ser o cliente dos sonhos de um ferreiro sortudo! – sorriu. – Mas eu gosto de gente louca. Portanto, você me agrada, Latrininha.

— Por que você é verde? – perguntou um dos homens. – Foi possuído por um espírito da selva?

— Não ofenda nossos convidados com perguntas indiscretas, Oelmo. Ele é verde porque é, como também nós somos avermelhados, o grandão ali é branco e a dama é negra. Cada um é de um jeito e pronto!

Sha'a se virou para Leetee.

— Peço que responda minha pergunta, ancião. A água corre rápido e sabe o que o fim dela representa – bateu com a comprida unha do mindinho na clepsidra.

— Qual o nome de todos vocês? Eu já conheci Sha'a, o machadeiro; Grifens, o Latrina Cortante; P'ja, o tarado...

Sha'a apontou para os outros dois.

— Oelmo Ao Ao, o tristonho, e Altteb Moñai, o calado. Demos nossos nomes, retribuam.

— Ghagu, a bela dama guerreira das distantes ilhas, e meu fiel amigo, o maior homem a esmagar grama em Relltestra, Urso. E eu, o mais belo e verde ser do mundo, Leetee – completou, embainhando sua cimitarra. – Viemos a Mort'a à procura de alguém; talvez vocês, habitantes do leste, conheçam. Trata-se da Floreira Noturna. Precisamos da ajuda dela desesperadamente! – fez questão de responder com sinceridade, precisava se apressar caso quisesse salvar a vida de Mig Starvees.

Sha'a ficou estático por um instante. Quando finalmente se moveu, abriu um sorriso quase grande demais para seu rosto.

— Isso é realmente inacreditável, rapazes – bateu em sua coxa com força e se curvou para trás gargalhando.

Os andarilhos ficaram parados sem entender. Leetee resolveu perguntar o porquê daquela reação, mas as palavras sumiram de sua boca ao ver Altteb montar em sua égua e esporear com força, sem aviso algum.

— Já, já vai entender, Leetee. Antes, permita-me fazer algumas perguntas. O que sabem sobre o que aconteceu por aqui?

Deixando a atitude do eterno passar em branco, Leetee deu de ombros.

— Menos que vocês, eu garanto. Mas sabe, Sha'a, sou muito velho e você deve ter consciência de como os velhos têm uma memória falha. Os eternos têm um lema, não é?

Sha'a concordou com a cabeça.

— "A sinceridade é a mais forte das armas". A primeira lição que um pai ensina a seu filho. Por que pergunta isso?

— Desde que se iniciou nosso agradável e amigável encontro, eu vejo que você mantém a mentira estampada em seu rosto. Qual é a razão disso? O que vocês sabem, e nós não?

— Nós não sabemos de nada – deu um soco nervoso no chão, mudando completamente seu semblante. – Sua astúcia é impressionante, ancião. Você conhece mais de meu povo do que qualquer forasteiro deveria conhecer. Se isso é bom... – ergueu as palmas das mãos jogando a resposta no ar. – Falarei com você sem rodeios, já que nos desmascarou. Nosso povo foi dizimado e tudo que podemos dizer é que não estávamos lá para lutar por nossa nação – a força de sua emoção foi grande, e uma lágrima se preparava para rolar por sua tez avermelhada.

– E diante de uma desgraça dessas, como acharam energia para nos ameaçar com sorrisos em seus rostos? – Leetee estava verdadeiramente intrigado.

– Um eterno deve carregar consigo a frieza da madrugada, apesar de sermos o povo do dia. Como poderíamos ter certeza de que vocês não faziam parte do exército que atacou nossa amada cidade? – fez uma pausa. – Por que nos castiga, Pai Sol? Por que nos abandona? – olhando para o céu desesperado.

– Não fazem a menor ideia de quem os *ataco*? – Urso estava com os braços cruzados sobre seu martelo, cravado no chão, franzindo o cenho. – Onde estavam quando tudo veio abaixo? – sutileza nunca foi seu forte.

Ao engolir um soluço de emoção e respirar fundo, Sha'a começou a relatar o que havia acontecido. Explicou que ele e seus companheiros fazem parte da Patrulha das Cem Luas, sua missão é monitorar os arredores da cidade por esse período. Ao retornarem a Aeternus, para seu merecido descanso, encontraram a cidade devastada, a maioria das casas tinha desmoronado por causa dos incêndios, e as que ainda se mantinham de pé estavam ocas, tudo de valor havia sido levado. Os corpos dos milhares de cidadãos encontravam-se espalhados pelas ruas, inclusive os de dois membros de sua patrulha, Mamaká Mboi Tu'i e Bicú Jaci Jaterê, dividindo espaço com os cadáveres dos animais. Rebanhos inteiros de ovelhas e cabras. E ainda: cavalos, vacas leiteiras e até os cães e gatos de rua. Nada foi poupado, sangue seco tingira o chão de vermelho. Em todo canto existiam corpos mutilados, sendo devorados por barulhentas aves. Passaram três dias percorrendo a cidade em busca de sobreviventes e de respostas, mas tudo que acharam foi putrefação, tristeza e a sensação de impotência. O que quer que tenha atacado a cidade foi rápido e mortal, numa ação que deve ter durado apenas um dia. Não podiam deixar que seus companheiros, parentes e compatriotas virassem um banquete para animais carniceiros, então, levaram mais dois dias inteiros para juntar os mortos e fizeram altas piras funerárias para honrar seu povo. Suas almas não descansariam em paz se seus corpos não virassem cinzas e essas não fossem levadas para o Pai Sol, guiadas pelo Irmão Vento.

– Achei que não viveria para ver o dia do corvo chegar – abaixou a cabeça, derrotado.

À menção do dia do corvo, todos os eternos tombaram a cabeça respeitosamente. Grifens foi o primeiro a erguer o rosto para falar.

– Penso que os fantasmas do tempo das conquistas vieram clamar por seu prêmio – estralou os dedos. – Pena que não se corte fantasmas com lâminas, não saborearei a vingança. A morte de meus familiares e de meu povo foi em vão.

Ghagu levou dois dedos aos olhos e fez uma rápida oração, pedindo que as almas dos inocentes fossem guiadas a seus deuses.

– Como seu povo foi morto? – perguntou ao abrir os olhos.

Sha'a ficou sem palavras por alguns instantes, por fim pigarreou e respondeu.

— De todas as formas que se possa imaginar, desde empalações até desmembramentos — e inclinou-se para frente. — Independentemente do que tenha sido, não deu tempo para reação, nossos sentinelas foram decapitados, suas cabeças sumiram, assim como as de todos os homens com algum título. O corpo de nosso regente, Biguá Pé Redondo, estava nu e amarrado em frente aos portões da cidade. A noite é negra e espalha assombrações através de suas sombras.

— Quais são seus inimigos jurados?

— Ghagu, não é? — esperou a confirmação da andarilha. — Toda nação acumula inimigos ao longo de sua história. Relltestra nos odeia, somos o Primeiro Povo, o sangue-puro, a raiz que custa a morrer. Seria mais fácil nomear nossos aliados.

Olhando o gotejar ininterrupto, Leetee tomou a palavra:

— Não viram nenhuma movimentação estranha enquanto patrulhavam?

— Os tempos são de guerra, tudo é estranho. Mas nada que parecesse um exército em marcha. O capim se amarela — Sha'a abriu os braços para mostrar os arredores —, mas não está esmagado, ainda não há movimentação de batalha aqui no leste. Os rastros que achamos em nossa cidade morrem na pedra, As Três Moradas abrigam apenas os fracotes garranos, eles não teriam força suficiente para um ataque desses.

— Você, mais do que ninguém, deveria saber que uma formiga é fraca contra um besouro, mas em grupo é mortal. Eu começaria minhas investigações pelo povo currynto — Leetee parou por um instante e afagou as raízes que formavam sua barba. Estalou a língua, satisfeito quando algo lhe ocorreu. — Aeternus acaba no mar... Quem sabe o ataque não veio do oceano.

— Estratégia de guerra nunca foi seu forte, alquimista! Pare de confundir os eternos, eles estão em luto.

Absortos em sua conversa, não repararam na reaproximação de Altteb, que voltava de sua misteriosa fuga com uma bela mulher em sua garupa. Ela estava sentada de lado, atrás da sela, pois trajava um longo vestido, e isso facilitou sua descida da égua. Pousou bem na frente de Leetee, a seda delicada de seu vestido esvoaçou como uma névoa, concedendo-lhe uma aparência etérea. Puxou seus volumosos cabelos negros e cacheados para trás e esticou a mão para que o andarilho a beijasse.

Obedientemente, Leetee se levantou para beijar de forma suave sua mão, parecia até ter medo de que a pele branca como a neve se partisse, caso empregasse uma força maior em seu gesto.

— Sempre bela, dama da noite! Viemos à sua procura e você é que nos encontrou. Explique-me, como sabia de nossa aproximação? — estranhamente, Leetee não aparentava estar surpreso com a coincidência do encontro.

O sol forte da tarde fez com que os olhos da Floreira Noturna, ou Hylow Cereus, brilhassem de uma forma mística.

— Se eu saísse por aí contando meus segredos, qual seria a razão de as pessoas cruzarem Relltestra para me pedir alguns conselhos? É meu ganha-pão, alquimista — sorriu

Capítulo 44 – A nação dos cinco e a dama

mostrando seus pequenos dentes perolados. – Eu sabia que você estava vindo à minha procura.

Virou-se para Urso.

– Não me diga que este é o pequeno Urso?

A testa do andarilho se enrugou.

– O Urso a conhece?

– Não se lembra de mim? Pela orquídea azul, da última vez que o vi, não passava de um ursinho de colo. Como você cresceu!

Os olhos desejosos de Urso cravaram-se nos pequenos, porém belos, seios de Hylow.

– O Urso tem certeza de que se lembraria de você – lambeu os lábios.

A floreira olhou para as calças de Urso.

– Vejo que não foi só de altura que você cresceu! – abraçou o próprio corpo fingindo um calafrio. E arrancou gargalhadas de todos.

Ghagu cutucou seu companheiro com o cotovelo.

– Comporte-se! – e retribuiu o aceno de Hylow.

Leetee tomou a palavra.

– Qual é a sua ligação com os eternos? Pensei que nunca me surpreenderia com você, indubitavelmente estava enganado.

– Estes corajosos patrulheiros bateram à minha porta para perguntar se eu sabia algo do que tinha acontecido com sua cidade. Eu me tornei a referência em cura e adivinhação aqui no leste, e minha fama os atraiu. Infelizmente, não estava a par dos fatos, mas farei todo o possível para desanuviar o caminho de tão poderosos guerreiros – por um segundo, seus olhos pareceram marejar. – Eu pedi a eles que, caso encontrassem um velho peculiar, perdido e à minha procura, avisassem-me.

– Você é a mais poderosa feiticeira de Relltestra, ficamos felizes em ajudá-la – disse Sha'a ao se levantar.

– E não pensem que sua ajuda será esquecida, povo vermelho. Nunca me escapa da memória as minhas dívidas. E por obséquio, jamais me denomine de feiticeira, esse nome carrega sofrimento e destruição. Prefiro ser chamada de curiosa – reprimiu um risinho com a mão.

– Ficou claro que sabia de minha chegada e, coincidentemente, também queria me encontrar. O que quer de mim? – perto de Hylow, Leetee agia como um homem diferente, mais comportado e controlado.

– Isso deverá ficar para depois – esquivou-se misteriosamente. – Explique-me por que precisava me ver, velho amigo.

Leetee contou-lhe suas razões. Adicionou que os Andarilhos das Trevas sofreriam um ataque em breve e, como não queria colocá-la em um risco desnecessário, pediu que ela dissesse como desenvenenar Mig Starvees.

– Eu não tenho medo do perigo, alquimista, a essa altura de nosso relacionamento, deveria saber disso. E também, que nunca revelo meus segredos, só posso ajudar a moça pessoalmente. Irei com vocês, tenho de estar ao seu lado nesse momento. Quando tudo acabar, direi o que quero de você! – e fez um gesto delicado, pedindo para que Altteb lhe entregasse sua pequena bagagem. – Eu percebi que estavam em meio a uma conversa assim que cheguei, podem continuar, mas não se demorem, o veneno de marminks age muito rápido! Será um milagre se encontrarmos a pobre moça ainda com vida.

Os eternos ficaram sem saber o que fazer, não tinham mais nada a perguntar aos andarilhos. Desculparam-se pelo ataque, subiram em suas montarias e prepararam-se para partir, quando foram impedidos por um assovio agudo de Leetee.

– Vocês são o que resta de seu povo, e uma nação de cinco não pode dar em uma luta justa contra o que quer que tenha sido forte o suficiente para dizimar os habitantes de sua cidade. Eu tenho uma proposta para vocês, e posso garantir, não vão se arrepender caso a aceitem.

– Desembuche logo, ancião. Temos muitas léguas a percorrer para achar nossas próximas vítimas – disse Grifens.

– Já encontramos o que queríamos aqui, voltaremos para o nosso povo e, de certa forma, os Andarilhos das Trevas são uma nação. Em tempos de guerra, as alianças correm de mãos dadas com a vitória – por mais que tentasse, Leetee não conseguia esconder sua satisfação. – Uma união agora beneficiaria a todos nós, ajudem-nos e receberão total apoio após nossa vitória – bateu duas palmas, dando pulinhos empolgados. – Não acham uma boa ideia?

Capítulo 45

O PEIXE MAIOR

A manhã estava clara, barulhentas gaivotas rasgavam o céu azul e lilás, mesmo com a garoa que caía com teimosia. O sol acendia o mar, dourando as ondas em um espetáculo de tirar o fôlego. Nesse mar de ouro, as centenas de botes não paravam de chegar.

– Ainda vejo movimento! Vamos lá, mais uma vez! – Stupr estava de pé sobre um dos botes virados, usava sua espada para indicar os alvos para os arqueiros.

As flechas escuras choviam nos botes, mas a maioria era desperdiçada no mar, perdendo-se no interminável movimento da maré.

– Eu juro que o próximo que errar o alvo vai ser capado! – gritou Erminho, que tremia de excitação, o espírito de batalha tomava conta de seu ser. – Pelo mamilo esquerdo de Namarin, matem os desgraçados!

Gengko punha fogo nas flechas de seus arqueiros e coordenava o ataque. Os selvagens tinham uma pontaria inferior à dos vento'nortenhos, mas sua quantidade maior de homens compensava isso. A cada momento, mais selvagens surgiam para ajudar. A mensagem de Gengko percorria as tribos, e sua fama ajudava a convencer os nativos a se juntar à luta.

– Seu povo é incrível, não sei como imaginamos ter chances contra vocês – disse Ckroy, empolgado ao ver os reforços aproximando-se.

– Vocês nunca tiveram chances, seus deuses deviam estar ao seu lado para terem feito o que fizeram – a cavernosa voz de Teme sempre dava um calafrio na espinha de Ckroy. – Por que demoram tanto? Eu quero esmagar esses homenzinhos – bateu um punho no outro.

Enquanto formava uma chama circular em sua mão, Gengko sorriu.

– São muitos, pode deixar que, quando a luta chegar aqui, centenas de crânios estarão à espera para você esmagá-los – juntou as palmas e arremessou a chama, que se chocou contra o casco de um bote. – Inútil, mas deve ter ao menos assustado os idiotas.

Ckroy tinha um persistente sorriso estampado no rosto, estava satisfeito com o que acontecera ali, nunca considerou os selvagens verdadeiramente seus inimigos, preferia estar assim, lutando ao seu lado. Semicerrou os olhos para tentar ver o rosto dos novos inimigos, os primeiros botes se chocavam com a areia, mas as flechas que se viravam para acertar os inimigos mais próximos eram muitas, não conseguia ver nada mais que jorros de sangue escuro, armaduras e escudos sendo erguidos. A verdadeira batalha começaria agora, a primeira linha de ataque começou seu lento avanço, tentariam segurar os adversários o maior tempo possível perto do mar, isso daria chance aos arqueiros de encontrar mais alvos.

Teme não esperou nenhum sinal e saiu em disparada, rumo a um bote que chegava, seus tripulantes desciam com armas em punho e escudos de madeira e ferro erguidos. Deram um passo para trás, ao ver a besta selvagem que se aproximava como um touro enlouquecido, homens voaram com seu primeiro ataque, arrancando gritos empolgados do agrupamento na praia. Todos os vinte tripulantes foram trucidados e Teme ergueu os braços para o ar, agradecendo os gritos de apoio que recebia. Mas os botes não paravam de chegar, Teme recepcionou um deles jogando um homem ainda com vida sobre seus tripulantes. Retribuíram com um jarro incandescente, que explodiu com força no rosto do gigante de pedra, fazendo-o cair de costas na água.

A luta chegou à praia, apesar de muitas vítimas terem sido feitas nos botes, a quantidade de flechas não fora suficiente para reprimir o avanço dessa nova ameaça. Homens desciam de seus botes aos montes e avançavam, um cobrindo o flanco do outro com o escudo, as flechas se tornavam inúteis contra eles.

— Atacar! — berrou Stupr.

— Atacar! — repetiu Erminho.

Gengko deu de ombros.

— Acho que vocês entenderam da primeira vez! — gritou para seus homens, não se dando ao trabalho de traduzir para sua língua, pois os selvagens sabiam o que tinham de fazer e fizeram.

Uma massa de selvagens foi de encontro às ondas do mar, sob um céu de pontas afiadas e penas esvoaçantes, a força combinada dos outrora inimigos se chocava contra esses misteriosos oponentes. Como fizeram contra os vento'nortenhos, os selvagens faziam de tudo para pular a parede de escudos, mas a maioria era trucidada do outro lado, esses guerreiros sabiam como incapacitar rapidamente um adversário. Pouco tempo se passou até que a espuma do mar ficasse rosa e logo vermelha, homens morriam às carradas, dos dois lados.

Ckroy estava no segundo grupo de ataque. Ao ver mais trinta botes aproximando-se, obedeceu ao sinal de Erminho e avançou, ao lado de Gengko, ambos gritando como loucos. Uma saraivada de flechas choveu sobre eles, e Ckroy por pouco não foi atingido, escutou o silvo assustador da seta passar bem colado a seu ouvido, acertando em cheio a testa do pobre selvagem que estava atrás dele. Pelo visto, arqueiros não eram exclusividade deles. Muitos tombaram ao seu lado, o que lhe concedeu um ânimo diferente; como se precisasse de mais um incentivo, o crescente desejo de vingança trouxe uma força extra para a batalha. Juntaram-se à parede de escudos de Erminho, forçando os recém-chegados a retrocederem.

— Façam a volta, vamos cercá-los! — Erminho ergueu seu braço para sinalizar e uma flecha atravessou-lhe o antebraço, friamente ele a segurou com força e puxou, cuspindo de lado após a ponta afiada rasgar sua carne na volta. Foi sorte não ter um tendão cortado.

Capítulo 45 – O peixe maior

Então, gritou em meio a uma gargalhada alucinada:

— Isso é o melhor que podem fazer? Eu sou um filho do mar congelado, nada pode me deter.

Ckroy arregalou os olhos, nunca vira Erminho assim. Porém, adorou o que viu. Fez sinal para Gengko obedecer às ordens de Erminho, e forçaram sua passagem pelos flancos dos inimigos. Espadanavam pelo chão pegajoso, chegando perto o bastante para sentir o hálito de rum dos homens que enfrentavam. Ckroy buscou sua primeira vítima e cravou a espada na virilha de seu alvo, o homem caiu guinchando desesperado antes de ter o rosto pisoteado por seus colegas. Gengko criou ao seu redor uma aura de fogo, enfiou seus dedos pela brecha dos olhos de uma mulher de armadura, o desespero tomou conta dela, fazendo com que caísse cheia de tremores na areia rubra, os cabelos em chamas dentro de seu elmo. A matança não conhecia pausas, dos dois lados existências acabavam em golpes repletos de ódio.

Os últimos dez botes a chegar na praia eram os maiores, traziam cada um no mínimo cinquenta tripulantes. Ao passar pela arrebentação do mar, começaram a lançar projéteis, utilizando-se de um mecanismo que lembrava muito uma besta. Tratava-se de jarros de argila, como o que tinha atingido Teme, seu conteúdo se inflamava ao voar. A parede formada pelos vento'nortenhos era seu alvo e, quando se chocaram com os escudos de madeira e ferro, explodiram em chamas que queimavam o rosto de quem tivesse a infelicidade de ter sido atingido. Em um desespero cego, a parede cedeu, e essa brecha deu chance aos atacantes do mar de se infiltrarem e facilmente matar uma dezena de homens ofuscados pelas chamas. Em poucas batidas de coração, quase toda a parede de escudos foi desfeita, somente os homens que se mantinham ao lado de Erminho resistiam.

— Formem um círculo! Lanceiros, goelas os esperam! — Erminho incentivava seus homens como podia, tentava mantê-los úteis, evitando que o medo lhes tocasse o coração.

Guerreiro experimentado, Stupr matava com facilidade, sabia golpear nas brechas das armaduras, criando uma poça de sangue ao seu redor. Criara um matadouro particular, onde nada o atingia. Sua fúria era assustadora, seu desejo de vingança o cegava, a ponto de nem piscar ao ser atingido por duas setas na região do abdômen, sua placa peitoral absorveu a maior parte do impacto, mas duas linhas de sangue começaram a descer pelo aço castigado. Cuspiu de lado e, a exemplo de Erminho, arrancou as duas flechas e as quebrou com uma das mãos, numa atitude tão brutal, que os três homens que iam atacá-lo deram um passo para trás.

O acúmulo de selvagens ao lado de Ckroy fez com que ele não pudesse mais se mover, sua espada estava apontada para o chão, a aglomeração somente o fazia avançar sem vontade própria, sendo arrastado pela turba enfurecida. Teme conseguiu abrir uma brecha em meio aos selvagens, para se aproximar de Gengko e fazer o que jurara décadas atrás: protegê-lo. Pôs-se à sua frente e servia de escudo para que os projéteis não o atingissem.

— Fique tranquilo, Teme. Está tudo bem! — Gengko estava com o sabor da batalha na ponta da língua, precisava extravasar tirando o máximo de vidas que conseguisse.

— Mate ali! — apontou o gigante de pedra.

Um dos botes maiores chegava e dele saíram quarenta guerreiros, ou melhor, guerreiras. Todas com armadura completa, escudos e lanças, cujas pontas reluzentes estavam voltadas para o caos vermelho.

Gengko hesitou por um instante. "Mulheres?", pensou admirado. Não era comum ver tantas mulheres guerreiras, e nesse momento ele constatou que havia uma quantidade muito grande delas em meio à luta.

— Não gosto de matar mulheres — disse de lado para Ckroy, que conseguira sair da turba e se aproximara dele.

— Prefere que elas o matem? — respondeu o vento'nortenho.

Ckroy mal respondera e já estava aparando um golpe de machado, vindo de um homem com apenas um braço bom, o outro balançava como um pêndulo, sangue vertendo em cascata por seu corpo repleto de cortes. Resolveu acabar com sua agonia, abrindo-lhe a barriga em um jorrar de vísceras fétidas.

— Este deixou seus deuses orgulhosos! — murmurou para si mesmo.

As guerreiras se organizaram em uma linha compacta, a borda do escudo de uma beijando a da outra. Bradaram, com suas vozes incrivelmente graves, um canto de guerra e avançaram, correndo numa cadência calculada. Chocaram-se com a massa de selvagens primeiro, matando uma centena de homens em muito pouco tempo. Continuaram seu avanço bestial por cima dos cadáveres, arrancando a vida de quem estivesse em seu caminho. Chegaram até a matar alguns de seus companheiros, nada resistia a seu ataque perfeito e espantosamente eficaz. O ar se avermelhou com uma fina névoa.

— Meia lua! — gritou uma delas, fazendo com que todas se juntassem em um semicírculo, desafiando os homens a virem em seu encontro.

Teme gostou da provocação. Pegou Ckroy pelo colarinho e Gengko com a outra mão, sabia que o perigo maior ali residia.

— Elas são o verdadeiro desafio! — disse enquanto corria desembestado, abrindo caminho entre os cadáveres boquiabertos no chão que pareciam assistir a tudo com seus olhares paralisados.

Ckroy se aproveitava da carona para balançar sua espada, cortando alguns inimigos pelo caminho. Salvou algumas vidas e, como retribuição, mais homens ficaram ao seu lado. Foi jogado de lado quando Teme achou que era hora de avançar sozinho contra as mulheres. Incrivelmente, elas resistiram a seu ataque inicial, segurando firme sua parede de escudos. O gigante de pedra ergueu os dois braços e golpeou como um martelo, esmagando uma, fazendo seu corpo virar uma massa de sangue e aço. As outras começaram a golpeá-lo com suas lanças e seus olhos foram atingidos, fazendo-o recuar. Gengko pulou sobre elas, abrindo os braços e envolvendo duas, em seguida inflamou-se e fritou as coitadas dentro de suas armaduras. Ckroy pensou por um segundo antes de avançar, percebendo que sete delas se encaminhavam para a barraca dos feridos. Tinha de evitar, mas sozinho não teria chances contra todas.

— Edner! Que os deuses me protejam! — disse em meia voz e correu atrás delas, pensando no jovem ferido.

As mulheres entraram como loucas na cabana, e quando Ckroy chegou à porta foi repelido por uma forte explosão. Caiu tonto, balançando a cabeça, enquanto via que o lugar estava em chamas. Gritos vinham de seu interior e homens feridos berravam desesperados, pedindo socorro. Elas saíram da cabana e três delas partiram para cima de Ckroy, que se levantou com um pulo e, no último segundo, pôde evitar que a ponta de uma lança se afundasse em seu rosto, desviando o golpe e fazendo a ponta perfurar a areia fofa. Pisou no cabo da lança, que se quebrou, e fez um movimento circular para cima, conseguindo rasgar o gorjal de sua oponente. Aproveitando-se da distração, cravou a lâmina na fenda bucal do elmo. "Uma a menos para se preocupar", pensou exultante. Chutou-a na altura do peito, para resgatar sua espada, que teimava em ficar presa. A segunda e a terceira pararam, uma ao lado da outra, pela maneira como se postavam, não pareciam se preocupar com a morte da companheira. Rápida como um relâmpago, a ponta de uma lança atravessou seu ombro esquerdo, fazendo com que gritasse e ficasse cego de dor. O som de uma metalizada risada desdenhosa se fez ouvir, elas estavam gostando daquela situação, a ponto de aproveitar a chance para atravessar-lhe lentamente também a panturrilha. Ckroy caiu de joelhos, a espada escapou de sua mão. Inconscientemente, xingou baixinho, enquanto tateava o solo em busca de sua arma. Ao encontrar, virou-se para golpear, mas antes que seu aço encontrasse seu alvo, uma das mulheres tombou, com o elmo amassado e o crânio transformado em uma massa rosada que escorria por seu pescoço. A terceira se erguia, com uma lâmina atravessando-lhe a axila, seu corpo pendeu e uma faca curta cortou-lhe a garganta.

– Se alguém aqui vai matá-lo, esse serei eu!

Ckroy olhou para seus heróis e viu Haruc e Heraz. Os dois ofegavam, pintados de vermelho. Haruc trazia em sua mão um martelo de batalha que tirara das mãos de algum infeliz que foi mais cedo ao encontro de Pallacko. Heraz estava com as ataduras empapadas de sangue, difícil saber se dele ou de seus inimigos. Carregava a espada de seu irmão em uma das mãos e uma faca de cortar legumes na outra.

– Obrigado, mas vamos ajudar os feridos – apontou para a tenda em chamas.

– Certo – Haruc se virou para correr, porém parou por um instante. – Consegue andar? Ckroy tentou se levantar, sua perna falhou, irritando-o.

– Vá sem mim, eu vou em seguida.

Haruc gesticulou para o irmão, recebendo um abraço rápido. Heraz se abaixou, tirando uma de suas ataduras do braço, e fez um torniquete sujo, mas eficaz na perna de Ckroy. O sangue parou de correr em demasia, mas a dor não diminuiu. Mesmo assim, Ckroy tinha de se erguer, não podia demonstrar fraqueza agora. A hora da coragem, que tanto lhe faltou dias atrás, chegara. Levantou-se, trincando os dentes de dor ao pôr seu peso na perna. Apoiando-se no ombro de Heraz, se dirigiram lentamente para a cabana. Haruc saía, trazendo em seus braços o idoso Pumma.

– Você viu Edner? Ele não está conseguindo andar! – disse Ckroy, quando Haruc se aproximou.

– Está impossível lá dentro! Muitos parecem mortos e não dá para ver quase nada! – respondeu Haruc, tossindo entre uma palavra e outra.

Ckroy se livrou dos braços de Heraz e cambaleou como pôde até a porta. Ao colocar a cabeça para dentro, viu que seria improvável achar o garoto, a fumaça era densa e as chamas cresciam a cada momento. Abaixou-se e entrou, andando de gatinhas por entre os corpos em chamas. A fumaça ardia em seus olhos e teve de prosseguir às cegas, tentando seguir seu instinto, pois sabia mais ou menos onde o garoto estava da última vez que o viu. Os gritos de agonia faziam o ar inchar. Ckroy se concentrava, não podia salvar a todos, e o garoto estava em total condição de se recuperar, ao contrário de muitos ali. Além disso, tornara-se seu amigo e tinha provado ser um soldado corajoso.

– Socorro! Por favor, alguém!

A voz familiar trouxe um sorriso ao rosto de Ckroy, Edner ainda estava vivo.

– Estou indo, Edner, continue gritando para que eu o ache.

O garoto começou a gritar palavras desconexas, mas elas serviram como um ótimo guia para Ckroy, que logo se aproximou do leito do rapaz. Foi recepcionado com um abraço.

– Eu estou vivo! Graças a Namarin, o senhor chegou! – disse o rapaz às lágrimas.

– Temos de sair daqui agora! Segure firme – puxando o rapaz com força, Ckroy começou a dirigir-se para a saída. Passou ao lado de um homem que se contorcia no chão, com a perna em chamas, arrastou-o pela gola, seguindo com um esforço sobre-humano para fora. Ao sair, golfaram em busca de ar puro. Ele havia conseguido, estavam em segurança, ou quase.

Teme estava do lado de fora da cabana, com uma lança enfiada na articulação de seu braço esquerdo. Gengko permanecia ao seu lado, com um machucado no peito, bem perto de seu âmbar, mas não vertia sangue, a ferida fora cauterizada automaticamente.

– Ele está aqui! – apontou Teme.

Gengko ofegante se aproximou.

– Ficou louco, imbecil? Enfiou-se no meio do fogo!

Todos levaram um susto quando a cabana ruiu e os gritos silenciaram, não havia mais o que fazer para ajudar os pobres homens em seu interior.

– Eu estou passando muito tempo ao seu lado, acho que me acostumei com as chamas.

– Da próxima vez, me avise, idiota! – Gengko parecia genuinamente preocupado com Ckroy, e os dois trocaram um sorriso. – Pelo menos salvou o espinhento – apontou para Edner.

O jovem Edner estava caído na areia, havia urinado nas calças, mas ninguém poderia culpá-lo por isso. Ele levou a mão ao ombro de Ckroy.

– Obrigado! – lágrimas brotaram de seus olhos. – Nunca pensei que teria um amigo tão fiel.

– Eu sempre estarei aqui. Conte comigo, amigo – respondeu Ckroy, emocionado.

Ao tentar apagar as chamas da perna do vento'nortenho que Ckroy salvara, Teme esmagou-a, fazendo com que gritasse ainda mais.

– Eu só quis ajudar! – disse o gigante, com um sorriso levemente cruel no rosto de pedra.

Capítulo 45 – O peixe maior

– Pelo menos está vivo – disse Haruc aproximando-se. – Ainda tem muita gente para matar – gesticulava formando palavras com as mãos, ao mesmo tempo em que as pronunciava. – Vamos à luta?

Ckroy se levantou urrando de dor por conta da perna.

– E as mulheres?

– Aquilo? – perguntou Teme, indicando uma pilha de cadáveres esmagados e carbonizados, logo ao lado de onde estavam. – Fácil!

Ckroy bufou satisfeito, era bom ter Teme lutando ao seu lado, ele parecia invencível. Apontou para o lugar onde estavam Stupr e Erminho, um círculo de homens resistia ao seu lado, lutando corajosamente.

– Vamos lá, é nossa única chance.

Virando-se para Gengko.

– É possível juntar seus amigos?

Gengko respirou fundo ao olhar os selvagens espalhados pela praia, a maioria fugia para a segurança da mata, não queriam morrer em uma luta que não era sua. Mas havia ainda muitos que combatiam com firmeza.

– Teme, leve o espinhento e o perneta em seus ombros, deixá-los aqui só vai piorar a situação.

Dirigiu-se a Ckroy.

– Consegue correr?

– Eu tenho alguma alternativa?

– Espere um momento então – Gengko se abaixou e enfiou os dedos, um em cada lado, na ferida circular da panturrilha de Ckroy. O vento'nortenho quase desmaiou de dor quando os dedos se incendiaram no interior de sua carne. Lentamente, Gengko foi retirando os dedos, e o sangramento parou. – Agora, você pode – e se levantou.

A dor diminuiu e Ckroy conseguia ficar de pé. Seu ombro ainda doía, mas não teve coragem de pedir mais um favor a Gengko. Pegou sua espada no chão e a ergueu.

– Ao ataque! – gritou do topo de seus pulmões.

Começaram a correr, logo chamaram a atenção de um grupo de homens que trespassava suas lâminas em corpos de selvagens caídos no chão, certificando-se de que estavam mortos. Eram 12, e se juntaram lado a lado à espera de seus oponentes. Lâminas se chocaram. Teme afundou o rosto de um homem, Gengko se inflamou e os irmãos lutavam juntos. E rapidamente foram vitoriosos. Mas a luta nunca parava, outro grupamento das fabulosas guerreiras estava forçando sua passagem, contavam mais de cem, tentando se aproximar de Stupr e Erminho. Tinham sem dúvida ciência de que eles eram os homens de maior escalão presentes ali na praia, capturá-los poderia acabar com a luta em um só golpe.

Um último bote chegava à praia. A essa altura, com tantos corpos espalhados por todos os lados e inúmeras lutas individuais, ninguém mais se impressionava, nem ao ver uma liteira ser erguida por trinta homens, de dentro de um bote. Em seu interior havia uma mulher gigantesca, obesa de uma forma quase não humana. Seus cabelos brancos como leite estavam divididos em duas tranças que desciam para se juntarem em uma grossa trança única, na altura de seus gigantescos seios. Vestia-se com roupas de tecidos leves e de tons arroxeados, com bordados de ouro. Sua proteção se resumia a um colete de couro fervido que mal lhe cobria a barriga imensa. Puxou com firmeza um corno pendurado em seu pescoço e assoprou três vezes. A força do chamado fez com que a luta parasse praticamente no mesmo instante. Todos os olhos se viraram para ela, que limpou a garganta e, após bater duas palmas, gritou com sua voz poderosa.

— Garotas e garotos, o alvo são aqueles! – apontou para Gengko e Teme. – Capturem-nos, os jogos começarão em breve! – gargalhou como uma louca antes de voltar a falar. – O peixe maior devora o menor, matem todos os outros agora!

Capítulo 46
O NOBRE E OS BANDIDOS

A noite não tardaria a chegar, hora perfeita para perambular entre a multidão que se avolumava pelas ruas de Muivil. Sair do palácio não fora problema algum para ele, conhecia o local como a palma de sua mão. Passou sem ser notado pelas portas dos fundos das cozinhas reais, fácil como comer uma torta recém-saída do forno. O complicado foi calar o cozinheiro cujo manto tentou comprar, odiou ter de golpear o homem com tanta força, mas tinha de desacordá-lo, uma voz levantada e sua missão estaria arruinada. Deixou uma pesada barra de ouro no colo de sua vítima, a memória ficaria curta com um incentivo desses, pelo menos era isso que esperava. Desceu por uma viela que cheirava a frutas podres, sentiu saudades de seus aposentos com o aroma de lavanda. Mas a agradável palpitação que lhe tomava o peito era indescritível. E seguia envolto em seus pensamentos. Sempre sonhara em viver uma aventura, conhecia cada conto da Era do Primeiro Aço de cor e salteado, mas nunca recebeu a permissão de se distanciar muito da segurança de seu lar. O rei Taldwys era um bom pai, sabia quanto o mundo podia ser cruel, sua demasiada proteção o privara de conhecer a realidade, de correr algum perigo, mas agora isso mudara. Seu estímulo veio ao ouvir a conversa de seu pai com aquele estranho homem, íntimo o bastante para falar com ele de igual para igual. Essa era uma situação inédita, todos se curvavam ante a grandeza e a imponência do magnífico rei Taldwys, protetor das terras do oeste, guardião do crepúsculo, senhor da hora mágica ou, como diziam seus subalternos em cochichos pelos corredores do palácio, traseiro dourado. Sorriu disso, mesmo falando mal de seu pai, não podia culpar as pessoas que o odiavam. Taldwys era um homem firme demais, às vezes estúpido em demasia, sem razão alguma. Contornou as obras do chafariz e desceu uma rua menos movimentada, em direção à parte da cidade que só conhecia por relatos de seus escudeiros, a Rua do Gemido. Diziam para ele em seus treinos com a espada que as mulheres de lá não conheciam a parte de cima de suas roupas, que se via mais seios do que pedras nos calçamentos desse lugar. Ruborizou-se ao pensar nisso, teve algumas experiências com suas criadas, mas se considerava tímido demais, tudo que fez foi sob a privacidade de um lençol macio. "Como reagiria ao ver a beleza de uma mulher exposta à luz da lua?", imaginou ele. Não importava, ele vivia uma aventura e precisava se apressar, devia seguir os estranhos que deram um rumo novo à vida dele.

"Um irmão! Se fosse verdade, seria a coisa mais incrível do mundo!", ele pensava. Sentia-se só no palácio, as tediosas aulas de história que tinha com o sábio Ekul o consumiam. Ter alguém para conversar, após um dia debruçado sobre pergaminhos empoeirados, decorando nomes de reis que deixaram este mundo antes mesmo de seu bisavô nascer, parecia o paraíso. "Um irmão! Como era doce o som dessa palavra! Iria encontrá-lo e voltaria com ele para casa", dizia para si. A mesa de refeição seria dividida com alguém, para variar um pouco, já que seu pai quase nunca conseguia tempo para estar com ele. O máximo de parentes que conhecia eram as dezenas de tutores que possuía. Agora, não mais. Teria um irmão, aprenderia com ele sobre as coisas do lado de fora das muralhas douradas, perguntaria cada detalhe de todo dia que viveu até o encontro dos dois.

Parou sob a placa da Rua do Gemido, que dizia "Rua... da Noite", uma palavra faltava, obviamente que devia ser "Deuses"; com a chegada da crença nos anjos, todo resquício de convicção nos deuses seria passível de punição. Balançou a cabeça, odiando a atitude de seu pai, não se deve impor suas crenças a ninguém, secretamente ainda amava os Deuses da Noite. Orou para eles rapidamente antes de dar o primeiro passo pela famigerada rua. Poucos metros foram precisos para constatar que os escudeiros pouco exageraram. Havia, sim, mulheres com os seios à mostra, mas ele desviava o olhar e ignorava seus chamados, devia se concentrar, tinha pressa. Uma linda mulher ruiva se achegou, estava com uma blusa que lhe cobria as intimidades, mas a pele visível sob seu pescoço era repleta de encantadoras sardas.

— Procurando por diversão, grandão? — e aproximou a mão de suas calças. — Faz jus ao resto do corpo?

Deu um passo para trás, para se livrar de seu toque.

— Hoje não, obrigado — disse com a voz trêmula.

Somente naquele momento percebeu o quanto estava com sede. Puxou o capuz para esconder mais o rosto corado. Mas não mentiu quando respondeu "hoje não". Assim que voltasse, mandaria alguém buscá-la, não podia pensar em uma moça tão bela sendo usada por bêbados em troca de algumas moedas. Nem que fosse para ela se tornar ajudante de limpeza no castelo, ele a resgataria.

Sem perceber, passou a acelerar o passo, era ruim demais ver pessoas em tão degradante situação. E ele que vivera até agora com todos os luxos que se podia imaginar!

"Quando se tornar rei, vai fazer algo a respeito, Bez'lut! Você terá o poder de mudar essas vidas!", disse a si mesmo em pensamento.

Procurou descer até o fim da rua, precisava de uma taberna que fosse o mais longe possível do palácio, tinha medo de dar de cara com algum guarda que o reconhecesse. Não queria golpear mais ninguém e não podia desperdiçar, com subornos, o ouro que trouxera consigo em uma bolsa junto ao peito.

— Taberna do Caolho, Banguela, Careca, Maneta e Sem a Unha do Dedão do Pé — leu em voz alta, ao chegar à última taberna da rua. — Parece o lugar perfeito! — entrou pela porta que estava aberta, deixando o fedor de suor e álcool vazar pela noite que finalmente chegara.

Capítulo 46 – O nobre e os bandidos

Passou de cabeça baixa por entre os grupos de homens que conversavam em tom exaltado, brindando com seus canecos de metal enquanto gritavam palavras horríveis. Era bom que não se demorasse, tinha de evitar qualquer briga que pudesse surgir, conhecia a fama das tabernas. Qualquer coisa podia gerar uma discussão, até mesmo uma pisada no pé do homem errado. Olhou atentamente por onde andava para evitar tal destino e se aproximou do balcão. Pôs as duas mãos sobre a madeira escurecida, mas arrependeu-se, pois estava grudenta e fedia. Teve de ignorar a pontada de nojo que sentiu, lavaria as mãos assim que pudesse.

– Por obséquio... digo, senhor taberneiro? – precisava falar de forma simples caso quisesse ser tratado normalmente.

O taberneiro se virou, trazia um pano encardido nos ombros, que retirou, enrolando-o no lugar onde sua mão esquerda havia sido amputada, e limpou o balcão despretensiosamente. Seu olho esquerdo era azul e se destacava em sua pele avermelhada. Tinha uma cicatriz enrugada que tomava o lugar do outro olho, e sua cabeça era lisa a ponto de refletir a luz dos candeeiros ao redor. Era a quase perfeita tradução do nome de sua taberna.

– Diga aí, rapaz! Vai uma cerveja de uvas de Macoice? *Os barril chegou hoje!* – abriu um sorriso de gengivas amarronzadas.

Bez'lut fez que sim com a cabeça e esperou enquanto era servido. Pegou o caneco de madeira e tomou um gole curto, arregalando os olhos por causa do sabor único da bebida. Então, entornou o conteúdo, lavando a secura de sua garganta.

– O senhor... Você sabe onde posso arranjar algum jangadeiro por aqui? Preciso cruzar um trecho do rio Tríade – e negou com a mão quando o taberneiro se preparava para encher o caneco novamente.

O taberneiro parou para pensar um pouco e coçou o nariz enfiando um dedo em cada narina.

– *Tem uns homem ali no fundo que fede a sal, deve ser marinheiros. São gente de bem. Mas meio louco, entende? Eles pode ajuda você* – apontou com a cabeça uma entrada ao canto, fechada apenas por uma cortina azulada.

Com um movimento rápido, Bez'lut tirou de seu bolso uma moeda de prata e a colocou no balcão.

– Fique com o troco, bom homem – virou-se para ir ao local indicado.

O taberneiro olhou incrédulo, aquilo valia pelo menos uma rodada de bebidas. Pegou de forma ligeira a moeda e a colocou no bolso da frente do avental.

– Não seja por isso, rapaz. Obrigado! – sorriu e voltou aos seus afazeres.

No intuito de não causar muito alarde, Bez'lut passou sutilmente pela cortina pesada e espiou a mesa recomendada. Havia pouca luz no ambiente, tudo o que pôde identificar foram três homens sentados. Dois deles estavam com os pés cruzados sobre a mesa e um terceiro, numa postura ereta, limpava as unhas com um punhal, assoviando baixinho enquanto balançava os ombros no ritmo da música que produzia. Um casal permanecia de pé, e a mulher parecia brigar com o enorme homem, apontando-lhe o dedo irritadíssima.

– Com licença – disse Bez'lut e aproximou-se com cautela.

Todos se calaram, virando-se em sincronia para ele, e os homens com os pés sobre a mesa ajeitaram a posição, suas mãos automaticamente se dirigiram para os punhais presos aos seus cintos.

— Aquele que se achega deve descobrir a cabeça. A mesa é um lugar sagrado — disse o homem que cutucava as unhas, por nenhum momento desgrudando os olhos de seus dedos. Tinha os cabelos escuros e curtos, mas na parte de trás da sua cabeça uma trança fina descia-lhe pelas costas, terminando presa por um pontiagudo dente de algum animal. Como todos os seus companheiros, vestia-se com um grande casacão de couro e calças claras de camurça.

Bez'lut titubeou, não pensava em mostrar o rosto naquele momento, mas, assim mesmo, descobriu a cabeça e seus cabelos dourados caíram em cascata sobre seus ombros.

— Eu procuro jangadeiros, preciso cruzar o Tríade com urgência — fez questão de engrossar a voz para parecer mais ameaçador.

— Boa noite para você também — disse o homem ao centro. Com um movimento rápido, cravou o punhal na mesa e empurrou um de seus companheiros da cadeira, derrubando-o no chão. Todos caíram na gargalhada. — Tenha a bondade — fez sinal para que Bez'lut se sentasse. — A que devemos a honra? — perguntou.

— Eu já disse, procuro jangadeiros.

— Isso eu escutei, mas não podemos ajudá-lo. Somos homens do mar, marinheiros para uns, piratas para outros. Porém, prefiro o título de corsários, pois cabe bem em nossas atividades — e estendeu a mão. — Meu nome é Golberil Pijan III, filho de Golberil Pijan II, filho de Golberil Pijan — deu de ombros. — Acho que ficou meio evidente com o "Terceiro", não é? Bom, pode me chamar de Golb. Esses — apontou ao redor — são meus tripulantes: Joty, o Forte, e Zan. E também meus dois fiéis amigos Tipun, Rato do Mar, e caído no chão está o lendário Mami Cabeça de Marreta — limpou os dentes com a língua. — Caso não tenha ficado claro, consideramos água doce somente para beber! Entendeu, jovem?

— Por que está tão falante hoje, Golb? — perguntou Mami Cabeça de Marreta ao se levantar.

— Acho que é culpa desse destilado de figo — e girou a taça de madeira com a mão esquerda. — Sinto-me especialmente conversador! — Golb obviamente mentia, seus olhos estavam atentos a tudo. Algo em Bez'lut o intrigou.

O príncipe fez menção de se levantar, mas foi impedido pela mão de Golb em seu ombro.

— Calma aí, garotinho, nossa conversa não terminou. É muita falta de educação não se apresentar. Como se chama, loirão?

— Chamo-me Noite. Se diz não poder me ajudar, por que quer conversar comigo? — Bez'lut fez força para ocultar suas mãos, que começaram a tremer. Golb o assustava, muito mais que o tal de Joty, suas palavras transbordavam uma astúcia sem igual. Precisava se livrar dessa encrenca em que se enfiara.

Com a unha afiada como a ponta de uma faca, Golb apontou para o pescoço de Bez'lut. Uma pequena parte de uma grossa corrente de ouro, que ganhara no dia de seu nascimento, estava exposta.

Capítulo 46 – O nobre e os bandidos

– Eu não sou jangadeiro, mas com o preço certo viro até a própria jangada – bufou ao ver que Bez'lut não rira de sua gracinha. – Ouro me interessa, e muito! Você parece ter um pouquinho.

Bez'lut puxou rapidamente a gola de seu manto, ocultando a corrente.

– Isto não está à venda, foi um presente e tem valor sentimental.

– Mas... e as moedas que estão escondidas sob o manto? – aproximou o rosto e sorriu, mostrando seus dentes amarelos. – Também nutre sentimentos por elas?

O príncipe quase caiu da cadeira. Ao sair do palácio, teve todo o cuidado em apertar a bolsa com suas moedas para que não tilintassem. Não imaginava como Golb poderia saber delas.

O corsário inclinou a cadeira para trás e voltou-se para Joty.

– Eu sempre lhe disse, quanto mais pálida a pele, mais fácil de descobrir um segredo.

E para Bez'lut:

– Não precisava empalidecer tanto, amigo, foi só um palpite! Obrigado por confirmar.

Todos gargalharam, tinham descoberto que o enigmático visitante possuía mais dinheiro do que gostaria de mostrar, o tom da conversa mudaria drasticamente agora. Os cinco cercaram Bez'lut, Zan envolveu seus largos ombros com os braços e cheirou seus cabelos.

– Adoro homens cheirosos! – beijou-lhe o topo da cabeça e se afastou. Era, sem dúvida, uma bela mulher, de cabelos cor de mogno, presos em uma trança de quatro pontas, olhos castanho-escuros e nariz pequeno e arrebitado, quase um pontinho em seu rosto bronzeado. No entanto, tinha um ar sujo e desleixado demais para que alguém, em sã consciência, se sentisse atraído por ela.

Joty deu um soco na mesa que fez o próprio chão tremer.

– Afaste-se de minha garota, Noite, ou vou quebrar os dentes da sua boca do estômago!

Pelo visto, havia alguém que se sentia atraído pela moça.

Mami Cabeça de Marreta começou a dançar ao redor da mesa e cantarolou:

Uma briga livra o dia do tédio,
uma briga para o sono é o remédio.
Um bom dente se vai, um soco na fuça,
não há dia ruim, se tiver escaramuça.

Bez'lut tremia sem controle, os homens à sua volta riam de sua expressão assustada e faziam chacota.

"Pelos Deuses da Noite, onde fui me meter! Preciso sair daqui!", pensou alarmado.

Golb se levantou e deu um tapa nas cabeças de Mami e Joty, e os dois se acalmaram. Em seguida, abaixou-se ao lado de Bez'lut.

– Fique tranquilo, amigo Noite, estávamos brincando com você! – e bagunçou os cabelos do rapaz. – Eu sou o capitão do Flagelo dos Deuses, principal navio da frota de Sellpus, e meu bebê está sendo consertado aqui no porto. Tivemos alguns contratempos a caminho de Muivil, se é que você me entende – piscou de forma marota antes de continuar. – Demorará alguns dias para que fique ao meu gosto, então eu tinha pensado em embebedar-me pelos dias vindouros, ou me perder nos lençóis das damas de Muivil, mas a possibilidade de engordar minha bolsa de moedas enquanto espero é mais tentadora. Quer tratar agora dessa tal jornada, importante o bastante para um nobrezinho correr o risco de negociar com humildes marujos como nós?

O príncipe respirou fundo, o tom de Golb o acalmou um pouco. Pelo visto, toda a loucura que acontecera ali fora para assustá-lo. Tinha de usar sua astúcia, essa era a única chance de conhecer seu irmão.

– Uma embarcação partirá amanhã à tarde, temos de segui-la. É crucial que não nos vejam, eu... – parou para pensar um pouco em como sugerir que não queria que o reconhecessem ao sair da cidade. – Eu devo algum dinheiro a uns nobres daqui, não posso ser visto saindo de Muivil. Eu pago extra, caso consigam me fazer passar pelas muralhas sem ser identificado.

– Entendo – Golb lambeu a ponta do dedo e fez um risco de saliva na mesa. – Essa linha representa o risco da missão, acima dela o risco só sobe e abaixo é praticamente nulo. Aponte o tamanho do perigo.

Bez'lut ficou pensando, não sabia nada dos homens que estiveram em seu palácio, mas não pareciam pessoas comuns, todos tinham a aparência de guerreiros, principalmente o rapaz ruivo e o tal de Fafuhm. Se conseguissem segui-los sem ser vistos, não correriam riscos. Contudo, o grande problema seria sair da cidade, seu rosto era bastante conhecido, principalmente pela Guarda Meia Face. Sempre substituía seu pai quando ele não podia aparecer para recepcionar os soldados e dar o já famoso sinal de boa sorte real, da varanda do palácio. Ponderou tudo isso e minimizou a distância da linha feita pelo corsário.

– Só isso? – Golb deu uma pancada na mesa e estendeu a mão. – Parabéns, meu amigo, acaba de contratar os melhores! Cobramos quarenta moedas de ouro agora e o dobro quando terminarmos a missão.

O príncipe se impressionou com a facilidade da negociação, conseguira um preço razoável e teria dinheiro de sobra para contratá-los para a volta, quem sabe com seu irmão ao seu lado. Retribuiu o aperto de mão de Golb e sorriu feliz, agradecendo mentalmente aos seus deuses pela ajuda.

– Bom, esse negócio todo foi muito divertido, mas agora que a negociação acabou, preciso saber seu nome – o rosto de Golb ficou sombrio, o reflexo da luz dos candeeiros tremeluzia em seus olhos, amarelos como o sol do entardecer.

– Já disse, meu nome é Noite.

Golb ergueu a sobrancelha, que devido a uma cicatriz sutil ficava sempre arqueada num inconsciente sinal de eterna vilania.

– Sabe, certa vez, um homem tentou me enganar – virou seu cinto e abriu uma bolsinha de couro azulado, de lá tirou uma enegrecida cabeça encolhida, assustadora e pequenina, do tamanho de um ovo de pata. – Eu o levei às ilhas do oeste e pedi para que os xamãs deixassem sua cabeça de um tamanho de acordo com sua mente diminuta – apro-

Capítulo 46 – O nobre e os bandidos

ximou a cabeça minúscula do rosto de Bez'lut. – Apresento-lhe o honorável príncipe de Opolusa, Jooau, o Belo. O pobre coitado quis ludibriar-me, armando uma arapuca para dar meu tão merecido cargo a um de seus primos. Acabou virando um adorno para mim. Isso tudo me ensinou uma coisa, não negociar com príncipes, pois eles tendem a ser mentirosos – inclinou-se, quase tocando seu nariz torto ao do príncipe. – Muito prazer, alteza!

Ergueu-se e fez um sinal para seus homens.

– Rapazes, peguem seus machados, precisamos tirar o príncipe Bez'lut de Muivil, mas a única forma de fazê-lo é meio extrema – puxou seu punhal cravado na mesa, lambeu a lâmina e apontou-a para o rapaz apavorado. – Você só sairá daqui num caixão!

Capítulo 47
EM NOME DO PAI

Ainda garotinha, o som que Vanza mais temia era o de um trovão em uma planície aberta. Costumava se esconder sob as saias de sua mãe, como se ali nenhum mal pudesse atingi-la. Agora, ela se sentia uma idiota, seus temores infantis nada se comparavam ao que a cercava. As vaias de milhares e milhares de vozes ao redor da arena faziam o ar se inchar. Odiavam-na, isso era claro, e clamavam por sua morte alucinadamente. O sangue que cobria seu rosto já havia secado e começava a rachar, e o que engoliu pulava em seu estômago como um sapo em uma chapa quente. Mas estava determinada, chegara longe demais para fraquejar naquele momento.

Pouco antes da luta, Vanza recebeu uma oração de Égora. Com as mãos em seus ombros, o ceratotheriano evocara os antigos deuses de seu povo, pedindo proteção para a jovem yuqui. Beijou-lhe a testa e apertou com firmeza seus dois lóbulos, para dar-lhe concentração.

O misterioso Y'hg fez um corte em xis na palma de sua própria mão, com a lâmina da Plumbum, e pediu para Vanza beber um pouco. O sangue fedia e seu gosto era terrível, mas a garota não pestanejou, toda ajuda seria bem-vinda, não importando a crença. Por isso, nem sequer estranhou quando o magrelo dankkaz colou sua mão ensanguentada em seu rosto, deixando a marca de seus compridos dedos. "Meu sangue é terra e terra não pode ser morta", disse o estranho ser com seu sotaque arrastado. Agradeceu-lhe com um beijo na bochecha porosa.

Mas o maior talismã que recebeu, o que mais a fez sentir-se protegida, foram as lágrimas que escorreram pelo seu pescoço ao abraçar Yrguimir. Em sua forma adulta, seu companheiro fiel chorava, temendo pelo destino de sua nova amiga.

— Seja forte, não quero voltar a viver na solidão, Vanza — disse, entre soluços. — Tem certeza de que vai levar isso adiante? Podemos tentar fugir.

— Meu único caminho é em frente, Yrguimir querido. Vou fazer meus ancestrais festejarem no mundo dos espíritos. Merelor olha por mim, eu sairei daquela arena vitoriosa! — respondeu com firmeza. Apesar de se esforçar para soar confiante, sentia-se bem, seu sangue carregava a herança de guerreiros. Agora que descobrira o que era lutar, não mais pararia, esse seria seu ar, iria respirar fundo e encheria seus pulmões.

Quando Tenia abriu a porta de seus aposentos, chamando-a para a luta, estava num estado de relaxamento que beirava o êxtase. Teve mais de um dia para repousar e se preparar. Recebeu algumas orientações de Yrguimir e Égora sobre como se portar ante dois inimigos, mas todas as dicas de luta que precisava estavam cravadas ao longo da lâmina de Plumbum. Seu pai fez dela uma espada lendária, marcando-a com mais de quinhentas gravações douradas. Quando acordou naquela manhã, analisou os intervalos e animou-se ao encontrar um círculo onde nada estava gravado, e sorriu ao pensar que seu pai havia deixado esse espaço de propósito, para que ali gravasse suas primeiras marcas.

Caminhou sob a escolta de seus amigos até a grande porta de ferro avermelhado. Chegara a hora. Despediu-se deles com um "até logo", apertou a empunhadura de sua espada e seguiu, sem olhar para trás. As portas se abriram com lentidão, cornetas tocavam notas de aviso, anunciando a chegada da desafiante. Ofuscou-se com a luz que cercava a arena, havia milhares de tochas e archotes acesos por todos os lados, bruxuleando pausadamente.

Parou quase no centro do espaço circular e estava sozinha. Todos os espectadores ficavam por trás de uma mureta de dois metros de altura, coberta de espetos afiados, ninguém entraria ou sairia por ali. Pelo canto de seu olho, viu alguma coisa ser jogada em sua direção e, com um movimento rápido, desembainhou sua espada cortando ao meio o objeto, que fora arremessado com o intuito de acertar-lhe o rosto. Sorriu ao ver no chão as duas metades de um repolho apodrecido, então embainhou Plumbum lentamente, deixando que o som da lâmina ecoasse pelo máximo de tempo possível, e cuspiu de lado, calando por alguns segundos a plateia. Por alguns segundos mesmo, pois as portas do outro lado da arena se abriram, orgulhosas notas foram tocadas pelos corneteiros, dois dos reis entraram, levando o público à loucura. O som das vaias que Vanza recebera em nada se comparava com a onda sonora que tomou a arena. Era um estado de histeria coletiva, capaz de ensurdecer. Por um momento, pensou em tampar os ouvidos, mas reprimiu esse impulso. Firmou seu olhar em seus adversários e manteve-se imóvel.

— Venham logo, vermes — murmurou para si.

Os dois reis marchavam. Yrrayan e Durthyan cadenciavam seus passos, de forma a demonstrar uma força que encantava seu povo, acenavam sorridentes e arrancavam suspiros das mulheres, ao mandar-lhes beijos. Trajavam reluzentes armaduras douradas, carregando seus elmos em uma das mãos e, presos às suas costas, traziam seus machados. Pararam à frente de Vanza e a encararam, calando o público por alguns instantes. Um dos conselheiros se aproximou, vestindo um manto xadrez, com as cores dos curryntos.

— Seja bem-vinda, filha de Yuquitarr! Pronta para encontrar seu criador? — perguntou Yrrayan.

— Todos nascemos, todos morreremos, essa é nossa única certeza! — por pouco Vanza não deu um pulo empolgado pelo tom de voz selvagem que conseguira emitir. Notou um brilho estranho nos olhos de Durthyan. — É medo o que vejo nos seus olhos, majestoso Durthyan?

O rei lambeu os lábios.

— É desejo, garota! Adoro ver uma mulher armada. Ainda bem que não quis cobrir seu corpo com uma armadura, prefiro analisar cada uma de suas curvas enquanto a mato.

Capítulo 47 – Em nome do pai

Vanza não aceitou a armadura que lhe fora oferecida, nunca trajara uma, provavelmente lhe traria mais dificuldades do que proteção. E como Égora lhe dissera, um homem de armadura cansa mais rápido. Usaria isso a seu favor.

– Pode analisar à vontade, querido rei. Espero que goste da última visão que terá – disse beligerante.

O conselheiro limpou a garganta para chamar a atenção dos oponentes:

– A única regra de um desafio é que só sairá vivo daqui o vencedor. Por ser esta uma ocasião extraordinária, dois oponentes podem sair com vida.

– E sairemos, sábio Juck Mangdarru'op! – interrompeu Durthyan.

Juck fez um sinal afirmativo e continuou:

– Que os oponentes apresentem suas armas.

Os reis puxaram lentamente os machados de suas costas, as douradas lâminas duplas eram enormes e estavam afiadas a ponto de seus gumes brilharem. Vanza desembainhou Plumbum delicadamente, inclinando-a para receber a aprovação de Juck. Beijou a lâmina e ficou em posição de combate, arrancando um suspiro de Durthyan.

– Devo agradecê-la por afiar minha espada secreta, garota! Uma pena que ela está oculta por este protetor de virilha – sorriu e passou a língua pelos lábios.

Um calafrio de repulsa percorreu o corpo de Vanza.

– Pois que ela fique bem segura em sua bainha, ou eu vou arrancá-la de você. Espero que seu pouco peso o deixe mais lento.

Durthyan gargalhou satisfeito, mas claramente Yrrayan estava reprimindo seu medo.

– Por que nos odeia tanto? – perguntou.

– Odiarei até mesmo uma formiga se ela ficar no meu caminho – apontou a espada para o rosto do rei. – Faça essa pergunta a cada um de seus escravos, eu tenho certeza de que vai amar as respostas que vai receber.

E mostrando impaciência, disse para o sábio:

– Juck, vamos começar logo com isso, meu sangue está fervendo, preciso matar alguma coisa – ainda em posição, Vanza sentiu uma leve tontura e um formigamento em seus membros, provavelmente devido ao medo que lutava tanto para disfarçar. Piscou lentamente e pareceu que sua visão se maximizou, podia ver cada detalhe da armadura de seus adversários com clareza, cada ponto fraco ficara exposto.

– Em nome dos deuses e do povo currynto, eu, Juck Mangdarru'op, declaro que o desafio terá início! – o idoso conselheiro apressou-se em sair, correndo com suas curtas pernas arqueadas.

– É agora! – murmurou Vanza antes de dar um passo em direção a seus oponentes.

A plateia veio abaixo, gritavam e batiam os pés, fazendo a enorme caverna, que era palco da luta, tremer. Yrguimir estava em um dos cantos, ao lado de Égora e Y'hg.

– Vamos, Vanza, acabe logo com isso! – disse baixinho.

– Confie nela, é dura como a rocha que nos *cerrca* – falou o dankkaz e sorriu para o homem de três almas.

— Até me envergonha pensar no quanto ela tem de coragem, eu já estaria nas ilhas do oeste a essa hora – disse Égora. – Vamos, Vanza! – gritou inutilmente, sua voz sendo engolida pelas milhares de vozes em uníssono.

Algo ocorreu a Yrguimir.

— Por que reis aceitariam pôr em risco seu poder, ao enfrentar uma forasteira?

— Um monarca deve mostrar a seu povo que não pode ser desafiado, se tiverem a chance, vão sangrar Vanza de todas as formas possíveis. Seu reinado ficará seguro por mais tempo – respondeu Égora.

Yrguimir mordeu os lábios. "Se não conseguir vencer, Vanza poderia ao menos matar um dos reis, seria um golpe maravilhoso no orgulho do povo garrano", pensou.

Os dois reis rodaram seus machados em sincronia, e logo cada um se postou em um lado oposto a Vanza. A yuqui girou a lâmina e simulou que ia atacar Durthyan, mas logo descreveu um "v" e golpeou Yrrayan, a surpresa fez com que o rei recuasse um passo e quase caísse para trás.

"Tenho de fazer com que eles sangrem primeiro, perderão a força ante seu povo", pensou ela, antes de dar o segundo golpe no rei, que ainda buscava um pé de apoio. Acertou a lâmina de seu machado, fazendo a arma escapar de sua mão. Em auxílio, Durthyan se aproximou e tentou atingir as costas expostas da garota. Com um passo rápido para o lado, ela saiu da trajetória do ataque e quando a lâmina tocou o chão, ela golpeou a primeira coisa que conseguiu.

Sob as grossas camadas de metal, um fio de sangue passou a escorrer pela mão de Durthyan, o rei arregalou os olhos e gritou alucinado, o corte fora fundo, quase lhe atingindo o osso.

— Vadia! – gritou o rei incrédulo.

Vanza compartilhava de sua incredulidade, não compreendia como conseguira cortar o antebraço, se ele estava protegido pela braçadeira.

"Agradeça-me depois, Vanza. Concentre-se na luta."

A voz lhe era familiar... A repulsiva voz do sargar! Mas ela não imaginava onde ele poderia estar. Vanza não conseguia ver nada além dos dois reis à sua frente.

O talho em Durthyan pingou três vezes, e o povo garrano se calou com as mãos levadas à boca ao ver seu rei sangrar.

— Isso não vai ficar barato, garota! Tinha pensado em matá-la rapidamente, não serei...

Foi interrompido por Vanza, ela não queria perder tempo e logo golpeou o ombro do rei que tentava se levantar, a espada ricocheteou na grossa ombreira dourada e, por pouco, não acertou seu rosto. Yrrayan aproveitou a distração e atacou, mas errou em acertá-la com a lâmina, acabou jogando-a de lado ao bater fortemente em suas costelas com o cabo longo do machado.

Vanza sentiu seu fôlego diminuir drasticamente, o ar fugindo-lhe temporariamente dos pulmões, arfou duas vezes e ignorou a dor que, latejante, atravessava seu peito. Uma de suas costelas estava quebrada. Pensou que iria desmaiar com a tontura que sentiu.

Capítulo 47 – Em nome do pai

"Você tem mais costelas boas, concentre-se!", falou o sargar em um tom que beirava o deboche.

Ainda achando ser coisa de sua cabeça, Vanza não prestou atenção, tinha de se preocupar com a volta das duas lâminas girando à sua frente. Os monarcas lutavam em uma sincronia absurda. Sem dúvida, cada golpe havia sido treinado à exaustão, dando à yuqui somente a chance de se esquivar, de um lado ao outro. Durthyan parecia não se importar com o fio rubro que percorria sua armadura. Yrrayan golpeava, mas o medo estava estampado em seu rosto, os lábios se movimentavam sem produzir som, dada sua natureza, deveria estar rezando a seus deuses.

Aproveitando um raro giro malfeito dos machados, Vanza se adiantou e, numa brecha, golpeou com a Plumbum como se fosse uma lança. Acertou o peitoral de Yrrayan, que deu dois passos para trás, deixando exposto o seu pescoço. Após ela se abaixar, para desviar do semicírculo que Durthyan descrevia com sua arma, atacou novamente Yrrayan, que gemeu de dor. O gorjal protegeu seu pescoço de ser cortado, mas, mesmo assim, o golpe tinha sido forte, algo de errado acontecia com ele, parecia que não conseguia mover a cabeça para os lados. Amaldiçoou a yuqui e tentou estalar o pescoço, somente para sentir mais dor ainda.

"Tenho de golpear o outro lado", concluiu Vanza em pensamento, já ofegante de tanto se esquivar dos dois machados.

Em um ataque repleto de ira, Durthyan arremessou seu machado na direção dela, fazendo-a tombar para trás, a mão esquerda apoiando o peso de seu corpo. Ao se levantar, viu que tudo que fez foi conforme o planejado pelo seu oponente. Ele estava do seu lado e agarrou firmemente nos cabelos da garota, arrastando-a para perto de si, de costas para ela. Dessa forma, Vanza não conseguiria golpeá-lo. A yuqui tentou se livrar, mas foi impedida por um puxão forte em seus cabelos.

– É assim que eu domino as mulheres, usando seus cabelos como rédeas – colou o rosto suado ao de Vanza e com a outra mão puxou um punhal, preso na parte de trás de seu cinto, pressionando a lâmina curvada contra a garganta da yuqui. – Cortarei sua goela lentamente, para que sinta cada gota de seu sangue imundo escapar de seu corpo.

A lâmina foi pressionada mais um pouco, fazendo um risco vermelho aparecer no pescoço de Vanza. Yrrayan se aproximou sorridente, pegou o machado de seu irmão e cruzou as lâminas à frente do nariz da pobre garota impotente.

– Largue a espada! – disse por fim, com o pescoço rígido a tremer.

Instintivamente, Vanza obedeceu e odiou-se assim que ouviu o som do metal tocar o chão. Estava tudo perdido, o aperto de Durthyan crescia a cada momento, fazendo sua cabeça latejar.

– Por algum momento, achou que ia vencer? – zombou Durthyan em seu ouvido, tentando sobrepujar os gritos empolgados da plateia pedindo a morte de Vanza.

Não crendo no que via, Yrguimir estava petrificado, apesar de, em sua mente, saber que esse era o resultado mais plausível. Sem perceber, levou a mão direita às costas, tateando em busca de seu arco, e bufou impotente ao perceber que nada podia ser feito para ajudar sua amiga. Tudo estava acabado.

Égora se agarrou ao braço de Y'hg, com o queixo caído. O dankkaz havia fechado os olhos, não acreditando estar tão errado assim, pois enxergava em Vanza a dureza do diamante. Vê-la nessa situação, por pouco não o desesperou.

Vanza estava exausta, a pergunta de Durthyan era repetida em sua mente: "Como achou que conseguiria vencer dois oponentes?". Sua loucura a condenara. Seu pensamento vagueou, imaginando a dor de seu pai ao ver que sua missão não fora cumprida. Sua única filha o decepcionara. Envergonhada, ruborizou-se. Seu rosto estava quente por conta da impotência que sentia. Lembrou-se do sargar e pensou em pedir sua ajuda, mas tudo não passara de um sonho. Não tinha dúvida de que a criatura existia, ela a enfrentara, mas a conversa que teve com a estranha sombra maléfica havia sido um devaneio de sua mente cansada.

"Eu disse a você que nunca minto", a voz surgiu em sua mente. "Por que nega minha existência?"

"Concentre-se, Vanza, tudo não passa de um produto de sua mente, um sonho!", pensou a yuqui, tentando focar na luta.

"O erro dos humanos é achar que um sonho não é realidade."

A perna de Vanza se movimentou inconscientemente, chutando com força a virilha de Yrrayan. O rei arqueou o corpo, e a outra perna da garota acertou-lhe a boca, fazendo três dentes voarem para longe. Um jorro de sangue e saliva escorreu pelo queixo dele.

Durthyan assustou-se com a reação inesperada de sua vítima e apertou a lâmina, afundando o gume mais e mais na pele alva de Vanza. Mas não conseguia ir além, algo parecia bloquear o avanço do fio voraz. A yuqui jogou a cabeça para trás, rachando o lábio do rei, isso o fez recuar e deixar cair o punhal. Vanza se abaixou, agarrou com firmeza a curta lâmina e com um golpe rápido cravou-a sob o seu protetor de virilha. Sangue quente banhou sua mão.

A arena se calou. O poderoso Durthyan se ajoelhou sem ao menos conseguir gritar, tamanha sua dor. Vanza pegou Plumbum do chão e preparava-se para golpear o pescoço desprotegido do rei, quando o machado de Yrrayan cortou o ar em sua direção, o que lhe deu tempo somente de desviar a cabeça do golpe, ficando o braço na mira da arma mortal. Foi atingida da altura do cotovelo até o ombro, a cota de malha pouco fez para protegê-la, elos partiram-se como se fossem feitos de papel. Sangue yuqui espirrou pelo chão.

— Deixe meu irmão em paz, vadia! Eu ordeno, em nome dos deuses de outrora! – disse Yrrayan satisfeito, analisando a lâmina de seu machado coberta de sangue.

Vanza cambaleou de um lado para o outro, tinha sido um golpe superficial, mas que arrancara completamente a pele da metade de seu braço; os músculos estavam expostos e seu membro tremia sem controle, impossibilitado de erguer a espada. Trocou de mãos, não era tão habilidosa com a canhota, mas teria de servir.

— Mate-a! – conseguiu gritar Durthyan, tentando com as mãos puxar o punhal cravado em sua virilha.

Erguendo o machado acima de sua cabeça, Yrrayan deu dois passos rápidos dirigindo-se à garota. O movimento fez com que a placa peitoral de sua armadura se erguesse, deixan-

Capítulo 47 – Em nome do pai

do uma linha de sua barriga à mostra. Vanza aproveitou a oportunidade e, ao se abaixar, descreveu um lance com a espada, que atravessou o corpo do religioso rei. A lâmina só não partiu completamente seu corpo porque foi impedida pela coluna. O monarca tombou, com os olhos vítreos arregalados pela descrença. Seus deuses o haviam abandonado.

Vanza deu um sorriso de canto de boca e tentou livrar sua lâmina do corpo sem vida de Yrrayan, não conseguindo a deixou lá, havia outro adversário na arena que exigia sua atenção.

Assim como todos na plateia, Yrguimir estava boquiaberto, a virada nos eventos era inacreditável. Vanza conseguira matar um dos reis, e o outro apenas esperava pelo golpe de misericórdia. De repente, Yrguimir saiu de sua petrificação ao ver a sombra tremeluzente da garota no chão lavado de sangue garrano, era alongada e tinha um formato estranho, parecia...

– O sargar! – murmurou o amigo de Vanza. – Não pode ser!

Vanza pegou o machado de Durthyan largado a seu lado. O rei a encarava com o rosto repleto de agonia e desespero, pois seu irmão havia perecido em luta contra uma garota. Yrrayan, que tanto se orgulhava de suas crenças nos deuses, perdeu a vida de forma tão brutal. Engoliu em seco, ao ver que a maldita yuqui se abaixava para dizer algo em seu ouvido, não possuía forças para nada, apenas ouviria o que ela tinha a dizer.

– Estupre isso, monte de merda!

A lâmina desceu e cravou-se de maneira certeira no centro do crânio do rei, atravessando-lhe a cabeça inteira, somente parou na altura de seu peito.

Vanza largou o cabo do machado e deu um passo para trás, tombando de lado após sagrar-se vitoriosa. O sangue vazava de seu braço aos montes, seu rosto estava branco como cera e o mundo escureceu rapidamente, somente dois olhos rubros teimavam em ficar em seu campo de visão.

O impossível estava feito.

Capítulo 48

AO TOQUE DOS TAMBORES

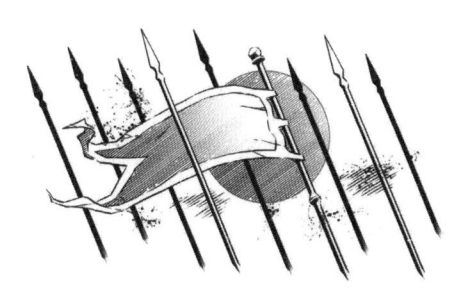

Chegaram sob a luz cinzenta de uma nova manhã, o caminho de volta havia sido o extremo oposto da viagem de ida, não por menos, tinham agora dois novos pares de braços para ajudar com os remos. Sancha falava pouco, e o guarda era mudo, como mandava a tradição da guarda real de Muivil, mas ajudavam sem pestanejar, cada um com seu próprio incentivo. Além disso, as correntezas foram muito favoráveis. Fafuhm ficou satisfeito ao ver que conseguiram voltar levando quase a metade do tempo que lhes tomara a ida para Muivil.

Nas margens do Tríade, Baldero acenava loucamente, trazia um sorriso tão grande no rosto que lhe desfigurava as feições. Estava acompanhado de Rifft, cada um com seu companheiro inseparável: o balde e o esquilo avermelhado. Ajudaram a aportar os dois barcos.

— Nossa, chefe! Quando me mandou a mensagem de que estava retornando, não imaginei que traria apenas dois homens como reforço — disse Baldero, puxando a corda da embarcação.

— Nem tudo acontece como o planejado, amigo — Fafuhm estendeu a mão, para Baldero ajudá-lo a descer.

— Salve, Sttan e Ruivão safado! Como foi a viagem?

— Estamos vivos, então acho que foi tudo bem. Vejo que parece mais gordo, Rifft. O que andou comendo? Fermento de pão? — brincou Paptur, antes de ser envolvido ao lado de Sttanlik num abraço que fez com que suas cabeças se chocassem. Porém, não reclamaram, o taberneiro estava radiante com a volta dos amigos.

Começaram a relatar os acontecimentos, de como não tinham conseguido convencer o rei Taldwys a lhes enviar reforços. Apresentaram o inexpressivo guarda, cujo nome ainda era um mistério, mandado pelo rei como escolta de Sancha. O ferreiro poucas palavras pronunciou, somente encarava o horizonte com seu semblante preocupado, muitas das rugas que trazia em seu rosto deveriam ser obra das peripécias de Mig.

Logo tomaram o rumo do acampamento. Baldero puxou Fafuhm de lado, questionando o fato de um integrante da Guarda Meia Face aprender a localização dos Andarilhos das Trevas. Mas Fafuhm lhe garantiu que isso não era mais problema, porque a Guarda

Escarlate já sabia onde ficava o acampamento, então, em breve toda Relltestra saberia. As preocupações agora eram outras, como a batalha vindoura.

Após algum tempo de caminhada e de uma enxurrada de perguntas por parte de Rifft, chegaram ao local. O trabalho árduo dos andarilhos foi interrompido imediatamente com o retorno de seu líder, todos gritaram seus cumprimentos, enquanto o grupo cruzava entre homens e mulheres suados, que se preparavam de todas as formas possíveis para o combate. Centenas de feixes de flechas de bétula estavam sendo colocados em carroças, o bater constante de martelos indicava que espadas e pontas de lança eram forjadas aos montes, cada um dos presentes teria a chance de empunhar uma arma nova em folha.

Fafuhm parou encantado ao ver que Baldero terminara um projeto antigo, há muito abandonado, que era a construção de duas catapultas, a Lamurienta e a Fazedora de Viúvas. As enormes estruturas de madeira haviam sido deixadas de lado, tornando-se abrigo de plantas trepadeiras. Como nunca tinham corrido o risco de terem a localização revelada, não existia razão de gastar seus esforços em máquinas de cerco.

— Baldero, é impressionante o trabalho que realizou, estou quase dando meu posto de líder a você — Fafuhm colocou a forte mão no ombro de seu amigo. — Muito obrigado, Bhun! Não sei o que seria dos andarilhos sem você.

— Eu só dei prosseguimento a seu trabalho, chefe, e tive o cuidado de fazer como você gostaria — disse ele. — O velho chegou essa noite e tem novidades — e apontou para a peculiar casa de Leetee.

— Mig está bem? — apressou-se Sttanlik, pois desde que chegaram, tudo em que podia pensar era na garota.

À menção do nome de sua filha, Sancha adiantou-se, seu rosto vincado se iluminou ao imaginar que logo veria sua única filha.

Baldero deu de ombros.

— Não sei nada do que está acontecendo por lá, mas o velho se trancou com a Floreira há algum tempo, nem mesmo o Urso pôde ficar para ver o que faziam.

O grupo apertou o passo para a casa do alquimista e somente Fafuhm recebeu a permissão de entrar, o que fez com que Sancha fosse tomado por desespero.

— Ela é minha filha! Eu tenho o direito de ver como está! — disse entre lágrimas.

Fafuhm garantiu ao homem que o chamaria assim que falasse com Leetee e entrou sozinho.

Ao ver o grupo reunido à porta de seu amigo, Urso logo se aproximou, com martelo em mãos e um sorriso no rosto.

— Ora, ora! Vocês *sobreviveu* a Muivil?

Em seguida, encarou o guarda e sua peculiar máscara.

— Não gosto de você! — anunciou sem rodeios, apontando o dedo para o nariz do recém-chegado.

— Calma, Urso! Este homem apenas está acompanhando o pai de Mig Starvees, logo ele vai embora — Baldero tentou apartar os ânimos. — E ele é surdo-mudo — Baldero sabia muito bem a respeito da guarda pessoal do rei, afinal, ele mesmo havia sido sentinela em Muivil.

Capítulo 48 – Ao toque dos tambores

— Se você *tá* dizendo, Baldinho.

E estendeu a mão a Sttanlik e depois a Paptur.

— Bem-vindos de volta! *Luta* por nós?

Os dois anuíram e arrancaram um sorriso satisfeito da parte do andarilho. Então, ele fez sinal para que o acompanhassem. Foram ao lugar onde Ghagu estava reunida com alguns homens estranhos, não pareciam ninguém que eles tivessem conhecido anteriormente.

— Salve, amigos vermelhos, conheçam mais forasteiros que vão se juntar a nós — comunicou o Urso.

Estavam todos afiando suas armas com pedras de amolar, sentados no chão com as pernas cruzadas, ao redor de uma pequena fogueira. O círculo se completava com a presença da guerreira das ilhas do oeste. Ao verem que alguém se aproximava, se levantaram como um corpo só e se postaram em uma linha perfeita. Com um movimento estranho de cabeça e um soco forte no peito, os cinco homens saudaram os recém-chegados.

— Nós somos os representantes do povo eterno nesta guerra — disse Sha'a e em seguida apresentou um a um. — Somos a nação dos cinco.

Paptur retribuiu o cumprimento, porém manteve-se quieto, impressionado por ver os guerreiros do povo vermelho, todos com aparência forte e sem dúvida nascidos para o campo de batalha. Seu olhar se demorou em Sha'a e seus inúmeros machados espalhados pelo corpo. Pensou em comentar algo com Sttanlik, no entanto seu amigo mantinha os olhos fixos, voltados para a casa de Leetee.

— Relaxe um pouco, Sttan! A garota vai ficar bem.

— Ah, sim, Aljava. Não é isso, é que...

— É isso sim, já ficou claro há muito tempo que você se encantou com a louquinha — o arqueiro teve de reprimir uma gargalhada ao ver Sttanlik ruborizar.

— Ah, não... É...

— Ficou até sem palavras! Coisa típica dos inexperientes, encantar-se pelo primeiro rabo de saia que encontra pela frente. Tsc, tsc! - Paptur arrancou gargalhadas de Rifft, mas enfureceu seu amigo.

— Inexperiente? Pois saiba você, Paptur, que eu tive muitas namoradas ao longo de minha vida, a diferença é que Mig Starvees é uma guerreira, e eu nunca tinha conhecido uma. Ela me impressiona, só isso! - a essa altura, Sttanlik estava gritando, até os eternos se sobressaltaram com sua reação. - Veja o que fez, Paptur! Agora pareço um bobo na frente de todo mundo — seu rosto estava mais vermelho que um tomate. Por fim, deu as costas e rumou para a casa do curandeiro verde.

— Nossa! Tudo isso por causa da caloteira? – perguntou Rifft, admirado com a atitude do sempre controlado Sttanlik.

— No coração a gente não manda, Rifft. Coitado, poderia ter se apaixonado por alguém menos... hum, diferente! – disse Paptur.

Porém, ao olhar em volta e ver a quantidade de gente diferente entre os andarilhos, ficou sem graça.

— Desculpe, Urso, não quis ofender.

— Sem problema, arqueiro. Eu entendi o que você *falo* — Urso estava sorridente, mas algo fazia com que seu olhar não se desviasse do guarda de Muivil.

Sttanlik se aproximou de Sancha no momento em que Fafuhm aparecia numa das janelas para liberar a entrada do pai da garota e, mesmo sem ter sido convidado, entrou na estranha residência. Desceram os degraus de dois em dois e adentraram o aposento, animou-se por ver que a cor havia voltado ao rosto de Mig Starvees e agora ela parecia apenas dormir. Ao lado da cama estava Leetee, passando um creme esverdeado no local onde o dardo tinha entrado no pescoço da garota. Hylow encontrava-se de costas, moendo algumas folhas secas em um potinho cujo conteúdo era escuro, provavelmente, carvão, usado para limpar o corpo das toxinas do veneno.

Leetee ergueu o corpo e foi recepcionar Sancha.

— Se sua filha fosse um felino, estaria com só mais uma vida restante. Não sei como, nem mesmo minha sábia amiga Hylow sabe, mas ela sobreviveu ao tormento do veneno de marminks. Pode respirar tranquilo agora, pai orgulhoso, sua filha vive e logo estará em condições de voltar com você para casa.

Sancha soltou o ar que parecia estar prendendo desde que soubera do paradeiro de Mig. Feliz como estava, nem se impressionou com o fato de Leetee ter a pele verde, apenas passou a agradecer de todas as formas possíveis àqueles que salvaram sua filha da morte, enquanto acariciava os cabelos dela de corte desigual.

Nesse momento, Fafuhm era só sorrisos, confiou uma missão a Leetee e Urso, e ambos foram bem-sucedidos. Contudo, talvez não fosse isso que o fizesse sorrir. Seus olhos não se desgrudavam de Hylow. Ela emitia o perfume das flores primaveris, além de ser uma bela mulher. Ele já a havia conhecido, mas o encantamento era maior dessa vez, dando a impressão de que Hylow ficara ainda mais bonita com o passar dos anos.

— Hylow Cereus, sei que não se lembra de mim, sou Fafuhm, líder dos Andarilhos das Trevas — estendeu a mão para a Floreira Noturna. Quando ela retribuiu o aperto, ele a beijou.

— Fafuhm, orgulhoso guerreiro, mascador de lâmpsanas! Eu me lembro, sim, tão bem quanto tudo o que vi na vida. Vejo que o tempo foi generoso com você, apesar de perceber a adição de novas cicatrizes marcando seu corpo. Vocês, homens, não conseguem mesmo achar nada melhor para fazer do que guerrear? Tentem cultivar uma horta, tratem as plantas com carinho, e garanto que mais benefícios virão daí — a floreira sorriu, arrancando suspiros de Fafuhm e Leetee.

Dirigiu-se então a Sancha:

— Senhor pai, sua filha é realmente uma guerreira! A razão de estar viva é, pura e simplesmente, a força com a qual se agarrou à vida. Em alguém com menor determinação, o veneno teria sido fatal.

Sancha limpou dos olhos duas lágrimas de felicidade.

— Não sei como poderei pagar a vocês por esses serviços.

— Eu sei — disse uma voz fraca, quase um sussurro.

— Mig! — todos disseram ao mesmo tempo, inclusive Sttanlik, que assistia a tudo de um dos cantos do aposento.

Capítulo 48 – Ao toque dos tambores

— Filha, repouse. Eu acerto o pagamento com seus salvadores. Durma mais um pouco, precisa recobrar as forças.

Apoiando seu peso em seus cotovelos, Mig se levantou.

— Eu já descansei em demasia – espreguiçou-se.

Aproximando-se, Hylow afastou os cabelos oleosos do rosto da garota.

— Querida Mig Starvees, eu a ajudei a reprimir o avanço do veneno, mas esse mal ainda está em seu corpo, precisa de repouso e se alimentar muito. Não a conheci anteriormente, mas vejo que está magra como uma flor de inverno.

— Eu estou bem, preciso de meu cajado, pois a guerra vem a nós!

Fechando um dos punhos, olhou para o rosto do pai.

— Peço o obséquio de lutar essa guerra ao lado dos andarilhos. Nossas fileiras de homens encouraçados poderão esmagar seus algozes. Tu que és tão misericordioso, ajuda-nos e terás a gratidão de povo tão valente.

— Filha, eu não sou o rei, eu sou...

— És um monarca, não renegues o título que tão bravamente carregas – interrompeu a garota, confusa como sempre.

Sancha Starvees levou a mão delicadamente ao pescoço de Mig e puxou um cordãozinho, mostrando-lhe o pingente de martelo.

— Eu lhe dei isto para que nunca se esquecesse que é filha de um ferreiro. Um ferreiro real, sim, mas não um homem da realeza.

— Por que mentes à frente dessa gente? Procuras alguma coisa que ainda me é oculta? Corremos algum risco que não me é claro? Elucida-me com tua sabedoria – Mig parecia realmente não entender, levando seu pai às lágrimas.

— Dói-me ver que nunca terá orgulho do que sou – disse antes de começar a chorar copiosamente. O pobre homem sempre se culpava do que acontecera com sua filha. Por ter de se dedicar tanto à seu ofício, nunca pôde ser um pai presente. Quando sua mulher falecera, Mig não era mais que uma garotinha e, tendo ele cada vez menos tempo para cuidar dela, a deixara aos cuidados das pessoas que habitavam o Palácio Abraço dos Deuses. Como em sua maioria eram homens de armas, Mig cresceu assistindo a treinamentos militares. Às vezes, passava horas, até dias, sem sair das gigantescas bibliotecas reais, lendo contos de todas as eras. Com o tempo, sua mente se perdeu entre o real e a fantasia, a ponto de não mais distinguir um do outro.

Sem cerimônias, Sttanlik se aproximou, sentando-se na cama ao lado de Mig.

— Eu conheci o rei de Muivil. O tal de Taldwys é uma pessoa horrível, é um ser repulsivo que merece ser ignorado. Seu pai é um homem bom, Mig, mesmo sem coroa na cabeça. Ele vale, pelo menos, uns cem reis que já se sentaram em algum trono de Relltestra.

Por um longo momento, Mig analisou Sttanlik, suas palavras pareceram surtir efeito, um sorriso se abriu em seu rosto.

— Meu corajoso salvador, tu tens razão! Meu pai é um homem acima de qualquer rei. Ele é um rei de reis! – disse, antes de dar um pulo da cama e envolver Sancha em um abraço.

Leetee inclinou a cabeça para confidenciar algo a Fafuhm.

— Essa daí é pior que eu, Fafuhm. Lembre-se disso, quando criticar que falo demais. Apenas gosto do som das palavras pronunciadas pela minha bela voz, eu não falo muito...

— Está falando muito! — interrompeu Fafuhm, sem virar o rosto.

— Tem razão — o velho verde levou a mão à boca, com certeza para evitar que outra enxurrada de palavras saísse dela.

Todos conversaram por mais algum tempo, mas debilitada como estava, Mig não conseguia manter-se acordada por mais tempo. Deixaram-na aos cuidados de Hylow e Sancha e saíram. Alimentaram-se e foram repousar, a viagem os cansara e precisavam recobrar as forças para ajudar com os preparativos da batalha.

Veio a noite, e uma reunião foi marcada. Líderes de todos os grupamentos foram nomeados. Sha'a, como representante dos eternos, assim como Cosza, líder dos homens enviados por Angulianis. Ghagu liderava os guerreiros das ilhas do oeste. Sttanlik, Paptur e Rifft também receberam uma convocação, tinham provado seu valor e agora eram considerados andarilhos honorários. Fafuhm recepcionou a todos em uma mesa ao lado de duas fogueiras, que espantavam o frio da noite.

— Antes de qualquer coisa, quero agradecer a presença de todos! Preferiria estar aqui para dividir um garrafão de vinho negro com vocês, mas não vivemos em um tempo de comemoração. A Guarda Escarlate se aproxima de nossas fronteiras, como bem sabem, ameaçando a paz que a tanto custo conseguimos manter por algumas décadas. Preciso que contribuam para que consigamos trazer de volta a harmonia de nosso lar.

Cada um tinha recebido uma dose de hidromel e todos ergueram o copo concordando com as palavras do líder dos andarilhos.

— Obrigado, amigos! Hoje mesmo, assim que esta reunião acabar, a primeira leva de guerreiros partirá para os limites no oeste de Idjarni, pois, baseado no mais recente informe enviado por Kjhukjhu, será por ali que a guarda pretende se infiltrar em nossa floresta. Estaremos esperando por eles, armados até os dentes, para impedir seu avanço.

— Boa estratégia! — murmurou Sttanlik para Paptur.

Muitos murmuraram também sua aprovação, mas Fafuhm ergueu a mão para contê-los.

— No entanto, temos um pequeno problema. Também consta nesse aviso que teremos uma proporção de quatro para um, ou seja, estamos com uma pequena desvantagem — sem nenhum traço de humor, Fafuhm sorriu. — Devemos descobrir uma maneira de fazer frente a uma ameaça desse tamanho.

— Cada eterno vale por quarenta homens comuns, isso vai ajudar a diminuir a conta — levantou-se Sha'a, orgulhoso.

— E eu não duvido, amigo do leste, mas de qualquer modo não é o bastante. Precisamos de algo mais para compensar a ausência de alguns homens em nossas fileiras. Entenda, uma batalha se ganha antes mesmo das espadas ficarem nuas, temos de sugar a confiança dos homens da Guarda Escarlate e de seus bárbaros.

Paptur se abaixou e pegou um punhado de folhas secas, pôs sobre a mesa e ergueu a mão para pedir a palavra.

Capítulo 48 – Ao toque dos tambores

— Pode falar, arqueiro. O que tem em mente?

— Quando partimos para Muivil, Bhun disse alguma coisa sobre sermos o exército outonal, correto? – esperou a confirmação de Fafuhm. – O que não falta em uma floresta nesta época do ano? Folhas secas!

O arqueiro expôs sua ideia detalhadamente, os homens gritaram como loucos em aprovação. Era um plano louco, mas ajudaria em muito a diminuir a desvantagem que tinham. Logo após alguns brindes, os preparativos começaram a ser feitos. Alguns homens receberam a permissão de repousar, turnos para guarda foram estipulados. Paptur se ofereceu para o primeiro da madrugada, preferindo deixar seus amigos dormirem. Além disso, queria ver a partida da primeira onda de guerreiros, sentando-se ao lado de Ren, no alto do galho de um carvalho com a altura de cinco homens.

Mais tarde, em sua cabana, Sttanlik virava de um lado para o outro na cama. Procurava o sono, que parecia fugir dele, como areia escorrendo por entre os dedos, cada vez que seu corpo ia relaxar. O fato de Rifft estar roncando como um porco ao seu lado, também não ajudava, e depois de muitas tentativas frustradas, levantou-se e resolveu dar uma volta.

Do topo da árvore, Paptur ficava sempre de olho na cabana de seus amigos, a segurança deles era a única com a qual ele se preocupava. De resto, com os Andarilhos das Trevas não se incomodava. Assistiu a onda de homens partir ao som dos tambores, que cadenciava o avanço, inclusive o das duas catapultas, puxadas por cavalos de tração, por entre as árvores. Seu plano tinha de dar certo, era a chance que teriam. Pelo canto de seu olho, algo chamou sua atenção. O integrante da Guarda Meia Face cruzava o acampamento, tentando se ocultar dos sentinelas por entre as sombras das cabanas. Ergueu-se alarmado ao ver para onde o homem se dirigia.

— Eu sabia que algo estava errado com esse sujeito, Ren – estalou a língua nos dentes, para que sua águia levantasse voo, e desceu rapidamente da árvore.

Sttanlik saiu de sua cabana e procurou por Paptur, olhou para o carvalho onde acreditava que ele estaria, mas nada viu. Conformado, seguiu por um caminho que parecia chamá-lo. Entrou por um espaço estreito entre duas faias que arqueavam seus troncos nodosos e continuou em frente. O rufar dos tambores foi se perdendo, sua mente estava esvaziada e não sabia por que se afastava tanto do acampamento, mas mesmo assim seguia adiante. O som de água corrente fez com que percebesse que tinha sede. Ao se aproximar do riacho, prateado pela luz da lua, abaixou-se, afastando algumas vitórias-régias, e mergulhou suas mãos na água gelada. Então, qualquer coisa se moveu às suas costas, e ele se levantou, odiando não ter trazido suas espadas, pois, mesmo sabendo que era pouco provável ser atacado tão próximo dos andarilhos, fora imprudente em não sair armado. Não descobriu o motivo do barulho e, achando ser impressão sua, tornou-se a virar para beber da água gelada. Tomou um enorme susto. Um rosto pálido surgiu à sua frente, fazendo-o recuar e cair de costas entre as pedras que bordejavam o riacho.

"Cansei de esperar-te, por isso vim ao teu encontro, Sttanlik de Sëngesi."

Capítulo 49

A HORA DO ADEUS

Num curto espaço de tempo, dezenas de vento'nortenhos tombaram, a luta tomou uma forma completamente diferente na praia de Focu'lland. A chegada da líder dos misteriosos inimigos, trouxe uma ordem impressionante para o ataque. Fileiras se formaram num piscar de olhos, esmagando a castigada resistência da ilha. A maioria dos selvagens se foi, sumindo na imensidão verde que cercava a praia. Os filhos do gelo estavam à beira da derrota, mas isso não impedia que continuassem a lutar.

– Não sei mais o que podemos fazer, capitão – disse Ckroy esgotado, a espada parecia pesar toneladas em sua mão, o machucado em seu ombro fazia com que todo seu corpo doesse. Desejou, pela primeira vez, que a Infantaria Avalanche estivesse com eles, apesar de odiá-los. Aqueles exibidos.

Molhado de suor e sangue, Erminho tirou do interior do peitoral de sua armadura uma tira de carne salgada e passou a mascar um pedaço, dando o resto para seus companheiros dividirem.

– Quando a luta recomeçar, eu vou ter força suficiente para acabar com todos eles – disse com a boca cheia.

Ao lado dos três, estavam Gengko; Teme; Edner; os dois irmãos cozinheiros; Pumma, o velho curandeiro; Thico, o selvagem que arrancou gargalhadas de seus conterrâneos ao passar a bandeira da paz no meio de suas nádegas. E ainda: Revolb, o rapaz cuja perna Teme esmagou, e mais três homens ofegantes. Juntaram-se num canto afastado da praia após sobreviverem ao ataque brutal. Teme foi o responsável por escaparem da morte, mantendo-se à frente do ataque das misteriosas e formidáveis guerreiras. Ao ressoar duas notas de corno, o exército inimigo desistiu da luta, reunindo-se à frente de sua líder, e lá permanecia até aquele momento, em um bem-arrumado e seguro círculo. Obviamente que nenhum adversário conseguiria se aproximar, e por mais que quisesse, a pausa repentina era mais tentadora, para que as forças voltassem aos membros cansados e o ar pudesse achar de novo o caminho para os pulmões dos sobreviventes.

Stupr se abaixou e encontrou um dente ensanguentado.

– Por Namarin, como isso veio parar aqui?

O grupo não pôde evitar uma gargalhada, que fez com que seus espíritos ficassem mais leves. Por fim, o capitão do Devorador de Ondas ergueu o braço, pedindo a atenção de todos.

— Estamos no fim, rapazes, não vejo como poderemos vencer essa luta. O outro grupo, que também resistiu, encontra-se no meio da mata, não conseguiremos contato com eles tão cedo, por isso, temos de estudar nossas chances contra esses desgraçados — coçou a cicatriz em seu pescoço, para se lembrar de que superara situações desesperadoras antes. Beijou a fita que amarrava seus cabelos, lembrança de sua mulher para dar-lhe sorte.

Aproximou-se de Gengko e Teme e dobrou um de seus joelhos.

— Preciso agradecer a ajuda de vocês, devo minha vida àqueles que jurei capturar. Estava seguindo ordens, espero que entendam, mesmo assim fui cego e estúpido e peço perdão.

A humildade de Stupr pegou os dois peculiares selvagens de surpresa, ainda mais na frente de seus homens, e não sabiam o que responder.

— Não o perdoarei se ficar aí ajoelhado, levante-se e lute, homem, agradeça depois — disse Gengko, seu rosto mostrava-se a pura máscara da frieza.

Ckroy não conseguiu esconder a satisfação ao ver a atitude de seu capitão. Gostava de Gengko, o homem de fogo era esperto e muitas vezes calculista, mas não deixava de ser uma pessoa boa, cujo sofrimento ninguém poderia sequer imaginar. Mesmo assim, veio em auxílio de seus inimigos numa hora de extrema necessidade. Havia uma nobreza crua dentro dele que nem ele sabia.

— O segredo é matar a gordona, senhor — disse Edner, deitado no chão, ao lado de Haruc.

— O que disse, garoto? — perguntou Stupr ao se levantar.

— Se o senhor morresse naquele ataque, nós, os sobreviventes, teríamos o ânimo abalado, provavelmente nem vivos estaríamos agora. Sua coragem nos motiva, eu só não luto porque estou com o traseiro destruído.

Seu olhar transferiu-se para Teme.

— Mas não guardo ressentimentos, amigo! Você já compensou qualquer coisa, salvando minha vida. Obrigado.

— Eu sei que sou um herói, menino, seu capitão já nos disse isso. Poupe suas forças, se é que as tem — disse Teme, sem emoção.

— O garoto está com a razão, capitão, temos de matar a bolota! Viu como ela os domina facilmente? Trazer o caos para o ataque deles é a nossa única chance — disse Erminho, enquanto estalava as costas.

Stupr parou um pouco para pensar. Era uma ideia boa, mas não havia como atravessar as defesas com tão poucos homens.

— Eu me ofereço como voluntário, senhor.

Todos se viraram para Ckroy, assustados com sua coragem.

— Você já fez coisas demais nesta ilha, deixe que eu vou — Erminho deu um passo à frente. — Posso ser velho, mas ninguém golpeia mais rápido que eu.

Capítulo 49 – A hora do adeus

— O garoto deve ir, ele me derrotou, nem mesmo o mar poderoso pode matá-lo – interrompeu Teme. – Eu e Gengko o acompanharemos, juntos somos invencíveis.

— Fogo, pedra e aço... ótima combinação! – sorriu Gengko. – Contem comigo – empolgado, inflamou seu corpo levemente e, mesmo de forma controlada, o calor fez com que os homens se afastassem.

Gostando da ideia, Stupr adicionou algo ao plano, satisfazendo a todos, até mesmo Edner com a bacia quebrada teria sua importância. Por ser muito idoso, Pumma ficaria para trás, ao lado de Revolb, pois não teriam condições de lutar. Prepararam-se, permanecendo à espera do momento oportuno.

Não tardou muito para que a reunião terminasse, e metade dos homens se dirigiu à mata, com certeza queriam acabar com os fugitivos. A outra, posicionou-se em três fileiras e avançou a passos lentos para cima do pequeno grupo de Ckroy.

— Conto 64 – anunciou Edner, segurando-se firmemente ao pescoço de Teme.

— Fácil como cortar carne boa com um cutelo novo – disse Haruc satisfeito.

— Prove isso, Nível Dois! – apesar de mancar e estar esgotado, ao empunhar seu machado, Erminho tomou a postura de um guerreiro invencível.

— Matem todos! – gritou Stupr antes de começar a correr, tomando a dianteira do ataque.

— Todos na sua terra são loucos? – perguntou Gengko a Ckroy.

— Pior que sim – sorriu o vento'nortenho, que mesmo com ferimento na perna fazia força para acompanhar o ritmo de seus companheiros.

As forças se chocaram, era uma luta injusta, e, como o planejado, a estratégia começou. Teme atravessou a massa de inimigos e escolheu um lugar para colocar Edner sentado, o garoto tinha agora um arco e uma aljava com flechas e começou a atirar. Do outro lado, Gengko se inflamava e torrava inimigos facilmente, sem sofrer nenhum arranhão. Ckroy ficou junto de Teme, protegendo Edner.

— Agora, garoto! – disse Teme ao ver que o caos estava instalado nas fileiras inimigas.

Edner olhou para o gigante de pedra, seu guardião inesperado e sorriu, ninguém acreditaria no que estava acontecendo com ele. Respirou fundo e puxou a flecha até sentir as penas roçarem em sua orelha, semicerrou os olhos e soltou. A flecha voou, balançando no ar até se aproximar de seu objetivo. Não tinha como errar, seu alvo era enorme.

— Vamos lá! – gritou Ckroy.

Teme estava segurando duas mulheres pelas cabeças, uma em cada mão. Ao receber a indicação, chocou o crânio das duas, matando-as instantaneamente. Em seguida, agarrou Edner e o colocou no ombro. Na luta que acontecia ao lado, os três vento'nortenhos tinham perecido. Já Erminho tinha um talho na bochecha esquerda e o braço de Stupr sangrava por um corte superficial, mas estavam conseguindo resistir, graças à proteção das chamas de Gengko. Perceberam então que Teme avançava com Ckroy e forçaram a passagem por entre os adversários.

Ckroy e Teme se aproximaram da estranha mulher obesa, ela gritava, amaldiçoando a todos, com a flecha de Edner cravada em seu braço direito. Seus guardas pessoais ficaram em posição, vendo que os inimigos chegavam mais perto dela.

— Crianças estúpidas, não têm chance alguma contra mim — puxou seu corno e soou uma nota longa e uma curta, fazendo com que seus guerreiros voltassem desesperados para salvar a líder.

O gigante de pedra estendeu os braços para abrir o caminho de Ckroy entre os guardas pessoais, mas algo de errado aconteceu, cordas foram lançadas nos braços abertos do gigante de pedra. Quando tentou se livrar, arremessaram mais, agora por suas costas, e dez homens as puxavam tentando derrubar Teme. Ckroy insistia, lutando contra eles, mas eram muitos e seu corpo era cortado por todos os lados, mas, estranhamente, não pareciam ter a intenção de matá-lo.

O grupo de Stupr não conseguia se aproximar o bastante para ajudar, havia muitos inimigos para enfrentar, nem mesmo Gengko, com suas impressionantes chamas, conseguia dar conta do desafio.

Por um momento que pareceu durar uma eternidade, Teme foi se inclinando para trás, vítima da força conjunta de vinte homens fortes, e ainda lutava como um louco quando, por fim, tombou. Edner caiu para o lado e gritou ao se chocar contra o solo, sua fratura só piorando com o impacto. No chão, também estava Ckroy, imobilizado, com o solado de uma bota pressionando seu pescoço e sufocando-o.

O plano fracassara.

— Rendam-se, agora! — gritou a mulher, antes de levantar seu enorme corpo e descer pela primeira vez de sua liteira.

— Nunca! — gritou Gengko, inflamando seu corpo de uma forma inédita, com uma aura flamejante de mais de três metros em sua volta.

Mas era inútil. Erminho estava caído, desacordado e sangrando pelo corpo todo, assim como os irmãos Haruc e Heraz. Stupr largou a espada prudentemente e, com um golpe de um cabo de lança dado em suas pernas, ajoelhou-se, juntando as mãos atrás da cabeça.

Ao constatar a derrota, Gengko olhou para os lados e apenas ele e seu amigo Thico lutavam, abaixou os braços, sentindo o inevitável peso da derrota.

A luta cessou finalmente, o único som estranho na praia eram os passos pesados da misteriosa mulher, que se aproximou de Gengko, cercada por uma dezena de guerreiras sobreviventes.

— Lutar é inútil, prêmio valioso! Eu cruzei os quatro mares até chegar aqui, somente para encontrar o mais famoso entre os boatos ébrios: você! Sabe que nos últimos tempos não se fala em outra coisa que não seja sobre sua pessoa? — arrancou a flecha de seu braço sem ao menos piscar e a quebrou. Então, estendeu a mão para Gengko.

— Chamo-me Aram Sebo de Porco, e você agora é meu! — parou por um instante e olhou o entorno. — Vocês todos agora são meus!

— O que quer de nós, porca nojenta? — perguntou Gengko grunhindo, seus olhos brancos e uma aura que por pouco não torrou a mão de Aram.

Aram Sebo de Porco recolheu a mão, assoprando-a entre um sorriso satisfeito.

— Sou a dona de uma coisinha mínima, chamada Arena Lago de Sangue, e realizo jogos para o deleite de alguns homens poderosos.

Capítulo 49 – A hora do adeus

– E o que temos a ver com isso? – perguntou Stupr, impedido de se virar para Aram por uma ponta de lança.

– Eu vim atrás de novas atrações para meus joguinhos. Sabem, vivemos tempos difíceis em Relltestra e, sem a ajuda de Muivil, andamos um pouco defasados. Preciso de algo que chame a atenção de nobres para a minha arena, mesmo em tempos de guerra. É aí que entra o foguinho aqui, ele é único e vai ser a principal atração. O gigante de pedra também terá utilidade, os restantes serão apenas a gordura que estala na brasa – piscou para Gengko. – Se é que você me entende.

Ckroy tentava empurrar o pé forte que o sufocava, mas não era possível, só conseguia puxar um pouco de ar por vez, sentindo seu corpo enfraquecer. O homem que o mantinha assim sorria ao ver seu desespero.

– Pare de lutar, é inút... – não terminou a frase.

Finalmente, Ckroy conseguiu respirar normalmente, pois o homem que o torturava tombou de lado, em uma benção inesperada. Ao se levantar, Ckroy constatou que não havia sido milagre algum. Edner estava com o arco na mão e um sorriso no rosto.

– Ninguém sufoca meu amigo! – disse satisfeito.

Uma comoção tomou as guerreiras, que logo capturaram Edner, levando-o para Aram Sebo de Porco. Com medo de piorar a situação de Edner, Ckroy se rendeu, sabia não ter chances de vencer tantos inimigos, ainda mais com sua espada fora de alcance.

Aram analisou Edner e cuspiu em seu rosto.

– Foi você que me atingiu com aquela flecha, animal imundo?

– Pena que errei o alvo, queria acertar o meio da sua testa! – retrucou o garoto, num surpreendente lampejo de coragem.

– Vai pagar por isso! – Aram agarrou com firmeza o pescoço do rapaz e com sua enorme mão passou a apertar, deixando-o vermelho e depois roxo.

Gengko tentou ajudar, lançando uma bola de fogo, mas errou o alvo, pois levou uma pancada com a parte larga da lâmina de uma pesada espada na têmpora, perdendo os sentidos e tombando na areia fofa.

Ckroy conseguiu se levantar e derrubou a mulher à sua frente com o ombro, ignorando o gritar desesperado de seu corpo. Não tinha mais forças, mas não podia deixar que seu amigo fosse assassinado assim. Abaixou-se e pegou o machado de Erminho, pulou o corpo de Stupr, matando dois homens, antes de se achegar o bastante de Aram para golpeá-la. Girou o machado e estava prestes a acertar suas enormes costas, quando um escudo surgiu na sua frente. Uma guerreira evitara o ataque a sua líder.

"Edner!", pensou desesperado ao tombar com três flechas cravadas na parte de trás de sua perna. Não se preocupava com a dor que sentia, queria salvar seu amigo. Olhou para o lado e, com os olhos embaçados pelas lágrimas, procurava alguém que pudesse ajudar, mas Stupr estava imobilizado, com o rosto afundado na areia, Erminho e os irmãos permaneciam inconscientes, cercados por sorridentes inimigos.

Edner caiu à sua frente, o pescoço esmagado pela mão de ferro de Aram. O rosto do jovem era a própria máscara do desespero, mas a vida tinha abandonado seu corpo. Os olhos arregalados estavam completamente vermelhos, lágrimas corriam pela face agora gelada.

— Maldita! — desesperou-se Ckroy, chamando a atenção de Aram.

— Eu matei seu namorado? — levou a mão zombeteira à boca, arrancando gargalhadas de seus seguidores. — Ele era inútil para mim, não sobreviveria um minuto na arena, meu amigo — abaixou-se e passou a mão pelos cabelos molhados de suor de Ckroy. — Já você me impressiona! Você vive!

Ergueu-se e anunciou:

— Iniciar preparativos, partiremos amanhã, com todos os capturados que pudermos levar! Não hesitem em matar qualquer um que tente resistir. Aos que aceitarem seu destino, bem-vindos! Vocês são meus escravos a partir de agora.

Ckroy chorava copiosamente, criando um círculo na areia com suas lágrimas. Levou a mão ao peito de seu amigo, à procura de uma batida sequer do coração, mas havia apenas o peso de um corpo sem vida.

Ao se virar e ver a cena, Aram fez uma expressão de pouco caso e disse:

— Rapaz, não chore por ele, pois está num lugar melhor. Se eu fosse você, choraria pelo que o espera, não faz ideia dos tormentos da arena.

Em desespero, os olhos de Ckroy se fecharam. A primeira coisa que um guerreiro subjugado deve fazer é reconhecer a derrota. A luta acabara, tudo que restava era um gosto amargo, a única realidade era a dor e a tristeza. E só!

Capítulo 50

O LADO NEGRO DE CADA UM

Cinco dias. Foi o tempo que Vanza passou dormindo; dormindo não, arrastando-se entre um desmaio exausto e outro. Sua cabeça doía, duas de suas costelas estavam quebradas, todos seus machucados latejavam, incluindo o corte que tinha no pescoço. Mas o pior de tudo era a dor em seu braço. A parte onde a lâmina cortara, apresentava-se arruinada, demoraria semanas para que pudesse movê-lo e provavelmente nunca mais conseguiria mexer-se a contento. O membro estava envolto em uma atadura de linho e preso por um pano leve que servia como tipoia. A restrição dos movimentos concedia um alívio que quase a fazia esquecer que estava tão ferida. Era uma tortura se mover, respirar. Mas corajosamente recusava qualquer coisa que lhe turvasse a mente. Ela podia perceber a proximidade do sargar. Não era possível vê-lo, mas sentia sua influência maligna no aposento, à espera de qualquer vacilo seu para capturar sua alma.

— Vamos, Vanza, tome um pouco — insistiu Yrguimir, aproximando a caneca com um espesso chá de ervas.

— Obrigada, grande amigo, mas tenho de me manter acordada, não posso fraquejar agora — disse finalmente, com a voz rouca e repleta de dor, após tanto tempo calada.

Em sua forma idosa, Yrguimir abriu um sorriso que lhe iluminou o rosto, apesar da falta de alguns dentes que sempre sumiam quando assumia essa idade. Égora estava ao seu lado, assim como Y'hg, todos velando pela yuqui. Ela tentou se levantar para agradecer aos companheiros, no entanto, suas forças falharam e caiu de costas em seu fofo travesseiro de plumas de ganso.

— Repouse, passarinho! Já está melhor, mas não curada. Levará alguns dias para voltar à forma — Yrguimir mordeu o lábio, algo parecia incomodá-lo. Seu semblante preocupado o denunciava.

Obviamente que Vanza reparou nisso.

— Diga-me, querido amigo, o que o incomoda? — perguntou depois de tomar um longo gole de água morna, oferecido por Égora.

— Você faz ideia do que está acontecendo aqui? Eu a vi naquela arena, quase morri de apreensão.

— Por quê?

— Ora, por quê! – Yrguimir deu um soco no ar irritado. – Porque eu me preocupo com você, aqueles dois brutamontes por pouco não a mataram.

— Por pouco...

— Não faça chacota de mim, Vanza! – o ancião explodiu de vez. – Você foi a razão de eu ter saído de minha casa, mostrou-me que o mundo ainda poderia ter cores! Já foi duro demais perder Aryan, a única pessoa que me importava de verdade. Não aguentaria ficar sem você também, ainda mais por causa de um plano louco desses.

Ao constatar a amizade que crescia entre os dois, Vanza sorriu, satisfeita. Ela devia tratá-lo com mais atenção a partir de agora e consultá-lo sobre suas futuras ações. Afinal, ele a salvara mais de uma vez, principalmente de algo que parecia não querer mais desaparecer. Depois da luta, enquanto era cuidada, não conseguia tirar a imagem do ser bizarro de sua mente.

— Desculpe-me, Yrguimir! Você tem razão. Eu vou ter mais cautela daqui para frente, pode ficar tranquilo – passou a mão esquerda em seus cabelos grisalhos e negou novamente o chá. – Já disse, minha mente tem de ficar alerta, pelo menos por enquanto.

— Até que vença o próximo e inevitável desafio? Não acha que isso é um exagero? – perguntou Égora enquanto se sentava ao lado dela na cama.

— Não é só o desafio dos reis que me põe em perigo, Égora. Existem outros males ao meu redor – respondeu ela, sem saber se deveria revelar sua ligação com o sargar ao ceratotheriano e ao dankkaz.

— Tome cuidado para não se *perderr* na escuridão, Vanza! – disse Y'hg com um olhar misterioso. – Não se deve *aceitarr* favores de um Pyionuc.

Vanza sobressaltou-se em seu leito, ela se lembrava desse nome. Fora o sargar que lhe dissera que, em épocas longínquas, era conhecido por Pyionuc. "Seria Y'hg assim tão velho? E como poderia ele conhecer o ser bizarro?", refletia ela.

— Percebo pelo seu *olharr* que descobri a razão de suas preocupações. Tome cuidado, eles são seres com poderes misteriosos, até para nós, os dankkaz.

— Então é isso que você é? Um dankkaz? Nunca tinha ouvido falar de sua raça... – não teve chances de terminar sua frase, foi interrompida por Y'hg.

— *Querr* que eu cure seus ferimentos?

Quando o desafio acabou, Y'hg já tinha oferecido sua ajuda, mas Yrguimir achou melhor esperar pela benção de Vanza, afinal, o corpo era dela, e ela deveria decidir o que seria feito.

— Agradeço do fundo do meu coração, amigo Y'hg, mas não, prefiro deixar que a cura venha a seu tempo.

— Mas as marcas serão definitivas, e Y'hg tem um poder impressionante, ele já me curou de alguns males, pode confiar nele – disse Égora, reprimindo uma nova história que surgia em sua mente, louco para contá-la.

— Não ligo, não me importo mesmo, tenho mais um desafio pela frente e, assim como a Plumbum que empunho, ficarei marcada, disso nunca tive dúvidas. O que é um guerreiro sem algumas cicatrizes? – soltou uma gargalhada que fez o ar do aposento ficar mais leve.

Capítulo 50 – O lado negro de cada um

Todos se animaram com seu bom humor, porém, Yrguimir não conseguia impedir que seus olhos leitosos de idoso ficassem carregados de preocupação.

– Yrguimir, eu lhe peço: relaxe! Vou ficar bem, tanto com o novo desafio quanto pela situação com o sargar. Eu tenho tudo planejado!

– Eu gostaria que fosse tão simples assim, passarinho, mas não é! O desafio dá mostras de ser uma manobra política desses reis, por um milagre se sagrou vencedora do primeiro. Entretanto, quem sabe o que vem depois? Você está ajudando esse pessoal violento a se fortalecer nessa guerra, dois podem ter tombado, contudo, os próximos não serão tão imprudentes! Dói-me ver você se ferir tanto para dar a esses governantes ainda mais controle sobre seu povo – Yrguimir se sentou no leito e quase colou seu rosto ao de Vanza. – E quanto ao sargar, o que eu posso lhe dizer? Se eu fosse seu pai, daria-lhe umas palmadas. Como e quando você começou a lidar com aquele ser tão perigoso? Como diz a frase: "Quando a esmola é de ouro, o anjo afia a espada!"

Vanza deu um sorriso.

– Eu sei, amigo. Eu sei. Tudo que disse está certo. Eu imaginava que os reis não aceitariam meu desafio se não tivessem algo além de um desejo de vingança. Na verdade, eu contava com isso! Nunca planejei ser mártir de uma causa que não é minha. E sobre o sargar – disse, chegando mais perto para confidenciar algo –, outra hora eu lhe explico. Mas estou no comando agora, pode ficar tranquilo. Ele não tem poder sobre mim!

Yrguimir ia se preparar para dizer alguma coisa, mas duas batidas na porta fizeram com que virasse o rosto bruscamente.

– Quem poderia ser? – perguntou, empertigado como um gato acuado.

Égora se levantou e foi atender à porta. Quando abriu, Tenia tentou forçar sua passagem.

– Deixe-me entrar, porco escravo! – e empurrava o montador de rinocerontes. Contudo não obteve êxito, o ceratotheriano era um rapaz bem forte.

A voz de Vanza surgiu às suas costas.

– Pode deixar, Égora. Vamos ver o que meu captor tem a dizer.

Tenia se ajeitou e tentou andar com dignidade pelo aposento. Aproximando-se da cama, abriu os braços animado.

– Ora, fico feliz que tenha acordado, Vanza! Como está a estrela da manhã? Precisa de algo? Posso lhe arranjar mais alguns travesseiros, caso isso deixe você mais confortável!

Vanza sentiu um impulso de cuspir na cara dele, odiava-o ainda mais que o sargar, mas reprimiu o ato e fez o possível para ser educada.

– O que quer de mim? Diga logo, eu não caio em suas trapaças.

– Não sei se fico ofendido ou agradecido com sua resposta, ao menos foi sincera e é isso que importa – juntou as mãos e deu um passo à frente. – Eu estou aqui para ver como a libertadora do povo garrano está, afinal, esse é o título que lhe estão dando pelos cantos escuros de Ouvian.

– Explique melhor, verme – disse Yrguimir, esquecendo-se de que estava na forma idosa.

Tenia analisou-o por alguns instantes.

— Você é novo.

E voltando a dirigir-se a Vanza:

— O povo currynto estava cansado das infindáveis guerras que os quatro travavam, ou melhor, ainda está. Quantas mães derramam lágrimas neste momento, rezando para, pelo menos, ter o direito de levar os corpos sem vida de seus filhos ao Coração da Pedra e enviá-los de volta ao nosso criador. Mas mesmo dentro de uma caverna escura há luz! Uma pessoa teve coragem para se opor a eles. Ah, minha querida, estão extasiados com os últimos acontecimentos. Em nome do povo garrano, eu lhe agradeço.

— Está me agradecendo por estar enchendo sua bolsa de ouro, não é? Anda por aí se gabando de que foi você quem trouxe a... Como disse? Libertadora do povo garrano? Ou está fazendo um banco de apostas em meu nome?

Tenia levou as mãos à barriga e começou a gargalhar.

— Por isso, Yrrayan e Durthyan tombaram contra você, seus golpes são certeiros, assim como seus palpites. Está certa em ambos os casos, mas vim aqui também para pedir uma coisa a você — fez o possível para ficar com o semblante inocente.

— Sua audácia não conhece limites! Mas fiquei curiosa... O que quer de mim? — estava enjoada de tanto ódio que sentia no momento. Porém, seu pai sempre lhe ensinara a tratar qualquer situação com expressão fria e postura forte.

— Quero que, após sua maravilhosa vitória na arena, que vai libertar o povo garrano dessa tirania que já dura décadas, deixe-me ser seu conselheiro, eu juro servir-lhe com a fidelidade de um cão doméstico!

A yuqui ignorou a dor que sentia e ergueu o corpo com firmeza.

— Eu espero que você não se ofenda ao ouvir isto: a única coisa que vai ter de mim, seu monte de estrume garrano, será o que já lhe prometi, vou fazer você ficar empanturrado de tanto ouro. De resto, quero distância da sua pessoa. Tenha um bom dia e diga a quem quer que esteja pagando, para parar de me espionar — esperou, deliciando-se com a visão do sangue que fugia do rosto de Tenia. — Isso mesmo, esse alguém, que o avisou que eu tinha despertado e que era a hora de você vir falar comigo, que pare! Ou esta espada vai matar mais alguém, além dos quatro reis deste reino. Até breve — deitou-se lentamente, com o olhar fixo em Tenia.

O garrano ficou um tempo paralisado, mas concordou com a cabeça e se dirigiu à porta. Antes de sair, virou-se.

— A minha oferta ainda está de pé — e saiu, fechando a porta devagar.

Vanza fingiu um calafrio e pôs a língua para fora, arrancando gargalhadas de seus companheiros.

— Quanta prepotência, não acha? — perguntou Vanza a Yrguimir.

— Completamente comum. Afinal, é um típico exemplo do que acontece quando se está envolvido nos jogos do poder. Pode se preparar, se você vencer o próximo desafio, passará por isso diariamente.

A conversa continuou por mais algum tempo, mas Vanza sentiu-se cansada e se desculpou, antes de cair no sono. E dessa vez, dormiu de verdade, pois a presença de seus

Capítulo 50 – O lado negro de cada um

amigos lhe deu tranquilidade suficiente para aceitar a sonolência que tomou conta dela tão abruptamente.

No dia seguinte, Juck Mangdarru'op, o juiz do desafio, veio ver como Vanza estava e constatou que ela não tinha condição de lutar, e, a pedido dos reis, resolveu adiar o desafio por mais três dias. Vanza aproveitou a oportunidade e requisitou ao juiz algumas ervas, que ajudariam a melhorar seu ferimento. Foi atendida em pouco tempo e, com o conhecimento de Y'hg, fez uma espécie de cataplasma. Agora queria se restabelecer com pressa.

Na manhã do desafio, Vanza acordou muito melhor, sentia-se incrivelmente bem e disposta, as ervas surtiram efeito. Estava animada com sua recuperação e pela ausência do sargar, o dia não podia ter começado melhor. Finalmente, levantou-se de seu leito, com os músculos enrijecidos devido ao longo repouso.

– Travada desse jeito, não sei se vou conseguir lutar direito – brincou enquanto trocava de roupa, atrás de um belo biombo de cerejeira que lhe concedia privacidade.

Apesar dos protestos de seus amigos, inclusive de Harjhu, que veio visitá-la no dia anterior e gentilmente se ofereceu para confeccionar uma roupa idêntica a que usara no primeiro desafio, Vanza resolveu que vestiria a mesma roupa, suja de sangue e impregnada com o cheiro de suor. Era uma peça rara para ela, uma lembrança de sua gente, costurada pelas habilidosas mãos das yuquis. Sentia que ao usá-la, levava a força de seu povo para dentro da arena.

Agora em sua forma mais jovem, Yrguimir sugeriu a anulação do desafio, que pedisse clemência. E como fora vitoriosa no primeiro, que lhe concedessem a liberdade. Mas Vanza nem quis começar esse assunto, estava determinada a cumprir o combinado. Afinal, mesmo que fosse libertada, seus amigos ainda seriam escravos. Não havia jeito, tinha de lutar mais uma vez, estando debilitada ou não.

Preparou-se como se estivesse sem nenhum arranhão. E apesar de seu corpo ainda dolorido e seu braço direito com uma limitação de movimento que, sem dúvida alguma, traria-lhe dificuldades na luta, seu espírito estava leve, confiante. Agarrou firmemente a empunhadura de Plumbum e ergueu a lâmina até a altura de seu rosto, fechou os olhos e fez uma oração a Merelor, pedindo mais uma vez sua ajuda. Em seguida, beijou a lâmina, enquanto Yrguimir prendia a bainha ao redor de sua cintura.

– É chegada a hora, amigos – disse e lentamente colocou a espada na bainha.

Yrguimir ficou à sua frente e deu-lhe um abraço caloroso, parecia não querer largar sua amiga e Vanza esperou que ele se sentisse pronto para "libertá-la". Por fim, recebeu um beijo afetuoso no topo de sua cabeça.

– Se não posso impedi-la de ir em frente, ao menos ouça um conselho: lute com o braço esquerdo, a ferida do outro ainda está muito recente, vai atrapalhá-la muito. Um raspão mais forte romperá a cicatrização, e sangue vai escorrer sem parar – limpou uma inevitável lágrima com a ponta de seu dedo e deu um passo para trás.

Vanza agradeceu e pediu para ele ficar sossegado, logo estariam em um banquete dando risada de tudo isso. Recebeu mais algumas orientações de seus outros dois amigos e novamente Y'hg passou o sangue dele no seu rosto. Estava preparada.

A marcha até a arena foi silenciosa, somente o som de seus passos eram ouvidos pelo longo corredor estreito e com pouca luz. Após passarem por uma brusca curva, começaram a ouvir o barulho da torcida na arena. Alguns passos depois, estavam em frente à porta de ferro e todos deram um último suspiro antes de Vanza ter a entrada permitida por dois guardas, que recolheram seus machados geralmente cruzados na passagem. Ela parou, olhando para cada um de seus amigos, e acenou com a cabeça assim que a porta se abriu. O som de milhares de vozes inundou o corredor como uma lufada de vento forte. A yuqui piscou lentamente seus olhos, estalou o pescoço e deu o último passo decidido, rumo ao desafio final.

"Não importa quantas vezes eu faça isso, sempre será assustador", pensou, sem deixar que seus temores transparecessem em seu rosto.

Algo espetacular aconteceu. As vaias dessa vez foram muito menores, existiam, é claro, mas rivalizavam com as palmas e gritos de boa sorte que recebia dos agora "admiradores" que conseguira. Sobre isso, Tenia não havia mentido, era evidente que o povo mostrava-se dividido e que Vanza alcançara o impensável: conquistar a simpatia de uma parte do povo garrano.

"Isso é loucura! Meu pai não vai acreditar quando eu lhe contar!", pensava admirada.

Juck Mangdarru'op estava no centro da arena. O idoso garrano tinha os olhos arregalados enquanto acenava para as pessoas que ovacionavam Vanza. Era uma ofensa grande demais, torcer para a desafiante de seus reis, com certeza temia a reação dos monarcas e logo saberia. As portas do outro lado da arena se abriram lentamente, talvez até demais.

Com um empurrão ensandecido, Jarhyan abriu as portas com força, não queria saber de pompas e cerimônias, seus olhos estavam vermelhos, tamanho seu desejo por sangue. Ao contrário de seus dois irmãos, que entraram na arena marchando graciosamente, Jarhyan andava como uma fera, pisando pesadamente no chão de pedra. Ignorava a ovação que recebia, seu olhar mantinha-se cravado em Vanza. Puxou o machado preso às suas costas, com sua fabulosa lâmina escura, e apontou na direção da garota, antes de cuspir de lado.

– Você! – disse com o rosto transformado em uma carranca.

Vanza sentiu os pelos de sua nuca eriçando-se, era uma visão assustadora, aquele monarca andando como um bárbaro alucinado. Estranhamente, não trajava uma fabulosa armadura como a de seus irmãos, apenas uma cota de malha dourada cobria-lhe o corpo musculoso. Seus cabelos estavam presos por um osso fino, provavelmente de alguma ave, em um coque no alto de sua cabeça, e em sua testa havia uma chama pintada, não com tinta, mas com sangue.

Ao parar na frente da yuqui, Jarhyan tremia de excitação, lambia os lábios repetidas vezes e girava seu machado sem parar. Era uma presença tão forte que ninguém pareceu perceber a chegada de Mundyan, o mais franzino e tranquilo rei de Ouvian. Ele sim, trajava uma armadura completa, que o fazia curvar-se para a frente, obviamente por não estar acostumado com o peso. Trazia duas espadas presas às suas costas, ignorando a tradição dos monarcas curryntos de lutarem com seus machados. O que era bastante inusitado.

– Vejo que ela também gosta de pintar o rosto – disse Jarhyan. – Algo de bom tinha de vir de um verme nômade. Não é irmãozinho? – deu um cutucão com o cotovelo em Mundyan que quase o jogou longe.

Capítulo 50 – O lado negro de cada um

— Trago sangue poderoso em meu rosto, Majestade — disse Vanza com desdém.

Jarhyan deu um riso pelo nariz e apontou para a testa.

— E eu carrego o sangue dos mortos!

— Yrrayan e Durthyan? Facilitei as coisas para você então, não é? Pintei esta arena de vermelho com o sangue real deles.

"Muito boa essa", disse uma voz em sua cabeça. E Vanza sabia muito bem de quem era.

Jarhyan fincou o cabo de seu machado no chão e apoiou o cotovelo nele.

— Acredita realmente que me importo com a morte de meus irmãos? Ao lutar, ou se vive ou se morre, é fato! Acho que isso só me dará mais satisfação, quando eu arrancar essa sua cabecinha de seu corpo — terminou sua ameaça passando o polegar pelo pescoço, numa simulação de lâmina.

Juck Mangdarru'op pigarreou para chamar a atenção de todos. Disse mais uma vez as regras e no meio foi interrompido por Jarhyan.

— Existe uma regra que me impeça de estuprar o cadáver dela? — apontou o dedo para Vanza.

O juiz tentou achar uma resposta digna. Ao não encontrar, balançou a cabeça negando.

— Ótimo! — Jarhyan cuspiu mais uma vez de lado, sem tirar os olhos de Vanza.

A yuqui manteve-se quieta e com o olhar fixo em seu oponente, não deixaria que ele a abalasse com ameaças e piadas estúpidas.

— Apresentem as armas — disse, por fim, Juck Mangdarru'op.

Vanza desembainhou Plumbum e recebeu a aprovação do juiz, assim como Mundyan e suas espadas. Já Jarhyan apresentou sua arma de uma forma diferente. Girou o machado no ar e cortou a cabeça do pobre Juck Mangdarru'op, calando a arena de vez. Até Vanza recuou, espantada.

— Está afiada o suficiente para você, querido juiz? — abaixou-se e pegou a cabeça do chão, erguendo-a bem alto e jogando em direção à plateia. — Que isso sirva de alerta a todos que, assim como esse juiz traidor, acham uma boa ideia torcer para a escória!

Voltou-se para Vanza.

— Podemos começar?

A yuqui automaticamente ficou em posição de combate, estava com as mãos molhadas, tamanho era seu medo. Jarhyan era um louco alucinado, assassinou um de seus conterrâneos na frente de todo seu povo, não temia nada, só queria vingança. Sentiu-se arrependida pela primeira vez desde que os desafiou.

O rei não esperou e com um pulo estava cara a cara com Vanza, voltou o machado acima de sua cabeça e, sem dar tempo para reação, golpeou-a sem piedade. Da testa até o queixo, um corte se abriu e o lado esquerdo do rosto de Vanza ficou completamente vermelho.

— Eu me esqueci de mencionar, garotinha, que nunca erro um golpe — disse Jarhyan, eufórico.

Vanza estava tonta de tanta dor, cambaleou para trás e todas as suas feridas pareceram querer castigá-la ao mesmo tempo. Seu rosto estava arruinado, sangue começava a correr para seus olhos. Ela reparou que o golpe tinha sido superficial, calculado, somente visando cortar a pele. Jarhyan realmente nunca errava. Desta vez, o desafio parecia impossível de ser vencido.

Mundyan não se moveu desde que entrara na arena, apenas reprimiu um bocejo com as costas da mão.

Ninguém soltava um som, a plateia, antes histérica, agora estava calada, o rei Jarhyan era mais assustador do que imaginavam e muitos se arrependeram por ter torcido pela desafiante estrangeira. Yrguimir, Égora e Y'hg permaneciam no meio do povo calado e também encontravam dificuldades em dizer o que fosse, quase não conseguiam respirar. A luta mal começara e Vanza já estava ferida de uma forma horrível.

Jarhyan veio na direção de sua oponente, mas para a yuqui estava difícil de enxergar e a dor em seu corpo fazia com que sentisse ânsia de vômito. Por isso, fez o que nunca pensou que faria em sua vida: recuou! Começou a se afastar daquele rei alucinado, o medo era mais forte do que qualquer coisa no mundo.

"Preciso fugir, preciso...", seu pensamento foi interrompido por um riso que lhe chacoalhou o interior da cabeça.

"Hora de abraçar o pior que há em você. Está pronta, Vanza?"

"Estou!", respondeu sem ao menos pensar.

"Eu disse que iria ajudá-la a vencer esse desafio, portanto..."

Jarhyan preparava-se para mais um golpe, quando Vanza começou a gritar como uma louca, seu corpo passou a ter espasmos, pequenas ondas de saliva escorriam por seu queixo. O rei retrocedeu, arregalando os olhos, surpreso como todos os presentes.

Vanza parou com a cabeça abaixada e começou a rir, bem baixinho, como o ronronar de um gato, depois a risada evoluiu, logo tornando-se uma gargalhada histérica. O aroma de amêndoas torradas que sempre exalava de seu corpo tomou conta da enorme caverna que servia de arena. E misturado a essa fragrância deliciosa havia um odor pútrido, o cheiro de morte.

– Está com medo, Majestade? – ergueu o rosto.

Yrguimir estava perto e levou um susto com o que viu. Égora ficou paralisado, Y'hg fechou os olhos e abaixou a cabeça tristemente.

Vanza ergueu a mão e fez um sinal chamando os reis para a luta, mas não foi atendida prontamente, afinal, assim como todos que assistiam à cena, os monarcas estavam petrificados ao ver o rosto selvagem que Vanza apresentava, e ainda mais assustados com seus olhos. O cinza, tão belo e cintilante que sempre se destacara, havia sumido, como a hematita, que, quando lapidada, ostenta um aterrorizante e denso vermelho, um vermelho mortal e cheio de ira, um vermelho cor de sangue.

Capítulo 51
O PESO DO SANGUE

— Você... você é...

Caído na grama fofa e úmida das margens do lago, o corpo de Sttanlik tremia com o susto que levara, não por ter sido surpreendido, mas sim pela visão à sua frente.

"Eu sou Aggel! Sou aquele que salvou tua vida, aquele que tu optas por ignorar completamente."

Mesmo estando cara a cara com Aggel, a comunicação era feita por meio de sua mente. Aquela voz, bela e de uma musicalidade melancólica, dançava em ondas por seu cérebro.

— Não, não é isso, você é um... anjo! Eu acho – disse confuso.

Aggel era um ser que causava uma estranheza ímpar, seu corpo esguio e magro parecia desenhado à perfeição. Trajava somente uma peculiar calça feita de grossos tecidos acinzentados e puídos, trançados um ao outro, dando a impressão de ser uma saia que lhe chegava à altura dos joelhos. Seu peito nu tinha músculos bem desenhados, porém sutis, devido à sua compleição magérrima. Os cabelos, de um loiro claro quase branco, lisos e finos, escorriam por sua cabeça pequena até tocar-lhe a cintura. Apesar de inegáveis beleza e imponência, o que mais impressionava Sttanlik eram as asas. Não se pareciam com as que se imaginaria de um anjo, belas; nem com as de um pássaro, repletas de penas reluzentes cantadas pelos poetas da Antiguidade. Eram, na verdade, asas coriáceas, semelhantes às de um morcego. Consistiam em dois enormes pares; quando abertas, deviam ter mais de três metros de envergadura, ligadas por finos ossos e membranas delicadas, como o mais leve tipo de couro. Estavam semiabertas e, sob a pálida luz da lua, podia-se enxergar os vasos sanguíneos percorrendo toda sua extensão. Um par arqueava-se a partir das omoplatas, já o outro, um pouco menor, originava-se da parte de trás de suas costelas para se ligar ao topo de suas coxas. Seu rosto era belo, porém, não humano, com traços bastante delicados: nariz fino e arrebitado, maçãs do rosto altas e bem destacadas e um queixo pontudo. Mas toda a beleza, toda a perfeição desse ser fantástico e extraordinário havia sido maculada, pois cicatrizes acinzentadas percorriam todo seu corpo e seu rosto... Um rosto capaz de arrancar suspiros fora destruído. Seus olhos e boca estavam costurados, uma linha preta atravessava grosseiramente em zigue-zague a pele branca como a neve, de uma maneira cruel. E além dos limites de qualquer razão.

"Pode-se dizer que sou um anjo, esse é o nome que embala e endereça as orações feitas para minha raça, inclusive as tuas, Sttanlik, sempre tão crédulo em nós, invariavelmente fiel em tua crença. Mas esse nome não está de todo correto, diria eu que sou algo muito mais humano, mais humano que vós, seres que nada mais sois que uma sub-raça da minha."

A boca de Aggel se movimentou no que seria um sorriso.

Sttanlik buscava em sua mente algo que lhe indicasse que não havia perdido a razão, que lhe mostrasse que não tinha enlouquecido de vez, ou, então, que tudo isso não passava de um sonho. Estava na presença de um anjo! Mas todos em Relltestra sabiam que eles tinham sido extintos, ao lado de seus antagonistas, os feiticeiros. Muitos acreditavam que eram a representação de uma lenda exagerada, oriunda da época em que a magia era tão presente como o ar que se respirava. E, agora, ele, um simples rapaz de Sëngesi, estava a poucos centímetros de um magnífico e poderoso anjo!

— Perdão, Aggel! — lágrimas brotaram de seus olhos inconscientemente, sentia uma emoção que fazia seu coração disparar a ponto de seu peito doer, teve de respirar fundo para não desmaiar.

"Tuas desculpas são aceitas, porém, não necessárias. Estás aqui e, apesar dos inúmeros desvios que optaste em tomar no caminho, fizeste o que te pedi. Alegra-me o fato de ver que estás bem. Temos muito o que conversar hoje, esse encontro que tanto tardou a acontecer é de suma importância, para ti, para mim e para o futuro de Relltestra."

Sem cerimônias, Aggel se sentou em uma pedra chata à beira do lago e fez sinal para que Sttanlik ocupasse a pedra vizinha.

O rapaz assentiu e se levantou do chão, ondulando as espectrais brumas que cobriam os arredores do lago. Seus olhos não se desgrudavam de Aggel e tateou como pôde até encontrar o lugar perfeito para se sentar. Então, levou a mão até a testa para fazer o sinal de proteção dos anjos. Aggel sinalizou com a mão para impedir que prosseguisse.

"Peço-te que, a partir deste momento, pares com isso, não há razões para essa manifestação de adulação, somos iguais, tu e eu! Agora que estás em minha presença, podes comprovar que não há nada de divino nos anjos, concordas? Carne sobre ossos!" Puxou um pedaço da pele de seu antebraço, para que Sttanlik constatasse que ele era apenas um ser vivo comum.

"Somente sinto não poder conversar contigo normalmente. Como vês, fui impedido de proferir qualquer palavra", disse apontando seu indicador fino para a boca. "Por sorte, eu não sou um ser com carência de recursos."

— Quem fez isso com você? Por quê?

"Não atravesses um assunto com o seguinte, chegaremos lá. É reconfortante 'falar' contigo de perto, tão pouco de meu poder é necessário, e tão pouco me restou. Veja, eu

Capítulo 51 – O peso do sangue

também estou atravessando os assuntos, creio que a eterna vigília que faço por tua raça me contamina."

Aggel esticou as mãos e, quando foi atendido, envolveu as de Sttanlik num toque gelado. Um calafrio percorreu todo o corpo do jovem, dos pés à cabeça.

– Eu não devia tê-lo evitado, nem ter agido como agi em nossas conversas, fui rude e não poderia estar mais envergonhado – após se acalmar um pouco, Sttanlik finalmente sentiu o quanto a noite estava fria e se envolveu em sua capa para se aquecer.

"Se ficares repetindo o mesmo assunto, não chegaremos a lugar algum, o tempo urge, já te disse, temos de nos apressar. O que ocorreu, ficou no passado, imutável, porém, repleto de aprendizado. A partir de agora, deverás estar mais atento aos detalhes das ações que acontecem contigo. Estás pronto para escutar as verdades sobre tua existência?"

Havia tanta coisa sucedendo-se, que Sttanlik parou para tentar pôr a cabeça no lugar. Seu estômago estava embolado e a ansiedade criara uma onda de enjoo que lhe amargava a boca.

– Espero estar, sempre quis saber minha verdadeira origem – disse, buscando forças para aceitar a verdade, não importando quão horrível ela fosse e as consequências.

Por mais que as atitudes de Sttanlik beirassem o cômico para Aggel, este se mostrou animado.

"Pois bem, devo iniciar dizendo que o fato de minha voz surgir em tua mente, num momento de necessidade, não é um milagre. Poderia ter escolhido qualquer cidadão de tua cidade para isso e, com certeza, independentemente de quem fosse, não me traria tantas preocupações." Virou o rosto para Sttanlik e ficou claro que, se pudesse abrir os olhos, estaria fitando-o de modo repreendedor. "Mas tu tens algo que eu quero..."

– As espadas! Você me disse para não esquecer as espadas! – Sttanlik interrompeu, dando um pulo. – Que burro! Eu vou buscar... – estava preparando-se para sair correndo, porém Aggel o impediu.

"Sttanlik, se continuares assim, eu não conseguirei terminar um raciocínio sequer! Aquieta-te e me escuta com atenção, há muito a ser dito em pouco tempo."

O rapaz ruborizou-se e voltou a se sentar. Juntou as mãos em seu colo e mordeu o lábio inferior. Tinha de reprimir seus impulsos ou Aggel poderia se irritar e ir embora, deixando-o novamente ignorante de sua origem, como sempre fora.

"Antes de mais nada, um esclarecimento. Aquele sinal que fazes com tanta frequência, de levar tua mão à testa, significa tanto quanto um cão que corre atrás do próprio rabo: uma demonstração de ignorância e inocência. As orações que vós usais, tu e teu povo, que tanto vos trazem alento, são igualmente inúteis. Direciona tuas forças para atos mais concretos do que jogar palavras ao vento e terás mais retorno. Em suma, as religiões, as crenças em uma entidade superior, em um criador único para tudo, em protetores que estão sempre ao teu lado, nas horas boas e, principalmente, de dificuldade, são meros contos. Contos esses que têm por objetivo escravizar a todos vós, um alívio para que não sintais o peso dos grilhões. Tu serás esperto se, a partir de hoje, te sentires o senhor de tua existência, o único deus ou entidade à qual tu deves orar. Busca forças em ti mesmo e te tornarás inexpugnável!"

Aggel parou por um instante, provavelmente para deixar que Sttanlik absorvesse suas palavras, esticou o braço e remexeu a superfície do lago, criando círculos com a ponta de seu dedo.

— Então, os anjos não são seres divinos e vocês, de certa forma, são nossos protetores. Pelo que eu entendi, quando você diz que os deuses não existem, então não existe um ser superior que olha pela humanidade?

"Nunca entendi esse detalhe! Por que vós, homens, precisais tanto de uma força superior para vos guiar, não vos considerais fortes o bastante? Será que vos achais tão fracos a ponto de inventar respostas para as perguntas que não tendes capacidade de responder com a lógica?"

Pasmo, Sttanlik parou por um momento, sua mente acreditava nas palavras de Aggel, apesar de, no fundo de sua alma, querer negar e gritar com ele, dizer que estava errado e que não se fiava em nada do que falara. No entanto, havia uma lógica inegável nas palavras do anjo.

— Não sei o que responder, Aggel, essa é a única realidade que conheço.

"Infelizmente. Essa adoração está enraizada no inconsciente de tua raça, nada vai mudar a esse respeito. A minha raça vivenciou situação semelhante durante milênios, mas, com o passar do tempo, conseguimos enxergar que o único ser que se preocupa com nosso bem-estar somos nós mesmos, e ninguém mais! Muitos são bastante ladinos em se utilizar da devoção dos outros para obter lucro. Erguem templos e altares, esculpem falsos ídolos, exigindo a obediência e o respeito de pessoas simples. Onde tu encontras um enganador, eu enxergo um oportunista." Aggel fez um gesto com as mãos, indicando que precisavam focar na conversa. "Dito isso, comecemos a jornada para tua origem! Conheces a história da Batalha dos Quatro Reinos?"

Sttanlik assentiu.

— Foi contada recentemente a mim e a Paptur por uma senhora que encontramos, chamava-se Laryn.

"Ótimo, isso nos poupará um bom tempo."

Aggel passou a narrar resumidamente os fatos que ocorreram após o sumiço repentino de Perkah do campo de batalha. Aparentemente, o enlouquecido rei se isolara por um tempo, em um lugar que, até aquele momento, permanecia um mistério. Retornou alguns anos depois, ainda mais poderoso e com um único objetivo: acabar com qualquer tipo de magia existente no mundo. Concluiu que poderes especiais vinham carregados de responsabilidades grandes demais, e não havia um ser digno ou equilibrado o suficiente para possuir tal dádiva. Quando deu início ao seu plano, sabia que precisaria de ajuda. E ele ficou pensando em quem poderia auxiliá-lo a pôr sua ideia em prática. Os feiticeiros foram os escolhidos. Acabaria com os anjos primeiro, afinal, eram seres muito poderosos e sozinho não teria chances contra eles. Uma vez que os aniquilasse, seria fácil para ele livrar-se de seus companheiros temporários.

O plano funcionou à perfeição. Aggel não detalhou como Perkah conseguira encontrar os anjos, já que não eram seres facilmente "localizáveis", mas com a sorte de capa-

Capítulo 51 – O peso do sangue

cidades que o rei louco possuía, isso deve ter sido fácil. Anos se arrastaram e o sangue se espalhava por Relltestra, longe dos olhos dos cidadãos comuns, até que, num dado momento, a guerra passou a afetar a vida das pessoas. Cada vez mais, os feiticeiros se tornavam influentes. Formaram-se, então, os chamados "clãs de feiticeiros". Envaidecidos com seus domínios, em princípio, ilimitados, resolveram abandonar a causa de Perkah e tomar Relltestra para si. Devastação andava de mãos dadas com escravidão, o povo estava à mercê daqueles contra os quais não tinha possibilidade de lutar, um exército podia ser facilmente derrotado por apenas um par de feiticeiros. Não havia mais esperança. Nasceu, assim, a forte crença nos anjos.

– Foi por isso que os anjos resolveram sair de seu anonimato? – perguntou Sttanlik, sentindo os olhos arderem, pois percebeu que quase não havia piscado desde que Aggel começara a falar.

Aggel anuiu com um movimento rápido de cabeça.

Retomando seu relato, contou que os anjos decidiram que não podiam mais se esconder, deviam ir a campo enfrentar a nova ameaça. Aggel explicou que a missão dos anjos sempre fora manter o equilíbrio do mundo, mas agindo nas sombras. Essa era uma de suas principais regras, as pessoas não deveriam saber de sua existência. Por isso, um dia selecionaram Perkah e lhe deram acesso a seus poderes. Teoricamente, ele resolveria o desequilíbrio criado pela presença dos feiticeiros de maneira rápida, e, logo, os anjos reaveriam seus poderes. Simples e fácil. Pensavam estar criando uma marionete, um ser sob seu comando, mas a criatura se viraria contra seus criadores.

A dupla ameaça que recaiu sobre os anjos, era pesada demais, mas a luta ainda estava equilibrada, muitos feiticeiros foram derrotados logo no primeiro ataque total dos anjos. Relltestra, aos poucos, voltava a ser um lugar seguro para as pessoas comuns, e os anjos se tornaram os maiores heróis da história. No entanto, Perkah, mesmo em desvantagem, encontrou uma brecha nos planos angélicos, descobrindo que ao receber seus poderes, uma conexão fora feita entre ele e os anjos. Apesar de muito cônscio de sua supremacia, demorou para que isso lhe ocorresse, porém, quando percebeu, começou a absorver os poderes de todos os anjos que encontrava. Sua tarefa levou quase uma década e, no fim de tudo, anjos e feiticeiros haviam perdido seu poderio. Perkah se sagrou o vencedor único da guerra. Após anos e mais anos de ameaça, os feiticeiros se foram e, a essa altura, quase foi completa a extinção dos anjos, não fosse pela retirada de alguns de Relltestra. E Aggel estava entre eles.

– Desculpe-me por interromper seu raciocínio, Aggel. Estou adorando saber mais sobre a verdadeira história de Relltestra. Mas onde meu pai entra nisso tudo? – perguntou Sttanlik afoito, o suspense estava matando-o por dentro.

"Interrompeste-me em um momento crucial, Sttanlik. Estava chegando ao ponto onde tua vida entra em jogo."

Sttanlik sinalizou que continuasse.

"Então, Perkah deu prosseguimento a seu plano e de algum modo conseguiu transferir os poderes adquiridos para alguma coisa, talvez, um objeto, sabendo que seu corpo não aguentaria por muito tempo. Sumiu mais uma vez, e anos se passaram sem que ninguém pudesse achá-lo. Muitos monarcas, vendo ali uma possibilidade de ouro, iniciaram uma busca pelo rei louco, para se valerem dos domínios que absorvera. Porém, ninguém foi bem-sucedido, pelo menos não o encontraram com vida. O corpo do habilidoso rei Perkah foi descoberto por alguns pescadores, à mercê das ondas do Mar Escaldante, aquele que banha a Praia do Desespero.

Sttanlik aproveitou a curta pausa que Aggel fez em seu relato para conectar alguns fatos e preparar uma pergunta.

– Mas, se aconteceu assim, como é que afirmam que ninguém sabe do paradeiro de Perkah? Pelo que eu soube, após a Batalha dos Quatro Reinos nunca mais o tinham visto.

"E não viram. Bem, os pescadores o viram, mas nós, anjos, fizemos o possível para que 'esquecessem' disso."

A prudência fez com que Sttanlik não perguntasse como os anjos tinham conseguido fazer aquilo, havia sentido mais de uma vez na pele o que os anjos podiam causar na mente de uma pessoa. Preferiu passar para o assunto seguinte.

– Tenho outra pergunta...

"Pois que seja a última!", disse Aggel, não escondendo uma ponta de irritação em sua voz.

– Não ouvi você mencionar os dankkaz nessa história. Não foram eles os responsáveis pela existência dos feiticeiros?

"Não sejas ridículo!"

– Como assim? Eles me disseram! – protestou Sttanlik com veemência. – Tiveram até que tornar suas terras inférteis para se protegerem, por isso Andóice é o que é!

"Muito interessante que tenhas chegado a conhecer os reclusos dankkaz em tua jornada, mas não acredites em tudo que uma raça primitiva te conta. Andóice é um deserto, existe por razões climáticas e de relevo, só isso! Não houve tanta interferência da parte deles nisso. Talvez um punhado de humanos tenha descoberto seus poderes devido aos 'primitivos', não mais que isso. A verdade de cada um é a sua verdade absoluta. Eles se sentem os criadores dos feiticeiros? Bom ou mau para eles. Mas não, existem milhares de formas de os humanos desenvolverem seus potenciais." Aggel deu de ombros. "Na verdade, haviam..."

– Por quê?

"Perkah. Seu plano funcionou perfeitamente, ele estava morto e os poderes que conseguiu monopolizar se foram com ele. Fim da história! O único detalhe digno de nota era que o louco rei Perkah fora encontrado com dois dedos a menos na mão direita."

– O quê? – Sttanlik deu um pulo.

"Sabes onde quero chegar, não é?", disse Aggel com satisfação.

– Não se atreva a dizer que...

"Sim, Sttanlik. Perkah é teu pai!"

Momentaneamente petrificado, Sttanlik apoiou a mão na barriga, franziu o cenho e explodiu em gargalhadas. Tão forte foi sua reação que ele caiu de costas, batendo a cabeça na água do lago, mas seu estado histérico impediu que notasse.

Capítulo 51 – O peso do sangue

Esperando passar a reação inusitada do rapaz, Aggel ficou parado como uma estátua, mostrando-se incomodado, mas nada dizia. Após longos minutos, Sttanlik recobrou o controle, sentou-se novamente, limpando as lágrimas dos olhos de tanto rir.

Finalmente, o anjo se manifestou:

"Acabaste?"

Sttanlik reprimiu um novo ímpeto de gargalhada e assentiu.

— Desculpe, Aggel, mas essa história é muito engraçada. Olhe, eu sei que quem me levou para ser adotado era um homem com dois dedos a menos na mão direita. Entretanto, é ridículo me dizer que sou filho de Perkah. Ferreiros, marceneiros e até guerreiros perdem seus dedos o tempo todo, isso não é prova de que eu seja filho do rei louco!

"Pois, por mais absurdo que tu aches, a verdade manter-se-á a mesma. Tu és, sim, a progênie do rei louco."

— Aggel, com todo o respeito, eu li centenas de contos em minha juventude, conheço os caminhos do herói de cor, e sempre, veja bem, eu disse sempre, o protagonista é filho de um rei. Assim, ele se torna um herói e, em seguida, um governante justo, salvando seu povo do mal. Fim – disse Sttanlik com a voz completamente desdenhosa.

"Achas que és um protagonista, um herói? Acreditas ser um príncipe? Tu és somente uma das piores coisas que Perkah fez em Relltestra! És na verdade uma chave e, por isso, hoje, Relltestra está em guerra. Pessoas morrem ou perdem suas casas enquanto falamos, por tua causa! E optas por rir de seu sofrimento. O quanto antes conheceres a verdade, mais tempo terás para resolver os problemas que teu pai legou ao mundo."

Dessa vez não houve gargalhadas da parte de Sttanlik. Sem saber a razão, sentiu um nó se formando em sua garganta.

— Não está brincando comigo?

"Tenho o semblante de alguém dado a fazer graça? Sou um dos últimos, senão o último, de minha raça, tenho o corpo marcado por cicatrizes provocadas pelos asseclas de teu pai e ainda fiz o possível para te localizar e evitar que caísses em mãos erradas. Pensas, realmente, que tudo não passa de uma brincadeira?"

Sttanlik caiu em si.

— Não estava mesmo mentindo para mim? Mas, então, se eu sou filho de Perkah, como explica o fato de que provavelmente ele estaria morto na época em que nasci? Dado o período em que ele viveu.

"Perkah era imortal, entes desse tipo vivem até serem mortos de forma convencional. Uma espada pode matar um imortal, o tempo não. O rei estava morto e, com exceção dos dedos mutilados, seu corpo permanecia sem marcas. A conclusão dos anjos que o encontraram foi de que ele morrera afogado, apesar de que eu ache isso muito duvidoso. Creio que ele tirou a própria vida, após executar seu plano."

Sttanlik concordou, havia lógica nesse pensamento.

"Quero que saibas que apesar de tua reação exagerada, tens meu total apoio. Tu és, assim como eu, vítima de Perkah. Pelo menos, ele não te deixou desamparado."

— Que quer dizer?

"Tuas espadas. Elas foram entregues junto a ti, aos cuidados de tua mãe adotiva. Tu achas que és um campeão de reis? Julgas lutar tão bem para sobreviver, sem um pequeno auxílio? Por mais que domines a arte da esgrima, tu não és um espadachim. Recebes sempre uma ajuda de tuas armas, estão ligadas a ti. Há uma espécie de encantamento naquele aço, algo que te ajuda a sair com vida de tuas batalhas."

Isso explicava a Sttanlik a sede de sangue que sempre sentia ao empunhar suas espadas, elas o empurravam para a matança. Não sabia se isso era bom ou ruim, mas pelo menos contava sempre com uma "ajudinha".

"Como carregas as duas espadas contigo, creio que há algum item que proteja a segunda chave."

— Segunda chave? – perguntou confuso.

"Teu irmão."

— Eu tenho um irmão? – Sttanlik deu um pulo e ficou de pé. – Existe o Jubil, mas apenas por...

"... consideração, eu sei", interrompeu Aggel, balançando a mão como se isso não importasse. "É uma teoria, mas se crê que sim. Perkah escondeu, em algum lugar e de alguma forma, os poderes que adquiriu, mas precisava impedir que as pessoas encontrassem esse 'tesouro'. Que maneira mais eficaz do que usar, como chaves, duas pessoas? O que se sabe é que tu foste levado a Sëngesi não por acaso, e, também não por acaso, Perkah escolheu a casa mais ao sul de tua cidade. Creio que acreditava que viverias ali sem ser descoberto, razão pela qual elegeu uma morada cuja família era bastante humilde. Indo por essa lógica, penso que teu irmão se encontra no extremo norte de Relltestra."

Com a cabeça fervendo de tanto tentar achar uma conexão em tudo que ouviu, Sttanlik começou a andar de um lado para o outro. Por fim, perguntou:

— Mas por que supõe que eu tenha um irmão?

"Por uma característica dos poderes que Perkah recebeu de nós. Existe uma espécie de encantamento que usamos, ou melhor, usávamos para ocultar algum bem, pensamento e o que mais se quisesse. Ao achar o local que se considerasse seguro, criava-se duas formas de ter acesso a ele. Segundo as teorias iniciais que tivemos, é bem provável ser esse o feitiço usado por Perkah para ocultar o maior bem existente em Relltestra. A parte de como chegaram à tua identidade também me é misteriosa, infelizmente."

Sttanlik coçou o queixo, intrigado.

— E como você me descobriu?

Aggel moveu seu rosto de um lado para o outro em silêncio, por fim indicou um ponto no chão e fez sinal para que Sttanlik se aproximasse dali.

"Poderias cavar um pouco?"

Sem entender, Sttanlik franziu a testa e assentiu. Após cavar por um curto período, finalmente achou o corpo em decomposição de uma doninha.

"Tudo que é vivo carrega traços peculiares, mesmo após a morte se pode enxergá-los ao se prestar atenção. Apenas há traços mais fortes do que outros. Quando o exército começou a marchar rumo a Sëngesi, eu mantive a concentração em tua cidade, procurei características que indicassem algum ser que pudesse ter um traço de magia maior, entre todos teus conterrâneos. Naquele momento, tu brilhaste como uma vela na escuridão para mim."

Sttanlik anuiu enquanto deixava a doninha em seu lugar, provavelmente algum outro animal, talvez uma raposa ou um cão selvagem, a tivesse escondido ali, e não queria roubar seu jantar. Em seguida, sentou-se e comentou:

– Um dos dankkaz que eu conheci, Paldj, disse a mesma coisa, que sentia que havia magia em mim, porém era muito fraca.

"Nesse ponto, o ser primitivo estava certo. Existe um rastro muito pequeno da magia de teu pai em ti, não se manifestará, tu podes ficar tranquilo, é somente uma espécie de cicatriz em tua aura."

Sttanlik aceitou satisfeito a resposta de Aggel, não queria ter nenhum tipo de poder em sua vida, já enfrentava problemas em demasia. Ainda mais agora que descobrira, apesar de ainda duvidar, que era filho do infame rei Perkah.

– Está bem, Aggel. Dito tudo isso, o que quer de mim? Teve todo aquele trabalho para me encontrar, então... – disse prático, sentindo-se exausto com a revelação. Sua cabeça parecia flutuar sobre seu pescoço, queria que essa conversa acabasse logo para poder voltar à sua cabana e repousar, nem se importava mais de estar na presença de um anjo.

"Tu carregas um peso enorme em teu sangue, tens de ajeitar as coisas que teu pai destruiu. É tua responsabilidade." Ergueu o braço para impedir um protesto da parte do rapaz. "Infelizmente é verdade, sinto informar-te que esse é teu fardo."

Com a cabeça começando a doer, Sttanlik massageou os olhos.

– E o que devo fazer, afinal de contas?

"Deves me ajudar a recuperar os poderes dos anjos! Assim que conseguirmos, terei forças para procurar meus irmãos há muito perdidos!"

– Mas como posso ajudá-lo? – desesperou-se, sentindo o peso da situação, que, bem no fundo de seu ser, sabia ser verdade. Algo dentro de si confirmava cada palavra de Aggel, como uma porta que se abre pouco a pouco, revelando uma luz.

"Tens de abandonar essa guerra em que te enfiaste e seguir minhas orientações..."

– Nem pensar! Meus amigos estão... – Sttanlik interrompeu, para logo ser impedido de continuar.

"Amigos? Tu os conheces há poucos dias... Os humanos são tão fúteis a esse ponto?"

– Perdoe-me, mas quem me parece fútil aqui é você! Sim, amigos! Eu os conheci há pouco tempo, mas confio neles e sei que eles confiam em mim. Esperam-me para lutar nessa guerra e não os deixaria na mão, jamais! Assim que isso acabar, eu ajudo você. E essa é minha palavra final!

"Sabes que poderás morrer nessa guerra infundada? Alguma vez já viste uma batalha de tamanho porte?"

– Nunca, mas verei em breve. E sairemos vitoriosos, pode ter certeza, Aggel! – Sttanlik acalmou-se um pouco, sentia-se mal, pois Aggel era um anjo e sua vida foi de devoção à sua raça. – Eu juro que o ajudarei! Quando a batalha encerrar-se, estarei ao seu lado nessa busca. Porém, não antes disso!

"Tuas palavras selam uma promessa, juraste na minha presença olhando para meus olhos, ou o que restou deles. Tão logo essa batalha termine, estarei à tua espera, Sttanlik, filho de Perkah!"

Sem mais palavras, com um aperto de mão, Sttanlik se despediu de Aggel, que, da mesma forma que veio ao seu encontro, foi-se. Suspeitou que Aggel estivesse, de alguma forma, expelindo-o. Afinal, conseguira o que queria dele, a promessa de que o ajudaria a consertar os erros de Perkah. Isso devia bastar por enquanto. Agora corria de volta ao acampamento, havia muito em que pensar. E precisava dormir bem esta noite, no dia seguinte marcharia ao lado dos Andarilhos das Trevas para o confronto e desejava estar bastante disposto, pois, ao contrário do que Aggel falara, ele não tinha a menor intenção de morrer.

Capítulo 52
Traições

O frio da noite não evitava que fios e mais fios de suor escorressem sob a sua nova segunda pele, a armadura. Não a tirava havia mais de uma semana, e a cobertura acolchoada fedia muito, mas, mesmo assim, a mantinha, seu peso era a única maneira de se sentir seguro na situação em que estava. Ele retirava a placa peitoral somente para as poucas horas de sono que se permitia ter, quando o cansaço finalmente o derrotava. Parou, apoiando-se no tronco de uma árvore. Seu pulmão ardia, estava ofegante, tentando compensar o esforço para se afastar ao máximo do acampamento da Guarda Escarlate. Mentalmente, repetia pela centésima vez que tinha tomado a decisão certa, na hora certa, não haveria uma segunda chance, precisava fugir, ou estaria no meio de um combate por uma causa que desprezava, além disso, seria forçado a lutar contra aqueles que provavelmente abrigaram seu querido irmão de criação, Sttanlik. Olhou para o caminho que havia percorrido até agora, não dava sinais que indicassem que estava sendo seguido. Encontrava-se na parte mais alta de uma ladeira verdejante, pontilhada por flores amarelas que se fechavam durante a noite, por isso tinha ampla visão do campo aberto que atravessara. Ao constatar a loucura que havia cometido, um sorriso veio a seu rosto, pois conseguira fugir de um exército inteiro sem ser notado! "Muito bem, Jubil! Como sempre, os anjos estão ao seu lado", pensou consigo mesmo, satisfeito. A única movimentação que percebia, vinha das luzes emitidas pelas centenas e centenas de fogueiras que aqueciam o repouso dos seus companheiros dos últimos tempos. "Que gente desprezível!", vociferou. Para ele, os bárbaros eram porcos imundos e sem modos, pareciam mais animais do que gente, só pensavam em se embebedar, estuprar e matar. Não queria nem pensar em como eram suas terras de origem, não deviam ser imagens belas de se ver. Os membros da Guarda Escarlate, na opinião de Jubil, eram um pouco melhores; em sua maioria, homens bem-educados e guerreiros com uma imponência esplêndida, não fossem eles pessoas com intenções tão sombrias, seriam os mais poderosos e respeitados cavaleiros de Relltestra. Turban, o segundo-tenente, que tanto gostava dele, era um homem misterioso, tratava todos pelo nome, desde seus companheiros próximos até o mais simples e isolado bárbaro, mas tinha uma natureza violenta, difícil de ser ignorada.

Por mais de uma vez, Jubil o vira acabar com disputas e rixas, que inevitavelmente surgem no meio de um exército, com suas próprias mãos. Tirava a vida de um homem com a frieza de um assassino profissional, era o juiz e o executor, e, como se a brisa mudasse seu temperamento, logo depois propunha um brinde bem-humorado a todos os presentes. Jubil sentia um misto de medo e admiração por ele, era o maior enigma da Guarda Escarlate. Não, na verdade, havia um enigma muito maior, alguém apavorante a ponto de assustar até o mais valente homem do exército. Seu nome era Diamago, mas todos o chamavam de Cavaleiro Sem Alma, um apelido que muito dizia sobre ele. Vivia isolado, mesmo estando cercado de milhares e milhares de barulhentos soldados, metodicamente afiando uma a uma, as pequenas lâminas que trazia amarradas em seu longo chicote. Não havia homem que tivesse coragem suficiente de conversar com ele, ou de olhar em sua direção. Seus companheiros evitavam até mesmo passar em frente de sua misteriosa carroça preta, de onde vinham os mais estranhos e terríveis sons. Havia algum animal em seu interior, isso estava claro, e tudo que puderam descobrir é que seu apetite era voraz, comia dezenas de quilos de carne crua a cada refeição. Um dia, Jubil não aguentou a curiosidade e perguntou para Turban que tipo de criatura era aquela. A única e nebulosa resposta que recebeu foi: "Não queira descobrir nunca, garoto".

Agora em fuga, Jubil olhou para a lua, que estava brilhando intensamente em sua forma de sorriso zombeteiro, no ponto mais alto do céu. Não podia dar a seu corpo mais descanso, tinha de seguir adiante, encontrava-se na véspera da marcha final do exército, antes da grande batalha do dia seguinte. Forçou-se a engolir a saliva pastosa, que se acumulava pelos cantos da boca, e voltou a correr. Segundo os informes que ouvira, trazidos pelos batedores que retornavam ofegantes de suas expedições, os Andarilhos das Trevas tinham iniciado sua marcha e haviam começado a se armar para a batalha, no último campo aberto a oeste de Idjarni. Ele esperava encontrar Sttanlik por lá, trouxera consigo um pedaço grande de pano branco, para o caso de parecer uma ameaça ao se aproximar, e iria balançá-lo quando estivesse a pelo menos quatrocentos metros dos andarilhos, pois, com certeza, arqueiros veriam nele um belo alvo para exercitar sua pontaria, antes da batalha vindoura.

Já tinha se esquecido de Jarvi. Seu teimoso companheiro se acovardou na última hora e resolveu ficar com o exército. "Boa sorte para ele", pensou Jubil, que não faria parte do massacre que aconteceria, pelo menos, não do lado errado. Se tivesse de tirar a vida de alguém, que fosse dos idiotas com seus impecáveis mantos vermelhos. Jubil prometeu que rezaria por ele, mas que não poderia perder mais um minuto sequer. A vida de seu irmão estava em perigo, não arriscaria estar do lado de mais alguém além dele.

A mata começou a se adensar, ali deveria ser próximo de Idjarni. Havia mais moitas e árvores ao seu redor, com certeza estava na entrada da grande floresta. O orvalho deixava o chão escorregadio, e logo foi vítima, rolando por um pequeno morro abaixo, caindo de cara em uma poça de lama. Levantou-se sorrindo da situação, se não estivesse em uma missão tão importante, isso seria bastante engraçado.

Capítulo 52 – Traições

Por volta de meia hora depois, passou a ouvir tambores e cornos de guerra, estava afastado demais do acampamento do exército da guarda, sem dúvida essa era a direção correta, ironicamente graças aos informes dos batedores da guarda. Precisava ficar atento a tudo no entorno, os andarilhos também deveriam possuir batedores, isso era óbvio, teria de evitar ser abatido por algum rapaz ansioso por começar a matança mais cedo.

Apressou-se por uma clareira estreita, repleta de marcas de cascos de cavalos, e seguiu naquele sentido, era uma pista boa demais, que o levaria diretamente ao seu objetivo.

– Louvados sejam os anjos!

Ao levar a mão à testa, para fazer sua reverência, algo bateu com força nele, não conseguiu ver o que foi, mas havia um risco em sua manopla, a luva de ferro que usava como proteção. Antes de poder formular um pensamento a respeito, sentiu alguma coisa se enrolar em seu pescoço, com igual rapidez. Seus olhos buscavam o agressor, mas nada viam, quem quer que fosse que o estava atacando, passou a puxá-lo e logo seus olhos se arregalaram com um pesadelo materializado à sua frente.

– Não resista, "amigo", para seu próprio bem! – a voz era rouca e num tom baixo, o que fazia com que a ameaça fosse ainda mais assustadora.

O gorjal, formado por duas placas independentes, havia salvado a vida de Jubil, mas o aperto em seu pescoço o sufocava, por isso não teve como dizer nenhuma palavra.

Por entre duas figueiras com troncos retorcidos e espiralados, aproximou-se o temido Diamago, com seu chicote repleto de pequenas lâminas. Deu três passos e parou para observar Jubil.

– Saiu com muita pressa do acampamento, mas se afastou demais para alguém que só queria dar uma cagada noturna – estava, como sempre, com o elmo ocultando seu rosto, mas a boca à mostra revelava seu terrível sorriso de dentes pontiagudos.

– Não é isso, senhor... – não teve forças para continuar, o aperto se intensificou.

Diamago lambeu seus lábios finos e acinzentados.

– Vou lhe confessar uma coisa, "amigo": eu realmente adoro traidores!

Paptur cheirou a noite, e fedia a traição, ele não deixaria que nada acontecesse, não no turno dele. Arrastava os pés silenciosamente pelo capim amarelado, não fora visto por ninguém. "Ótimo! É hora de pôr a pontaria em dia", pensou. Precisava constatar que permanecia em forma para a batalha contra a Guarda Escarlate, seria um ponto determinante para o plano que tivera. Ocultou-se rapidamente atrás de uma cabana feita de peles diversas, que tinham um cheiro rançoso e se perguntou como alguém conseguia dormir ali.

O guarda enviado por Taldwys o intrigara desde o início. Paptur achava que um homem que aceitava ser mutilado, abdicando de tudo, somente pela honra de servir seu senhor, não era alguém para se confiar sua vida. Não pôde evitar que um sorriso se estampasse em seu rosto, adorava estar sempre certo.

Deu a volta na cabana e seguiu se escondendo pelas sombras das árvores, assim como tentava fazer seu alvo. A noite estava escura, a lua e as estrelas pouco iluminavam, cenário perfeito para um ataque furtivo. O guarda se encaminhava para a casa de Fafuhm. Paptur tentava imaginar uma razão para que Taldwys mandasse um de seus homens até o acampamento com o intuito de matar o líder dos andarilhos. "Por que não o fez quando ele estava em seu palácio? Teria sido muito mais fácil!", refletia confuso. Não que ele tivesse simpatia alguma pelo líder dos Andarilhos das Trevas, mas ele seria necessário para a vitória no confronto, a morte de um líder, ainda mais um tão querido e respeitado, acabaria com qualquer esperança que pudessem ter de vencer.

No céu, Ren sobrevoava em círculos seu avanço, animou-se ao pensar que sempre a tinha ao seu lado, nada poderia atingi-lo com uma companheira tão fiel. Testou a corda de seu arco, esticada como devia ser, não teria uma segunda chance. O guarda era um homem com, no mínimo, o triplo de sua força, precisava matá-lo de primeira, pois num combate corpo a corpo a desvantagem mostrava-se enorme. Parou de costas para um olmo de tronco grosso e ficou observando enquanto o guarda seguia para os fundos da casa de Fafuhm. Com a guerra e muitos homens a menos, os andarilhos estavam com a segurança defasada demais. Ademais, não esperavam um ataque daqueles no coração de seu acampamento. O arqueiro pensava que fora um erro oferecerem uma cabana para Sancha e para o guarda, agora ficava claro que os dois tinham um plano muito maior do que resgatar a louca Mig Starvees. Apesar de que era difícil imaginar que o ferreiro pusesse a vida de sua filha em risco, para matar o homem que tanto a ajudou. Não, isso era coisa de Taldwys. Sorte do ferreiro, Paptur já estava pensando em como iria se livrar dele.

Ajoelhou-se no chão e preparou uma flecha, teria de abater o guarda quando estivesse entrando na casa de Fafuhm, ou poderiam acusá-lo de executar um homem que recebera as honrarias de hóspede da boca do próprio Fafuhm, além de mal visto, isso era algo que poderia levá-lo para a forca. Ergueu os olhos e sorriu, ao distinguir um galho grosso do olmo, perfeito para uma execução. "Não, não se via ali pendurado", ponderou. O guarda estava em sua mira, era a hora, puxou a flecha até tocar-lhe a orelha, os músculos de suas costas queimaram com uma sensação familiar e bem-vinda, adorava o que sentia pouco antes de soltar os dedos e deixar a flecha voar para seu alvo. Estava prestes a soltar a flecha, quando o guarda sumiu. Ele passara pela casa de Fafuhm e seguira em frente, era a única explicação. "Mas, então, quem era seu alvo?", indagou para si mesmo.

Levantou-se e passou a correr, sem se preocupar com o barulho, não podia perdê-lo de vista ou alguém seria assassinado. "Mas quem? Por quê?", não parava de raciocinar. Conseguiu ver de relance a capa do guarda desaparecer por trás de uma das muitas cabanas que se amontoavam do lado leste do acampamento, percebeu então qual era o plano de Taldwys. Apesar de cruel e alucinado, fazia muito sentido.

Decidiu seguir agora na direção oposta. Se fosse religioso, rezaria a algum deus para que o fizesse estar certo quanto a suas suspeitas, ou algum inocente perderia a vida em vão. Correu como há anos não fazia, por entre cabanas que vomitavam fumaça de braseiros em seus interiores. O insistente latir de dois cachorros fizeram com que parasse entre duas dessas moradias, a flecha estava a postos, bastaria uma ou duas para acabar com aquela inconveniência. Felizmente, lembrou-se de um pequeno quadrado fino de carne

Capítulo 52 – Traições

desidratada que tinha em seu bolso, era sua refeição para as horas que ficaria de sentinela, jogou-o o mais longe que conseguiu, e os cães saíram em disparada atrás da isca. Suspirou satisfeito, poupou suas flechas para alguém que realmente merecia morrer, um humano.

Adiantou-se e, por falta de opção melhor, parou em campo aberto mesmo. Conseguira chegar antes do guarda, e, agora que não mais se importava de ser descoberto, seus olhos mantiveram-se atentos a uma cabana em especial, para onde imaginava que o alvo se dirigiria, a única cujo interior estava iluminado. Um candeeiro fazia a cabana de tecidos leves ficar dourada na noite negra. Seu morador tinha medo do escuro, ficou sabendo disso por intermédio de Rifft, e era engraçado de se pensar. Poucos segundos depois, o guarda surgiu, andando nas pontas dos pés, e se aproximou sorrateiramente de seu objetivo, as suspeitas de Paptur estavam corretas. Isso o animou ainda mais, essa caçada estava fazendo valer todo o trabalho que tivera para chegar a Idjarni. "Sttanlik não irá acreditar quando eu contar para ele", pensou.

Um longo punhal surgiu de dentro da capa do guarda, que olhou para todos os lados apressadamente e, por um milagre, não reparou em Paptur parado à sua espera, já lançando a flecha em sua direção. Deu um pulo inesperado, e a seta passou por ele despercebida, era surdo afinal de contas. Finalmente, o guarda levantou o pano que servia de porta da cabana e, antes que seu corpo estivesse no interior da moradia, algo como um rosnado ensandecido, cortou o silêncio da noite. Dessa vez, o arqueiro não errou o alvo.

Paptur, mais do que depressa, puxou outra flecha de sua aljava, colocou seu arco na horizontal e correu para ficar de frente para a entrada da cabana. Viu o rastro de sangue e mordeu o lábio, retesou a corda e antes que conseguisse soltar, uma panela acertou-lhe a parte de trás de sua cabeça. Um andarilho desavisado o confundira com a ameaça real do acampamento.

– Saia daqui agora! – disse a seu agressor, antes de soltar a flecha, errando o alvo por poucos centímetros, a dor na cabeça tirara sua concentração. Em seguida, puxou outra flecha e deu dois passos para entrar na cabana, quando foi impedido por um segundo homem, este magro com as costas curvadas.

– Solte-me, idiota, eu preciso...

Não conseguiu terminar, um grito gutural veio de dentro do lugar, paralisando o homem que barrava o avanço de Paptur. Este se livrou, antes de um segundo grito agitar o ar, correndo para seu interior. Então, viu que Urso estava com o punhal cravado fundo na barriga, um círculo de sangue já se expandia por sua camisa de linho bege. Soltou os dedos, acertando a nuca do guarda, que estava caído no chão, não houve movimento, ele já estava morto. Urso acordara com a punhalada e, como sempre dormia com seu martelo do lado, esmagara o rosto daquele que tentava assassiná-lo.

– Arqueiro, ajuda?! – disse o grande homem, ofegante, com a mão pressionando o local da estocada.

– Acalme-se Urso, vai ficar tudo bem! – respondeu Paptur tentando soar tranquilo, para relaxar o corpulento andarilho. – Não! Deixe assim, eu vou chamar o velho verde! – impediu que o grandalhão arrancasse o punhal, piorando a situação de seu ferimento.

Ao sair da cabana, teve de abrir espaço para passar pela multidão que agora se aglomerava e encaminhou-se para a estranha casa de Leetee.

Uma hora se passou até que todo o acampamento soubesse do ocorrido. Fafuhm e Leetee estavam com Urso, tratando-o, para que o pior não acontecesse. Paptur estava isolado em um canto, quando viu a aproximação de Rifft.

— O que aconteceu? — perguntou o taberneiro, ofegante.

Paptur o mediu dos pés à cabeça.

— Só agora você acordou?

Rifft deu de ombros.

— Estava cansado!

— Mesmo com a gritaria que se fez aqui na última hora, não acordou?

— Eu tenho o sono pesado, acostume-se com isso, ruivão.

Paptur sorriu e passou a relatar os acontecimentos. Logo depois, foi chamado à presença de Fafuhm, agora do lado de fora da cabana. Urso estava aos cuidados do curandeiro.

Foi recepcionado com entusiasmo por todos, tinha salvado a vida do andarilho, impedindo que o golpe fosse duplo. Paptur tinha acertado o tornozelo do guarda segundos antes de entrar na cabana, se não fosse por isso, o Urso provavelmente estaria sendo enrolado em tecidos leves e preparado para ser posto em uma pira funerária.

— Mais uma vez provou seu valor, arqueiro. Salvou meu filho! — lágrimas turvejavam os olhos de Fafuhm, que abriu os braços para Paptur, mas apenas recebendo um aperto de mão. Fafuhm não se mostrou ofendido. — Eu fui estúpido em ter aceitado esse homem em meu acampamento — chutou o corpo sem vida do guarda, antes que seus homens o levassem para ser queimado em alguma fogueira qualquer, sem cerimônia alguma.

— A estupidez foi grande demais para que eu a negue — respondeu Paptur.

Fafuhm limpou uma lágrima que escorreu por sua bochecha.

— Eu não esperava uma maldade dessas da parte de Taldwys.

— Para um líder de um grupo rebelde, você confia demais! — disse secamente o arqueiro, enquanto Ren pousava em sua ombreira.

— Eu sou de uma outra época, de quando um pai não tentava matar seu filho sem razão — justificou-se o líder dos andarilhos.

— Ele ameaça o trono, é um príncipe, Fafuhm! Não vejo razão maior que essa.

— Não posso contra-argumentar você, acaba de dizer sábias palavras, arqueiro. Mas isso não ficará barato, o querido rei de Muivil vai pagar, acertarei essa conta com ele — Fafuhm fez um gesto com a mão para mudar de assunto. — O que importa é que o Urso está bem e que vamos poder lutar amanhã. Leetee disse que nenhum órgão foi prejudicado, por sorte, meu filho tem muita gordura como proteção — sorriu sutilmente. — Gostaria de lhe dar um cargo entre os Andarilhos das Trevas — levantou a mão para impedir que Paptur negasse. — Espere ao menos eu terminar. Teria a honra que fosse o líder de nosso grupamento de arqueiros, eles precisam de um guia astuto e que domine melhor do que ninguém seu ofício.

Capítulo 52 – Traições

Como sempre, Paptur coçou o queixo, mas a resposta não precisava ser pensada, ele sabia o que queria.

– Eu fico feliz com o convite, mas me inclino a negá-lo, em parte. Aceito comandá-los nesta batalha, eu sei que precisam de alguém para os liderar em nosso plano de guerra. E ninguém melhor do que quem criou essa estratégia! Porém, saiba que não agi assim pela glória, não deixaria que essa gente boa morresse pelas mãos sujas de um traidor.

Fafuhm se mostrou satisfeito.

– Será como diz, arqueiro. No entanto, mesmo assim, tem a gratidão eterna dos Andarilhos das Trevas.

Paptur sorriu.

– Não fiz pela gratidão, é que eu realmente odeio traidores!

Capítulo 53

Dor

Uma corrente de ferro amarelado desceu lentamente de cima da embarcação. Ckroy e dois selvagens, também prisioneiros, estavam em um bote, e uma vintena de soldados fazia a guarda em silêncio. Os prisioneiros tinham as mãos amarradas às costas, esperando para ser içados.

Erminho e Stupr já se encontravam no navio que os levaria a um destino desconhecido. Na embarcação seguinte, podia se ver o trabalho que tinham para subir Teme. O perigoso gigante de pedra estava todo envolto em cordas e correntes, como num casulo, mas essas medidas de segurança pareciam inúteis, ele mais se assemelhava a um amontoado de pedras comuns.

Ao fim da batalha, uma estranha caixa de madeira foi retirada da liteira de Aram Sebo de Porco. De seu interior, saiu uma bizarra mulher de cabelos arroxeados e rosto enrugado como um maracujá seco e, pelo seu tamanho, ela dava a impressão de ser uma criança. Sem pronunciar uma palavra, a estranha figura abriu a tampa de um peculiar odre de couro e despejou um esverdeado e viscoso líquido na boca de Teme, paralisando-o imediatamente. Contudo, mesmo sem se mover, Teme representava perigo a todos, era pesado demais para as correntes suportarem, um conjunto de polias estourara, jogando dois homens ao mar. Cordas e mais cordas foram jogadas por cima da amurada como reforço, para tentar erguê-lo. Caso não conseguissem e ele caísse sobre o bote que o transportara, mataria pelo menos dez pessoas.

Gengko teve o mesmo destino de Teme, recebendo um líquido viscoso das mãos da mulher estranha, com a diferença de que o seu era alaranjado. O efeito mostrou-se similar, e o homem de fogo ficou inconsciente na hora, podendo ser manipulado sem que ninguém fosse queimado. Ckroy achava que ele estava em um grande e misterioso caixão preto que viu sendo içado há pouco.

O gancho começou a subir lentamente com Ckroy, a dor em seus ombros foi imediata, mais um pouco e teria os braços arrancados pelo peso de seu próprio corpo. A subida foi vagarosa, não tinha dúvidas de que isso era intencional, para castigá-lo, deixando-o ainda mais fraco. Mas, na verdade, já não tinha forças para nada; desde a morte de Edner, não viu mais razões para lutar. O garoto era como uma chama inocente. Mesmo estando no meio de uma luta sangrenta e que parecia não ter fim, ele agia como um menino, não merecia de forma alguma o destino horrível que teve.

Foi puxado a bordo da enorme embarcação por um conjunto de mãos com apertos doloridos e recepcionado por um homem que exalava um odor de peixe podre.

— Eu sou o capitão Ferrugem, mas para você posso ser o sinônimo de dor ou de alívio. Depende de você. Entendeu, garoto? — apesar do cheiro desagradável, capitão Ferrugem era um homem belo, com pele sardenta curtida de sol e contrastantes e curtos cabelos loiros. Seu nariz fora quebrado, mas isso dava-lhe um ar de selvageria, confirmado pela fúria que resplandecia de seus olhos azul- escuros, como águas de um mar profundo.

Ckroy nem ao menos levantou a cabeça para ver o rosto do capitão, não importava, nada mais tinha sentido. Seria levado para algum lugar estranho e nunca mais veria sua família, seus amigos, sua terra. Era o fim.

Uma mão pesada arrancou-o dolorosamente de seu devaneio, um dos homens que o escoltava resolveu mostrar serviço a seu capitão.

— Olhe para o capitão quando ele falar com você, verme sujo! — cuspiu no rosto de Ckroy, que se manteve apático.

— Deixe, Baiacu, ele vai aprender seu lugar na arena.

Ferrugem pôs a mão no ombro do vento'nortenho.

— Está com dor, garoto? Ou é mudo?

Ckroy finalmente levantou o rosto para olhar a mão em seu ombro, virou-se e fitou bem fundo os olhos do capitão.

— Solte-me que eu lhe mostro o que é dor! — disse com a voz rouca. Não sabia por que falara isso, era uma ameaça vazia, não tinha mais vontade de lutar, mas estava feito e agora não havia mais volta.

Por um milésimo de segundo, Ckroy pôde ver que algo mudou nos olhos do capitão, mas logo a mão pesada do Baiacu desceu de novo, num soco que lhe arrancou um dente do lado esquerdo. O capitão gargalhou e girou sobre os calcanhares, tinha coisas mais importantes para fazer do que perder seu tempo com um prisioneiro.

Ckroy cuspiu a mistura de sangue e saliva no chão, acompanhada do dente que acabara de perder. Então, levou um golpe na parte de trás de sua perna que o fez se ajoelhar.

— Limpe essa porcaria, filho de uma cabrita! — Baiacu apontava para a marca vermelha no piso. — Somos nós que esfregamos essa merda de convés todo dia! Remova isso já!

Ckroy olhou para o lado e movimentou os braços, para mostrar que estava amarrado.

Baiacu gargalhou e agarrou seu rosto, num aperto de ferro.

— Limpe com a língua! — agarrou os cabelos arrepiados do vento'nortenho e levou seu rosto até o local da cuspada.

De início, Ckroy se negara, levando tapas no rosto até suas bochechas arderem, em seguida passou a tomar chutes nas costelas e na cabeça. Aguentou o quanto pôde, mas existe uma hora em que qualquer homem abandona sua coragem, a prudência faz com que se renda e o corpo implora que a dor pare. Quando não mais suportou, sua língua saiu

Capítulo 53 – Dor

automaticamente da boca e, sob uma onda de gargalhadas sádicas, limpou a sujeira que fez. A língua foi sendo cortada pelas ásperas ripas de madeira do convés.

Após a humilhação, levaram-no para uma das celas, que era, na verdade, um aposento não muito amplo, com algumas jaulas amontoadas, como as que se usam para transportar animais. Foi desamarrado e empurrado para dentro de sua jaula com um chute e caiu, batendo a testa nas barras de ferro. A chave virou num sonoro clique.

– Bem-vindo, escória! – disse por fim Baiacu.

Quando a luz se apagou, após a saída do "agradável" homem, não aguentou e levou as mãos ao rosto, afogando-se em lágrimas que teimavam em cair, por mais que lutasse contra. Tentou esticar o corpo, mas o espaço não era suficiente, nem havia como passar suas pernas por entre as barras de ferro reforçado. Optou por juntar os joelhos sob o queixo e ficou assim por um longo tempo. Até que uma voz familiar se pronunciou:

– Dizem que chorar faz bem, limpa a alma, sabe – era Erminho, com uma voz que não conseguia esconder seu cansaço.

– Acho que logo estarei sem lágrimas, Erminho. Mas fico feliz em ver que você está bem.

– Como sabe que estou bem? Está mais escuro aqui do que numa sepultura. Bom ver você também, garoto. Que bela enrascada nos metemos, não é?

– Gostaria de saber que planos têm para nós – o lábio inferior de Ckroy começou a tremer, uma nova onda de choro se aproxima. – Não é justo! Edner era um bom rapaz! – disse com a voz embargada.

– Aposto que ele está em melhor situação do que nós. Aliás, pode ter certeza! Deve estar tomando cerveja gelada das tetas de alguma deusa voluptuosa! – respondeu com voz afável. – Mas sabia dos riscos da missão – parou um pouco. – Bem, quer dizer, nem nós imaginávamos que iríamos enfrentar tantos perigos desconhecidos assim.

– Sabe para onde levaram Stupr?

– Estou aqui, novato – respondeu subitamente o capitão, surpreendendo Ckroy.

– Oh, capitão, desculpe, não o vi quando entrei!

– Não precisa se desculpar, estava aqui, perdido em pensamentos. E, por favor, esqueça isso de capitão, somos prisioneiros agora, títulos não valem mais nada neste lugar fedendo a mijo – riu pelo nariz. – Viemos sequestrar e fomos sequestrados! Que ironia, não?

– Conhecem essa tal arena de que tanto falam esses loucos? – perguntou Ckroy, obviamente mudando de assunto, não havia razão para remexer em sua culpa.

– Nunca ouvi falar – respondeu Stupr.

– Uma vez escutei um homem comentando alguma coisa em uma taberna, faz muito tempo e eu tinha bebido muito...

– Para variar! – interrompeu Stupr.

– Mas parece que é uma arena de luta ou algo assim – continuou Erminho, ignorando o comentário de Stupr.

– Bem, vamos descobrir logo – disse Ckroy.

– É, vamos descobrir logo – concordou Stupr.

Metade do dia se arrastou, ou apenas algumas horas, difícil de se saber, mas finalmente puderam sentir que o navio começara a se movimentar. Tombaram para o lado, com um baque que a virada da embarcação deu, e assim ficaram, balançando de um lado para o outro com o familiar movimento das marés. Stupr e Erminho se animaram um pouco com isso, eram homens do mar e estar navegando sobre a dádiva de Namarin os alegrava. Por fim, como não tinham o que fazer, caíram num sono pesado, pois lutaram por muito tempo, quase sem repouso.

No dia seguinte, pelo menos lhes pareceu, foram acordados por uma barra de ferro que batia em suas jaulas. Dois curandeiros tinham vindo tratar de seus ferimentos e trouxeram cataplasmas e emplastros, que cheiravam a mofo e ervas fedidas, para serem colocados em seus machucados. O alívio nas dores foi imediato. Logo depois receberam suas refeições: uma papa de arroz e espinafre que recendia a vômito, um pedaço de pão dormido e água salobra. Porém, famintos como estavam, não tinham do que reclamar.

Os dias decorreram com lentidão e a rotina era sempre a mesma. Recebiam duas refeições por dia e pouca conversa. Não foram mais maltratados, o que fez com que suas feridas se curassem aos poucos, as físicas, porque as mais profundas, de alma, tardariam a sarar, se é que isso seria possível. Nessa hora de incerteza e medo, os três prisioneiros se voltaram para suas crenças e rezavam a todo o momento. O temor logo deu lugar a um estado de dormência, um estupor causado pelo fim da esperança. Aceitaram o fato de que às vezes não importa o quanto se lute, nem o quanto de estoicismo e coragem se tenha, sofre-se uma derrota. Nem mesmo os corpos doloridos, pela postura horrível em que tinham de ficar, os incomodavam mais. A única certeza era a incerteza de seu destino.

Quando perderam a noção dos dias, não mais conversavam, nem mesmo o falante Erminho tinha o que dizer. Cada um somente com o som da própria respiração como companhia.

Quando o avanço começou a ser rápido, o imponente capitão Ferrugem entrou no "calabouço" com um candeeiro de gordura de foca. Automaticamente, todos levaram suas mãos aos olhos. A luz tornou-se dolorosa, quase os cegava, afinal, a única iluminação com a qual tinham tido contato era a que vazava da porta aberta, quando alguém entrava.

— Confortáveis? — disse com ironia.

Ninguém respondeu. Eles não tinham vontade de servir de diversão a um homem entediado pelas longas horas no mar.

— Quando o sol se esconder no oeste, chegaremos a Perreall. A viagem foi longa e tortuosa, as correntes não estavam favoráveis, sabem...

— Ou a tripulação não era competente o suficiente — interrompeu Erminho.

Ferrugem se aproximou da jaula do vento'nortenho e semicerrou os olhos para ver melhor seu rosto. Depois, começou a gargalhar.

— Por mais que tentemos espremer toda a coragem de seus corpos, vejo que ainda tem alguém aqui com forças para fazer gracinhas. Uma pena a viagem estar no fim, gostaria de empreender mais alguns experimentos com vocês — ao estralar os dedos, seu semblante mudou rapidamente, tornando-se duro, como se fosse feito a partir de uma rocha. — Peço

Capítulo 53 – Dor

que se calem agora, ou eu vou pegar algumas roupas de baixo, sujas, de meus homens e usarei como mordaça. Não gostariam disso, não é? E antes que respondam, lembrem-se de que meus homens são imundos e odeiam se banhar. Principalmente o Baiacu, aquele gordo tetudo e nojento – esperou para ver se seu pedido fora aceito. – Ótimo!

Ckroy desejou estar com sua espada, mas ela tinha sido levada por um grupo de armeiros, que recolhiam as armas que poderiam ter alguma utilidade futura. Sem dúvida, a sua espada seria derretida para se tornar a arma de outra pessoa. Sua única herança se fora e não tinha nada que pudesse ser feito a respeito, mais uma pontada da dor da derrota o castigou. Tentou limpar a mente e voltou a prestar atenção em Ferrugem.

– ... preciso que me acompanhem até o convés, passaremos logo sob a ponte destruída e precisaremos oferecer uma contagem de cabeças aos fiscais, ou nosso acesso não será concedido.

– Pensei que fossemos vermes! Não há necessidade de contar as cabeças de uns vermes, não é?

Bufando, Ferrugem apoiou o braço sobre a jaula de Stupr.

– Fiquei sabendo que você era o capitão do navio que destruíram – estendeu a mão por entre as barras. – Antes que cuspa em minha mão, peço que escute o que tenho a dizer. Não sou nem nunca fui a favor da missão que recebemos. Mas sou um homem contratado, tenho de fazer o que pedem os meus patrões, ou patroas, às vezes é difícil diferenciar. Eu não fiz parte do ataque que sofreram, tanto vocês em terra, quanto os que estavam na embarcação. Assisti a tudo com a boca seca, ao pensar nas vidas desperdiçadas.

Stupr puxou a mão de Ferrugem para que seu rosto colasse nas grades.

– E por que não fez nada para impedir? Nem tentou argumentar?

Ferrugem não se mostrou incomodado com a reação do colega capitão.

– Seus patrões são pessoas que aceitam ser contestadas? Realmente, eles escutam a sua opinião?

Stupr não respondeu, mas a maneira com que soltou a mão de Ferrugem disse mais do que se usasse palavras.

– Perfeito! Serei sincero agora. Não vim aqui chamar vocês somente para que suas cabeças fossem contadas, isso foi uma desculpa. Queria que vissem a paisagem pela qual vamos passar, é maravilhosa! Eu perco o fôlego toda vez que passo por aqui, e olhem que eu nasci nessas terras amaldiçoadas!

Ckroy ficou se perguntando a razão de tamanha "bondade" da parte do capitão, talvez ele estivesse sendo verdadeiro e realmente não lhe sobrara opção senão participar do ataque, mesmo sendo contra. Era fácil para sua mente traçar um paralelo com a situação de todos seus amigos vento'nortenhos. Mas por mais que fosse contra, seria um alívio sair um pouco daquela jaula, ele não aguentava mais o cheiro de urina e fezes que se intensificava com o ar estagnado do ambiente.

Após a promessa de não apresentarem reação, ou como disseram, "não tentar gracinhas", as jaulas foram abertas e logo puderam sair. Seus corpos estavam doloridos e todos seus músculos enrijecidos, porém, a sensação de poder voltar a andar era indescritível.

Suas mãos foram algemadas, mas havia um corrente de mais de um palmo, tinham uma liberdade de movimentos muito bem-vinda.

Subiram as escadas com certa dificuldade e se encaminharam até o convés. Os outros prisioneiros também estavam sendo levados à proa, todos selvagens, o que demonstrava que, apesar de tudo, Ferrugem parecia ser um homem generoso, pois encarcerara cada um com seu respectivo povo. Os prisioneiros andavam de cabeça baixa e foram encostados à amurada. No entanto, tudo que viam eram brumas espessas, a sensação que sentiam era de dor nos ossos, não por conta de um frio comum, como o que estavam acostumados, mais parecia uma influência espectral.

Instintivamente, Ckroy passou a experimentar um certo medo, imaginando que isso poderia ser um plano para matar a todos. Não fazia muito sentido, raciocinava ele, afinal poderiam ter se livrado deles antes mesmo de subirem a bordo. Logo seus temores foram silenciados pelo suspiro dos selvagens, a visão que Ferrugem disse que teriam era realmente de tirar o fôlego.

A névoa foi se dissipando e puderam ver duas enormes paredes de pedra, erguendo-se por mais de uma centena de metros. Ao olhar para os lados, podia se ver que a navegação nesse ponto exigia muita habilidade, enormes rochas surgiam por todos os lados, saídas da água com um brilhante tom arroxeado, repletas de crustáceos, sendo atingidas por ondas que faziam a espuma subir quase acima das velas do navio.

Ckroy estava boquiaberto e percebeu que Stupr e Erminho sorriam feito crianças, o vapor do mar em seus rostos pareceu levar qualquer desconforto para longe, fazendo-os se sentir plenos.

A embarcação seguia em ritmo lento e, por fim, diminuiu ainda mais de velocidade, e logo descobriram a razão. Parecia ser uma ponte saída das rochas, vinte e duas enormes colunas de pedra foram esculpidas de cada lado, no formato de homens trajando armaduras extraordinariamente detalhadas. Sob seus elmos, coroados por belas asas, mantinham suas feições orgulhosas, sustentando a estrutura com seus ombros e braços musculosos. Incrível pensar o que a mão do homem era capaz de criar. Infelizmente, alguns detalhes tinham sido destruídos pelo incansável vento marítimo, como alguns queixos, narizes e cabelos. Era triste ver também que o meio da ponte estava arruinado, existia um vão, e não mais se ligava uma borda à outra. O sol estava quase oculto por trás de uma camada de nuvens acinzentadas e brilhava fraco no meio da ponte, os raios de luz que escapavam pelas nuvens formavam um encantador arco-íris, arqueando-se sobre a cabeça dos prisioneiros admirados.

De cima da borda oeste da ponte, uma corda descia lentamente com alguma coisa amarrada em sua ponta, uma eternidade pareceu se passar até que chegasse ao navio, e todos os prisioneiros levaram um susto ao ver que o que estava amarrado não era um objeto, e sim uma pessoa! Um homem era descido pouco a pouco, para logo ser recepcionado pelo capitão Ferrugem.

— Bem-vindo a bordo, Jaquimann! Não importa quantas vezes eu o veja fazer isso, sempre vou me impressionar! — disse o capitão.

— Fica fácil a partir da milésima vez, Ferrugem. Vejo que trouxe mais carne para a arena!

Capítulo 53 – Dor

Jaquimann era um homem já idoso, mas se mantinha em forma. Sua camisa branca de algodão estava ensopada pelos vapores marítimos, fazendo seus músculos ficarem expostos.

– Sabe como é Aram, sempre tentando tornar o espetáculo mais interessante – respondeu Ferrugem.

– É, a gordona está certa, a arena nunca esteve tão vazia, só estamos recebendo gente das ilhas do oeste. Relltestra está em guerra, portanto, nada do ouro deles para engordar nossas bolsas.

Conversaram por mais algum tempo e Jaquimann se despediu, após pegar a assinatura de Ferrugem em um pergaminho avermelhado, liberando a passagem do navio.

– Fim do espetáculo, rapazes! Vamos voltar para as celas, rápido!

A ordem vinha de um dos tripulantes do navio, e logo os prisioneiros foram enfileirados. Estavam chegando a seu destino final. A incerteza, do que os esperava, começou a castigar a mente de todos.

De volta às suas jaulas, Erminho e Stupr se mostravam mais animados e começaram a comentar o que tinham visto. Já Ckroy se recolheu em seu canto com os olhos fechados, aguardando seu destino, nem mesmo a lembrança da bela visão da ponte destruída o fazia ficar melhor, afinal, como dissera Jaquimann, ele era apenas carne nova para a arena.

E logo descobriria o que isso queria dizer.

Capítulo 54
ÓDIO E PIEDADE

O choque das lâminas produzia o único som da arena. Os presentes não conseguiam esboçar com palavras o espanto que tiveram, ao ver a desafiante se transformar num monstro bem na frente deles. O corpo de Vanza estava inalterado, com exceção de seus olhos, mas algo no modo como se movia na luta indicava que ela não era mais uma garota comum, parecia uma fera indomável. Mesmo sendo obrigada a lutar com sua mão esquerda, que não era seu forte, girava sua estimada Plumbum de um lado para o outro, numa tempestade de aço que não dava margem para Jarhyan revidar, tudo que o rei podia fazer era apenas se defender.

Ainda assustado com a nova "forma" de sua adversária, Jarhyan não achava dentro de si a chama que tão fortemente ardera, o medo ofuscava sua capacidade de luta, deixando-o numa situação defensiva da qual não conseguia sair. O temor que um dia sentira de Yuquitarr voltou, e, dessa vez, não era um ser humano que lutava como um demônio, mas sim um demônio personificado. Suor brotava de seus poros, respirar se tornava uma tarefa cada vez mais difícil.

— A-ajude-me, irmão! – gritou desesperado, enquanto usava o cabo de seu machado para se defender.

Mundyan permanecia paralisado, avesso à luta, com seu olhar sempre distante. Assim como todos, impressionou-se com o que acontecera, mas agora voltava ao seu estado de apatia.

Yrguimir tinha os olhos arregalados, apesar de feliz pelo fato de Vanza estar dando aos reis uma luta digna. No entanto, sentia-se amargurado ao imaginar o preço que isso teria, o sargar não era um ser com o qual se devia brincar. O pouco que sabia a seu respeito, fazia com que seu sangue gelasse. Não podia sequer pensar em ter uma anomalia como aquelas por perto, quanto mais dentro de si.

Égora e Y'hg partilhavam do seu estado catatônico. Apesar do pouco tempo que passaram ao seu lado, tinham certeza de que Vanza era uma pessoa de grande coragem e bondade, doía-lhes ver essa grande garota abraçando as sombras dessa forma. Torciam por ela, é claro, porém não queriam que sua vitória se tornasse um fardo tão pesado.

Jarhyan trincou os dentes e firmou os pés no solo, ainda segurando seu machado com as duas mãos. Usando o cabo como escudo, impediu o avanço alucinado de Vanza e, com toda sua força, conseguiu que a espada escapasse da mão da yuqui. Era sua chance, quando Vanza fosse em busca de sua arma, ele iria desferir um giro rápido e limpo. A confiança voltara ao seu corpo.

"O que está fazendo? Não está me ajudando assim", pensou Vanza, tentando se comunicar com o sargar.

Não houve resposta, e teve de correr para longe do avanço de Jarhyan. O rei girava acima de sua cabeça seu machado, cuja lâmina escura de obsidiana brilhava de tão afiada, por fim, fazendo-a descer. Vanza não teve dificuldades para se desviar do golpe, entretanto, era com isso que o rei contava. Antes de a lâmina bater no chão, como seria o esperado, ele deu um passo rápido para o lado e forçou o cabo, mudando a posição da lâmina e executando uma ascendente e, assim, abriu um enorme talho diagonal na panturrilha da yuqui.

Não sentindo a dor de seu corpo, Vanza nem ao menos piscou, sua mente parecia estar envolta em um casulo. Sabia o que estava fazendo, seus sentidos amplificados pela influência completa do sargar a guiavam, mas não mais dava a impressão de ser dona de sua carne, era assustador e ao mesmo tempo uma sensação libertadora, como nunca experimentara. Deu três passos rápidos para trás, afastando-se de seu oponente, e começou a correr em um círculo grande, ao redor da arena, sua velocidade era muito superior à de Jarhyan, e o fato de não trajar uma armadura a tornava incansável. Ao passar ao lado de Mundyan, deu-lhe um chute na região lombar, jogando-o para frente. Uma vez desequilibrado, aproximou-se rapidamente e puxou de sua mão uma de suas espadas. Não encontrou resistência e quando se preparava para acabar com sua vida, seu irmão Jarhyan estava à sua frente, pronto para golpeá-la. Vanza decidiu ir atrás de sua espada e deixou o rei bocejando, prostrado no chão.

O rei resolveu permitir que a yuqui recuperasse sua lâmina e agarrou o irmão pelo pescoço.

— Levante-se, inútil! Vai permitir que essa merda de nômade nos humilhe assim? – os olhos de Jarhyan estavam vermelhos, como se o fogo, o elemento que tão orgulhosamente representava, ardesse dentro deles.

— Não vejo razões para essa luta, irmão. Acabou – respondeu Mundyan num tom monótono, sorrindo sem humor.

Jarhyan jogou seu irmão de lado como se fosse um boneco, não podia perder tempo com ele, Vanza já tinha recuperado sua espada e voltava com as duas lâminas cruzadas, pronta para atacar.

— Preparado para seu fim, Majestade? – perguntou Vanza, com a voz mais grossa que o habitual, seguida por uma horripilante gargalhada que raspava em sua garganta. Movia-se com a leveza de um felino, não havia mais nada de humano em seus movimentos, a cada momento a influência do sargar se mostrava mais forte. Saboreava em seu corpo a força percorrendo cada um de seus músculos, o fogo ardendo dentro de suas veias. Sentia-se invencível e, por mais que tentasse se convencer de que aquilo tudo era errado, estava adorando.

Capítulo 54 – Ódio e piedade

Preparando-se para a investida, Jarhyan lambeu os lábios e se postou em guarda, era a hora da verdade, sentia cada par de olhos da arena sobre si, o peso de sua nação recaía sobre seus ombros, precisava vencer para se afirmar, mais do que nunca, o líder único de seu povo. Quando sua adversária estava a não mais que dez passos de distância, cuspiu próximo de seu irmão e disse:

– Isso não vai ficar assim, irmãozinho, nesta ou em outra vida terei minha vingança.

Vanza deu um pulo abrindo as espadas em dois enormes arcos, um deles atingiu os dedos da mão esquerda do rei, e as pontas do anelar e do mindinho caíram no chão, mas Jarhyan nem titubeou. Ele levou a mão jorrando sangue ao machado e segurou o cabo com firmeza, retribuiu o golpe com um ataque direto, cortando superficialmente a barriga de Vanza, que a exemplo do rei, não demonstrou sentir a dor.

O chão da arena estava repleto de marcas de sangue dos dois, mas, ao contrário da plateia, isso não incomodava os lutadores, golpes passaram a ser desferidos, espadas e machado se encontravam em uma fúria cega. Vanza levava vantagem por utilizar uma espada como escudo, a enorme ferida que tinha no braço direito, sofrida na batalha anterior, sangrava aos jorros, porém, não se mostrava um empecilho para que castigasse Jarhyan, pouco a pouco cortando seu corpo onde pudesse golpear. Um par de minutos se passou e a cadência da luta não diminuiu, ambos usavam todas suas reservas de forças sabendo que o fim se aproximava.

Um som abafado começou a soar, achou estar delirando, pois ouvia milhares de vozes gritando seu nome e repetiam euforicamente: "Vanza! Vanza!"

"Eles a amam, garota. Não os desaponte!", disse o sargar animado. "O primeiro passo até a conquista desse povo foi dado. Sua, digo, nossa coragem não foi em vão."

"Cale-se, isto não acabou!", respondeu ela, sentindo-se exausta. A perda de sangue começava a causar seu efeito e os oponentes se mostravam pálidos. Apesar de ter as forças aumentadas pelo sargar, Vanza ainda era humana, as fraquezas da carne não haviam sumido, prova disso era que sua visão começava a ficar turva, sentia-se zonza e com sede, o frio parecia envolvê-la num abraço cada vez mais apertado.

Ao olhar nos olhos de Jarhyan, pôde ver que ele sofria do mesmo mal, e numa escorada mais demorada da parte dele, a yuqui conseguiu acertar-lhe a testa, surpreendendo-o com a espada da mão direita num golpe tão forte que trincou seu crânio.

O rei instintivamente levou a mão esquerda ao rosto, sentindo-se cego e tonto, parecia que ia cair de lado, mas num lampejo final de fúria gritou com toda sua força e tentou golpear mais uma vez, só para sentir que suas forças se esvaíam e deixar o machado cair no chão. Cambaleou até Vanza, esta se manteve imóvel, sabia que o rei não teria mais energia para nada, semicerrou os olhos vermelhos por perceber que Jarhyan desejava cuspir-lhe no rosto, porém tudo que conseguiu fazer foi babar sobre sua própria barba. Vanza deu um passo para trás e assistiu friamente seu oponente tombar à sua frente.

Vanza observou o monarca currynto por um tempo, reparando que seu peito ainda arfava, ele vivia, mas respirava com dificuldade e gemia de dor, sua existência sendo sugada pouco a pouco por um gotejar rubro. Não estava completamente acabado, e em vez de dar um golpe de misericórdia dirigiu-se ao seu outro adversário, deixando que Jarhyan saboreasse sua agonia até o fim.

Mundyan permanecia parado, à espera de Vanza, que caminhava lentamente, gloriosa, com a Plumbum em sua mão. Quando a garota se preparou para o golpe, ele se ajoelhou e ofereceu sua arma à yuqui.

— Curvo-me ante você, selvagem Vanza. Provou ser uma adversária valorosa, aceite minha arma como se fosse sua, em sinal de rendição — Mundyan disse com o tom de voz o mais alto que conseguiu, para que todos da arena ouvissem suas palavras.

"Esse foi mais fácil do que pensávamos, minha querida!", manifestou-se novamente o sargar. "Mate-o!"

"Cale-se um momento, eu lhe ordeno! Deixe-me ouvir o que ele tem a dizer", respondeu Vanza, enfurecida.

"Ordena?"

Uma gargalhada chacoalhou o crânio de Vanza, deixando-a ainda mais tonta. Ela piscou duas vezes, tentando focar sua visão em Mundyan.

— Pode tirar minha vida, ela é sua! Peço que seja misericordiosa e rápida — disse o rei, sem um pingo de medo na voz.

— Por que me oferece sua vida de graça? — perguntou intrigada.

Mundyan levantou o rosto.

— Não está sendo de graça, provou ser merecedora desde o início, derrotou três de meus irmãos em batalhas limpas e sem tramoias. Foi digna da vitória, meu povo é seu, eu sou seu. Faça de mim o que achar melhor, mas pense, eu represento uma ameaça ao seu recém-conquistado trono. O que lhe garante que eu não conseguirei tomá-lo de volta? Acabe com minha existência miserável e seja a soberana do povo currynto.

A tranquilidade com a qual Mundyan encarava seu destino deixou Vanza desconcertada, ela sabia que as regras do desafio obrigavam-na a tirar a vida de todos os quatro reis, caso quisesse sagrar-se vencedora. No entanto, não esperava acabar com uma vida sem luta, era ainda mais assustador do que a fúria bestial de Jarhyan. Acima de tudo, sentia-se culpada, não merecia aquela vitória, trapaceara, e por mais que nesse momento o sargar tentasse convencê-la a terminar logo com aquilo, um lampejo de piedade surgiu dentro de seu peito. Automaticamente, seus olhos se viraram para a plateia, procurando por seus amigos, à espera de respostas. Encontrou Yrguimir com dificuldade, e do rosto de seu companheiro não recebeu nada além de censura, ele a olhava com uma frieza que lhe causou arrepios. Contudo, chegara longe demais para que fosse repreendida, era hora de mostrar que ninguém podia vencê-la. De maneira estranha, em seu interior, sentia que precisava dar essa lição a Yrguimir, ela era indestrutível e ele tinha de ver do que seria capaz.

Virou-se para Mundyan.

— Aceito sua rendição, sua vida é minha e farei dela o que bem entender — sua voz ecoou por toda a arena, logo provocando um coro que a surpreendeu.

"Misericórdia", gritavam repetidamente todos os presentes. Égora e Y'hg se juntaram ao coro, não gostariam de ver um assassinato a sangue-frio. Ninguém teria coragem de

Capítulo 54 – Ódio e piedade

negar-lhe a vitória, poderia destituir Mundyan de seu cargo e mandar que fosse trancafiado em algum calabouço, tomando o poder sobre os garranos.

Mas Vanza estava determinada, apertou a empunhadura de sua Plumbum com as duas mãos, erguendo-a sobre seu ombro esquerdo, mordeu seu lábio inferior com força e prendeu a respiração por um instante.

Os olhos de Mundyan se fecharam e ele disse:

– Não repita os mesmos erros que cometemos, traga prosperidade a esse povo, sem o uso da violência.

Vanza deu um sorriso de canto de boca e sua resposta veio por meio do golpe que deu, acertando o pescoço de Mundyan com vigor, mas não o suficiente para decapitá-lo. As forças lhe faltavam sem a presença do ódio, foram precisos mais dois impactos violentos até conseguir desligar a cabeça do pescoço. Respirou fundo e deu alguns passos até Jarhyan, que ainda vivia, e Vanza reparou que lágrimas escorriam por suas bochechas, diluindo-se na poça de sangue que se formava sob seu rosto.

– Por que chora, rei Jarhyan? O fogo se foi? – zombou sorridente.

Não houve resposta, o rei apenas a olhou enojado, antes de sua existência terminar num suspiro dolorido. Vanza pisou em seu peito e ergueu a espada no ar, clamando vitória.

A plateia se dividiu entre aplausos e vaias, porém, ao encará-los com brutalidade, todos começaram a aplaudir e, então, Vanza começou a ser ovacionada pelo seu novo povo. Ela tornara-se a soberana do povo currynto, a humilde nômade da tribo yuqui era agora a rainha dos garranos.

"Parabéns, Vanza! Conseguiu o que queria, venceu seu desafio."

"Agradeço sua ajuda do fundo do meu coração. Foi muito bem-vinda e válida, mas pode sair de meu corpo e nunca mais voltar", pensou ela, sentindo a exaustão em seus membros pesados.

"Eu abandonarei você, mas lembre-se, estou a um chamado de distância."

"Pode ter certeza de que não quero mais saber de você, fique sossegado, meu amigo."

"Veremos, querida, veremos!"

E ele se foi. Vanza sentiu seu corpo ficar leve, toda a dor de seus ferimentos castigando-a de uma só vez, tão forte que não aguentou e foi obrigada a se deitar rapidamente no chão e começou a gemer.

Yrguimir abriu caminho aos empurrões pela multidão, que se avolumava para ver de perto o desenrolar dos acontecimentos. Após muito lutar, conseguiu sair do lugar da plateia. Os guardas impediram por um instante seu deslocamento, sem saber como proceder dali para frente, mas a prudência os fez liberar a passagem do amigo de sua nova governante, para evitar problemas futuros. Ele dirigiu-se ao centro da arena, seguido por Égora e Y'hg, e logo chegou ao corpo caído de Vanza, cercada por curandeiros garranos, que enrolavam ataduras de linho embebecido em ervas anestésicas sobre os ferimentos.

– Yrguimir querido, eu venci! – disse animada, embora sua voz não fosse mais que um fraco sussurro.

— Sim, Vanza, venceu. Mas a que preço? — estava preocupado com o estado de sua amiga, queria que ela ficasse bem logo. Entretanto, o que vira acontecer, ainda o aterrorizava. Havia muita brutalidade na alma de Vanza, e o que isso poderia acarretar era um mistério assustador.

Capítulo 55
HORIZONTE VERMELHO

O céu gradualmente perdia seus tons escuros, acinzentando-se no anúncio de uma nova manhã, o dia da grande batalha finalmente chegara. O acampamento estava em total atividade, todos aqueles que ficariam para trás, com suas mentes completamente absortas em preparativos de última hora, os mais velhos ou os sem condição de luta, ajudavam como podiam os guerreiros que em breve partiriam. Havia muitas lágrimas, de orgulho ou despedida, mas não por oposição à luta, a Guarda Escarlate ameaçava não só suas existências, e sim todo o ideal dos Andarilhos das Trevas.

Fafuhm dava as ordens finais aos seus soldados, em sua maioria já armados para a batalha. Juntaram as armaduras e cotas de malha que puderam e, os muitos que as receberam, sentiram-se dignos, fazendo promessas, verbais ou não, de honrar essa valiosíssima proteção. Com um olhar satisfeito, observou o quanto seu povo era organizado e valente, não havia traço algum de covardia no modo como se portavam, isso lhe dava uma certa calma, pois indicava que, apesar de as chances estarem contra eles, seriam vitoriosos.

Uma comoção veio do lado norte do acampamento, homens corriam desembainhando suas espadas com sonoros sons do raspar de aço e couro. Não era possível que a Guarda Escarlate fosse tão estúpida, havia linhas e mais linhas de homens patrulhando todo o perímetro do local, uma atitude precipitada dela lhe custaria a guerra. Aproximou-se com cautela, não podia se arriscar desnecessariamente antes da verdadeira batalha, tinha sentinelas em número suficiente para acabar com qualquer crise antecipada. Uma pequena multidão se acotovelava em um círculo, bloqueando-lhe a visão. Abriu caminho como pôde e viu dez de seus patrulheiros escoltando um grupo de pessoas, carregavam uma enorme caixa de madeira com dificuldade.

– Posso saber o que significa isso? – perguntou Fafuhm, agarrando com firmeza o cabo de seu gadanho, apoiado em seu ombro.

– Esse grupo chegou há algum tempo pelo Tríade, senhor. Foram interrogados durante a noite toda, mas tudo que repetem é que trazem um presente para nós dentro dessa caixa – respondeu um patrulheiro.

– Tem certeza de que só são eles? Não havia mais embarcações se aproximando?

— Não, senhor!

— E como tem certeza disso, se você está aqui? Quem ficou de guarda na zona do rio?

— Eu deixei três homens por lá. Mandí e seus dois irmãos.

— Armas?

O patrulheiro apontou para uma mula gorda que trazia dois grandes sacos puídos presos à sua sela.

— Alguns machados, punhais e uma espada, senhor.

Satisfeito, Fafuhm balançou a cabeça, seus patrulheiros agiram com cautela e não havia risco na situação. Gostava do modo como todos seus homens levavam a sério seu trabalho.

— E o que tem na caixa? — forçou-se a perguntar.

— Ficamos com medo de abrir, senhor, pode ser uma armadilha. Mas, se falam a verdade, os olhos do senhor devem ser os primeiros a ver o que quer que seja.

Fez o possível para esconder sua irritação, odiava o fato de alguns jovens terem a ideia de que ele era como um rei, repleto de exigências e imposições estúpidas. Não passava de um homem simples, só aceitara o título de líder de seu povo para manter os andarilhos organizados. Fez um sinal com a mão para que a caixa fosse posta no solo e se aproximou.

— E quem são vocês? — perguntou aos homens que traziam a misteriosa caixa.

— Ninguém importante, somos entregadores contratados... — respondeu o homem num tom claro de liderança.

— Entregadores precisam de tantas armas assim? — Fafuhm apontou com a cabeça para os sacos de armas.

— Vivemos em um tempo difícil, senhor, nem se aliviar no meio do mato é possível sem que sejamos atacados por um exército — sorriu sem humor. — Como eu ia dizendo antes de ser interrompido, somos entregadores e temos sede, aceitamos uma bebida se não for fazer falta a vocês.

Fafuhm olhou para o rosto do recém-chegado, seus olhos amarelados não lhe inspiravam confiança, brilhando com uma astúcia maliciosa, difícil de ser ignorada.

— As bebidas ficam para depois, apresente-se antes — Fafuhm fez questão de apontar a lâmina curvada de seu gadanho para o rosto do homem. Não houve reação alguma, de medo ou espanto.

— Eu sou o indomável, incomparável e intrépido Golberil Pijan III, esses são meus companheiros de viagem. Somos corsários a serviço de Sellpus — ao final, fez uma péssima expressão de humildade, seguida por um toque na testa e uma mesura.

Fafuhm o analisou por alguns instantes, assim como aos seus companheiros, eram pessoas estranhas, mas marujos com certeza, o tom de suas peles visivelmente castigadas pelo sol e sal, e o estilo peculiar de suas roupas, davam-lhe uma confirmação clara. Então, foi obrigado a perguntar:

— O mar está um pouco longe daqui, não acha? O que corsários iriam querer conosco?

— Somente fazer nosso trabalho, uma entrega. Acredito que você seja esperto o bastante para conhecer o ofício de um entregador, não é?

Capítulo 55 – Horizonte vermelho

Ignorando a gracinha de Golb, Fafuhm continuou:

– E que entrega seria essa? – talvez sua pergunta tenha sido rápido demais, deixando sua curiosidade aparecer.

Golb abriu um sorriso ao perceber isso, abaixou-se e levou a mão à tampa da caixa, aguardando a permissão de Fafuhm, e com algum floreio a abriu, revelando um homem em seu interior. Bastou uma breve olhada para que Fafuhm ficasse boquiaberto.

– Quem é você? – perguntou o líder dos andarilhos, apesar de ter noção da resposta.

– Senhor, eu me chamo Bez'lut, sou...

– Príncipe de Muivil, filho do rei Taldwys! – interrompeu Fafuhm, ainda espantado.

E pensou: "O Perfeito".

Bez'lut confirmou com a cabeça, ignorando os gracejos de Golb e seus homens, contentes por estarem certos sobre sua identidade. Estava todo suado e dolorido, viajar a bordo dessa caixa não fora uma das melhores experiências que tivera na vida. Imaginou que seria somente para sair de Muivil, porém, os corsários não perderam a chance de humilhá-lo enquanto podiam. Recebia alimento por uma pequena fresta e tinha de se virar para comer. Fazer suas necessidades era uma situação ainda pior. No entanto, agora nada mais importava, ele alcançara seu objetivo e precisava achar seu irmão.

– E o que veio fazer aqui em meu acampamento, Vossa Majestade? – por mais que tentasse, Fafuhm não conseguia esconder um traço de satisfação com tudo isso, até porque tinha em suas mãos o filho de seu odiado inimigo.

– Vim conhecer meu irmão – respondeu Bez'lut enquanto saía da caixa. – Eu escutei sua conversa com meu pai e fiquei sabendo de tudo.

Fafuhm entregou seu gadanho a um de seus homens e se aproximou do príncipe, era quase uma cabeça menor do que ele, mas fazia o máximo para parecer intimidador.

– Por pouco não perdeu sua viagem, Majestade. Seu irmão sofreu um atentado essa noite – conscientemente, Fafuhm não revelou que o ato fora perpetrado pelas mãos de um membro da guarda pessoal de seu próprio pai. Não era hora de açular intrigas, esse esclarecimento teria de esperar.

Bez'lut levou as mãos à boca.

– Pelos Deuses da Noite, que coisa horrível, senhor! E ele está bem, agora?

A expressão de Bez'lut parecia sincera, e o fato de ele evocar o nome dos Deuses da Noite era um bom sinal. Fafuhm ficou ao menos feliz com isso, aparentemente o jovem príncipe era uma pessoa melhor que seu pai. O que poderia sinalizar boas notícias para o futuro.

– Ao contrário de seu pai, eu cuido de meu povo da melhor forma possível. Meu filho Urso está bem, foi tratado pelo mais capacitado curandeiro de Relltestra. Logo lutará ao meu lado na guerra que seu pai recusou-se a apoiar.

Os olhos azuis de Bez'lut mostraram o quanto estava aliviado pelo irmão, mas havia um lampejo de tristeza em sua expressão, era óbvio que o jovem não partilhava das ideias do pai.

– Poderia permitir que eu o visse? – esticou as costas, sentindo seus músculos enrijecidos. – Pelo menos antes do combate?

Fafuhm sentiu entristecer-se com a reação do jovem, a vontade de conhecer o irmão fora forte o bastante para negociar sua vinda com corsários para uma terra hostil e repleta de perigos, tudo às portas de uma grande luta.

— Ele partiu em uma carroça para a batalha há poucas horas, nada segura o Urso, mesmo ferido ele quer lutar, por isso tenho tanto orgulho dele – Fafuhm viu a decepção cobrir o rosto de Bez'lut. – Mas fico feliz que esteja aqui – completou –, assim que voltarmos vitoriosos do conflito, você terá a chance de conhecer seu irmão. É uma promessa!

O príncipe estufou o peito.

— Deixe-me erguer armas ao seu lado, senhor! Sou treinado nas artes da guerra, seria uma ótima adição às suas fileiras. Basta me dar uma espada e seus inimigos serão meus!

Fafuhm chegou a considerar essa proposta, um guerreiro a mais podia ajudar, e muito, em sua luta, principalmente um com aquele tamanho todo, mas não devia ser egoísta e pôr em risco o futuro governante de Muivil. Milhares de vidas viriam a depender dele em tempos posteriores.

— Farei o seguinte Bez'lut, enviarei você para nosso acampamento reserva, muitos dos nossos partirão em breve para lá, e estará fora de perigo. Quando a batalha terminar, mandarei Urso ir ao seu encontro – o tom de Fafuhm era claro e não deixava brechas para argumentações.

Bez'lut assentiu e virou-se para seus "companheiros".

— E quanto a vocês, o que farão?

Golb colocou as mãos na cintura e olhou por cima do ombro para seus parceiros. Todos começaram a gargalhar ao mesmo tempo.

— Não acha que iremos lutar ao lado de desconhecidos, não é? Vamos embora, já fizemos a entrega para a qual fomos contratados.

— Quanto a isso, eu não tinha dúvidas – disse Fafuhm com simplicidade. – Mas como partirão daqui? O caminho por onde vieram está sendo ocupado por um pequeno exército, algo em torno de quatro, cinco mil homens... Estão tão enrascados quanto nós aqui!

Golb cuspiu de lado, Mami Cabeça de Marreta trincou os dentes e os outros começaram a protestar, culpando Bez'lut pela confusão em que ele os metera.

— E em relação ao meu "item especial" que foi apreendido? – perguntou Golb com a voz cheia de irritação.

— Item especial? – intrigou-se Fafuhm.

O patrulheiro se aproximou.

— Este saquinho aqui, senhor. Foi difícil tomar isso dele, mas aceitou deixar aos meus cuidados – jogou o saquinho para seu líder.

— Eu disse para tomar... – gritou Golb, desesperado.

Fafuhm agarrou o saquinho.

— ... cuidado! – suspirou aliviado, o corsário.

Desfazendo habilmente o nó típico de marinheiro, Fafuhm o abriu, revelando a pequenina cabeça escurecida.

— O que é isso? – perguntou com legítima curiosidade.

Capítulo 55 – Horizonte vermelho

Golb respirou fundo.

— Durante semanas, eu escutava uma misteriosa cantoria aguda em meu navio, isso estava me enlouquecendo. Vasculhei cada canto atrás de sua origem, mas nada. Uma noite, quando não conseguia cerrar os olhos, eu caminhei lentamente por nossos depósitos e então encontrei a fonte de todo meu desespero: um pequeno duendezinho negro.

Fafuhm e Bez'lut franziram seus cenhos ao mesmo tempo, um constatando a loucura do corsário, o outro por ouvir uma explicação diferente sobre a misteriosa cabeça.

— Por sorte, eu estava nu – contou Golb. – Sabe o que dizem: "Os duendes negros não conseguem enxergar os humanos, só suas roupas". Bom, creio que desde aquele dia, ele não enxergou mais nada, não é? – gargalhou junto com seus companheiros.

— E por que o matou? – perguntou o patrulheiro, encantado com a história.

Golb respondeu com desdém:

— Eu imaginei que a cabeça seca de um ser mágico me traria sorte nessa vida.

E olhou para Fafuhm.

— Parece que não está funcionando. Agora ficamos presos aqui.

Fafuhm recolocou a cabeça no saquinho e devolveu para seu dono, tinha uma guerra para se preocupar.

— Eu lhes ofereço o direito de repousar em um local seguro ao lado de Bez'lut, garanto a vocês todos privilégios de hóspedes, receberão alimento e a bebida que prometi. Tão cedo essa loucura acabe, ajudaremos vocês a voltar para seus lares.

Os corsários não tinham opção a não ser aceitar o que lhes foi oferecido, não havia como retornar para Muivil sem atravessar o campo de batalha.

Estou entregue à proteção dos andarilhos,
sou uma nádega, em calça sem fundilhos.

Mami Cabeça de Marreta começou a cantarolar, acompanhado de uma melodia de assovios de seus parceiros.

As horas se passaram, a manhã cintilava com os raios de um desbotado dourado do sol outonal. A hora da marcha chegara. Aqueles que seguiriam para a proteção do segundo acampamento, mulheres, idosos e incapazes de lutar, partiram, mesmo com os protestos infindáveis dos corsários. Finalmente, os Andarilhos das Trevas iriam para a guerra com força total!

Sttanlik estava montado em Dehat, contente em reencontrar sua fiel montaria, o forte cavalo estava descansado e pronto para a batalha. Após voltar de seu conturbado e estranho encontro com Aggel, o rapaz tinha se isolado em sua cabana, para pensar, pegou no sono assim que se deitara, dormindo o resto da noite e boa parte da manhã. Acordou somente com o toque das trompas anunciando a marcha. Não conversou com Paptur, ele tinha partido antes de sua volta, durante a madrugada. Apenas conseguiu ver seu amigo de longe, montado em Hamma, organizando as fileiras de homens portando arcos. Ficou feliz por Paptur, um arqueiro talentoso como ele não merecia menos, e não estragaria o momento com suas histórias, tudo devia ter seu tempo. Ele mesmo não sabia ao certo o que concluir sobre o ocorrido, havia muitas coisas a ponderar. Se tudo o que Aggel contara era verdade, e em seu interior tinha certeza que sim, sua vida mudaria muito dali para frente, isso se ele sobrevivesse à luta. Tocou as empunhaduras de suas espadas presas às suas costas, teria sua proteção, ainda não era hora de morrer.

Entrou na fila para receber uma cota de malha recém-confeccionada, nunca tinha usado uma na vida, e seu peso o impressionou, mas quando recolocou sua capa sobre ela, sentiu-se invencível, o espírito da guerra o envolvia.

Avistou Mig Starvees andando sem rumo de um lado para o outro, empunhando um novo bastão. O estado de saúde da garota era excelente, não havia mais sombra do veneno que quase a matara, sua pele apresentava-se novamente corada, assim como seus lábios, cuja cor voltou a ser vermelha como a cereja. Seus olhos transbordavam vitalidade, voltara a ser uma guerreira e, pelo visto, conseguira convencer seu pai a se juntar à batalha. Ele encontrava-se ao seu lado, empunhando uma espada longa com suas mãos enegrecidas com fuligem. Sancha decidiu retribuir a ajuda dos andarilhos com seu ofício de ferreiro. Com Mig fora de perigo, ofereceu seus serviços a Fafuhm e, como em tempos de guerra um ferreiro a mais nunca é demais, estava trabalhando nas forjas desde então.

– Vão para a guerra conosco? – perguntou Sttanlik ao se aproximar, louco para puxar assunto com a garota.

O olhar de Mig iluminou-se ao vê-lo.

– Meu salvador! Não perderíamos essa grandiosa batalha por nada! Estamos apenas retribuindo a ajuda dessa boa gente, com nossas já lendárias habilidades de combate – apoiou seu bastão no chão e juntou seus braços sobre ele. – Estás muito galante em tua montaria! Gostaria de ter comigo meu palafrém, mas o deixei aos cuidados de meu pajem, em Muivil.

Sancha nada disse, mas seu olhar mostrava claramente o quanto Mig o machucava com suas ilusões de realeza. Sttanlik teve de intervir:

– Eu lhe dou uma carona, suba! Pelo que ouvi, o caminho até o campo de batalha é longo.

Mig usou seu bastão como apoio e, de um pulo, estava às costas do jovem, agarrando firme em sua cintura. Sttanlik reprimiu um sorriso que se formava em seu rosto, estava na frente do pai da garota, afinal de contas.

– Sancha, se quiser, deixo que monte com sua filha – disse ruborizado ao pensar melhor, percebendo que deveria oferecer sua montaria a um homem mais velho.

O ferreiro balançou sua mão livre num gesto tranquilizador.

– Fique sossegado, garoto, estou bem. Preciso botar esses velhos ossos em movimento, acho que após tantos anos mexendo com ferro, sou eu que estou ficando enferrujado! – levou a mão à boca e começou a gargalhar.

O humor de Sancha estava muito diferente desde que chegara ao acampamento. Sttanlik sorriu para ele satisfeito, certamente era um homem bom e humilde, apesar de trabalhar na corte de um louco como o rei Taldwys.

Capítulo 55 – Horizonte vermelho

Trompas soaram mais uma vez, dando um aviso para que os retardatários se apressassem, a massa de homens começou a se movimentar como um corpo só. Assim como Sancha, nem todos possuíam montaria, por isso muitos seguiam a pé. Ninguém reclamava, estavam contentes por lutar, há muito que Relltestra não via uma batalha de tão grandes proporções.

Rifft se aproximou de Sttanlik, cavalgava uma forte égua de tração, que tinha adquirido de um jovem soldado em troca do garanhão que o trouxera a Idjarni. Era melhor montar um animal que tivesse força suficiente para se movimentar normalmente com todo o peso dele sobre suas costas. Trazia em sua mão esquerda uma lança longa, cuja lâmina tinha o formato de trevo, seu cabo havia sido lustrado e brilhava; pendendo ao lado de sua perna, um escudo de bétula reforçado por couro, uma torre comprida havia sido desenhada às pressas com carvão.

– É, cabeludo, olhe para nós, mais uma luta lado a lado – ajeitou seu esquilo no ombro e fez uma carícia em sua pequena cabeça. Por mais que tentasse expulsar seu pequeno companheiro, era impossível fazer com que o animalzinho fosse embora. Assim que chegasse ao campo de batalha, colocaria-o em uma árvore, indo buscá-lo só quando a loucura terminasse. Já o considerava um amuleto de boa sorte.

– Fico feliz de lutar ao seu lado, Rifft. Vamos acabar com aqueles idiotas!

Rifft se empolgou e soltou um grito agudo, assustando as pessoas ao redor.

– Desculpem-me – e ruborizou-se. – Isso mesmo, vamos fazer o chão ficar escarlate!

A linha de guerreiros se estendia por centenas e centenas de metros, seguiam em ritmo rápido, serpenteando por entre as árvores, e cadenciavam seus passos ao toque dos tambores. Avançavam em um silêncio sério, cada um se recolhendo em orações mentais a seus deuses, ou buscando forças em sua concentração. Em breve, mergulhariam de cabeça em um derramamento de sangue, seu ou de inimigos. Precisavam estar com a cabeça fria.

O sol já havia passado do meio do céu quando os primeiros homens montados chegaram ao campo de batalha, existiam fileiras em forma de arco, tomando boa parte da campina verdejante, que se abria no término de Idjarni. Ocupavam cada espaço que tinham ao seu dispor. Os arqueiros se mantinham nos dois extremos do campo, cercados por duas paliçadas construídas para protegê-los. Estavam cravando suas flechas no chão ou testando suas cordas.

Os recém-chegados passaram entre as duas catapultas, muitos tocavam suas mãos nas máquinas de guerra desejando boa sorte àquelas que poderiam significar sua vitória.

Sttanlik entrou no campo de batalha ao lado de Rifft, respirou fundo e levou a mão à testa como era seu costume, mas o encontro com Aggel abalara suas crenças, então, olhou ao redor e tocou as empunhaduras de suas espadas, pelo menos por enquanto depositaria suas esperanças nas dádivas de seu aço.

Não havia sinal do exército da Guarda Escarlate até o momento, isso dava aos andarilhos tempo para pôr em prática seu plano. Dois grupos preparavam o palco para a batalha: um despejava baldes de óleo escuro pela grama que, uma vez inflamado, seria uma poderosa primeira linha de defesa assim que a luta começasse. Em seguida, o outro pessoal guiava mulas carregadas com cestos de vime, cheios até a boca, com pequenos triângulos de ferro, repletos de pequenas pontas afiadas, o que tornaria a tarefa de atravessar o campo de batalha um pouco mais "dolorida" para seus inimigos e, principalmente, para os cavalos. Por fim, já estavam a postos centenas de grandes estacas de madeira, cravadas de forma ameaçadora, tinham como objetivo afunilar o avanço da infantaria, forçando-os a cair direto nas garras dos andarilhos.

Foram recepcionados por Baldero, responsável pelos preparativos. O andarilho era só sorrisos, feliz ao ver que não decepcionara seu líder Fafuhm.

– Sejam bem-vindos, guerreiros, ao fim do mundo! – gritou animado, para logo receber uma ovação ensurdecedora.

Fafuhm se aproximou e abraçou o amigo, trocaram algumas palavras enquanto o exército se espalhava ordenadamente pelo campo. Tinham para si uma larga faixa de terra, no ponto mais elevado de uma encosta côncava, as flechas iriam mais longe que as de seus adversários, e os inimigos cansariam mais rápido, assim como seus cavalos. As chances estavam a favor dos andarilhos, ajudando a equilibrar a diferença numérica entre os exércitos.

Mesmo separados por uma longa distância, Sttanlik acenou para Paptur. O arqueiro montava Hamma e percorria as fileiras de duzentos arqueiros cada, mas mesmo assim seus olhos afiados encontraram seu amigo e retribuiu o cumprimento. Depois, levantou as mãos num gesto indicando que não acreditava no que tinham se metido. O arqueiro notou a presença de Mig na garupa de Sttanlik e ergueu o polegar, ruborizando imediatamente seu amigo.

A hora seguinte foi tomada pelos aprontamentos finais. Mais de trezentos bonecos enchidos com folhas secas foram trazidos por carroças e distribuídos a alguns guerreiros, eram uma parte importante do plano de Paptur, e o arqueiro se surpreendeu com a rapidez que confeccionaram uma quantidade tão grande. Conseguiram até mesmo costurar uma cabeça falsa, colocada no topo da corcunda de Ruto'Mido. O andarilho manco desfilava de um lado para outro, fazendo graça com seu "duplo cérebro", ao lado de seu inseparável amigo Erro, que gritava sem parar sua costumeira, e praticamente única, frase: "Eu sou Erro!", enquanto agitava sua longa espada de duas mãos no ar.

Cinquenta homens das distantes ilhas do oeste chegaram montados em pôneis, arrancando uma gargalhada coletiva ao apearem. Eram liderados por Ghagu que, apesar de estar com o rosto coberto por um elmo de couro, não conseguia esconder o fato de estar completamente encabulada.

Fafuhm correu para eles. Tentando manter-se sério, esforçou-se para reprimir uma gargalhada.

– O que significa isso, Ghagu? Por que só você está vestida? – perguntou tampando a boca que sorria automaticamente.

Um dos homens se adiantou e ergueu duas espadas que carregava nas mãos.

– Senhor, por que lutaríamos com duas espadas se podemos lutar com três – começou a balançar sua cintura, agitando seu enorme membro de um lado para o outro e arrancando mais risadas dos presentes. Com a ponta de sua lâmina, indicou os sinais desenhados

Capítulo 55 – Horizonte vermelho

em seu corpo com tinta branca e azul. – Essa será nossa armadura, os símbolos de nossos deuses, eles nos protegerão! – adicionou, com seu sotaque repleto de estalos de língua.

Ghagu sentiu a necessidade de intervir.

– Senhor, meus homens acharam melhor doar suas armaduras a pessoas que precisassem mais. Uma com um braço a menos está mais vulnerável para se defender do que alguém com os dois membros, bem, no caso três.

Fafuhm projetou seu queixo.

– Mas não podiam ao menos se vestir? Um pano que seja, só para tampar suas intimidades.

Ghagu ergueu as palmas das mãos, demonstrando que fora derrotada ao sugerir isso.

– Vocês que sabem, amigos – Fafuhm encerrou seus argumentos. – Se acham que isso vai ajudá-los a matar mais inimigos, que seja.

O líder dos andarilhos estava num ótimo humor, tinha à sua disposição 1.200 guerreiros, todos prontos para lutar até o fim pelo ideal que tinha construído a tanto custo. Era verdade que boa parte dessas pessoas tinha algum tipo de deficiência ou limitação, mas eles a compensavam com a força de seus espíritos.

Sttanlik recebeu a ordem de se juntar à reserva, dois grupos de cento e cinquenta homens montados seriam divididos e, assim que a batalha se iniciasse, deveriam se afastar e flanquear o exército inimigo, cortando-o, como uma adaga, em dois blocos. A estratégia era boa e o rapaz ficou entusiasmado por ter sido selecionado para tão importante missão.

Batedores começaram a voltar por todos os lados, traziam novos informes sobre o avanço dos adversários, e correram para comunicar Fafuhm. Porém, mal fizeram menção de falar e trompas soaram suas tão temidas notas de alerta. O inimigo se aproximava.

O horizonte escureceu com o surgimento de milhares de homens em marcha, como uma represa rompendo, tomavam lentamente o lado oposto da planície, ao ritmo de suas trompas de guerra e suas graves notas, curtas e assustadoras.

Fafuhm inspirou profundamente e ficou observando, com os olhos semicerrados, o avanço de seus oponentes. Titubeou ao ver a quantidade de homens que surgia, dava a impressão de que todos os exércitos de Relltestra vieram enfrentá-los. As fileiras de andarilhos, que até há pouco pareciam grandiosas e imponentes, sumiam ante aquela massa hostil. Traziam quatro catapultas pequenas, uma linha de cavalaria que devia contar com mais de 1.500 homens e, finalmente, posicionando-se atrás de todos, surgiram os temidos homens de manto vermelho. A odiada Guarda Escarlate chegara ao campo de batalha. Mordeu o lábio, sentindo um bolo se formar em seu estômago, pois eles eram repulsivos, inclusive no modo de se movimentar, marchando como se estivessem em uma parada militar. Andavam em linha, liderados por um homem montado em um belíssimo cavalo de um branco puro e pelo reluzente, que cavalgava cercado por 12 porta-estandartes. Traziam o símbolo de Tinop'gtins, a ponta de lança dourada sobre um campo carmesim.

Baldero se juntou a seu líder bem na hora em que todos os andarilhos deram um pulo assustado. De trás da guarda, do flanco esquerdo do exército, surgia um homem de armadura negra, montado num ser estranho, um robusto lagarto com mais de seis metros de comprimento, seu corpo era completamente coberto por compridos espinhos verdes com pontas avermelhadas, inclusive as pálpebras. Da ponta de seu focinho longo, dois chifres surgiam, a língua arroxeada pendia de um lado para o outro, gotejando um líquido viscoso pelo capim verdejante.

— Que os deuses que não cultuo tenham piedade de nós, Bhun! – disse Fafuhm, atemorizado. Não esperava enfrentar uma criatura exótica. Contra homens, ele sabia o que fazer, poderia nomear um bom milhar de formas de acabar com a vida de um ser humano, mas era difícil imaginar como proceder no caso de uma fera daquelas.

— O que é isso, senhor? Uma lagartixa mágica? – perguntou Baldero, arrancando um sorriso do rosto pétreo de seu líder.

De trás dos dois, uma voz surgiu.

— É um marminks, um lagarto do fim do mundo.

Os dois se viraram, havia sido Sha'a, o líder dos eternos, que falara. Ele deu um passo à frente para se juntar aos dois. Seu rosto de pele avermelhada estava completamente pintado com desenhos de traços vermelhos, sua pintura de guerra. Tinha prendido seus cabelos em um rabo de cavalo. Como era de hábito, seu corpo estava pesado de tantos machados que carregava, e em suas mãos trazia o maior, sua arma mais assustadora.

— Não é um ser facilmente abatível, com certeza. Meu avô matou um em sua juventude, seu enorme crânio costumava ficar na sala de minha casa, uma prova de quão implacáveis são os homens de meu povo!

Fafuhm virou-se para Baldero.

— Espero que seu balde esteja preparado.

Baldero ergueu sua peculiar arma, orgulhoso.

— O bom do balde é que ele nunca precisa ser afiado e jamais perde seu poder!

Os três riram e ficaram observando seus inimigos se ajeitarem em linhas.

Sttanlik partilhava do estado de encantamento e pavor. Enquanto via o imenso lagarto se movimentar lentamente pelo campo de batalha, pensava em como poderiam vencer uma ameaça daquelas. Forçou os olhos pelas linhas inimigas para ver se encontrava seu irmão por lá, mas era impossível achá-lo em meio a tantos homens. Desistiu de procurar e passou a olhar Fafuhm, Baldero e Sha'a montarem em seus cavalos e se prepararem para ir dialogar com os líderes da Guarda Escarlate. Estes, já se encaminhavam para o ponto central do campo de batalha, carregando uma bandeira branca, pelo menos aparentavam querer negociar. Urso também resolveu ir. Ele trajava somente uma placa peitoral para proteger o abdômen ferido, seu enorme martelo estava apoiado em seus ombros, ameaçador. Leetee, que montava uma égua repleta de penduricalhos, acompanhou seu corpulento amigo. Pequenos ossos e amuletos pendiam da crina e do rabo do animal, presos por barbantes de cores variadas.

O silêncio tomou conta do ambiente, ninguém ousava respirar mais alto, o fedor da morte ficava cada vez mais forte no ar.

Capítulo 56

Primeiro sangue

Nuvens pesadas tomavam o céu lentamente, como se trazidas pelas asas escuras das aves carniceiras. Tal qual seres espectrais, estas aves surgiam de todos os cantos para sobrevoar a planície onde em breve a batalha começaria. Pareciam sentir o sangue pulsando forte nas veias dos guerreiros, sabiam que logo teriam um banquete ao seu dispor. Reclamariam para si milhares de pares de olhos que se fecharão pela última vez e se fartariam.

Como um ditado da Era do Primeiro Aço, "A morte anuncia sua presença com seus emissários de asas negras".

Fafuhm praguejou baixinho, seu cavalo cambaleou ao pisar em um desnível, por muito pouco ele não foi jogado para fora da sela. Seria uma demonstração de fraqueza que não contribuiria para aumentar a coragem de seu exército. Felizmente, conseguiu manter a expressão fria, não podia revelar sua perturbação. Cavalgava com lentidão, indo ao encontro dos representantes do exército inimigo, guiando-os pelo único local onde não havia armadilhas. Era necessário que uma parte do campo de batalha estivesse limpa, para que as costumeiras negociações ocorressem, sem entregar as surpresas que prepararam para seus adversários. A lentidão também tinha outro objetivo, Fafuhm queria fazer com que esperassem o maior tempo possível, era uma jogada, é claro, um homem irritado é mais imprudente. Ouviria seus termos, mas acreditava que não haveria acordos que fossem bons o bastante para impedir a batalha. Eles vieram em busca de sua caça, não sairiam satisfeitos sem seus troféus. Mas não poderia trair Sttanlik e Paptur, tinha certeza de que os dois eram a razão disso tudo, as descrições de Kjhukjhu não deixavam margens para dúvidas. No entanto, afeiçoara-se aos dois rapazes, que se mostravam corajosos e honrados, qualidades difíceis de serem encontradas nos homens de hoje. E também fizera uma promessa a Sttanlik, ajudaria a libertar seu povo, das mesmas garras que se fechavam em volta de seu pescoço no momento.

– Salve, Andarilhos das Trevas! – uma voz soou ao se aproximarem. – Chamo-me Turban, orgulhoso integrante da Guarda Escarlate, e venho a vocês para apresentar os termos de meu soberano rei Bryccen – ergueu a mão em sinal de cumprimento. Trajava uma armadura prateada que reluzia, fora lustrada com esmero, numa clara preocupação em impressionar com sua imponência. Seu manto escarlate tinha sido escovado, o tecido brilhava sob a luz tímida do sol. Montava um enorme garanhão de pelo levemente violeta, coberto por uma armadura equina de escamas grossas, cada uma com o símbolo da ponta de lança.

Fafuhm o cumprimentou com um movimento de cabeça, olhando para o grupo que acompanhava Turban. Dois pajens carregavam o estandarte vermelho, os garotos mantinham-se eretos, firmes como rochas dentro de suas avermelhadas armaduras infantis, sua valentia o abismou. Não deviam ter mais do que dez anos de idade, mas a guerra já lhes era algo normal, não se impressionaria se um deles bocejasse entediado. Ao lado dos garotos, mais dois integrantes da guarda faziam força para manter o semblante frio e inexpressivo, porém, isso não surpreendia Fafuhm, ele era um guerreiro experiente demais e conseguia enxergar o brilho do medo nos olhos dos homens. Não tinham metade da imponência de Turban, todavia não pareciam adversários a quem se devia desmerecer, os rumores sobre os treinamentos pelos quais passavam para se tornar integrantes da guarda real de Tinop'gtins eram capazes de gelar o sangue. Do outro lado, à esquerda de Turban, um homem com armadura azulada estalava o pescoço grosso, seus cabelos loiros foram oleados, fazendo com que ficassem colados em sua cabeça coroada por um diadema. Trazia um escudo em uma das mãos, com uma torre desenhada; na outra, um elmo com chifres compridos e curvados para trás. Fafuhm sentiu vontade de avisar que chifres em um elmo significavam mais um perigo desnecessário do que uma ameaça ao adversário. Por fim, o representante dos bárbaros era o único que não estava montado. Ele apoiou seu machado no chão, cruzando os braços sobre a lâmina dupla; seus olhos, a única parte visível de seu rosto todo barbado e emoldurado por cabelos desgrenhados, não desgrudavam de Urso, o andarilho sorriu para ele e ergueu o martelo rapidamente, aceitando seu desafio mudo.

— Meu nome é Fafuhm e esses são os representantes de meu povo — apontou para Leetee, Baldero e Urso. — Este é Sha'a, líder das forças dos eternos.

Voltou seu olhar para Turban.

— Diga logo o que os traz aqui, tão ao norte de suas terras, Turban.

Turban franziu o cenho.

— Ainda não sabe, Fafuhm? As aves de seu enviado não lhe contaram detalhes de nossa ação?

Apesar de manter o olhar inalterado, Fafuhm sentiu o sangue fugir de seu rosto. "Seria possível que, nesse tempo todo, soubessem que ele tinha um homem infiltrado em suas fileiras?", raciocinou.

— São muitos os que andam pelas trevas, senhor Turban, não quer dizer que seja um de meus amigos — respondeu calmamente, coroando a declaração com um bocejo forçado, mas eficaz.

Turban sorriu, gesticulando com desdém.

— Sem problemas, isso não nos afetou negativamente, fique tranquilo. Seu amigo não foi identificado, porém, meus soldados viram duas aves levantando voo nas proximidades de nosso acampamento. Seu homem está seguro, tanto quanto vocês — inclinou-se para frente e apoiou o braço no arção da sela. — Não há razões para lutarmos, não consideramos os Andarilhos das Trevas nossos inimigos. Suas ações vão contra tudo em que acredita-

Capítulo 56 – Primeiro sangue

mos, é verdade, mas não nos incomodam, creio que poderíamos resolver nossas diferenças sem luta. O que me diz?

O líder dos andarilhos gargalhou sinceramente, apontou para o exército que se arrumava em fileiras às costas de Turban.

— Aquilo é o que você considera conversa? Vocês trilham o caminho da morte, sei o que fizeram em Sëngesi, alguns humildes vilarejos também tombaram. E por quê? Buscam algo que não é nada mais que um devaneio do louco que ocupa o trono de seu reino. O que temos aqui não são pessoas comuns – abriu os braços para mostrar seu exército –, não são pobres fazendeiros cujas vidas vocês podem ceifar sem dó nem piedade, são homens experimentados, guerreiros e, tenham a certeza, vão trazer a vocês somente morte e destruição.

Turban manteve seu rosto sem expressão.

— Os garotos estão com vocês, não é? – piscou lentamente os olhos e deu um sorriso torto.

— E se estiverem? – perguntou Baldero, adiantando-se.

— Vocês nos entregam e vamos embora, ninguém se machuca e a paz volta a reinar. Que tal "amigos"?

Fafuhm apontou para a lâmina avermelhada de seu gadanho, preso às suas costas.

— Eu não passei boa parte da noite afiando meu aço para nada, não sei o que os motiva nessa busca, nem me interessa. Se os garotos que vocês tanto procuram estiverem conosco, não importa! O fato é que vocês se levantaram em um desafio contra minhas forças, e isso tem um preço alto, "amigo" – ergueu a mão para impedir que protestos começassem. – Caso sejam esses os seus termos, nós os negamos. Querem apresentar uma rendição? Aceitaremos. Do contrário, nos encontramos no campo de batalha. E que "seus" deuses tenham piedade de suas almas!

Turban balançou a cabeça como se sentisse muito, virou sua montaria e escarrou de lado, seguindo seu caminho de volta a suas tropas. Seus companheiros o acompanharam, com exceção do bárbaro, que ficou parado, ainda encarando Urso.

— Gosta do que vê, amigo? – perguntou o andarilho calmamente.

— Você é meu. Vou enfiar esse martelinho bem no meio do seu... – disse apontando para o martelo do Urso.

— Xyede, vamos! Agora! – gritou Turban, falando por cima do ombro.

O bárbaro despendeu mais alguns segundos em seu desafio e por fim se juntou a seus superiores, forçando o passo para acompanhar os cavalos em trote.

— Alguém está apaixonado por você, meu amigo. Acho que sua cama não ficará fria esta noite, caso sobreviva à batalha, coisa para qual eu torço, mas acredito pouco. Afinal, sua barriga está ferida. Muito embora o curativo que eu tenha feito aí seja obra de um mestre. Eu li em algum lugar que "erva amarga cura feridas". É simples, porém verdadeiro, apesar de que é uma barriga grande, penso que...

— Leetee, vamos! Agora! – interrompeu Fafuhm, imitando Turban e arrancando gargalhadas de seus companheiros.

Sha'a se aproximou de Fafuhm.

— Acha mesmo que eles são estúpidos o bastante para nos enfrentar? — disse, levantando a voz para se fazer ouvir sobre o burburinho de milhares de homens mais afoitos ao redor, percebendo que a batalha não seria impedida. — Vocês são uma força que defende um ideal e um lar; nós, eternos, ainda que poucos, preservamos a existência de nossa nação. Além de inimigos formidáveis, somos todos *naurús*. Eles lutam em nome de uma causa chula e contrataram homens sem honra. Se conseguirmos fazer frente ao ataque, os bárbaros fugirão, grave minhas palavras.

Fafuhm sorriu.

— Eu conto com isso, Sha'a. Ah, e como conto! E me diga, o que significa *naurú*?

Sha'a preparou-se para responder, mas Leetee se adiantou:

— Herói, Fafuhm. É isso que quer dizer.

— Muito bem, *baquara*! — disse Sha'a, batendo no peito, orgulhoso por ouvir sua língua ser falada por um guerreiro valoroso. Desejou boa sorte a todos e foi juntar-se a seus conterrâneos.

Fafuhm repetiu a palavra algumas vezes, para gravá-la. Enquanto esperava seus homens se ajeitarem nas fileiras, ergueu-se sobre os arreios, com a mão levantada, chamando a atenção de todos para si. O silêncio foi quase completo, era hora de incendiar as almas de seus guerreiros.

— Companheiros, irmãos, filhos, amigos. Fico emocionado só em ver todos vocês juntos, preparados para enfrentar uma ameaça que muitos diriam ser insuperável. Também estou comovido por não conseguir enxergar covardia em lugar algum, tudo que vejo e sinto é valentia e desejo de sangue! — gritos alucinados interromperam-no, mas isso não o incomodou, trincou os dentes numa expressão de selvageria, cavalgou de um lado ao outro à frente de suas fileiras. — Vamos mostrar hoje que caminhamos nas trevas para que os justos fiquem seguros na luz. Somos excluídos por sermos diferentes, e isso nos trará a força necessária para esmagar cada um daqueles malditos! — apontou para o exército inimigo. — Vamos nos banquetear com a carne desses desgraçados e cavalgar guiando nossos adversários para o fim do mundo! Cada ciclo importante da história de nosso universo foi dividido por eras. Nesta data, tem início uma nova era, a dos excluídos, a dos andarilhos! — fez seu cavalo parar e ficou em pé sobre a sela, erguendo seu gadanho com as duas mãos. — A Era das Anomalias!

A terra tremeu com milhares de pés batendo ao mesmo tempo, o ar se encheu com o grito dos guerreiros enlouquecidos. Empunharam-se espadas, machados, cimitarras, lanças, arcos, gadanhos, maças, martelos de guerra e mais uma infinidade de armas. A sede de sangue ressecava suas bocas, ensandecia-os, era hora de mostrar por que os Andarilhos das Trevas sempre foram tão temidos.

Em meio a essa multidão desvairada, Sttanlik juntava sua voz ao coro que seria capaz de rasgar o próprio céu. O corpo de seu cavalo, Dehat, tremia de excitação, instigado pelo desejo de combate que, em vez de assustar, trazia uma força que a todos era desconhecida. Elevou suas duas espadas bem alto, sentindo seu corpo ser tomado por uma agitação que quase o cegava. E cada vez gritava mais forte, provando o sabor ferroso de sangue que lhe tomava a boca, saído do esforço que propôs à sua garganta. Porém, não se mostrou pertur-

Capítulo 56 – Primeiro sangue

bado, berrou o quanto pôde, ficando rouco rapidamente. Ergueu-se para encarar o exército inimigo e viu o quanto a manifestação selvagem dos andarilhos os espantou. Até mesmo os bárbaros, sempre tão animalescos, ficaram parados, assistindo impotentes à coragem cobrir esse lado do campo de batalha.

Alguns minutos se arrastaram e a ovação não diminuiu, mas uma movimentação estranha chamou a atenção de todos, o misterioso cavaleiro de armadura negra guiou seu marminks para o centro do local de combate, tomando o cuidado para não ficar ao alcance de flechas. Instigou sua estranha montaria lentamente, puxando um cambaleante homem por uma corda, sua identidade era um enigma, seu rosto estava coberto por um capuz e apresentava-se completamente nu.

Paptur partilhava do estado de curiosidade geral e apeou saindo da proteção das paliçadas. Virou-se e fez sinal para que seus homens se mantivessem em posição, poderia precisar de uma ação rápida, dependendo do que o enigmático homem tramava. Buscou por Ren no céu pálido, mas era difícil distingui-la entre tantas aves escuras. Em seguida, puxou a corda de seu arco duas vezes, para se certificar de que estava preparada, embora já o tivesse feito centenas de vezes durante a manhã. Inconscientemente tirou uma flecha de sua aljava manchada e encaixou na corda, algo lhe dizia que seria necessária.

— Acendam logo as fogueiras — disse sem se virar.

Seu pedido foi atendido, pederneiras trabalharam de forma rápida, acendendo uma dúzia de fogueiras quase que imediatamente. As flechas atingiriam seus alvos com a fúria das chamas.

O Cavaleiro Sem Alma deu um puxão na corda que prendia seu prisioneiro, o pobre homem caiu, batendo o rosto na grama, suas mãos amarradas pouco puderam fazer para aparar a queda. De um salto, o cavaleiro desceu de seu lagarto e se aproximou da vítima tirando seu capuz. Arrancou gritos eufóricos de seu exército. Trincou seus dentes pontiagudos numa carranca, não queria ser ovacionado, desejava que o silêncio fosse digno de um túmulo em sua ação. Seu intento era de que os gritos de misericórdia da vítima ecoassem pela campina, para gelar o sangue de seus oponentes. Se tudo corresse conforme o planejado, sua estratégia revelaria o alvo de todo esse ataque.

Sttanlik instigou Dehat a abrir passagem entre tantos homens, alguma coisa em seu interior o alarmava, precisava saber o que se passava. Pediu para que Mig descesse do cavalo e ficou à frente das fileiras, semicerrou os olhos para tentar enxergar melhor. Apesar da longa distância que o separava da cena, pôde ver, sentindo a boca seca e o coração disparado num tamborilar dolorido em seu peito, que o homem de armadura era quem envenenara Mig Starvees, e o seu prisioneiro, ninguém menos que Jubil. Instintivamente, instigou Dehat, enterrando seus calcanhares no corpo do animal. Como um raio, o cavalo disparou pelo campo aberto, bufando como se partilhasse da cólera que ardia no íntimo de Sttanlik.

Fafuhm estava paralisado, olhava de um lado para o outro, observando a enxurrada de acontecimentos dos últimos segundos, foi então que viu Sttanlik disparar para a morte certa. Seu olhar buscou por Baldero na multidão, ele era um exímio cavaleiro, seria rápido o bastante para alcançar o garoto, impedindo-o de fazer uma besteira antes da hora, mas era tarde demais para dar a ordem a Bhun. Sha'a, percebendo a ordem que o líder dos andarilhos desejava dar, incitou seu garanhão para barrar o avanço do rapaz enlouquecido.

A ação do líder dos eternos foi aprovada por Fafuhm, pois sabia que a fama de excelentes cavaleiros que aquele povo tinha, vinha do fato de serem eles os primeiros homens da história a domesticar cavalos. O gesto impensado de Sttanlik seria malogrado. Seus olhos constataram que era isso que o vilão de armadura negra queria. Ele gesticulava, chamando o rapaz de Sëngesi para sua arapuca e, quanto mais perto o jovem chegava, parecia crescer a euforia do homem. O carrasco desembainhou de sua coxa um punhal de lâmina longa e enegrecida de fuligem e fez menção de atacar seu prisioneiro, numa clara zombaria sádica.

Sttanlik esporeava sua montaria enquanto a guiava com os joelhos, segurando suas espadas nas mãos, com as pontas prontas para acabar com a vida do algoz de seu irmão.

Sha'a se aproximou e tentou impedir Sttanlik de ir adiante, gritava como um louco, mas foi ignorado. Agora, os dois cavalgavam lado a lado, e o líder dos eternos tentou por duas vezes agarrar as rédeas de Dehat, porém, sem sucesso. Em questão de segundos, ambos chegaram a poucos passos do adversário.

O Cavaleiro Sem Alma sorriu e gritou com sua voz arrepiante:

— Venha para mim, inseto! — ergueu o punhal bem alto, a lâmina captando o brilho do sol. No último instante, cravou-o no esterno de Jubil, a reação foi imediata, o sangue vazou de seu peito num jorro rubro.

Sttanlik se aproximou e, aproveitando-se da velocidade absurda que cavalgava, jogou Dehat de peito em cima do Cavaleiro Sem Alma, que, sem esperar uma atitude tão desesperada, foi jogado para longe como um saco de batatas. Sttanlik pulou de seu cavalo ainda em movimento e caiu rolando, quase ao lado de seu irmão. Achegou-se com os olhos transbordando em lágrimas.

— Jubil! Jubil, acorde! — gritou, tentando fazer com que o irmão o ouvisse sob os gritos alucinados dos bárbaros, que a tudo assistiam sem se mover, pois tinham recebido a ordem de esperar o momento certo para atacar.

Paptur tentou mirar no cavaleiro negro, mas a distância era grande demais, desperdiçaria uma boa flecha, até porque sabia que a seta não chegaria com força suficiente ao seu alvo, pelo menos não para perfurar aquela armadura. Gritou uma dezena de xingamentos antes de resolver ir ao encontro de seu amigo, no entanto, viu que não seria necessário. Em um movimento rápido, Sha'a se inclinou em sua sela, agarrou Jubil pelas axilas, colocando-o em seu colo. Em seguida, fez um sinal para Sttanlik, e os dois voltaram disparados para o lado de seu exército, por pouco não sendo golpeados pela cauda gigantesca do marminks.

Uma trompa soou grave, o som se espalhando pela planície de uma forma assustadora, os bárbaros gritaram selvagemente em uníssono e passaram a correr de forma desembestada.

De imediato, Fafuhm ergueu seu braço, dando o sinal para que os andarilhos avançassem, urros primitivos partiram de milhares de gargantas já roucas.

Em resposta aos gritos dos dois exércitos, um trovão fez o mundo tremer. E a batalha teve início.

Capítulo 57
Encontrando forças na humilhação

Grilhões estavam sendo colocados em todos os prisioneiros. Cabisbaixos e fatigados, não havia mais forças em suas almas derrotadas para uma tentativa de rebelião. Ckroy permanecia entre eles, ao lado de Erminho e Stupr. Apesar do esgotamento que sentiam, mostravam-se contentes por estar em terra firme.

Chegaram a Perreall naquela manhã, impressionando-se com a ilha desde o primeiro momento. Eles desembarcaram em um grande porto, cuja estrutura era fascinante, havia um grande mercado onde tudo se negociava, desde cereais e frutas, até escravos e armas. Tomava grande parte da praia de areias rosadas e estava lotado. Embarcações de todos os cantos mantinham-se ancoradas ao longo da enorme área portuária: de Relltestra, das ilhas do sul e do oeste.

Os vento'nortenhos e os selvagens foram recepcionados por Aram Sebo de Porco. A gigantesca mulher lhes explicou rapidamente que seriam levados à arena, onde continuariam o tratamento de seus ferimentos e, quando estivessem em condições, teriam de lutar por suas próprias vidas. Era incrível ver a organização que tinha a seu dispor, pois um intérprete traduzia suas palavras para a estranha língua dos selvagens. Sentava-se em uma liteira adornada com detalhes em ouro e pedras preciosas e toda sua escolta pessoal ficava enfileirada às suas costas, com armaduras reluzentes, ainda mais belas do que as que seu exército usara em Focu'lland. Não se preocupou em dar mais detalhes a respeito da arena, fez um gesto com a mão e 20 de seus escravos pessoais a ergueram prontamente, fazendo com que saísse ainda mais subitamente do que quando chegara.

— Estamos atolados em uma pilha de bosta, isso sim! — esbravejou Ckroy, arrancando uma gargalhada de Erminho.

Receberam dois golpes de porrete nas costas cada um, o homem que os guardava gritou repetidas vezes que não tinham permissão de falar, ou rir.

Erminho se ergueu nas pontas dos pés e berrou:

— Tenho permissão para cagar, senhor?

O guarda se aproximou com o rosto vermelho, enfurecido, e colocou o porrete debaixo do nariz do vento'nortenho.

— Se abrir a boca de novo, adivinhe onde vou colocar esse porrete! Quero ver você cagar com ele lá dentro!

Erminho apertou os lábios para não cair na gargalhada, mas conseguiu se calar, arrancando um suspiro aliviado da parte de Stupr.

A fila com 80 homens começou a andar, estavam unidos por uma longa corrente e eram forçados a cadenciar seus passos para que não caíssem. De vez em quando, recebiam o "incentivo" de um chicote estalando ao seu lado, certamente os captores sabiam que para isso não precisariam de intérpretes.

A estranha pequena mulher, que paralisara Gengko e Teme, estava sentada a uma mesinha. Analisava a fila de homens e fazia marcações em um pergaminho longo, desenrolado até tocar o chão. Contava com a ajuda de um ser bizarro, cuja aparência fez Ckroy sentir um calafrio lhe percorrer a espinha. Assemelhava-se a Teme, no sentido de aparentar ser feito de pedra, mas um olhar mais atento revelava que esse era apenas o tom de sua pele. Seus olhos cor de âmbar dançavam de um prisioneiro ao outro, enquanto executava ritualmente um pequeno corte nos antebraços de cada um deles, e recolhia seu sangue num pequeno frasco, armazenando-o em uma caixa de chumbo com interior aveludado. Sorria para os homens que ousavam olhar em seus olhos, fazendo sinais estranhos com as mãos, acompanhados por sussurros no ouvido da minúscula mulher.

Ckroy resolveu se calar, nem ao menos piscou quando os compridos dedos da esquisita criatura o tocaram num contato gélido, uma lâmina fina rompeu sua pele fazendo seu sangue gotejar para dentro do frasquinho. Analisou sutilmente a pequena mulher. Além de enrugada como uma anciã, notou que ela tinha um talho estranho sob seu lábio inferior, dividindo seu queixo em dois, unido apenas por uma fina camada de pele arroxeada. Quando sentiu que seus olhares se encontrariam, desviou seu foco de atenção, passou a examinar o máximo possível dos arredores, para quem sabe descobrir um modo de escapar. "Logo!", pensou ele. A presença de um porto tão grande acendeu uma centelha de esperança em seu interior, caso conseguisse fugir, obteria facilmente transporte de volta para Cystufor. Ao se aperceber disso, tentou avistar algum navio que fosse do norte, mas não divisou nenhum familiar, perguntaria a Stupr quando tivesse uma oportunidade, não havia dúvidas de que o capitão estava fazendo o mesmo desde que aportaram.

O capitão Ferrugem caminhava despretensiosamente ao lado das fileiras de prisioneiros. Ckroy olhou para ele, tinha sentimentos confusos a seu respeito, ele se apresentara como um homem maldoso, contudo, no fim, parecia não ter simpatia por Aram Sebo de Porco. O olhar dos dois se cruzou e, estranhamente, o capitão acenou para Ckroy, com um sorriso que mais se mostrava carregado de dor do que de satisfação.

Saíram do porto de Perreall sob um sol escaldante, suas bocas davam a impressão de estar cheias de areia, há horas não recebiam água para se refrescar, o suor brotava de seus poros até que chegassem à arena, que pelo jeito ficava a uma boa distância. Seguiram por uma rua larga, humildes hospedarias e tabernas ocupavam os dois lados, pessoas bebiam sentadas em mesas colocadas no exterior dos estabelecimentos, rindo ou gritando insultos aos prisioneiros. Em sua maioria, eram homens com aparência simples, talvez trabalhadores, marinheiros ou carregadores, aproveitando suas breves folgas. Quanto mais se afastavam do porto, o refinamento dos comércios se destacava. Homens ricos se sentavam à sombra de guarda-sóis, com suas cabeças cobertas por turbantes de cores berrantes, enquanto eram atendidos por serviçais. Eles bebiam vinho negro gelado, em taças douradas, muitos até tinham escravos pessoais abanando-os com deslumbrantes leques de penas de pavão, para aliviá-los do calor.

– Ilhas do oeste, Ckroy. Lá os homens enriquecem rapidamente se forem espertos – comentou Erminho, vendo a curiosidade nos olhos de Ckroy.

– Como? – perguntou o jovem.

– Pedras preciosas, ouro puro, aço, venda de escravos. Não me impressionaria se muitos daqueles que os servem fossem seus próprios parentes.

Erminho teve de se calar ao ver a aproximação do guarda com o chicote. Não queriam adicionar mais uma ferida à sua grande coleção.

As ruas se repetiam, eram todas iguais, com hospedarias e tabernas, uma com o nome mais peculiar que a outra: "Incomparável barril de pus", "Saliva dos deuses quando estão embriagados", "O anjo nu", "Umbigo azedo". Na verdade, parecia uma competição para ver quem criava o nome mais estranho. Por volta de uma hora depois, conseguiram ver a famosa arena, era de tirar o fôlego de tão gigantesca. Tinha um formato circular, toda construída com enormes blocos de tom roseado, semelhante ao das areias da praia de Perreall. Segurando a impressionante estrutura, largas colunas com mais de dois metros de diâmetro se espalhavam ao longo da construção. Oito torres com tetos triangulares se erguiam por toda sua extensão, com pontas ainda mais altas que aparentavam tocar o céu, bandeiras violetas tremeluziam do topo de cada uma, com um símbolo estranho, formado por uma cobra enrolada na cabeça de um leão. Pequenos pontos escuros podiam ser vistos se movimentando entre as pontes de acesso que ligavam uma torre à outra, indicando a presença de sentinelas, que brilhavam sutilmente sob a luz do sol, denunciando o uso de armaduras.

Passaram pelo portão principal, um arco se projetava a mais de cinco metros do chão, dificilmente um homem não se sentiria diminuído. Os selvagens arregalavam os olhos ao ver aquilo, pela primeira vez tinham contato com edifícios de pedra, suas simplórias cabanas eram uma realidade distante sendo esmagada por tamanha ostentação e grandeza. Atravessaram a entrada e se encaminharam para um portão de ferro, por onde homens retiravam duas fedorentas carroças repletas de estrume.

– Bem-vindos ao lar – disse um dos guardas junto à porta, arrancando risadas eufóricas de seus companheiros.

A humilhação não conhecia fim em Perreall, e assim continuaria ao longo do dia. Já no interior da arena, foram conduzidos para um salão circular, todo construído por blocos de rocha lisa e escorregadia, e obrigados a se despir e formar uma roda. Uma vez sozinhos, a escuridão foi total, não havia luz em canto algum, nem ao menos passava iluminação pela clarabóia que se abriu em cima deles. Água gelada desandou a cair sobre suas cabeças, o choque térmico foi imediato, por pouco não os fazendo desmaiar. E vinha em jorros pesados, sua força deixava seus corpos doloridos, mas essa era a menor de suas preocupações. A sala começou a inundar, o desespero tomou conta dos prisioneiros, com exceção de Stupr, que se mantinha impávido, sem se mover.

— Nós vamos morrer! — alarmou-se Erminho, protegendo a cabeça com os braços.

— Não seja ridículo, homem! Para que nos trariam aqui, se tivessem a intenção de nos matar? Estão nos lavando, só isso! Sinta o cheiro da água!

Ckroy concordou com Stupr e tentou manter-se firme ao seu lado. Pouco a pouco, a água atingia o nível de suas coxas e não mostrava indícios de que pararia de cair. Os selvagens estavam desesperados e Ckroy precisava acalmá-los. Movimentou-se com dificuldade, fazendo força para se mover. Quando chegou perto dos apavorados homens de pele acobreada, tateou às cegas, procurando colocar a mão em seus ombros. Tentou falar e se sentiu estúpido, não o entendiam, gesticulou repetidas vezes, porém não podiam vê-lo. Num ímpeto, abraçou o homem à sua frente, para lhe trazer algum conforto, a certeza de que não estava só. Paulatinamente, os gritos foram parando, com a ajuda de Stupr, Erminho e de mais dois vento'nortenhos, que apaziguaram os pobres selvagens. Os corajosos nativos de Focu'lland tinham de encarar uma realidade deturpada, necessitariam de muito apoio dos vento'nortenhos nessas horas de desconcerto e descoberta de um mundo novo. Os outrora inimigos deviam ficar unidos, as barreiras raciais mais uma vez caíam, todos eram acima de tudo prisioneiros.

A água parou de cair quando atingiu o nível de tocar-lhes o queixo, os mais baixos tinham de se esforçar, batendo os braços e pernas em um nado parado, para conseguirem respirar. Por fim, pequenas comportas se abriram nos rodapés, funcionando como drenos. Assim que toda a água com cheiro de ervas escoou, as portas corrediças se abriram de novo e os prisioneiros foram chamados. Acabaram sendo divididos em três grupos. Ckroy ficou no de Erminho e alegrou-se, pois não estaria sozinho. No entanto, ver Stupr se afastar, o entristeceu, ele fora colocado num agrupamento formado apenas por selvagens. Tristes seriam os dias do capitão, sem ninguém para conversar.

Antes de entrarem em suas grandes celas, entregaram-lhes uma trouxa de roupas limpas. Ckroy abriu o saco para dar uma espiada rápida, vendo que eram túnicas simples, de lã cinza e grosseira. A porta se fechou com um estrondo digno de um trovão. Uma a uma, oito fechaduras foram trancadas e novamente a escuridão os cercou, felizmente não por muito tempo. Duas pequenas frestas abriram-se e uma luz dourada trouxe um pouco de iluminação aos prisioneiros. Vestiram-se, amarrando as túnicas com um cordão em suas cinturas, e olharam o entorno. Havia um grupo de nove homens reunido em um dos cantos, que viraram seus rostos, curiosos para ver os novos cativos. Ckroy temeu que fossem hostis, devido à maneira brusca como se levantaram.

Um homem forte, cuja túnica estava cortada da cintura para a cima, deixando sua barriga redonda à mostra, com uma enorme coleção de cicatrizes, aproximou-se. Tinha os olhos verdes-claros, os cabelos raspados somente de um lado de sua cabeça, assim como sua barba, concedendo-lhe uma aparência estranha e peculiar.

— Falam minha língua? — perguntou no idioma comum, para alívio de Ckroy.

Capítulo 57 – Encontrando forças na humilhação

— Sim, somos de Cystufor. Chamo-me Erminho, e este é Ckroy — o vento'nortenho estendeu a mão, mas o máximo que obteve, foi um tapa na ponta dos dedos.

— Na arena não se faz amigos, e um recém-chegado só tem dois nomes: derrotado ou sobrevivente. Todos aqui são testemunhas de assassinatos. Estão em minha cela, façam o que eu mandar e vão sobreviver. Eles são seus amigos? – perguntou, apontando para os selvagens.

— Foram capturados conosco. Estamos com eles até o fim – respondeu Ckroy, seu crescente respeito pelos selvagens se transformando em afeição.

O homem o olhou e anuiu.

— Podem me chamar de Dois Gumes, eu sou veterano da arena, portanto, um sobrevivente. E sendo o mais velho por aqui, eu dito as regras. O único nome que vocês têm de se lembrar é o meu, mas caso se esqueçam, chamem a mim de líder, chefe, Majestade, do que acharem melhor, contanto que aceitem que sou seu soberano.

Então, fez um gesto, chamando seus oito companheiros de cela.

E passou a apresentá-los. Começou com Nariz de Três Bulbos, um homem magro, com um nariz adunco que resplandecia, pois era muito vermelho. Bezerro Galinha, um pequenino homem, musculoso de uma forma não humana, com a pele cinzenta brilhando de tão esticada. Logo após: Bigoduda, mulher horrenda e magricela, com cabelos raspados, ostentando sobre seus lábios finos um volumoso bigode, que faria o mais peludo dos homens sentir-se uma criança rosada. Apontou para um homem idoso, magro como uma lança, apoiado em um nodoso cajado de carvalho e disse que era Devagar Chego Lá. Em seguida, apresentou Cabeça de Cogumelo, detentor da maior cabeça que os vento'nortenhos já haviam visto na vida, embora tivesse o rosto fino e até bonito. Girafa, um anão atarracado, cujo irônico apelido não fazia sentido para os prisioneiros, não havia girafas em Relltestra, esses animais viviam apenas em Contiin, a maior das ilhas do oeste. E, finalmente, Boca de Moringa e Boca de Moringa Mais Novo, que deveriam ser irmãos. Suas enormes bocas mais pareciam rasgos feitos por lâminas em seus rostos.

Após as apresentações, iniciou uma explicação sobre a arena, percebendo a confusão nos olhos de seus novos "companheiros". A Arena Lago de Sangue consistia num lugar de entretenimento e apostas para os magnatas. Os palpites eram feitos em cima dos grupos escolhidos para se digladiarem até a morte. Em geral, eram grupos selecionados diariamente, por um comitê formado por Aram Sebo de Porco, sua irmã Analvis Ponta de Faca, Simbalpi, um homem que afirmava ter vindo de Nevermurr, uma rocha gigante que mal poderia ser considerada uma ilha, localizada nos mares ao extremo sul de Relltestra. Diziam ser uma terra cinzenta e sem vida, habitada apenas por corvos. Por fim, o último membro, Pi, que pela descrição era a pequena mulher misteriosa que tanto intrigava Ckroy. Havia um segundo tipo de combate, em que homens eram colocados contra feras selvagens, ou seres com capacidades especiais, categoria à qual Ckroy concluiu que Gengko e Teme se enquadravam.

— E por que lutaremos tanto para divertir alguns homens ricos entediados? Não é melhor cometer suicídio? – perguntou Erminho, massageando os olhos por conta de uma dor de cabeça.

Dois Gumes colocou a mão em seu ombro.

— Porque uma vez que se sobreviva a 50 lutas na arena, ganha-se a liberdade — sorriu, revelando uma boca com dentes faltando e gengivas feridas. — Eu me encaminho para a minha batalha número 41, em breve poderei ir embora daqui!

Ckroy sentiu uma pontada de animação, para logo ser ofuscada ao pensar em quantas vidas teria de tirar em vão. Uma coisa era participar de uma batalha, onde se era obrigado a lutar pela própria existência, havia honra nisso! Outra, matar pessoas como forma de entretenimento alheio. Era uma ideia repulsiva, mas ele não via muitas opções.

O resto do dia se passou, curandeiros foram trazidos para tratar seus ferimentos. Todos estavam em boa forma, cicatrizes já se formavam nas feridas, as dores começaram a sumir. Em breve estariam novos em folha, prontos para receber mais feridas a serem tratadas. O ciclo da arena fervia a cabeça de Ckroy, era a mais bruta e grosseira versão do mundo real, onde não havia nada além do instinto de sobrevivência.

Dormir foi difícil naquela noite, mas a exaustão falou mais alto e logo Ckroy foi abraçado pelo sono. Visitou Cystufor em seus sonhos. As ruas de pedra estavam vazias, as casas de alvenaria não demonstravam nenhum tipo de atividade, por isso correu o mais rápido que pôde e entrou em sua morada. Os aromas familiares aguçaram seus sentidos: o delicioso cheiro dos famosos guisados que sua mãe preparava todas as noites enquanto esperavam por seu pai; o perfume da lenha, estalando na lareira, espantando o frio eterno do norte. Estava em seu lar. Fazia tempo que sua mente não se transportava para lá, e justo quando mais precisava ver um rosto conhecido, estava só, nu e, sem saber o motivo, chorava, seu rosto sendo lavado por lágrimas que escorriam por seu corpo, todo coberto por cicatrizes cinzentas. Quase não se reconhecia. Decidiu lavar o rosto em uma bacia em cima da mesa, a água cristalina refletiu sua imagem, deu um pulo para trás ao ver que aparentava ser uma fera, com presas saindo dos cantos de sua boca. Num ímpeto estranho, mergulhou, nadando por um tempo sem rumo, sentia-se bem, a água estava numa temperatura agradável, cardumes passavam por ele formando desenhos, águas-vivas espiralavam em sua volta. Quando tentou subir para respirar, não conseguia chegar ao topo. Por mais que se esforçasse, suas braçadas não diminuíam a distância entre ele e a superfície.

Acordou assustado, olhou ao redor e viu que todos dormiam. Levantou-se e se achegou da luz que adentrava a cela e ficou observando-a. Seu desejo era de que fosse a lua, para que pudesse tentar mais uma vez conversar com ela. Queria pedir sua proteção, sua companhia nessa hora de solidão e incerteza. O que seria de seu destino? Ver seu lar vazio o fez pensar em seus pais, se eles encontravam-se bem. "Estariam eles preocupados com seu filho?", pensou ele. Tinha saído orgulhoso de casa, pronto para sua primeira missão na frota de sua cidade. Limpou uma lágrima que escorreu por sua bochecha, ao se lembrar do último abraço que dera em sua mãe. Prometeu que voltaria, e ela iria se orgulhar dele quando cruzasse aquela porta. Ele traria em seu peito uma medalha de mérito.

— Acabou! — murmurou, abaixando sua cabeça.

— Não, amigo. Só começou!

Ckroy tomou um susto e reprimiu um grito.

— Erminho! Quase me matou, meu coração quase saiu pela boca – disse em sussurros, não queria acordar ninguém.

— Desculpe, mas vi que se ergueu assustado e precisava saber se estava bem – passou o braço pelo ombro de Ckroy. – Vamos ficar bem.

— Ah, como eu queria que estivesse certo, Erminho! Acha que vamos sobreviver a 50 lutas nessa arena? Acredita que nossos adversários serão piedosos? É o fim!

— Onde foi parar?

— O quê?

— Aquele novato corajoso que enfrentou tantas dificuldades em Focu'lland! O sujeito que é o maior herói do norte, por ter derrotado o tal gigante de pedra sozinho.

Ckroy suspirou demoradamente.

— Morreu, ao lado de Edner.

Erminho tirou seu braço e surpreendeu Ckroy com um tapa na cabeça, fazendo o rapaz levar a mão ao ponto onde recebera o golpe.

— Ficou louco? – perguntou em um grito sussurrado.

— Doeu? – o rosto de Erminho estava pétreo, sua expressão impressionava o amigo.

— É claro!

— Então não acabou, está vivo ainda! Edner morreu para nos salvar! Se diz que a morte dele o afetou tanto, que a perda de dezenas, quer dizer, centenas de pessoas naquela ilha significou alguma coisa para você, deve honrar os sacrifícios deles. Vamos sobreviver a isso, Ckroy, porque somos os homens de gelo, os filhos da nevasca. O próprio mar treme ante nossa força, e eu juro por Namarin que vou vencer todas as lutas a que nos obrigarem a participar, para mais uma vez sentir o frio me castigar em Cystufor.

Ckroy parou por um instante, absorvendo as palavras de seu amigo, e algo lhe ocorreu.

— E se tivermos de lutar contra nossos compatriotas? – engoliu em seco. – Ou contra o capitão Stupr?

Erminho deu de ombros.

— Eu não vou me preocupar com isso agora, uma coisa de cada vez, acharemos a resposta na hora certa, garoto. Somos sobreviventes! Nada pode conosco, não se lembra?

Erminho estava certo, era o momento de mostrar por que os homens do norte sempre foram respeitados. Sairia dessa arena com a cabeça erguida e voltaria para sua casa. "Sou Ckroy, do clã dos Hartymor, sou o aço forjado no calor da batalha e juro pela lua que não serei derrotado!", pensou, com a coragem se avolumando em seu peito. Abraçou o amigo com força e, ao se afastar, disse:

— Tem razão, Erminho. Apenas começou!

Capítulo 58
VINGANÇA

Yrguimir andava vagarosamente por Ouvian, mantinha-se em sua forma idosa desde o fim da batalha de Vanza contra Jarhyan e Mundyan, apesar de algumas desvantagens, como dores constantes nas costas e visão prejudicada. Porém, era a sua forma favorita para pensar. Precisava ponderar a respeito do que vira acontecer naquele dia, percebera uma grande maldade nos olhos de sua amiga, e por mais que tentasse se convencer de que tudo fora influência do sargar, não conseguia. Estava claro que algo emanava do interior de Vanza.

Caminhava sem rumo, por corredores frios e vazios, inconscientemente evitando encontrar Vanza acordada. Não que ele a tivesse deixado sozinha após a luta, pelo contrário, manteve-se ao seu lado a cada minuto que se passou. Trocava seus inúmeros curativos, encostava seu rosto nas costas da yuqui para ver se sua temperatura mostrava-se quente ao toque, fazia compressas de cânfora e camomila. Enfim, fez tudo que estava ao seu alcance. Mas quando sua melhora tornou-se visível e notou que logo ela despertaria, decidiu abster-se e temia voltar. Não queria ter de encarar aqueles olhos novamente, sua pele enrugada se arrepiava só de pensar nisso.

Chegou junto ao cercado, em volta da imensa cratera que terminava no grande Coração da Pedra. Apoiou os cotovelos e ficou olhando para baixo, não dava para avistar o rio subterrâneo, mas só o som da água corrente já o acalentava. "Como agiria daqui para frente?", pensava. Ocorreu-lhe voltar ao seu lar, para seu isolamento e ficar longe das consequências dos acontecimentos recentes. A aproximação de alguém interrompeu seus pensamentos.

– Inacreditável, não acha? – perguntou Égora, posicionando-se ao lado de Yrguimir. – Mesmo em um ambiente aparentemente estéril, a vida encontra seu caminho, quantas espécies de peixe não vivem nessas águas!

– Pois é – respondeu simplesmente Yrguimir, não queria ser rude. No entanto, não estava com vontade de conversar sobre nada, quanto mais a respeito de peixes.

Égora se calou por uns instantes, estalou a língua e continuou:

– Os mais antigos de meu povo dizem que mesmo numa rocha, uma rosa pode florescer. Toda rosa tem espinhos, Yrguimir.

— Sim, mas os espinhos só representam perigo para os insetos.

— Ou para os dedos! — Égora abriu um sorriso e se virou de costas para o cercado, com o rosto voltado para Yrguimir. — Nossa amiga está tendo problemas em controlar seus instintos, mas isso vai passar, ela vai aprender a conter o crescimento desses espinhos.

Yrguimir também se virou e esperou calado duas mulheres passarem, cada uma carregando com cuidado dois baldes de leite cremoso.

— E se não conseguir controlar? Ela é jovem, o que quer dizer que é mais suscetível a esse tipo de influência. Meu medo é de que Vanza se encante com o poder que descobriu dentro de si, que tudo isso só venha a torná-la uma pessoa cruel, assim como os reis que tombaram aos seus pés. O domínio sobre esse povo agora é dela, eles são uma força enorme para se manipular, se mal direcionada, somente trará destruição.

Égora esfregou a barba, pensativo.

— Acha que ela cogitaria em usar o povo dessa maneira? Para quê?

— Vanza é uma nômade. Seu povo soma inimigos na mesma proporção que ganha quilômetros pela estrada. Ela pode muito bem querer vingar rixas antigas, destruir tribos rivais. Ou seja, agora seu poder é gigantesco — coçou a ponta do nariz com a unha duas vezes. — É um fardo grande demais para ombros tão jovens. Bastará um pequeno vacilo, e ela será esmagada.

Sabiamente, Yrguimir resolveu deixar de lado seus temores mais fortes. O que tinha visto talvez fora percebido apenas por ele, quem sabe tudo não passasse de impressão sua. Teria de ser paciente e descobrir com o desenrolar dos fatos. No fim das contas, era só o que podia fazer.

Égora convenceu Yrguimir a visitar Vanza. A garota havia acordado durante a madrugada, segundo o soar dos gongos de bronze, e estava em um dos estábulos do povo garrano, trajando uma comprida camisola de linho perolado sem mangas, o que revelava seus dois braços enfaixados. Era evidente a dificuldade que tinha para movimentar seu braço direito. O corte que quase lhe desfigurara o rosto, agora não era mais que uma cicatriz rosada. Passava carinhosamente uma almofaça nos pelos de Sem Nome. O animal brilhava, tinha sido bem tratado desde a captura, mas após a formalização do desafio, ele fora cuidado como um palafrém.

Vanza ouviu a aproximação de Yrguimir, jogou a almofaça de lado e correu para abraçar seu amigo.

— Yrguimir querido, perguntava-me onde você estaria! — disse com a voz abafada, afogando o rosto no peito de seu amigo.

— Estava conhecendo seu reino, Majestade.

Vanza franziu a testa, afastou-se para encarar o ancião com os olhos semicerrados.

— Que bobeira é essa? Sou eu, Vanza, lembra-se? A garota que você salvou do sargar.

Yrguimir entortou a boca murcha de um lado para o outro.

— Não a salvei, só apontei a direção para ele.

Como se tivesse levado um golpe, Vanza deu um passo para trás, levou a mão esquerda à nuca e coçou os cabelos, agora lavados.

Capítulo 58 – Vingança

— Eu sei o que fiz, foi um erro, mas acabou! Estou livre da influência dele, nunca mais veremos aquele ser repulsivo!

— Gostaria que fosse simples assim, de verdade! – Yrguimir olhou para os lados. – Onde está Y'hg?

— Não faço ideia, ele não se encontrava em meu quarto quando acordei, deve estar vagando por Ouvian, conhecendo meu território – fez uma pausa e incomodou-se com a falta de reação de Yrguimir. – Ora – batendo o pé no chão –, tente ao menos sorrir, eu venci! Estamos livres! – levou os dois indicadores aos cantos da boca de Yrguimir e tentou forçar-lhe um sorriso. – Viu, não dói nada!

Yrguimir resolveu deixar seus temores para suas três almas, precisava ver mais em que Vanza tinha mudado, pelo menos até aquele momento, ela parecia ter voltado ao seu estado normal.

Um pequeno pajem garrano entrou nos estábulos algum tempo depois, vinha acompanhado de um representante da guarda real. Pediram licença e se aproximaram, ajoelhando-se ante sua soberana.

— Senhora, sua vontade está feita – disse, com os olhos fitando o chão.

Vanza assentiu.

— Muito bem, estou indo.

Égora tombou a cabeça intrigado.

— O que está acontecendo?

A yuqui sorriu e fez um sinal.

— Venham, acompanhem-me, será um espetáculo e tanto! – respondeu misteriosamente, antes de dar um beijo carinhoso no topo da cabeça de Sem Nome e sair dos estábulos.

Seguiram pelo caminho que dava acesso às celas, desceram os lances de escada, sempre sendo escoltados por dois pares de guardas, dois à frente do grupo e dois atrás. As portas do calabouço se abriram, e o pajem foi liberado, pois Vanza lhe disse que aquele não era um ambiente para uma criança. O garoto saiu saltitante de volta pelas escadas, os guardas reais fizeram uma careta ao ver a atitude infantil do jovem pajem.

— É só um garoto, deixe-o se divertir – disse, não iria repreender um garoto por agir de acordo com sua idade.

Havia dois homens à espera, seus rostos se mantinham cobertos por mantos negros. Estavam em posição ao lado de uma grande caixa de mogno e o esforço que fizeram para erguê-la do chão demonstrava o quanto era pesada.

Yrguimir franziu o cenho, a curiosidade o fazia seguir adiante. Mesmo odiando aquele lugar, precisava ver o que acontecia de perto.

Entraram na cela onde tinham ficado enquanto eram prisioneiros, ainda estava cheia, com os mesmos escravos que lhes fizeram companhia. Cheirava a urina e fezes, e os olhares eram lascivos em relação a Vanza. Porém, agora ela marchava para dentro da cela com imponência, não corria perigo dessa vez. Automaticamente, todos os prisioneiros se ajoelharam, deixando claro que a notícia da vitória da yuqui na arena currynta chegara até mesmo aos escravos.

No fundo da cela, um homem se encolhia apavorado, seu corpo tremia de forma visível e aparentemente tinha se urinado.

Vanza bateu palmas ao se aproximar.

– Tenia querido, que bom vê-lo por aqui! Gosta dos seus novos aposentos?

Yrguimir olhou surpreso para o homem acuado no escuro, seu rosto estava todo machucado, com certeza apanhara de seus companheiros de cela, afinal, não perderiam a oportunidade de se vingar de seu captor. Toda a pompa com a qual se portava se fora, era engraçado ver como, diante do fim, todos se rendem ao medo e se tornam praticamente crianças assustadas.

Tenia levantou o rosto e fitou Vanza, seus olhos inchados, e com hematomas em volta, estavam inundados por lágrimas. Fungou algumas vezes e pigarreou.

– Estrela da manhã, por que me castiga? Não fui eu quem a guiou para o caminho da realeza?

– Majestade! – interrompeu Vanza. – Para você, eu sou Majestade, seu verme.

O escravista garrano abaixou a cabeça até sua testa tocar o chão.

– Sim, sim, sim. Majestade! Piedade! Não sei qual foi meu erro, mas me deixe redimi-lo. Eu serei como um cão a seu serviço! – rastejou para beijar os pés de Vanza, porém foi impedido.

A nova rainha ergueu o indicador e o balançou de um lado para o outro.

– Não, não e não. Seu destino está traçado, Tenia querido. Eu não lhe disse que se empanturraria de ouro, caso eu conseguisse o que queria? – fez um sinal para que os dois homens de manto chegassem mais perto e abrissem a caixa, revelando uma enorme quantidade de asas de ouro.

Os olhos de Tenia recuperaram um pouco de seu brilho ganancioso, lambeu os lábios ao ver todo aquele ouro, muito mais do que sonharia ter em uma vida toda. Vanza se abaixou e pôs as mãos sobre seus ombros.

– É tudo seu, Tenia, até a última moeda!

O lábio inferior do garrano começou a tremer, seus olhos mais uma vez transbordaram lágrimas, dessa vez de emoção. Sem pensar, deu um pulo sobre o baú e começou a mergulhar as mãos entre as moedas, beijava alguma que "pescava" e sorria como uma criança. Vanza se aproximou novamente, inclinando-se para confidenciar algo em seu ouvido.

– Gosta do seu ouro? – sussurrou.

Tenia concordou com a cabeça repetidas vezes, seus olhos hipnotizados pelo brilho dourado das moedas.

– Ótimo! – Vanza se levantou e fez um sinal para que seus guardas segurassem Tenia.

– O que está acontecendo, Majestade? – perguntou o garrano, sinceramente confuso.

– A segunda parte de nosso trato – Vanza gesticulou e os dois homens de manto ficaram mais perto.

Cada um encheu a mão com moedas e se aproximaram de Tenia, que se debatia e gritava como um louco. Seus olhos se arregalaram ao constatar o que aconteceria, berrava desesperado, o que trouxe uma grande euforia aos prisioneiros da cela.

Capítulo 58 – Vingança

— Homens, empanturrem esse verme com o ouro que tanto desejou — Vanza sinalizou para que esperassem um instante. — Até a última moeda!

Teve início a agonia de Tenia, uma a uma as moedas eram enfiadas em sua boca, num trabalho horrível. Ele tentava protestar, mas sua voz era reprimida por moedas e mais moedas que o sufocavam. Sua bexiga começou a vazar, tremia aterrorizado, em busca de ar, chacoalhava-se de um lado para o outro na vã tentativa de se soltar e fugir.

Yrguimir assistia a tudo horrorizado, sua mão não saia de sua boca, era assustador ver o que acontecia diante de seus olhos. Não tinha simpatia alguma por Tenia e, na verdade, acreditava que ele merecia um castigo, no entanto, aquilo era crueldade demais. Virou-se, buscando uma espada para acabar com sua agonia, mas não conseguiria tomá-la de algum guarda, não na forma idosa que se encontrava. Encarou Vanza e viu que seus olhos estavam repletos de satisfação, pelo menos não eram maldosos como percebera na arena.

Logo os gritos pararam, alguns espasmos se seguiram e, assim, a aflição de Tenia acabou, morrera sufocado pelo ouro que tanto desejara a vida toda.

Vanza ficou parada, observando o corpo imóvel à sua frente, e então cuspiu sobre ele. Voltou-se para os prisioneiros eufóricos e esperou pacientemente a onda de aplausos que se seguiu, depois levantou a mão pedindo silêncio. Quando foi atendida, disse:

— Eu sou agora a rainha desse povo, portanto são meus prisioneiros — observou o olhar confuso dos homens por alguns longos segundos. — Estão livres para partir, os garranos não mais se utilizarão de escravos para cumprir funções que eles mesmos podem realizar — uma nova onda de palmas tomou conta do ambiente, homens se abraçavam com lágrimas nos olhos. — Mas aqueles que quiserem ficar ao meu lado nessa nova era, serão bem-vindos. Terão tratamento digno e receberão pagamentos por seus serviços, os que possuem família estão convidados a irem buscar seus entes queridos e trazê-los para a segurança de Ouvian. Podem ficar com esse ouro, como prova de minha boa vontade — ergueu a voz para ser ouvida sobre os gritos histéricos. — Inclusive o que está no interior do corpo desse senhor!

Mais ovações que encheram de vida a abafada cela. Vanza dirigiu-se com firmeza até a porta. Entretanto, lembrou-se de algo. Segurando uma das barras de ferro, voltou-se para eles.

— E se eu souber de alguém que tente tomar alguma mulher à força na vida, em meu território ou fora dele, sendo do meu povo ou não, terá sua masculinidade arrancada por mim mesma — levantou a mão esquerda em uma garra. — Com as unhas! — virou-se e partiu, deixando a cela silenciosa, absorvendo sua ameaça.

O grupo partiu pelo corredor, todos apressando o passo para acompanhar a yuqui, que estava com total disposição, parecia não haver sofrido nem ao menos um arranhão. Yrguimir ficou satisfeito ao ver que sua amiga estava completamente fora de perigo, seus machucados sarariam de forma rápida, logo ela seria a velha Vanza de novo. Pelo menos, fisicamente.

Encaminharam-se para a arena onde a luta havia acontecido, Vanza explicou que tinha pedido para que o máximo de pessoas do povo currynto estivesse presente, enviara um de seus conselheiros para passar o comunicado assim que tinha despertado. Havia muito a ser dito, precisava olhar nos olhos de seu povo para tranquilizá-lo, queria começar uma era de paz. Apesar de enlouquecida no fim do combate, ouvira muito bem o último desejo do rei Mundyan, e o respeitaria.

As portas se abriram e cornetas começaram a soar notas solenes, anunciando a entrada da nova rainha. A arena estava tomada, parecia ainda mais cheia do que no dia do desafio, havia uma tensão muito grande no ar, quase o suficiente para se tornar palpável. Uma nação inteira receava o que poderia acontecer dali para frente, pois sua nova soberana, além de desconhecida, fora forte o bastante para derrotar os guerreiros mais temidos de Ouvian.

Todos se levantaram para receber Vanza, que se dirigiu ao centro da arena com passos decididos e cabeça erguida. Deu uma rápida olhada para os lados, em busca de seus amigos sempre tão presentes, mas estava só, eles haviam parado de acompanhá-la, esperando de longe, encostados no batente das grandes portas de ferro. Sentiu a boca seca e deu-lhe uma certa tontura, era uma experiência nova para ela, tantos olhares a encarando. E pensar que há tão pouco tempo ninguém ao menos podia ver seu rosto. Teve saudades de seu manto, era uma proteção estranha, pelo menos com ele não viam sua pele corar, como agora. Respirou fundo, fechou os olhos, imaginando estar novamente coberta com o fino tecido que por tanto tempo a acompanhara.

— Povo currynto! Povo garrano! Eu sou Vanza, yuqui, filha de Yuquitarr. Por ser uma nômade, meu coração sempre pertenceu à estrada, mas hoje percebo que não mais posso vagar por Relltestra da mesma forma, sou hoje, e sempre serei, a rainha Vanza, responsável por cada um de vocês, e seu bem-estar é minha primeira preocupação — apontou o indicador para a plateia e fez questão de girar seu corpo, ninguém deveria se sentir excluído. — Não cheguei a conversar com os antigos conselheiros dos reis, que Merelor os tenha, mas já me adianto e faço o meu primeiro comunicado: não mais este povo partirá para a guerra.

Houve uma grande quantidade de murmúrios, tanto aprovando quanto desaprovando o primeiro anúncio de Vanza, muitos dos presentes eram guerreiros e pensaram qual utilidade eles teriam se não houvesse guerra.

— Quero que saibam que, antes de morrer, Mundyan me pediu para que não cometesse os erros que ele e seus irmãos haviam cometido e, a meu ver, esse é um deles. Começaremos uma nova era neste dia, de paz e prosperidade. Conviveremos em harmonia com todos os povos de Relltestra – Vanza levantou a mão pedindo calma, um grupo de homens estava prestes a iniciar um protesto. — Mas se alguém, de alguma forma, nos ameaçar, marquem minhas palavras, será esmagado com a força de toda esta nação, que garanto a todos vocês, do fundo do meu coração e sob a glória de Merelor, eu já amo! — esperou com postura ereta e sem se mover a eufórica onda de aplausos que tomou a arena. Via em mais de um rosto lágrimas escorrendo, acreditava que fosse de felicidade. Mães abraçavam seus filhos, talvez pela constatação de que a paz finalmente chegara a Ouvian. Quando a intensidade das palmas foi diminuindo, fez uma mesura e saiu do local, sob uma nova leva de aplausos. Ficou satisfeita, precisava do total apoio do povo garrano, teria muito trabalho pela frente.

Capítulo 58 – Vingança

Uma vez fora da arena, recebeu a aprovação de Yrguimir e Égora, e quando as portas se fecharam atrás deles, jogou-se nos braços de seus amigos. Seu corpo tremia e ela sorria, nervosa e satisfeita. Conseguiu se fazer soar firme, para impor sua força aos seus plebeus.

Ao ouvir as palavras de Vanza, Yrguimir se tranquilizou, pois eram razoáveis, justas e determinadas. Havia a força que sempre vira na yuqui, em cada sílaba, e isso clareava o horizonte para ele, pôde enfim respirar serenamente, um peso enorme pareceu ser tirado de suas costas.

Vanza passou o resto do dia em seu quarto, negou-se a ocupar os aposentos reais naquele momento, não queria ficar no lugar onde dormiam os derrotados. Recebeu algumas visitas dos conselheiros, que atendeu educadamente, garantindo que ainda manteriam seu cargo, mas estipulou algumas regras a serem seguidas: sua voz sempre seria a última a ser ouvida sobre qualquer discussão e, além disso, toda decisão caberia a ela. Uma ameaça necessária, afinal, eles ainda deviam considerá-la uma garotinha.

Sentia-se exausta, o peso do poder já começava a esgotá-la, mas havia mais uma pessoa querendo conversar com a nova rainha. O homem se apresentou como líder da Guarda Real. Kimild era seu nome e parecia ansioso pela audiência. Vanza chegou a pensar em dispensá-lo, porém, pediu a Égora que o deixasse entrar, não a mataria ouvir o que tinha a dizer.

— Salve, rainha Vanza! — dobrou um dos joelhos e abaixou a cabeça em respeito. — Trago notícias de fora dos portões de Ouvian.

Vanza estranhou.

— E que notícias são essas, que não podem esperar? — disse com firmeza, já demonstrando sua força.

— Temos novos prisioneiros — respondeu com simplicidade Kimild.

A yuqui se levantou da cadeira onde estava e bufou.

— Não sabe que eu libertei todos os prisioneiros que tínhamos? Não ficou claro que não mais faremos escravos? Não se pode semear o solo com paz e regar com sangue! Você é líder da minha guarda pessoal, ordeno que dê o exemplo para seus subordinados!

Kimild mordeu o lábio enquanto esperava Vanza terminar de falar, não podia interrompê-la, era uma ofensa grande demais. Contudo, havia algo que ela precisava ouvir, mas Vanza não o deixava concluir suas informações.

Finalmente, recebeu a permissão para falar.

— Eu me expressei mal, Majestade. Recebemos dois visitantes inesperados em nossas terras, mas, ao entrarem em nosso território, foram questionados sobre seus motivos, não é todo dia que se escala As Três Moradas a passeio, pelo menos não até um lugar tão obscuro — fechou os olhos e gesticulou com a mão, para ir direto ao assunto. — Majestade, eles dizem que são nômades e pertencem à sua tribo.

Vanza ficou surpresa. "Yuquis, aqui? Teria meu pai mandado ajuda? Ele sentiu ou pressentiu o que acontecera com ela?", raciocinava a garota. Abriu um sorriso largo e teve vontade de chorar de felicidade, seu povo lhe fazia muita falta. Seria ótimo ver um rosto conhecido numa hora como essa. Perguntou o nome dos dois, mas Kimild não soube responder. Isso pouco importava, todos seriam bem-vindos, ainda mais se um deles fosse seu pai.

Esquecendo-se do cansaço que sentira há pouco, Vanza correu como uma louca até o calabouço. Precisava ver isso com os próprios olhos. Demorou um pouco, mas logo chegou ao seu destino. Ordenou que a porta fosse aberta e, ao lado de Yrguimir, agora em sua forma mais jovem, Égora e Y'hg, adentrou, com o coração tamborilando de ansiedade em seu peito.

— Vanza? É você? — a voz veio do fundo da cela e soava conhecida, era a voz de...

— Pous! — Vanza correu para abraçar seu amigo e cavalariço dos yuquis. Jogou-se em seus braços e olhou para o lado, em busca do outro "convidado", logo reconhecendo a capa de pele de gato-do-mato. — Cabott! Ah, como é bom, Nosso Senhor Merelor! Venham, saiam dessa cela, vamos nos banquetear enquanto me contam a razão de estarem aqui! Meu pai os enviou para me ajudar a cumprir minha missão? Juro que não estou me retardando... — parou de falar ao ver lágrimas nos olhos dos seus dois amigos. — O que aconteceu?

Pous demorou até conseguir dizer algo. Apesar de seu tamanho todo, o yuqui mais parecia um garotinho. Abriu a boca, porém as palavras davam a impressão de se perder antes de saírem de seus lábios. Por fim, Cabott foi quem respondeu.

— Vanza, sinto ter que ser eu a lhe dizer isso, mas trazemos más notícias.

Sentiu-se amargurada, nunca presenciara um choro de Cabott. Na verdade, nunca o vira com semblante sério. Mesmo em uma batalha, ele mantinha um sorriso inalterado no rosto, sempre fazendo uma de suas gracinhas.

— Q-que más notícias? — disse com a voz fraca. Sem saber a razão, o sonho que tivera há tempos, com seu pai sozinho banhado em sangue, veio à sua mente.

Pous tomou a palavra.

— Somos os últimos yuquis vivos, Vanza. Acabou! — engoliu o choro que teimava voltar.

— O-os últimos? E o meu... — não achou forças para terminar a frase.

Pous fechou os olhos e abaixou a cabeça dolorosamente.

— Ele se encontra nos braços de Merelor agora, Vanza. Infelizmente está...

Uma onda de tontura acometeu Vanza. Sentia-se fraca, desamparada. "Seu pai, o venerável Yuquitarr, tão poderoso... morto?", pensava atordoada. Era demais para que ela suportasse, deixou o peso de seu corpo a derrotar e caiu no chão gelado da cela, deitando-se encolhida, seus joelhos quase a lhe tocarem a testa. Queria desaparecer, morrer!

Pous e Cabott se abaixaram para amparar a garota, assim como Yrguimir, Égora e Y'hg. Não haviam sido apresentados, mas os yuquis não estranharam sua presença, todos estavam ali por ela.

Arrastados minutos de um sofrimento mudo se passaram, lágrimas cegavam a yuqui, sofria de uma dor difícil de ser explicada em palavras, uma sensação de náusea a invadiu, e por pouco não vomitou. Sentia como se todos os ossos de seu corpo tivessem sumido, assemelhava-se a uma boneca de palha caída no chão. Sua dor era tão visível que mesmo aqueles que não tinham conhecido seu pai entregaram-se às lágrimas.

Levou muito tempo, mas Vanza se ergueu e decidiu que queria saber como acontecera, de que modo tombara o lendário Yuquitarr. Precisava disso, apesar de supor os riscos

Capítulo 58 – Vingança

de tal informação. Ignorou a frase "a ignorância é uma benção", não, ela tinha de tomar conhecimento dos fatos. Insistiu para que seus amigos lhe contassem, e eles não puderam negar tal coisa a ela.

Cabott relatou como Yuquitarr o tinha destacado para caçar e fazer um reconhecimento do perímetro do acampamento, com o intuito de ver se corriam perigo por conta da presença da Guarda Escarlate. No entanto, ele resolveu que faria mais, que iria até as muralhas que cercavam Sëngesi e tentaria entrar. A ideia era conseguir algum bem para os yuquis, como provisões, armamentos, quem sabe algum dinheiro... Mas mostrou-se impossível adentrar a cidade, pois estava tomada e muito bem guardada. Para sua infelicidade, ele se decidiu por algo ainda mais absurdo, tentaria pelo extremo sul, onde as muralhas se encontravam com o famoso conjunto de montanhas conhecido como Vouri. Provavelmente, a invasão da guarda não teria chegado até aquele ponto, e os cidadãos estariam defendendo suas muralhas na parte onde sofriam ataques, ou seja, ao norte. Seguiram por metade de um dia, mas mesmo no sul da cidade havia inimigos, fora em vão. Então, seus homens insistiram que deviam voltar imediatamente, todos temiam enfrentar a fúria de Yuquitarr, e ele concordou que retornassem. Já ele, teimoso como sempre, acampou por lá mesmo, esperando que a guarda saísse, assim ficaria com os restos para se banquetear. No entanto, tudo não passou de um plano louco, não havia brechas para entrar, não sem ser massacrado por guardas e bárbaros. Era melhor engolir a derrota e regressar. Para seu desespero, ao longo do caminho de volta encontrou os corpos de seus companheiros, mutilados e decapitados, algo horrível de se ver. Apressou-se para alcançar o acampamento, queria reunir um grupo e vingar a morte dos amigos, foi quando o mundo se tornou um pesadelo completo. Todos os yuquis estavam mortos, seus corpos espalhados pelo bosque, as iurtas haviam sido queimadas, assim como os mantimentos, e os tesouros tinham desaparecido. Não existiam mais traços que indicassem a existência da nação yuqui. Havia somente o indício de duas piras funerárias, onde se podiam ver os restos de corpos estranhos, sem dúvida os últimos seres a perder a vida por mãos yuquis.

Cabott fechou os punhos, irado.

– Esvaziei minha bexiga em cada um dos cadáveres inimigos, quando chegarem ao outro mundo, estarão com a cara amarela de tanto mijo! – a tristeza voltou a anuviar seu rosto. – Quanto aos yuquis mortos, fiz piras para honrar nossos irmãos e irmãs, tentei respeitar o costume da melhor forma que consegui.

– E o meu pai? Como ele perdeu a vida? – perguntou Vanza, sentindo o ódio crescer dentro de si.

Cabott hesitou por um momento, amava Yuquitarr como a um pai, era difícil para ele pensar a respeito do assunto, que dirá narrar os horrores que tinha visto para a filha de seu líder. Precisou buscar coragem em seu interior para explicar que encontrara o corpo de Yuquitarr amarrado em uma árvore, nu e com os braços abertos, repleto de perfurações de lâminas. Sua cabeça fora cortada e permanecia em um banco à sua frente.

Vanza ouviu tudo com os olhos arregalados, não podia entender a razão de brutal ataque. Apesar de terem inimigos, nunca uma tribo cometeria um ato de tamanha bestialidade.

— Foi tudo obra da Guarda Escarlate! – disse Cabott por fim.
— Tem certeza? – perguntou Vanza, com um rosnado selvagem.
Cabott assentiu.
— Havia um sobrevivente quando cheguei ao acampamento. Kirjh, meu sobrinho. Ele estava ferido, mas ainda com vida, conseguira se esconder no topo de uma árvore.

Vanza conhecia bem Kirjh, era um garoto sapeca, que gostava de pregar peças nos mais velhos, vivia se escondendo sobre as árvores, deixando sua mãe quase louca à sua procura.

— Ele estava muito fraco, tinha uma flecha cravada entre as costelas. A guarda pensou que estivesse morto, porém ele foi mais esperto, pelo menos para sobreviver mais um pouco. Teve forças somente – continuou Cabott segurando o choro – para me contar o que conseguira ver. Seu pai tinha duelado com um homem e fora vencedor, como era de se esperar dele, mas, ao fim da luta entre nossa tribo e os integrantes da Guarda Escarlate, atacaram-no todos de uma só vez, matando-o instantaneamente.

Vanza abaixou a cabeça, seu pai nunca tinha sido derrotado e, mesmo quando encontrou seu fim, ele havia vencido. Sentiu uma sensação de orgulho crescer em meio à sua tristeza, embora não fosse o suficiente para confortá-la. Não conseguia imaginar como viveria agora sem a sua presença. Sua mãe se fora para lhe dar a chance de viver, Yuquitarr proporcionara a ela uma ótima vida, agora não tinha mais ninguém neste mundo. Preparou-se para voltar a seus aposentos, a realidade era pesada demais, precisava ficar só, mas Cabott ainda tinha algo a dizer.

— Um homem reviveu seu pai por alguns momentos, queria algumas informações.
— Reviveu? – perguntou Vanza dando um pulo, assim como Yrguimir e Égora ao seu lado.
— Sim, reviveram seu pai porque desejavam informações a respeito de um tal de Sttanlik, um daqueles jovens que ele ajudara, trocando cavalos pelo rubi de Magnarcyn.

Era inacreditável, Vanza sabia bem quem eram, seu pai tinha uma dívida misteriosa envolvendo um deles. Se os tivesse matado, nada disso teria acontecido, porém resolveu que os ajudaria a seguir seu caminho. A bondade de Yuquitarr o tinha condenado.

Ergueu a mão para impedir que Cabott continuasse, já sabia o suficiente, era muita coisa para um dia só, precisava pensar. Saiu da cela sozinha, pediu para que ninguém a seguisse. Trancou-se em seu quarto e recusou-se a atender quem quer que fosse, e assim ficou por três dias, somente aceitando receber seu alimento, que pedia a seus criados para deixarem do lado de fora. Sua reclusão tinha um motivo, sua mente necessitava relacionar algumas coisas, almejava ter paz para absorver as informações que recebera.

No quarto dia, Vanza mandou chamar seus companheiros, tinha um anúncio a fazer. Tinham se tornado bons amigos, todos eles sofriam ao ver pelo que Vanza passava, a preocupação os unira e agora andavam todos juntos por Ouvian.

— Vanza, que bom vê-la mais disposta! – disse Yrguimir, animado ao reparar como a aparência da garota já se mostrava melhor.

Ela se vestia com um belo conjunto de roupas de pele de coelho, seus cabelos apresentavam-se lavados e penteados para trás, atados por duas presilhas em formato de flor.

Capítulo 58 – Vingança

Plumbum estava presa a seu cinto de couro tachonado. Sua figura já continha o brilho da realeza.

— Peço que deixem que eu termine de falar, antes de questionarem alguma coisa — fez um gesto para que todos se sentassem em um círculo, havia mandado seus criados arrumarem cadeiras confortáveis para seus convidados. — Eu tomei resoluções a respeito de tudo, já sei o que farei daqui em diante e espero a colaboração total de vocês.

Todos anuíram, estavam preocupados com a nova rainha, ela precisaria de seu incondicional apoio numa hora difícil como essa.

— Eu agora possuo um poder gigantesco nas mãos, tenho um povo sob meu comando e usarei essa influência para acertar as contas com meus inimigos.

Yrguimir sentiu um nó se formar em sua garganta, virou-se para Égora e notou que o ceratotheriano o olhava de soslaio, a conversa que tiveram a respeito de seus temores estava completamente correta.

— Irei vingar a morte de meu pai e de minha tribo, com o poder garrano para me apoiar. Esmagarei a Guarda Escarlate — apertou uma mão na outra para enfatizar suas palavras —, mas também não poderei deixar de me vingar daqueles dois jovens, responsáveis diretos pela destruição de tudo que sempre amei. O tal de Sttanlik e seu companheiro ruivo sofrerão as consequências de terem levado devastação ao meu povo.

— Vanza, não é certo isso que está fazendo... — disse Yrguimir, para logo ser interrompido pela yuqui.

— Eu disse para me deixar acabar, Yrguimir. Tenho muito a dizer ainda! — esperou o amigo acatar seu pedido. — Vim para As Três Moradas com uma missão e planejo cumpri-la, meu pai confiou em mim e não vou decepcioná-lo, estando ele vivo ou não. Irei até o fim! A Besta da Montanha tem de ser chamada, mas eu tenho objetivos diferentes dos de meu pai, não vou pedir-lhe para me ajudar a defender aquele rapaz maldito, eu a usarei como instrumento de aniquilação de todos os meus inimigos.

Virando-se para os dois de seu povo, disse:

— Para vocês, irmãos yuquis — apontou para Cabott e Pous —, tenho uma missão.

— Sim, Vanza, o que quiser pedir — respondeu Pous, sentindo-se amargurado com as palavras repletas de ira de sua amiga.

— Vocês irão trazer um exército para mim, precisarei de quantos homens puderem conseguir...

— Mas onde arranjaremos mais homens? — interrompeu Cabott. — Os yuquis não existem mais, não temos ninguém com quem contar — retrucou, confuso com o pedido de Vanza. "Onde poderia ele arranjar um exército?", pensou.

— Cabott, perdoo sua interrupção porque sei que parece loucura o que eu estou sugerindo, mas não é! Eu enviarei você e Pous para um lugar onde existem tropas se enfrentando em guerras estúpidas. Já que eles gostam tanto de lutar, que o façam ao meu lado, para destruir aquele covil de cobras que se chama Tinop'gtins.

— E que *lugarr* seria esse? — perguntou Y'hg, até ele, sempre tão calado e controlado, não aguentando de curiosidade.

— A Fronteira das Cinco Forcas! Vocês vão levar um terço de meu exército e dominar um a um os quatro territórios daquele lugar desconhecido, evocarão pelos direitos de conquista. Quero cada ponta de lança, espada, cavalo! Enfim, minha intenção é ter cada um dos homens daquela região sob meu comando. Estamos entendidos? Está mais do que na hora de aquela área voltar a aparecer no mapa de Relltestra.

Automaticamente, os yuquis concordaram com a cabeça, consideravam insano todo esse plano, a Fronteira das Cinco Forcas era um local perigoso demais para se passar por perto, quanto mais para se tentar conquistar. Mas não poderiam negar nada a Vanza, ela era a filha de seu antigo líder; caso a desobedecessem, teriam de sofrer as consequências. E conforme ficaram sabendo recentemente, ela se tornara uma guerreira temida, derrotando quatro grandes oponentes sozinha. Não tinham vontade de ficar no caminho de seu aço.

Sem aguentar mais, Yrguimir se levantou.

— Vanza, isso é loucura! Pretende o que com tudo isso? Vingar-se dos dois rapazes que foram indiretamente os responsáveis pela morte de seu pai? Não foram eles que empunharam uma espada contra ele. Que culpa eles têm? Atacar a mais forte potência de Relltestra? Está louca? E para quê? Causar mais mortes e sofrimento! — estava em sua forma mais jovem, mas mesmo seu tamanho todo fazia-o parecer pequeno ante a yuqui, tão imponente.

— Está decidido, Yrguimir, não mudarei meus planos. Eu farei Sttanlik e seu amigo sofrerem pela aniquilação de minha tribo. E Tinop'gtins vai arder até não ser mais do que um monte de cinzas! — o semblante de Vanza se tornou mais tranquilo. — Espero que esteja ao meu lado, grande amigo, o que vou fazer nada mais é do que libertar Relltestra de um imenso mal!

— Só vai trazer mais sangue para este lugar e prometeu a eles que teriam paz...

— E vão ter, assim que isso terminar. Eles estarão vivendo em um mundo apaziguado, não mais viverão presos no interior de uma rocha, poderão ser livres realmente! Eu estou dando-lhes muito mais do que paz, a minha oferta é de um mundo para se viver de verdade!

— Mas não seria mais fácil aprender com isso tudo? Construir um mundo melhor aos poucos? Semeando a paz, poderá colher felicidade num futuro próximo, a guerra já assola nosso continente, deixe que todos se matem. Quando tudo acabar, poderemos sair desta rocha e ser a redenção de Relltestra.

Vanza gargalhou por um longo período, cortou o ar com a mão e disse:

— Redenção? — desembainhou Plumbum e a ergueu bem alto, a tremeluzente sombra de seu corpo se dividiu em duas, materializando pouco a pouco um novo ser ao seu lado. Todos se afastaram, a tenebrosa forma que surgia diante de seus olhos crescia rapidamente, fibra a fibra, como o desenvolvimento de uma trepadeira em velocidade espantosa. A estranhíssima visão fez com que todos sentissem um calafrio percorrer seus corpos. Dois olhos rubros se abriram lentamente, emitindo um brilho de maldosa satisfação, seguido por um sorriso cruel de uma boca assustadora. O sargar estava definitivamente ligado a ela, passando seu comprido braço por cima do ombro de Vanza.

— Nós somos monstros, lembra-se, Yrguimir? E os monstros não sabem o que isso significa, nem mesmo os deuses de outrora sabem. É só se recordar da fúria de Merelor! Redenção é para os fracos, meu único desejo é de vingança!

Capítulo 59
A batalha de Idjarni

Um mar de lâminas nuas se aproximava rapidamente dos andarilhos, o grito selvagem dos bárbaros foi capaz de fazer os trovões silenciarem. O chão tremia com o avanço das duas forças.

Paptur deslizou a faixa de sua testa para trás, impedindo que seus cabelos lhe caíssem nos olhos, precisava ficar atento, teria segundos para dar o sinal. O exército inimigo já se achegava da primeira marcação, uma pedra pintada de azul marcava seu avanço, assim que atingisse a próxima pedra, de cor vermelha, ele agiria. Respirou fundo e enviou um desejo de boa sorte a Ren e depois a Sttanlik. Não conseguiu mais ver seu amigo no meio da confusão, mas não podia se preocupar com isso, o inimigo acabara de chegar à segunda marcação, seu braço imediatamente se levantou, erguendo uma bandeira vermelha. Era a hora da matança.

Nos dois extremos do campo de batalha, arqueiros acenderam nas fogueiras o fino linho embebido em óleo que fora enrolado na ponta de suas setas e em seguida as encaixaram nas cordas de seus compridos arcos. Como um só corpo, puxaram as cordas e, numa impressionante sincronia, deixaram que as penas encontrassem mais uma vez os céus.

Os bárbaros ergueram seus escudos de carvalho e couro ao ver milhares de flechas traçando um belíssimo arco flamejante no céu. O alvo dos arqueiros foi atingido com perfeição, nenhum homem foi ferido, pois essa não era a intenção. O capim se incendiou imediatamente, as chamas se ergueram por mais de três metros de altura, criando uma assustadora parede ardente.

O exército inimigo tentou recuar, mas foi envolvido pelo fogo que avançava por suas fileiras, incendiando rapidamente as costumeiras roupas de peles diversas. Homens gritavam na agonia de sentir seus corpos consumirem-se; barbas, cabelos e até sobrancelhas se inflamavam, levando centenas de guerreiros a uma morte lenta e dolorosa.

As fileiras traseiras forçavam o avanço de seus companheiros, caso contrário, seriam pisoteados. O chão começou a amolecer com tantos corpos caídos em meio às chamas. Os bárbaros não tinham sentimentos para com seus companheiros que pereciam aos montes, seus olhos não se desgrudavam de seus adversários.

Os andarilhos das Trevas fizeram uma parada num ponto estratégico, um pouco atrás das estacas cravadas de forma ameaçadora no chão, a menos de cinco passos do caos que tomava conta do exército inimigo. Todos que carregavam os bonecos recheados de folhas secas tomaram a dianteira e jogaram, à frente das chamas, seus "companheiros inanimados". Os bonecos mal tocaram o chão e mais flechas em chamas os acertaram, fazendo-os arder em uma nova onda flamejante.

Os oponentes não pareceram se intimidar, muitos tentavam atravessar as línguas de fogo, a maioria saindo em desespero do outro lado. Poucas batidas de coração se passaram até que uma leva de centenas e mais centenas de bárbaros conseguiu atravessar ilesa, pisoteando seus companheiros que agonizavam no solo, como se fossem uma ponte rumo à matança. Mas havia uma nova ameaça do outro lado das labaredas, os pequenos triângulos com espetos. Os primeiros homens tiveram as plantas dos pés dolorosamente perfuradas, caindo automaticamente, cegos de dor. Flechas choveram sobre suas cabeças, aumentando em muito seu sofrimento.

Fafuhm esperava sua hora de entrar na batalha, tremendo de ansiedade. O plano do arqueiro estava funcionando perfeitamente, a diferença numérica ia diminuindo sem que nenhum andarilho sequer tivesse começado a lutar. Coçava suas suíças repetidas vezes, sabendo que as primeiras defesas se esgotariam. Tirou de seu bolso um punhado de lâmpsanas e jogou na boca, puxou seu gadanho e fez um sinal vagaroso, apontando para o inimigo, os homens que o cercavam iniciaram uma marcha lentamente, logo seriam necessários.

A infantaria dos andarilhos permanecia no aguardo. Os inimigos se empilhavam no chão, alguns ainda gritando de dor, mas, a exemplo do que acontecera no caso das chamas, os mortos e feridos serviam de travessia para as fileiras seguintes. Os bárbaros se aproximavam.

Os exércitos se encontraram num clangor impressionante, a batalha verdadeira começava. Aço e carne colidiam em uma fúria bestial, membros e cabeças eram separados de corpos por todos os lados. Gritos de dor e euforia, cheiro de morte, fezes, urina e carne carbonizada se misturavam. Concedendo à outrora pacífica planície, uma atmosfera tenebrosa.

Uma tempestade de sangue jorrava, o chão tornara-se pegajoso com tantas existências encontrando seu fim. No meio dessa loucura, Urso abria uma "clareira" com seu devastador martelo, ignorava a dor do profundo corte em sua barriga, para ele, era apenas um leve incômodo, tal qual uma picada de abelha. Cada vez que se lançava ao ataque, levava consigo duas ou três vidas, crânios eram esmagados enquanto o andarilho sorria satisfeito, era um predador, fazendo jus a seu apelido. Muitos homens tentavam se desviar de seu caminho, buscando adversários menos brutais, mas o espaço era compacto, e o martelo descia sem dó nem piedade. Na verdade, buscava o bárbaro que o tinha desafiado antes da luta, mesmo que tivesse de trucidar qualquer homem à sua frente para encontrá-lo. Nunca fugira de um embate na vida, não seria agora que mudaria esse hábito.

Na beira do pequeno círculo aberto por Urso, Leetee estava com seu corpo esverdeado completamente tingido de vermelho. Girava suas cimitarras com uma habilidade

Capítulo 59 – A batalha de Idjarni

surpreendente para alguém tão idoso, sua estatura o obrigava a golpear baixo os seus oponentes, todos com no mínimo uma cabeça de altura a mais que ele. O homenzinho rasgava inúmeros abdômens com os semicírculos que descrevia com graça, assistindo entusiasmado às vísceras jorrando sobre seus pés descalços. Sua longa vida fora sempre dedicada aos estudos de como o corpo de um homem funcionava, conhecia de cor todas as fraquezas da máquina humana, e esse conhecimento o tornava um combatente assustador.

Um bárbaro magrelo tentou pular por cima de uma das estacas, mas calculou mal seu salto e acabou por ter sua genitália atravessada, seu corpo caiu mole sobre a madeira, derrubando-a aos pés de Ghagu. A guerreira das ilhas do oeste golpeava usando suas lanças curtas com a fúria de mil homens, uma pilha de cadáveres se avolumava à sua frente. Ela e seus companheiros nus eram adversários formidáveis, com seu estilo de luta peculiar. Gritavam insultos em sua língua, não se preocupando se eram entendidos ou não, somente se importavam em fazer suas espadas e lanças de cabo curto abrirem caminho pela parede bárbara. Apesar da falta de proteção, seus corpos tinham sofrido pouco com os ataques inimigos e, felizmente até aquele momento, apenas um de seus companheiros perecera.

Distante da massa de homens se digladiando, as mãos de Paptur se tornavam um borrão, enquanto disparava sem parar, quase sempre acertando um alvo. Suas costas queimavam com o esforço, as pontas de seus dedos, apesar dos calos acumulados com anos de prática, sangravam, mas ele sorria, seu plano ajudou a retardar o avanço inimigo e agora ele estava livre para praticar sua pontaria. Flecha após flecha, miseráveis existências se acabavam, para seu deleite. Não precisava diminuir seu ritmo, por medo de ficar sem munição, os andarilhos forneceram centenas de feixes de setas de bétula, e ainda contava com a ajuda de Ren. A águia sobrevoava o campo de batalha mergulhando repetidas vezes na aglomeração, arrancava flechas de cadáveres e trazia de volta a seu amigo. Ela era rápida, contribuindo para que Aljava Sangrenta não ficasse sem seu estoque.

Apesar de compenetrado em sua função, a mente de Paptur de vez em quando divagava, pensando em Sttanlik, que naquele momento não conseguia avistar. Seu amigo cometera uma loucura ao ser tão precipitado, mas ao menos conseguira tirar o irmão a tempo, que provavelmente seria pisoteado ou torrado pelas chamas.

Afastado da batalha, Sttanlik dava tapinhas no rosto pálido de Jubil.

– Irmão querido, acorde! – estava quase cego, tantas eram as lágrimas que inundavam seus olhos, a dor que sentia era indescritível. – Vamos, Jubil, seja forte!

Mig Starvees mantinha-se ao seu lado, sua atenção se dividia entre a batalha que acontecia logo à frente e "seu salvador", como ela sempre dizia. Junto com eles, seu pai, Sancha, fazia o possível para ajudar Sttanlik. Apesar de uma existência dedicada a criar instrumentos de luta, o ferreiro sempre tinha sido um homem pacífico e não partilhava da sede de sangue de sua filha. Ele colocou suas calejadas mãos com firmeza sobre o ferimento, tentando estancar o fluxo de sangue, que pelo jeito não iria parar.

– A lâmina que o feriu devia estar envenenada, é a única explicação cabível – disse mais para si mesmo do que para Sttanlik.

O soar de uma trompa fez com que todos que estavam na reserva se sobressaltassem, sabiam muito bem o que aquilo significava, a cavalaria a serviço da Guarda Escarlate partiria para o ataque. Fafuhm gritou para seus homens, uma bandeira foi erguida, dando sinal para que avançassem com força total, ou seus homens seriam esmagados ao lado dos bárbaros. Era a estratégia que imaginara que a guarda adotaria, mandar os homens sem valor na frente, esgotando as primeiras armadilhas, para depois passar por cima com a cavalaria. Era cruel, ou seja, uma atitude que traduzia muito bem o espírito das tropas de Tinop'gtins.

Bhun estava atento à movimentação, antes de partir para o ataque com a reserva, sinalizaria para que as catapultas fossem postas em funcionamento, seu intuito era destruir a cavalaria inimiga, que era maior que todas as forças combinadas dos Andarilhos das Trevas. No momento certo, os conjuntos de cordas se retesaram, numa torção que daria forças à investida, uma enorme pedra foi colocada em cada máquina e, ao sinal do balde, as duas voaram alto.

A cavalaria se dividiu em duas forças, atacariam pelos flancos, exterminando pelo caminho o máximo de homens que pudessem. Os mantos vermelhos se destacavam no meio da massa, instigando seus cavalos. Eram poucos, mas provocavam bastante medo naqueles que pretendiam destruir. A velocidade aumentou, estavam cada vez mais perto de suas vítimas, os cavalos passaram a pular os cadáveres enegrecidos espalhados por todos os lados, a fumaça negra cegava a todos, mas não havia mais volta.

Fafuhm guiava seu cavalo com os joelhos, seu gadanho estava em posição para fazer um giro rápido assim que as forças se encontrassem. Cuspiu de lado e semicerrou os olhos, a calma que sentia o surpreendeu. Participara de muitos conflitos ao longo de sua vida, mas nenhum numa escala tão grande. Nunca tinha ido de encontro a um exército e estava adorando a sensação. De repente, seu coração deu um pulo no peito, pois uma pedra enorme passou a poucos centímetros de sua cabeça, instintivamente ele se abaixou, mas não era necessário, o golpe tinha endereço certo.

Uma dezena de cavalos e seus cavaleiros foram varridos do campo de batalha, a pedra acertou em cheio a primeira fileira, o som aflitivo dos cavalos ecoou de forma terrível, assustando os animais sobreviventes. Criou-se um frenesi alucinado, a cavalaria inimiga perdeu sua compacta formação temporariamente, o instante perfeito para que os andarilhos fossem ao seu encontro.

Completamente de pé em seus estribos, Fafuhm instigou seu cavalo, entrando fundo na massa de homens que se avolumava ao redor. Seu gadanho ceifava com voracidade as existências de seus inimigos, quando errava um golpe, buscava tirar a vida de sua montaria, não gostava dessa estratégia, mas era a única coisa que podia fazer. Um homem cujo cavalo tinha caído e quebrado a perna pulou e se agarrou às rédeas do cavalo de Fafuhm, que o puxou pelos cabelos com sua mão esquerda, erguendo-o até poder lhe dar uma cabeçada no nariz. O homem caiu cego de dor na grama, para logo ser pisoteado por uma centena de cascos que buscavam um espaço para se movimentar.

Mais duas pedras atingiram a cavalaria inimiga, no entanto, eram homens demais, os inimigos não paravam de forçar seu avanço. Os andarilhos perdiam homens em uma

Capítulo 59 – A batalha de Idjarni

velocidade espantosa, quase metade de sua cavalaria se fora, o cheiro da derrota tomava o ar. Vendo isso, Mig Starvees se abaixou para falar com Sancha.

– Tu precisas levar este homem de volta ao acampamento, ele deve receber o tratamento adequado ou perecerá! Nossas fabulosas forças são necessárias no campo!

Sancha anuiu, virou-se para Sttanlik.

– Empreste-me seu cavalo, eu o levarei em segurança.

Sttanlik negou de maneira veemente, nem em um milhão de anos ele queria se separar de seu irmão novamente. Porém, Sancha foi enfático:

– Escute, garoto, se ele ficar, morrerá como todos, não terá chances de sobrevivência! Não há nada para fazer aqui com ele. Se for veneno como estou suspeitando, eu o levarei para que a Floreira Noturna nos ajude. Ela salvou minha filha, lembra-se?! – o ferreiro gesticulava desesperado, sentia a angústia do rapaz, era difícil demais se separar de alguém querido numa hora de dificuldade. – Você luta bem, pelo que Mig diz, use esse talento para ajudar seus amigos. Moverei céus e terra para salvar a vida dele. Eu prometo!

Sttanlik sentiu um misto de esperança e desamparo, não queria estar longe de Jubil, caso ele viesse a precisar de algo, mas a lógica de Sancha era boa, Hylow saberia o que fazer, mesmo que não fosse um caso de envenenamento, ela poderia tratar de seu irmão. Por fim, assentiu, por mais que isso lhe doesse. Ajudou Sancha a colocar Jubil sobre Dehat, deu um beijo na testa suada de seu irmão e com lágrimas nos olhos sussurrou em seu ouvido:

– Eu o vingarei, irmão! Tudo ficará bem!

Sancha montou rapidamente, trocou poucas palavras com sua filha, implorando para que ela se cuidasse. Fez um sinal com a cabeça, instigou Dehat, partindo em disparada por entre as árvores, para logo sumir na imensidão verde de Idjarni. Mig se aproximou e deu um abraço em Sttanlik, pela primeira vez ela demonstrava algum tipo de sentimento, e parecia sincero. Era tudo que o rapaz precisava no momento.

– Contam conosco, ó salvador! – disse Mig delicadamente.

Sttanlik se abaixou e empunhou as duas espadas, suas companheiras inseparáveis desde o início dessa jornada. A sede de sangue, que sentia cada vez que se preparava para uma luta, tornara-se uma fúria rubra que o deixava cego, seu coração acelerou e sua respiração ficou pesada. O desejo de se vingar fez com que soltasse um grito alucinado.

Mig Starvees girou seu bastão e o colocou em posição, aprovou a atitude selvagem de Sttanlik e vociferou:

– Ao ataque!

Os dois partiram correndo para o campo de batalha no mesmo momento em que a reserva ia em auxílio de Fafuhm e sua cavalaria, as baixas eram numerosas, a cavalaria inimiga abria caminho cada vez mais.

Com gritos aflitos, Fafuhm tentava conservar seus homens organizados, conseguiam manter uma cadência boa de ataque, mas não era o suficiente, cada fibra de seus seres era exigida para prosseguir em combate. Seu braço estava exausto de tanto golpear, seu gadanho havia caído de sua mão em algum ponto, que ele não se lembrava, por sorte trazia sempre uma espada curta presa a seu cinto para lutas corpo a corpo, ela agora lhe era útil. Atingia os olhos dos cavalos de seus inimigos, única forma de derrotá-los com uma espada que não conseguia chegar a cortar nada além de pernas. Porém, mostrou-se eficaz, em menos de um minuto fez com que 15 homens caíssem de suas montarias. Um rugido assombroso chamou-lhe a atenção, praguejou repetidas vezes ao descobrir sua origem.

O cavaleiro negro se aproximava montado em seu marminks. O enorme lagarto golpeava com sua cauda, arrancando homens de suas montarias, que logo eram despedaçados por suas devastadoras presas.

Fafuhm girou sua montaria e resolveu encarar esse novo inimigo, fazendo um sinal para Girad. O ferreiro sem pernas, que estava logo atrás de seu líder, abriu caminho para os dois com suas maças repletas de espinhos, e ambos partiram para cima do adversário, dando um susto no lagarto ao se aproximarem.

O cavaleiro aceitou o desafio e instigou sua montaria para cima de seus oponentes, desenrolou seu longo chicote e tentou acertar o rosto de Fafuhm, mas o líder dos andarilhos foi mais rápido e se inclinou para trás em sua sela, as pequenas lâminas passando apenas a alguns milímetros de seu nariz.

— O que são homens enfurecidos sem um líder? — gritou o Cavaleiro Sem Alma, com um sorriso maléfico exposto pela fenda de seu elmo. Puxou seu chicote de volta e o lançou novamente. Fafuhm repetiu a esquiva, mas ele não era o alvo, Girad recebeu a chicotada na testa, impedido de desviar pela sela especial que o mantinha firme sobre sua montaria. Uma linha vermelha surgiu rapidamente, obstruindo sua visão. Não houve um grito de dor, apenas um grunhido nervoso, ao se afastar.

Sha'a estava com seus eternos na reserva, a linha inimiga tinha sido partida ao meio, dando chance aos andarilhos de se reorganizarem. A maneira como seus machados tiravam vidas fazia com que parecesse fácil lutar em uma batalha tão brutal. Sua calma refletia em seus golpes, sempre certeiros. Já tinha lançado quatro de seus machados de arremesso, cada um levando consigo uma existência, e não pensava em diminuir, carregava o orgulho milenar de seu povo no campo de batalha. Com o canto de seu olho, observou Fafuhm enfrentando o cavaleiro negro, sentiu uma pontada de excitação ao ver aquilo. Ele queria enfrentar um oponente à sua altura, os vermes que estavam à sua frente não valiam nada, seu sangue carregava a herança de vitórias lendárias, essa era sua oportunidade de entrar para a história. Atiçou sua montaria para o lado, derrubando um homem do cavalo e abriu caminho.

— Latrina, o comando é seu! Mate todos! — partiu rapidamente, o espaço sendo ocupado por outros homens.

Virando o rosto, Grifens viu seu líder sendo perseguido por dois homens montados em musculosos pôneis, não teriam velocidade suficiente para alcançá-lo em montarias tão fracas, mas não podia arriscar a vida de seu soberano com uma suposição. Assoviou, chamando a atenção de P'ja, que estava com seu arco pronto para disparar uma flecha no rosto de um miserável homem armado com uma alabarda. O arqueiro eterno assentiu, deixando a flecha voar sem ao menos mirar. Antes de a flecha acertar o nariz de sua ví-

Capítulo 59 – A batalha de Idjarni

tima, P'ja já armara novamente seu arco e, em dois movimentos rápidos, atingiu um dos perseguidores de Sha'a nas costas, e outra seta cravou-se fundo no lombo do pônei, o pobre animal se empinou e caiu para trás, esmagando seu dono.

Mesmo sem ver o desenrolar do ataque de P'ja, Grifens comemorou com um grito agudo, sabia da competência de seu amigo, tinha certeza de que ele livraria Sha'a do perigo, mais uma vez! O líder dos eternos era um homem de temperamento explosivo, muitas vezes deixando para seus seguidores a limpeza de sua sujeira. E por falar em sujeira... O Latrina Cortante via as fezes, que costumeiramente passava em sua lâmina, sumirem à medida que cravava sua arma nos corpos dos adversários. Isso o frustrava, o que mais gostava era de observar suas caretas ao serem perfurados por algo tão nojento.

Oelmo, o grandalhão, Altteb e P'ja se juntaram a ele, num raro momento de calmaria.

– Latrina, acho que conseguimos! – disse Altteb em sua língua, ofegante, trazendo seu amigo de volta a realidade.

Não havia mais homens da cavalaria inimiga montados, somente alguns lutando do chão, tentando tirar os andarilhos de suas montarias, acertando-os com suas lanças com pontas quebradas.

– Hora de acabar o serviço, rapazes! – disse com um sorriso escancarado. – Pena que não tem uma pilha de merda para eu recarregar minha espada.

Os eternos correram lado a lado com as dezenas de sobreviventes, era hora da matança fácil. Tiraram a vida da última leva rapidamente e, por fim, tudo que restou foi um grito vitorioso. Mas um estrondo trouxe todos de novo à luta, um clarão os cegou por um segundo, quando conseguiram atentar para o que se passava, viram três homens caídos no chão, eles e seus cavalos urravam de dor, com os corpos em chamas. As catapultas da Guarda Escarlate haviam começado seu ataque, arremessando jarros de argila incandescentes por todos os lados, o campo de batalha voltava a arder.

Os arqueiros não podiam mais ficar parados, havia uma grande quantidade de inimigos tentando avançar. Não que estivessem correndo perigo em suas posições, era difícil rechaçá-los. Mesmo assim, mataram uma centena de homens mais ousados. Entretanto, suas setas eram necessárias em outra parte da batalha.

Paptur fez um sinal e o grupo sob seu comando recolheu as flechas que sobraram, colocando-as em suas aljavas. Dois homens se atrapalharam com as suas, e Aljava Sangrenta se virou para repreendê-los, mas sua raiva se transformou em orgulho, pois um deles era cego, com seus olhos brancos arregalados tateava o chão em busca de suas valiosas armas. Aljava os ajudou e lhes disse algumas palavras de incentivo, afinal, foi bom o bastante para ocultar sua falta de visão até aquele momento.

A Guarda Escarlate mantinha sua posição inalterada, apenas como espectadores, poucos de seus homens entraram na luta, provavelmente só os novatos, ou homens que tentavam ser heróis de sua nação. Não importava, Paptur pretendia fazer com que mexessem seus traseiros vermelhos um pouquinho. Sinalizou a seus homens, que investiram pelas laterais do campo, tinham liberdade, até porque a luta se concentrava no meio da planície, poucos prestavam atenção neles.

— Quero ver cada homem de manto crivado com flechas por todo o corpo. Você, mais esses dois — apontou para os três homens mais fortes a seu dispor —, mostrem a eles as trevas das quais tanto se orgulham — suas palavras geraram gritos empolgados, que logo ele silenciou com um gesto brusco, precisava de ações, não de ovações.

Em seguida, ajoelhou-se e lançou uma flecha, imitado por uma dezena de seus homens, e o efeito foi imediato, sete dos que assistiam à luta de longe caíram de seus cavalos.

— Ótimo! — disse baixinho, antes de armar novamente seu arco.

Três bárbaros sentiram o gosto amargo do arrependimento ao atacar Sttanlik e Mig. Suas vidas foram tiradas com uma velocidade espantosa, os dois mais pareciam demônios de contos antigos. A jovem esmagou o rosto de seu oponente, após derrubá-lo com um golpe no joelho esquerdo, o crânio do bárbaro dava a impressão de ser um ensopado quando ela se deu por satisfeita. Já Sttanlik deu dois giros com suas espadas, certeiros a ponto de fazer as duas cabeças caírem a seus pés, mas ele nem ao menos piscou, correndo para seu próximo adversário, e mais uma vida chegava ao fim, o corpo atravessado por seu aço formidável.

— Somos uma dupla invencível! — disse Mig, após matar mais um inimigo.

Sttanlik não falava, apenas lutava. No entanto, não eram os bárbaros que ele tinha em sua mente, o Cavaleiro Sem Alma ainda vivia e era ele que o jovem de Sëngesi queria enfrentar, embora tivesse um caminho repleto de assassinos contratados, surgindo de todos os cantos, como as ervas daninhas que costumava arrancar de sua plantação. Inconscientemente, torceu para que Fafuhm não derrotasse o cavaleiro negro, ele era seu, e ninguém mais devia tirar sua vida.

Mas o Cavaleiro Sem Alma estava avesso ao ódio de Sttanlik, tinha para si dois adversários valorosos, há tempos não tinha dificuldades para vencer uma luta e saboreava a situação.

— Por que não acabam com essa idiotice e me deixam ceifar suas existências miseráveis? — perguntou o cavaleiro em um momento de recuo de sua montaria, Fafuhm havia conseguido acertar o focinho do marminks, mas ainda não tirara sangue do animal.

Não houve tempo para que o cavaleiro recebesse uma resposta, suas costas se curvaram para frente, atingidas por um golpe de martelo, lançando-o para fora da estranha sela em que estava montado. Urso tinha conseguido abrir caminho até seu pai. Quando viu que ele enfrentava o lagarto, não pôde deixar de interferir na luta com aquela estranha fera. Pulou na frente do animal e bateu com seu martelo no chão. Era a hora do Urso enfrentar o lagarto.

Fafuhm ficou feliz ao ver que seu filho estava bem, apesar de ter o corpo completamente coberto de sangue, que tudo indicava ser somente de seus inimigos. Sentiu-se aliviado de receber sua ajuda, o Cavaleiro Sem Alma parecia invencível, sempre que ele e Sha'a tentavam aproximar-se, eram afastados pela ponta do temerário chicote do maldito. Mas não havia tempo para respirar, o arqueiro, Aljava Sangrenta, tinha conseguido provocar a Guarda Escarlate, forçando-os a entrar em campo. Um homem trovejava em sua direção, seu manto carmesim esvoaçava às suas costas enquanto empunhava uma espada

Capítulo 59 – A batalha de Idjarni

de lâmina negra com sua única mão! Sim, um integrante da guarda tinha só um dos braços! Fafuhm não se lembrava de um precedente desse tipo, um guerreiro com um braço só era comum nas fileiras dos andarilhos, mas nunca nas da guarda. Não que isso fosse importante. Deu uma cuspada e se preparou para enfrentar essa "anomalia".

Com mais um machado acertando sem efeito a armadura negra do Cavaleiro Sem Alma, Sha'a se viu obrigado a apear e partir para o ataque com sua arma predileta: seu machado de pedra, que volteou rapidamente acima de sua cabeça, correndo para cima de seu adversário. Seu primeiro giro foi perfeito, pois amassou a placa peitoral do cavaleiro, deformando-a.

– Doeu, filho de *amberé*? – Sha'a salivava de excitação.

O cavaleiro foi obrigado a retirar parte de sua armadura, que o impedia de respirar normalmente. Uma vez livre desse incômodo, ficou mais à vontade para fazer seu chicote voar, enrolando-o no cabo do machado do eterno. A cota de malha, também negra, do cavaleiro tilintou, quando ele fez força para puxar o chicote e tirar a arma da mão de Sha'a, no que foi bem-sucedido, sua rapidez pegou o eterno de surpresa. Mas este não se abateria com facilidade, saltou na frente de seu oponente e passaram a trocar socos. A boca do Cavaleiro Sem Alma foi acertada com vigor, inundando-se com seu sangue escuro. Ao cuspir de lado, quatro dentes pontiagudos foram projetados. A luta corporal continuou, ambos sofrendo com os golpes que não conseguiam evitar. Então, após um chute certeiro no estômago de Sha'a, o chicote pôde ir ao ataque. Com um reflexo rápido, o eterno ergueu seu braço, e o chicote deu voltas e mais voltas em seu antebraço. Sha'a livrara seu pescoço, mas agora as lâminas cravavam-se fundo em sua pele e automaticamente o veneno turvava sua visão.

– Basta alguns segundos, logo morrerá, verme vermelho! – anunciou o Cavaleiro Sem Alma, satisfeito ao enxergar a vitória se aproximando.

– Alguns segundos são o que eu preciso – respondeu Sha'a, voando para cima de seu oponente, o chicote ainda em seu braço. Empregou o peso de seu corpo para desequilibrar o cavaleiro e, enquanto este caía para trás, usou sua própria arma, o chicote, para enrolar em seu pescoço. Deu duas voltas e recuou. A essa altura, a pele de seu braço estava se abrindo em dolorosos cortes, mas nem ao menos titubeava de dor. Cerrou os dentes e continuou a arrastar seu inimigo pela grama, as lâminas indo fundo na pele de cada um. A testa de Sha'a pingava gotas de um suor gelado, as batidas de seu coração diminuíam no mesmo passo em que sua visão tornava-se escura.

O Cavaleiro Sem Alma se debatia, sua vida se esvaindo pelas garras de sua própria arma, sentia pela primeira vez, em mais de uma década, os efeitos do veneno em seu corpo. Tentou gritar, mas o som saiu esganiçado, um gorgolejar final, antes que as lâminas lhe cortassem a jugular. Por fim, com um último esforço da parte do líder dos eternos, sua cabeça se separou do corpo. Sha'a caiu para o lado, ainda acordado, olhou para seu antebraço, à parte, sangrando na grama enegrecida. Sorriu vitorioso.

O marminks balançou a cabeça sentindo-se tonto, levara mais de quatro marteladas no focinho, seus espinhos se partiam a cada golpe. O animal cambaleava, nunca em sua vida tinha enfrentado um opositor que não fosse devorado em poucos segundos, sua fúria fazia seu enorme coração palpitar dolorosamente em seu largo peito.

Percebendo o estado alterado do lagarto, Urso correu em sua direção, jogou o martelo de lado e agarrou a boca da fera, suas mãos se cortaram ao tocar os dentes longos e afiados. O andarilho não se intimidou, usando sua força descomunal para tentar quebrar a mandíbula da besta. Mas o som de passos pesados chamou sua atenção. Xyede, o bárbaro que o desafiara antes do início da batalha, aproximava-se, seu machado de guerra pronto para golpear, levantado acima de sua cabeça.

Largando a mandíbula do marminks, Urso deu um pulo para o lado, a tempo de evitar a investida que lhe tiraria a vida. Agora era a vez de Xyede desviar-se da fúria do lagarto, ele estava na frente da fera assim que ela se recuperou do ataque do andarilho.

Urso ficou de pé rapidamente, suas mãos estavam empapadas de sangue, seu martelo permanecia caído ao lado do bárbaro, impedindo que a luta tivesse um equilíbrio, seria punhos contra aço enferrujado. Isso sem contar o marminks, que se preparava para atacar. Com um salto desajeitado, Urso evitou que a cauda do animal acertasse suas pernas, jogou-se em cima de Xyede e tentou arrancar o machado de suas mãos, ambos começaram a brigar pela posse da arma. Puxando com todas as suas forças, o andarilho se impressionou ao ver que seu inimigo tinha uma capacidade semelhante à sua, essa era uma situação inédita para ele. Então, Urso foi traído por seu próprio sangue, suas mãos deslizaram e o machado escapuliu, dando chance de Xyede se compor para um golpe. Num movimento desesperado, Urso se lançou ao chão, rolando para o lado do marminks, agarrou seu martelo e, como pôde, o lançou no joelho direito de seu oponente, foi certeiro, a perna do bárbaro dobrou para trás, o som de seu corpo batendo na grama foi seco, não houve um grito de dor, apenas um grunhido de ódio.

– Hora de terminar o trabalho! – gritou Urso, jogando seu martelo a esmo e pulando sobre sua vítima. Agarrou com firmeza a perna esquerda do bárbaro e o girou no ar como faria com um porrete, atingindo em cheio a cabeça do marminks, que, surpreso, ainda tentou dar um pulo para trás. O corpo de Xyede se chocou com o topo da cabeça do lagarto, suas costas foram perfuradas por centenas de espinhos envenenados. O desafio tinha um vencedor, mas a luta estava longe de acabar.

Aproveitando-se da distração do marminks, Urso mais uma vez se agarrou à sua mandíbula e após um longo período de esforço, quase esgotando todas as suas forças, um sonoro clique foi ouvido. O corpo da fera caiu mole, com sua mandíbula deslocada. Ele vencera e suspirou aliviado. Sentindo-se exausto, cuspiu e se levantou. Buscava em seu interior suas últimas energias, pois não havia tempo para comemorar ou descansar, seu pai precisava de sua ajuda.

Fafuhm nunca tinha visto um homem tão rápido, seus pés aparentavam ter asas, ele parecia voar entre uma tentativa e outra. Conhecia o costume da Guarda Escarlate de condecorar seus maiores vencedores com uma espada de lâmina negra, nunca tinha enfrentado um homem de tão alto escalão, era assustador. Após levar uma cotovelada na boca, afastou-se alguns passos, ofegante, assim como seu oponente, e disse:

Capítulo 59 – A batalha de Idjarni

– Luta bem, para um homem com só um braço – limpou o sangue que escorria por seu queixo.

– Eu ainda estou me acostumando com essa condição, mas não creio que tenha afetado minha perícia – efetuou uma mesura desajeitada. – Será um prazer tirar sua vida, líder dos Andarilhos das Trevas. Tenho me tornado um especialista – um sorriso surgiu no meio de sua barba pontuda.

– Que quer dizer, estranho?

– Chamo-me Kalyo, mas pode me tratar por Pés Ligeiros. Não se preocupe – abanando a cabeça –, não é nada que lhe diga respeito – e partiu de volta à luta.

Um jarro de argila voava na direção do corpo caído de Sha'a, e Urso decidiu alterar sua rota, seu pai saberia se cuidar sozinho. Ergueu seu martelo bem alto, destruindo o jarro em pleno voo. Estilhaços se espalharam por todos os lados, o fogo beijou um dos, agora raros, pontos verdes do capim, e a vida do eterno estava salva. Urso nem olhou para o homem que acabara de salvar, tinha mais pessoas dependendo dele. Mesmo esgotado, fez duas vítimas em seu caminho, quebrando colunas e faces, tranquilamente, como se andasse por um campo em uma tarde ensolarada.

Encontrou Fafuhm ajoelhado, seu corpo todo coberto por sangue, um enorme talho diagonal havia sido aberto em suas costas, sua armadura estranhamente repousava atrás dele. Vendo que seu pai seria derrotado, Urso soltou um grito lancinante, deu dois largos passos e, quando estava prestes a golpear a cabeça do maldito homem, Leetee apareceu subitamente, como se tivesse se materializado a partir do nada, agarrando-se no pescoço do homem.

– Desiste, inseto de inverno? – perguntou o velho verde.

– Nunca! – respondeu Kalyo, sem muita convicção, sua garganta se comprimindo cada vez mais.

– Então, durma! – Leetee apertou ainda mais seus braços. – Vou cortar o fluxo sanguíneo do seu cérebro, vai se sentir sonolento e logo desmaiará – sufocou o integrante da guarda até que apagasse.

O ritmo da luta ia diminuindo à medida que existências aos montes chegavam ao fim. Ghagu estava com um dos braços quebrados, o membro pendia ao longo de seu corpo, não sabia dizer quando isso acontecera, só notou por não conseguir se defender de um golpe que estilhaçou sua clavícula esquerda. Mesmo tendo acabado com a vida do homem que a machucara, outros dois tomaram seu lugar. Ela bufou cansada, não tinha mais forças para tantos oponentes, queria se deitar nas pilhas de cadáveres à sua frente e hibernar como os ursos cinzentos do norte de Relltestra. Nenhum de seus companheiros estava prestando atenção ao que acontecia com ela, cada um envolvido em seus duelos particulares. Sentiu o aroma da morte ao ser atingida no quadril e sua perna fraquejar. A lâmina saiu de seu corpo num jorro dolorido de sangue, pronta para acertar-lhe o pescoço, mas, estranhamente, um de seus adversários caiu ao seu lado, e o que estava prestes a tirar sua vida se curvou com o rosto se distorcendo em uma máscara de dor.

— Ovos partidos são minha especialidade culinária — disse Rifft, intensificando o aperto de sua mão. Quando o taberneiro vira que a guerreira perderia a vida pelas mãos de dois covardes, jogou sua lança nas costas de um deles e, uma vez desarmado, enfiou a mão entre as duas pernas do outro bárbaro, comprimindo suas genitálias com toda sua força.

Ghagu aceitou a mão do taberneiro para se levantar e ambos trocaram um olhar satisfeito, faíscas surgiram rapidamente, mas, envergonhados, cada um partiu em busca de um próximo adversário.

Livre da responsabilidade de comandar as catapultas, Baldero trazia ao campo de guerra uma energia nova, coisa que estava começando a rarear, não importando de que lado se olhasse. Seu balde fez mais vítimas que muitas espadas, 22 no total. O andarilho fazia questão de contar suas vítimas, para depois se gabar aos amigos que duvidavam da força de sua inusitada arma. Girava o pesado balde, acertando rostos, quebrando narizes e crânios. Quando a morte não era instantânea, tinha na mão esquerda um longo punhal para finalizar o serviço.

— Você é quem? — gritou para o homem ao seu lado.

— Eu sou Erro! — bradou o outro em resposta, enquanto esmagava a cabeça de um novato da Guarda Escarlate, apenas com as mãos.

— *Buito bem, Ebo! Bode barar, tá borto esse aí!* — berrou Sorriso, um andarilho com lábio leporino, erguendo seu escudo de carvalho amarelo para conter dois inimigos. — *Esbamos perdendo, Bhun!*

— Torta de limão só depois, Sorriso! — brincou Baldero. Entendia perfeitamente o que seu amigo falava, mas não queria aceitar que por mais que dessem tudo de si, a derrota se aproximava. Os inimigos não paravam de chegar.

Não parecendo sentir esse cansaço que acometia a todos, Sttanlik corria como um louco, deixando um extenso rastro de sangue por onde passava, e não só pelo chão mas por todo seu corpo. Ao lado de Mig, sua companheira de luta, eram como uma incontrolável força destrutiva. A garota tinha vitimado adversários até perder a conta, seu bastão estava arruinado, não que isso a impedisse de aumentar a pilha de cadáveres em seu nome.

— Estamos vencendo? — disse enquanto recuperava o fôlego, apoiando-se nos joelhos.

— Não estamos nem perto disso! — respondeu Sttanlik secamente, também se dando ao luxo de respirar por alguns segundos. Quando viu que o Cavaleiro Sem Alma jazia sem vida, resolveu que iria atrás dos integrantes da Guarda Escarlate. Porém, não conseguia se aproximar de nenhum, havia inimigos demais por todos os lados. Apertou com firmeza os punhos de suas espadas, respirou fundo e partiu para cima de um obeso homem que tinha acabado de derrubar uma garota com os braços atrofiados de cima de sua égua malhada, ao cortar as pernas do animal com um machado de lâmina dupla.

— Ei, você! Lute com alguém do seu tamanho — falou Sttanlik, jogando-se na frente dele. Tentou golpeá-lo, mas o homem fugiu com os olhos arregalados. — Covarde! — gritou o rapaz ao ver o homem se perder na multidão que se enfrentava. Ajudou a garota a se levantar, agarrando-a por suas pequenas mãozinhas, e devolveu-lhe sua lança. Mas não

Capítulo 59 – A batalha de Idjarni

teve tempo de escutar seu agradecimento, um familiar grito agudo chamou sua atenção. Quando se virou, viu que Mig estava caída no solo, na frente de um integrante da guarda.

– Desejei tanto por isso! – murmurou para si mesmo, satisfeito por seu pedido ter sido atendido.

A nuca de Mig Starvees sangrava, um corte se abrira como uma boca cuspindo sangue.

– Demorei demais para tê-lo em minhas garras – disse o homem, com o esvoaçante manto vermelho brilhando às suas costas.

O som de uma trompa ecoou pela planície, duas notas longas que fizeram a pele de todos ficar arrepiada. Gritos de guerra surgiram do nada, logo todos puderam ver sua origem, uma cavalaria formada por mais de 500 homens trovejava, avançando pelo campo de batalha. A luta cessara por alguns instantes, todos haviam se virado.

Nos braços do filho, Fafuhm pediu sua ajuda para ficar de pé, precisava ver o que estava ocorrendo. Centenas de lanças apontavam para o céu no momento em que um raio cruzou o local, cada uma delas refletiu um brilho prateado enquanto desciam, direcionadas para os exércitos em combate. O chão tremeu mais uma vez.

Gotas geladas começaram a cair das nuvens escuras, misturando-se às lágrimas que passaram a correr pelo rosto de Fafuhm, a força voltava a seu corpo castigado, o trovão trouxe a esperança. Quebrando uma promessa, um antigo amigo resolvera ajudar os Andarilhos das Trevas.

Alheio aos acontecimentos, Sttanlik reconheceu o agressor de Mig, era Turban, o mesmo que quase os matara em Dandar, não fosse a interferência de Jubil.

– Entregue-se ou ela morre, desta vez de verdade! – espetou a ponta de sua espada entre as costelas de Mig. – E pensar que eu o tinha em minhas mãos! – deu de ombros. – Não importa. Vamos, sua vida ou a dela?

– Nenhuma das duas, maldito! – Sttanlik se lançou ao ataque, deu um pulo sobre o corpo de Mig e caiu rolando na grama com Turban. O manto vermelho os envolveu enquanto um tentava golpear o outro. Sem sucesso, Sttanlik se desvencilhou, empunhando apenas uma de suas espadas.

As lâminas se engajaram em uma fúria desigual, o guerreiro de Tinop'gtins trazia a técnica de anos, décadas de prática. Mas o jovem de Sëngesi transbordava de uma ira vulcânica, sua boca salivava, desejosa de vingança. Nem ao menos piscava, quando o aço de seu adversário beijava sua pele. Iria até o fim. Ouviu passos apressados em sua direção, mas não teve chance de se virar. Levou um golpe na parte de trás da cabeça, cambaleando por três passos, para cair em meio a uma pilha de cadáveres. O mundo enegreceu de vez para o jovem de Sëngesi.

Capítulo 60
AMARGO SABOR DA DERROTA

Três dias se passaram desde a batalha, sem que o sol aparecesse, o mundo tomara um aspecto de total escuridão. A tempestade torrencial não deu trégua em momento algum, trovões rasgavam os céus, cuspindo sua fúria como os deuses de outrora.

O som de passos, e vozes murmurando, soavam abafados aos ouvidos de Sttanlik. Abriu os olhos, quase ficando cego com a sutil luz dos candeeiros que pouco iluminavam a comprida tenda onde estava. Sua cabeça doía como nunca, mas ignorando o incômodo, deu um pulo, sentando-se no catre. Pensou em gritar, mas não tinha forças, além disso, sua boca estava seca, como se estivesse repleta de areia. Aos poucos, seus olhos se acostumaram, e viu fileiras e mais fileiras de homens deitados, em catres ou em lençóis estendidos pelo chão. Do seu lado, estava Sha'a, o líder dos eternos, dormindo com a boca aberta, roncava levemente, sua respiração mostrava-se pesada. Um de seus braços, ou o que restara dele, encontrava-se enfaixado, preso por um tecido que servia de tipoia. Mais adiante, Ghagu dormia de bruços, seu braço estava envolto por uma tala comprida, repousando sobre uma almofada. As cicatrizes da guerra eram visíveis nos sobreviventes, um testemunho da brutalidade que enfrentaram. E por falar em cicatrizes... Sttanlik levou a mão ao ponto que originava toda a dor em sua cabeça, sentiu a faixa que apertava seu crânio, tateou até encontrar o enorme galo que latejava de forma perturbadora. Fez menção em retirar a bandagem, mas uma voz o impediu.

— Não mexa nisso, menino, o sangramento só parou quando ela foi colocada – a voz era familiar e transbordava preocupação.

Sttanlik esboçou um sorriso que teimou a não se formar.

— Bom dia, Aljava. O que aconteceu?

O arqueiro suspirou longamente.

— Na verdade, seria mais correto dizer boa noite. Estamos no meio da madrugada – sentou-se ao lado de seu amigo. — Deite-se, Sttan! Você precisa repousar, logo contarei tudo.

— Pelo visto, dormi demais! Quero saber de tudo! – irritou-se Sttanlik, sem saber ao certo a razão de tanta raiva que sentia.

— Vencemos parcialmente, Sttan. Só isso! Acalme-se que agora estamos em segurança.

— Não estou preocupado com minha segurança! – enfureceu-se. – Diga-me logo o que quer dizer com parcialmente.

O arqueiro tinha ideia do que seu amigo queria saber, não havia razão para omitir alguma informação agora.

— Vencemos na planície, Sttan. Angulianis apareceu e fez com que a Guarda Escarlate fugisse com o rabo entre as pernas. Aquela vitória foi nossa, mas algo absurdo aconteceu em outro ponto.

— Como assim? – perguntou Sttanlik, sentindo-se um pouco mais calmo.

Ao ouvir passos às suas costas, Sttanlik se virou, sua visão estava levemente turva, mas reconheceu Fafuhm. O líder dos Andarilhos das Trevas estava com o abdômen completamente envolvido por faixas, assim como seus braços. Suas rugas, antes sutis, pareciam ter se aprofundado mais em seu rosto, concedendo-lhe uma expressão cansada.

— O que o arqueiro quer dizer, Sttanlik, é que nosso segundo acampamento foi atacado enquanto enfrentávamos a Guarda Escarlate, apenas 15 pessoas apresentaram-se com vida, as outras estavam mortas ou sumiram, provavelmente foram sequestradas.

Sttanlik sentiu um aperto no coração, a vitória de uma batalha não compensaria o ocorrido no outro acampamento.

— Pelos relatos dos sobreviventes, não parece que o outro ataque foi obra das tropas de Tinop'gtins, o exército inimigo era formado praticamente só por mulheres – informava Fafuhm. – Mulheres bem armadas. Malditas amazonas com armaduras reluzentes! – esfregou o rosto com as duas mãos, como se não acreditasse nos acontecimentos. – Elas chegaram e atacaram rapidamente, massacrando crianças, idosos e mulheres, como se não fosse grande coisa. O problema é que tudo é um mistério. Quem mais odiaria os andarilhos, a ponto de chacinar inocentes sem razão aparente?

— Pelo que Baldero me disse, elas levaram o príncipe de Muivil, talvez essa fosse a razão – interveio Paptur. Seu semblante também denunciava esgotamento.

Erguendo as palmas das mãos, Fafuhm indagava:

— Mas quem mais saberia da vinda dele? Viajou escondido, os únicos que conheciam sua localização estão aqui conosco, os corsários. Eles próprios foram feridos – Fafuhm balançou a cabeça, havia outras questões a serem tratadas agora, os mistérios deveriam ficar para depois.

Percebendo isso, Paptur se aproximou ainda mais de Sttanlik e passou o braço por sobre seu ombro.

— Sttan, preciso lhe contar uma coisa.

O tom de Paptur causou um nó no estômago de Sttanlik, uma preocupação se mantinha no fundo de sua mente, como uma nuvem obliterando a luz do sol, inconscientemente não havia questionado a respeito do assunto, talvez com medo da resposta que ouviria.

— Jubil – disse por fim, com a voz trêmula e sussurrada.

Paptur não respondeu, mas, ao abaixar sua cabeça, confirmou o que o jovem receava. O desespero foi tamanho, que o rapaz não aguentou e após ter um ataque de choro incon-

Capítulo 60 – Amargo sabor da derrota

trolável, que lhe provocou falta de ar, desmaiou. Seus amigos o acudiram, colocando-o deitado novamente no catre. Em seguida, Paptur correu para chamar Leetee.

Não demorou muito para que o arqueiro voltasse, veio acompanhado de Hylow. A Floreira Noturna estava por perto, misturando alguns ingredientes em um caldeirão, quase não dormira desde o fim da batalha. Bolsas escuras se formavam abaixo de seus olhos, mas sua beleza rara se mantinha inalterada. Ela e o velho verde eram requisitados a todo momento, para ajudar os feridos.

– Hiperventilação – murmurou. Abaixou-se e de dentro de sua bolsa, retirou um frasquinho de pedra sabão. Começou a passar uma pasta, que cheirava a calêndula e hortelã, no peito nu de Sttanlik. – Ele é o tal "irmão", certo? – e viu que Fafuhm confirmava com a cabeça. – Vai ficar bem, deem tempo ao rapaz, as tragédias se avolumam numa quantidade assustadora – disse com a voz impressionantemente sem emoção e logo saiu, seu vestido escuro esvoaçando às suas costas como as asas de um corvo.

Minutos se arrastaram, parecendo uma eternidade. Sttanlik acordou lentamente, entorpecido pela dor que sentia. Torcia para tudo não passar de um sonho, mas, ao olhar para o rosto preocupado daqueles que o cercavam, a realidade voltou de chofre. Mais um rosto conhecido havia se somado aos demais, Sancha estava ao lado de Fafuhm, sua expressão era de total desolação, mordia seu lábio inferior de forma dolorida, como se reprimisse alguma coisa que não ousava dizer.

– Conte-me como aconteceu – pediu Sttanlik.

O ferreiro se adiantou e começou a relatar como conseguira trazer Jubil com vida até o acampamento. Encontrara Hylow sozinha, sentada em um banquinho. Seus olhos estavam revirados e seus braços abertos, uma oração se formava em sua boca, mas nenhum som saía dela. Teve de dar um grito para tirá-la de seu transe. A Floreira Noturna despertou e, então, passou mais de uma hora fazendo o que podia para manter a vida no corpo de Jubil. Combinações de ervas diversas foram testadas, tanto para preencher o corte, que não parava de sangrar, quanto para ingestão, pois, assim como Mig, ele tinha sido vítima de envenenamento. Em dado momento, contou o ferreiro, a vida voltou aos olhos vítreos de Jubil, o rapaz agarrou a mão de Hylow com força e implorou: "Pare, por favor." Balbuciou mais algumas palavras ininteligíveis e, finalmente, conseguiu forças para dizer: "Sttanlik, coragem!".

Inconsolável, Sttanlik se prendia a cada sílaba como se elas pudessem conter alguma gota de esperança, as últimas palavras de seu irmão foram direcionadas a ele, não o decepcionaria jamais, teria coragem, mesmo que fosse diante do fim do mundo! Mandou educadamente que Sancha interrompesse seu relato, não precisava saber mais, a justiça tinha sido feita pelas mãos de Sha'a, a morte de seu irmão não passara impune, pelo menos não a dele. Emocionalmente abalado, pediu licença para andar sozinho um pouco, precisava pensar. Seu corpo encontrava-se dolorido, sob cataplasmas de ervas e pão mofado, a dor o castigava, recebera dezenas de cortes em sua luta desvairada. A cabeça estava a ponto de explodir, não podia ficar próximo a ninguém, não agora. Saiu da tenda, o sereno gelando seu rosto, como se a fria realidade o cobrisse com um manto de tristeza.

Preparando-se para sair, Sancha respirou fundo para reprimir uma lágrima que brotava do canto de seu olho. Uma voz fraca fez força para chamá-lo.

— Você é ferreiro, se não me engano — era Sha'a, o eterno estava fraco, tinha perdido uma grande quantidade de sangue com a amputação, mas já estava fora de perigo. Leetee trabalhou rápido para livrar seu sangue da grande quantidade de veneno que quase o matara. Tudo que restou foi uma inflamação que se formou no ponto de onde a metade de seu braço tinha sido arrancada.

Sancha assentiu e se ajoelhou do lado do catre onde o eterno repousava.

— Eu rogo por sua ajuda, não posso viver com um machado a menos. Um braço, tudo bem, não me importo — parou para tossir, cuspindo uma grande quantidade de catarro escuro em uma tigela oferecida pelo ferreiro. — Mas preciso de um machado — levantando o coto — para este braço.

Assombrado, Sancha não sabia como reagir a esse misto de loucura e bravura. Pensava em como fazer um machado para um homem que não tinha um braço para empunhá-lo.

Sha'a ergueu seu corpo bruscamente.

— Prometa me ajudar! — disse mais como uma ordem do que um pedido.

Novamente Sancha concordou. Embora não planejasse voltar para Muivil tão cedo, não imaginava trabalhar mais por ali, queria apenas velar por sua filha, que se recuperava em outra tenda de feridos.

— Sim, eu prometo — respondeu, raciocinando que não seria mal ajudar um homem em necessidade com seu ofício. Já se sentia inútil demais com os enfermos, por mais que quisesse ajudar, não tinha o conhecimento necessário para a cura, afinal, seu trabalho era moldar o aço para ferir.

O rosto de Sha'a se iluminou como se uma chama ardesse em sua pele avermelhada, abrindo um sorriso selvagem.

— Bom, temos muito trabalho pela frente então. Meu pai sempre dizia: "Não carregue uma arma. Seja a arma!"

A noite demorou-se, parecia que a manhã não queria ter de encarar a tristeza que cercava o acampamento dos Andarilhos das Trevas. Centenas de corpos de guerreiros, que perderam suas vidas corajosamente na batalha, estavam arrumados no centro do acampamento. Enrolados em mortalhas, esperavam a gigantesca pira funerária ser acesa. Finalmente, a chuva tinha se transformado em uma fina garoa, o funeral poderia ser iniciado. Rituais de diversas culturas ocorriam por todos os lados, cada um prestando homenagem aos seus mortos, celebrando suas vidas e vitórias, desejando sorte a todos no além-túmulo. Leetee também fazia, à sua maneira, uma homenagem aos mortos. Rodeava a pira emitindo as notas tristes de um chocalho feito de cascas de nozes, contendo runas antigas pintadas com o sangue de um falcão. Os quatro eternos que, ao contrário de seu líder, não tinham se ferido com gravidade, sacudiam maços de folhas verdes, espalhando a água do rio Tríade sobre os valorosos guerreiros com quem tiveram o privilégio de lutar lado a lado. Os homens das ilhas do oeste estavam deitados com o rosto virado para o chão, evocando canções de notas guturais entre lágrimas que não conseguiam reprimir.

Capítulo 60 – Amargo sabor da derrota

Em um canto afastado, Sttanlik ouvia, porém, não prestava atenção às palavras belas que Fafuhm pronunciava. Desolado, velava o corpo de seu irmão, a expressão no rosto de Jubil era serena, um sutil traço de sorriso surgia nos cantos de sua boca, como se tivesse encontrado finalmente a paz que suas fortes crenças tanto enalteciam.

Paptur observava seu amigo. Em respeito à sua dor, mantinha-se afastado, dando-lhe espaço para que pudesse chorar à vontade. O arqueiro estava sentado ao lado de uma moita, acariciando a cabeça de Ren, a águia tinha se ferido superficialmente durante suas investidas no campo de batalha, mas não era nada sério. Leetee havia lhe fornecido um elixir diluído, para diminuir suas dores.

– Conseguimos vencer, Ren! No entanto, o custo foi alto demais – abriu um sorriso, ao ver que a águia parou para ouvir suas palavras. – É, eu sei, não é do meu feitio me preocupar com seres humanos, mas conheci muitas pessoas boas em nossa aventura – parou e olhou por alguns instantes o céu escuro, sem estrelas. – Até os anjos do Sttan sumiram. Onde estavam eles quando mais precisou? Não necessitamos de vocês, vis criaturas aladas. Eu estarei sempre ao lado de meu amigo, pois não abandono quem confia em mim!

Foi Paptur quem arriscou a vida, atravessando o campo de batalha sozinho para salvar Sttanlik, que lutava com Turban. O rapaz fora atingido na cabeça por um golpe desajeitado de Lanigrá. O líder da guarda de Dandar havia perdido sua espada em algum lugar, tudo que tinha para se defender era seu escudo e acabou fazendo Sttanlik perder os sentidos ao bater em sua cabeça com a borda reforçada de metal. Por sorte, o arqueiro chegou a tempo de acertar uma flecha em uma das nádegas do estúpido que atacou seu amigo pelas costas. Turban tentou vir ao seu encontro, mas o avanço das tropas de Angulianis o fez fugir. Tanto melhor, ele, sim, era um inimigo temível. Já Lanigrá, o covarde, fugiu de gatinhas para dentro de Idjarni, provavelmente ainda está se arrastando sozinho, perdido no labirinto da mata.

O esplendoroso verde de Idjarni se tornara um universo ambárico quando as famintas chamas tinham sido acesas por Fafuhm, os corpos concediam às labaredas uma coloração azulada quando estas os envolviam. Um a um, os corpos desapareciam, dando finalmente a chance dos espíritos partirem para os campos de Pallanuckor. Iriam repousar e celebrar suas vitórias ao lado de Pallacko.

Os corpos dos inimigos foram abandonados na planície, não viam razões para homenageá-los. Apesar de terem sido adversários valorosos, foram a causa de muitas lágrimas. Apodreceriam aos poucos ou seriam devorados por animais carniceiros. Não encontrariam seu último descanso com tanta facilidade, não receberiam homenagens nem lágrimas, afinal, com a chegada das tropas de Angulianis, a Guarda Escarlate batera em retirada, deixando os bárbaros e os homens de Dandar serem aniquilados sem muito esforço, o que tinha ajudado em sua covarde fuga. Como consolo, os Andarilhos das Trevas recolheram uma infinidade de armas, armaduras e cotas de malha, conseguiram até recuperar alguns cavalos bons, não fosse o massacre que ocorrera no segundo acampamento, a noite seria de celebração.

Longe das chamas e do choro, Urso estava sentado ao lado de seu estranho novo amigo, acariciava sua cabeça com cuidado, aprendendo pouco a pouco como poderia agradar àquela fera. O marminks fora trazido ao acampamento a pedido de Leetee, seu transporte não tinha sido nada fácil, mas o alquimista insistiu para que sua vida fosse mantida. Leetee recolocou a mandíbula do animal no lugar, após sedá-lo com as mais fortes ervas de que tinha conhecimento. Ao acordar, o animal só se acalmava quando Urso permanecia por perto, talvez sua derrota tenha feito crescer um respeito pelo homem que sozinho o havia subjugado. Tinham se tornado companheiros inseparáveis desde então, para o pavor de todos. Era óbvio que ninguém teria coragem de enfrentar aqueles dois monstros dali em diante.

— Preciso *escolhe* seu nome, amigão — disse Urso, feliz com seu novo "bichinho".

Sttanlik demorou a permitir que o corpo de Jubil fosse levado à pira, cada momento de despedida era muito doloroso. Nunca mais veria o rosto de seu irmão, nem levaria uma bronca dele, para logo fazerem as pazes, gargalhando na hora do jantar. Não mais sentiria o aroma de seu cachimbo, que odiava e, ao mesmo tempo, achava acalentador. A plantação, que Jubil tanto amava, morreria aos poucos, sem seus cuidados se tornaria um ambiente tão estéril quanto Andóice. Suas lágrimas caíam na mortalha, dezenas de círculos traduziam visualmente sua tristeza. Por fim, após receber um longo abraço de Paptur, concordou em levar seu irmão, os dois foram ajudados por Baldero. Era a hora do adeus. Um último beijo foi dado na testa de Jubil e logo seu corpo foi colocado na pira, as chamas buscaram sua carne quase que imediatamente. Mais uma vez, Sttanlik se tornava órfão.

Os Andarilhos das Trevas deram-se as mãos e formaram um círculo ao redor da pira, respeitosamente assistiram ao fogo se extinguir aos poucos. A manhã chegou vagarosamente, raios pálidos deslizavam pelo chão, surgindo por entre as copas das árvores. A gigantesca pira se transformara em não mais que uma pequena montanha de brasas. Um novo dia se iniciava, a maioria dos sobreviventes se retirou para dormir, há tempos que ninguém sabia o que era pregar os olhos, precisavam juntar forças para recolher os cacos dessa vitória e se preparar para um recomeço.

Após um banquete que foi oferecido quando o sol já havia passado pelo ponto mais alto do céu, Fafuhm pediu a todos, os que estivessem em condições, que se reunissem novamente, tinha um comunicado a fazer. A batalha fora vencida, apesar de tudo, porém, o fim da guerra ainda não podia ser visto no horizonte.

Quando viu a multidão à sua espera, Fafuhm caminhou orgulhosamente, sua postura estava ereta, como se não tivesse sofrido nenhum arranhão, seu rosto resplandecia, a despeito de alguns hematomas. Trajava calças novas e um gibão de couro cinza que nunca usara, seu porte tinha de refletir grandiosidade, devia acender agora outro fogo, o que estava adormecido, mas que sabia arder no interior de cada um de seus amigos.

— O que dizer a vocês senão obrigado — iniciou seu discurso com a voz poderosa. — Evitaram que a tragédia fosse maior. Vencedores é o que somos, se chegamos tão longe é porque estávamos nos ombros uns dos outros. Ombros de gigantes! Sofremos um golpe ignóbil, sim, mas nada mais foi do que uma punhalada não fatal. Nós, os Andarilhos das Trevas, não tombamos, na verdade, ressurgiremos ainda mais poderosos! Vamos fazer tremer o chão de Relltestra com nossa marcha, incendiar céu e terra com toda a coragem que provamos ter, gelar o sangue que corre nas veias de nossos covardes inimigos! — uma ova-

Capítulo 60 – Amargo sabor da derrota

ção começou pequena e foi crescendo gradualmente, até atingir um estado de total euforia. Fafuhm esperou pacientemente com a mão erguida até que a última voz silenciasse. – Em cada sombra, em cada canto, em cada pesadelo, toda vez que um homem se sentir seguro demais para pregar os olhos, um andarilho surgirá e arrancará de seu corpo sua alma, com nossas mãos e nosso aço! Nós vamos moldar esse mundo que virou as costas para nós. E essa hora é agora! Quem está comigo? – gritou com os olhos arregalados, sentindo o coração bater como um tambor de guerra em seu peito. A ovação inicial em nada se comparava com a que se seguiu ao discurso completo. Fafuhm sabia que tinha cada um dos presentes do seu lado. Idjarni já não era um lugar seguro, o oásis que tinha criado na floresta não existia mais, os Andarilhos das Trevas sairiam da escuridão, de uma vez por todas!

Recolhido em sua cabana, Sttanlik ouvia o discurso de Fafuhm com os olhos fechados, deitado em sua cama. Não sentiu vontade de tomar parte da declaração de guerra que sabia que o líder dos andarilhos faria, seus problemas eram grandes demais para brincar de guerrear. Sua mente girava em um turbilhão de ideias, pensava no rumo que tomaria dali para frente. Refletia de que maneira poderia se isolar e não fazer parte de mais nada. Queria mesmo era sumir, quem sabe até morrer e se juntar a Jubil.

Paptur estava sentado em sua cama, apesar de estar ao lado de Sttanlik, o arqueiro mantinha-se calado, respeitava a tristeza de seu amigo. Distraía-se com a confecção de novas flechas, afinal, gastara todas as que possuía na batalha.

O taberneiro, que quase não sofrera nenhum arranhão no combate, não estava com eles. Agora, Rifft passava uma porção do seu tempo ao lado de Ghagu, uma amizade nascia entre os dois, um se encantando cada vez mais com o outro. De hora em hora, além de Rifft levar algo para a guerreira das ilhas do oeste comer, também se encarregava de dar a comida em sua boca, ignorando as gracinhas que ouvia na tenda dos feridos.

Dando um susto nos dois ocupantes da cabana, Fafuhm entrou sem se anunciar. Paptur deu um pulo e ficou em posição de combate, um reflexo do quanto sua mente ainda revirava as memórias da luta. Já Sttanlik o olhou e voltou a encarar o teto, com a rapidez de um piscar de olhos, seu estado de entorpecimento não o deixava nem ao menos ser educado.

– Antes que me expulsem, eu quero pedir desculpas, que me perdoem por ter colocado vocês nessa situação, não sou um homem que apontaria para ambos acusando-os de ser a causa de tudo que aconteceu. A Guarda Escarlate nos atacaria mais cedo ou mais tarde, e isso é claro, ou por vocês ou por qualquer outra coisa – parou por alguns segundos para ver se eles tinham algo a comentar, mas o silêncio se tornou levemente incômodo.

Então, dirigiu-se a Paptur:

– Arqueiro, você é a razão de nossa vitória, não fosse por seu plano, nem sei o que teria acontecido conosco.

Agora Paptur tinha algo a dizer.

– Eu não fiz pela glória, somente pelo que achei ser o certo. Não me agradeça, Fafuhm – ainda não simpatizava com o líder dos andarilhos, era rancoroso demais para esquecer a raiva que sentira ao ter um dedo apontado em seu rosto um dia.

Fafuhm assentiu.

— Mesmo assim, eu sempre serei grato por sua presença nessa batalha. Mas não é apenas para agradecer que eu estou aqui.

Aproximou de Sttanlik e se sentou em um balde virado com a boca para baixo.

— Sei que sua perda é dolorosa, eu mesmo perdi centenas de irmãos, e pode acreditar, é assim que os considero. Sua dor deve se transmutar em coragem, porque vim para lhe dizer que manterei minha promessa. Reitero que, quando a poeira assentar e cada ferida tiver se tornado uma cicatriz, partiremos para Sëngesi, libertaremos o seu povo, somando-o ao nosso!

Incrivelmente a notícia fez com que Sttanlik esboçasse um sorriso. Apesar de ter se transformado apenas numa sombra escondida no fundo de sua mente, a segurança das pessoas de sua cidade ainda o preocupava. Sua salvação seria um bom caminho a seguir dali para frente.

Sttanlik pigarreou para limpar a garganta, que roçava por falta de uso.

— Agradeço a você por tudo que fez por nós, Fafuhm. Se não fosse por sua ajuda, estaríamos agora em Tinop'gtins, sofrendo algum tipo de tortura, ou jazendo num canto escuro daquela cidade amaldiçoada. No entanto, por mais que eu fique feliz em ver que deseja cumprir a promessa que me fez naquele dia, acho difícil. Como poderemos fazer isso? Afinal, as forças dos Andarilhos das Trevas foram comprometidas demais.

— Eu vou ajudar, cabeludo — uma voz nova surgiu da porta. Angulianis, agora chamado de "o Milagroso", estava encostado no batente, trajando sua armadura completa, com ombreiras em formato de lobo. Esperou o sinal de Fafuhm e entrou na cabana. — Eu decidi trair minha palavra. Minha mulher me convenceu de que ainda não estou velho o bastante para me aposentar. Nem me perguntem como ela fez isso, só posso dizer que seus dois peit... — interrompeu a gracinha, percebendo o ar melancólico dos dois rapazes. — Só sei que devo a vida a esse homem e prometi que pagaria enquanto vivesse, portanto, minhas forças são as forças dele, o gato se funde definitivamente às trevas.

A notícia era boa, as chances de livrar Sëngesi das garras de Tinop'gtins seriam muito maiores. E ainda havia algo com que podiam contar como uma vantagem. Indo contra a sua própria palavra, Fafuhm fizera um prisioneiro na batalha, o homem que quase o matara, o integrante da Guarda Escarlate de um braço só. Tudo que haviam conseguido tirar dele como informação até aquele momento fora o seu nome, coisa que o líder dos andarilhos já sabia. Mas Fafuhm era capaz de ser bastante persuasivo quando necessário, o homem, em breve, começaria a cantar como um bem-te-vi.

Paptur aprovou a decisão, já imaginando como seria atacar uma cidade murada. Quando pôs isso em questão, foi Angulianis quem respondeu:

— Caro amigo ruivo, eu consigo entrar em qualquer tipo de lugar, mesmo! Não existem grades que sejam fortes o bastante para impedir minha determinação! Sëngesi será nossa!

Como um raio de luz atravessando uma nuvem densa, a coragem passou a iluminar a alma de Sttanlik novamente, as sombras começaram a se dissipar. Sabia que, se estivesse vivo, seu irmão gostaria de ver livre a cidade que tanto amava.

Capítulo 60 – Amargo sabor da derrota

— Aljava, podemos contar com você? – perguntou a seu amigo, dando uma resposta indireta, que satisfez Angulianis.

Antes que houvesse resposta, Fafuhm interveio.

— Quanto a isso, eu tenho um pedido a você, arqueiro.

— O que você quer de mim? – indagou Paptur com os olhos semicerrados.

Ignorando o tom de Paptur, Fafuhm começou a explicar que os relatos dos corsários indicavam algo estranho no ataque que o segundo acampamento sofrera. Eles disseram que ao se esconderem em cima de árvores, ouviram as mulheres que efetuaram a invasão gritarem umas para as outras: "O maldito mentiu para nós, não há nenhuma fera aqui! Nem ao menos alguém digno da arena".

Paptur se sobressaltou, ouvira muitas vezes falar da Arena Lago de Sangue, localizava-se em Perreall, uma ilha próxima a Muivil.

— E nós vamos até a arena. Porém, para sermos bem-sucedidos, precisamos de homens mais do que bons, que superem qualquer tipo de expectativa. As dificuldades, ao atacar uma terra hostil como aquela, serão grandes demais – levantou a mão para pedir calma ao arqueiro. – Você é um sobrevivente, é do que necessitamos. Não iremos com um exército, escolherei alguns homens, e invadiremos a arena para salvar o príncipe de Muivil.

Sttanlik e Paptur souberam da chegada do príncipe de Muivil por intermédio de Rifft. O taberneiro estava explodindo de ansiedade para contar aos dois a novidade.

— E como espera chegar lá? Nessas canoas de rio que vocês possuem? Ou pretende atravessar o mar a nado? – perguntou Paptur achando graça do plano.

— Eu ofereci uns trocados aos corsários que trouxeram o príncipe. Antes de irem embora, eu resolvi perguntar se tinham um navio, afinal são corsários, e disseram que têm o melhor de todo o mundo – Fafuhm deu de ombros. – Como a palavra de um pirata não vale nada, eles devem ter uma galé pequena, cheia de pulgas e ratos, mas qualquer coisa que boie, e aguente algumas ondas, serve. Eles estão discutindo agora se vão aceitar minha proposta ou não, tenho até medo do preço que vão sugerir, acho que ficaremos na miséria com essa missão.

— E que bem nos fará você esvaziar suas reservas de asas e nós arriscarmos nossas vidas para salvar esse nobre safado? – perguntou Paptur legitimamente confuso.

Fafuhm abriu um sorriso enorme com isso.

— Nós nos levantamos definitivamente para a guerra, vencemos sem a ajuda de Taldwys, não é? Ele dissera que não tinha razões para nos ajudar. Mas agora garanto que, com o príncipe ao nosso lado, teremos total apoio de Muivil para atravessar Relltestra e destruir Tinop'gtins!

Apesar de ter gostado bastante da ideia, Paptur concordou em ajudar Fafuhm com apenas um aperto de mão sem emoção.

— Pode contar comigo e com Ren nessa missão, mas ainda não gosto de você – disse, arrancando uma gargalhada de Fafuhm e Angulianis. Embora preferisse estar ao lado de Sttanlik no cerco a Sëngesi, sabia que seu amigo estaria seguro. Passo a passo nessa jornada, ele se tornava um guerreiro mais valoroso e implacável, ficaria bem sem ele por algum tempo.

Angulianis e Fafuhm se despediram e estavam prestes a sair da cabana, quando Paptur deu um assovio.

— Como pediu minha ajuda, considere isso um adiantamento — tirou algo do bolso de sua capa e jogou para o líder dos andarilhos.

Os olhos de Fafuhm brilharam ao ver do que se tratava. Era um dos rubis de Magnarcyn, que Paptur subtraira do bárbaro que Sttanlik matara no bosque, logo quando se conheceram.

— Que uma hiena devore meus rins, um rubi de...

— Sim, sim, isso mesmo — interrompeu Paptur, pois não precisava mais ouvir o que era aquilo. Tinha guardado a pedra com todo cuidado, para um caso de extrema necessidade, mas ele e Sttanlik tinham se virado bem até o momento, seria melhor usá-la num investimento, como o resgate do príncipe da cidade mais rica de toda Relltestra. — Vá, ofereça isso aos corsários, eles vão aceitar, eu aposto! — dispensou os dois com um movimento de mão desdenhoso.

O manto escuro da noite cobriu o acampamento novamente, após um dia difícil, todos resolveram que mereciam um descanso de verdade, o silêncio que se fez foi completo, somente os grilos davam sinal de vida em Idjarni.

Sttanlik estava deitado, buscando o sono que fugia sempre que se aproximava, sua mente não conseguia relaxar. Os inúmeros pensamentos que se formavam em sua cabeça pareciam mais a luz de um candeeiro à frente de seus olhos, não o deixando adormecer. Quando finalmente se sentiu afundando lentamente para o mundo dos sonhos, uma voz surgiu na sua cabeça, frustrando-o.

"Acorda!"

Era a voz de Aggel, repetindo a mesma ordem que dera início à jornada de Sttanlik. Intencionalmente ou não, até o tom usado não diferia.

— O que quer, Aggel? — perguntou o rapaz com um bocejo. Dessa vez, a voz não mais o intrigava, era apenas uma velha conhecida, apesar de todas as revelações que ela carregava. Sttanlik não tinha vontade de refletir sobre tudo que o anjo lhe dissera ou o que teria a dizer, outra hora se preocuparia com o fato de ser filho do rei Perkah e as consequências disso, outra hora...

"Gostaria de congratular-te por tua vitória na batalha! E quanto à promessa que tu fizeste a mim..."

— Esqueça os parabéns e a promessa por enquanto — interrompeu Sttanlik. — Não vou nem perguntar se tem conhecimento do que aconteceu comigo, pois já sei a resposta. Eu vou ajudá-lo, mas para isso...

Foi a vez de Aggel interromper:

"Eu sei, Sttanlik, filho de Perkah! Para ajudar-me, precisas entrar em Tinop'gtins. E é justamente isso que vim dizer a ti. Os acontecimentos recentes casam perfeitamente com as necessidades que temos para conseguir apagar as maldades de teu pai. Apoio plenamente a salvação de tua cidade, afinal, se conseguirem, imagina quantos homens podem somar-se às fileiras daqueles que te acompanham agora!"

Capítulo 60 – Amargo sabor da derrota

Sttanlik não tinha pensado nisso, mas era verdade, o povo de Sëngesi poderia se juntar aos Andarilhos das Trevas. Se isso e o plano de Fafuhm dessem certo, o exército que formariam seria invencível!

— Ah, que bom, Aggel! Fico feliz que esteja feliz, afinal, você é aquele que me tirou a paz — respondeu Sttanlik azedo, sem qualquer disposição para dialogar com Aggel, pelo menos não por um bom tempo, a última conversa ainda ressoava em sua mente, como um golpe que fica dolorido por um longo período.

"Paz?", Aggel riu alto na mente de Sttanlik. "Paz é uma falácia, tão antiga quanto a religião! Estás em busca dela? Devo confessar-te, eu também procuro a concórdia. Chama-me de esperançoso incorrigível se quiseres, porém, acima de tudo, é o que desejo verdadeiramente. E se quisermos a paz, é melhor nos prepararmos para a guerra."

Agradecimentos

Assim como Sttanlik, comecei a minha jornada por Relltestra sozinho, em minha cama, durante um dia chuvoso. Mas, a cada passo, novos amigos, novos aliados, surgiram em meu caminho e esse livro só foi possível graças ao incentivo (e ajuda) dessas pessoas.

Devo começar agradecendo a duas mulheres, a quem tenho uma gratidão que não pode ser traduzida em palavras. Minha mãe, ou melhor, "mãe guerreira", a grande causadora de tudo isso! *Onze reis* é sua culpa, Maria! Quem mandou ficar me levando para a biblioteca? À Renata, que é mais que minha eterna companheira, é minha amiga, é minha maior incentivadora! Sem seu apoio e suas broncas, eu ainda estaria fazendo anotações em papeizinhos e largando-as em uma gaveta.

A toda minha família, cada um de vocês ajudou a me moldar de uma forma diferente, deu no que deu, né? Espero sempre orgulhar todos vocês!

Ao grande amigo, Felipe Castilho. Não tenho palavras para agradecer a sua ajuda, rapaz! Finja que escrevi algo emocionante aqui, digno de seu apoio!

Aos meus grandes amigos, Francisco Fontenelle, meu primeiro leitor, e Allan Barbosa, que acreditou em mim, mesmo quando eu ainda não tinha nada além de ideias loucas. Gracita Barbosa, muito obrigado pelo eterno incentivo.

Aos meus companheiros de jornada, neste mundo louco de contadores de histórias: Airton Marinho, Raphael Fernandes, Jun Sugiyama, Alessio Iannone, Fernando Barone, Lillo Parra, Pri Wi, Juju Araújo, Gustavo Aguilar e Liz Frizzine. Estamos juntos, pessoal! Sempre!

Aos grandes amigos Celso e Thiago "Battle", que sempre lembram que eu existo! André Diniz, grande professor e orientador. Valeu pelas lições, mestre! E Mj Macedo, pela grande ajuda!

À Áine Menassi, a quem terei uma gratidão eterna. Você acreditou em minha história, muito obrigado mesmo, garota! E claro, a todo o pessoal da Callis, que me recebeu de braços abertos!

E a você, leitor, que resolveu passar esse tempo com minhas loucuras e chegou até aqui. Esse foi só o começo, acredite!

"Prepare-se para a guerra!", já diria Aggel.

Caso queira falar comigo, enviar elogios, xingamentos ou a foto de seu animal de estimação com uma fantasia fofa – quem sabe me dizer qual seu personagem favorito, para que eu possa matá-lo no próximo livro –, mande-me um e-mail, ficarei feliz em trocar um dedo de prosa com você!

Tiago P. Zanetic
tiagopzanetic@gmail.com